Excalibur

Herausgegeben von
Melissa Andersson
und
Gerd Rottenecker

Die Bücher der Fey im Droemer Knaur Verlag:

1. *Die Felsenwächter* (Band 70168)
2. *Das Schattenportal* (Band 70169)
3. *Der Thron der Seherin* (Band 70170)

Weitere Bände in Vorbereitung.

Kristine Kathryn Rusch

DAS ZWEITE BUCH DER FEY

Das Schattenportal

Ins Deutsche übertragen von
Gerald Jung und Sabine Reinhardus

Knaur

Die amerikanische Originalausgabe erschien 1995
unter dem Titel »The First Book of the Fey: The Sacrifice/Part 2«
bei Bantam Spectra, New York

Besuchen Sie uns im Internet:
www.droemer-knaur.de

Deutsche Erstveröffentlichung 1/2000

Umschlagkonzept: Melissa Andersson
Umschlaggestaltung: Agentur Zero, München
Umschlagillustration: Mick Van Houten/Sarah Browne Agency, London
Lektorat: Ralf Reiter
Satz: Ventura Publisher im Verlag
Druck und Bindung: Clausen & Bosse, Leck
Printed in Germany
ISBN 3-426-70169-3

2 4 5 3 1

Für meine Mutter,
Marian M. Rusch

1

In der Sakristei roch es merkwürdig. Als Matthias die Eichentüren leise hinter sich schloß, überlief ihn eine Gänsehaut. Die Schnitzereien drückten sich in seine Handflächen. Ohne hinzusehen, wußte er, daß er seine Hände genau auf die Szenen von der Geburt des Roca gelegt hatte. Eigentlich liebte er diese Darstellung: Der Wassertunnel wölbte sich schützend über dem Baby; die entgeisterten Gesichter der Eltern; das Gesicht des Heiligsten in den Wolken. Aber heute blieb Matthias nicht stehen, um sie zu betrachten. Heute ließ er die Hände sinken und stand reglos in der Stille, die ihn umgab.

Der Geruch war nur schwach, aber im letzten Jahr war er ihm vertraut geworden. Blut. An diesem heiligen Ort.

Sein Mund wurde trocken. Er wollte schlucken, aber er konnte nicht. Er ballte die Fäuste, um nicht die Lehnen der Betbänke zu berühren, wie es sonst seine Gewohnheit war, um zu überprüfen, ob niemand die Verzierungen beschädigt hatte. Statt dessen zog er seine Sandalen aus und stellte sie neben die Tür, damit seine Füße auf dem Boden kein Geräusch verursachten.

Wenn der Rocaan diesen Gang entlangschritt, gingen die Auds vor ihm her und entrollten einen roten Teppich. Andere Auds folgten und rollten den Teppich hinter dem Kirchenoberhaupt wieder auf, damit keine anderen Füße als die des Rocaan ihn je betraten. Oft hatte Matthias bei diesem Anblick gedacht, daß es aussah, als ginge der Rocaan auf einer roten Insel.

Blut ... Rot.

An Matthias' Füßen klebte Bohnerwachs. Er sah keinen

Menschen. Er schien ganz allein im Raum zu sein, und das machte ihn noch nervöser als der Geruch.

Eigentlich war die Sakristei einer seiner Lieblingsplätze. Dort pflegte er sich zu erholen. Und manchmal, wenn der Chor sang, kam es ihm vor, als könnte er das Ohr Gottes berühren.

Alles schien unverändert. Die Bankreihen schimmerten im Schein des bunten Oberlichtes, das in die Decke des Raumes eingelassen war. Auch die Wände zeigten Szenen aus dem Leben des Roca, und als die Sonne sich hinter die Wolken zurückzog, tanzten die bunten Lichtreflexe der Lampen auf dem Boden. Nachts, wenn die Lampen gelöscht wurden, besaß der Ort trotz der brennenden Kerzen eine dunkle, geheimnisvolle Ausstrahlung.

Auf den Bänken lagen rote Kissen, aber auch sie schienen fleckenlos sauber, ebenso das rote Tuch, das den Altar bedeckte. Niemand schien die silberne Schale mit dem Weihwasser berührt zu haben, und die Fläschchen auf dem Bord unter dem Opfertisch sahen aus wie immer. Bei einem Überfall an diesem Ort konnte das Opfer als erstes nach dem Weihwasser greifen.

Er war ein Narr.

Er war nur vorsichtig. Der Geruch war schwach, aber unverkennbar.

In der Sakristei war es kalt. Matthias überlief ein Schauder, dann setzte er gemessenen Schrittes seinen Weg fort. Schließlich erreichte er das Zentrum der Sakristei, wo die Bänke zu einem kleinen Kreis zusammengeschoben waren. Darüber hing, mit der Spitze nach unten, die größte Nachbildung des Schwertes des Rocaan. Matthias hatte sich schon oft gefragt, was passieren würde, wenn das Schwert mitten im Gottesdienst herunterfiel. Aber das war nie geschehen. Das Schwert wurde von Seilen gehalten, die von den Auds regelmäßig erneuert wurden, jeweils von einem anderen Aud, der wiederum von wechselnden Geistlichen beaufsichtigt wurde.

Das Schwert war viermal so groß wie ein Mensch und mit Juwelen besetzt. In dem farbigen Licht funkelte seine Spitze bedrohlich.

Matthias hatte halb damit gerechnet, in der Mitte des Kreises etwas Ungewöhnliches vorzufinden, aber der polierte Boden glänzte wie immer fleckenlos. Trotzdem schien der Geruch stärker zu werden. Matthias fuhr sich mit den Fingern durch das lockige Haar, froh, sein Barett nicht aufgesetzt zu haben. Er war hierhergekommen, um den Roca anzuflehen, ihm seinen Glauben wiederzugeben, denn der mißglückte Angriff auf das Versteck der Fey hatte ihn erschüttert. Aber dieser Geruch verwirrte ihn so, daß er sein Vorhaben vergaß. Ein Mann konnte nicht mit seinem Gott sprechen, wenn die Sakristei nach Blut roch.

Hinter dem Kreis säumten weitere Bänke den Gang, bis sie die Stufen erreichten, die zum Altar führten. Die geschnitzten Holzstühle neben dem Altar glänzten nicht wie gewöhnlich. Nach der morgendlichen Reinigung mußte jemand auf ihnen gesessen haben.

Vielleicht einer der Ältesten. Matthias war nicht der einzige, der statt der kleinen Kapelle im ersten Stock die Sakristei aufsuchte, um zu beten. Aber trotz dieser Überlegung begann sein Herz heftig zu klopfen.

Er ging jetzt langsamer, damit er überprüfen konnte, ob wirklich alle Bänke leer waren. Er wünschte, er trüge ein Fläschchen Weihwasser in der Tasche seiner Robe, wie er es zu Beginn des Krieges immer getan hatte. In letzter Zeit war er nachlässig geworden; so lange hatte er schon keinen Fey mehr gesehen, und nur die Toten erinnerten ihn daran, daß sich sein Land im Kriegszustand befand.

Als er die Stufen erklomm, ging sein Atem stoßweise. Seine Nackenhaare sträubten sich. Der viereckige Altar, der die Spuren von Hunderten geweihter Schwerter trug, war leer, aber auf dem Teppich davor war ein dunkler Fleck, als hätte jemand Wasser verschüttet und vergessen, es aufzuwischen.

Matthias kniete sich hin und berührte den Fleck. Er war noch feucht. Matthias hielt sich die Finger unter die Nase und zuckte zusammen. Blut. Genau wie er vermutet hatte.

Rasch blickte er sich um, um sicherzugehen, daß er immer noch allein war. Er sah niemanden, aber das mußte nichts heißen. Dumm, zu dumm von ihm, nicht sofort Hilfe geholt zu haben, gleich nachdem er den Geruch wahrgenommen hatte.

Matthias schluckte und lehnte sich in der Hocke zurück. Jetzt hatte er wenigstens einen Grund, Alarm zu schlagen. Er wollte gerade aufstehen, als er etwas neben einem Stuhlbein erspähte. Er streckte die zitternde Hand aus und ergriff den Gegenstand – und hätte ihn fast wieder fallen gelassen. Er war glatt und weiß, aber noch immer feucht, als hätte jemand ihn abgewischt. Matthias behielt ihn in der Hand und hob ihn dicht vor die Augen. Ein Knochen. Ein kleiner Knochen. Wie vom Finger eines Menschen.

Jetzt zitterte er noch heftiger. Er setzte sich in einiger Entfernung von dem Blutfleck auf den Teppich und musterte das restliche Gewebe. Kein Blut, keine Knochen. Wer auch immer den Fleck verursacht hatte, er hatte versehentlich ein Beweisstück vergessen.

»Matthias?«

Matthias erschrak so, daß er beinahe aufgesprungen wäre, aber er zwang sich, sitzen zu bleiben. Er kannte diese Stimme. Sie gehörte Andre, einem der Ältesten. »Hier bin ich«, rief Matthias und ließ den Knochen in seine Tasche gleiten. Diese Überraschung würde er sich für später aufheben, wenn er sich entschieden hatte, was zu tun war.

Andre kam denselben Gang entlang wie vorher Matthias. Matthias' Kehle wurde wieder trocken. Er hatte nicht gehört, daß jemand die Tür geöffnet hatte. Vielleicht hatte er sich zu sehr auf seinen Fund konzentriert. So mußte es gewesen sein.

»Riecht Ihr etwas?« fragte er Andre.

Der Älteste blieb stehen, schnupperte und schüttelte den Kopf. »Kerzen und ein bißchen zu viel Bohnerwachs. Sonst nichts.«

Matthias runzelte die Stirn. Hatte er einen so viel feineren Geruchssinn als der andere? Das kam ihm merkwürdig vor. »Was macht Ihr eigentlich hier?«

»Dasselbe könnte ich Euch fragen«, erwiderte Andre. »Ich habe noch nie gesehen, daß jemand sich auf den Boden setzt, um zu beten.«

Wieder unterdrückte Matthias den Drang aufzustehen. Andre machte ihn immer nervös. Im Vergleich zu Matthias' schülerhafter Gläubigkeit wirkte seine Frömmigkeit immer so rein. Genauso irritierend war seine Beschränktheit und noch mehr seine neuerdings geschlossene Freundschaft mit dem Rocaan.

»Kommt her«, wiederholte Matthias.

Andre trat näher. Seine Schuhe quietschten auf dem gewachsten Boden. Matthias' Füße waren kalt. Er fror am ganzen Körper. Andre ging neben ihm in die Hocke.

»Was habt Ihr hier gemacht?« fragte er.

Verärgert gab Matthias zurück: »Nichts. Ich habe das hier gefunden. Faßt es an.«

Andre streckte einen Finger aus und berührte vorsichtig den Teppich. Er verursachte ein leises, schmatzendes Geräusch. Er blickte Matthias verwirrt an, dann hielt er den Finger an die Nase und schnüffelte. »Blut«, flüsterte er. »In der Sakristei?«

Matthias nickte. »Wir müssen herausfinden, was hier passiert ist. Ich möchte, daß Ihr die Dienerschaft, die Auds und die Daniten versammelt, die hier ihre Arbeit verrichten. Ich werde mit dem Rocaan sprechen und die Ältesten zusammenrufen. Wir müssen überprüfen, ob jemand etwas gesehen hat und ob jemand fehlt.«

Andre wischte seinen Finger an einem sauberen Stück Teppich ab, als könne er das Blut auf seiner Haut nicht länger ertragen. Matthias beobachtete ihn und fragte dann: »Habt Ihr etwas gesehen?«

Andre zuckte zusammen, als hätte er diese Frage nicht erwartet. »Nein«, sagte er dann. »Außer Euch. Ich bin ja gerade erst gekommen.«

Matthias nickte. Irgend jemand mußte etwas gesehen haben. Jemand mußte wissen, woher das Blut stammte. Vielleicht hatte ein Aud sich verletzt. Vielleicht hatte jemand einen Feind aus der Sakristei vertrieben.

»Glaubt Ihr, daß es die Fey waren?« fragte Andre.

Matthias sah ihn an. Diesem Gedanken hatte er ausweichen wollen, aber jetzt, wo er ausgesprochen war, jagte er ihm einen Schauder über den Rücken. »Ich hoffe nicht«, erwiderte er.

»Vielleicht ist es ein Wunder«, meinte Andre hoffnungsvoll.

Matthias lächelte. »Hier hat es seit hundert Jahren keine Wunder mehr gegeben.«

»Das ganze Leben ist ein Wunder«, erklärte Andre affektiert.

»Vielleicht«, erwiderte Matthias. »Aber ich ziehe es vor, es als etwas ganz Gewöhnliches zu betrachten.«

Andre warf ihm einen seltsamen Blick zu. Etwas Kühles und Abschätzendes lauerte hinter den Augen des Mannes. »Es ist ein Wunder«, wiederholte er mit Betonung, aber zum ersten Mal, seit er Andre kannte, nahm ihm Matthias seine Überzeugung nicht ab.

Schließlich stand Matthias auf. Nach dieser Entweihung der Sakristei hatte er keine Hoffnung mehr, sich ins Gebet versenken zu können. Dem Rocaan würde das Herz brechen, und Matthias war nicht sicher, ob der alte Mann noch mehr Aufregung vertragen konnte. In letzter Zeit schien er allem nicht nur entrückt, sondern auch ein bißchen verrückt zu sein, als hörte er als einziger die Stimme Gottes. Auch was der Rocaan tat, beunruhigte Matthias. Porciluna war nicht mehr auf die Ältestenversammlung zurückgekommen, aber Matthias glaubte nicht, daß er seinen Plan aufgegeben hatte. Angesichts dieses neuen Vorfalls war es um so wichtiger, daß die Ältesten zusammenhielten.

»Hol einen Aud«, befahl Matthias. »Niemand soll diesen Fleck berühren.«

Andre nickte. Auch er erhob sich. Einen Augenblick lang überlegte Matthias, ob er Andre von dem Knochen erzählen sollte. Aber dann befand er, daß die Einzelheiten warten konnten. Außerdem mußte der Rocaan als erster davon erfahren.

Matthias folgte dem Gang in umgekehrter Richtung. Andre dagegen verließ den Raum durch die Danitentür am hinteren Ende, den Ausgang, den der Rocaan immer benutzte, wenn er selbst die Zeremonie leitete. Matthias drehte sich um und warf einen letzten Blick in die Sakristei. Der Blutgeruch war noch stärker geworden. Er wußte nicht, was hier vor sich gegangen war, aber er war sich auch nicht sicher, ob er es wirklich wissen wollte.

Der Gedanke, daß sich ausgerechnet im Tabernakel etwas Bedrohliches abgespielt hatte, gefiel ihm überhaupt nicht.

Als er die Eichentür erreicht hatte, bückte er sich nach seinen Sandalen. Seine Füße waren eiskalt, die Zehennägel blau angelaufen. Er hatte den Verdacht, daß seine Angst mindestens genauso daran schuld war wie die Kälte. Er hatte Andre angelogen: Bestimmt hatte der Vorfall etwas mit den Fey zu tun. Matthias hatte einige Zeit damit verbracht, über das, was in dem Tunnel bei den Verliesen mit Stephan und Lord Powell geschehen war, nachzudenken. Auch dort hatte man Blut und Knochen gefunden.

Genauso wie während der Invasion. In den Baracken hatte eine Wache eines Morgens den Fußboden mit Knochen übersät vorgefunden, und daneben hatte eine Leiche gelegen. Auch an anderen Stellen waren Knochen aufgetaucht, zum Teil sogar in der Nähe des Palastes. Monte, der Hauptmann der Königlichen Wache, hatte den Verdacht geäußert, daß die Funde im Zusammenhang mit den Fey standen, aber es war nicht zu erkennen gewesen, ob sie von Fey stammten, die das Weihwasser getötet hatte, oder von Menschen.

Knochen und Blut. Knochen und eine Leiche. Matthias umklammerte die Trophäe in seiner Tasche noch fester. Etwas war dort in der Sakristei geschehen, und jemand hatte sich bemüht, die Spuren zu beseitigen. Matthias war entschlossen herauszufinden, wer.

Er strich mit dem Finger über die Schnitzereien auf dem Türflügel und berührte das Schwert, das der dem Untergang geweihte Roca in die Höhe hielt. Der Roca war im Profil mit grimmigem Gesicht dargestellt. Trotzdem war es dem Schnitzer nicht gelungen, die Augen menschlich wirken zu lassen. Was hatte der Roca gewußt, das sie alle vergessen hatten? Was hatte ihm so viel Macht verliehen, daß man sich seiner erinnerte und er der Gottgefällige war?

Matthias lehnte den Kopf gegen das Holz. Zum ersten Mal, seit er erwachsen war, wünschte er sich, Glauben statt Wissen zu besitzen. Denn zum ersten Mal in seinem Leben hatte er begriffen, daß allein der Glaube ihm weiterhelfen konnte.

2

Solanda hob den Kopf. Wieder wimmerte die Stimme. Sie saß am Straßenrand und wusch sich das Gesicht mit der rechten Vorderpfote. Das Geräusch kam nicht aus dem Wald; sie hörte es in ihrem Kopf. Solanda seufzte. Gestaltwandler empfingen oft überschüssige Magie aus anderen Bereichen, aber sie selbst hatte eine solche Erfahrung noch nie gemacht.

Die Bäume erschienen ihr unglaublich hoch. Sonnenstrahlen, die durch das dichte Blätterdach drangen, übersäten den Boden mit Lichtsprenkeln. Hinter Solanda zwitscherten ein paar Vögel, aber in ihrer unmittelbaren Nähe schwiegen sie. Solanda machte das nichts aus. Sie war jetzt nicht auf der Jagd. Ihr Ziel war das Schattenland.

Seit sie Jahn verlassen hatte, wurde sie von dieser Stimme belästigt. Zuerst hatte sie geglaubt, daß ihr jemand folgte. Dann erkannte sie, daß die Stimme nichts Verständliches sagte, sondern nur kleine Klagelaute von sich gab. Angstlaute. Sie rief Solanda und warnte sie, daß sie etwas Wichtiges verpaßte.

Solanda grub die Pfote in einen Augenwinkel und rieb mit heftigen Bewegungen den Schmutz ab. Sie hatte es nicht eilig, ins Schattenland zurückzukehren. Rugar ließ sie meist ihren eigenen Launen folgen. Über die neuen Aufenthaltsorte der Doppelgänger wußte er schon Bescheid, und für Solanda gab es momentan nur nebensächliche Aufträge. Auch die letzte Nebensächlichkeit hatte Solanda schon erledigt. Sollte sich herausstellen, daß ihr die Mysterien mit dieser Stimme einen Streich spielten, würde sie so schnell ins Schattenland zurückkehren, wie sie konnte.

Besser, sie verdrängte die Stimme aus ihrem Kopf.

Solanda stand auf und sah sich in beide Richtungen um, bevor sie weiter dem Pfad folgte.

Um ins Schattenland zu gelangen, mußte sie sich dicht beim Fluß halten. Aber die Stimme drängte sie, nach Norden zu gehen, weg vom Fluß, in den Wald hinein. Der Pfad, den sie jetzt benutzte, war ein alter Wanderweg der Inselbewohner, der aus Angst vor den Fey nur noch selten benutzt wurde. Schon vor der Invasion hatten hier nur wenige Inselbewohner gelebt, und als die Fey gekommen waren, hatten sich die meisten von ihnen aus dem Staub gemacht.

Je weiter nach Norden Solanda kam, desto schmaler und verwilderter wurde der Weg, obwohl auf dem lehmigen Boden Fußspuren zu erkennen waren. Es hatte heftig geregnet. Solanda passierte ein kleines Holzgebäude. Es war keine richtige Hütte, und wenn die Inselbewohner ein kriegerisches Volk gewesen wären, hätte man das Gebilde als Ausguck bezeichnen können. Das Holz war völlig verwittert und das Dach halb eingestürzt. Offensichtlich war der Hochsitz seit dem Einmarsch der Fey nicht mehr benutzt worden. Wofür mochte er einst gedient haben? Hier gabelte sich der Pfad, und Solanda wollte schon der Abzweigung folgen, die von häufigerer Benutzung zeugte, als sie plötzlich innehielt und in die andere Richtung blickte. Nein. Erst mußte sie herausfinden, was sich am Ende dieses verlassenen Stücks befand.

Der verwilderte Pfad schlängelte sich bergab. Seine weiche Oberfläche tat Solandas schmerzenden Pfoten wohl. Sie war schon zu lange ohne Pause oder Zwischenmahlzeit unterwegs. Es war so still, daß sie am liebsten wieder ihre Fey-Gestalt angenommen hätte, aber dann erinnerte sie sich an die Geschichte von Aio, dem Gestaltwandler, der sich auch zu sicher gefühlt hatte und den man in seiner zweibeinigen Gestalt hinterhältig abgeschlachtet hatte. Das war eine Schauergeschichte, die Gestaltwandler ihren Kindern erzählten, um sie zu warnen, aber sie hatte Solanda schon oft das Leben gerettet.

Auch jetzt wieder mahnte die Erinnerung daran sie zur Vorsicht.

Solanda erreichte eine kleine Gruppe von Birken, deren weiße Stämme einen hübschen Kontrast zu dem sie umgebenden Grün bildeten. Der Pfad war noch schmaler geworden, Grashalme streckten ihre Spitzen durch die Erde. Hier war schon lange niemand mehr gegangen.

Jetzt führte der Pfad auf einen niedrigen Hügel, und schließlich fand Solanda sich auf einer Lichtung wieder. Hier wuchs das Gras hoch, und dicke Brombeerranken wanden sich zwischen den Baumstämmen hindurch. Auf der Lichtung stand eine Hütte. Die Tür war offen, die Möbel lagen zerschlagen auf dem Vorplatz verstreut. Andere Fey waren Solanda zuvorgekommen und hatten vermutlich alle nützlichen Gegenstände ins Schattenland geschleppt.

Dankbar für ihre Katzengestalt und die Fähigkeit der Katzen, sich wesentlich kleiner zu machen, als sie eigentlich waren, fand Solanda einen Durchschlupf unter den Brombeerranken. Sie jaulte leise auf, als sich ein paar Dornen in ihren Bauch bohrten, stieß sich mit den Hinterpfoten ab und stemmte die Krallen in die Erde, bis sie schließlich die Lichtung erreicht hatte. Dann hielt sie inne, zog sich mit den Zähnen die Dornen aus dem Bauchfell und wusch sich noch einmal das Gesicht, bevor sie ihre Umgebung näher in Augenschein nahm.

Zersplittertes Holz und Tonscherben wurden vom hohen Gras fast schon überwuchert. Holznägel waren in den Boden gedrückt, viele von ihnen mit der Spitze nach oben. Solanda wich ihnen sorgsam aus, um sich nicht zu verletzen. Sie beschnüffelte die Überreste der Zerstörung und lauschte auf die Stimme, die sie hierher geführt hatte.

Dann entdeckte sie die Skelette. Sie lagen mitten auf der

Lichtung. Gras war um sie herum gewachsen. Die Knochen der Frau lagen ein paar Meter entfernt von denen des Mannes. Fetzen ihrer Kleidung hingen an ihnen, verrottet und von Käfern zernagt. Unter dem Schädel der Frau waren noch ein paar Haarsträhnen erhalten; der Schädel selbst war nach hinten gerissen, als hätte sie geschrien, während sie starb.

Die Knochen des Mannes lagen weiter verstreut, als hätte sich ein Tier darüber hergemacht. Aber Solanda wußte, daß das nicht der Fall war. Die Spuren auf den Knochen stammten von Fußsoldaten, die mit grobem Griff Fleisch, Muskeln und Haut von dem Sterbenden gerissen hatten. Keine saubere Arbeit. Sie würde Rugar Meldung erstatten müssen.

Skelette von Inselbewohnern: Solanda erkannte es an der mangelnden Elastizität der Rippen und der Starre der Knochen.

Und sie waren schon lange tot. Das waren nicht die Spuren eines frischen Mordes. Wahrscheinlich hatte der Überfall zur Zeit der Ersten Schlacht um Jahn stattgefunden. Manche Einheiten hatten auch außerhalb Jahns gekämpft. So erklärte es sich, wie sie so rasch einen geeigneten, abgelegenen Ort für das Schattenland hatten ausfindig machen können.

Die Stimme in Solandas Kopf schwieg jetzt: Offenbar bedeutete das, daß sie ihr Ziel erreicht hatte. Aber die Skelette verrieten wenig mehr als das Offensichtliche: daß ein Inselbewohnerpaar hier gelebt hatte und von Fey getötet worden war. Solanda ließ die verrottenden Knochen links liegen und wandte sich der Hütte zu.

Die Stufen waren unversehrt, lediglich mit Schmutz und Tierspuren bedeckt. Solanda blieb stehen und schnupperte. Unter dem Schmutz war ein schwarzer Fleck. Das Blut mußte in Strömen geflossen sein, wenn es sogar in das Holz eingesickert war. Kein Regen konnte diesen Fleck jemals abwaschen.

Langsam erklomm sie die Stufen, unsicher darüber, was sie vorfinden würde. Das Innere der Hütte war dunkel und roch nach Staub. Mäusespuren waren auf der Veranda zu sehen, und die Abdrücke der zierlichen Füßchen kreuzten sich mit denen von Vogelkrallen. Eine größere Katze als Solanda hatte doppelt so breite Pfotenabdrücke wie die ihren am Rand der Veranda hinterlassen; das Tier hatte die Stufen verschmäht und war von der Lichtung direkt auf die hölzerne Plattform gesprungen. Alle Spuren führten in die Hütte hinein und dann wieder hinaus. Offensichtlich gab es dort nichts mehr zu räubern.

Trotzdem schnupperte Solanda ausgiebig. Sie verspürte keine große Lust darauf, ein größeres Tier, das womöglich Katzen fraß, auf sich aufmerksam zu machen. Die Schauergeschichten der Gestaltwandler wußten auch von Wandlern zu berichten, die sich in eine gefährliche Lage gebracht hatten und nicht mehr schnell genug eine vorteilhaftere Gestalt annehmen konnten.

Solanda roch nichts Bedenkliches, also trat sie über die Schwelle.

Die Hütte war fast leer; die meisten Möbel waren verschwunden, und auch hier drinnen war der kahle Fußboden mit Spuren übersät. Manche davon waren menschlich und stammten von Fey. Solanda erkannte die vertrauten Abdrücke ihrer Stiefel und fand ihren Verdacht bestätigt. Der größte Teil der Einrichtung des Gebäudes hatte den Weg in die Schattenlande gefunden.

Die Hütte besaß ein großes Vorderzimmer, von dem zwei kleinere Räume abgingen. Die Bauweise verriet sorgfältige Planung, und man hatte mehr Wert auf Bequemlichkeit gelegt, als es in Jahn allgemein üblich war. In der Mitte zwischen dem Vorderzimmer und der Küche war ein Kamin angelegt, und die Fenster ließen den Raum überraschend hell wirken. In besseren Tagen hatte man hier sicher ein angenehmes Leben geführt.

Von der Rückwand der Küche führte eine Tür in einen Hof, der einst ein gepflegter Nutzgarten gewesen sein mußte. Manche der Pflanzen wuchsen jetzt wild, ihre Blätter ragten aus dem hohen Gras. Die Tür zur Vorratskammer stand offen, und an einer Seitenwand befand sich ein kleiner Herd – ein wahrer Luxus in einer Hütte dieser Größe. Solanda wunderte sich, daß ihre Leute ihn zurückgelassen hatten. Vielleicht war es ihnen zu mühsam gewesen, ihn ins Schattenland zu schaffen.

Trotzdem fühlte Solanda sich unbehaglich, als fehlte hier etwas Entscheidendes. Sie trippelte zurück ins Vorderzimmer und dann in einen der Seitenräume. Hier war einst das Schlafzimmer gewesen. Die Möbel waren verschwunden, aber das Kopfbrett des Bettes war noch immer an die Wand genagelt. Solanda starrte es einen Augenblick lang an und fragte sich, was für ein Leben die Leute hier geführt haben mochten. Hatten sie ihr gemütliches Heim geliebt? Offensichtlich waren sie in quälender Angst gestorben, ein Preis, den Solanda für nichts in der Welt gezahlt hätte. Solanda hatte den Fußsoldaten schon oft bei ihrem schmutzigen Handwerk zugesehen, und es hatte sie gründlich abgestoßen. Aber sich vorzustellen, wie es sich anfühlte, wenn sie tatsächlich über einen herfielen, gelang ihr nicht.

Eine leichte Brise streifte durch das offene Fenster und brachte den Duft von Gras und trockener Luft mit sich. Solanda hob den Kopf und schnupperte, aber sie roch nichts Ungewöhnliches.

Die Stimme in ihrem Kopf schwieg noch immer. Hätte Solanda nicht vorhin ihre Anwesenheit so stark empfunden, hätte sie jetzt nicht geglaubt, daß sie noch immer da war. Aber sie war noch da. Und sie wollte Solanda etwas erzählen … irgend etwas.

Solanda verließ das Schlafzimmer und trabte durch den schmalen Flur in das zweite kleinere Zimmer. Auch dieser

Raum war leer. Sonnenstrahlen spielten auf dem staubigen Boden; in einem großen, gelben Fleck hätte Solanda sich am liebsten ausgestreckt, ausgeruht und gewärmt. Aber sie gab diesem Wunsch nicht nach. Das seltsame Gefühl verstärkte sich in diesem Zimmer noch ... als befände sich die Lösung des Rätsels ganz in der Nähe.

Bis auf einen kleinen Fleck an einer Seitenwand waren die Wände leer. Solanda inspizierte ihn und bemerkte, daß das Holz hier dunkler war, als sei es vor der Sonne geschützt gewesen. Der Fleck war etwa dreißig Zentimeter hoch und einen Meter breit, als hätte hier einst ein langes Wandbord gehangen. Aber mehr verriet er nicht. Wenn es das war, was sie herausfinden sollte, hatte Solanda jedenfalls keine Ahnung, was es bedeutete.

Einen Augenblick stand sie reglos im Sonnenlicht und ließ sich den Pelz von den warmen Strahlen liebkosen. Sie wandelte auf Abwegen, die sie nicht begriff.

Solanda seufzte. Sie würde zum Pfad zurückkehren und ihm in der Richtung folgen, die sie ursprünglich einschlagen wollte, um zu sehen, wohin er führte. Wenn sie dort nichts Verdächtiges fand, würde sie sich schleunigst ins Schattenland aufmachen.

Bei diesem Gedanken zuckte ihre Schwanzspitze und wirbelte kleine Staubwölkchen auf. Solanda beobachtete, wie die Staubkörnchen im Licht schimmerten – und dann entdeckte sie etwas, dort, in der Ecke. Widerwillig rappelte sie sich hoch und trat näher.

In der plötzlichen Dunkelheit mußte sie blinzeln. Sie haßte den Kontrast zwischen dem Sonnenlicht und dem Rest des Raumes. Die kühle Luft an ihrem Pelz ließ sie frösteln. Langsam näherte sie sich der Ecke; sie kroch fast auf dem Bauch und zuckte jedesmal in die Höhe, wenn sich eine Staubflocke bewegte. Ihr Katzenanteil hatte die Kontrolle übernommen, und ihr Fey-Anteil fühlte sich leicht irritiert, als benähme sie sich ganz und gar unschicklich.

Schließlich erreichte sie die Stelle und blinzelte in die Dunkelheit. Sie war in Versuchung, ihre menschliche Gestalt anzunehmen, um besser sehen zu können. Das Objekt war rund und halb im Schatten verborgen. Solanda konnte nicht erkennen, ob es sich um den zusammengerollten Körper einer toten Maus oder um etwas Bedenklicheres handelte.

Zögernd streckte sie die Pfote aus und berührte das Ding.

Es schaukelte hin und her, und Solanda machte mit katzenhaftem Reflex einen Satz rückwärts. Dann kauerte sie sich auf die Hinterpfoten und starrte das Ding einen Moment an, bevor ihr klar wurde, daß ihre Pfote kein Fell berührt hatte, sondern Holz.

Sie war erleichtert. Seit die Fey auf der Blauen Insel eingefallen waren, hatte Solanda befürchtet, die Inselbewohner besäßen mehr Zauberkräfte, als die Fey vermuteten, und daß ein Fey eines Tages mit etwas in Berührung kommen würde – mit einem Toten oder einem bestimmten Nahrungsmittel – und auf ebenso scheußliche Weise sterben würde wie durch das giftige Wasser. Das war einer der Vorteile von Solandas Katzengestalt: In diesem Zustand hatte sie eine natürliche Abneigung gegen Wasser.

Solanda erhob sich und näherte sich von neuem dem verdächtigen Gegenstand. Diesmal versetzte sie ihm mit der Pfote einen kräftigen Schubs. Das Ding rollte auf sie zu und traf ihre Vorderbeine. Solanda beschnüffelte es: Es roch nach Staub, trockenem Holz und noch etwas anderem, etwas, das einem schwächeren Geruchssinn niemals aufgefallen wäre.

Babyschweiß.

Solanda stieß den Ball von sich und bemerkte, daß er zwei einander gegenüberliegende Löcher besaß. Vielleicht hatte man eine Schnur hindurchgezogen oder einen Stock hindurchgesteckt, um daraus ein Spielzeug für ein sehr kleines Kind zu machen.

Ein Baby.

Jetzt ergab auch die Stimme in Solandas Kopf einen Sinn. Sie hatte die Lichtung nicht besonders gründlich abgesucht. Ein Kinderskelett war schwieriger zu finden als das eines Erwachsenen.

Solanda schubste den Ball ein wenig durchs Zimmer und erfreute sich an dem Geräusch von Holz auf Holz. Dann rollte er wieder – das Haus war offensichtlich nicht ganz eben – in seine Ecke, und Solanda verließ die Hütte.

Ein Baby. Das änderte alles. Die Fußsoldaten waren angewiesen, Babys zu entführen, anstatt sie zu töten, aber wenn sie das Kind nicht entdeckt hatten, war es wohl verhungert. Wenn es schon krabbeln konnte, war es vielleicht zum Sterben in den Hof gekrochen. Und wenn die Leute nicht bei einem Überfall der Fey ums Leben gekommen waren, sondern durch etwas anderes, war sicher auch ihr Baby davon betroffen.

Aber Solanda hatte das Gefühl, daß das Kind gar nicht tot war. Und wenn es noch lebte, würde sie es finden.

3

Der Rocaan hatte es auf die Handfläche gelegt: ein winziges Knöchelchen, ungefähr so groß wie seine Daumenspitze. An seinem Ende hing noch ein sehniges Stück Materie – Fleisch, Muskelgewebe, er war sich nicht ganz sicher –, als könnte man daran ablesen, von wem es stammte. Oder von was. Er lehnte sich in seinem Stuhl zurück und erschauerte trotz des im Kamin bullernden Feuers. Seit fast einem Jahr war ihm jetzt schon kalt, und er vermutete, daß die Kälte nicht von draußen herrührte.

Die Gobelins vor den Fenstern waren fest verschlossen. Seit der Invasion hatte er nicht erlaubt, sie zu entfernen. Seine Erinnerung an die Leichen im Hof hatte ihm den Ausblick verleidet. Nun kam jeden Morgen ein Aud herein, der alle Lampen anzündete und damit die Stiche an der Wand in Licht tauchte.

Dem Rocaan gegenüber saß Matthias mit seinen zerzausten Locken. Ohne sein Barett sah er eigenartig aus, wie jemand, der erst vor kurzem aufgestanden und noch nicht richtig bei sich war. Seine Schärpe war verdreht, und auf der Schulter seines Gewandes waren Schmutzspuren zu sehen. Selbst im Getümmel der Schlachten um Jahn hatte Matthias nicht so verwahrlost ausgesehen.

»Seid Ihr sicher, daß das von einem Menschen stammt?« erkundigte sich der Rocaan. Er hatte noch nie zuvor einen Knochen gesehen, zumindest noch keinen skelettierten. Er kannte nur die Knochen, die die Köche den Wachhunden zuwarfen, die das Flußufer hüteten.

Matthias nickte. »Ich kenne mich aus mit Leichen«, sagte er. »Das hier stammt von einem Menschen.«

Und dann fiel es dem Rocaan wieder ein: Als Matthias noch ein Aud war, hatte er zu der Gruppe gehört, die die Leichen aus den Sümpfen von Kenniland geborgen hatte. Einige davon waren bei einem besonders garstigen Unwetter an die Oberfläche getrieben worden, woraufhin jemand – womöglich der gebildete Matthias – die Vermutung geäußert hatte, daß wohl noch mehr im Sumpf begraben lägen. Sie mußten schon lange dort gelegen haben. Der Rocaan hatte die Bestattung zwar überwacht, doch bei seiner Ankunft waren die Leichen bereits in die Särge gelegt worden. Die Auds und die Stadtleute hatten beinahe einen Monat gebraucht, um die Skelette aus dem Sumpf zu rekonstruieren. Sie vermuteten, daß die Toten Opfer des Bauernaufstandes gewesen und in einem Massengrab beerdigt worden waren.

»Aber wie kommt das in die Sakristei?« fragte der Rocaan, wobei er nicht sicher war, ob er die Antwort wissen wollte.

Matthias schüttelte den Kopf. »Das habe ich mich auch gefragt. Am meisten Kopfzerbrechen hat mir das Blut bereitet. Bei der Invasion wurden auch innerhalb des Palastes und in seiner Umgebung Blut und Knochen gefunden, ebenso in den Unterkünften der Wachmannschaften. Es hat etwas mit den Fey zu tun.«

Der Rocaan ballte die Finger zur Faust. »Sie lassen uns nichts. Haben sie denn kein Verständnis für so etwas wie Frömmigkeit?« Er schloß die Augen, lehnte sich zurück und wünschte, das alles fände ein Ende. Sie hatten ihm so viel genommen. Der einzige Ort, an dem er jetzt noch seine Andacht verrichten konnte, war dieses kleine Gemach, von dem aus er die Fey zum ersten Mal gesehen hatte.

»Ich glaube, das spielt bei ihnen keine Rolle«, sagte Matthias.

Der Rocaan öffnete die Augen. Er saß Matthias nicht gern gegenüber. Matthias war groß und schlank, wie die Fey. Er war auf die Idee gekommen, Weihwasser als Waffe einzusetzen. Er hatte nie an Gott oder den Roca geglaubt, hatte schon immer die Geschriebenen und die Ungeschriebenen Worte so verdreht, wie er sie gerade brauchte.

Matthias hätte das Geheimnis des Weihwassers niemals erfahren dürfen. Jetzt mußte sich der Rocaan, bevor er starb, gezwungenermaßen und eindeutig für einen Nachfolger entscheiden. Andre war eine Möglichkeit. Er besaß den Glauben. Aber Andre wußte nichts von der Welt. Das war das Problem mit den Gläubigen: Sie weigerten sich, das Hier und Jetzt wahrzunehmen.

Er schluckte und legte den Knochen neben sich in die silberne Schale auf dem Tisch. Ein leises Klappern ertönte, als er mit der Schale in Berührung kam, und Matthias zuckte zusammen. Noch nie zuvor hatte dieser Mann soviel Empfindsamkeit gezeigt.

Dem Rocaan gefiel das ganz und gar nicht.

Er nickte Matthias würdig zu, doch der schien nicht zu verstehen, daß er mit dieser Geste entlassen war.

»Ich werde über all das nachdenken«, sagte der Rocaan.

»Worüber?« wollte Matthias wissen. »Wir wissen nichts weiter, als daß in der Sakristei möglicherweise etwas nicht stimmt. Wir wissen nicht einmal, worum es sich dabei handeln könnte.«

»Sollte mir etwas Ungewöhnliches zu Ohren kommen ...«

»Wollt Ihr damit sagen, daß jetzt Blutlachen schon etwas Gewöhnliches sind? Ich habe Andre bereits beauftragt, eine Versammlung aller Bewohner des Tabernakels einzuberufen. Sollte jemand fehlen, dann wissen wir, was geschehen ist.«

Dem Rocaan mißfiel Matthias' Ton. Was auch immer aus ihrem Verhältnis geworden war – dieser Sarkasmus gehörte nicht dazu. »Ihr hättet nicht ohne mich handeln sollen«, sagte er.

»Und weshalb nicht?« erwiderte Matthias. »Jeder der Ältesten ist berechtigt, an Eurer Statt zu handeln. Wir verwalten den Tabernakel.«

»Ja, aber ich leite ihn.« Der Rocaan sprach die Worte sanft aus. Er wollte, daß Matthias den Unterton vernahm, daß er begriff, daß nicht immer alles nach Plan funktionierte.

Matthias lehnte sich zurück und schürzte die Lippen. Offensichtlich hatte er verstanden. »Nun denn, Heiliger Herr«, sagte er nach einer kurzen Pause, »in diesem Falle werde ich die Anweisung widerrufen.«

»Tut das«, sagte der Rocaan. Er schloß die Augen, wollte nichts mehr sehen und nichts mehr denken. Er wollte vom Feuer gewärmt werden und sehnte ein Ende dieser sorgenvollen Tage herbei.

Der Stuhl knarrte, als sich Matthias erhob. Dann klopfte jemand an die Tür. Der Rocaan seufzte und öffnete die Augen. Matthias stand mit vor dem Bauch gefalteten Händen vor dem Stuhl und blickte mit sehnsüchtigem Ausdruck zur Tür, wie ein kleiner Junge, der etwas Verbotenes beobachtet.

»Seht mal nach«, sagte der Rocaan ohne weitere Floskeln. »Ich bin nicht zu sprechen, es sei denn, es ist ein Notfall.«

Matthias nickte, ohne den Rocaan recht anzublicken. Der Rocaan verdrehte die Augen. Seine Einschätzung war falsch gewesen. Matthias war nicht neugierig. Er schien Angst zu haben. Jetzt spürte auch der Rocaan, wie ihm ein ängstlicher Schauer über den Rücken herunterlief. Er hatte Matthias zwar schon erschrocken, aber noch nie verängstigt gesehen. Was konnte ihm wohl einen solchen Schrecken einjagen?

Matthias ging zur Tür, öffnete sie und schob sich nach draußen, damit der Anklopfer den Rocaan in seinem hohen Lehnstuhl nicht sehen konnte. Der Rocaan legte Daumen und Zeigefinger auf den Nasenrücken und kniff sich heftig. Der Schmerz fühlte sich gut an. Er weckte ihn, rief ihm in Erinnerung, daß er lebte. Dann langte er nach der Silberschale und betrachtete den Knochen. Jemand war im Tabernakel gestorben. Oder jemand hatte Blut vergossen und den Knochen an den heiligsten Ort der Blauen Insel gelegt. Ein Ritual der Fey? Hofften sie, auf diese Weise mehr Macht zu erlangen?

Vielleicht sollte er sich nicht um die Anordnung des Königs kümmern und ein kleines Schiff von der Insel losschicken. In Nye gab es ein kleines Häuflein Rocaanisten, die sich wohl bereit erklären würden, das Land zu verlassen, jetzt, da es unter der Herrschaft der Fey stand. Dort lebten sie schon drei Jahre mit den Fey und konnten wahrscheinlich beurteilen, ob es sich um einen ihrer Tricks handelte – und wahrscheinlich wußten sie auch, wie man damit umging.

Hinter seinen Augen zog ein Schmerz herauf. Aber sie würden auch Weihwasser nach Nye mitnehmen wollen, sobald sie zurückgekehrt waren. Die Rocaanisten in Nye hatten keine ordentlichen Anführer. Die Auds, die die Gemeinde gegründet hatten, waren schon vor Jahren gestorben, und so hielt man die Andachten dort seit beinahe einem Jahrzehnt ohne Anleitung ab. Die Rocaanisten auf der Blauen Insel hatten selbst beschlossen, sie sich selbst zu überlassen, davon ausgehend, daß es am besten sei, den Rocaanismus auf ihre Insel beschränkt zu lassen. Das Risiko, das der Rocaan mit der Entsendung eines Schiffes auf sich nahm, war größer als der Wert der erwarteten Information. Mit einiger Überlegung konnte er das, was er wissen mußte, auch hier erfahren.

Das Problem bestand darin, daß keine Seite mit der anderen redete. Er war noch nicht einmal einem Fey begegnet. Er hatte sie lediglich aus der Ferne gesehen, bei der Invasion, als sie unten auf dem Hof gegen sein Volk gekämpft hatten. Die Geschriebenen und Ungeschriebenen Worte besagten, jeder, der seinen Feind nicht kannte, ist ein Narr. Die Worte predigten Wissen um jeden Preis. Und der Rocaan hatte zugelassen, daß diese Erkenntnis einfach unter den Tisch fallengelassen wurde.

Die Tür ging auf, und Matthias schob sich wieder herein. Falls das überhaupt möglich war, sah er noch blasser als zuvor aus. Er drehte eine Locke um seinen Zeigefinger – eine Geste, die der Rocaan noch nie bei ihm gesehen hatte. Matthias nickte kurz, als bekenne er sich dazu, den Rocaan in seinen Gedankengängen zu unterbrechen.

»Es ist noch mehr gefunden worden«, sagte Matthias.

Dem Rocaan lief ein Schauer über den Rücken. »Blut?« fragte er.

Matthias nickte. »Und ein ganzes Skelett. In Einzelteilen.«

Der Rocaan wandte sich ab und starrte ins Feuer. Die Flammen züngelten empor, leckten am Holz und formten eigenartige Gebilde, als hielten sie eine Antwort bereit. »Wofür haltet Ihr das Ganze?« fragte er. »Glaubt Ihr, sie wollen uns verhexen?«

»Keine Ahnung«, erwiderte Matthias. »Aber falls ja, dann hat es jedenfalls im Palast nicht gewirkt. Ich würde gern überprüfen, ob jemand fehlt, und ich würde auch gern dem König eine Botschaft übermitteln, damit er weiß, daß wir es hier mit dem gleichen Phänomen zu tun haben.«

Der Rocaan stieß einen tiefen Seufzer aus. Auch wenn er es nicht wollte, mußte er tun, was Matthias wollte. Merkwürdig, daß es soweit gekommen war. Dabei müßte Matthias eigentlich seine Befehle befolgen.

»Wer hat die Neuigkeiten überbracht?«

»Porciluna.« Man mußte es Matthias hoch anrechnen, daß er nicht mehr sagte. Aber der Rocaan sah ihm an, daß es ihn zum Handeln drängte.

Der Rocaan entließ ihn mit einer Handbewegung. »Haltet Eure Versammlung ab. Schickt jemanden zum Palast. Teilt dem König mit, daß ich ihn sehen möchte. Sagt ihm …« – daß der Rocaan müde ist. Daß er möchte, daß dieser Krieg endlich ein

Ende findet – »... daß ich ihm die Wahl von Ort und Zeit überlasse.«

Matthias hörte auf, sich die Haarsträhne um den Finger zu wickeln. »Wie Ihr wünscht«, sagte er und entfernte sich. Seine Angst war stärker als seine Argumente.

Der Rocaan schaute ihm nach und konnte sich auch dabei dieses Gefühls von Verderben und Untergang nicht erwehren.

4

Fledderer band sich den letzten vollen Beutel an die Hüfte, legte eine Hand auf den Rücken und erhob sich. Die Luft roch nach verwesendem Fleisch und aufgeblähten Leichen, ein Geruch, der ihm allmählich zuwider wurde. Der Schweiß rann ihm an einer Seite des Gesichts herab, obwohl es sich im kühlen Schatten der Bäume befand. Über ihm zwitscherte ein Vogel. Als er aufsah, hörte das Zwitschern sofort auf, als hätte er das Tier allein mit seinem Blick zum Verstummen gebracht.

Er arbeitete schon seit der Morgendämmerung des vorangegangenen Tages, zusammen mit fünf anderen Rotkappen, von denen Rugar behauptete, er könne sie entbehren. Wovon er sie entbehren konnte, darauf wußte er keine Antwort. Es war nicht so, daß an anderen Orten Schlachten geschlagen würden und dort dringend Rotkappen zum Sammeln von Blut und Gewebe erforderlich gewesen wären. Aber er hütete sich, Rugar danach zu fragen. Die Frage einer Rotkappe beantwortete ohnehin niemand.

Trotzdem waren sie knapp an Arbeitskräften. Für diese Plackerei hätte man mindestens zehn Rotkappen benötigt, und die hätten noch alle Hände voll zu tun gehabt. Er schob die letzten Fleischfetzen in den Beutel auf seiner linken Seite, wo er die nicht mehr ganz so gute Ausbeute sammelte. Caseo würde angesichts der Verschwendung toben. Fledderer würde ihm sagen, Rugar sei daran schuld.

Als wenn das etwas brächte.

Seine Hände rochen so übel wie die ganze Lichtung. Er wischte sich den Schweiß von Braue und Handgelenk. Niemand zollte seiner Arbeit Anerkennung. Mit Ausnahme der anderen Rotkappen wußte niemand, wie gefährlich sie wirklich war. Jemanden auf diese Art zu zerlegen war schon mitten in der Schlacht tödlich – nicht alle Rotkappen verwendeten die Reste der Fußsoldaten –, aber nicht halb so gefährlich wie hier, auf der friedlichen Lichtung. Jedesmal, wenn er einen toten Körper berührte, befürchtete er, etwas vom Gift der Inselbewohner abzubekommen, befürchtete, sein eigener Körper würde schmelzen und ihn verlassen, und daß er ersticken müsse, weil ihm keine Möglichkeit zu atmen mehr blieb. Er träumte schon davon. Dann wachte er jedesmal keuchend und nach Luft schnappend auf. Wenn er nur wüßte, wie er sich von diesem vermaledeiten Ort davonstehlen könnte, er würde es tun. Aber er wußte nicht, wie.

Er war selbst daran schuld, daß er hier draußen war. Er hatte den Fehler begangen, Tazy, dem Anführer der Fußsoldaten, zu erzählen, er würde alles tun, um die Düsternis der Schattenlande zu verlassen. Sie drang ebenfalls bis in seine Träume ein. In Nye hatte er früher immer in Farbe geträumt. Jetzt war alles grau in grau, manchmal etwas heller, manchmal etwas dunkler, aber immer grau.

Er mußte fliehen. Wenn sie ihn noch länger dortbehielten, drehte er noch durch.

»Na, hast du's bald geschafft?« Die Stimme ertönte direkt hinter seinem Ohr. Er blickte auf und sah Klaue hinter sich stehen. Klaue war sogar noch kleiner als er und wog doppelt soviel. Sie hatten zusammen die Schule besucht, und Fledderer erinnerte sich noch immer an den Tag, an dem der Lehrer sie als einzige der nachpubertierenden Jungs in der Klasse zur Seite genommen und ihnen gesagt hatte, sie könnten ebensogut zu Hause bleiben, da die Magie ohnehin nicht über sie komme.

Fledderer schüttelte den Kopf. Alle seine Glieder schmerzten. »Es ist viel zuviel Arbeit für uns alle.«

»Es ist sowieso schon fast verfault«, sagte Klaue. »Verdorbenes Fleisch bringt nicht allzuviel.«

»Vielleicht machen die Domestiken noch was daraus.«

Klaue kräuselte die Nase. »Die kommen an so eine Leiche nicht mal ran. Außerdem hat die Schamanin keine Pfleger mitgebracht.«

»Das stimmt. Hab' ich ganz vergessen.« Das Vergessen war zu einer Methode der Selbstverteidigung geworden. Die Rotkappen mußten die Überreste jetzt selbst wegschaffen. Er streckte sich. Die Blutbeutel hingen schwer an seinem Gürtel. »Weißt du, was mich beunruhigt?«

Klaue knotete einen Beutel an seinem Gürtel fest. »Was denn?«

»Keine Inselbewohner. Weißt du noch, wie sie bei der Zweiten Schlacht um Jahn die Toten von uns wegzogen? Und dann das Gefecht am Cardidas-Hafen, wo sie uns töten wollten, als wir uns über die Leichen beugen wollten?«

Klaue blickte auf und sah ihn mit seinem blutverkrusteten Gesicht verdutzt an. »Dabei lagen sie schon zwei Tage dort.«

»Genau.«

Klaue erschauerte. »Und wenn auf diesen Leichen dort Gift war? Vielleicht eine andere Sorte? Wir werden ganz langsam sterben …«

»Vielleicht«, erwiderte Fledderer. »Aber ich glaube nicht daran. Wenn sie uns sterben lassen wollten, hätten sie dafür nicht andere umgebracht. Da geht etwas anderes vor sich.«

»Das ergibt doch keinen Sinn«, grübelte Klaue.

Fledderer warf einen Blick zu dem Erdring hinüber. Er wußte, an welcher Stelle die Lichter aufflackern würden, konnte sie jedoch nicht sehen. Er atmete tief durch. »Vielleicht wollen sie nicht mehr hierher zurückkommen. Wir haben hier gewonnen. Wir haben ein paar von ihren Leuten gefangengenommen, die meisten von ihnen getötet und ihre Waffen an uns genommen. Vielleicht haben sie jetzt endlich Angst vor uns.«

»Ich glaube, sie hatten schon seit jeher Angst vor uns«, sagte Klaue.

»Schon, aber jetzt wissen sie vielleicht, daß wir sie besiegen können.«

»Ich glaube nicht, daß sie jemals daran gezweifelt haben«, gab Klaue zurück. »Wir haben ihre nette kleine Welt vor einem Jahr kurz und klein geschlagen ...«

»Und sie haben es geschafft, uns abzuwehren.« Fledderer seufzte. Er haßte es, hier zu sein. Auch in Nye hatte es ihm nicht behagt. Es lag an der Arbeit. Wahrscheinlich hätte er, wie geplant, nach der Eroberung von Nye davonlaufen sollen. Er hätte einen Bauernhof haben können, oder ein kleines Haus, und dort ungestört leben können. Dabei wußte er nur zu gut, daß es nicht funktioniert hätte. Niemand wollte Rotkappen in seiner Nachbarschaft haben. Die Nye hätten ihn geschnitten, und sobald der Hof nichts mehr abgeworfen hätte, hätte er nichts mehr zu essen gehabt. Zumindest bekam man beim Militär regelmäßig zu essen. Mehr oder weniger regelmäßig.

Er klopfte auf die Beutel an seinem Gürtel. »Ich glaube, hier können wir nicht viel mehr ausrichten.«

Klaue nickte. »Warum holst du nicht Tazy her – der soll das beurteilen! Ich finde, wir könnten alle eine Ruhepause vertragen.«

Das ließ sich Fledderer nicht zweimal sagen. Er überquerte die Lichtung, machte einen Schritt über den kleinen Erdwall und betrat den Kreis. Die Lichter brannten auf seiner Haut, dann war er drüben, in der kühlen Düsternis der Schattenlande.

In der Nähe des Versammlungsplatzes stand eine Gruppe Domestiken. Als sie ihn bemerkten, drehten sie ihm den Rücken zu und unterhielten sich einfach weiter, als sei er nicht da. Seufzend zerteilte er mit dem Fuß das kühle Grau und enthüllte eine unergründliche Schicht von Leere unter seinen Füßen. Er hatte nicht einmal einen eigenen Platz zum Waschen – und wenn er einen hätte, würde ihn garantiert jemand fragen, warum er sich wusch, anstatt zu arbeiten.

Er ging vorsichtig, mit gesenktem Kopf, damit er nicht sah, wie ihn die anderen anblickten. Als er die Hütte der Zauberhüter erreicht hatte, klopfte er an die Tür.

Keine Antwort. Gerade als er hineingehen wollte, um die Beutel, wie man es ihm gesagt hatte, im Hinterzimmer aufzustapeln, flog die Tür auf. Vor ihm stand Caseo und sah so müde aus, wie Fledderer sich fühlte.

»Wie du aussiehst!« sagte er.

Fledderer zuckte die Achseln. Er hatte heute keine Lust, sich von Caseo aufziehen zu lassen. »Ich bringe Beutel.«

»Bist du sicher, daß sie was taugen? Sie stinken nach Verwesung.«

Fledderer senkte den Blick. Er haßte die Hüter. Sie hatten ihn während der Ersten Schlacht um Jahn nicht anhören wollen. Er hatte sie angefleht, ihn zu den Kobolden vorzulassen, damit er um Regen bitten konnte. Aber die Hüter hatten ihm einfach nicht zugehört. Beinahe hätten sie ihn nicht in die Schattenlande hineingelassen.

»Die Leichen liegen schon seit zwei Tagen da draußen«, sagte Fledderer. »Wir dürfen sie nicht konservieren, weil ihr sagt, es verderbe die Magie. Bis jetzt hat uns aber niemand aufgefordert, mit dem Einsammeln aufzuhören. Also bringe ich dir die Beutel.«

»Bei allen Mysterien, muß ich denn hier für euch alle denken?« fuhr ihn Caseo an und drehte sich dann zu jemandem im Haus um, den Fledderer nicht sehen konnte. »Schick sofort Tazy oder einen anderen Soldaten los! Er soll diese Schwachsinnigen davon abhalten, unsere Vorräte zu verderben!«

»Wir sind keine Schwachsinnigen«, sagte Fledderer.

Caseo wandte sich um und legte den Kopf zur Seite. Seine Augen blitzten, als hätte Fledderer etwas Amüsantes gesagt. »Wie bitte?«

Fledderer schob das Kinn vor. »Ich sagte, wir sind keine Schwachsinnigen.«

Ein Lächeln umspielte Caseos Lippen. »Wie würdest du es denn nennen, wenn nur ein Viertel deines Gehirns richtig arbeitet?«

»Wir sind genauso klug wie ihr«, erwiderte Fledderer. »Wir haben nur nicht soviel Glück gehabt.«

»Aah.« Caseos Lächeln wurde breiter. »Glück nennst du das. Wie eigenartig. Als könnte die Gabe der Macht vom Himmel auf dich kommen und dich mit Glück überschütten, und dann wärst du ebenso vom Glück begünstigt wie ich. Was für erbärmliche, wertlose Träume, mein Junge.«

»Ich bin kein Junge. Ich bin ein erwachsener Mann.«

»Du bist ein Junge«, sagte Caseo. »Du hast deine Macht noch nicht entfaltet. Das glaubst du doch, oder?«

»Ich bin mit Macht und Fähigkeiten ausgestattet«, gab Fledderer zurück. »Ich bin nicht weniger Fey als du.«

Caseo grinste. »Und was für eine Art von Macht soll das sein, mein Junge?«

»Ich bin stärker als du. Und ich habe mehr Ausdauer als du. Ich verfüge über *körperliche* Fähigkeiten, wohingegen deine Fähigkeiten im Bereich der Magie liegen. Ich bin genausoviel wert wie du.«

Caseos Grinsen verwandelte sich in ein herzhaftes Glucksen. »Wenn du stark oder achtbar wärst, dann würdest du zumindest der Infanterie angehören. Du bist nichts, mein Junge. Überhaupt nichts. Dein Name paßt sehr gut zu dir – Fledderer, eine Kreatur, die die Toten beraubt. Wir haben schon ein Dutzend Kulturen erobert, mein Junge, und keine von ihnen ist besonders von den Leuten angetan, die mit Leichen arbeiten. Nur die Ausgestoßenen und Wertlosen legen Hand an die Toten.«

Mit zitternden Händen band Fledderer die Beutel von seinem Gürtel los. Sie fielen mit einem dumpf platschenden Geräusch auf den Boden, doch keiner von ihnen zerplatzte. »Ich mache deine Arbeit überhaupt erst möglich«, sagte er. »Ohne mich und die anderen Rotkappen wärt ihr nicht in der Lage, eure schändlichen Zauber auszuführen. Ihr wärt nichts.«

Einen Augenblick lang verblaßte Caseos Lächeln. Fledderer dachte schon, er hätte ihn erwischt. Dann nickte Caseo und streckte eine Hand aus. »Hättest du nicht Lust, deine Theorie einer Prüfung zu unterziehen – daß du ebenso ein Fey bist wie ich?«

Fledderer blickte auf Caseos Handfläche. Keine einzige Schwiele. Die Fingernägel waren gefeilt und poliert. Der Mann hatte in seinem ganzen Leben noch keine körperliche Arbeit verrichtet. Fledderer legte die eigenen Hände auf den Rücken. »Was verlangst du von mir?«

»Folge mir«, sagte Caseo. »Und bring die Beutel mit.«

»Nein«, sagte Fledderer. »Jemand anders soll die Beutel tragen.«

»Du bist eine Rotkappe«, erwiderte Caseo. »Was auch immer geschieht – jeder von uns muß seine Aufgabe erledigen.«

Die Bemerkung trieb Fledderer die Schamesröte ins Gesicht. Er bückte sich und hob die Beutel an ihren zusammengebundenen Enden an. Sie zogen schwer an seinen Armen; normalerweise trug er sie immer an der Hüfte, was ihm inzwischen so vorkam, als gehörten sie zu ihm. Aber er sagte nichts und stieg hinter Caseo her die Treppe zum Haus der Zauberwächter hinauf.

Er war schon oft in dem Haus gewesen, doch noch nie hatte man ihm erlaubt, sich länger darin aufzuhalten. Die anderen Hüter hockten um einen Tisch herum, und bis auf den, der ihm am nächsten saß und die Nase rümpfte, als er an ihm vorbeiging, schienen sie Fledderer nicht einmal wahrzunehmen. Caseo zeigte auf die gegenüberliegende Wand, wo die anderen Blutbeutel aufgeschichtet übereinanderlagen. Fledderer setzte seine Beutel darauf.

Es war heiß und stickig in dem Hauptraum. Im Kamin brannte ein mit viel zuviel Holz bedecktes Feuer – eine Vergeudung und ein Verbrechen, wenn es noch immer Fey gab, die in überfüllten Gebäuden ohne Heizung auf dem Boden schlafen mußten. Die Hüter, auch die Frauen unter ihnen, waren ausnahmslos knochige, kahl werdende Wesen, deren Augen Dinge jenseits der einfachen Freuden des Alltags sahen. Fledderer lief es eiskalt den Rücken hinunter. Sich mit einem einzelnen Hüter zu streiten war eine Sache; sich der ganzen Truppe gegenüberzusehen war etwas völlig anderes.

Alle hatten die Hände unter dem Tisch, und sie trugen trotz der Hitze alle schwere Mäntel. Fledderer schien der einzige zu sein, der schwitzte. Er fuhr sich mit der Zunge über die Lippen. Es verlangte ihn nach einem Glas Wasser, doch er wußte, daß sie ihm nichts anbieten würden.

Mitten auf dem Tisch stand eine Schüssel mit Wasser, daneben ein geöffneter Blutbeutel. In einer anderen Schüssel schwamm ein Streifen Haut in rosafarbenem Wasser. Es war frische Haut, frischer als alles, was er heute abgezogen hatte.

»Was hast du vor?« erkundigte sich Fledderer.

Alle Wächter blickten Caseo gleichzeitig an. Es sah aus, als verfügten sie über keinen eigenen Willen, obwohl Fledderer sehr wohl wußte, daß das Gegenteil der Fall war. Er war mit jedem einzelnen von ihnen auf den Schiffen zusammengetroffen, hatte mehr als einmal mit ihnen zu tun gehabt, als er die Beutel gebracht oder beim Sammeln des Blutvorrats geholfen hatte. Sie schienen schockiert darüber zu sein, daß er in einem

Raum, in dem sich derart höherstehende Leute befanden, laut zu sprechen gewagt hatte.

»Diese Rotkappe«, sagte Caseo und legte die Hand auf Fledderers Schulter, »hat behauptet, sie sei ebenso Fey wie wir anderen hier. Da wurde mir plötzlich klar, daß er uns dabei helfen kann, der Lösung dieses Problems näherzukommen. Wir vermuten, daß unsere magischen Fähigkeiten uns zu Fey machen. Er verfügt nicht über diese Kräfte und hält sich trotzdem für einen von uns. Ich finde, ein kleiner Test dürfte da Klarheit verschaffen, meint ihr nicht?«

Sie erwiderten nichts. Fledderer entzog sich Caseos Hand. Sogar wenn er versuchte höflich zu sein, benahm sich dieser Mann Fledderer gegenüber herablassend. Selbst wenn sie versuchten zusammenzuarbeiten.

»Ich habe noch nie gehört, daß es die Zauberkraft ist, die einen Fey ausmacht«, sagte Fledderer.

Caseos Lächeln war wieder da. »Natürlich nicht«, sagte er. »Aber was unterscheidet uns denn, sagen wir, von den Nye? Unsere magischen Fähigkeiten.«

»Wir sehen anders aus«, erwiderte Fledderer.

Caseo schüttelte den Kopf. »Leute aus unterschiedlichen Gegenden der Welt sehen immer ein bißchen anders aus. Alle Völker rings um die Eccrasischen Berge haben mit uns die dunklere Hauttönung gemein, die Völker auf der Blauen Insel hingegen haben rundlichere Gesichtszüge und helles Haar.«

»Unser Militär unterscheidet uns von ihnen«, sagte Fledderer. »Unser Wille, das stärkste Volk der Welt zu sein.«

Caseo lachte. Die anderen Wächter sahen mit ausdruckslosen Gesichtern zu. Als wären nur ihre Körper anwesend, ihre Seelen hingegen ganz woanders. »Wie könnten wir jemals so viele Völker allein durch unsere Willenskraft erobern? Du bist ein naives Kind, Rotkappe.«

»Ich bin kein Kind«, gab Fledderer zurück. »Ich bin kaum

zehn Jahre jünger als du. Ich erinnere mich noch daran, daß wir auf der gleichen Schule waren. Ich erinnere mich daran, wie du deine Zauberkraft empfingst.«

»Streiten können wir uns darüber noch lange. Willst du nicht den Beweis antreten, daß du als Fey ebensoviel wert bist wie ich?« fragte Caseo.

»Na schön«, meinte Fledderer. »Ich werde es beweisen.«

Caseo lächelte schief, und zum ersten Mal, seit Fledderer ihn kannte, erreichte das Lächeln auch seine Augen. »Ich verlange von dir nicht mehr«, sagte er, »als daß du ein Stück Haut, das du mitgebracht hast, in die Schüssel mit Wasser legst.«

»Was soll das denn beweisen?« widersprach ihm Fledderer. »Ein Zauberspruch, den ich nicht kennen kann? Ich bin darin nicht ausgebildet. Und lüge mich nicht an. Ich weiß, daß ihr alle ausgebildet worden seid, nachdem sich die Macht bei euch zeigte.«

»Es ist ein Zauberspruch«, sagte Caseo, »aber ich sage dir die Worte, wenn du die Haut ins Wasser gibst.«

Fledderer schüttelte den Kopf. »Diese Probe ist unfair. Wir alle wissen, daß ich nicht über magische Kräfte verfüge. Das wissen wir alle. Ich bin von zwei Schamanen geprüft worden. Ich habe mit den größten Schamanen unserer Zeit gearbeitet, und sie haben herausgefunden, daß ich über keinerlei Magie verfüge.« Sein Blick fiel auf die Schüssel mit dem Hautfetzen darin. Von einem Zauberspruch, der verlangte, daß Haut in Wasser gelegt wurde, war ihm nichts bekannt. Dafür wußte er, daß die Hüter das Gift der Inselbewohner untersuchten. Indem sie Haut von Inselbewohnern in Inselgift legten, wollten sie herausfinden, ob es bei Inselbewohnern die gleiche Wirkung wie bei den Fey hervorrief.

Ein Schauer lief ihm über den Rücken. Er ging in die Ecke und nahm den letzten Beutel, den er gefüllt hatte, vom Stapel.

Er öffnete ihn, und der Gestank des faulenden Fleisches schnürte ihm die Kehle zu. Der Hüter direkt neben ihm wurde grün im Gesicht. Fledderer nahm den Beutel mit zum Tisch und ließ alle am Gestank teilhaben. Dann zog er mit Daumen und Zeigefinger einen Fetzen Haut heraus.

»Ich bin ein Fey«, stieß er mit zusammengepreßten Zähnen hervor. Er mußte seinen Zorn zurückhalten, sonst hätte er die Schüssel gepackt und alle Anwesenden mit ihrem Inhalt übergossen. »Dieses Gift wird mich töten.«

Caseo zuckte die Achseln. »Was zu beweisen wäre. Bislang ist noch keine Rotkappe daran gestorben.«

»Schöner Test«, erwiderte Fledderer. »Wenn ich sterbe, habe ich damit bewiesen, daß Rotkappen eures Respekts würdig sind. Und wenn nicht, beweise ich damit, daß ich kein echter Fey bin.«

»*Du* hast doch behauptet, du seist so stark«, meinte Caseo. »Beweise es. Berühre das Wasser. Hilf uns bei der Lösung des Problems. Wenn du am Leben bleibst, wissen wir immerhin, daß nur diejenigen von uns davon betroffen sind, die der Magie fähig sind.«

»Ich habe vielleicht keine magischen Kräfte«, sagte Fledderer, »aber ich habe Grips, und der sagt mir, was du da vorschlägst, ist nichts anderes als Mord.«

Caseo schüttelte den Kopf. »Ich bin davon überzeugt, daß du am Leben bleibst. Ich bin überzeugt davon, daß allein die Magie die Wirkung dieses Giftes hervorruft.«

»Warum probierst du es dann nicht an einem Infanteristen aus?« wollte Fledderer wissen.

»Nein«, erwiderte Caseo und hob die Arme. »Ich finde, wir probieren es lieber an dir aus.«

Das hatte Fledderer befürchtet. Er schleuderte die Haut in die Schüssel. Die Hüter schrien auf und wichen zurück, als sich die Tropfen über den Tisch ergossen. Er wartete nicht ab, ob einer von ihnen daran starb. Er rannte auf die Tür zu, riß sie auf und flitzte nach draußen.

Verflucht seien sie! Verflucht alle miteinander! Sie hielten ihn für so wertlos, daß sie ihn für eines ihrer Experimente sterben lassen würden! Er kannte diesen Drill, hatte von ihm in Galinas gehört. Einer stirbt, damit alle leben. So berechneten Generäle ihre Siege. Waren mehr Feinde als Fey umgekommen, dann war die Schlacht ein Erfolg. Ein einzelnes Leben bedeutete nichts. Schon gar, wenn es sich um Leben ohne magische Kräfte handelte.

Er hatte genug davon. Er hatte von ihnen allen endgültig die Nase voll.

5

Nicholas stand im Empfangssaal des privaten Flügels des Tabernakels. Obwohl nur wenig Licht vom Erker hereinfiel, war er von den echten Glasscheiben, auf denen die Aufnahme des Roca ins Jenseits abgebildet war, überaus beeindruckt. Der Roca selbst war in der mittleren Scheibe dargestellt, wo er in aller Ruhe sein Schwert säuberte. Rings um ihn standen die Soldaten des Feindes, groß und gesichtslos in ihren schwarzen Rüstungen. Das Volk des Roca drängte sich in den Bankreihen und auf den Balkonen, und ihre Münder waren vor Angst und Ehrfurcht weit aufgerissen.

Auch sonst war der Empfangssaal reich verziert. Die Wände waren mit Blattgold überzogen, und an den Stützbalken war das Gold zu kleinen Schwertern geformt. Die Stühle hatten hohe, harte Lehnen und waren unbequem. Nicholas zog es vor, auf dem rot-schwarz gewebten Teppich im Stehen zu warten.

Die Tische waren aus Holz, und auch an ihren Beinen fand sich das Schwertemblem in gedrechselter Form wieder. Jedes Detail fügte sich dem Ganzen hinzu und gab ihm das Gefühl, ersticken zu müssen. Er hatte nie so recht an das geglaubt, was in den Geschriebenen und Ungeschriebenen Worten stand. Die Unterrichtsstunden mit dem Ältesten Matthias waren eine Qual gewesen, deren er sich mit der Ankunft der Fey nur allzu gern entledigt hatte. Er konnte die Einwände seines Vaters nachvollziehen: Ein König sollte über seine Untertanen Bescheid wissen, und der Rocaanismus war die größte Macht der Inselkultur, aber das hieß noch lange nicht, daß Nicholas daran glauben mußte. Er mußte nur wissen, wie man ihn am geschicktesten für sich einsetzte.

Auf dem Rost lag Holz, aber es brannte kein Feuer. Der

einfache Steinkamin wirkte fast fehl am Platz. Die Steine waren grob behauen, ohne jede Verzierung. Bei näherem Hinsehen beschlich ihn die Vermutung, daß sie älter als die meisten anderen Dinge in diesem Raum waren – daß die Schnörkel der Religion erst später hinzugekommen waren, als derlei Dinge an Wichtigkeit gewannen.

Die Tür ging auf, und der Rocaan trat ein, gefolgt von den Ältesten Matthias und Porciluna. Nicholas' Wachen blieben wartend vor dem Saal stehen, so wie er es ihnen befohlen hatte.

Das Gesicht des Rocaan wies mehr Falten auf, als Nicholas es in Erinnerung hatte. In seiner Samtrobe wirkte der Mann direkt klein. Die Farbe des Gewandes paßte genau zu der des Teppichs, und seine schwarze Schärpe (von der filigrane Schwerter wie Troddeln herabhingen) unterstrich diesen Eindruck noch. Ohne den feierlichen Hut sah sein kahl werdender Kopf nackt aus. Als er Nicholas erblickte, weiteten sich seine Augen.

Das Protokoll verlangte, daß Nicholas sich vor dem Rocaan verbeugte. Erst wenn Nicholas König war, würde sich der Rocaan vor ihm verbeugen.

Nicholas achtete darauf, daß seine Verbeugung tief und respektvoll ausfiel. Noch während er sich aufrichtete, sagte er: »Ich bitte um Verzeihung, Heiliger Herr, aber mein Vater ist der Meinung, daß die beiden Oberhäupter der Blauen Insel, solange die Bedrohung durch die Fey noch anhält, sich nicht gleichzeitig in einem Raum aufhalten sollten.«

Eigentlich hatte er eine huldvolle Bemerkung als Antwort erwartet, doch der Rocaan sagte nichts. Matthias warf Porciluna einen Blick von der Seite zu, als fände auch er dieses Verhalten eigenartig.

»Mein Vater trug mir auf, ihm alle Eure Worte zu berichten, Heiliger Herr.«

»Euer Vater hat die Zeit und den Ort für dieses Treffen

gewählt«, sagte der Rocaan. Seine Stimme war schwach und zittrig. Das war nicht mehr die kräftige Sprechstimme, die Nicholas vor einem Jahr vernommen hatte. »Er hätte mich davon in Kenntnis setzen sollen, daß er nicht kommt.«

»Jawohl, Heiliger Herr«, erwiderte Nicholas. Seine Schultermuskeln verkrampften sich. »Aber er befürchtete, daß Ihr in diesem Fall zu ihm gekommen wärt. Seiner Meinung nach ist es am besten …«

»Daß wir uns nicht treffen.« Der Rocaan nickte. »Ich halte seine Meinung für falsch. Wir müssen in Kontakt miteinander bleiben. Aber er hat Angst. Eine Angst, die ich sehr wohl verstehe.«

Nicholas wollte die Behauptung schon zurückweisen, doch dann erkannte er, daß der Rocaan sie seinerseits zur Eröffnung der Unterhaltung benutzte. »Ihr, Heiliger Herr? Aber Ihr habt Gott und den Heiligsten an Eurer Seite.«

»Wir alle haben Gott an unserer Seite, junger Mann«, erwiderte der Rocaan. Dabei drehte er sich zu Matthias um, als könne er nicht glauben, daß Nicholas das nicht wußte. Matthias warf dem Rocaan ein verlegenes Lächeln zu, das, sobald der Rocaan seine Aufmerksamkeit wieder Nicholas zuwandte, kalt und starr wurde.

»Mein Vater sagt, Ihr habt ein dringendes Anliegen …«, fuhr Nicholas fort, doch der Rocaan hob die Hand.

»Ich weiß«, sagte er. »Ich überlege nur noch, ob ich mit Euch darüber reden soll.«

Nicholas richtete sich auf. Das reichte. Der König regierte den Staat, und er entschied, ob sich sein Sohn mit den Kirchenoberhäuptern traf oder nicht. Wenn ihn der Rocaan jetzt vorführte, würde er es auch versuchen, wenn Nicholas König war. »Ich bin der Thronfolger«, sagte Nicholas. »Ich bin derjenige, mit dem Ihr es auch in Zukunft zu tun haben werdet. Ihr mögt Euch ebensogut jetzt schon daran gewöhnen.«

Den ehrerbietigen Titel ließ er weg. Der Rocaan schien es nicht einmal zu bemerken. »Ich bin mir nicht sicher, ob wir es miteinander zu tun haben werden, junger Mann«, sagte er. »Aber momentan sehen wir uns mit einem Dilemma konfrontiert, das ich eigentlich lieber mit jemandem diskutiert hätte, der mehr Lebenserfahrung als Ihr vorzuweisen hat.«

Nicholas klappte den Mund auf und wieder zu. Er wollte sich nicht verteidigen. Das wäre das allerschlimmste, aber er wußte auch, daß dieser alte Mann ihn bei den Rocaanisten lächerlich machen konnte. Das letzte, was sich Nicholas wünschte, war, schon so früh in seinem Leben als Schwächling abgestempelt zu werden.

»Ihr steckt voller Vorurteile, alter Mann«, sagte Nicholas schließlich.

Sowohl Matthias als auch Porciluna strafften die Oberkörper. Offensichtlich beleidigten nicht einmal sie den Rocaan gelegentlich. Der Rocaan legte den Kopf zur Seite, als lauschte er Nicholas' Kommentar fasziniert nach.

»Vorurteile, junger Mann?«

Nicholas nickte. »Ihr habt zweifellos für Euch beschlossen, daß ich Eures Vertrauens nicht würdig bin, und das, obwohl mein Vater mich an seiner Statt hierher entsendet. Nun muß ich entweder annehmen, daß Ihr meinem Vater gegenüber Respektlosigkeit bezeugt – was Ihr, davon bin ich überzeugt, niemals tun würdet –, oder aber ich nehme Euch beim Wort und glaube, daß Ihr lieber mit einem Älteren sprechen würdet, ausgehend von der Annahme, Ältere seien auch weiser. So lautet natürlich die vorherrschende Meinung. Dabei vergeßt Ihr aber, Heiliger Herr« – er achtete darauf, daß der Titel mit einem Anflug von Sarkasmus ausgesprochen wurde –, »daß mein Vater mich nicht an seiner Statt entsandt hätte, wenn er nicht ganz und gar an meine Fähigkeiten glaubte, mit jeder erdenklichen Situation fertig zu werden.«

Nicholas' Worte hallten von den goldenen Wänden zurück. Sein eigener Glaube an den Vater war erschüttert worden, nachdem er herausgefunden hatte, daß der Vater Nicholas' Loyalität hatte überprüfen lassen. Doch trotz dieser Befürchtungen war sein Vater viele Male mit ihm allein gewesen. Seine Überprüfung war nach dem tragischen Vorfall mit Stephan erfolgt, weil, wie sein Vater einräumte, die Möglichkeit bestand, daß Nicholas sich Stephan gegenüber loyal verhielt. Trotzdem machte Nicholas immer noch Spuren der Angst und der Erleichterung in der Stimme seines Vaters aus und begriff sehr wohl, was ihn diese Prüfungen gekostet hatten.

Der Rocaan legte die Hände auf den Rücken und betrachtete Nicholas eindringlich. Matthias wollte etwas sagen, doch der Rocaan warf ihm einen Blick zu, der ihn sofort verstummen ließ. Nicholas gefiel dieser forschende Blick ganz und gar nicht. Er verschränkte die Arme vor der Brust und sah den Rocaan seinerseits an.

Schließlich nickte der Rocaan. »Eigentlich habt Ihr recht, Euer Hoheit. Ich habe mich meinen Erwartungen hingegeben. Ich bin nicht mehr so flexibel wie früher einmal, schon gar nicht in Krisensituationen.«

Nicholas lächelte. »Ich verstehe Euch sehr wohl, Heiliger Herr. Die Zeiten sind für uns alle sehr schwer. Aber Ihr erwähntet eine dringliche Angelegenheit. Wäre es wohl möglich, irgendwo Platz zu nehmen und darüber zu reden?«

Matthias starrte Nicholas an, als sehe er ihn zum ersten Mal. Gut. Früher hatte Matthias in ihm immer nur den säumigen Schüler gesehen. Es war an der Zeit, daß auch Matthias erfuhr, daß Nicholas ein Mann war, der, sollte es soweit sein, durchaus in der Lage sein würde, die Blaue Insel zu regieren.

»Richtig«, sagte der Rocaan. »Wir sollten es uns ein wenig bequemer machen, auch wenn ich diesen Raum hier ziemlich kalt finde. Porciluna, machst du freundlicherweise Feuer für uns? Ich denke, wir sollten uns in die Nähe des Erkers setzen. In letzter Zeit finde ich mehr und mehr Trost in der Aufnahme des Roca.«

Matthias huschte eilfertig um den Rocaan herum und zog Stühle herbei, damit sie sich im Erker niederlassen konnten. Der Rocaan setzte sich direkt vor die Glasscheibe mit dem Roca. Vom Fenster her ergoß sich Licht auf seinen Stuhl und tauchte das Kirchenoberhaupt in ein warmes Leuchten. Er wirkte jünger als noch wenige Minuten zuvor.

Der Rocaan klopfte auf den Stuhl neben sich und forderte Nicholas damit auf, sich zu setzen. Matthias nahm den Stuhl zur Linken und überließ Porciluna einen weiter entfernten Stuhl. Porciluna beugte sich immer noch über den Kaminrost und mühte sich mit dem Feuer ab, als hätte er schon seit Jahren keines mehr entfacht. Nach jedem Handgriff wischte er sich die Finger an einem Tuch ab, das er aus seinem Gewand gezogen hatte. Das Tuch war schon ganz schwarz vor Asche.

Nicholas nahm Platz. Aus der Nähe war der Geruch nach Mottenkugeln und alternder Haut noch intensiver. Auf den Augenlidern des Rocaan klebte Schlafsekret, und auf seinem glattgebügelten Talar war an einer Ecke ein speckiger Fleck zu sehen. Seine Hände waren nicht weniger faltig als sein Gesicht, Leberflecken besprenkelten die Haut wie Sommersprossen.

Bis zu diesem Augenblick war sich Nicholas nicht darüber im klaren gewesen, wie alt und gebrechlich der Mann wirklich war.

Der Rocaan streckte die Hand aus und tätschelte Nicholas' Hand, als wolle er sich versichern, daß der Junge in Fleisch und Blut neben ihm saß. Noch nie zuvor war Nicholas in der Verlegenheit gewesen, unter Druck eine Beziehung aufzubauen. Jetzt erst begriff er, wie schwierig derartiges Vertrauen war.

»Ich möchte Euch nicht zu nahe treten, Euer Hoheit«, sagte

der Rocaan, »aber würde es Euch etwas ausmachen, wenn ich Euch vor unserem Gespräch segnete?«

Ein Segen war eine große Ehre, die normalerweise besonderen Gelegenheiten vorbehalten blieb: Hochzeiten, Krönungen oder Begräbnissen. Dazu gehörte jedoch auch die Berührung seiner Stirn mit einem in Weihwasser getauchten Zeremonienschwert. Eine gute Vorsichtsmaßnahme für sie beide.

»Ich fühle mich geehrt, Euren Segen empfangen zu dürfen, Heiliger Herr«, antwortete Nicholas. »Wie möchtet Ihr vorgehen?«

Der Rocaan nahm die Kette, an der das silberne Schwert hing, vom Hals. Dann zog er aus einer Tasche seiner Robe ein mit Wasser gefülltes Glasfläschchen und aus einer anderen ein kleines Stück Tuch. Er mußte das alles geplant haben, sobald er erfahren hatte, daß Nicholas kommen würde. Ganz gewiß hätte er dergleichen vom König nicht verlangt.

Der Rocaan goß die Hälfte des Wassers aus dem Fläschchen auf das Tuch und rieb anschließend das Schwert damit ein. »Wir können hier auf das Niederknien verzichten«, beschied er Nicholas. »Der Heiligste weiß, daß Ihr ihm tief in Eurem Herzen ergeben seid.«

Hinter des Rocaan Rücken verdrehte Matthias die Augen. Er wußte besser als jeder andere, daß Nicholas in Fragen der Religion niemandem ergeben war.

»Jetzt neigt den Kopf und streckt Eure linke Hand aus«, sagte der Rocaan.

Nicholas tat wie geheißen. Sein Herz schlug dreimal so schnell wie normal. Seit seiner Kindheit hatte er keinen Segen mehr empfangen; damals hatte er noch auf eine unreife, nicht sehr klare Weise geglaubt. Heute glaubte er nicht mehr und hielt den Rocaanismus für nicht mehr als nette Geschichten, mit denen man die weniger Intelligenten bei der Stange hielt. Trotzdem kehrte für einen Augenblick sein Kindheitsglaube zu ihm zurück – nicht stark genug, um als Glaubensbekenntnis durchzugehen, aber genug, um ihm eine gewisse Furcht einzujagen. Wenn nun sein Mangel an Glauben die Segnung wirkungslos machte? Würde er dahinschmelzen wie die Fey?

Er schloß die Augen. Die Spitze des winzigen Schwerts ritzte über seine Handfläche, beschrieb einen Kreis um den Mittelfinger seiner linken Hand und ließ Blut aus seiner Spitze hervortreten. Der kurze Stich war im Moment schmerzhaft, aber nicht mehr. Der Rocaan legte die andere Hand auf Nicholas' Kopf. Die Hand war größer, als er erwartet hätte, und sie war warm, sandte Wärme mitten durch ihn hindurch.

»›Gesegnet sei dieser Mann vor Uns‹«, sagte der Rocaan. »›Möge der Heiligste seine Worte erhören. Möge der Roca über seine Taten wachen. Möge Gott sein Herz öffnen.‹«

Nicholas schluckte und wäre froh gewesen, diesen Augenblick schon hinter sich zu haben. Er spürte keinerlei Veränderung, bis auf den winzigen Stich in der Fingerspitze. Zumindest war er nicht tot. Seitdem er die Fey daran hatte sterben sehen, empfand er eine eigenartige Furcht vor Weihwasser.

»Sei gesegnet«, sagte der Rocaan.

»Sei gesegnet«, wiederholte Matthias.

»Sei gesegnet«, sagte auch Porciluna vom Kamin her.

Dann nahm der Rocaan die Hand von Nicholas' Kopf. Der Königssohn hatte den Eindruck, als würde ein großes Gewicht von ihm genommen. Er hob den Kopf, und der Rocaan lächelte ihn an, wobei er zwei unvollständige Reihen vor Alter gelber Zähne entblößte. »Willkommen im Tabernakel, Sohn meines Freundes, Enkel meines ältesten Freundes.«

»Danke für Euer Willkommen, Heiliger Herr«, sagte Nicholas. »Und für den Segen.« Er konnte wieder atmen. Sie hatten beide das Weihwasser berührt und konnten sich nun gegenseitig sicher sein. Allerdings hatten die Ältesten nicht daran teilgenommen. Er fragte sich, ob er sie bitten sollte hinauszugehen, entschied sich jedoch dagegen. Was auch immer der Rocaan mit ihm besprechen wollte – wahrscheinlich wußten die Ältesten ohnehin schon darüber Bescheid.

Es roch kurz nach Qualm, dann fing das Holz hinter ihnen zu knacken und zu knistern an. Porciluna hatte das Feuer in Gang gebracht, durchquerte nun schweigend den Saal und ließ sich auf den verbleibenden Stuhl sinken.

»Verzeiht die Vorsichtsmaßnahmen«, sagte der Rocaan. »Ich bin nicht an eine Welt voller Feinde gewöhnt. Zuvor mußten wir nur auf die allzu Ehrgeizigen und die Bösen unter uns achtgeben. Nun müssen wir auf alles achten, denn ohne Vorsicht werden wir sterben.«

»Die Fey haben das Leben auf der Blauen Insel zerstört«, sagte Nicholas.

»Nicht zerstört«, erwiderte der Rocaan. »Beschädigt. Mit sehr viel Mühe können wir es vielleicht wieder herrichten.«

»Vielleicht«, nickte Nicholas, obwohl er nicht daran glaubte. Eine derartige Veränderung hinterließ immer nachhaltige Spuren im Gemeinwesen.

Offenbar bemerkte der Rocaan den unterschwelligen Widerspruch in Nicholas' Ton nicht. »Wir haben um dieses Zusammentreffen gebeten«, sagte er, »weil es im Tabernakel einige alarmierende Vorfälle gegeben hat. Wir haben Knochen gefunden.«

Nicholas zog die Stirn kraus. »Knochen, Heiliger Herr?«

»Knochen«, bestätigte der Rocaan. »Einen Knochen in der Sakristei selbst, dazu einen Blutfleck, so groß wie dieser Stuhl. Außerdem ein zerlegtes Skelett neben einigen Blutspritzern in der Kapelle der Bediensteten.«

Obwohl das Feuer seine Wärme im Raum ausbreitete, verspürte Nicholas einen kalten Schauder. »Wissen wir, woher diese Knochen stammen?«

»Es sind Menschenknochen«, antwortete der Rocaan. »Matthias und mehrere andere haben mich dessen versichert. Und allem Anschein nach stammen sie von zwei verschiedenen Körpern. Der Knochen, der in der Sakristei gefunden wurde, fehlt nicht bei dem Skelett in der Kapelle.«

»Von einem Kampf ist nichts bekannt«, sagte Porciluna. Seine Stimme war dünn und spröde, genau wie Nicholas sie in Erinnerung hatte.

»Und im Tabernakel wird niemand vermißt«, fügte Matthias hinzu.

»Habt Ihr die Dienerschaft überprüft?« erkundigte sich Nicholas, der wußte, daß die meisten Adligen daran nicht denken würden. Die Bediensteten wurden oftmals nicht einmal wahrgenommen.

»Matthias hat das gesamte Personal antreten lassen, ebenso die uns zugeteilten Auds, die amtierenden Geistlichen und die Daniten«, sagte der Rocaan. »Es fehlte keiner.«

»Die Besucher?« hakte Nicholas nach.

»Seit der Invasion haben wir hier keine unangekündigten Besucher mehr empfangen. Eine Vorsichtsmaßnahme. Sogar das Mitternachtssakrament wird unter dem Schutz von vor den Türen postierten Daniten in der kleineren Kapelle auf dem Gelände abgehalten.« Der Ton des Rocaan verriet, daß er diese Anordnung nicht guthieß. »Wir dachten, der Palast könne uns vielleicht weiterhelfen, denn Matthias berichtete, Ihr hättet an dem Tag, an dem Lord Powell starb, ebenfalls Blut und Knochen gefunden.«

Nicholas nickte. Sein Vater hatte ihn angewiesen, dem Rocaan gegenüber absolut ehrlich zu sein. Jetzt war Nicholas dankbar für die Segnung. Obwohl er wußte, daß er mit dem echten Rocaan sprach, spürte er seine Nervosität. Jemanden ins Vertrauen zu ziehen schien zugleich gefährlich und notwendig zu sein.

»Am Tag der Invasion nahm ich eine weibliche Fey gefangen und brachte sie auf Lord Powells Anweisung zur Befragung vor meinen Vater. Nachdem er sich einige Minuten mit ihr unterhalten hatte, beschloß mein Vater, sie in den Kerker werfen zu lassen und später weiter zu verhören. Er wies Stephan, meinen Fechtmeister und selbsternannten Fey-Experten an, Lord Powell und die Frau ins Verlies zu begleiten.« Nicholas fuhr sich mit den Fingern durchs Haar. Als ihm einfiel, daß er diese Geste von seinem Vater übernommen hatte, hielt er sofort inne. »Sie benutzten die Geheimgänge, um niemandem auf den Korridoren zu begegnen. Als Lord Stowe später in den Kerker ging, war die Frau nicht mehr da. Wir schickten Wachen durch die Geheimgänge. Ich war dabei. Wir fanden Stephan bewußtlos und verletzt an eine Wand gelehnt. Die Frau war verschwunden. Alles, was von Lord Powell übriggeblieben war, war ein Knochenhaufen und eine große Blutpfütze.«

»Seid Ihr sicher, daß es sich dabei um Lord Powell handelte?« fragte der Rocaan.

»Wer hätte es denn sonst sein sollen?« erwiderte Nicholas. »Die Frau konnte entfliehen. Ihre Fesseln waren zerschnitten.«

»Die Knochen hätten von irgendeinem anderen stammen können«, meinte der Rocaan. »Vielleicht haben sie noch eine zusätzliche Wache mitgenommen. Möglicherweise befindet sich Lord Powell zur Stunde noch in ihrer Gefangenschaft.«

Nicholas' Kehle war plötzlich sehr trocken. Wie oft hatte er schon über diesen Zwischenfall nachgedacht, ohne auf diese Variante gekommen zu sein? Ein ganzes Jahr lang Gefangener der Fey zu sein ... das war eine Vorstellung, bei der er lieber nicht länger verweilte. »Das ist nicht alles«, sagte er und verscheuchte den Gedanken. »Nachdem Stephan genesen war, benahm er sich eigenartig. Er machte Vorschläge, die so überhaupt nicht nach ihm klangen, und er weigerte sich, mich weiter im Schwertkampf zu unterrichten. Nach einigen Hinterhalten, die belegten, daß die Fey über interne Informationen verfügten, war mein Vater davon überzeugt, daß jemand im Palast für sie spionierte. Er überprüfte uns alle. Vor zwei Nächten, beim Überfall auf das Versteck der Fey, erfuhren wir, daß Stephan die Informationen weiterleitete. Mein Vater stellte ihn vor uns allen zur Rede und ...« Nicholas' trockene Kehle machte ihm einen Moment zu schaffen. Er mußte sich räuspern, bevor er fortfuhr: »Und dann wurde Stephan mit Weihwasser bespritzt. Er ... schmolz zusammen ... genau wie ein Fey.«

Matthias pfiff durch die Zähne. Porciluna fuhr sich mit der Hand über das schwitzende Gesicht. Der Rocaan legte die Stirn in Falten, als habe er die Konsequenzen dessen, was Nicholas soeben erzählt hatte, noch nicht begriffen.

»Bevor er die Gefangene ins Verlies brachte«, sagte Nicholas, »erzählte Stephan meinem Vater offensichtlich, daß die Fey einen Menschen verzaubern und dazu bringen konnten, ihren Wünschen Folge zu leisten.«

Der Rocaan erhob sich, ging zum Kaminfeuer hinüber und hielt die Hände über die Flamme, als wäre es ihm mit einem Mal kalt geworden. Es war nicht allzu warm im Saal. Nicholas empfand es als anstrengend, tief Atem zu holen.

»Ihr behauptet also, daß ein verzauberter Mensch wie ein Fey sterben kann?« fragte Porciluna.

Nicholas schüttelte den Kopf. »Ich weiß es nicht. Alles, was wir wissen, ist, daß Stephan für sie gearbeitet hat und daß er wie sie gestorben ist. Und daß er der einzige war, der den Überfall in den Geheimgängen überlebt hat.«

»Übriggelassen«, sagte Matthias. »Als Spion zurückgelassen.«

»Sie haben von den armen Leuten, die sie töteten, Blut und Haut entwendet«, sagte der Rocaan. Seine Stimme klang sehr weit entfernt. Er kauerte sich über das Feuer, als könne er nicht mehr gerade stehen. »Vielleicht erfordert ihre Magie Blut, sonst funktioniert sie nicht.«

»Was erzählte Stephan denn von dem Überfall?« wollte Porciluna wissen.

»Er sagte, er könne sich nur an wenig erinnern«, antwortete Nicholas. »Er lehrte mich, ein Schwert sei mehr als eine Waffe. Es sei ein Symbol der Hoffnung für unsere Religion, und es besitze Kräfte, die man nicht leichtfertig benutzen solle. Er lehrte mich, das Schwert zu ehren, ihm zu danken und es mit Ehrerbietigkeit einzusetzen. Er lehrte mich auch, meine Feinde zu achten, sie zu verstehen und mir darüber klarzuwerden, daß ich, indem ich sie verstehen lernte, mehr gewönne, als ich je bei einem Kampf gegen sie gewinnen könne.«

»Vielleicht verleitete ihn das Verständnis dazu, sich ihrer Seite anzuschließen«, meinte Porciluna.

Nicholas schüttelte den Kopf. »Er wußte mehr über die Fey als wir alle zusammen. Er hatte sie studiert. Er hatte mit Leuten geredet, die gegen sie gekämpft hatten. Als die Fey Nye überrannten, fand er es schrecklich. Er hielt sie für unersättlich, sagte, sie verschlängen andere Kulturen, anstatt sie weiterexistieren zu lassen. Er wäre niemals zu ihnen übergelaufen – nicht aus freiem Willen.«

»Die Knochen und das Blut.« Der Rocaan lehnte sich gegen den Kamin, darauf achtend, daß seine Robe nirgendwo in die Nähe des Feuers kam. »Sie müssen Teil eines magischen Rituals zur Übernahme einer Person sein … ihrer ›Verzauberung‹, wie der Prinz sagte. Dazu muß auch gehören, daß man diese Überreste an Ort und Stelle zurückläßt.«

»Sollte dem wirklich so sein«, sagte Matthias, »dann ist das Ritual in der Sakristei fehlgeschlagen, und das in der Kapelle war erfolgreich.«

»Weil die meisten Knochen verschwunden waren«, meinte Porciluna.

Nicholas schüttelte abermals den Kopf. »Nein, das scheint nicht zu stimmen. Was ist dann mit Lord Powell geschehen? Und warum haben wir nicht mehr Bewußtlose gefunden?«

»Vielleicht liegt der Vorfall schon sehr lange zurück«, sagte der Rocaan.

»Das Blut war in beiden Fällen noch feucht«, entgegnete Matthias.

»Ein so großer Fleck braucht lange, bis er getrocknet ist«, gab Porciluna zu bedenken.

»Schon, aber am Abend davor feierten wir dort das Mitternachtssakrament für die Ältesten. Da wäre mit Sicherheit jemandem etwas aufgefallen, außerdem ist in der Sakristei vorher geputzt worden«, gab Matthias zu bedenken.

»Andre zelebrierte das Morgensakrament für die Dienstboten in der Kapelle«, sagte Porciluna. »Ihm ist nichts Ungewöhnliches aufgefallen.«

»Habt Ihr überprüft, ob jemand etwas Ungewöhnliches gesehen hat?«

Matthias schüttelte den Kopf. »Beide Orte waren mehrere Stunden verlassen, bevor das Blut entdeckt wurde. Wie lange war Stephan bewußtlos?«

Nicholas zuckte die Achseln. »Das wissen wir nicht. Es war schon dunkel, als Lord Stowe die Suche aufnahm.«

Der Rocaan schob die Hände in die Taschen und kam auf sie zu. »Wir kommen nicht weiter. Wir wissen nichts, können lediglich Vermutungen anstellen. Aber wir haben eine Lösung.«

»Weihwasser«, sagte Nicholas.

Der Rocaan lächelte ihn an. »Richtig. Wir überprüfen jeden einzelnen, um sicherzugehen, daß sie nicht … schmelzen, wie es der Prinz so feinfühlig nennt. Und wir trauen niemandem, der sich weigert, das Wasser zu berühren.«

»Ich glaube, das sollten wir im Palast auch so halten«,

befand Nicholas. »Ich fürchte, wir benötigen mehr Weihwasser, als uns momentan zur Verfügung steht.«

Der Rocaan nickte. »Ich werde dafür sorgen, daß Ihr mehr bekommt. Matthias, Ihr werdet mir dabei helfen müssen.«

»Verzeiht mir, Heiliger Herr«, sagte Nicholas. »Aber falls jemand im Tabernakel für die Fey arbeitet, sind die Flaschen mit dem Weihwasser, das Ihr bereits angefertigt habt, möglicherweise schon verdorben. Es wäre nicht schwer, sie durch normales Wasser zu ersetzen. Ihr werdet das Weihwasser nur in vertrauenswürdigen Händen lassen können, und Ihr werdet euch versichern müssen, daß sich tatsächlich Weihwasser in den Flaschen befindet. Gibt es dazu eine Möglichkeit?«

Die Augenwinkel des Rocaan zogen sich kaum merklich zusammen, als unterdrückte er ein Lächeln. »Das können wir tun«, sagte er. »Ich habe bereits daran gedacht. Das Weihwasser, das ich bei Euch verwendete, habe ich erst kurz vor unserer Zusammenkunft selbst gemacht.«

Die beiden Ältesten schien diese Neuigkeit nicht zu überraschen. »Bislang können wir von Glück sagen«, gab Matthias zu bedenken, »daß der Roca uns eine Waffe gegen die Fey in die Hände gibt ...«

Bei dem Wort ›Waffe‹ zuckte der Rocaan zusammen. Nicholas nahm sich vor, über diese Reaktion später noch einmal nachzudenken.

»... aber diese Waffe wird uns nicht ewig dienen. Die Fey haben nicht die halbe Welt erobert, weil sie beschränkt sind. Bis jetzt haben wir noch Glück gehabt. Sie dachten, wir seien leicht zu überrumpeln. Schon bald jedoch können wir diesen Vorteil verspielt haben. Wir müssen schlauer als sie sein und ihre Schritte vorausahnen. Das Wasser ist eine Möglichkeit. Aber es muß noch andere geben.«

»Warum hat ihnen denn niemand gesagt, sie sollen sich

verdammt noch mal von dieser Insel wieder verziehen?« fragte Porciluna Nicholas.

Die harten Worte schreckten Nicholas auf. Er warf einen Blick zum Rocaan hinüber, fand jedoch nichts in dem Gesicht des Mannes, das darauf hindeutete, daß Porcilunas Benehmen ein Problem darstellte. Offensichtlich hatten sie sich das alle schon gefragt.

»Wenn sie mit einer Flasche Weihwasser entkommen, setzen sie alle ihre Leute daran. Sobald sie eine Möglichkeit gefunden haben, es zu neutralisieren, kommen sie mit noch mehr Schiffen und noch mehr Zauberkraft zurück, um uns alle zu vernichten.« Nicholas sah Porciluna fest ins Gesicht, während er sprach. »Das ist ein Risiko, das wir nicht eingehen können.«

»Richtig«, mischte sich der Rocaan wieder ein. »Aber das setzt voraus, daß wir in ihrer Abwesenheit kein anderes Mittel zu unserer Verteidigung finden.«

Nicholas biß sich auf die Unterlippe. »Ich glaube, die Chancen dafür stehen schlechter als ihre Chancen, herauszufinden, wie sie uns erledigen können. Wen könnten wir schon um Auskunft bitten? Und was würden wir mit einer solchen Auskunft tun? Nye war Jahre im voraus vor der Ankunft der Fey gewarnt, und sie haben nichts dagegen unternommen. Ganz Galinas hat erbittert gegen sie gekämpft. Die Fey verfügen über Fähigkeiten, die uns nicht gegeben sind. Und sie setzen sie skrupellos ein. Wir können nicht so schnell und so gut dazulernen.«

»Vielleicht«, sagte Matthias, »stehen uns andere Waffen zur Verfügung, die uns nur noch nicht bewußt geworden sind.«

»Das Schwert des Roca?« fragte der Rocaan. »Das Gold, mit dem wir unseren Tabernakel schmücken? Die Nahrung, die wir essen? Wie willst du diese Theorien in der Praxis überprüfen, Matthias?«

Bei dem Ausmaß an Zorn in der Stimme des Rocaan wäre

Nicholas am liebsten ein Stück zurückgewichen. Er blieb jedoch stocksteif stehen und tat so, als habe er nichts Ungewöhnliches vernommen. Auch darüber würde er seinem Vater Bericht erstatten müssen. Einen Zwist in den Reihen der Rocaanisten konnten sie jetzt nicht auch noch gebrauchen.

»Ich wollte damit ja nur andeuten«, lenkte Matthias bedächtig ein, als redete er mit einem Kind, »daß die Blaue Insel möglicherweise Vorteile hat, die Galinas nicht zur Verfügung standen.«

Der Rocaan erhob sich. »Wenn wir über Dinge streiten, auf die wir keine Antwort haben, verschwenden wir nur unsere Zeit. Matthias, Ihr kommt mit mir. Ich schicke gleich eine Lieferung Weihwasser in den Palast, Euer Hoheit, und ich werde auch den Überbringer vor seinem Aufbruch auf die Probe stellen. Ihr solltet das gleiche tun, wenn er bei Euch eintrifft.« Er nickte Nicholas zu. Porciluna und Matthias blieben zögernd stehen. Nicholas blieb sitzen und spürte, wie das Unbehagen, das er seit seiner Ankunft verspürt hatte, wuchs.

Den roten Samt in seiner Robe hinter sich herziehend, ging der Rocaan auf die Tür zu. Er legte die Hand auf den Knauf und drehte sich zu Nicholas um. »Ich glaube, Euer Hoheit, wir vergessen, daß der Roca, in all seiner Weisheit, gelobt hat, uns zu beschützen. Wir müssen nur herausfinden, wie dieser Schutz funktioniert.« Er lächelte. Seine Züge wirkten im vergehenden Licht des Tages sanft. »Uns wird nichts geschehen. Ich weiß es.«

6

Als Solanda am Ende des Pfades angelangt war, fühlte sie sich müde und durstig. Sie war der Stimme gefolgt, einem leisen Befehl in ihrem Hinterkopf, bis der Pfad nach etlichen Meilen an einem Flüßchen entlangführte. An seinem Saum wuchsen Gänseblümchen, große weiße Blumen ohne jeden Geruch. Noch nie zuvor hatte sie so viele auf einem Fleck gesehen. Sie versteckten sich im Gras und besprenkelten das ganze Flußufer mit weißen Tupfen. Sie spazierte zwischen ihnen umher, vorbei an einem großen Baum, der mitten auf dem Pfad stand, und kam auf eine Lichtung.

Sie keuchte vor Durst, und ihre Zunge lugte ein Stück zwischen den Lippen hervor. Da sie nicht sicher war, ob das Wasser genießbar war, ging sie weiter. Als sie das Gestrüpp erreichte, das den Wald von der Lichtung trennte, steckte sie den Kopf durch die Zweige und sah sich um.

Dort standen mehrere im Halbkreis aufgebaute Hütten. Nur wenige waren so schön wie die verlassene, die sie zuvor gesehen hatte. Kinder spielten rings um den Stamm einer Eiche, die so groß war, daß die Fey sie als Versammlungsort auserwählt hätten. Fünf Jungen und drei Mädchen unterschiedlichen Alters tanzten im Kreis herum, sangen und klatschten in die Hände.

Solanda setzte sich auf den Boden. Die Worte des Liedes klangen unsinnig, doch sie war sich nicht ganz sicher. Der Tanz war ihr vertraut – sie hatte gesehen, wie ältere Fey damit einen Erdring anlegten, von dem aus sie ein Portal in die Schattenlande öffneten. Wie eigenartig, daß kleine Kinder so weit von Jahn entfernt den gleichen Tanz gelernt hatten.

Vielleicht war es auch nicht so eigenartig. Wahrscheinlich

kamen alle Lebewesen, die aufrecht gingen, früher oder später darauf, sich an den Händen zu fassen und im Kreis zu tanzen. Der Unterschied lag darin, daß sie hier nicht verstand, was sie sangen. Dabei waren höchstwahrscheinlich die Worte für die Magie verantwortlich.

Nicht weit von einem der Häuser entfernt stand eine Frau mit einem auf die Hüften gestützten Wäschekorb. Ihre Brüste waren von einer kürzlichen Schwangerschaft vergrößert; sie roch nach Milch. Doch es war nicht der Säuglingsgeruch, dem Solanda folgte. Die Frau beobachtete die Kinder mit der Wachsamkeit, die nur Eltern entwickelten. Aus der Ferne drang das rhythmische Rufen von Männerstimmen herüber, als seien sie bei der Arbeit. Der Wind trug den Duft von Schweiß, Kindern und frischem Fisch herüber.

Sofort lief Solanda das Wasser im Mund zusammen. Sie hatte schon sehr lange nichts mehr gegessen. Die Stimme in ihrem Kopf war verstummt, so wie zuvor in dem Haus. Sie hatte einen Ort gefunden, der für sie bestimmt war.

Am besten, sie ging auf die Frau zu. Die Frauen auf dieser Insel schienen eine besondere Zuneigung zu Katzen zu haben, als fühlten sie sich von der Eleganz und dem Stolz dieses Tieres angesprochen. Bei den Frauen auf der Insel selbst hatte Solanda nur wenig Eleganz und Freiheit feststellen können.

Solanda verließ die Lichtung, bedacht darauf, sich dabei an ein paar alten Blättern zu reiben. Das Gras unter ihren Pfoten war weich; in diesem Teil der Insel mußte man sich keine Sorgen wegen zuviel Trockenheit machen. Im Gegenteil, hier war es eher etwas sumpfig. Jede Wette, daß der Fluß mindestens einmal im Jahr über die Ufer trat.

Die Kinder tanzten weiter. Auch aus der Nähe wurden ihre Worte nicht verständlicher, und die Melodie blieb unvertraut. Die Frau seufzte und lächelte, stemmte eine Hand in die andere Hüfte. Es sah aus, als wolle sie eines der Kinder vom Spielen wegrufen, könne sich aber nicht überwinden, die Gruppe aufzulösen.

Solanda befürchtete schon, die Frau würde gehen, bevor sie sie auf sich aufmerksam machen konnte.

Jetzt trat aus dem zweiten Haus eine andere Frau. Sie war älter, mit loser, faltiger Haut, die vom Alter und von schlechter Ernährung herrührte. Ihre Kleider waren aber sauber und gepflegt, auch wenn hier und da ein geflickter Riß zu sehen war. Und sie roch, eigenartigerweise, nach Säugling.

Nach einem vertrauten Säugling.

Solanda drehte die Ohren nach vorne.

»... will nicht, daß sie solche Spiele spielen, jetzt wo die Fey auf der Insel sind«, sagte die erste Frau gerade. »Er glaubt, jede Andeutung von Magie reicht schon, um sie uns auf den Hals zu holen.«

»Aberglaube bringt uns auch nicht weiter«, sagte die ältere Frau. Ihre Stimme war tief und müde. »Die Fey sind zu skrupellos, als daß sie jedesmal, wenn jemand etwas von Magie erzählt, sofort vor Ort auftauchen und dann einfach wieder verschwinden würden.«

Sie redete, als verstünde sie etwas davon. Sie mußte während einiger Schlachten in Jahn gewesen sein. So weit außerhalb hatte es nur kleinere Handgemenge gegeben. Solanda überquerte den schmalen Trampelpfad, entfernte sich von den Kindern und hielt auf die beiden Frauen zu. Dort strich sie der ersten Frau um die Beine und miaute kläglich.

Die Frau wich ein paar Schritte zurück. »Sieh dir nur mal dieses dreckige Vieh an, Eleanora. Wo kommt das denn her?«

Solanda sträubte das Fell. Sie war nicht dreckig. Dafür hatte sie gesorgt. Außerdem dachte sie, Inselfrauen mochten Katzen.

»Ach, ich finde sie hübsch«, sagte die ältere Frau, Eleanora. Sie bückte sich und streckte die Arme aus. »Komm her, meine Schöne.«

Solanda hörte auf, sich um die Beine der ersten Frau zu winden, und blinzelte mißtrauisch zu Eleanora hinüber. Wenigstens benutzte sie nicht diese schreckliche Babysprache, mit der die meisten Leute auf Katzen einredeten. Und sie wartete ab, bis Solanda zu ihr kommen wollte.

»Geh nicht so nahe ran«, sagte die erste Frau. »Die übertragen Krankheiten. Bring sie am besten zu Coulter.«

»Unsinn«, widersprach Eleanora. »Ich habe mein ganzes Leben mit Katzen verbracht. Sie sind sogar ausgesprochen sauber.« Sie hatte den Augenkontakt mit Solanda nicht unterbrochen. »Komm her, meine Schöne. Ich tu dir nichts, versprochen.«

Die erste Frau ging noch einen Schritt zurück. »Was willst du mit ihr anfangen, wenn sie bei dir bleibt?«

Solanda war die Beine der Frau jetzt los. Sie bewegte sich nicht, sondern zog es vor, Eleanora aus der Ferne zu betrachten.

»Ich füttere sie und gebe ihr ein bißchen Wasser. Sie sieht aus, als hätte sie schon lange nichts mehr bekommen.« Eleanora hatte ihre Hände nicht von der Stelle gerührt. Sie war Katzen gewöhnt. »He, meine Süße, ich habe zu Hause einen Vorleger vor dem Kamin, ein paar Bissen Fisch übrig und dazu jede Menge Wasser.«

Mit leisem Miauen ging Solanda zu Eleanora hinüber und beschnüffelte ihre Finger. Sie rochen nach Fisch und Säuglingsschweiß.

»Ist ja gut, meine Schöne, ich tu dir ja nichts.« Eleanora sprach mit besänftigender Stimme, aber ihr Ton zeugte von Respekt, nicht von Herablassung. Gegen ihren Willen fing Solanda an, diese Frau zu mögen.

Sie rieb ihr Mäulchen an der Hand der Frau und ließ ein wenig Spucke auf die Haut der Frau tropfen. Jetzt vermischte sich ihr eigener Geruch mit dem des Säuglings. Bis jetzt hatte sich die Stimme in ihrem Kopf nicht wieder gemeldet. Offensichtlich war sie auf der richtigen Fährte.

Eleanora nahm Solandas Kinn in ihre Handfläche. Die Geste war freundlich, nicht einschränkend. »Hast du Lust, mit hineinzukommen und ein schönes Abendbrot zu essen?«

Solanda schnurrte. Eleanora ließ Solandas Kinn los und ging auf die nächstgelegene Hütte zu. Hinter ihnen sangen die Kinder immer noch. Solanda folgte Eleanora.

»Du bist dumm, Eleanora«, sagte die andere Frau.

Eleanora ignorierte sie.

Die Stufen, die zu der Hütte hinaufführten, waren rauh, das Holz nur grob abgehobelt. Die kleine Terrasse war erst später angebaut worden. Sie bestand aus Stämmen und war uneben. Als Solanda über die Türschwelle schritt, stürmte ein Schwall von Gerüchen auf sie ein: frisches Brot, frischer Fisch und schmutzige Windeln. Im Hauptraum lag Spielzeug auf dem Boden, vor dem Kamin befand sich ein aufwendiges Eisengitter, das wahrscheinlich das Baby von den Flammen fernhalten sollte. Es gab keine richtige Küche, nur eine Anrichte ohne gesonderte Feuerstelle. Das Brot mußte von woanders hergekommen sein.

Eleanora goß Milch aus einem Krug in eine Schale und stellte die Schale auf den Boden. Solanda trank sie aus, obwohl sie wußte, daß sie davon Durchfall bekommen würde. Es machte ihr nichts aus. Wenn es zu schlimm wurde, konnte sie in den Wald gehen und ein paar Stunden lang Fey sein. Das würde genügen, um alle Unannehmlichkeiten zu beseitigen.

»Ich habe nicht viel Fisch. Er verdirbt schnell, wenn ich ihn nicht einlege. Ich überlasse dir diese letzten Bissen wohl besser auch noch.« Die Frau sprach, während sie arbeitete, Gräten aus dem Fisch zog und dann kleine Stückchen davon auf einen kleinen Teller legte. Solanda wußte das sehr zu schätzen.

Eleanora war eine Frau, die sich auch um Lebewesen kümmerte, die kleiner als sie waren.

Als sie das Schälchen vor Solanda stellte, gewann Solandas katzenhafte Seite die Oberhand. Sie schlang die Nahrung so hastig in sich hinein, daß sie kaum etwas davon schmeckte. Dann setzte sie sich auf die Hinterläufe und putzte sich das Gesicht, langsam und penibel, wobei sie aufpaßte, daß keine Fischbröckchen aus ihren Schnurrhaaren auf den Boden fielen.

Eleanora nahm das Schälchen weg. »Das hat geschmeckt, was? Na schön. Wenn du bleiben willst, wird schon immer ein bißchen für dich abfallen.«

Fürs erste blieb Solanda. Sie beendete ihr Mahl und streckte sich dann auf dem kleinen Läufer vor der Feuerstelle aus. Sie schloß die Augen, wollte nur ein wenig dösen, doch dann übermannte sie nach der Anstrengung der letzten Tage, die sie hierhergeführt hatten, doch der Schlaf.

Ein schriller Schrei weckte sie. Als sie die Augen öffnete, sah sie einen kleinen Jungen, der nur eine Windel trug, auf sich zuwanken. Er setzte seine speckigen Beinchen gespreizt und unsicher auf den Boden, so wie es alle Wesen tun, die eben erst laufen gelernt haben. Sie tat so, als schlafe sie noch, war jedoch bereit, jederzeit mit einem Satz davonzuspringen, falls ihr das Kleinkind zu nahe kam. Seine fetten Finger griffen voller Vorfreude in die Luft. Gerade als er sich bückte, erschien Eleanora und hob ihn hoch.

»Nein, Coulter. Sei lieb zu dem Kätzchen.«

Genau, dachte Solanda und fing an, sich zu strecken. Als sie ganz wach war, betrachtete sie das Kind. Seinetwegen war sie also hier. Das wußte sie mit einer Sicherheit, die ihrer Fähigkeit zum Gestaltwandeln gleichkam. Etwas an diesem Kind hatte sie viele Meilen von zu Hause weggezogen.

Er unterschied sich nicht von anderen kleinen Jungen seines Alters. Er hatte große neugierige Augen – blau, eine Farbe, die sie bei Fey-Kindern noch nie gesehen hatte –, und sein Haar war zu braun, um noch blond genannt zu werden. Seine Beine waren noch speckig genug, um anstelle der Knie Grübchen vorzuweisen, und sein Kinderbauch wölbte sich über der Windel weit nach vorne. Er plapperte auf die Frau ein, die ihn in den Armen hielt. Babysprache: zur Hälfte richtige Worte, zur Hälfte fröhliches Gegurgel. Solanda versuchte nicht einmal, den Lauten zu folgen.

Statt dessen rollte sie sich auf den Rücken und präsentierte ihm ihren Bauch. Es war eher ein Zeichen für Eleanora, damit sie wußte, daß man der Katze trauen konnte. Sie benötigte noch etwas Zeit, um herauszufinden, was an dem Kleinkind so besonders war, außerdem konnte sie das frische Essen gut gebrauchen. Obendrein war eine kleine Abwechslung vom Leben im Schattenland höchst willkommen.

»Aah, sieh mal, Coulter«, sagte Eleanora, »das Kätzchen ist ganz lieb zu dir. Ich zeige dir, wie man es streichelt.«

Sie kniete sich hin, hielt einen Arm schützend um das Kind geschlungen und rieb mit der anderen Hand Solandas Bauch. Solanda schnurrte und rollte hin und her. Berührungen fühlten sich in der Katzenform wesentlich besser an.

Der kleine Junge streckte eine pummelige Hand aus und tätschelte vorsichtig Solandas Bäuchlein. Sofort durchraste sie eine Entladung der Macht, so stark, daß sie sich beinahe verwandelt hätte.

»Beim Schwerte!« sagte Eleanora und wich ein Stück zurück.

Coulter protestierte und streckte weiter die Hand nach Solanda aus. Solanda stand auf. Hatte sie tatsächlich zur Verwandlung angesetzt? Sie putzte sich das Gesicht als Vorwand, um ihren Körper zu untersuchen. Es hatte sich nichts verändert. Jedes Härchen saß an seinem Platz. Aber Eleanora mußte die kurzzeitige Schwankung gesehen haben. Solanda mußte es wie eine Täuschung aussehen lassen, doch sie wollte nicht, daß der Junge sie noch einmal berührte. Also ging sie zu der Frau und rieb sich an ihren Beinen.

»Du hast mir einen schönen Schreck eingejagt, meine Schöne«, sagte Eleanora.

»Ich!« sagte der Junge. »Ich!« Er reckte die Händchen nach Solanda. Wenn sie sich auf ihre Erscheinungsform konzentrierte, müßte es möglich sein, sie auch bei seiner Berührung einzuhalten. Dabei könnte sie auch gleich feststellen, welche Macht er wirklich besaß.

»Sei vorsichtig«, sagte Eleanora noch einmal.

Der Junge gluckste vor Freude und streckte sich nach Solanda. Seine Berührung traf ihr Fell wie ein Blitzstrahl. Sie mußte kräftig auf ihre hinteren Zähne beißen, um die Katzengestalt beizubehalten. Er verfügte über Zauberkraft, aber er war zu alt, um Fey-Blut in sich zu haben. Ein Inselbewohner, der über die Kräfte der Magie verfügte! Diese Neuigkeiten würden Rugar brennend interessieren.

Aber wie sie ihm mitteilen? Solanda mußte ein wenig nachdenken, bevor sie eine Entscheidung hinsichtlich ihres weiteren Vorgehens traf.

Sie wich von der Hand des Kleinkindes zurück und stieß an Eleanoras Bein. Auf diese Weise demonstrierte sie so gut es ging ihre Vorliebe. Es war besser, wenn das Kind sie nicht noch einmal anzufassen versuchte. Sie mußte ihre Form verläßlich beibehalten. Das vorhin war entschieden zu knapp gewesen.

Eleanora ging in die Hocke und setzte das Baby ab. »Laß sie jetzt in Ruhe, Coulter. Wir zeigen dir schon noch, wie man mit dem Kätzchen umgeht. Wir müssen ihm aber auch zu essen geben. Das hilft bestimmt.«

Er streckte immer noch die Händchen nach Solanda aus, doch sie duckte sich in den Schutz von Eleanoras Beinen. Der Junge wußte, was er wollte. Seine blauen Augen blitzten auf, während er sich an die Verfolgung machte.

»Coulter!« sagte Eleanora und nahm ihn wieder hoch.

Solanda tauchte unter einen Stuhl und rollte sich dort zusammen. Hier war der Schlüssel, nach dem sie alle gesucht hatten. Irgendwie hatte dieses Kind den Angriff auf die andere Hütte überlebt. Irgendwie hatte es Solanda zu sich gerufen. Es verfügte über die Macht. Sie war schon früher von Kindern angefaßt worden, und noch nie hatte das eine zwanghafte Verwandlung nach sich gezogen. Nein. Mit dem Jungen war es etwas anderes. Etwas Wichtiges.

Sie lag unter dem Stuhl und legte das Kinn auf die Vorderpfoten. Die ältere Frau erklärte dem Kind in Worten, die es wahrscheinlich nicht verstehen konnte, warum es nicht nach der Katze haschen sollte. Solanda versuchte, die Liebe zwischen den beiden Wesen zu ignorieren.

Die alte Frau war freundlich zu ihr gewesen. Freundlichkeit war in jedem Land ein seltenes Gut, und Solanda würde es ihr zurückzahlen, indem sie der alten Frau das Herz brach.

7

Therons Hände zitterten, als er sich dem Schlachtfeld näherte. Er fühlte sich älter seit damals, als er zuletzt auf dieser Straße entlanggegangen war. Cyta und Kondros marschierten beide schweigend neben ihm her. Sie mißachteten seine Anweisungen nicht unbedingt, aber sie hielten sich auch nicht daran. Niemand hatte gesagt, sie sollten auf das Schlachtfeld zurückkehren. Niemand hatte sie damit beauftragt, die Toten zu bergen.

Es war das erste Mal, daß der König zuließ, daß die Toten verwesten. Sonst hatte er immer Kommandos ausgeschickt, die sie begruben, dazu Daniten, die den Segen über sie sprachen. Es war beinahe so, als schämte er sich der Niederlage. Theron jedenfalls schämte sich. Er schämte sich fast noch mehr darüber, daß er lebend und unversehrt aus der Schlacht zurückgekehrt war. Er hätte verwundet sein müssen. Er hätte einen Körperteil einbüßen oder zumindest Blut verlieren sollen, etwas, womit er seinen Männern zeigen konnte, daß er ebenso gelitten hatte wie sie.

Aber er hat nicht soviel erleiden müssen wie sie. Er war nicht gefallen.

Oder in Gefangenschaft geraten.

Cyta hatte angeregt, einen Rettungstrupp loszuschicken, jemanden, der Adrian, Ort und Luke aufspürte. Aber Theron war noch nicht soweit. Womöglich hatte der König für diese Rettungsaktion eigene Pläne. Vielleicht wollte er deshalb niemanden in der Nähe des Schlachtfeldes haben. Aber das schien nicht ganz zu stimmen. Wenn er an einen Rettungstrupp gedacht hatte, dann hätte er ihn schon längst zusammengestellt und losgeschickt haben müssen.

Kondros sagte, seiner Meinung nach habe der König die Gefangenen aufgegeben. Gefallene, die zu den anderen auf den Leichenberg gehörten.

Theron wollte das nicht hören. Adrian war sein Freund gewesen. Ein guter Mann, auf den man sich in jeder Situation verlassen konnte. Ort war ein hervorragender Kämpfer und Luke fast noch ein Junge. Ihr Leben konnte doch nicht einfach zu Ende sein, nur weil ein Regent sie als bloße Körper sah, die man dem Feind in den Rachen warf.

An der Stelle, wo der Pfad in die Lichtung einmündete, blieb Theron stehen. Seine Kehle war trocken, und sein Herz schlug ihm bis zum Hals herauf. »Ihr beide müßt nicht weitergehen«, sagte er leise.

»Sollen wir dich etwa alleine gehen lassen? Du machst wohl Scherze!« sagte Cyta.

»Wir sind bis hierher mitgekommen«, ergänzte Kondros, »und wir gehen auch den Rest des Weges mit dir.«

»Ich glaube nicht, daß wir alle Toten begraben können ... und ich weiß nicht, ob wir es wagen sollten, es ohne einen Daniten zu tun.«

»Besser, als sie verwesen zu lassen«, meinte Cyta.

»Wenn sie überhaupt noch da sind«, gab Kondros zu bedenken.

»Das läßt sich leicht herausfinden.« Theron wischte sich die feuchten Handflächen an der Hose ab, atmete tief durch und verließ den Pfad. Er erinnerte sich daran, diesen Weg in der Dunkelheit gegangen zu sein, erinnerte sich an seine bösen Vorahnungen und fragte sich, warum er ihnen keine Beachtung geschenkt hatte. Weil er auf seinen König vertraut hatte. Er wußte nicht genau, ob er das noch einmal tun würde.

Sie waren kaum zehn Schritte gegangen, als ihnen der Geruch entgegenschlug: Heftig, fruchtbar und säuerlich drang er in ihre Nasen und versuchte, sich in ihren Körpern einzunisten. Der Gestank trieb Theron die Tränen in die Augen. Jetzt müßte der König hiersein. Er sollte erfahren, was ihnen sein Plan eingebrockt hatte.

Cyta war grün im Gesicht geworden. Kondros riß sich mit vor Ekel verzerrten Lippen den Saum seines Hemdes ab und band sich den Stoffstreifen um die Nase. Cyta folgte seinem Beispiel mit zitternden Händen. Theron berührte die Beutel mit dem Weihwasser an seinem Gürtel. Er war froh, daß er sie dabeihatte. Ohne sie hätte er sich nie so weit vorgewagt. Eilig zerriß er sein Hemd und hielt sich den Fetzen unter die Nase. Der Stoff hielt den durchdringenden Geruch ab, vertrieb ihn aber nicht gänzlich.

Zwei Tage. Sie hätten früher zurückkommen sollen.

Als Theron den Rand der Lichtung erreichte, hörte er Stimmen. Sie sprachen in der gutturalen Sprache, die er als Fey erkannte. Seine Nackenhaare sträubten sich. Er warf seinen Gefährten einen raschen Blick zu. Cyta sah noch immer ganz grün aus; auf seiner Stirn war Schweiß ausgebrochen. Kondros biß sich auf die Unterlippe.

Vorsichtig teilte Theron die Zweige und spähte auf die Lichtung. Die Leichname waren wie Klafterholz neben dem Erdkreis aufgestapelt. Nirgendwo zuckten Lichter in der Luft, kein Fey war zu sehen. Dann trat ein untersetzter, stämmiger Mann weiter hinten aus dem Wald heraus. Er war mit Erde – oder war es Blut? – verschmiert und trug lange, tropfende Streifen – Stoff? – in den Händen. Ein zweiter kleiner Mann kam aus der gleichen Richtung. Seine Hände waren verschmiert und leer, und an seinem Gürtel hingen Beutel, genau wie bei Theron.

Sie unterhielten sich, und jetzt wurde ihm klar, daß das die Stimmen waren, die er gehört hatte. Der Schall trug die Laute über die Lichtung. Instinktiv hielt Theron den Atem an. Cyta und Kondros taten es ihm gleich.

Ein dritter Fey – eine Frau – zog auf der gegenüberliegenden Seite der Lichtung einen Leichnam an den Füßen aus dem Wald. Das Gesicht des Toten sah merkwürdig aus, als hätte jemand Löcher hineingegraben. Dann erkannte Theron, daß die Haut fehlte.

Ihm wurde sofort übel. Sie verstümmelten die Toten. Er hatte schon gehört, daß die Fey so etwas taten, aber er hatte es noch nie gesehen. Er sah seine Gefährten an. Drei gegen drei. Ein gutes Verhältnis – es sei denn, aus dem Kreis kamen noch mehr Fey.

Theron nahm einen Beutel in die Hand und öffnete ihn. Mit der anderen Hand zog er das Messer aus dem Stiefel und tauchte es ins Wasser. Cyta und Kondros folgten seinem Beispiel. Dann zurrte Theron den Beutel wieder am Gürtel fest. Er hielt das Messer ausgestreckt vor sich und wollte gerade auf die Lichtung hinaustreten, als ihn jemand von hinten festhielt.

Eine nach Fäulnis riechende Hand legte sich über seinen Mund und zog ihn rückwärts in den Wald. Die scharfe Klinge eines Messers brannte auf der Haut an seiner Kehle.

Cyta und Kondros drehten sich um. Jeder hatte die Hand auf einem Beutel, hielt in der anderen ein Messer. Ihre Augen waren vor Schreck geweitet.

Der Gestank des Mannes, der ihn festhielt, brachte Theron zum Würgen.

»Immer langsam«, sagte der Mann mit schwerem Nye-Akzent. Er flüsterte: »Wenn ihr das Zeug auf mich schleudert, macht ihr nur die anderen wild. Und das will wohl keiner von uns.«

Cyta und Kondros rührten sich nicht. Therons Augen tränten. Er hielt den Atem an und wünschte sich, sprechen zu können. Der Schmerz an seiner Kehle war scharf, und er bildete sich ein, kühles Blut an seinem Hals herunterrinnen zu spüren.

»Schön langsam«, sagte der Mann. Seine Stimme war dicht

an Therons Ohr. »Ich brauche eure Hilfe, und ich glaube, ihr braucht meine. Wie wäre es also, wenn wir ein wenig plauderten ... ein Stück weiter weg von dieser Lichtung?«

Theron antwortete, indem er die Augen verdrehte. Er bedauerte, sich nicht per Gedankenkraft verständigen zu können. Gießt das Wasser auf ihn. Macht schon! Aber seine Freunde schienen seine Botschaft nicht zu empfangen. Sie sahen den Mann an, nicht Theron.

Der Mann zog Theron nach hinten, wobei er den Druck an seinem Hals nicht verringerte. Die Hand preßte sich noch fester auf Therons Mund, und die Finger gruben sich so stark in seine Wangen, daß er gezwungen war, auf ihre Innenseite zu beißen. Er stieß einen Atemzug durch die Nase aus, holte Luft, stolperte weiter rückwärts. Sein Blick war auf seine Freunde gerichtet, seine freie Hand öffnete den Beutel. Mit der anderen Hand hielt er den Griff des Messers fest umschlossen. Er mußte es dem Mann einfach nur ins Bein stoßen, und schon würde er sterben. Allerdings gelang es dem Fremden möglicherweise vorher noch, auch ihn zu töten.

Sie gingen über raschelnde Blätter und knackende Zweige. Theron beobachtete die Lichtung, denn er erwartete, daß die anderen Fey ihnen folgten – was sie jedoch nicht taten. Als sie seiner Meinung nach weit genug von der Lichtung entfernt waren, drehte er das Messer in der Hand und stieß es in die Richtung des Beines. Sofort bewegte sich die Hand von seinem Mund und schlug ihm das Messer aus der Hand.

»Tötet ihn!« rief Theron.

Das Messer des Mannes grub sich tiefer in seine Kehle. »Versucht es«, sagte der Mann zu den anderen. »Dann stirbt er auch. Du ...« Er bewegte den Kopf, als nickte er jemandem zu. »Schneide ihm die Beutel vom Gürtel, deine und die deines Gefährten auch, und dann läßt du das Messer fallen. Und du läßt deins sofort fallen!«

Cyta warf sein Messer auf den Boden. Theron schüttelte den Kopf nur so viel, daß die Klinge nicht tiefer in seine Haut schnitt. Kondros zuckte die Achseln, streckte dann die Hand aus und schnitt Therons Gürtel ab. Sein eigener und der von Cyta folgten.

»Und jetzt«, sagte der Mann, »unterhalten wir uns ein wenig.«

Er zog Theron dichter an sich, ohne den Druck an seiner Kehle zu verringern. Er nahm die andere Hand von Therons Mund und umfaßte seine Taille mit kräftigem Griff. Selbst wenn er es versucht hätte, hätte sich Theron nicht daraus befreien können.

»Ihr seid viel zu nahe am Kreis«, sagte der Mann. »Jeder Inselbewohner, der dem Kreis zu nahe kommt, muß sterben. Wußtet ihr das nicht?«

»Wir wollten nur unsere Kameraden bestatten«, sagte Theron. Die Klinge kitzelte seinen Adamsapfel, was das Sprechen ziemlich schmerzhaft machte.

»Die Toten?« wunderte sich der Mann. »Den Toten ist es egal, was mit ihnen geschieht. Aber zum Glück können sie noch nützlich sein.«

»Nützlich? Euch? Sie wollen nicht nützlich sein. Sie wollen gesegnet werden, sonst nichts«, erwiderte Theron.

»Schsch, Theron.« Kondros hob die Hand und sah dem Mann ins Gesicht. »Du sagtest, du brauchtest unsere Hilfe.«

Ein kleiner Schauer durchlief den Körper des Mannes. Theron fühlte es deutlich an seinem Rücken. Er wunderte sich darüber und fragte sich einen Augenblick, ob Kondros auf dem richtigen Weg war.

»Ihr wißt nichts von uns«, sagte der Mann. »Soviel kann ich euch verraten.«

»Du wolltest uns etwas über die Fey verraten?« fragte Kondros. »Weshalb sollten wir dir glauben?«

»Weil sie mich soeben töten wollten«, erwiderte der Mann mit leiser Stimme. »Ich will weg von hier.«

»Einen ihrer eigenen Leute?« Cytas Stimme wurde vor Ungläubigkeit lauter.

Auch in Therons Augen klang das wie eine Lüge. »Nein«, sagte er. »Wir können dir nicht vertrauen.«

»Laß Theron los«, sagte Kondros. »Damit kannst du deine Vertrauenswürdigkeit am besten beweisen.«

Der Körper des Mannes zitterte wieder. Theron musterte die Gesichter seiner Freunde, in denen jedoch nichts abzulesen war. Er wartete, hielt den Atem an – dieser Gestank war überwältigend –, und dann ließ ihn der Mann los. Das Messer fiel zu Boden, und der Arm ließ Theron frei.

Er taumelte nach vorne, und Cyta fing ihn auf. Theron drehte sich rasch um, wollte seinen Angreifer endlich sehen. Auch er war ein untersetzter Fey. Noch nie war ihm aufgefallen, daß sie so klein waren … auch seine Arme und sein Gesicht waren mit Blut und Schmutz verschmiert. Seine ursprünglich rote Kleidung war mit braunen Flecken übersät. Nur sein dunkler Teint, die verräterischen Augenbrauen und die hohen Wangenknochen unterschieden ihn deutlich von den Inselbewohnern.

»Was willst du von uns?« fragte Theron.

Der Mann wischte sich mit dem Handrücken über die Stirn, als wollte er sein Gesicht nicht verschmieren. »Bringt mich an einen sicheren Ort.«

»Bei unseren Leuten gibt es keinen sicheren Ort für dich«, sagte Kondros.

Der Mann schüttelte den Kopf und warf einen Blick nach hinten zur Lichtung. »Dorthin kann ich nicht mehr zurück.«

»Was ist passiert?« fragte Cyta.

»Sie haben versucht, mich umzubringen«, antwortete der Fey.

»Wie denn?« Kondros' Geduld schien grenzenlos zu sein. Theron war drauf und dran, den Fremden anzufahren.

»Sie hatten eine Art Gift. Sie wollten es über mich gießen, als eine Art Experiment.«

Theron atmete langsam aus. Sie experimentierten also mit Weihwasser. Damit hatte ihnen dieser Mann jetzt schon eine sehr nützliche Information geliefert. Oder war er ein Spitzel? Er konnte sich nicht erklären, weshalb der Mann sich an sie und nicht an seinesgleichen wandte.

»Du bist also geflohen?« erkundigte sich Kondros.

Der Mann nickte.

»Wir bringen dich in Sicherheit«, sagte Theron. »Wenn du dafür sorgst, daß unsere Leute begraben werden.«

Der Mann verzog das Gesicht und schüttelte den Kopf. »Was mit ihnen geschieht, spielt keine Rolle. Sie sind fertig.«

»Für uns spielt es eine Rolle«, sagte Theron.

»Nein.« Die Stimme des Mannes war sanft und ruhig. »Es sind nur noch die unbrauchbaren Teile übrig. Den Rest haben wir uns genommen. Sie sind fertig, ausgeschlachtet.«

»Ihr habt den Rest genommen?« fragte Cyta. Therons Magen drehte sich abermals um. »Wozu das denn?«

»Magie«, flüsterte der Mann, als spräche er ein heiliges Wort aus.

»O Gott«, sagte Theron, halb entsetzt, halb betend. Der König oder einer seiner Ratgeber mußte auf jeden Fall mit dieser Kreatur reden.

»Wenn du mit uns kommen willst«, sagte Kondros, »mußt du dich von deinem Messer trennen, und du mußt uns erlauben, unseren Schutz wiederzuholen.«

»Schüttet euer Gift nicht auf mich«, sagte der Mann. »Davor bin ich eben erst geflohen.«

Theron spürte das Entsetzen dieses Mannes. Wenn es allen Fey so erging, dann war das Weihwasser eine bessere Waffe, als er angenommen hatte. »Woher wissen wir, daß sie dich nicht verfolgen?«

Der Mann lächelte. Es war kein fröhliches Lächeln. »Ich bin eine Rotkappe«, sagte er. »Denen fällt nicht einmal auf, daß ich weg bin.«

»Ich finde, wir sollten ihn einfach hierlassen«, sagte Cyta in der Inselsprache.

Kondros schüttelte den Kopf. »Und wenn er die Wahrheit sagt?«

»Dann ist uns eine Gelegenheit durch die Lappen gegangen«, antwortete Cyta. »Wenn nicht, sind wir tot.«

»Ich werde euch nichts tun«, sagte der Mann auf Nye. »Ich verspreche es. Ihr könnt mich fesseln, wenn ihr wollt. Aber bringt mich weg von hier.«

Theron berührte seinen Hals. Blut schmierte über seine Haut. Die Wunde war noch nicht verschorft. »Wir könnten dich einfach töten.«

Der Mann nickte. »Richtig. Aber ich werde euch alles erzählen, was ihr über die Fey wissen müßt. Ich werde euch alles verraten.«

Theron warf Kondros über den Kopf des Mannes hinweg einen Blick zu. Es war nicht an ihnen, diese Entscheidung zu fällen. Das war Sache eines Lords oder des Königs selbst. Vielleicht konnten sie diesen Mann gegen eine Bestattung ihrer Freunde eintauschen. Oder gegen einen Rettungstrupp für Adrian und die anderen.

»Einverstanden«, sagte Theron und nickte kurz. »Wir bringen dich an einen sicheren Ort.«

8

Allein seine Anwesenheit im Tabernakel jagte ihm Angst ein. Tel faltete die Hände, setzte sich in einen der hölzernen Stühle und versuchte, Ruhe zu bewahren. Bisher war ihm das recht gut gelungen. Matthias so kurz nach der Umwandlung zu begegnen war mißlich und frustrierend gewesen. Hätte Tel nur schon über ein wenig mehr Kraft verfügt, er hätte Matthias sofort angegriffen. Aber womöglich wäre ihm dieser Versuch schlecht bekommen. Später, bei der Versammlung, war es ihm nicht mehr gelungen, so nah an Matthias heranzukommen.

Die Privatgemächer des Ältesten Andre waren nüchtern eingerichtet, obwohl sie aussahen, als seien sie ursprünglich zu opulenteren Zwecken gedacht gewesen. Der Hauptraum war groß und mit einem Kamin ausgerüstet, der bis zur Decke reichte, und mit einem Balkon, der Ausblick über die gesamte Stadt gewährte. Auch das Schlafzimmer war riesig und verfügte ebenfalls über einen gewaltigen offenen Kamin. Weder die eine noch die andere Feuerstelle vermittelte den Eindruck häufigen Gebrauchs, und Andre schien lieber auf einer Pritsche zu schlafen. Er hatte den Hauptraum mit Holzmöbeln ohne Polster eingerichtet und sämtliche Teppiche vom gefliesten Boden entfernen lassen. Trotzdem war es immer noch besser als im Stall, wo sich Tel vorher aufgehalten hatte.

Aber nicht viel besser.

Nicht gut genug, um ihn für die Gefahr zu entschädigen, der er sich aussetzte. Wenn er wenigstens in den Privatgemächern bleiben könnte. Sobald er sich auch nur wenige Schritte herauswagte, erwies sich der Tabernakel als sein schlimmster Alptraum.

Überall sah er Weihwasser. Einer der Auds hatte ihm mit dem Frühstück eine kleine Flasche Wein gebracht. Nachdem Tel die Flüssigkeit lange genug angestarrt und sich mit vor Durst ausgetrockneter Zunge gefragt hatte, ob sie wohl mit dem Gift versetzt sei, hatte er sie in eine Tasse gegossen. Aber er wußte, daß dem nicht so war ... zumindest der Andre-Teil in ihm wußte es. Trotzdem zitterte seine Hand, als er die Tasse zum Trinken an die Lippen führte.

Sogar wenn Tel die Flure entlangging, die Versammlung verließ und in seine Gemächer zurückeilte, sah er das Wasser. Auds, die die Wände säuberten, neben sich Eimer voll mit bräunlicher Flüssigkeit und feuchten Lappen, versetzten ihn in Angst und Schrecken.

Und zu seiner großen Überraschung mußte er diese Schrekken völlig unnötigerweise durchmachen. Er hatte gedacht, wenn er einen Assistenten des Rocaan, einen Ältesten übernahm, würde er das Geheimnis des Giftes erfahren. Schon bald war ihm jedoch klargeworden, daß keiner außer dem Rocaan selbst wußte, wie man das Zeug herstellte.

Kein Wunder, daß der alte Mann seit der Ankunft der Fey alt und ausgemergelt aussah.

Tel war sich auch nicht sicher, wie er an die Information gelangen sollte. Sollte er der alte Mann werden? Was war, wenn das Weihwasser zur Maskerade des Alten gehörte? Was, wenn sich bei der Verwandlung in den Rocaan ein Teil des Körpers veränderte? Tel konnte sich vorstellen, wie er blutbedeckt versuchte, den alten Mann zu absorbieren und gleichzeitig zu spüren, wie er dahinschmolz – wie schon so viele andere Opfer vor ihm. Mit diesem Bild im Kopf hockte er auf dem unbequemen Holzstuhl, preßte die Füße aneinander und rang die Hände. Er wußte, daß er hier in Sicherheit war, abgesehen von dem Schränkchen nebenan, in dem Andre seinen eigenen Vorrat an Weihwasser aufbewahrte, sowohl zur Andacht als auch zu seiner Verteidigung.

Alle Rocaanisten schrieben dem Wasser mystische Eigenschaften zu. Andre hatte daran geglaubt, daß der Roca ihnen das Wasser zu ihrem Schutz gegeben hätte. Sein Einsatz beim Mitternachtssakrament hatte für ihn nach Ankunft der Fey eine besondere Bedeutung erlangt. Andre glaubte, der Roca habe von den Fey gewußt und den Inselbewohnern das Wasser zur Verteidigung überlassen.

Keine schlechte Idee, wenn man näher darüber nachdachte, obwohl Tel sich nicht so recht vorstellen konnte, wie ein Mensch am Anfang aller Geschichte hätte wissen können, daß die Fey jetzt über die Blaue Insel herfielen. Vielleicht hatte der Roca tatsächlich das Ohr Gottes gefunden.

Tel schüttelte sich und stand auf. Andre hatte einen schwabbeligen Körper, den Tel ständig zu Krämpfen und Versteifungen brachte. Er bewegte die Schultern, hörte das Knacken und Knarren. Wenn er nur in die Stallungen zurückkehren könnte, wo er mit den Pferden arbeiten und die Krise um sich herum vergessen konnte. Er hatte Solanda angefahren, weil er wußte, daß sie recht hatte: Er hatte sich an einen Ort begeben, vor dem alle Doppelgänger gewarnt waren – den Ort, an dem man sich wohler fühlt als in der eigenen Haut.

Er würde diesen Fehler hier nicht noch einmal begehen.

Dabei lief er Gefahr, einen ganz anderen Fehler zu machen. Vor vielen Jahren hatte er in der Ausbildung gelernt, Doppelgänger riskierten ihr Leben für die Truppe. Kein Doppelgänger riskierte in diesem Augenblick mehr als Tel. Er hatte so große Angst, daß er nur noch in seinem Zimmer sein wollte.

Dabei mußte er sich mit ganz anderen Problemen beschäftigen. Er sollte heute abend das Mitternachtssakrament zelebrieren. Das bedeutete, mit Phiolen voller Weihwasser hantieren, und zum gleichen Zeitpunkt sollte er seine Kontaktperson treffen. Er war sich noch im unklaren, wie er beide Aufgaben erfüllen sollte.

Niemand konnte sich um das Mitternachtssakrament drükken. Es war eine der wichtigsten Pflichten, die ein Ältester durchzuführen hatte. Er ging auf dem nackten Steinboden auf und ab, die Hände auf dem Rücken verschränkt. Er mußte einen Ausweg finden, und zwar bald. Denn wenn er nicht am verabredeten Treffpunkt erschien, mußte der Bote annehmen, er sei tot, und dann durfte er auf keinerlei Hilfe von Rugar mehr rechnen.

Annehmen, er sei tot. Tel setzte sich. Wenn sie davon ausgingen, daß er tot war, konnte er auch wieder Pferdepfleger werden. Das Leben als Stallbursche war nicht gerade glänzend, aber es war sicher. Und die Fey würden diese Insel so schnell nicht wieder verlassen.

Ein Zittern durchlief ihn. Er wußte, worüber er da nachdachte. Tel hatte bisher erst einmal gesehen, wie ein Doppelgänger für die Vernachlässigung seiner Aufgabe bestraft wurde. Man hatte den Doppelgänger gezwungen, durch ein Dutzend Gefangener aus Nye zu gehen, sich in rascher Folge von einem in den anderen zu verwandeln, bis sein eigenes Wesen unter der Anstrengung zusammenbrach. Sodann wurde er von den Hütern des Zaubers rasch weggebracht, um ihren sonderbaren und geheimen Experimenten zu dienen.

Niemand hatte jemals wieder etwas von ihm gehört.

Tel starrte zum Fenster hinaus. Unten im Hof spielten Kinder unter der Aufsicht eines Auds ein Spiel. Normalerweise würde Andre dort unten sein, doch Tel konnte es nicht ertragen, mit Inselkindern zu spielen. Nicht in diesem kritischen Augenblick. Er baute darauf, daß ihn die Zusammenkunft deckte: Alle Ältesten hatten unter Druck gestanden. Matthias hatte nach verhaltenem Schrecken ausgesehen, Porcilunas Gesicht war die ganze Zeit über rot gewesen. Tel hatte den Großteil der

Sitzung damit verbracht, sich Gedanken über den zusätzlichen Blutfleck zu machen. Hatte Rugar noch einen Doppelgänger entsandt?

In diesem Falle wäre Tel weniger wichtig, als er bisher gedacht hatte. Er konnte einfach gehen, ohne daß ihm jemand auf die Schliche kam.

Mit Ausnahme des anderen Doppelgängers, der, falls er ebenfalls bei der Versammlung anwesend war, wissen würde, daß Tel in der Nähe war. Und wenn sie beide gingen? Dann waren die Fey dazu verurteilt, das Geheimnis niemals zu erfahren.

Fröhliche, mit Gelächter vermischte Schreie drangen von unten herauf. Die Kinder kamen jeden Nachmittag auf Andres Veranlassung dort hin, auch wenn er nicht jedesmal an ihrem Spiel teilnahm. Andre glaubte, wenn man die Kinder in jungen Jahren indoktrinierte und die Indoktrination wie einen großen Spaß aussehen ließe, würde man der Religion damit einen Dienst erweisen. Bislang hatte es funktioniert, und die Maßnahme hatte Andre zum Favoriten des Rocaan werden lassen.

Tel drehte sich vom Fenster weg und lehnte sich gegen die alte Steinwand. Er wischte sich mit der Hand über das Gesicht. Wenn er einfach nur da blieb, wo er war, und dabei genügend Vorsicht walten ließ, würde er womöglich das Geheimnis des Weihwassers vom Rocaan erfahren. Oder er würde nach einigen Tagen in Matthias' Körper überwechseln. Andres Erinnerung verriet ihm, daß auch Matthias am Tage der Ersten Schlacht um Jahn des Geheimnisses teilhaftig geworden war.

Der entscheidende Punkt war der, sowohl das Mitternachtssakrament zu begehen als auch seinen Kontakt zu treffen. Der Kontakt würde warten. Seine Anweisungen besagten, daß er dem Doppelgänger soviel Zeit wie möglich einräumen müsse, den Treffpunkt zu erreichen. Wenn Tel das Mitternachtssakrament überlebte, würde keiner dahinterkommen, wer er war. Man würde ihm absolut vertrauen.

Das Zittern kehrte zurück. Er rieb die Hände aneinander. Er konnte keine Handschuhe tragen; er wußte nicht einmal, ob ihn das schützte. Selbst wenn, waren Handschuhe keine Alternative. Der Älteste mußte das Weihwasser auf Stoff gießen, den er mit bloßen Händen anfaßte.

Aber der Rocaan hatte ihn zuvor auf eine Lösung des Problems gebracht. Tel war es nur noch nicht eingefallen. Bis jetzt.

Er hatte es bis jetzt einfach nicht sehen wollen.

Sie wollten das gesamte Weihwasser durch Weihwasser ersetzen, das der Rocaan eigens zubereitet hatte. Tel war ein Ältester. Die Auds würden ihm vertrauen. Aufgeregtheit machte sich in seinem Magen breit, ließ ihn noch mehr zittern als zuvor. Nun mußte er nur noch herausfinden, woher er saubere Glasflaschen und reines Wasser bekam.

Der Cardidas führte reines Wasser. Und er konnte die Kinder dazu bringen, es für ihn heraufzuholen, wenn er es als eines von Andres Spielen deklarierte. Niemand stellte Andres Spiele in Frage.

Eine so große Erleichterung durchflutete ihn, daß er spürte, wie sein Gesicht rot anlief. Er war jetzt wieder bereit, ein Doppelgänger zu sein. Er würde das Rätsel des Giftes lösen, und dann würde er die Blaue Insel verlassen. Für immer.

9

Der Rocaan hielt inne und rieb sich die Augen, zuckte zusammen, als der Staub an seinen Fingern das Brennen noch verschlimmerte. Er hatte schon lange nicht mehr soviel Zeit über den Büchern verbracht. Er lehnte sich in dem Lehnstuhl, den er vor seinen Sekretär gestellt hatte, zurück und hörte zu, wie das Holz unter seinem Gewicht ächzte. Seine Augen tränten. Er brauchte besseres Licht.

Langsam erhob er sich und hielt sich an der Stuhllehne fest. Seit Alexanders Sohn ihn vor Stunden verlassen hatte, hatte er in der gleichen Haltung dagesessen. Die anderen dachten, der Rocaan arbeitete am Weihwasser, doch diese Aufgabe hatte er heute Matthias übertragen. Der Rocaan würde die seine am Morgen erledigen, wenn er sich frischer und wacher fühlte.

Heute abend jedoch mußte er seine Suche nach Antworten fortsetzen und seine eigenen Schlüsse ohne das Zutun von Matthias' verdrehtem Gelehrtengeist ziehen. Der Rocaan hatte heute die Geschriebenen Worte noch einmal gelesen, um herauszufinden, ob er etwas übersehen, etwas falsch ausgelegt oder gar mißverstanden hatte. Nachdem er den vertrauten Text eine Weile überflogen hatte, mußte er sich dazu zwingen, ihn laut zu lesen. Selbst das hatte nicht völlig ausgereicht, denn er hatte damit begonnen, die Ungeschriebenen Worte hinzuzufügen, wie ein hoch über der Melodie dahinfliegender Diskant. Der Glaube schien keine klaren Gedanken zuzulassen. Die Worte hatten schon vor so langer Zeit die Stellung eines Rituals eingenommen, daß er sich nicht einmal mehr daran erinnern konnte, wann sie ihm jemals neu und unverbraucht vorgekommen waren.

Falls das überhaupt je der Fall gewesen war.

Sein Vater hatte die Worte vor jedem Mahl rezitiert, und der Rocaan war mit dem Text seiner Religion aufgewachsen, als handelte es sich um die Strophen eines Liedes. Vielleicht hatte er noch nie zuvor eine Bedeutung in ihnen gesucht. Vielleicht verabscheute er an Matthias genau das, nämlich seine Fähigkeit, die Litanei beiseite zu schieben und die Worte als das zu sehen, was sie wirklich waren.

Doch sosehr er es auch versuchte, der Rocaan konnte die Geschriebenen Worte nicht so sehen, wie sie dastanden, sondern nur so, wie sie die Religion haben wollte: als Bestandteil des Rituals, als Teil der Lehre und als Teil der Heilung. Denn zwischen den Zeilen des Textes waren die Ungeschriebenen Worte verborgen, und hinter diesen standen die Geschichten, die das Rückgrat des Glaubens bildeten. Geschichten, wie sie die uralten Gemälde im Tabernakel illustrierten, durch mündliche Erzählungen weitergereicht wurden und nicht unbedingt zu den Worten gezählt wurden, wie sie von einem bestimmten Ältesten – in diesem Fall Eirman – erinnert und bei der Messe zum Tag der Aufnahme gesungen wurden.

Ein Klopfen an der Tür riß den Rocaan aus seinen Gedanken. Statt den Klopfer – er wußte, daß es sich um einen Aud handeln mußte – hereinzubitten, ging er selbst zur Tür und spähte durch den Sehschlitz. Der Aud, der dort draußen im Korridor stand, war unglaublich jung, kaum älter als fünfzehn, ein Junge kaum alt genug, um eine Entscheidung für sein ganzes Leben zu treffen, was er wahrscheinlich auch nicht getan hatte. Der Rocaan war beinahe versucht, die Tür zu öffnen und den Jungen zu fragen, ob ihn seine Eltern dazu gezwungen hatten, wie damals Matthias, oder ob der Junge aus freiem Willen gekommen war.

Statt dessen schob er den Riegel zur Seite, machte die Tür auf und versperrte dem Jungen mit einer gegen den Türrahmen gestützten Hand den Weg. »Ich würde das Abendessen gern in meinem Zimmer einnehmen«, sagte er, bevor der Junge das Wort ergreifen konnte. »Und ich zünde mir den Kamin und die Lampen heute abend selbst an.«

Der Junge nickte und wandte sich mit errötendem Gesicht ab. Dann verneigte er sich und entfernte sich auf dem Korridor. Seine nackten Füße flüsterten über den Läufer. Der Rocaan wartete, bis der Junge weg war. Erst dann schloß er die Tür. Er hatte es schon immer als lächerlich empfunden, daß die Kirchenobersten wie Adlige bedient wurden. Schließlich sollten sie viel eher Diener sein, die mit ihrer Arbeit anderen halfen. Doch irgendwann hatte irgend jemand beschlossen, daß die Ältesten und der Rocaan gehegt werden müßten, wenn sie ihrer geistlichen Arbeit nachgehen sollten, und so waren ihnen ihre materiellen Sorgen abgenommen worden.

Aber vielleicht waren ja gerade die körperlichen Bedürfnisse und Entbehrungen die Voraussetzung für spirituelle Erkenntnis. Der Herr wußte, wie weit er sich bereits von seinem Gott, von seinesgleichen und von sich selbst entfernt hatte, seit er Rocaan geworden war. Dabei hätte er eine größere Nähe erreichen sollen.

Als er noch ein Junge war und den Rocaan bei einer Messe unter freiem Himmel unweit der Sümpfe von Kenniland gesehen hatte, hatte er das alles für eine großartige, magische Sache gehalten, zu Ehren des Heiligsten und alles, was dazugehörte. Er hatte sich vorgestellt, der Heiligste sitze auf des Rocaan Schulter, und der Roca selbst gehe ihm als Führer voraus. Der Rocaan hatte nie selbst nach dieser Position getrachtet – das hätte sämtliche Grundsätze seines Glaubens verletzt; doch als er entdeckte, daß er es hatte, hatte er erwartet, daß etwas oder jemand von oben auf ihn herabstürzen und ihn segnen würde, daß er sich wirklich Gott gefällig fühlen würde.

Statt dessen war er ein müder alter Mann ohne Hoffnung und ohne Träume, ein alter Mann, der nichts verstand.

Er löste sich von der Tür, nahm den Feuerstein in die Hand und zündete die Kerze an. Dann hob er die Gläser von den Lampen und hielt die Kerze an die Dochte. Die Auds wurden immer sparsamer, zündeten nur die Lampen an, die in der Nähe des Bettes des Rocaan und neben seinem Lieblingsstuhl standen. Er hingegen zündete jede Lampe im Zimmer an. Schließlich zwang er seinen alten Körper in die Hocke und baute ein Feuer im Kamin, so wie er es damals, vor sechzig Jahren, als Aud getan hatte, als er dem Daniten seiner Gemeinde gedient hatte. Seine Hände erinnerten sich noch an die Prozedur.

Er öffnete das Gitter, schichtete das Holz über dem Stein aufeinander, gab Anmachholz und Zunder dazu und entzündete das Feuer. Der Danite, dem er damals diente, hatte nie so große Feuer gehabt. Er hatte das Holz immer für die Auds aufgespart, damit sie genug für ihren Gemeinschaftsraum hatten, wo sie ihre täglichen Gebete verrichteten. Es gab nicht sehr viel Holz in den Sümpfen von Kenniland, obwohl man nicht weit von Jahn entfernt war. Die Wälder hier waren hingegen stark und dicht, wurden in jeder Saison wie Getreide neu gepflanzt.

Die anstrengende Haltung ließ seine Beine zittern. Er stützte sich mit einer Hand an der Steinwand des Kamins, mit der anderen auf dem Boden ab und stand auf. In seinem alten Körper steckte nicht mehr viel Kraft. Das bißchen, das er früher einmal besessen hatte, war durch das viele Sitzen, Essen und das bequeme Schlafen verflogen. Sein Vater hatte nicht solange gelebt. Er war schon gestorben, als der Rocaan noch Aud war, beim Graben nach Pilzen im Sumpf. Sie hatten seine Leiche erst nach einer Woche gefunden.

Nachdem er sich erhoben hatte, lehnte sich der Rocaan gegen den Kamin, spürte die Wärme der Flamme durch die samtene Robe. Dann wandte er sich um und ließ den Blick über den hellerleuchteten Raum schweifen. Wie er gehofft hatte, wurden die verblaßten Gemälde und Stiche allmählich sichtbar.

Über ihm, an der Decke, empfing der Roca den Segen eines Kindes. Diese Radierung war, wie alle anderen auch, in Gold ausgeführt und kam nur bei der richtigen Beleuchtung zum Vorschein. An der Wand hinter seinem Schreibtisch war abgebildet, wie der Rocaan die Sanktion durch den Heiligsten in einem Blitz weißen Lichts empfängt. Er wußte nicht viel über den Ersten Rocaan. Damals bewahrte niemand die mündlichen Überlieferungen, mit Ausnahme des Rocaan selbst. Er wußte nicht einmal genau, wie lange der Erste Rocaan im Amt gewesen war. Vermutlich konnte er das in etwa herausfinden, indem er die Generationen mit Hilfe des Durchschnittsalters der Rocaans zurückrechnete, aber das blieb ziemlich ungenau. Da gab es diesen Dreißigsten Rocaan, der sich sein Zeremonienschwert umlegte, in Ohnmacht fiel und nie wieder aufwachte. Er war nur für wenige Wochen der Gottgefällige gewesen, und schlimmer noch war es dem Fünfundzwanzigsten Rocaan ergangen, der von einem wahnsinnigen Aud direkt nach der Zeremonie erstochen wurde. Das Durchschnittsalter traf auch nicht auf seinen direkten Vorgänger zu, den neunundvierzigsten Rocaan, der schon als Junge von der Hand Gottes berührt, im Alter von dreißig Jahren Rocaan geworden und über sechzig Jahre der Gottgefällige gewesen war.

Die mündliche Überlieferung war eine unzuverlässige Sammlung von Geschehnissen, zusammengestellt von Männern, die keine Vorstellung davon hatten, welche Dinge für den Glauben von Wichtigkeit waren und welche nicht. Wer waren die Soldaten des Feindes? Nicht einmal Matthias konnte das genau bestimmen. Auch der Rocaan fand in den Geschriebenen und Ungeschriebenen Worten keinerlei Hinweise auf sie. Er wußte, daß es noch andere Gemälde von ihnen gab, außer dem, das die Aufnahme des Roca in die Hand Gottes darstellte. Und darin waren sie kleine, in Rüstungen gekleidete Figuren, die dem Betrachter den Rücken zuwandten oder deren Gesichter vom strahlenden Licht des Roca verdunkelt wurden.

Die Beine des Rocaan drohten unter ihm nachzugeben. Er wankte zu einem Stuhl, ließ sich darauf nieder und schlug die Hände vors Gesicht. Bisher hatte die Blaue Insel keine Geschichtsschreibung benötigt. Die Inselbewohner waren eine Gemeinschaft, die sich durch ihre Heimat definierte, die wiederum durch Flüsse, Sümpfe und Berge unterteilt war. Wenn sie von Historie sprachen, dann benutzten sie sie fast ausschließlich zum Erzählen von Geschichten, nicht so wie die Nye, die davon überzeugt waren, daß nicht die Zukunft, sondern die Vergangenheit das Geheimnis ihrer Existenz barg. Die Inselbewohner glaubten, Gott hüte dieses Geheimnis, und der Glaube an Gott genügte allen ihren Bedürfnissen.

Jedenfalls bis zum vergangenen Jahr.

Inzwischen fragte er sich, ob die Nye nicht recht hatten. Und ob die Inselbewohner nicht mehr als nur ihre Geschichten verloren hatten, als sie sich von ihrer Vergangenheit verabschiedeten. Der Rocaan war ein alter Mann, und er erinnerte sich nur noch an wenig aus seiner Kindheit. Der König konnte seinen Stammbaum aufsagen, eine lange Folge von Namen, die bis auf den Roca selbst zurückführte. Der Rocaan lehnte den Kopf an die Stuhllehne und flüsterte: »›Und als der Roca in den Himmel auffuhr, traten seine beiden Söhne vor. Der ältere sagte, er würde an des Roca Statt als Führer der Menschen eintreten, und es kam eine Stimme vom Himmel – mit einem gewaltigen Donnerschlag – und befahl, daß der zweite Sohn den Platz des Roca als der Gottgefällige einnehmen solle. Und von dieser Stunde an konnten nur zweitgeborene Söhne Älteste und danach Gottgefällige werden.‹«

Der Rocaan selbst war ein Zweitgeborener, so wie es auch der Rocaan vor ihm und der Rocaan vor jenem gewesen war.

Der König war immer der älteste Sohn. Eigenartig, daß der in den Ungeschriebenen Worten wurzelnde Befehl besagte, daß »zweitgeborene Söhne Älteste und dann Gottgefällige werden können«. Nicht die Zweitgeborenen des Königs, auch nicht die Zweitgeborenen des Rocaan, sondern einfach nur Zweitgeborene. Als hätte man den Zusatz weggelassen. Warum sollte man das Königtum erblich machen, das Amt des Rocaan jedoch nicht? Hatte der Rocaanismus seine Macht verloren, weil der Rocaan nicht von königlichem Geblüt war?

Trotz der Hitze des Feuers zitterte der Rocaan. Ein kalter Schauer war ihm in den Nacken und dann den Rücken hinuntergekrochen. Alexander hatte nur ein Kind gehabt, einen Sohn. Auch Alexanders Vater hatte nur ein Kind gehabt. Es gab keine Möglichkeit, um die Theorie zu überprüfen, daß auch der zweitgeborene Sohn des Königs den Thron besteigen würde, wenn man ihn mit Weihwasser und einem Zeremonienschwert berührte. Hatte ein König versagt und keine zwei Söhne gezeugt? Hatte ein Rocaan sich nicht fortgepflanzt? War der Ausschluß der Frauen dem Rocaanismus von Anfang an zu eigen gewesen? Nicht einmal das wußte der Rocaan.

Als der neunundvierzigste Rocaan ihn an sein Totenbett hatte rufen lassen, hatte der Sterbende die Stirn des Jüngeren mit einem mit Weihwasser benetzten Finger berührt und ein Schwert darauf gemalt. *Du wirst der Gottgefällige sein*, hatte der sterbende Rocaan gesagt. Dann hatte er die Augen geschlossen und geflüstert: *Möge Gott mir vergeben.* Seit Jahrzehnten fragte sich der Rocaan, was sein Vorgänger damit gemeint haben mochte. Damals war er gleichzeitig von großer Trauer und großer Freude erfüllt gewesen: Trauer um den Verlust eines Mentors und Freude darüber, in seine Fußstapfen treten zu dürfen. In den folgenden Tagen hatte der sterbende Rocaan den Rest der ihm verbliebenen Kraft darauf verwendet, den neuen Rocaan zum Hüter der Geheimnisse zu machen.

Die Geheimnisse. Er ging sie jeden Abend wie eine Gebetsmühle durch, doch die meisten verstand er nicht. Wie etwa das Ritual der Aufnahme, das noch kein Rocaan zuvor durchgeführt hatte, das aber von Anbeginn der Religion weitergereicht worden war. Vielleicht war das Ritual so verstümmelt wie die Ungeschriebenen Worte. Vielleicht fehlten Stellen, waren ganze Passagen von den ältlichen, sterbenden Männern, die die Tradition fortzusetzen versuchten, einfach vergessen worden.

Es klopfte an der Tür, dann erinnerte ihn eine leise Stimme an den Aud, der vorhin weggegangen war. Der Rocaan nahm die Hände vom Gesicht und seufzte.

»Herein«, sagte er, und der Junge trat mit einem Tablett voll Essen ein. Der Duft frischen Lammeintopfs mit Soße, Kartoffeln und Zwiebeln erfüllte den Raum. Der Magen des Rocaan knurrte. Der Koch, der wußte, wie sehr der Rocaan Teigwaren liebte, hatte zusätzlich frisches Brot auf das Tablett gelegt. Im Abendtrunk des Rocaan, einem Becher Met, schimmerte das Licht.

Der Junge stellte das Tablett auf den Tisch. Der Eintopf dampfte noch.

»Heiliger Herr«, sagte er mit respektvoller Stimme, »möchtet Ihr, daß ich einige Lichter verlösche?«

»Nein, mein Junge«, erwiderte der Rocaan, »ich brauche sie heute abend.«

Der Aud nickte und faltete die Hände vor seinem groben schwarzen Gewand. Dann drehte er sich um und entblößte im Gehen die schwarzen Sohlen seiner sehr schmutzigen Füße.

»Mein Junge«, sagte der Rocaan. »Woher stammst du?«

Der Aud blieb stehen, drehte sich abermals zu dem Rocaan um, hielt den Kopf aber gebeugt. »Vom Fuße der Schneeberge«, sagte er.

Der Rocaan nickte. Er war nur einmal in den Schneebergen gewesen, damals, als Danite. Die Dörfer dort waren klein, denn die Winter waren streng, und es bedurfte eines bestimmten Menschenschlags, um den Schneemassen die Stirn zu bieten. Einige behaupteten, die Bauern, die den Aufstand überlebt haben, seien in die Schneeberge geflohen, doch niemand hatte sie dorthin verfolgen wollen.

»Welche Geschichten erzählen sich deine Leute vom Roca? Geschichten, die du noch nicht gehört hast, seitdem du Aud geworden bist?«

Zum Erstaunen des Rocaan errötete der Junge. »Das ist Gotteslästerung, Heiliger Herr.«

»Gotteslästerung?« fragte der Rocaan. »Woher willst du das wissen?«

»Wenn man nichts anderes kennt, erfindet man Lügen.« Der Junge umschrieb die Warnung, die allen Novizen mit auf den Weg gegeben wurde.

»Aber damals hat dir niemand erzählt, es sei gotteslästerlich?«

»Nein, Heiliger Herr.«

»Dann teile es mir doch bitte mit.«

Der Junge schüttelte den Kopf.

»Ich habe das Ohr Gottes«, sagte der Rocaan. »Wenn ich es als gotteslästerlich empfinde, werden wir dich erneut segnen, deine Lippen mit Weihwasser reinigen und um Vergebung bitten.«

Der Junge schluckte so heftig, daß sein Adamsapfel hüpfte. »Jawohl, Heiliger Herr.«

»Komm her«, sagte der Rocaan. »Setz dich neben mich. Der Koch hat ohnehin zuviel Brot für einen alten Mann mitgegeben.« Er berücksichtigte die Regelung, nach der Auds nur einmal pro Woche Fleisch essen durften, und wollte den Jungen nicht dazu verleiten, diese Vorschrift zu brechen. Andererseits wollte er ihn auch nicht beim Essen zusehen lassen.

Der Junge wischte sich die Rückseite seines Gewandes ab,

bevor er sich neben dem Rocaan auf den Stuhl setzte. Dann griff er mit der verhaltenen Gier zu, an die sich der Rocaan noch gut erinnerte. Die Auds bekamen nie ausreichend zu essen und auch nie genug Schlaf. Das gehörte zur rituellen Indoktrination. Jeder junge Bursche, der stark genug war, die Routine aus Arbeit und Entbehrung zu überstehen, war auch stark genug, Gott zu dienen.

Der Junge fing jedoch erst zu essen an, nachdem der Rocaan einen Bissen zu sich genommen hatte. Der Eintopf war köstlich und kräftig gewürzt. Der Geschmack explodierte auf seiner Zunge. Wie so viele, die die Hungerzeit der ersten religiösen Jahre durchgemacht hatten, war er dick geworden und hatte sich an den Luxus gewöhnt – und das so sehr, daß er auf unbewußte Weise große Angst davor hatte, jemals wieder Entbehrungen erleiden zu müssen. Vielleicht war auch das nicht richtig. Vielleicht mußte sehr vieles im Rocaanismus neu überdacht werden.

»Erzähle, mein Junge«, sagte er leise.

Der Junge kaute und schluckte. Der Rocaan reichte ihm den Met, und der Junge nahm einen kleinen Schluck. Dann seufzte er, als wüßte er, daß er nicht mehr darum herumkam, dem Rocaan das zu erzählen, was er wissen wollte.

»Die Leute in den Schneebergen erzählen sich, der Roca sei ebendort einer armen Familie während eines Schneesturms geboren worden. Grüne Blitze mischten sich mit dem Schneetreiben, so gewaltig war das Unwetter an jenem Abend.« Der Junge sah den Rocaan beim Reden nicht an. Er riß das Brot in seiner Hand in kleine Stückchen und legte sie auf sein Gewand. »Die Leute wagten sich aus lauter Angst vor dieser gewaltigen Macht nicht in die Nähe dieser Familie. Damals glaubten sie nicht an Gott, wußten nichts von der Weisheit oder von sonst etwas jenseits dieses leidvollen Lebens.«

Der Rocaan senkte den Löffel. Diese Geschichte war alt. Er

hörte es aus dem Tonfall des Jungen heraus, aus dem Rhythmus der Geschichte selbst. Der Junge sprach die Worte so aus, wie der Rocaan die Ungeschriebenen Worte aussprach: Es war etwas, das er schon so früh gelernt hatte, daß es ein Teil von ihm geworden war.

»Als der Roca älter geworden war, hieß es, der Wind gehorche seinem Befehl. Er konnte einen Sturm herbeirufen oder abwenden, was er auch oft tat, um das Land seiner Familie zu schützen. Als er erfuhr, daß andere Jungen nicht über diese Fähigkeit verfügten, lief er in die Berge, um herauszufinden, warum er auserwählt worden war.« Der Junge schob ein Stück Brot in den Mund und kaute. Er warf dem Rocaan einen kurzen Blick aus dem Augenwinkel zu und sah rasch wieder weg.

»In jener Nacht erhob sich ein gewaltiger Sturm, doch als es aufklarte, sahen die Leute, daß auf den Bergspitzen kein Schnee lag. Die Schafhirten behaupteten, der Sturm habe an der Baumgrenze aufgehört und daß die Sonne sich gezeigt habe, obwohl es dunkel gewesen sei. Nach dieser Nacht stieg der Roca herab und berichtete den Leuten aus dem Tal von Gott. Er sagte ihnen auch, daß sie ohne seine Führung in einem großen Krieg sterben würden, und sie alle verneigten sich und beteten ihn an. Der Roca blieb im Tal, bis die Soldaten des Feindes eintrafen, dann nahm er sein Weib und seine Söhne mit sich und zog nach Jahn.«

Der Rocaan griff nach dem Becher und nahm einen großen Schluck Met. Die Geschichte fand sich nicht in den offiziellen mündlichen Überlieferungen, und sie stand auch in keinem der gelehrten Bücher. Dabei erzählte sie von einem Zeitraum, der seines Wissens von keiner anderen Geschichte abgedeckt wurde.

»Warum hältst du das für Gotteslästerung, Junge?« fragte er.

Der Junge wollte gerade das nächste Stück Brot essen, legte

es aber wieder in seinen Schoß. »Weil es von den Schneebergen handelt. Es hört sich an, als gehörte der Roca nur den Leuten von dort, als stamme er von ihnen ab.«

»Aber die Geschichte macht auch deutlich, daß sie ihn als Außenseiter behandelten und große Angst vor ihm hatten.«

Der Junge nickte. »Ich habe dem Ältesten Eirman davon erzählt, doch er sagte, ich solle nicht auf derlei Sagen hören und mich lieber meinen eigenen Studien widmen.«

»Ich werde mit dem Ältesten Eirman reden. Als unser Historiker sollte er diese Geschichten erforschen und sie nicht in Abrede stellen.«

»Dann haltet Ihr sie also nicht für gotteslästerlich?« Der Junge sprach hastig, seine Stimme zeugte von seiner Jugend und dem Ausmaß seiner Furcht.

»Wenn es eine Gotteslästerung ist, dann sicherlich nicht die deine. Und wer kann das überhaupt zu so einem frühen Zeitpunkt wissen? Wir wissen nicht, woher der Roca kam und was er getan hat, bevor er gegen die Soldaten des Feindes kämpfte. Womöglich ist deine Geschichte ja wahr.«

»Wenn sie wahr ist«, flüsterte der Junge, »warum spricht man nicht in der Kirche davon? Warum erzählt man sie sich nur spät am Abend, mit gedämpfter Stimme, als fürchteten sich die Leute davor, Gott könne sie hören?«

»Das weiß ich nicht«, antwortete der Rocaan und gab dem Jungen noch ein Stück Brot. »Ich danke dir dafür, daß du mir die Geschichte erzählt hast. Deine Seele ist in Sicherheit. Du bist unschuldig und hast nichts Schlechtes getan.«

Dem Jungen stiegen Tränen in die Augen, doch er hielt sie niedergeschlagen. Er nahm das zweite Stück Brot entgegen und las mit den Fingern der freien Hand die Krümel des ersten auf.

»Kennst du noch andere Jungs, die solche Geschichten zu erzählen wissen?« fragte der Rocaan.

»Wir reden nicht miteinander, Heiliger Herr«, sagte der Junge, und der Rocaan mußte über seine eigene Dummheit lächeln. Natürlich unterhielten sich die jungen Burschen nicht. Auds war es verboten, miteinander zu reden, weil man glaubte, sie könnten ohnehin nichts voneinander lernen. Sie waren Unschuldige und sollten in gleichem Maße Unschuldige bleiben. Nur von Höhergestellten konnten sie etwas lernen. Die Regel sorgte nicht nur dafür, daß sich die Auds nicht untereinander verbündeten, um gemeinsam gegen ihre Lebensbedingungen zu protestieren, sie sorgte auch dafür, daß Geschichten wie die soeben gehörte in Vergessenheit gerieten.

Wie viele der Auds, mit denen der Rocaan gedient hatte, hatten diese Geschichte gekannt? Und wie viele andere Geschichten hatten die Ältesten über all die Jahre schon unterdrückt?

»Vielen Dank, daß du einem alten Mann gefällig warst, mein Junge«, sagte der Rocaan. »Wenn du gehst, suche doch bitte den Ältesten Eirman auf und bringe ihn zu mir.«

»Ihr werdet ihm doch nichts über mich erzählen, oder?« fragte der Junge und schlug die Hände vor den Mund. Langsam ließ er sie wieder sinken. Sein Gesicht war flammend rot. »Entschuldigt, Heiliger Herr. Euch ist die Weisheit Gottes zuteil.«

Und manchmal reichte nicht einmal die Weisheit Gottes aus. Der Rocaan lächelte ihn an. »Ich werde dein Geheimnis bewahren, mein Junge.«

Der Aud verneigte sich. »Vielen Dank, Heiliger Herr«, sagte er. Dann nahm er sein Brot und verließ das Zimmer.

Erschöpft von dieser Begegnung lehnte sich der Rocaan zurück. Geschichten über den Roca, die außerhalb der Religion existierten. Er hätte niemals daran gedacht, wenn er sich nicht so intensiv damit beschäftigt hätte. Vielleicht wußten alle Auds, wenn er sie nur danach fragte, eine andere Geschichte zur Herkunft des Roca zu erzählen. Vielleicht war es bei den Daniten das gleiche, obwohl er bezweifelte, daß sie etwas preisgeben würden. Wenn schon dieser Junge sich nach wenigen Monaten als Aud fürchtete, wie erging es dann wohl den Daniten, die schon mindestens ein Jahrzehnt mit diesem Geheimnis lebten?

Es war an der Zeit, die Religion von ihren Beschränkungen zu befreien. Die Ankunft der Fey hatte ihn dazu veranlaßt, das Weihwasser in Frage zu stellen. Vielleicht brachten ihn die Fey dazu, noch ganz andere Dinge anzuzweifeln. Vielleicht waren die Fey überhaupt nicht böse, sondern nur eine Prüfung zur Reinhaltung des Glaubens.

10

Der kleine Dreckskerl hatte ihn um die Chance gebracht, mit dem Wasser zu arbeiten. Caseo rieb sich aufgebracht die Hände. Die Hüter waren weggegangen, bis auf Streifer, den jüngsten, und Rotin, die zweitälteste! Sie schienen über den Mangel an Fortschritten ebenso enttäuscht zu sein wie Caseo. Und dann mußte ihn diese elende Rotkappe auch noch im Stich lassen! Das Leben einer Rotkappe war wertlos. Da hätte diese Kreatur einmal etwas Sinnvolles tun können, und prompt versagt sie. Statt dessen packt den Kerl die Angst, obwohl er ihnen die Antwort hätte liefern können, wie der Zauber der Inselbewohner funktionierte.

Streifer hängte Fey-Lampen auf. Rotin hatte den kahlen Kopf in den verschränkten Armen vergraben, als wäre sie von der Arbeit des Tages erschöpft. Caseo wußte es besser. Er und Rotin arbeiteten schon seit frühester Kindheit zusammen. Sie kam immer dann auf die besten Gedanken, wenn sie müde und frustriert war und sich irgendwo versteckte.

Er streifte die Handschuhe über, die die Hausdiener ihm eigens für die Arbeit mit dem Gift angefertigt hatten. Obwohl er auf den Zauber vertraute, war er trotzdem vorsichtig. Bis jetzt hatte er noch keinen Tropfen darauf vergossen. Seine Hände zitterten nicht. Das taten sie erst spät in der Nacht, nachdem alle anderen gegangen waren und er allein war. Dann fing er unter der Belastung der täglichen Risiken am ganzen Körper zu zittern an. Er ging um den Tisch herum und holte zwei Schalen. Eine war nur mit Wasser gefüllt, in der anderen lag ein Streifen Haut von einem Inselbewohner. Er stellte sie zu den anderen Schalen, die einen Zoll hoch mit Gift gefüllt waren und von mißlungenen Experimenten zeugten. Sie standen in der Ecke auf einem Tisch, geschützt von Caseos mächtigstem Zauberspruch, damit niemand zufällig dagegenstieß.

»Es scheint mir ganz so«, sagte Streifer und stieg von dem Stuhl herunter, den er sich zum Aufhängen der Fey-Lampen herangezogen hatte, »daß wir in dieser Hinsicht völlig falsch liegen.«

Der Gebrauch des Wörtchens ›falsch‹ ließ Caseo beinahe die zweite Schüssel verschütten. Er setzte sie rasch ab und atmete heftig. Das war knapp gewesen.

»Willst du damit sagen, daß ich nicht weiß, was ich tue?« Die Angst, die in ihm aufstieg, ließ seine Frage schneidender als beabsichtigt klingen.

»Aber nein!« Streifers Augenbrauen wölbten sich protestierend. Von ihnen allen sah allein er durch die Kahlköpfigkeit, die alle Hüter nach der Initiation befiel, komisch aus, als hätte er nie ein Hüter werden sollen. Caseo konnte das fehlende Haar immer noch wie einen Heiligenschein um Streifers Kopf fließen sehen. »Ich sage nur, daß …«

»Wir falsch an die Sache herangehen.« Rotin setzte sich auf. Die Kräuter, die sie einnahm, hatten ihre Stimme kratzig werden lassen. Ihre Augen waren rot umrandet, und ihr ganzer Körper bewegte sich, als sei er unendlich müde. »Ich weiß, daß du Kritik nicht ausstehen kannst, Caseo, aber eine Sache so anzugehen ist wirklich kindisch und egoistisch.«

Caseo erstarrte und sah sie nur widerstrebend an. Dann kam er aus seiner magischen Ecke hervor und suchte seine Handschuhe peinlich genau nach Tropfen ab, bevor er sie auszog. »Wir reden hier nicht über mich«, sagte er.

»Nein, allerdings nicht. Wir reden über das, was wir über dieses Gift herausgefunden haben.« Rotin rieb sich die Augen. »Laß Streifer ausreden. Deine Eifersucht auf ihn kann nur kontraproduktiv sein.«

Caseo schluckte seinen Zorn hinunter. Er war nicht eifersüchtig auf Streifer. Er konnte nur keine Kinder leiden. Und Streifer war nicht einmal zwanzig, viel zu jung, um ein Hüter des Zaubers zu sein. Zu jung, um als einer der Mächtigen ihrer Kaste anerkannt zu werden.

»Was machen wir denn falsch?« erkundigte sich Caseo, dem es nicht gelang, seine Stimme frei von Sarkasmus zu halten.

Streifer stieß die Hände in die Taschen seines Gewandes. Der graue Stoff fügte sich harmonisch in die Farben der Schattenlande ein, was ihn beinahe unsichtbar machte. Nur die Helligkeit der Fey-Lampen über seinem kahlen Schädel verlieh ihm ein wenig Wärme.

»Wir analysieren keinen Zauber«, sagte Streifer. Bei dem Wort ›analysieren‹ kickste seine Stimme. Er räusperte sich. »Wir erschaffen ihn. Möglicherweise finden wir niemals heraus, wie dieser Zauber hier funktioniert, indem wir versuchen, den Prozeß umzukehren.«

Ohne es zu wollen, spürte Caseo, wie sein Herz einen Satz machte. Er wußte, was der Junge meinte. »Du möchtest, daß wir dieses Gift selbst herstellen? Mit den gleichen Eigenschaften?«

Streifer nickte. Seine Augen funkelten. »Wir könnten es an toten Fey ausprobieren. Einige von uns sind auch durch andere Ursachen umgekommen, oder nicht?«

Rotin zuckte die Achseln. »Das hat keiner nachgeprüft.«

»Aber selbst wenn – die Magie ist von ihnen gewichen.«

»Wir haben keinen Beweis dafür, daß die Magie der Grund dafür ist«, sagte Streifer. »Am Tag der Ersten Schlacht starben auch Infanteristen. Das würde bedeuten, daß nicht die magischen Fähigkeiten dafür verantwortlich sind.«

Caseo verzog das Gesicht. Das mit den magischen Fähigkeiten war seine Theorie gewesen. »Wir wissen nicht genau, ob die Infanterie über Magie verfügt. Einige von ihnen sind nur nicht im ausreichenden Maße damit ausgestattet. Die

Rotkappen sind überhaupt nicht zur Magie fähig, und von ihnen ist kein einziger gestorben.«

»Von ihnen war auch keiner mitten im Kampfgetümmel«, erwiderte Rotin. »Laß von dieser Theorie ab, Caseo. Daß die kleine Rotkappe sich dir widersetzt hat, beweist nur, daß der Bursche genug Verstand besitzt, sein eigenes Leben zu retten. Würdest du freiwillig an einem Experiment teilnehmen, bei dem du auf grausame Weise zugrunde gehen kannst?«

»Natürlich nicht«, antwortete Caseo. »Aber mein Leben ist schließlich etwas wert.«

Streifer setzte sich auf seinen Stuhl und schien mit der Wand zu verschmelzen. Er verfügte über dieses Talent, einfach zu verschwinden, sobald es Auseinandersetzungen gab.

Rotin war noch nie von Caseo bedroht worden. »Auch das Leben einer Rotkappe ist etwas wert«, sagte sie naserümpfend. »Es muß auch jemanden geben, der bereit ist, in der Hitze und im Gestank zu arbeiten, um uns mit Material zu versorgen. Wenn wir sterben, müssen wir alle zerlegt werden. Wer sollte das anstelle der Rotkappen tun?«

»Domestiken?« sagte Caseo, wußte jedoch nur zu gut, daß sie sich weigern würden. »Wir könnten ja einen Zauber entwickeln, der es ihnen ermöglichte, die Arbeit der Rotkappen zu erledigen, ohne je eine Leiche zu berühren.«

»Dazu besteht kein Anlaß, wenn das gegenwärtige System so hervorragend funktioniert. Und auf dem Schlachtfeld ist ein Domestike ohnehin überfordert.« Rotin griff in die Tasche ihres Gewandes und zog ein Päckchen Kräuter hervor. Dann langte sie in die andere Tasche, und ein kleiner Mörser mit einem winzigen Stößel kam zum Vorschein. Sie mahlte die Kräuter durcheinander, befeuchtete den Finger und steckte ihn in die Mixtur.

»Brauchst du das jetzt regelmäßig?« erkundigte sich Caseo.

Sie leckte die Kräuter vom Finger und erschauerte mit fast

orgasmischer Freude. Der Nachteil davon, ein Hüter des Zaubers zu sein, bestand im Ausgleich für die Erfahrung allen Zaubers im Verzicht auf sexuelle Erfahrungen. Als sie ihn wieder ansah, glänzten ihre Augen. »In letzter Zeit hast du uns so gut wie keine Freizeit gewährt. Ich hole mir mein Vergnügen dort, wo ich kann.«

»Die anderen sind gegangen«, sagte er. »Du hättest ebenfalls gehen können.«

Streifer sah ihnen aus seiner Ecke zu. Seine Augen funkelten im Licht der Fey-Lampen. Er war zu jung für derlei Laster, auch zu jung, um zu begreifen, welche Verluste er sich mit seiner freiwilligen Erklärung eingehandelt hatte.

»Ich wußte, daß du dich einem gefährlichen Grad der Verzweiflung näherst«, sagte sie. »Als nächstes wirst du noch Kinder entführen und das Gift an ihnen ausprobieren.«

»Kinder besitzen Magie«, flüsterte Streifer.

»*Ruhende* Magie«, sagte Caseo. Rotin kannte ihn zu gut. Er hatte schon daran gedacht, doch die Kinder im Lager waren bereits zu nahe an der Pubertät, um ihm von Nutzen zu sein.

»Wenn du schon jemanden ausprobieren mußt«, sagte Rotin, »dann sollte es Infanterie sein. Es ist die größte Gruppe, die wir haben ... und die Soldaten sind jederzeit ersetzbar.«

Caseo leckte sich über die Lippen und wünschte sich zum ersten Mal, ein Verlangen nach ihren Kräutern zu haben. Er hatte es einmal ausprobiert, doch das Ergebnis hatte ihn überrumpelt und verschreckt. Er zog es vor, von seinen eigenen zauberischen Fähigkeiten überrumpelt zu werden, nicht von einer äußeren Macht, die er nicht kontrollieren konnte.

»Dann hegst du also die gleichen Gedanken wie ich«, sagte er.

Sie lächelte. »Ich weiß, wie deine Gedanken arbeiten, Caseo. Auch wenn ich nicht alle deine Fähigkeiten teile, so weiß ich doch, wohin dich die Frustration treibt.«

Streifer hatte sich so weit an die Wand zurückgezogen, daß er, wenn er sich vergaß, glatt hindurchrutschen würde. »Ihr sprecht davon, das Leben anderer Fey einzusetzen, um einen Zauber zu prüfen.«

Rotin nickte. »Es wäre nicht das erste Mal.«

»Wann war noch mal das erste Mal?« fragte Caseo, dem das Spielchen, das sie mit dem Jungen trieb, Spaß machte. »Als die Fey die Eccrasische Ebene herunterkamen?«

»Gegen die Schwerter von Ghitlus«, sagte Rotin mit immer breiter werdendem Grinsen. Sie hatte dem Jungen den Rücken zugewandt, damit er sie nicht sehen konnte. »Die Hüter glaubten, die Schwerter besäßen magische Eigenschaften, da sie noch nie zuvor Waffen aus Metall gesehen hatten.«

»Also probierten sie allen möglichen Zauber gegen die Schwerter aus und kamen letztlich zu dem Schluß, die Schwerter selbst müßten magische Kräfte haben. Und dann probierten sie, mit der Erlaubnis des Königs, die Schwerter an der Infanterie aus«, sagte Caseo.

»Und die Infanteristen starben. Aber auch die Ghitlaner, denen man mit dem Schwert begegnete, starben«, sagte Rotin.

»Die Hüter des Zaubers dachten: ›Was für ein merkwürdiger Zauber, der diejenigen tötet, die ihn ausgesprochen haben‹«, sagte Caseo.

»Also stellten die Hüter weitere Experimente an«, sagte Rotin, »und fanden heraus, daß sie Schwerter verhexen und Schwertern magische Eigenschaften verleihen konnten, die diese Schwerter verwandelten. Und schließlich fanden sie heraus, daß Schwerter überhaupt keine eigenen magischen Eigenschaften besaßen, sondern lediglich aus einem besonderen Metall hergestellt waren, das ihnen eine Festigkeit verlieh, wie wir sie noch nie zuvor erlebt hatten.«

Streifer hatte die Augen weit aufgerissen. Niemand hatte ihn darüber aufgeklärt, mit welchen Schwierigkeiten sich die

Hüter des Zaubers gelegentlich herumschlagen mußten. Wahrscheinlich erging es ihm wie so vielen anderen auch, die glaubten, das Zauberhüten gehöre zu den machtvollsten Tätigkeiten der Fey überhaupt, ohne sich darüber im klaren zu sein, daß die Macht immer auch schwierige Entscheidungen mit sich brachte.

»Wir sollten aber fair bleiben«, meinte Caseo und quälte Streifer noch mehr. »Du weißt, daß sie nicht auf intellektuellem Wege zu dieser Erkenntnis gelangten.«

Rotin nickte. Sie tupfte den letzten Rest ihrer Kräuter mit dem kleinen Finger auf, dann ließ sie Mörser und Stößel wieder in ihrer Tasche verschwinden. »Stimmt, das hatte ich ganz vergessen«, sagte sie. Sie drehte sich um, grinste Streifer an und rieb sich dann die Kräuter auf die Zähne. »Bei den Ghitlanern erlernten wir auch die Kunst der Folter.«

Der Junge holte vernehmbar Luft. Sie leckte sich die Kräuterreste von den Zähnen und verstaute das Beutelchen, wobei ein Schauer ihren Körper durchlief, als die Wirkung einsetzte. Streifers Augen füllten sich mit Tränen.

»Das denkt ihr euch nur aus«, keuchte er. »Ihr spinnt euch etwas zusammen, nur um eure eigene Grausamkeit zu rechtfertigen.«

»Leider ist dem nicht so, mein Junge«, erwiderte Caseo. »Die Hüterei ist nicht ganz so einfach, wie man sie sich vorstellt. Das hat man dir doch gesagt, als du dein Gelübde ablegtest. Und ich sagte dir, daß du noch zu jung dafür seist. Du seist zu jung, um dir über die Entscheidungen im klaren zu sein, erinnerst du dich?«

»Du warst neidisch auf mich«, sagte Streifer. »Bis ich kam, warst du der talentierteste Hüter aller Zeiten.«

Caseo warf Rotin einen Blick zu. Wie viele Geister hatte sie mit ihrem Geschwätz schon beeinflußt? »Aber nein, Kind«, sagte er. »Ich verstehe nur, was es mit den Entscheidungen auf sich hat. Du nicht. Ich weiß, daß das Leben einer kleinen Rotkappe viel weniger wert ist als das Leben Hunderter anderer Fey. Ich weiß, daß uns ein wenig Folter, wohlüberlegt eingesetzt, mehr über die Eigenschaften dieses Wassers verrät als alle ›Experimente‹, die wir hier veranstalten. Und ich scheue nicht davor zurück, ein Leben zu vernichten, um tausend andere zu retten.«

»Du bist verrückt«, sagte der Junge.

»Wirklich?« fragte Caseo. »Deine Familie hat doch den Kriegszug gegen die Nye mitgemacht, oder nicht?«

Streifer schluckte. Sein Vater war direkt in der Schlacht dabeigewesen. Die Hüter hatten sich einen neuen Zauber für die Tierreiter ausgedacht, der wahrscheinlich allen an der Front Kämpfenden das Leben gerettet hatte. Jeder Fey wußte das.

»Den Tierreiter-Zauber entdeckten wir durch wohlüberlegtes Experimentieren. Einhundertundfünfzig gefangene Nye starben auf die unterschiedlichste Art und Weise, bevor wir die rascheste und effektivste – man könnte auch sagen, die schmerzloseste – Methode herausfanden.«

»Warum habt ihr mir das nicht gesagt, bevor ich mich euch anschloß?« fragte Streifer.

Rotin zuckte die Achseln. »Keine Branche enthüllt Außenseitern ihre Geheimnisse. Außerdem hast du dich nie davor gescheut, Fey-Lampen aufzuhängen oder an Zaubern mitzuwirken, um den Wetterkobolden beizustehen. Was glaubst du, wie viele Geschöpfe aufgrund der heftigen Regenfälle im letzten Jahr gestorben oder ertrunken sind?«

»Das … das …«, murmelte Streifer.

»Du hast es in dir, ein Hüter zu werden. Deshalb bist du ein Hüter. Oder du wirst nichts. Du kennst die Wahl, die du zu treffen hast«, sagte Caseo.

»Ich dachte immer, ein Hüter zu sein sei eine intellektuelle Aufgabe«, erwiderte Streifer.

»Das ist es auch«, sagte Rotin.

»Ich hätte nie geglaubt, daß Foltern und Töten auch dazugehören.«

»So ist es aber«, meinte Caseo. »Und jetzt mußt du damit zurechtkommen. Uns allen geht es so.« Er blickte zu Rotin hinüber, deren Augen immer noch glänzten. »Und jeder schafft es auf seine ganz eigene Art.«

Streifer sah die beiden an. Dann riß er die Tür auf und rannte hinaus.

Rotin lehnte sich an und dehnte die Arme über dem Kopf. »Ich glaube, du bist ein bißchen zu streng mit dem Jungen umgesprungen.«

Caseo schüttelte den Kopf. »Wir brauchen ihn. Er ist talentiert – und er hat recht. Wir haben die Sache völlig falsch angepackt. Aber unsere Mittel sind beschränkt. Und wenn uns sein Abscheu Zeit und Mittel spart, um so besser.«

»Zeit und Leben«, entgegnete Rotin. »Du meinst Zeit und Leben.«

»Genau das sagte ich doch, oder?«

»Du bist eiskalt.«

»Wenn der Junge uns dabei helfen kann, das Gift zu neutralisieren – noch besser. Meine Hoffnungen zielen jedoch höher. Er hat mich auf einen Gedanken gebracht. Wir erschaffen Zauber. Wir müssen das Wasser zu einer noch effektiveren Waffe machen.«

»Sie ist so schon ziemlich effektiv«, sagte Rotin.

Caseo verschränkte die Finger auf dem Tisch. »Nicht gegen die Inselbewohner«, sagte er. »Und genau darauf kommt es an. Für *uns* kommt es darauf an. Stell dir nur vor, sie ziehen ihre kleinen Wasserbeutel hervor und sterben von eigener Hand.« Er lachte, von der eigenen Idee begeistert. »Darin liegt doch der ganze Zauber unserer Branche, Rotin. Die Fähigkeit, etwas Schädliches in etwas Nützliches zu verwandeln.«

11

Nicholas schwang sich vom Pferd. Er war müde und schweißgebadet, sein langes blondes Haar klebte ihm an Stirn und Nacken. Dem Hengst stand der Schaum auf dem Fell, so scharf hatte er ihn nach der Unterredung mit dem Rocaan geritten.

Es war früh am Abend, im Burghof herrschte geschäftiges Treiben. Die Abenddämmerung tauchte alles in rosiges oder goldenes Licht, dazwischen breiteten sich unaufhaltsam dunklere Schatten aus. Zwei Stallburschen führten das Lieblingsroß seines Vaters und den neuen Wallach in den Stall. Eine Melkerin mühte sich an einem Butterfaß ab, und der Koch stand draußen und rief die Hunde zusammen.

Nicholas wischte sich mit der Hand über das Gesicht. Sie roch streng nach Pferd und Leder. Die Ereignisse im Tabernakel hatten ihn verstört. Die Knochen, das Blut, die Erinnerung an Lord Powells und Stephans Tod … Manchmal erschien ihm Stephans Gesicht im Traum, dann zerschmolz es, ertrank in den eigenen Tränen. *Sie töten mich*, sagte er jedesmal. *Du siehst es doch, Nicky. Du kannst sie daran hindern.* Doch Nicholas hatte es erst gesehen, als es bereits zu spät war.

Der zweite Knecht kam aus den Stallungen und übernahm die Zügel von Nicholas' Pferd. »Ich nehme ihn, Hoheit«, sagte er mit einer kurzen Verneigung. Er war jung, sein Haar war kurz geschoren, sein Gesicht von der Sonne tief gebräunt.

»Wo ist Miruts?« wollte Nicholas wissen, während er den Sattel vom Rücken des Pferdes nahm. Der Hengst schnaufte ebensosehr wie sein Reiter.

Der Stallknecht kam neben ihn. Er war ungefähr so alt wie

Nicholas, gab sich aber ganz so, als sei er viel älter. Seine Wangen waren rot, und er hielt den Blick abgewendet.

»Tut mir sehr leid, Herr, aber das weiß ich nicht«, sagte er. Er tätschelte die Flanke des Tieres, dann schnippte er mit den Fingern. »Bring Schwarzohr rein«, rief er einem der Stallburschen zu, »und reib ihn gut ab.«

Der Bursche nickte und führte das Pferd weg. Nicholas verspürte einen plötzlichen Stich, als er das Tier im Stall verschwinden sah. Auf dem langen Ritt am Cardidas entlang hatte er sich sehr mit dem Hengst verbunden gefühlt, als erlöste ihn die Anstrengung des Tieres ein wenig von der Anspannung, die sich im Tabernakel in ihm aufgestaut hatte.

Jetzt war die Anspannung wieder da.

»Also?« fragte er.

»Gestern morgen war's, da hab ich den Miruts zum letzten Mal gesehen«, sagte der Knecht. »Aber schon vorher hat er sich ganz schön komisch gehabt. Hat die Pferde manchmal erschreckt und anderen Blödsinn. Gestern zum Beispiel hat er ziemlich lange mit einer Katze geredet.«

»Mit einer Katze?«

Der Knecht nickte. Seine Wangen glühten noch heftiger. »Hat ihr 'n bißchen Wasser gegeben und sie gestreichelt.«

Was Nicholas auch immer erwartet haben mochte – das bestimmt nicht. »Das hört sich aber nicht sehr ungewöhnlich an«, sagte er.

»Isses aber doch«, widersprach der Knecht. »Miruts hat mir nämlich gesagt, ich soll bloß kein anderes Tier anfassen, nur die Pferde. So 'ne noblen Tiere, hat er gesagt, erschrecken sich so leicht, und wir wollen doch nicht, dasses im Stall vom König spukt.«

»Du meinst also, er habe manchmal gegen seine Aufgaben verstoßen?«

Der Stallknecht zuckte die Achseln. »Der ist schon so durch den Wind, seit die Fey gekommen sind.«

Mit einem Mal war Nicholas hellwach. »Sein Verhalten änderte sich mit der Ankunft der Fey?«

»Ja, gleich nach der Invasion.« Der Bursche blickte auf. Er biß sich auf die Unterlippe. »Danach war er nicht mehr der alte. Ich hab' ihn mal gefragt, was denn los ist mit ihm, und er hat gesagt, die Welt kann jetzt nicht mehr so sein wie früher. Nie mehr.«

So hatten es alle empfunden. Auch Nicholas' Verhalten hatte sich verändert. Aber nicht genug. Nicht so wie bei Stephan. »Inwiefern hat er sich denn verändert?«

»Er war noch der gleiche, glaub' ich«, sagte der Knecht, doch seine Stimme klang ein wenig unsicher. »Aber er ist schlampig geworden, und auf einmal gefielen ihm Sachen, die ihm vorher nicht gefallen haben.«

»Zum Beispiel?«

»Der Palast, Herr.« Nun biß sich der Stallknecht auf die Oberlippe. Seine Unterlippe blutete. »'tschuldigung, aber sonst war's ihm egal, wem er zur Hand gehen mußte. Dann kommen die Fey, und auf einmal will er alles wissen. Wer grade wo ist, wer was macht und warum. Als wär' er morgens aufgewacht, und auf einmal interessiert er sich mehr für die Leute als für die Pferde.«

Und mit einem Mal vergaß Stephan seine Informationen über die Fey und wich kaum noch von des Königs Seite. Nicholas wankte ein wenig. Eigentlich hatte er in die Küche gehen wollen und nachsehen, was es dort noch für ihn zu essen gab. Er hatte das Mittagessen und nun wahrscheinlich auch das Abendbrot verpaßt.

»Was noch?« fragte er den Burschen.

Der lächelte kurz und wischte sich dann mit dem Handrücken über den Mund. »Der Miruts, der lebte doch nur für die

Gäule. Aber jetzt erledigt er seine Arbeit mit den Pferden nur so einigermaßen und fertig. Früher hat er nie mit den anderen abends zusammengehockt und gequatscht. Seit letztem Herbst schon. Manchmal vergißt er sogar seine Sonderaufgaben, oder die anderen zu kontrollieren …« Der Knecht senkte den Blick. »Ich war's, ich hab die Zügel hier in die Hand genommen, Hoheit.«

Der Stallknecht sagte es offensichtlich nicht, um Eindruck zu schinden. Er klang eher verärgert.

»Wo ist er deiner Meinung nach hingegangen?« erkundigte sich Nicholas.

Der Knecht schüttelte den Kopf. »Er ist noch nie weggegangen. Hätt' ich nie von ihm gedacht. Er … also … ich meine … er war sonst immer … so stolz auf seine Arbeit.«

»Hast du ihn mit jemand reden sehen, den du nicht kennst?«

»Nein.« Der Bursche legte die Stirn in Falten. »Aber manchmal ging er abends, wenn es dunkel wurde, weg, was ziemlich blöd ist, wißt Ihr, denn um die Zeit kommen viele Reiter zurück, und er ging in seine Hütte und ließ ein Licht brennen, als würde er einfach nur dort sitzen. Früher blieb er immer bis zum Schluß bei den Pferden, bis er ins Bett ging. Ich war immer neidisch auf seine Hütte, er brauchte sie nur zum Schlafen, und manchmal nicht mal dann.«

Eine so tiefgreifende Verwandlung wie bei Stephan, wenn nicht sogar noch auffälliger. Nicholas' Mund war trocken. Er räusperte sich und sagte dann: »Hast du jemals irgendwelche Knochen in den Stallungen gefunden? Unbekannte Knochen?«

»Knochen, Hoheit?« Der Bursche sah Nicholas an, als sei er verrückt geworden. »Nur die Knochen, die die Hunde von den Köchen herschleppen. Das sind immer so große Dinger, stinken furchtbar, manchmal hängt sogar noch Fleisch dran. Aber sonst … richtige Knochen … nein, Herr.«

Nicholas nickte erleichtert. Der Vorsteher der Stallknechte

mußte wohl wegen der Fey einfach nur ein wenig die Nerven verloren haben. Keiner ist davon unberührt geblieben. Nicholas selbst kam es vor, als sei er im letzten Jahr erwachsen geworden, als habe er sich seit jenem strahlenden, sonnigen Morgen in eine erwachsenere Version seiner selbst verwandelt.

Trotzdem wollte er sich noch nicht ganz mit dieser Sache zufriedengeben. »Bist du sicher?« fragte er. »Auch nicht im letzten Jahr, kurz nach der Invasion?«

»Ach damals.« Der Knecht setzte ein halbherziges Lächeln auf, doch seine Augen blieben traurig. »Im letzten Jahr haben wir jede Menge Knochen weggeräumt, Hoheit. Und Leichen. Der ganze Hof war voll davon. Viele von uns mußten sich um diese Fey kümmern, Hoheit, und die meisten hatten Angst, daß ihnen auch die Toten noch etwas tun können. Aber wir fanden jede Menge Knochen.«

»Jede Menge Knochen?« fragte Nicholas. Er mußte die Worte förmlich aus sich herauspressen.

Der Knecht nickte. »Eigentlich dachten wir, diese Fey wären einfach geschmolzen, Hoheit, und es wäre nichts mehr übriggeblieben.«

»Aufgeschichtet?«

»Ihr meint, aufgeschichtete Knochen, Hoheit?« Der Knecht runzelte die Stirn. »Zweimal. Das erste Mal nicht weit vom Tor, direkt neben der Leiche von einer Wache. Sie hatten ihm die Kehle aufgeschlitzt. Einer von den Stallburschen hat mir geholfen, Hoheit, und er meinte, vielleicht hat der Wächter in der Todesangst seine ganze Flasche Wasser auf den Fey geschüttet. Hat dem armen Kerl aber nicht mehr viel genützt, was, Hoheit?«

Nicholas zitterte. Die Haut schmolz. Genau das hatte Lord Stowe gesagt. Genau das war mit Stephan geschehen. Aber sie schmolz nicht ganz weg. Es war eine Taktik der Fey, die noch keiner so recht verstand.

»Du sagtest, zweimal … ihr hättet zweimal Knochenhaufen gefunden«, hakte Nicholas nach.

»Genau, so war's auch«, erwiderte der Knecht. »Miruts hat den zweiten Haufen im Stall gefunden. Als ich am nächsten Tag reinkam, hat er gerade alles saubergemacht.« Der Junge blickte zu Nicholas auf. »Dort drüben im Stall war's. Was waren das für Knochen, Hoheit?«

»Ich weiß es auch noch nicht«, antwortete Nicholas. »Aber Miruts hat sie angefaßt, ja? Was hat er mit ihnen getan?«

»Er schaffte sie in kleinen Haufen raus. Einen …« Der Junge senkte den Blick. »Einen von den größeren hat er einem Hund gegeben.«

»Und das fandest du nicht richtig.«

Der Knecht schüttelte den Kopf und hielt die Augen niedergeschlagen. »'tschuldigung, Hoheit, aber ich fand, das war nicht unbedingt rocaanistisch, versteht Ihr? Das waren mal lebendige Wesen gewesen, mit Gehirn und Verstand, eher so wie wir, keine Tiere. Ich würde einem Hund nicht mal einen Pferdeknochen geben, und schon gar nicht einen Knochen von einem Geschöpf, das denken und sprechen kann wie die Fey.«

Auch Nicholas würde so etwas nicht tun, ebensowenig sein Vater oder einer der Wachen, dachte er. Es war gefühllos. Leichname wurden bestattet und gesegnet. Sogar die Leichen der Fey im Hof waren an einem nicht näher gekennzeichneten Ort in ungeweihter Erde in der Nähe des Flusses begraben worden. Zur Vorsicht mit Kalk und Weihwasser bedeckt, damit sie sich nicht noch einmal erhoben – aber begraben wurden sie.

Nicht an die Hunde verfüttert.

Nicholas fuhr sich mit der Zunge über die Lippen. Seine Gedanken gefielen ihm nicht. »War dort in der Nähe der Knochen auch Blut auf dem Boden?«

Der Knecht nickte. Seine Augen weiteten sich. »Eine große Lache. Beide Male, Hoheit.«

»Aber du sagtest, einem Mann sei in der Nähe des Tores die Kehle durchgeschnitten worden. Da muß doch viel Blut herausgeflossen sein.«

»Jede Menge.«

»Neben dem Toten?«

»Und neben den Knochen«, sagte der Knecht.

Nicholas schluckte. Seine trockene Kehle schmerzte. Er hatte die Auseinandersetzungen vergessen, die nach der Ankunft der Fey entbrannt waren: daß sie durch simple Berührung töten könnten; daß einige Wachen die Fey dabei überrascht hätten, wie sie sich die Haut vom Körper streiften; daß einige Daniten davon überzeugt waren, daß die Fey Blut sammelten.

»Hoheit? Geht es Euch nicht gut?«

»Doch, doch.« Nicholas fuhr sich mit der Hand über das Gesicht und wischte sich wieder den Schweiß von der Stirn. Er war hungrig. Er war müde. Die Unterredung mit dem Rocaan hatte ihn verwirrt. Die Stimmung griff wohl auf diese Unterhaltung über, das war alles. »Is' das alles, Hoheit? Ich wollte noch mal nachsehen, ob man sich gut um Schwarzohr kümmert.«

Normalerweise hätte Nicholas den Knecht mit einer Handbewegung entlassen; diesmal nicht. Er hatte immer noch Fragen. Fragen, bei denen er nicht sicher war, ob er die Antworten wirklich wissen wollte. »Erinnerst du dich, ob an jenem Tag im Stall gekämpft wurde?«

»Bei der Invasion, Hoheit? Nein, dort wurde nicht gekämpft. Die Jungs und ich wehrten sie ab und hielten die Türen gut zu. Wir wollten nicht, daß sie irgendwie in die Nähe von dem guten Pferdefleisch kommen, wißt Ihr? Wir hatten Angst davor, was sie damit alles anstellen würden.«

»Ihr hieltet die Tore geschlossen?« fragte Nicholas nach.

»Richtig, Hoheit.« Der Knecht sah ihn wieder an. Zwischen seinen Brauen stand eine kleine steile Falte.

»Wo kamen dann aber die Knochen und das Blut her? Hatte Miruts eine Erklärung?«

Der Knecht nickte. »Er sagte, er hätte sie am Morgen gefunden, als er in den Stall kam.«

»Und mit den Pferden war alles in Ordnung?«

»Ja, Hoheit. Danach hab' ich als erstes gefragt.«

»Gab es Anzeichen für einen Kampf?«

»Schwer zu sagen, Hoheit. Überall auf dem Hof lagen noch die Leichen, es sah schrecklich aus. Ihr könnt Euch bestimmt selbst noch dran erinnern.«

»Allerdings«, erwiderte Nicholas. Er erinnerte sich an den Gestank, an das Entsetzen, daß er noch Tage später nicht schlafen konnte ... und selbst dann träumte er immer wieder von dieser Frau, der Frau, die entkommen war. »Dann sah es also ganz danach aus, als wäre dennoch im Stall gekämpft worden?«

»Nur direkt neben dem Blut, Hoheit. Ein paar Heuballen waren besudelt, und die Pferde waren scheu, aber das kam mir nicht sehr merkwürdig vor. So wie es überall gestunken hat, und dann die Angst ... Wie sollen die Tiere da normal bleiben?«

»Ging er zum Mitternachtssakrament?«

»Miruts?« Der Knecht sah Nicholas mißtrauisch an.

»Du gehst doch, oder nicht?« Nicholas zeigte auf das kleine Schwert an der Kette um den Hals des Knechts. »Hat er dich begleitet?«

»Außer im Stall haben wir uns nicht oft gesehen, Hoheit. Mir kam's immer so vor, als würde er außerhalb vom Stall überhaupt nichts machen.«

»Dann ging er also nie zum Mitternachtssakrament?«

»Ich hab' ihn dort nie gesehen«, antwortete der Knecht. »Aber ich gehe auch immer in die Kapelle im Palast.«

»Wäre doch sehr wahrscheinlich, daß er auch dorthin ging, da er sich so für Pferde interessierte, oder nicht?«

Der Knecht zuckte die Achseln. Allem Anschein nach verstörte ihn die Andeutung, Miruts habe das Mitternachtssakrament nicht besucht, mehr als das Gespräch über Knochen und Blut. »Wir haben uns nicht über seinen Glauben unterhalten, Hoheit. Aber einmal ist er mit mir zusammen zum Tag der Aufnahme gegangen.«

»In diesem Jahr?«

Der Knecht schüttelte den Kopf; eine rasche, ängstliche Bewegung. »Im vorletzten Jahr. Im Tabernakel. Wir haben uns Missy und den Wallach genommen, weil sie an dem Tag noch nicht bewegt wurden.«

Ein eigenartiger Vorfall. Eine Messe im Tabernakel war für die unteren Klassen immer eine große Ehre, besonders am Tag der Aufnahme. Das sprach für einen gewissen Glaubensernst. »War das deine Idee oder seine?«

»Meine, Hoheit.« Der Knecht leckte sich über die blutenden Lippen und sah Nicholas dann in die Augen. »Ist das sehr wichtig, Hoheit? Sein Glaube?«

Nicholas hatte gehört, daß die unteren Klassen glaubten, sie würden bestraft, wenn sie ihr Leben nicht dem Rocaanismus gemäß führten. Vielleicht schürten einige Daniten diese Überzeugung. Sobald er König war, würde er klarstellen, daß die Gläubigen tun und lassen und denken konnten, was sie wollten. »Eigentlich spielt sein Glaube keine Rolle. Aber in Zusammenhang mit seinem Verschwinden könnte es sehr wichtig sein.«

Der Knecht rieb sich mit der Hand am Oberschenkel; eine nervöse Angewohnheit, deren er sich nicht bewußt zu sein schien. »Glaubt Ihr denn, es hat was mit der Invasion zu tun?«

»Ich weiß es nicht«, sagte Nicholas. »Ich hoffe nicht.«

Wieder fiel ihm Stephans Gesichtsausdruck ein, als ihn das Weihwasser traf, dieses unzweifelhafte, klare Wissen, daß er gleich sterben würde. Nicholas hatte Miruts gekannt; nicht gut, aber er hatte ihn gekannt. Miruts liebte seine Pferde so sehr, daß er sogar den Königssohn maßregelte, wenn der ein Pferd so zuschanden geritten zurückbrachte, wie Nicholas es zuvor mit Schwarzohr getan hatte. Miruts war kein Mann, der sich für Politik interessierte, solange es seine Pferde nicht betraf.

»Bei diesem Tag der Aufnahme«, hakte Nicholas nach, »nahm Miruts da an der Messe teil?«

Der Knecht runzelte grübelnd die Stirn, seine oberen Zähne gruben sich in die Unterlippe. Dann holte er tief Luft. Auf der Unterlippe waren kleine Zahnabdrücke zu sehen.

»Er hat das Weihwasser mitgebracht, Hoheit. Wir haben es uns geteilt.«

Und Stephan hatte Nicholas gelehrt, ein Soldat benetze sein Schwert zum Schutz mit Weihwasser, bevor er in die Schlacht zog. Stephan bewahrte immer ein kleines Fläschchen in der Nähe seiner Schwerter auf.

Die Erschöpfung ließ Nicholas' Glieder zittern. Stephan hatte an jenem Tag vor so langer Zeit recht gehabt. Die Fey konnten sich der Menschen bemächtigen und ihr Bewußtsein übernehmen. Wie viele Menschen im Palast arbeiteten inzwischen für die Fey? Und wie sollte der König das jemals herausfinden?

»Ich danke dir«, sagte Nicholas. Er gab dem Knecht einen Klaps auf den Arm. »Wir werden Miruts suchen, aber bis er zurückkommt, übernimmst du die Verantwortung für die Pferde. Kannst du sie versorgen?«

»Aber klar, Hoheit!« Zum ersten Mal leuchtete das Gesicht des Knechts auf. Es schien, als seien Pferde auch seine große Leidenschaft.

»Ich rede mit dem Hofmeister, und wenn Miruts nicht zurückkommt, bekommst du seinen Posten und seine Hütte.« Nicholas lächelte, als er sah, wie sehr der Junge sich freute. »Sieh zu, daß du sie ebensowenig benutzt wie er.«

»Gewiß, Hoheit!« Er drehte sich um und wollte gerade in Richtung Stall davonrennen, als ihm einfiel, daß er sich noch nicht verbeugt hatte.

»Lauf schon«, sagte Nicholas, der sich plötzlich sehr viel älter als der Knecht vor ihm vorkam.

»Danke Euch, Hoheit!« rief der Bursche und rannte zum Stall. Seine hohe, aufgeregte Stimme schallte in der Nacht.

»Und schon ist der alte Miruts vergessen«, flüsterte Nicholas. Es machte ihn traurig, daß der Stallknecht, auf den er so lange gezählt hatte, ebenfalls von den Fey übernommen worden war.

Dann, die Dunkelheit senkte sich bereits rings um ihn herab, blieb er plötzlich mitten auf dem Hof wie erstarrt stehen. Sein Fechtmeister, sein Lieblingspferdeknecht ... und wenn sie es nun auf seinen Vater abgesehen hatten? Das wäre eine Erklärung für die Frau und ihr Schwanken zwischen ungestümer Kriegerin und betörender Weiblichkeit.

Aber Nicholas hatte keinerlei Beweise dafür.

Es sei denn, sie ermordeten den König.

Er schluckte. Ein kühler Wind hatte sich erhoben, der den Schweiß auf seiner Stirn trocknete und ihm einen noch kälteren Schauer über den Rücken jagte. Alles war möglich, nichts gewiß. Er mußte aus diesen Kleidern heraus, dann brauchte er etwas zu essen, und dann mußte er mit seinem Vater reden.

Mit großen Schritten überquerte Nicholas den Hof, sah überall große, schlanke Gestalten in der Dunkelheit lauern, Umrisse, die sich beim Näherkommen als Klingelzüge oder Putzgerät herausstellten. Dieser Tag hatte ihn so erschüttert wie der, an dem Stephan gestorben war, wenn auch aus anderen Gründen. Er zog die Küchentür auf und blieb stehen.

Zwei Frauen, die er nicht kannte, standen vor dem Herdfeuer und zankten sich, wessen Pflicht es sei, das Feuer in Gang zu halten. Es war schon völlig herabgebrannt, und wenn nicht bald jemand etwas unternahm, würde es nicht mehr für die Zubereitung der Mahlzeiten des nächsten Tages ausreichen. Der Küchenmeister schimpfte weiter hinten in einer Ecke mit dem Küchenjungen, und der Schlachter lehnte mit einer mit altem Blut verschmierten Schürze und verschränkten Armen am hölzernen Fleischtisch.

Auf dem Tisch stand kein Essen, und Nicholas konnte nur noch leise riechen, was es zum Abendessen gegeben hatte. Normalerweise fand er immer noch etwas Leckeres, ein Stück für die Bediensteten beiseite gelegtes Hammelfleisch oder einen Kanten Brot, der noch nicht wieder in die Speisekammer weggeschlossen worden war. Und noch nie zuvor hatte er gesehen, daß das Feuer im Herd ausgegangen wäre.

»Was geht hier vor?« fragte er mit einer Stimme, die das Geschrei donnernd übertönte.

Das Gezanke hörte sofort auf. Alle Beteiligten sahen Nicholas mit einer Mischung aus Erschrockenheit und Verdruß an. Mit einem Mal verbeugten sich die Männer und knicksten die Frauen wie auf Befehl und verharrten in dieser Stellung. Nicholas war das höfische Zeremoniell in der Küche nicht gewohnt. Er mochte es, wenn sie so taten, als sei er einer von ihnen.

Selbstverständlich hatte er mit seinem königlichen Auftritt damit angefangen. Hinter seinen Augen machte sich ein pochender Kopfschmerz bemerkbar. »Erhebt euch!«

Sie erhoben sich. Die Frauen falteten die Hände vor ihren Schürzen, wie in Erwartung einer Zurechtweisung. Der Schlachter lehnte sich wieder an den Tisch, und der Küchenmeister rieb sich die Schulter, als bereite sie ihm Schmerzen.

»Was geht hier vor?« fragte Nicholas abermals, diesmal jedoch in etwas gemäßigterem Ton.

»Es ist wegen der Aufgaben, Hoheit«, antwortete der Küchenmeister. »Da gab's heute ein paar Probleme.«

»Wo ist denn der Haushofmeister? Ich möchte mit ihm reden.«

»Das wissen wir nicht, Hoheit.«

Die Kopfschmerzen wurden plötzlich sehr heftig. »Ist er verschwunden?«

»Ja, Hoheit.«

Nicholas griff sich einen Hocker und zog ihn heran, setzte sich darauf und stützte einen Ellbogen auf die Anrichte. »Bringt den Herd wieder in Gang!« wies er die Frauen mit einer Handbewegung an. »Sonst gibt es morgen kein Frühstück!« Er rieb sich die Augen. Die Pflicht wollte es, daß er nicht mehr der Junge war, der er vor kurzem noch gewesen war.

»Bring mir Abendessen«, befahl er dem Küchenjungen. »Was gerade übrig ist, und dazu etwas Met, und jemand soll den stellvertretenden Haushofmeister holen!«

»Verzeihung, Hoheit«, sagte der Koch, »aber der Meister hat keinen Vertreter. Er hat uns alle eingeteilt und gesagt, wir sollen unsere Aufgaben erledigen.«

»Und was ist heute mit der Küche passiert?« wollte Nicholas wissen. »Es dürfte keine Rolle spielen, ob der Haushofmeister weg ist oder nicht.«

Der Koch warf dem Schlachter einen kurzen Blick zu, der jedoch machte eine abweisende Kopfbewegung und kreuzte wieder die Arme vor der Brust.

»Seine Hoheit wollte Schweinebraten, draußen über dem Steinofen geräuchert. Ich war fast den ganzen Tag weg, Hoheit. Ich gab dem Haushofmeister Bescheid, daß ich nicht da bin und daß er die Leute beaufsichtigt. Niemand hat mir gesagt, daß er auch weg ist.«

Der Küchenjunge kam mit zwei Tellern herein; den kleinen Finger hatte er in den Henkel eines vollen Krugs Met gehakt und den Krug selbst stützte er mit dem Bauch ab. Er schob den ersten Teller – vollbeladen mit mehreren Scheiben Brot, frischer Butter und Apfelschnitzen – vor Nicholas und sagte: »Pardon, Hoheit, aber das Schweinefleisch ist noch warm. Ich wußte nicht, ob Ihr es trotzdem probieren wollt.«

Nicholas hob die Augenbrauen. »Wann hast du meinem Vater aufgetragen?«

»Kurz vor Sonnenuntergang, Hoheit.«

Nicholas nickte. »Dann müßte das Fleisch eigentlich gut sein.« Er lächelte den Jungen an, der daraufhin den zweiten Teller und den Met absetzte. Zuerst widmete sich Nicholas dem Krug und trank dessen Inhalt mit einem Zug aus. Er labte sich an dem vollen Geschmack, ohne einen Gedanken an die Wirkung zu verschwenden. Dann wischte er sich den Mund mit dem Handrücken ab und hielt den Krug dem Jungen entgegen. »Bring mir noch mehr!« befahl er. »Und schick die anderen für den Haushalt Verantwortlichen her zu mir!«

Der Junge nickte und warf dem Koch einen kurzen Blick zu, um sich zu vergewissern, daß er, und kein anderer, diese Aufgaben erledigen sollte. Der Koch nickte ihm verstohlen zu. Nicholas tat so, als habe er nichts bemerkt.

Das Getränk linderte seinen Kopfschmerz ein wenig. Er legte ein Stück Schweinefleisch auf eine Scheibe Brot, gab noch ein Scheibchen Apfel hinzu und deckte das ganze mit einer zweiten Scheibe Brot zu. Dann biß er herzhaft hinein. Sein Magen knurrte. Er war schon lange nicht mehr so hungrig gewesen.

»Der Haushofmeister ist verschwunden«, sagte Nicholas. »Hat sich schon jemand auf die Suche nach ihm begeben?«

»Der Hausmeister«, antwortete der Küchenchef. »Wir haben

ihn nirgendwo im Küchenbereich gesehen, also haben wir im Weinkeller nachgeschaut, in der Speisekammer und im Vorratsraum.«

»Wäre es möglich, daß er einen besonderen Auftrag für meinen Vater ausführt?« fragte Nicholas mit vollem Mund.

»Nein, keinesfalls, Hoheit«, erwiderte der Koch. »Das würden wir wissen.«

»Und was, glaubt ihr wohl, ist mit ihm passiert?« wollte Nicholas wissen und nahm noch einen Schluck Met. Sein Kopfschmerz ließ merklich nach. Er hatte einfach zu lange nichts gegessen.

»Keine Ahnung, Hoheit«, meinte der Koch.

»Ist so etwas schon einmal vorgekommen?«

Der Koch schüttelte den Kopf.

In Nicholas' Nacken sträubten sich die Haare. Dieses Verschwinden kam ihm so merkwürdig vor wie das des Stallknechts. Nicholas aß sein belegtes Brot auf und schob die Teller von sich. Der Küchenjunge kam in der Begleitung von drei Frauen zurück. Nicholas kannte sie vom Sehen, aber er wußte ihre Namen nicht. Alle drei sahen so aus, als hätte man sie aus dem Schlaf geholt.

»Das hier ist Agnes, Hoheit«, sagte der Küchenjunge, als die kräftigste und älteste Frau ihren Knicks machte. »Sie macht das Erdgeschoß und den Ostflügel.«

»Agnes«, sagte Nicholas.

»Das ist Charissa, Hoheit«, sagte der Küchenjunge, als die junge blonde Frau knickste. Nicholas sah ihr interessiert dabei zu. Schon mehr als einmal hatte er ihre schlanke Gestalt mit Interesse beobachtet. »Sie ist für die Audienzzimmer und die öffentlichen Räume ab zweiten Stock aufwärts und für den Westflügel verantwortlich.«

»Charissa«, sagte Nicholas.

»Und das ist Evadne, Hoheit«, sagte der Küchenjunge, als

die dritte Frau ihren Knicks machte. Sie war von mittlerem Alter, hatte graumeliertes Haar und kräftige Arme. »Sie ist für den Nord- und den Südflügel verantwortlich.«

»Evadne«, sagte Nicholas. »Erhebt euch alle. Vielen Dank, mein Junge, daß du sie für mich hergeholt hast.«

Der Junge nickte. Er wußte, daß er damit entlassen war, und entfernte sich.

»Hat eine von euch den Haushofmeister gesehen?« fragte Nicholas.

Die drei Frauen sahen einander an und schüttelten die Köpfe. »Bitte um Vergebung, Hoheit, aber er ist den ganzen Tag nicht hiergewesen«, sagte Charissa.

»Und gestern nachmittag auch nicht«, ergänzte Evadne.

»Wann habt ihr ihn das letzte Mal gesehen?« wollte Nicholas wissen.

»Bei der Dienstbesprechung am Morgen«, sagte Agnes. »Gestern. Heute morgen kam er nicht. Wir haben uns selbst beholfen.«

»Nicht gut genug«, murmelte der Schlachter.

»Was?« fuhr ihn Nicholas an, obwohl er ihn sehr wohl verstanden hatte.

»Bitte um Vergebung, Hoheit«, sagte der Schlachter.

»Hat er schon jemals zuvor die morgendliche Dienstbesprechung verpaßt?« erkundigte sich Nicholas.

»Nein, Hoheit. Ohne ihn würde das ganze Haus zusammenbrechen, wißt Ihr, und dann kriegen wir alle ganz schön Ärger.« Evadne hielt den Blick gesenkt, solange sie mit dem Königssohn sprach.

Sie glaubten also, etwas falsch gemacht zu haben. Er sah sie an und überlegte, ob er diese Angst ausnutzen könnte, verachtete sich jedoch sogleich für diesen Gedanken.

»Nein. Ihr kriegt keinen Ärger«, sagte er. »Ihr helft mir nur dabei, ein Geheimnis zu lüften.« Er unterdrückte einen Seufzer.

Wenn er eine klare Antwort haben wollte, mußte er sämtliche Hausbediensteten einzeln befragen, und dazu hatte er an diesem Abend nicht mehr die nötige Geduld. Wenn er hier fertig war, würde er seinen Vater aufsuchen müssen. Er nahm noch einen Schluck Met.

»Ist jemandem von euch in letzter Zeit hier etwas Merkwürdiges aufgefallen? Ein Häufchen Knochen vielleicht, oder ein großer Blutfleck? Wie damals, als wir die Knochen im Korridor neben Stephan fanden.« Mit dem letzten Satz sprach er direkt Evadne an, denn er erinnerte sich, sie an jenem Tag in einer Ecke stehen gesehen zu haben, mit Mop und Eimer ausgerüstet und das Gesicht vor Schreck wie erstarrt.

»Nein, seit der Invasion nicht mehr, Hoheit«, sagte sie und wurde bei der Erinnerung daran ganz blaß.

»Habt ihr während der Invasion mehr solcher Spuren im Palast gefunden?« fragte er.

»Bitte um Vergebung, Hoheit«, sagte Agnes, »aber es sah überall schrecklich aus. Wir brauchten drei Tage, nur um die Leichen fortzuschaffen und das Blut aufzuwischen. Erst dann konnten wir mit dem eigentlichen Saubermachen anfangen.«

»Habt ihr mehr solcher Spuren gefunden oder nicht?«

Charissa strich sich eine lose Haarsträhne hinter das Ohr. »Ich half dem Haushofmeister, einiges von dem Zeug aus seinem Zimmer zu schaffen«, sagte sie mit sanfter Stimme. »Er bat mich, nichts davon zu erzählen, aber ich denke, das ist jetzt egal.«

»Er bat dich, nichts davon zu erzählen?« Nicholas blinzelte sie argwöhnisch an. Was für eine merkwürdige Bitte. »Hat er dich schon jemals zuvor um etwas Derartiges gebeten?«

»Nein«, erwiderte sie rasch. Ihre Wangen wurden leicht rot. »Niemals.«

Unschlüssig, ob er die Angelegenheit weiterverfolgen sollte, sah Nicholas sie an. Schließlich sagte er: »Als er dich zuvor um Stillschweigen gebeten hatte, ging es da um persönliche Dinge?«

Jetzt färbten sich ihre Wangen zu einem tiefen, verschämten Rot. Sie nickte kurz.

»Aber nichts in der soeben geschilderten Art?«

Sie schüttelte den Kopf.

»Lag dort auch Blut?«

Sie machte einen tiefen, zitternden Atemzug. »Viel. Neben der Tür. Ich wischte es auf und dachte noch ...« Ihre leise Stimme verstummte gänzlich, bis sie noch einmal tief Luft holte. »Ich fragte mich, wie er die ganze Nacht in diesem Zimmer schlafen konnte, bei diesem strengen Geruch.«

»Blutgeruch?«

Sie nickte wieder.

»Aber es war die Nacht nach der Invasion. Hat da überhaupt jemand geschlafen?«

Sie zuckte die Achseln.

Nicholas packte den Krug mit kräftigen Fingern und spürte, wie sich der Druck auf die Keramik übertrug. Knochen im Stall, in der Nacht der Invasion. Knochen im Palast. Knochen in der Nähe des Tores, und Blut, jede Menge Blut. Dann verschwinden zwei Männer, zwei verläßliche Männer am gleichen Tag, spurlos. Ebenfalls am gleichen Tag findet man im Tabernakel Knochen, aber niemand wird vermißt. All diese Einzelheiten hingen zusammen, aber er wußte nicht genau, wie.

»Und ihr habt gestern nichts Eigenartiges gesehen? Nichts, was euch auch nur im geringsten beunruhigt hätte?«

»Bitte um Vergebung, Hoheit.« Charissa machte noch einen Knicks und hielt ihr gerötetes Gesicht gesenkt. »Ich würde mich gerne unter vier Augen mit Euch unterhalten. Ich habe ein paar Dinge gesehen. Aber das würde ich lieber nicht hier erzählen.« Sie warf den anderen, die sie neugierig betrachteten, einen flüchtigen Blick zu.

Nicholas kannte den Zusammenhalt des Gesindes gut genug, um zu wissen, daß er, zumindest teilweise, auf Klatsch beruhte. Alles, was diesen Klatsch bereicherte, konnte der betreffenden Person und ihrem Ruf nützen oder schaden.

»Ich würde mich nicht mit ihr allein unterhalten, Hoheit«, warf der Schlachter ein. »Sie ist bekannt dafür, daß sie sich mit gelüfteten Röcken unterhält.«

Nicholas unterdrückte ein Lächeln. »Und welchen Schaden könnte mir das zufügen?«

Der Schlachter legte den Kopf in den Nacken, als wäre ihm erst jetzt aufgegangen, was er da gesagt hatte. »Äh ... wohl keiner, glaub' ich, Hoheit. Aber es wär nicht gut für die Dame, Hoheit.«

»Wenn sie ohnehin schon den Ruf weghat, werden ihr wohl auch einige Minuten allein mit mir nicht weiter schaden.« Nicholas erhob sich und reichte ihr die Hand, die sie zögernd ergriff. Ihre Finger waren derb und von der Arbeit aufgerauht. Er drückte sie kurz, blickte dabei jedoch in die Runde der Umstehenden. »Ihr anderen müßt noch einmal alles sorgfältig durchsuchen und dabei besonders auf Hinweise über den Verbleib des Haushofmeisters achten. Gleich morgen früh möchte ich mit den Leuten sprechen, die ihn zuletzt gesehen haben. Wenn er nicht gefunden wird, werden wir einen neuen Meister ernennen.«

»Sehr wohl, Hoheit«, antwortete ihm ein nicht sehr harmonischer Chor.

Er zog an der Hand des Mädchens und klemmte sie in seinen Ellbogen, als handele es sich um eine noble Dame. Seite an Seite verließen sie die Küche. Er nahm eine Fackel von der Wand im Flur und führte seine Begleiterin in den Großen Empfangssaal. Im zuckenden Fackelschein sahen die Waffen noch bedrohlicher aus. Er stellte die Fackel in den Fackelhalter über den prunkvollen Stühlen und bat sie, Platz zu nehmen. Dann setzte er sich neben sie.

»Was weißt du noch?«

»Bitte um Vergebung, Hoheit«, sagte sie und strich sich durchs Haar. Eine nervöse Geste, die er sehr attraktiv fand. »Ich möchte meine Anstellung nicht verlieren, aber was ich zu sagen habe, klingt ein bißchen verrückt.«

»Du und der Haushofmeister, ihr wart ein Liebespaar, richtig?« fragte Nicholas. Er mußte die Frage einfach loswerden.

Sie schüttelte den Kopf und schlug die Augen nieder. Wieder schoß ihr die Röte in die Wangen, kräftig und flammend. »Kein Liebespaar, Hoheit, obwohl … obwohl ich einige Nächte in seinem Gemach verbracht habe.«

Nicholas zog die Stirn kraus. Er verstand nicht recht. Warum geht eine Frau mit einem Mann auf sein Zimmer, wenn die beiden nicht ineinander verliebt sind? »Das verstehe ich nicht.«

Sie machte eine Geste, als könnte sie ihre Gefühle nicht mehr im Zaum halten. »Ich wollte nur meine Stellung nicht verlieren, Hoheit.«

Nicholas sog hörbar die Luft ein. Daß derlei Dinge unter dem Dach seines Hauses vor sich gingen, hätte er sich niemals träumen lassen. »Hat er dir gedroht?«

»Seit der Invasion nicht mehr«, sagte sie. Dann hob sie den Kopf, als hätte sie Angst davor, daß Nicholas sie für ihre Antwort bestrafte. »Seither ist er viel netter geworden.«

»Netter?« Nicholas schwirrte der Kopf. »Hat er dich verletzt?«

»Nein, Hoheit.« Tränen stiegen ihr in die Augen. Er nahm sie bei der Hand. Ihre Finger waren kalt. »Er machte mir nur klar, wenn ich … wenn ich nicht mache, was er will, dann würde er mich rausschmeißen. Und das wollte ich nicht. Meine Mutter braucht meine Zuwendungen für die anderen, ehrlich.«

Er blinzelte. Und er hatte gedacht, er kenne die Welt der Bediensteten. Er hatte sich getäuscht. »Hast du keinen Vater?«

Sie schüttelte den Kopf. »Er starb, als meine Schwester noch ganz klein war. Wir haben einen kleinen Hof, und mein kleiner Bruder versucht ihn zu halten, aber er war erst sieben, als Vater starb, und meine Mama war krank. Deshalb bin ich an den Hof gekommen. Ich muß hierbleiben, Hoheit. Bitte.« Ihre Hand zitterte. Er nahm sie in die seine.

»Du bleibst«, sagte er. »Das verspreche ich dir. Wenn dir jemand Kummer bereitet, sagst du es mir.«

Sie blinzelte, und eine Träne rollte herab. Er wischte sie von ihrer Wange. »Vielen Dank, Hoheit«, flüsterte sie.

Er saß ihr nahe genug, um ihren Atem im Gesicht zu spüren. Die Worte des Schlachters fielen ihm wieder ein, und einen Augenblick überlegte er, ob das alles nur eine Masche war, um ihn zu beeinflussen. Er drückte noch mal ihre Hand und ließ sie dann los.

»Und jetzt«, sagte er, »erzähl mir bitte, was du mit ›nett‹ meintest.«

Sie lächelte unsicher, wischte sich eine zweite Träne mit dem Handgelenk von der Wange. Dann schluckte sie. »Nach diesem Morgen mit den Knochen«, sagte sie, »bestellte er mich nicht mehr in sein Zimmer.«

»Nie mehr?«

»Nein, Hoheit. Ich ... äh ... fragte ihn, ob ich etwas falsch gemacht hätte, und er sagte nein, er muß nur über andere Dinge nachdenken und braucht mich jetzt nicht mehr. Ich fragte ihn, ob ich noch weiterarbeiten darf, und er sagte, ich bin ein dummes Ding, daß ich mir darüber Gedanken mache.«

»Er wurde also nicht mehr intim mit dir«, sagte Nicholas, mehr zu sich als zu ihr. Die Kälte ihrer Finger hatte seinen ganzen Körper durchdrungen. »Hat er sich vielleicht ein anderes Mädchen ausgesucht?«

Sie schüttelte den Kopf. »Es ... bitte um Verzeihung, Hoheit ... aber die Dienstmädchen machten sich schon darüber lustig. Sie fragten sich, ob vielleicht die Fey seinen … seinen … Ihr wißt schon, mitgenommen haben.«

Nicholas fuhr sich mit der Hand über das Gesicht. Ein verändertes Verhalten. Genau wie bei dem Stallknecht. Genau wie bei Stephan. Endlich etwas, wovor er den Rocaan warnen konnte. Gleich am kommenden Morgen würde er ihm eine Nachricht überbringen lassen.

»Aber abgesehen davon war er normal?«

Sie rieb mit den Handflächen über ihre Röcke und seufzte dann. »Nein, Hoheit. Er wollte wissen, was wir so gehört haben, und wenn keiner etwas Neues wußte, wurde er wütend. Auf mich war er besonders wütend, weil ich doch den Westflügel mache, wo die Privatgemächer sind, und er dachte, ich müßte eigentlich mehr Klatsch zu Ohren kriegen. Ich sagte ihm immer wieder, daß niemand in den Gemächern ist, wenn ich dort saubermache, und wenn er Klatsch und Tratsch hören will, soll er sich an die Kammerherren halten, aber das wollte er nicht.«

»Klatsch und Tratsch«, murmelte Nicholas. Dann nickte er. »Was tat er denn, wenn er wütend auf dich war?«

»Er schrie mich an, Hoheit. Und einmal warf er meinen Staubwedel in die Ecke …« Sie hob den Blick, als flirtete sie mit ihm, doch er achtete nicht darauf. Sie musterte ihn.

»War es das, was du mir sagen wolltest und das die anderen nicht hören durften?«

Sie nickte. »Aber ich bin nicht verrückt. Das sollt Ihr wissen. Ich bin nicht verrückt.«

»Schon gut«, sagte er. »Ich habe dich reden gehört. Du kommst mir nicht verrückt vor.«

»Als er meinen Staubwedel wegschleuderte, fiel er direkt vor eine Katze, und dann brüllte er mich an, weil ich eine Katze hereingelassen habe. Ich hab' die Katze gar nicht reingelassen, und das sagte ich ihm auch, und er sagte, egal, ich soll sie trotzdem rausschmeißen.«

Während sie redete, neigte sich Nicholas nach vorne. Auch Miruts hatte eine Katze gesehen, bevor er verschwand.

Das Mädchen betrachtete Nicholas aufmerksam. »Als ich auf die Katze zuging, rannte sie zum Meister, kletterte an seinem Bein hoch und … und das ist jetzt wirklich verrückt …, und sie fing an mit ihm zu reden.«

»Zu reden?« fragte Nicholas verdutzt.

Sie nickte. »Ich schwöre es. Aber nicht in der Sprache der Inselbewohner. Es war Fey. Ich hab' genug von diesen Schuften reden hören, ich weiß, wie sich das anhört. Ich sagte, das ist aber ein komisches Miau, und er sagte, vergiß die Katze, er will sich selbst darum kümmern. Ich ging also weg, aber an der nächsten Ecke blieb ich stehen und beobachtete ihn. Er nahm die Katze mit in sein Zimmer. Und danach hab' ich ihn nie wieder gesehen.«

»Die Katze sprach Fey?« fragte Nicholas.

»Ich weiß, es hört sich verrückt an. Deswegen wollte ich auch nicht, daß die anderen dabei sind. Aber ich schwöre, daß es so war.«

Am Tag der Invasion hatte Stephan gesagt, die Fey hätten Fähigkeiten, die die Inselbewohner nicht hätten. Aber daß sie sich in Katzen verwandeln konnten, hatte er nicht gesagt. Er sagte, sie seien fähig, in den Körper eines Menschen zu schlüpfen und ihm ihren Willen aufzuzwingen. Vielleicht konnten sie es auch bei dummen Tieren.

»Weißt du noch, wie diese Katze aussah?« erkundigte er sich.

Sie überlegte. »Sie war orange.« Dann zuckte sie die Achseln. »Sie sah aus wie eine Katze eben.«

Bedacht darauf, sie nicht weiter zu berühren, tätschelte er ihre Hand. Dann lächelte er sie an und wünschte, er hätte beim Personal keinen Ruf zu verlieren, wünschte, er wäre wie sein Großvater, der die unteren Flure ohne Gewissensbisse durchstreift hatte. Doch sein Vater hatte ihm beigebracht, daß uneheliche Kinder eine Bedrohung für eine Dynastie darstellten und daß man uneheliche Kinder am besten dadurch vermied, daß man erst gar keine in die Welt setzte. Bevor die Fey auftauchten, hatte Nicholas gehofft, bis zum jetzigen Zeitpunkt ein Eheweib gefunden zu haben. Doch unter der Last des Krieges hatten sich seine dynastischen Überlegungen in Luft aufgelöst. Vielleicht sollte er sich überlegen, wie er sie wieder zum Leben erwecken konnte.

Er erhob sich und bot ihr seine Hand, um ihr beim Aufstehen zu helfen. Dann bedankte er sich bei ihr und folgte ihr aus dem Großen Saal hinaus. Plötzlich blieb er abrupt stehen. Es war besser, wenn er nicht wußte, wo ihr Zimmer war. Es war besser, wenn er sie einfach wieder im Bauch des Palastes verschwinden ließ, wo sie sich um ihre eigenen Probleme, ihr Leben und um ihren Lebensunterhalt zu kümmern hatte. Er hatte ihr versprochen, daß er sich ihrer annehmen würde, sollte sie einmal Hilfe brauchen, und das würde er auch tun.

Momentan hatte er aber wichtigere Dinge zu erledigen.

Er sah, wie sie langsam den Korridor entlangging, einen kurzen Blick in Richtung Küche warf, jedoch nicht eintrat. Er lehnte sich an die kalte Steinwand und atmete tief durch, als sie in der Dunkelheit entschwand. Dann schloß er die Augen und spürte, wie ihn die Müdigkeit überwältigte.

Die Fey waren im Palast gewesen. Es war ihnen gelungen, den Haushofmeister und Nicholas' Stallknecht zu übernehmen. Womöglich waren sogar einige der Leute, mit denen er an diesem Abend gesprochen hatte, von den Fey besessen. Er mußte unbedingt seinen Vater davon in Kenntnis setzen. Und er brauchte so rasch wie möglich das neue Weihwasser. Das gesamte Palastpersonal mußte damit einer Prüfung unterzogen werden. Ohne Ausnahme. Sogar die reizende Charissa.

Außerdem mußte er den Rocaan noch eindringlicher warnen. Irgendwie hatten die Knochen und das Blut mit der

Fähigkeit der Fey zu tun, einem Menschen ihren Willen aufzuzwingen. Das wiederum bedeutete, daß es im Tabernakel zwei Spione gab. Es war gut möglich, daß sie versuchten, den Rocaan zu töten.

Plötzlich öffnete er die Augen, alle Müdigkeit war von ihm abgefallen. Wenn *er* Spione in das Tabernakel eingeschleust hätte, würde er sie damit beauftragen, das Geheimnis des Weihwassers zu ergründen.

Nein, heute nacht gab es keinen Schlaf für ihn. Er mußte mit seinem Vater sprechen, sich anschließend ein frisches Pferd aus dem Stall holen lassen und zum Tabernakel zurückreiten. Diese Nachricht konnte er keinem anderen anvertrauen.

12

Als Jewel am folgenden Morgen aus ihrem Zimmer kam, war sie allein in der Hütte. Doch das Feuer loderte im Herd, und aus einem der eisernen Töpfe stieg Dampf auf. Zumindest gab es Tee, auch wenn ihre Vorräte bereits erschreckend zur Neige gingen. Sie vermutete, daß sie und Rugar die letzten verbliebenen Dosen besaßen.

Sie schöpfte das Wasser in ihre Tasse. Ihr Vater hatte ein Teesieb für sie draußen liegengelassen. Seit sich herausgestellt hatte, daß sie eine längere Zeit auf der Blauen Insel gefangen sein würden, benutzten sie ihre Teesiebe stets gemeinsam.

Auch ein Stück frisches Brot lag auf dem Tisch. Sie schnitt sich eine Scheibe ab. Wahrscheinlich hatte er etwas mit den Domestiken zu besprechen. In letzter Zeit war er früh aufgestanden, um sie besser bei ihrer Arbeit beaufsichtigen zu können. Er machte sich Sorgen darum, daß der Lebensmittelvorrat zur Neige gehen könnte, und alles, was dazu beitrug, den Ernteertrag zu erhöhen, kam ihnen allen zugute.

Ein Klopfen an der Tür schreckte sie auf. Sie schluckte, legte das Brot auf den Teller zurück und rief: »Wer ist da?«

»Caseo.«

Sie holte tief Luft. Er gehörte nicht zu den Leuten, die sie noch vor dem Frühstück sehen wollte, aber es blieb ihr wohl keine andere Wahl. »Einen Augenblick noch.«

Bevor sie aufstand, biß sie noch einmal herzhaft am Brot ab und wischte sich über den Mund. Dann zog sie den Riegel der Eingangstür zurück.

Caseo wartete nicht, bis sie ihn hereinbat. Er duckte sich unter dem Türsturz und trat ein. »Zweites Frühstück?«

Sie war nicht in der Stimmung, höflich zu sein. »Ich würde

dir Tee anbieten, aber dann würdest du womöglich länger bleiben.«

»Nichts sollte einen Fey daran hindern, ein guter Gastgeber zu sein«, konterte er mit einem eindeutigen Blick auf die Tasse.

»Mit der Ausnahme eines ungebetenen Gastes.« Sie ging zu ihrem Stuhl zurück, zog die Tasse näher an sich und biß wieder vom Brot ab. Sie kaute langsam und schluckte erst hinunter, bevor sie weiterredete: »Willst du mich oder meinen Vater sprechen?«

»Dich«, sagte Caseo.

»Nun«, erwiderte sie, »ich kann dir schon mal sagen, daß mich das Gift wahrscheinlich töten wird und daß ich kein Interesse daran habe, an deinen Experimenten teilzunehmen. Also vielen Dank, daß du mich in die engere Wahl gezogen hast, und sei doch bitte so nett und mache die Tür hinter dir zu, wenn du gehst.«

»Wenn – und falls – du Schwarze Königin wirst«, sagte Caseo gedehnt, »so hoffe ich doch sehr, daß du deinen Untertanen gegenüber mehr Geduld aufbringst, als du mir gegenüber an den Tag legst.«

Jewel seufzte. »Noch bin ich nicht Schwarze Königin, und dich finde ich, gelinde gesagt, schwierig. Mich zu beleidigen ist nicht die geschickteste Methode, um mit mir ins Geschäft zu kommen.«

Er seufzte. Die erzwungene Höflichkeit machte ihm zu schaffen. »Die Gefangenen«, sagte er. »Ich brauche sie. Ich vermute, du bist mit ihnen fertig.«

Er wollte also offen mit ihr reden. Das war vielleicht das beste. »Ich habe nur gestern mit ihnen gesprochen.«

»Und einem dabei die Zunge von einem Heiler lähmen lassen. Gute Idee, aber einen Mann, der nicht sprechen kann, kann man nicht verhören.«

»Nein«, sagte sie und stellte sich so, daß sie seinem Blick begegnen konnte. »Aber man kann seine Gefährten so in Angst versetzen, daß *sie* sprechen.«

»Dann bist du also fertig mit ihnen.«

»Ich habe gerade erst angefangen.« Sie lehnte sich an den Tisch. »Aber wenn du mir sagst, wofür du sie brauchst, werde ich über deine Anfrage nachdenken.«

»Du weißt, wofür ich sie brauche. Ich muß mehr über dieses Gift herausfinden.«

Sie verschränkte die Arme. »Darüber habe ich sie bereits befragt. Sie wissen nichts.«

»Vielleicht hast du sie nicht richtig gefragt«, sagte er.

Sie starrte ihn an. Die Tatsache, daß er älter war als sie, hieß noch lange nicht, daß er so mit ihr reden durfte. »Ich muß mich nicht vor dir rechtfertigen, Caseo. Ich habe die Gefangenen befragt, und sie sagten, sie wüßten nichts davon, und ihre Antworten genügten mir. Jetzt müssen dir die meinen genügen.«

Jetzt verschränkte auch er die Arme. »Eigentlich hätte ich lieber mit deinem Vater gesprochen.«

Jewel zuckte die Schultern. »Dann suche ihn. Es wird dir nichts nützen. Die Gefangenen unterstehen meiner Verantwortung.«

Caseo neigte sich zu ihr herüber, setzte seine Körpergröße als Waffe ein. Sein Gesicht verharrte wenige Zentimeter vor ihrem. »Du hinderst uns an der Entdeckung des einzigen Mittels, das uns retten könnte.«

Sie rührte sich nicht. »Keinesfalls. Ich finde die Information auf meine eigene Weise heraus. Und wenn dir soviel daran gelegen ist, eine Antwort zu finden, dann solltest du in deiner Hütte bei der Arbeit sein.«

»Ich habe gearbeitet!« Seine Worte explodierten mit solcher Wucht vor ihr, daß sie den zwischen seinen Lippen ausgestoßenen Windstoß im Gesicht spürte. »Ich arbeite seit Monaten daran!«

»Und hast immer noch nichts herausgefunden?« fragte sie zartfühlend.

»Nichts, nichts, überhaupt nichts, bis auf das, was du ohnehin schon weißt: daß es mit normalem Wasser verdünnt werden kann, um die Wirkung zu verlangsamen oder zu reduzieren. Mehr haben wir nicht herausgefunden. Nichts. Seit all den Monaten intensiver Beschäftigung damit.« Er legte ihr die Hand auf die Schulter. »Du siehst also, daß wir den nächsten Schritt tun müssen. Wir brauchen die Gefangenen. Wir rechnen kaum noch damit, die Antworten selbst zu finden.«

Sie trat zur Seite, löste sich aus seinem Griff. »Das bezweifle ich, Caseo. Ich habe vollstes Vertrauen in deine Fähigkeiten. Du bist müde, mehr nicht.«

»Warum nur stellen mich alle in Frage?« Er richtete sich zu seiner vollen Größe auf.

»Ich stelle dich nicht in Frage«, sagte Jewel langsam. »Ich habe nur gesagt, daß ich deinen Fähigkeiten vertraue.«

»Aber du willst nicht mit mir zusammenarbeiten.«

Sie hielt einen Seufzer zurück. Ihr Vater hatte Caseo zu Recht als launisch bezeichnet. »Na schön«, erwiderte sie in ihrer sanftesten, vernünftigsten Stimme. »Sag mir, wozu du die Gefangenen brauchst.«

»Experimente«, sagte er. »Zunächst muß ich wissen, ob ihnen das Wasser etwas anhaben kann. Dann muß ich herausfinden, ob sie mehr wissen, als sie dir erzählt haben. Und schließlich will ich wissen, ob wir die Wirkung umkehren und auf die Inselbewohner anwenden können.«

Sie rührte sich nicht, doch vor ihrem geistigen Auge sah sie Adrians Gesicht und den besorgten Blick, den er Luke zugeworfen hatte. Ihr Versprechen, daß sie im Falle von Adrians

Bereitschaft, mit ihr zusammenzuarbeiten, seinen Sohn freilassen würde. Sie hatte kein Bedürfnis danach, Adrian verstümmelt und bis zur Unkenntlichkeit zerschmolzen zu sehen. Andererseits wollte sie auch nicht den Rest ihres Lebens in den Schattenlanden verbringen.

»Wie willst du das bewerkstelligen?« fragte sie.

»Wir erschaffen neue Zaubersprüche. Wir wollen die Gefangenen nicht sezieren. Wir tun das, was wir am besten können: Zauber erschaffen.« Er sprach mit derartiger Begeisterung, daß sie das Ganze beinahe für seine Idee gehalten hätte, bis ihr klar wurde, daß es nicht auf seinem Mist gewachsen sein konnte. Offensichtlich hatte ihn ein anderer Hüter in diese Richtung gedrängt, und jetzt glaubte er selbst daran.

»Das heißt, mit diesen Männern könnte alles mögliche geschehen.«

»Genau«, antwortete Caseo.

Sie nickte und stieß sich vom Tisch ab. Er hatte nicht unrecht. Die Fey hatten schon zuvor Gefangene gefoltert. Sie selbst hatte in der Endphase des Feldzugs gegen Nye dazu beigetragen, indem sie den Befehlshabern Gefangene zugeführt hatte. In Lukes Alter hatte sie Dinge gesehen, die er sich nicht einmal im Traum vorstellen konnte. Trotzdem hatte sie kein gutes Gefühl bei der Vorstellung, Caseo die Gefangenen auszuliefern.

»Ich bin noch nicht fertig mit ihnen«, sagte sie. »Wenn es soweit ist, gehören sie dir. Bis dahin mußt du mit den Rotkappen zusammenarbeiten und dir frische Haut von den Leichen draußen bringen lassen. Sieh zu, daß du damit zurechtkommst.«

»Haut haben wir genug«, fuhr Caseo sie an. »Wir brauchen diese Gefangenen. Du verzögerst das Unvermeidbare, indem du dich dumm und ...«

»Und du machst mich wütend«, sagte Jewel. »Ich tue das,

was ich für unsere Leute am besten halte, und nur mein Vater kann mir da reinreden. Hast du mich verstanden, Caseo?«

Er verschränkte die Arme, lehnte sich zurück und sah sie mit diesem furchteinflößenden, verschleierten Blick von oben herab an.

»Hast du mich verstanden?« fragte sie abermals. »Denn falls nicht, könnte ich mir vorstellen, daß mein Vater es dir liebend gerne noch einmal erklärt.«

»Du bist Infanteristin«, sagte Caseo. »Du hast nicht über mich zu urteilen.«

»Ich bin die Enkelin des Schwarzen Königs. Dein ganzes Leben gehört mir«, widersprach ihm Jewel. »Führe mich nicht in Versuchung, es dir zu nehmen.«

»Das würdest du niemals tun«, sagte Caseo. »Ich bin der beste Hüter des Zaubers, den du hast.«

»Wenn du das wärst«, gab Jewel lächelnd zurück, »dann wärst du selbst auf diese Idee gekommen, und nicht einer der anderen Hüter. Du bist nicht mehr der beste, Caseo. Du läßt dich von diesem erbärmlichen Volk, das des Zaubers nicht mächtig sind, zum Narren halten. Schämst du dich eigentlich nicht?«

»Es gibt nichts, weswegen ich mich schämen müßte. Dein Vater hat uns hierhergebracht. Es war sein Mangel an Vision, der uns hier in die Falle gelockt hat, nicht meiner.«

Sie wollte das alles nicht mehr hören, wollte es nicht mehr selbst denken. »Würdest du deine Aufgabe zur Zufriedenheit erledigen, hätten wir diese Insel schon längst unter Kontrolle. Aber du kannst nicht einmal einen einfachen Zauber brechen, einen Zauber, den die meisten Inselbewohner nicht einmal als einen solchen ansehen.«

Caseo machte einen Schritt auf sie zu. »Schieb die Schuld nicht mir in die Schuhe, Mädchen«, sagte er. »Weißt du, weshalb wir die Schattenlande verlegt haben? Weil die Vision deines Vaters zerfällt. Er hätte in der Lage sein müssen, die ersten Schattenlande ohne weiteres auszudehnen. Statt dessen haben ihn seine Fähigkeiten im Stich gelassen. Die Magie versagt immer zuerst auf dem Wasser.«

»Warum hast du dann seinen Visionen vertraut, wenn du alles so genau wußtest?« fragte Jewel. »Schließlich bist du doch mit uns gekommen!«

»Er war einmal der beste Visionär von uns allen. Aber manchmal läßt die Kraft der Vision nach, Jewel. Besonders dann, wenn sie dazu benutzt wird, immer wieder die gleichen Dinge zu Sehen.« Caseos Gesicht hatte sich dunkel verfärbt. Seine Brauen standen dicht über den Augen, was ihn zorniger aussehen ließ, als er wirklich war.

»Selbst wenn das, was du sagst, der Wahrheit entspräche, dann hast du trotzdem versagt«, blaffte Jewel. Sie zitterte. So hatte noch niemand ihren Vater beschimpft. »Die Hüter sind gehalten, Probleme dieser Art vor den Schwarzen König zu bringen oder sich bei seiner Abwesenheit, oder falls er selbst die Ursache des Problems ist, an die Schamanin zu wenden. Hast du schon mit ihr gesprochen?«

»Ich bin ziemlich beschäftigt gewesen«, sagte Caseo und richtete sich auf.

»Also nicht.« Jewel entfernte sich vom Tisch. »Und doch drohst du mir mit der Unfähigkeit meines Vaters. Du versuchst, deine eigenen Fehler auf andere abzuwälzen, und du verlangst von mir die Herausgabe der Gefangenen, ohne zu sagen, was du mit ihnen vorhast. Ich habe keinen Grund, dir zu helfen, Caseo.«

»Es sei denn, du würdest dir selbst damit helfen«, erwiderte er.

»Ich sehe keinerlei Anzeichen dafür, daß überhaupt jemandem geholfen ist, wenn ich dir helfe. Und wenn ich dich dabei erwische, daß du diese Lügen über meinen Vater verbreitest, ohne dich an die dafür vorgesehenen Kanäle zu halten, sorge ich persönlich dafür, daß du auf dem nächsten kleinen Boot zu den Felsenwächtern mitfährst. Dann werden wir ja sehen, aus welchem Holz du geschnitzt bist.«

»Du hast nicht das Recht, mir zu drohen, Mädchen.«

Jewel warf den Kopf zurück. »Ich habe jedes Recht dazu«, sagte sie. »Ich stehe über dir und werde immer über dir stehen, selbst wenn wir für immer auf der Blauen Insel bleiben. Es wäre gut für dich, das niemals zu vergessen.«

»Und du solltest nicht vergessen, daß du ohne uns Hüter nicht einmal wüßtest, wie du deine Macht überhaupt einsetzen sollst.« Caseo riß die Tür auf. Grauer Nebel quoll herein. Die Wetterkobolde experimentierten wohl gerade wieder mit dem Regen herum. »Du bist ein naives Kind, Jewel. Sieh dich doch um. Fey begehen solche Fehler nicht, es sei denn, ihre Magie versiegt. Wir sitzen hier in der Falle, weil dein Vater nicht zugeben will, daß er seine seherische Kraft verliert.«

»Wenn ich dich meinen Vater noch einmal angreifen höre, bringe ich dich eigenhändig vor die Schamanin. Und damit riskierst du, deine Position als Oberhaupt der Hüter zu verlieren.« Jewel zeigte mit spitzem Finger auf seine Brust und schob ihn zurück zur Schwelle.

Kurz davor blieb Caseo stehen und funkelte auf sie herab. »Ich brauche diese Gefangenen.«

»Du kriegst das, was von ihnen übrig ist, sobald ich mit ihnen fertig bin.« Sie legte die Hand auf seine Brust und schubste ihn hinaus. »Jetzt geh und belästige mich nicht länger.«

Er ließ sich über die Schwelle stoßen. Auf der Veranda legte er den Kopf zur Seite und sah sie mit funkelnden Augen an. »Du hast deine eigenen Visionen erhalten, stimmt's? Was verraten sie dir? Siehst du den Niedergang der Schattenlande? Die Errettung unserer Streitmacht? Ein Leben bis in alle

Ewigkeit auf der Blauen Insel? Oder sterben wir alle auf schreckliche Weise, nur weil deine Weigerung, mir zu helfen, die Inselleute dazu in die Lage versetzt, uns alle zu vergiften?«

»Falls ich meine Visionen gehabt hätte«, erwiderte sie, »*falls* ich sie hätte, dann würde ich ihnen folgen. Und falls ich sehe, daß uns das Gift alle vernichtet, dann sorge ich als erstes dafür, daß ihr Hüter bessere Ergebnisse erzielt. Jetzt verschwinde, bevor mein Vater zurückkommt und ich gezwungen bin, ihm zu erzählen, daß deine Loyalität ihm gegenüber zu wünschen übrigläßt.«

»Caseo glaubt an nichts und niemanden.« Die Stimme ihres Vaters hallte durch den Nebel. »Das ist etwas, das du über die älteren Hüter des Zaubers lernen mußt, Tochter. Sie sind von ihrer eigenen Macht so korrumpiert, daß sie vergessen, daß andere ebenfalls Macht besitzen.«

»Ah, Rugar«, sagte Caseo, ohne sich umzudrehen. »Du hast vergessen, deiner Tochter beizubringen, Höherstehenden zu gehorchen.«

Rugar trat aus dem Nebel heraus. Sein Haar war feucht, und unter seinen Augen zeichneten sich dunkle Ringe ab. »Sie hört auf mich und auf ihren Großvater«, sagte er. »Und womit willst du sie belästigen?«

»Ich will die Gefangenen. Ich glaube, daß sie der Schlüssel zum Gift sind.« Diesmal wandte sich Caseo um, doch nur halb, damit Jewel sein Gesicht eben noch sehen konnte.

»Und was meint meine Tochter dazu?« fragte Rugar.

»Daß er das haben kann, was von den Gefangenen übrig ist, sobald ich mit ihnen fertig bin«, sagte Jewel, die es verabscheute, wenn man von ihr in der dritten Person sprach.

Rugar zuckte die Achseln. »Hört sich doch gut an, Caseo. Ich sorge dafür, daß du sie bekommst, wenn Jewel soweit ist.«

Caseo stieß einen unterdrückten Fluch aus. Ohne sich noch einmal zu Jewel umzudrehen, ging er die Stufen hinunter und verschwand im Nebel. Rugar packte das Geländer und zog sich hinauf. Seine Bewegungen waren jugendlich und athletisch, obwohl er dreimal so alt wie Jewel war.

»Du hast ihn verärgert«, sagte Rugar, nahm sie am Arm und führte sie hinein. Dann machte er die Tür hinter ihnen zu.

»Ist mir egal«, sagte Jewel und befreite den Arm aus seinem Griff. »Er ist ein unerträglicher Dummkopf, der glaubt, mir Befehle erteilen zu können.«

»Genaugenommen kann er uns allen Befehle erteilen«, meinte Rugar, »zumindest, was die Magie anbelangt. Er ist für den Zauber verantwortlich, und er kann ihn von jetzt auf nachher verändern.«

»Wir benutzen keinen Zauber.«

»Nein«, gab Rugar zu bedenken, »aber die Hüter des Zaubers waren es, die damals entschieden, daß Visionäre einen Platz in dieser Kultur haben sollten. Bevor die Hüter erkannten, daß in unseren Visionen Wahrheit steckte, daß wir eine mögliche Zukunft erblicken können, galten wir als Verrückte. Erst als wir uns selbst über unsere Fähigkeiten bewußt wurden, erlangten wir die Macht, die wir heute ausüben.«

»Das sind alte Geschichten, Vater«, sagte Jewel. »Sie haben nichts mit Caseo zu tun.«

»Sie haben sehr viel mit Caseo zu tun«, widersprach ihr Rugar. »Für die Hüter gibt es so etwas wie alte Geschichten nicht. Für sie ist die Zeit im steten Fluß. Man sagt sogar, daß einige von ihnen sich in der Zeit vor- und zurückbewegen können. Es heißt auch, daß Wächter nicht sterben, sondern nur neue Körper finden, in denen sie weiterleben.«

»Bei Caseo kann ich kein bißchen alte Weisheit ausmachen«, sagte Jewel. »Er ist ein aufgeblasener, unausstehlicher Mann.«

»Da hast du recht«, sagte Rugar. Er schnitt sich eine Scheibe Brot ab und drehte sie in den Fingern. »Aber er ist der beste, den wir hier haben, der beste, den uns dein Großvater zugestanden hat, und darauf müssen wir Rücksicht nehmen. Und wir müssen so gut es geht mit ihm zusammenarbeiten, um unser Geschick hier zum Besseren zu wenden.«

»Ich glaube nicht, daß er das Gegenmittel für das Gift findet.«

Rugar hob den Blick und legte das Brot auf den Tisch. »Wenn er es nicht schafft, dann schafft es keiner, Jewel. Er ist unsere einzige Hoffnung.«

»Jedenfalls wird es ihm nicht gelingen, indem er mich ständig belästigt«, sagte Jewel.

»Und du bist auch keine große Hilfe, wenn du ständig mit ihm streitest.« Rugar lehnte sich an den Tisch, so wie es Jewel zuvor getan hatte. »Regieren heißt manchmal, sich mit Leuten zu arrangieren, die man nicht mag, Jewel, weil diese Leute in einer Position sind, in der sie uns helfen können.«

»Das weiß ich«, knurrte sie. »Ich bin kein Kind mehr. Aber ich habe nichts dergleichen Gesehen … Ich meine, ich sehe nirgendwo ein Anzeichen dafür, daß er in der Lage wäre, dem Rätsel auf die Spur zu kommen.«

Rugar ging auf sie zu und nahm sie wieder am Ellbogen, doch diesmal war sein Griff eisern, seine Finger gruben sich in ihre Haut. »Hast du etwas Neues Gesehen, Jewel?«

»Nein«, sagte sie, ohne ihm ins Gesicht zu schauen. Sie mochte seine Reaktion auf die Erwähnung ihrer eigenen Visionen nicht. Ein Teil der Probleme, die sie mit Caseos Anschuldigungen hatte, rührte daher, daß sie ihr nur zu wahr erschienen. Warum sollte ihr Vater sie auf diese Weise behandeln, wenn seine eigene Vision noch richtig funktionierte?

Rugar ließ ihren Arm los. »Es scheint mir, daß du, meine Tochter, mehr als sonstjemand daran interessiert sein solltest, daß Caseo diesem Gift auf den Grund geht.«

Unbewußt berührte sie ihre Stirn. Sie konnte sich an den Schmerz, den sie noch nicht erfahren hatte, beinahe erinnern.

Die Vision war für sie nie etwas gewesen, was einmal eintreten *würde*, sondern etwas, das bereits geschehen *war*. Obwohl sie wußte, daß Visionen zu verhindern waren, so hatte sie doch im Zusammenhang mit dieser nie auf diese Weise darüber gedacht. Es war ihre erste Vision, der Beleg ihres Erwachsenseins, und allein deshalb hielt sie daran fest.

Sie sank in einen Sessel. Der erinnerte Schmerz ließ ihre Stirn heiß werden. »Was soll ich denn tun?«

Ihr Vater lächelte und ging neben ihr wie ein Bittsteller in die Hocke. Er nahm ihre Hand. Die seine war von der Arbeit, die er in den Schattenlanden verrichtet hatte, ganz warm und rauh. »Wir wissen nicht immer, was wir tun können«, sagte er. »Manchmal finden wir erst heraus, wie wir eine Vision abwenden können, wenn es bereits zu spät ist. Manchmal mißverstehen wir die Vision. Deshalb bitten wir normalerweise um eine Auslegung. Vielleicht sollten wir deine Vision der Schamanin unterbreiten.«

Sie schüttelte den Kopf. Sie ging der Schamanin so gut sie konnte aus dem Weg. »Sie kommt mir sehr unmißverständlich vor.«

»So ging es mir mit meiner Vision von dir, in der du im Palast der Insel umhergingst, als gehörte er dir. Setzt man sie jedoch mit deiner Vision in Verbindung, ergibt sich eine völlig andere Bedeutung.«

Jewel verzog das Gesicht und preßte seine Finger zusammen. »Wie meinst du das?«

»Befindest du dich wegen des jungen Prinzen im Palast?« fragte Rugar. »Oder weil sie dich dort festhalten und du nicht wegkannst?«

»Wurde ich in deiner Vision festgehalten?«

Er schüttelte den Kopf. »Du sahst wie deine Mutter aus, königlich und sehr schön.«

Sie zuckte die Achseln. »Auf welche Weise könnten unsere

Visionen zusammenhängen? Und falls sie zusammenhängen, bedeutete das, daß wir ein Gegenmittel für das Gift gefunden haben?«

»Gut möglich«, brummte Rugar. »Aber ich vertraue nicht mehr so leicht auf die Einfachheit dieser Dinge, wie ich es früher einmal getan habe.«

Jewel dachte über seine Worte nach. Dann senkte sie den Kopf. »Hatte Großvater jemals eine Vision in bezug auf diesen Ort?«

Rugar ließ ihre Hand fallen und erhob sich. »Dein Großvater ist am Ende seiner Visionen angelangt.«

»Ist er blind?« fragte Jewel.

Rugar nahm den Schürhaken in die Hand, zog den Kaminrost nach vorne und schob ein Holzscheit zur Seite, damit das Feuer mehr Sauerstoff bekam. Als er noch ein dickes Scheit auflegte, fingen die Flammen an zu prasseln.

»Du wußtest, daß er blind ist, und hast ihn trotzdem zurückgelassen?« fragte Jewel. »Du läßt ihn ohne Vision regieren?«

»Die meisten Schwarzen Könige besitzen am Ende ihrer Tage keine Vision mehr.« Rugar schob den Rost wieder zurück.

»Hat er sich deshalb gegen diesen Kriegszug gestellt? Weil er auf dein Auge angewiesen ist?«

Rugar lachte. »Aber nein, mein Kind. Ihm stehen andere Augen zur Verfügung, weniger bedeutende Seher. Er weiß, so wie auch ich es weiß, daß ein Mann seiner eigenen Vision folgen oder sie verändern muß. Seine Vision führte ihn nach Nye. Meine führte mich hierher.«

»Aber wenn er nicht mehr Sehen kann ….«

»Kann er immer noch regieren. Niemand regiert allein aufgrund seiner seherischen Kraft. Er führt, er weist den Weg mit Hilfe der Vision. Sobald er diese Vision verwirklicht hat, bleibt er dabei. Selbst wenn mein Vater in seinem Leben nichts anderes mehr tut, wird man sich seiner als des erfolgreichsten

Schwarzen Königs aller Zeiten erinnern. Er hat für uns das restliche Galinas erobert. Er hat uns die Herrschaft über die halbe Welt verschafft.« Rugar stand auf und lehnte sich an den steinernen Kamin.

Jewel sah auf ihre Hände mit den Schwielen und den kurzen, stummelhaften Fingernägeln. »Verlierst du deine Vision?« fragte sie leise.

»Wie kommst du denn darauf?« Seine Stimme hatte einen Ton angenommen, den er sonst nur gegenüber seinen Truppen anschlug.

Sie wollte ihm nichts von Caseo erzählen. Warum nicht, das wußte sie selbst nicht recht. Ganz gewiß hatte sie keinen Grund dafür, ihn zu schützen. Aber sie hatte das Gefühl, als schütze sie alle, indem sie nicht preisgab, wer sie auf diesen Gedanken gebracht hatte. »Es scheint mir logisch zu sein, darüber nachzudenken. Wenn Großvater seine Vision verloren hat, weshalb nicht auch du.«

»Nicht alle Seher werden blind«, sagte Rugar. »Und nicht alle erleben das Ende ihrer Visionen.«

»Ich habe gehört, daß einige falsche Visionen haben und daß sie das in den Wahnsinn treibt.« Die letzten Worte hatte sie sehr leise ausgesprochen. Sie hatte es in der Schule von einem ihrer vielen Lehrer gehört, als sie noch ein Mädchen war. Als ein anderer Lehrer davon erfahren hatte, war Jewels Lehrer entlassen worden. Jewel sah ihn nie wieder. Inzwischen konnte sie sich nicht einmal mehr an seinen Namen erinnern.

Rugars Wangen waren gerötet. »Ich habe Hüter des Zaubers gesehen, die sich eines einzigen Fehlers wegen in sabbernde Idioten verwandelten. Ich habe Tierreiter gesehen, die in ihren Tieren feststeckten und an der Verwandlung starben. Ich habe kleine Kinder von Gestaltwandlern sterben sehen, weil ihre Betreuer sie zu lange allein gelassen hatten, so daß eine ungewollte Verwandlung erfolgte. Aber ich habe noch nie einen Visionär gesehen, der seinen Verstand verloren hätte. Niemals.«

Jewel nickte. Hinter der Wucht, mit der ihr Vater redete, steckte ein guter Teil Furcht. »Aber hast du nie etwas davon gehört?«

Er griff wieder zum Schürhaken, stocherte im Feuer herum, schloß die Augen und stöhnte. Dann rieb er sich mit der linken Hand die Augen, öffnete sie und stellte den Haken weg. »Es heißt, nachdem die Fey sich immer weiter von den Eccrasischen Bergen ausbreiteten, habe der Schwarze König seine Vision eingebüßt. Er war ein junger Mann, noch ohne Kinder. Er hatte falsche Visionen und führte die Fey im Kreis herum. Die Schamanin versuchte ihn abzusetzen, doch gab es dafür keinerlei Handhabe. Die Hüter weigerten sich, neue Zauber zu entwickeln, und die Fey weigerten sich, ihm zu folgen. Solange er seiner falschen Vision folgte, kampierten die Fey beinahe eine ganze Generation lang am Fuße der Berge, bis er blind wurde. Mit seiner Erblindung kam eine große Verzweiflung über ihn, und nach und nach verlor er den Verstand, eine Erinnerung nach der anderen, bis er kaum noch mehr als ein Kind war. Die Hüter und die Schamanin kamen zusammen und überprüften die Visionäre, bis sie eine gefunden hatten, die weiter als bis zur nächsten Schlacht Sehen konnte. Sie wurde die erste Schwarze Königin, und ihr Stammbaum war stark und langlebig. Dieses Haus regierte unser Volk gut, bis die ganze Familie mehrere hundert Jahre später ermordet wurde.«

»Haben noch andere Visionäre den Verstand verloren?«

Rugar nickte. »Ein paar. Aber keiner in einer so einflußreichen Position. Sie wurden immer ersetzt oder schnell weggeschickt oder zu Beratern gemacht. Wir sprechen nicht sehr gerne darüber.«

Jewel atmete heftig, als fechte sie einen Schwertkampf aus. »Warum sprechen wir nicht darüber?«

»Weil die meisten Leute, wüßten sie etwas davon, die Fähigkeiten sämtlicher Visionäre anzweifeln würden«, sagte er. In seinen Augen lauerte die gleiche Furcht, die auch sie beschlichen hatte. »Wie können wir eine wahre Vision von einer falschen unterscheiden? Und woher wissen wir, daß eine Vision verhütet worden ist? Oder daß es eine ist, die wir keinesfalls in Erfüllung gehen lassen wollen? Wie unterscheiden wir einen Nervenzusammenbruch von der erfolgreichen Anwendung unseres Vorherwissens? Wir können es nicht, Jewel. Wir müssen uns allein auf unseren Verstand und die Wirklichkeit verlassen. Wir müssen völlig auf uns selbst vertrauen.«

Ihre Stirn prickelte immer noch. Erinnerter Schmerz, den sie niemals empfunden hatte. Visionen und Wahnsinn. Sie hatte sie noch nie sonderlich gemocht, nicht einmal, als sie gesehen hatte, wie ihr Vater den Blick bekam oder in eine seiner Visionen verfiel, so wie er es inmitten des Feldzugs gegen Nye getan hatte. So lagen die Dinge. Alle Fey wußten, daß Visionäre sich manchmal eigenartig aufführten, so wie man wußte, daß Rotkappen nach Verwesung und Blut stanken.

Caseo. Caseo war ein böser Mann, der seinen Willen durchsetzen wollte und alles dafür tun würde, selbst wenn das bedeutete, das Vertrauen in ihren eigenen Vater zu untergraben. »Du hättest mir nie etwas davon gesagt, oder?«

Rugar schüttelte den Kopf. »Du brauchst absolutes Vertrauen in deine Visionen. Ein Weg, dieses Vertrauen zu erlangen, besteht im Glauben daran, daß sie immer in Erfüllung gehen, es sei denn, deine Taten verändern die Zukunft.«

»Gibt es auch in unserer Familie Fälle von Wahnsinn?« fragte sie leise.

»Nein«, sagte Rugar. »Aber in den letzten dreihundert Jahren haben mehrere unserer Vorfahren das Ende ihrer Visionen erreicht. Einige starben noch vor ihrer Erfüllung, doch alle, die das Alter deines Großvaters erreicht haben, wurden blind.«

Sie mußte schlucken. Ihr Mund war trocken, und es fühlte sich an, als schluckte sie Luft. Obwohl er inzwischen kalt geworden war, trank sie ein wenig Tee aus ihrer Tasse und stellte sie wieder auf den Tisch. Sie klapperte leise auf der hölzernen Tischplatte. »Deshalb wolltest du hierherkommen, habe ich recht?« fragte sie. »Du wolltest das Ende deiner Vision erleben.«

Er legte den Schürhaken beiseite und wischte sich die Hände an der Hose ab. Er sah älter aus als vorhin, als er vor einer knappen Stunde aus dem Nebel aufgetaucht war. »Wenn dein Großvater zu dem von den Sehern genannten Zeitpunkt stirbt, werde ich ein alter Mann sein. Ich werde nie ein Sehender Schwarzer König sein, höchstens ein Platzhalter für dich oder einen deiner Brüder. Ich werde blind sein. Ich schulde es mir und unserem Volk, meiner Vision so weit zu folgen, wie sie mich führt. Und wenn ich nie ein Schwarzer König sein werde, dann soll es eben so sein. Es wird dir ermöglichen, eine bessere Schwarze Königin zu werden.«

»Du fürchtest dich davor, ein König ohne Vision zu sein.«

Er fuhr sich mit der Hand durchs Haar, eine Geste, die er sich selten erlaubte, weil sie sein Unbehagen verriet. Sie hatte sie nur wenige Male gesehen, und immer nur dann, wenn er unter großem Druck stand. »Mit Vision zu regieren und sie dann zu verlieren ist eine Sache. Wir erhalten unsere Macht durch die Vision, die Zauberkräfte und unser politisches Vermögen. Ich bin nie ein großer Politiker gewesen. Ich bin ein hervorragender Visionär, aber das wird eines Tages vergehen. Und meine Macht wird ebenso vergehen. Ich würde nichts auf den Thron mitbringen, und wenn ich mir etwas anderes vormachte, würde ich damit die Stellung meiner ganzen Familie gefährden.«

Jewel blinzelte verwirrt. »Warum kann ich nicht weiter als bis zu dieser einen Vision Sehen, Vater? Warum Sehe ich mich nicht als Schwarze Königin?«

»Manchmal ist eine Einzelvision so stark, daß sie bis zu ihrem Eintreffen alles andere überstrahlt. Und manchmal hält das Leben nicht mehr für uns bereit als diese eine Vision.«

»Woher weiß ich, daß ich einmal mehr als das Sehen werde?«

»Weil sowohl deine Mutter als auch ich seherische Fähigkeiten hatten. Bei unseren Kindern müßten sie demnach noch viel stärker ausgeprägt sein«, antwortete Rugar.

»Müßte«, sagte Jewel. »Aber was, wenn nicht?«

»Es wird so sein«, sagte Rugar. »Ich habe gesehen, daß du eine Vision hattest. Die Fähigkeit bestimmt deine ganze Person. Manchmal wird jemand in Träumen oder kurzen Eingebungen von Visionen heimgesucht, aber wenn die Vision stark ist, dann nimmt sie von der ganzen Person Besitz, und so war es bei dir.«

Sie schluckte. Wie gerne hätte sie jetzt noch eine Tasse Tee getrunken, doch sie verspürte keine Lust zum Teekochen. »Meine Vision zeigt uns zusammen mit den Inselbewohnern, und deine zeigt mich in ihrem Palast. Vielleicht ist es falsch, gegen sie zu kämpfen, Vater. Vielleicht erwartet uns ein völlig anderes Schicksal.«

Er sah sie an, als würde er sie nicht erkennen. »Wir kämpfen, Jewel. Das haben wir schon immer getan.«

Sie zog ihren Zopf nach vorne und nestelte an seinem Ende herum. Sie hatte darüber schon eine Weile nachgedacht, aber nie gewußt, wie sie mit ihm darüber reden sollte. Auch jetzt war sie nicht sicher, ob es die richtige Methode war. »Ich weiß«, sagte sie. »Aber was, wenn es hier anders ist? Wie es aussieht, können wir dieses Land nicht mit Gewalt erobern. Vielleicht sind wir hier, um etwas Neues zu lernen. Vielleicht ist es das, was unsere Visionen besagen.«

Sein Gesichtsausdruck hatte sich nicht verändert. Er verschränkte die Arme über der Brust, so wie es Caseo getan hatte. »Ich höre«, sagte er.

»Wir verfügen über soviel Macht«, sagte sie. »Wir können verzaubern und täuschen. Aber wir scheinen diese Fähigkeiten erst einzusetzen, nachdem wir ein Volk erobert haben. Warum nicht vorher? In meiner Vision sorgt sich der Prinz um mich. Das ist sehr, sehr deutlich. Und wenn der Prinz sich so sehr um mich sorgt, wie es den Anschein hat, dann finden wir womöglich einen anderen Weg in ihre Welt, einen anderen Weg, um diesen Ort unter unsere Herrschaft zu bekommen.«

»Jewel, du sprichst von Methoden, die Jahre in Anspruch nehmen. Wir haben nicht jahrelang Zeit.«

»Schon jetzt haben wir ein ganzes Jahr hier verbracht, Vater, und alles, was wir vorzuweisen haben, ist diese behelfsmäßige graue Zuflucht im Wald weit draußen vor ihrer Stadt. Wir haben die Hälfte unserer Leute verloren, und wir sind der Lösung inzwischen kein Stück näher gekommen. Der Schwarze König wird uns nicht retten, und wir können nicht weg von hier, ohne weitere Leben aufs Spiel zu setzen. Mir erscheint es sinnvoller, Jahre darauf zu verwenden, dieses Volk mit subtilen Mitteln zu erobern, als sich jahrelang in den Schattenlanden zu verstecken.«

Er zuckte zusammen, als hätte sie ihn geschlagen. Dann blickte er ins Feuer, als könne er dort eine Antwort finden. »Ich brauche Zeit, um darüber nachzudenken«, sagte er.

»Das weiß ich«, erwiderte sie sanft.

»Womöglich müssen wir die Schamanin aufsuchen.«

Sie nickte. Dann warf sie ihren Zopf wieder über die Schulter. Sie war nicht sicher, ob sie einen Sieg errungen oder etwas Wertvolles verloren hatte. »Da wäre noch eine Sache, Vater«, sagte sie.

Er sah nicht einmal auf. »Sprich.«

»Ich glaube, ich lasse den Gefangenen Luke frei. Den jungen Burschen. Ich glaube, wenn ich das mache, kann ich mich auf ein Geschäft mit seinem Vater einlassen.«

Jetzt schaute Rugar sie an. »Bist du dir da sicher?«

Sie nickte. »Ich habe mit dem Vater eine Abmachung getroffen. Er hatte Zeit, darüber nachzudenken. Den Jungen lasse ich nur frei, nachdem ich wirklich wichtige Informationen erhalten habe.«

»Wenn du den Jungen freiläßt«, sagte Rugar, »dann sorge dafür, daß er uns noch nützlich ist.«

Jewel grinste. »Ich sorge dafür, daß er uns hilft, wann immer wir ihn brauchen.«

13

Therons Hände zitterten so stark, daß Kondros die Knoten zweimal überprüfen mußte. Der kleine Fey saß jetzt folgsam auf dem Stuhl, hatte die Hände hinter dem Rücken gefesselt und die Füße am Tischbein festgebunden. Sie waren zu Kondros' Haus gegangen, so dicht wie möglich an den Palast heran, ohne das Tor passieren zu müssen. ›Haus‹ war eigentlich ein schmeichelnder Ausdruck für die bescheidene Unterkunft. Die vordere Hälfte des Gebäudes gehörte einem Stiefelmacher, und Kondros hauste in dem Zimmer nach hinten hinaus, neben der Wohnung des Stiefelmachers. Im ganzen Haus roch es nach Häuten und gegerbtem Leder, was jedoch recht gelegen kam, da der kleine Mann mindestens genauso übel stank.

Der Kleine hatte keinerlei Widerstand geleistet. Freiwillig hatte er sich auf den Stuhl gesetzt und auch nicht protestiert, als ihm Theron die Hände hinter dem Rücken fesselte. Theron ließ den kleinen Kerl nicht aus den Augen. Sein Hals schmerzte immer noch von dem Schnitt, und er hatte Angst davor, daß der kleine Mann ihn mit irgendeinem Zauber belegte, ihn seinem Willen unterwarf, weil er doch mit Therons Blut in Berührung gekommen war.

Cyta hatte sich sofort auf den Weg gemacht, um Monte zu holen. Unterwegs hatten die drei Männer beschlossen, jemanden zu Rate zu ziehen, der dem König näherstand, aber zuviel wollten sie auch nicht riskieren. Sie wußten nicht, ob der kleine Mann sie letztendlich doch noch hereinlegen wollte oder nicht.

Das Zimmer war für vier Leute schon ziemlich eng. Mit fünfen würde es überfüllt sein. Der kleine Mann saß auf einem der vier Stühle, die um den Tisch standen, und Kondros hockte auf der Matte an der hinteren Wand des Zimmers. Der Kamin nahm eine Wand ein. Es gab kein Fenster, und die Tür ging zu einer lärmenden Gasse hin auf. Obwohl es ziemlich stickig war, hielten sie sie geschlossen.

Theron hatte nicht einmal genügend Platz zum Aufundabgehen. Er strich mit dem Zeigefinger über den Schnitt an seinem Hals. Inzwischen hatte sich eine Kruste gebildet, und er fühlte sich noch ganz normal. Vielleicht waren die Geschichten, die er gehört hatte, von den Fey selbst ausgestreute Lügen, damit die Inselbewohner Angst vor ihnen bekamen.

Kondros hatte eine Flasche Weihwasser auf den Tisch gestellt. Nachdem er die Knoten an den Handgelenken des kleinen Mannes überprüft hatte, setzte er sich neben die Flasche und spielte mit den Fingern daran herum. Die Augen des kleinen Mannes huschten zwischen Kondros' Fingern und Therons Gesicht hin und her. Er hatte zweifellos gehörige Angst vor dem Wasser. Mehr als alles andere überzeugte diese Angst Theron davon, daß der kleine Mann die Wahrheit gesprochen hatte.

Ohne Vorwarnung flog die Tür auf und ließ Theron nach hinten taumeln. Kondros packte sofort das Weihwasser, und der kleine Mann kreischte protestierend auf. Cyta trat mit vor Anstrengung rotem und verschwitztem Gesicht ein, gefolgt vom Hauptmann der Garde. Monte war ein eher kleiner Mann, aber kräftig gebaut, und er hielt sich gerader als jeder andere Bewohner der Insel, dem Theron jemals begegnet war.

Monte knallte die Tür hinter sich zu und ging sofort auf den kleinen Mann los. Als er näher kam, rümpfte er die Nase, als könne er nicht glauben, daß jemand so stank. »Warum haben ihn deine Männer nicht saubergemacht?« wollte er wissen.

»Er läßt nicht zu, daß jemand Wasser in seine Nähe bringt«, antwortete Theron.

»Schlaues Bürschchen, was?«

Der kleine Mann fuhr sich mit der Zunge über die Lippen. »Wer seid Ihr?« fragte er mit zitternder Stimme auf Nye.

Monte hakte seinen Fuß mit dem Stiefel um ein Bein des Stuhls hinter ihm und zog ihn heran. »Wie ich höre, willst du dich auf unsere Seite schlagen«, fragte er ebenfalls auf Nye zurück. »Das ist ein merkwürdiger Wunsch.«

»Sie wollten mich töten«, sagte der kleine Mann.

»Das ist ihre Aufgabe«, erwiderte Monte. Er warf einen kurzen Blick auf das Weihwasser neben Kondros' Hand.

»Nein«, sagte der kleine Mann. »*Meine* Leute. Sie haben versucht, mich umzubringen.«

Monte beugte sich nach vorne und legte den Ellbogen auf den Tisch, damit sein Gesicht näher an dem des Fremden war. »Und weshalb hätten sie das tun sollen?«

Therons Zittern war schlimmer geworden. Die ganze Situation beunruhigte ihn. Er zog einen Stuhl heran und setzte sich ebenfalls, die Arme fest vor der Brust gekreuzt. Was, wenn der kleine Mann der Beginn einer ganz anderen Art von Invasion war? Was, wenn er Monte und sie alle übernehmen und sich dann um den König kümmern wollte?

»Ich zähle nichts für sie«, sagte der kleine Mann.

Monte lachte leise auf. »Du zählst nichts? So viele Männer, wie die verloren haben, da sollten sie um jeden einzelnen froh sein.«

Der kleine Mann schüttelte den Kopf. »Ich bin eine Rotkappe. Ich kümmere mich um die Toten, und deshalb bin ich nichts wert. Ich verfüge über keinerlei Zauberkraft. Ich bin ihnen überhaupt nichts wert.«

»Sieht ganz so aus, als hättest du damit ein ziemliches Problem am Bein«, meinte Monte. »Es wäre doch unsinnig, ausgerechnet jetzt zu desertieren.«

»Sie versuchten, mich zu töten.« Der kleine Mann stieß die

Worte mit derartigem Nachdruck aus, daß Theron gegen den Drang zurückzuweichen ankämpfen mußte.

»Das sagtest du bereits«, erwiderte Monte, als hätte der kleine Mann nicht die geringste Wut geäußert. »Was ich nicht ganz begreife, ist: warum?«

»Sie versuchen herauszufinden, wie das dort funktioniert«, sagte der kleine Mann und nickte in Richtung der Flasche mit dem Weihwasser. »Sie wollten etwas davon an mir ausprobieren.«

»Warum sollten sie denn so etwas tun?« fragte Monte. »Sie wissen doch, daß es dich umbringen würde.«

»Sie wollten ausprobieren, ob es bei Leuten, die keine Zauberkraft besitzen, auch wirkt.«

Cyta und Kondros warfen Theron einen raschen Blick zu. Was für eine Erklärung. Wenn sie stimmte, dann hatte der Roca ihnen tatsächlich eine sehr mächtige Waffe hinterlassen. Nur Monte rührte sich nicht.

»Woher sollen wir wissen, daß du keine Zauberkraft hast? Bisher haben wir nur dein Wort darauf«, sagte er.

»Würde ich Zauberkräfte besitzen, dann säße ich hier nicht gefesselt herum.«

»Es sei denn, du versuchtest, uns zu infiltrieren. Es sei denn, du wolltest uns weismachen, daß du etwas anderes bist, als du wirklich bist.«

Der kleine Mann senkte den Kopf und schüttelte ihn kurz, als könnte er die Lage, in der er sich befand, nicht begreifen. Dann leckte er sich über die Lippen und warf den Kopf zurück. »Ich habe so etwas noch nie zuvor getan«, sagte er. »Ich würde auch nicht einmal im Traum daran denken, wenn ich noch in Nye oder zu Hause auf dem Kontinent wäre. Ich würde einfach weglaufen, aufhören oder mich denjenigen Fey anschließen, die beschlossen haben, sich aus den Kriegen herauszuhalten. Hier jedoch bleibt mir keine andere Wahl. Ich kann nicht in den Schattenlanden bleiben. Falls ich das tue, experimentieren sie an mir herum, während ich schlafe, und außerhalb der Schattenlande kann ich allein nicht leben, weil mich dort einer von euch Inselbewohnern finden und töten würde. Also dachte ich mir, wenn ich freiwillig zu euch komme, wenn ich euch Dinge erzähle, die euch über uns noch nicht bekannt sind, dann helft ihr mir vielleicht … aber ihr vertraut mir nicht.«

»Dazu haben wir keinen Grund«, erwiderte Monte. »Wir haben nichts als dein Wort. Und das bedeutet uns nichts.«

Der kleine Mann stieß schnaubend die Luft aus. Theron saß steif auf seinem Platz; schon wieder lief es ihm eiskalt den Rücken herunter. »Er hat mich nicht getötet«, sagte Theron, ohne zu wissen, warum er den kleinen Mann verteidigte.

»Natürlich nicht«, sagte Monte. »Warum auch? Du warst doch das Mittel, um zu mir zu gelangen. Oder zum König. Was hast du wirklich vor? Den König ermorden?«

Der kleine Mann schüttelte den Kopf. »Wir waren schon näher am König dran, als ich es jetzt bin.«

»Das Mädchen«, sagte Monte. »Das wissen wir.«

»Nein«, sagte der kleine Mann. »Ihr wißt nichts. Das einzige, was uns momentan zum Vorteil gereicht, ist eure unglaubliche Unwissenheit. Und diese Unwissenheit kann euch allen den Garaus machen. Ich bin bereit, im Gegenzug für meine Sicherheit alles zu verraten, wozu ich erzogen worden bin. Ich bin in diesem Krieg euer Schlüssel zum Sieg.«

Monte warf Theron einen Blick zu. »Zeig mal deine Wunde«, sagte er. Er kippte Therons Kopf nach vorne und nach hinten, und Theron verzog das Gesicht, als sich die Kruste an der Narbe spannte. »Ich hoffe, es macht dir nichts aus, wenn ich sie mit ein bißchen Weihwasser säubere.«

Theron runzelte die Stirn. »Weihwasser ist nicht zum … oh«, sagte er dann, als er begriff, was Monte im Sinn hatte. »Nein, es macht mir nichts aus.«

Monte nahm die Flasche, die vor Kondros stand. Der kleine Mann wand sich, als befürchtete er, das Weihwasser käme mit ihm in Berührung. Monte goß ein bißchen auf sein Taschentuch und rieb über Therons Hals. Das Taschentuch wurde blutig.

»Na schön«, sagte Monte. »Verzaubert hat er dich nicht.«

»Das kann ich gar nicht«, sagte der kleine Mann. »Ich verfüge nicht über Zauberkräfte. Würde ich sonst vielleicht so riechen?«

Monte ignorierte ihn. Er reichte Kondros die Flasche wieder, wobei er einen Tropfen auf dessen Hand fallen ließ. Kondros grinste und wischte den Tropfen weg.

»Er hat mich bereits im Palast überprüft«, sagte Cyta.

»Guter Test«, sagte der kleine Mann mit zittriger Stimme. »Den keiner von uns überlebt.«

»Soll ich dich anfassen?« fragte Monte.

»Nein!« Der kleine Mann kreischte das Wort förmlich heraus. »Ich sagte doch, daß ich euch helfe. Was wollt ihr noch?«

Monte zuckte die Achseln. »Vielleicht stirbst du ja nicht, wenn du keine Zauberkraft hast, wie du behauptest.«

Die Stiefelspitze des kleinen Mannes drückte gegen den Dielenboden. Er hob den Stuhl an, als wollte er gehen. »Nein. Das glaube ich nicht. Uns sind einige Rotkappen verlorengegangen. Ich glaube, daß sie wie alle anderen auch an dem Gift gestorben sind. Bitte. Bitte. Ich mache euch ein Angebot. Bitte. Tötet mich nicht. Ich bitte euch!«

Monte seufzte und stellte die Flasche ab. Das Taschentuch legte er daneben. Therons Herz schlug heftig. Die Angst des kleinen Mannes war ansteckend.

»In Ordnung«, brummte Monte. »Ich nehme dein Angebot an. Aber du mußt auf meine Bedingungen eingehen. Ich bringe dich auf keinen Fall in die Nähe des Königs, und du wirst jede Frage beantworten, die ich dir stelle. Es wird ständig eine

Wache mit Weihwasser in der Hand neben dir stehen, und wenn du auch nur eine falsche Bewegung machst, wirst du damit übergossen. Ist das klar?«

Der Mund des kleinen Mannes bewegte sich, aber es kam kein Wort heraus. Schließlich nickte er.

»Wenn deine Information nichts taugt, töten wir dich. Wenn deine Information falsch ist, töten wir dich. Ist das klar?«

Der kleine Mann schluckte. »Ja.« Das Wort war kaum mehr als ein Flüstern. Theron war überzeugt davon, daß der kleine Mann außer sich vor Angst war. »Und was geschieht, wenn ihr herausfindet, daß ich die Wahrheit sage?«

»Dann verhandeln wir. Zumindest werden wir dich am Leben lassen. Und wenn du uns nicht angelogen hast, dann ist das schon mehr, als deine Leute zu tun bereit waren.«

Der kleine Mann nickte und blickte zur Seite. Monte schob seinen Stuhl zurück und stand auf. »Ich möchte, daß ihr Männer ihn zu den Unterkünften der Garde bringt. Wir stecken ihn heute nacht fürs erste ins Verlies. Einer von euch steht Wache. Morgen postiere ich neue Wachtposten davor. Bevor ihr Gegenteiliges von mir erfahrt, hat das alles hier nicht stattgefunden. Ich möchte nicht, daß sich in dieser Stadt herumspricht, daß wir einen Fey gefangen haben.« Er warf einen kurzen Blick auf den kleinen Mann. »Denn in diesem Fall weiß ich nicht, ob es mir möglich sein wird, ihn am Leben zu erhalten.«

»Wir sagen nichts«, erwiderte Theron. Dann sah er seine Gefährten an: »Oder?«

Sie schüttelten die Köpfe. Ohne daß Theron etwas hätte sagen müssen, gingen sie in die Hocke und lösten die Fesseln an den Füßen des kleinen Mannes.

Der kleine Mann blickte Theron an. Als er bemerkte, daß dieser ihn betrachtete, formten seine Lippen das Wort »danke«.

Theron nickte. Es wollte nicht, daß sich ein Fey ihm verpflichtet fühlte. Sobald der Fey in Montes Gefängnis saß, hatte Theron hoffentlich nie wieder etwas mit ihm zu tun.

Monte sah zu, wie sie dem kleinen Mann auf die Füße halfen. »Was auch passiert, Männer«, sagte er, »es war richtig von euch, ihn zu mir zu bringen.«

Theron war nicht so sicher. Er hatte sich von dieser Unterredung konkretere Ergebnisse gewünscht – eine Methode, mit der man alle Fey schnell töten konnte, oder wenigstens einen Plan zur raschen Befreiung seiner Freunde.

14

Tel marschierte in Andres Zimmer nervös auf und ab und ging das Mitternachtssakrament durch. Andres Erinnerung an die Zeremonie war so detailliert, daß sie Tel ziemlich verwirrend fand. Er wußte, wenn er sich beruhigte und seinem Geist die Kontrolle überließ, würde er die Zeremonie tadellos durchführen können, aber er war sich nicht so sicher, ob er sich beruhigen würde.

Diese verfluchte Solanda. Sie hatte ihn hier an diesen Ort des Todes geschickt, um ein Geheimnis zu lüften, das er erst als Kirchenoberhaupt oder als Matthias, einer von dessen Ältesten, erfuhr. Wenn Tel einen dieser beiden Männer übernahm, könnte er das Geheimnis in die Schattenlande schicken und hierbleiben, das Gift durch normales Wasser ersetzen und auf diese Weise seine Leute schützen.

Nur daß er kein Held war, sondern fürchterliche Angst hatte. Womöglich überlebte er nicht einmal diese Nacht.

Das Geräusch von Pferdehufen und der Ruf einer lauten Stimme am Tor ließen ihn zum Fenster eilen. Es war ihm kaum möglich, in der Dunkelheit die am Tor Wache stehenden Daniten auszumachen. Vor ihnen stand ein Reiter, der auf sie einredete. Er hörte die durch die Luft getragenen Stimmen und beugte sich weiter nach vorne, um eventuell etwas von dem Gesagten zu verstehen.

Als er den Namen Nicholas hörte, erstarrte er. Der Prinz war einer dringenden Angelegenheit wegen zurückgekommen. Hatten sie die Knochen im Stall entdeckt? War etwas anderes geschehen? Er wußte es nicht, doch sein Mund war völlig ausgetrocknet. Die Wachen traten zur Seite, und Nicholas' Pferd trabte durch das Tor in den Hof.

Tel wich vom Fenster zurück. Sein Herz raste, seine Unentschlossenheit war verschwunden. Er mußte zum Mitternachtssakrament, und zwar sofort. Wenn der Prinz etwas herausgefunden hatte, dann mußte Tel in der Nähe sein, um es so bald als möglich zu erfahren. Den Kontakt konnte er vergessen; Tel mußte, so schnell es ging, eine andere Nachricht in die Schattenlande senden.

Das wiederum bedeutete, daß er das Mitternachtssakrament abhalten mußte. Und er mußte sich selbst schützen. Er stützte sich an der Wand ab, der Stein bohrte sich in seine Finger. Die Angst machte ihn schwindelig, doch es blieb nicht mehr viel Zeit. Jetzt fiel ihm nur noch ein Ausweg aus diesem Schlamassel ein. Zumindest war er vorbereitet.

Er schnappte sich Andres Amtsrobe und schlüpfte hinein. Die Kinder hatten ihm dabei geholfen, Eimer in den Tabernakel zu tragen. Er hatte neue, unbenutzte Flaschen aus dem Vorratsraum entwendet, sie mit Flußwasser gefüllt und mit der Hilfe eines Auds in sein Gemach gebracht. Tel wickelte sich die Schärpe um die Hüfte, rückte nervös das Schwert zurecht und setzte das Barett auf. Dann zog er am Klingelzug und hoffte, daß der Aud, der darauf reagierte, sich nicht allzuviel Zeit ließ.

Er warf noch einen Blick in den Hof hinab, konnte aber weder den Prinz noch sein Pferd entdecken. Da Andre nicht zu einer Unterredung gerufen worden war, galt Nicholas' Besuch höchstwahrscheinlich dem Rocaan oder einem besonderen Ältesten. Hätte sich Tel doch nur Matthias ausgesucht, als er sich dazu entschied, in der Hierarchie weiter aufzusteigen. Aber Solanda hatte ihm nicht viel Zeit gelassen, und so hatte er den erstbesten genommen. Tel hatte lediglich auf Miruts' begrenztes Wissen über den Rocaanismus zurückgreifen können, und von diesem Ausgangspunkt gesehen, hatte er seine Sache gut gemacht. Erst als er sich bereits in Andres Körper niedergelassen hatte, war ihm klargeworden, daß er einen Fehler begangen hatte.

Es klopfte leise an der Tür. »Herein«, sagte er, ohne sich zu erkundigen, wer draußen stand. Das tat Andre nie. Die Ältesten fühlten sich hier völlig sicher.

Auf der Schwelle stand ein Aud mit gesenktem Kopf. »Zu Diensten, Hochgeehrter Herr.«

Tel holte tief Luft, dann wies er auf die Kiste mit den Glasfläschchen, die er auf einem der Tische stehengelassen hatte. »Bring das dort bitte in die Sakristei hinunter. Wir haben vom Rocaan neues Weihwasser für die Messe heute abend bekommen.«

»Sehr wohl, Hochgeehrter Herr.« Der Aud ging zum Tisch und hob ächzend die Kiste an. Tel folgte ihm hinaus auf den Flur. Tel wußte, daß das nicht üblich war, doch falls ihn jemand danach fragte, würde er sagen, er müsse sich davon überzeugen, daß das neue Weihwasser sicher in die Sakristei gelangte.

In Wahrheit wollte er nur genau wissen, wo sich die Flaschen befanden. Also folgte er dem Aud durch die Korridore, wobei er sein Gewand eng um sich schlug, um ja nichts zu berühren oder umzustoßen. Seine größte Angst war, daß in diesem Gebäude noch ein zweites Gift existierte, ein Gift, von dem die Hüter und Rugar nichts wußten.

Als Tel sich den Audienzräumen näherte, hörte er Stimmen. Der Aud ging mit gesenktem Kopf weiter, als hörte er nichts. Tel wollte stehenbleiben und lauschen, versuchen, etwas von dem Gesagten zu erhaschen, doch das wagte er nicht. Er durfte die Flaschen nicht aus den Augen lassen.

Als er an der geschlossenen Tür vorüberkam, wurden die Stimmen lauter. Vor der Tür standen zwei Daniten, die Köpfe gesenkt und die Hände vor sich gefaltet. Tel ignorierte sie nach Ältestenart und blickte starr geradeaus, wobei er angestrengt die Ohren spitzte.

Die sanfte Stimme kannte er nicht, obwohl sie Andre vertraut war. Die lautere Stimme, die mit Kraft und Gefühl sprach, gehörte Nicholas.

Die Worte waren gedämpft, doch ein paar Sätze waren zu verstehen:

»… ein bestimmtes Muster, und da es ungewöhnlich ist, müssen wir es als bedrohlich ansehen.«

Die sanfte Stimme antwortete. Tel verstand kein Wort.

»Jedenfalls ist es nicht normal, und wir müssen alles Unnormale als Fey ansehen. Außerdem geschah es unweit von Stephan …«

Dann war Tel an der Tür vorbei. Er konnte nichts mehr hören und widerstand dem Drang, sich umzudrehen. Stephan. Stephan. Der Name kam ihm bekannt vor, aber er wußte nicht genau, welcher seiner Persönlichkeiten und in welchem Zusammenhang.

Er folgte dem Aud die schmale Hintertreppe hinunter in die Sakristei. Der Aud trat gegen die geschlossene Tür am Fuß der Treppe, sie flog auf, und er trat ein. Tel legte die Hand auf die Tür, versuchte nicht zusammenzuzucken, als seine Finger das Holz berührten, und schob sich ebenfalls hindurch.

Die Zimmer hinter der Sakristei wurden als Lagerräume und notdürftige Umkleideräume für zu spät kommende Älteste benutzt. An den Wänden hingen Ersatzroben und mehrere, unterschiedlich gearbeitete Schwerter. Der Boden war mit handgefertigten Fliesen bedeckt, auf denen dargestellt wurde, wie ein Rocaan einen König krönt. Die Rot- und Brauntöne verliehen dem Raum ein wenig Leben.

Tel war froh, daß er den Aud begleitet hatte, denn überall standen Glasfläschchen mit Weihwasser herum, einige in Kisten, andere bereits ausgepackt.

Der Aud blieb mit seiner Kiste und vor Anstrengung rotem

Gesicht mitten in dem Durcheinander stehen. »Wo soll ich das hinstellen, Hochgeehrter Herr?«

Tels Hände zitterten. Ein falscher Schritt in diesem Raum, eine unbeholfene Bewegung, und er war ein toter Mann. »Stell sie unter dem Altar ab«, sagte er, dankbar dafür, daß seine Stimme gelassen klang. »Und nimm die Flaschen weg, die dort schon stehen.«

Der Aud stieß die Tür zur Sakristei mit dem Rücken auf. Tel wollte ihm nachgehen, doch der Aud grinste ihn an. »Das kann ich allein, Hochgeehrter Herr. Ihr müßt mich nicht überwachen.«

»Trotzdem«, sagte Tel. »Das ist eine wichtige Aufgabe. Der Rocaan möchte sichergehen, daß sie zur Zufriedenheit erledigt wird.«

Der Aud war schon halb durch die Tür und erwiderte: »Als er die anderen Kisten hier herunterbringen ließ, hat sich der Rocaan aber nicht darum gekümmert. Ich glaube, er traut uns zu, daß wir sie sicher unter dem Altar abstellen.«

Tel merkte, wie ihn die Angst nervös machte. »Schon richtig, aber ich bin für diese Kiste hier verantwortlich, und ich will sichergehen, daß sie vor dem Sakrament an Ort und Stelle steht.«

Der Aud schüttelte den Kopf. »Na schön«, sage er. »Ich wollte nur nicht, daß nur wegen einer Aufgabe, die ohnehin zur Zufriedenheit erledigt würde, gegen die Tradition verstoßen wird.«

Beinahe hätte Tel gefragt: *Gegen welche Tradition?*, doch in diesem Augenblick sprang sein Andre-Gedächtnis für ihn ein. Niemand sollte die Ältesten vor dem Mitternachtssakrament zu Gesicht bekommen, da sie theoretisch in diesem Zeitraum zu Vertretern Gottes wurden.

Doch nun hatte er die Aufmerksamkeit bereits auf sich gelenkt, und schließlich ging es um sein Leben. »Ich sehe von der Tür aus zu«, sagte er und ging auch schon los, wobei er sein Gewand so eng um sich schlang, daß es ihn beinahe am Gehen hinderte. An der Tür angekommen, schob er sie mit der Schulter auf.

Bereits jetzt waren die Bankreihen mit Gläubigen gefüllt. Viele hielten den Kopf in Andacht geneigt, andere hoben betend die Arme. Einige blickten auf das Schwert, das von der Decke herabhing. Andre liebte das Mitternachtssakrament seiner Einfachheit wegen. Tel sagte eher seine kurze Dauer zu.

Der Aud kauerte hinter dem Altar nieder. Er holte die Flaschen mit dem Weihwasser aus der Kiste, dann nahm er die Flaschen von dem Regal unter dem Tisch weg. Langsam ließ Tel die Tür zufallen.

Die anderen Auds sahen ihn an, als wäre er verrückt geworden. Er lächelte ihnen zu und zuckte die Achseln. »Jedes Detail ist von größter Wichtigkeit.«

Er wich von der Tür zurück und stand jetzt neben einem leeren Tresen, sorgfältig darauf bedacht, daß er nichts berührte. Jetzt konnte er sein Zittern nicht mehr beherrschen. Wenn sich die Wächter nun geirrt hatten? Wenn die Todesursache nichts mit dem Wasser selbst, sondern vielmehr mit den Ritualen zu tun hatte, die es schufen? Wenn er nun in diese Sakristei hinausging und der Inselgott ihn niederstreckte?

Närrische Gedanken. Er zwang sich, tief durchzuatmen. Was für idiotische Gedanken. Wenn ihn der Inselgott niederstrekken wollte, hätte er das längst getan, als er jenes Gemeindemitglied nach der Morgenandacht getötet und kurz darauf Andre direkt im Tabernakel angefallen hatte. Wenn dieser Gott Andres Bitten nicht erhört hatte, als er mit Tel um sein Leben rang, dann mußte er taub sein.

Er rieb sich mit der Hand über das Gesicht. Jetzt mußte er sich an alles erinnern, was er gelernt hatte. Wie Esx, der uralte Doppelgänger, der schon zu alt war, um seine Kunst noch selbst auszuführen, allen Jungen beigebracht hatte, sich alles Geschlechtlichen zu enthalten, mit Ausnahme in der Form der Wirtskörper, und sich als die einzigen körperlichen Vereinigungen diejenigen mit ihren Opfern vorzubehalten. In seinem Unterricht, der anfing, als Tels magische Fähigkeiten im Alter von zwölf Jahren offensichtlich wurden, hatte sie Esx gelehrt, daß, wenn die Götter wirklich so mächtig wären, wie das ihre Verehrer immer behaupteten, kein Fey mehr am Leben wäre. Sie wären sofort bei der Eroberung der Länder ihrer Anbeter von diesen allmächtigen Göttern vernichtet worden.

Esx hatte vier große Kriegszüge mitgemacht und fünfundzwanzigmal den Wirtskörper gewechselt. Den letzten hatte er beibehalten, weil er sich so an ihn gewöhnt hatte. Auch er mußte bei seinen Einsätzen Augenblicke wie diesen hier durchgemacht haben. Schließlich hatte er diesen Merksatz über die Götter nicht ohne Grund weitergegeben.

Der Aud stieß die Tür auf und kehrte, sich wieder an einer schweren Kiste abschleppend, in den Raum zurück. Sein schwarzes Gewand war feucht vor Schweiß, und er roch auch danach. Andre hätte ihm für seine Hilfe gedankt, doch Tel konnte sich nicht dazu überwinden. Statt dessen sagte er: »Vergiß nicht, diese Flaschen hier beiseite zu stellen, damit sie mit der neuen Lieferung gefüllt werden können.«

»Sehr wohl, Hochgeehrter Herr«, murmelte der Aud. Tel glaubte, seiner Stimme eine Spur Verdrossenheit entnehmen zu können.

Dann kam ein anderer Aud mit einem großen silbernen Schwert auf ihn zu. Tel zwang sich zum Lächeln, obwohl sein Herz wie rasend klopfte. Das Schwert war antik und noch in keinem Kampf benutzt worden. Sein verzierter Griff war die Vorlage für all die kleinen Schwerter, die die Rocaanisten um den Hals trugen. Der Aud hielt ihm das Schwert mit dem Griff voraus entgegen.

»Ist es vorbereitet?« fragte Tel, dessen Stimme dankbarerweise wieder ruhig klang.

Der Aud errötete. Die Frage mußte ungewöhnlich gewesen sein. »Wie immer, Hochgeehrter Herr.«

Tel umfaßte rasch den Griff. Wenn er schon sterben mußte, dann war es besser hier, im Hinterzimmer, in der Nähe des Weihwassers, als draußen in der Sakristei vor allen Gläubigen. Je weniger Zeugen, um so geringer die Möglichkeit, die Geschichte zu bestätigen.

Doch als er das Schwert berührte, spürte er nichts außer der kühlen Glätte des Metalls. Tränen der Erleichterung stiegen ihm in die Augen. Der Aud hatte nicht gelogen. Er hatte das Schwert von allem Wasser gesäubert, es der religiösen Vorschrift nach vergiftet, damit es beim Mitternachtssakrament, in Erinnerung an die Handlung des Roca vor seiner Aufnahme in die Hand Gottes, wieder gesegnet werden konnte.

»Ich danke dir«, sagte Tel, vielleicht ebensosehr zu ihrem nichtexistenten Gott wie zu dem jungen Aud, der ihm das Schwert gereicht hatte. Er hielt den Griff fest umschlossen, atmete tief durch und riß sich zusammen. In den nächsten Augenblicken würde er sich der größten Bewährungsprobe in diesem Körper – vielleicht sogar der größten Bewährungsprobe seiner ganzen Laufbahn – aussetzen.

Er schob das Schwert hinter die Schärpe und band sie neu, damit es nicht herausrutschen konnte. Dann öffnete er die Tür und trat hinter den Altar. Mit einem leisen Klicken schloß sich die Tür hinter ihm.

Allmählich hoben sich die Köpfe, senkten sich die Arme. Die Sakristei, die ihm am Morgen noch kalt und riesig vorgekommen war, war jetzt warm und überfüllt. Wie Andre blieb er eine Weile stehen und wartete, bis die Versammelten ihre Meditationen und Gebete abgeschlossen hatten.

Er wußte, daß einige von ihnen schon seit Stunden dort

ausharrten. Er war Sitte, daß die Leute, bevor sie Aufnahme zu ihrem Gott suchten, ihre Seelen und Gedanken in Zwiesprache mit dem Heiligsten reinigten. Er wußte auch, daß einige auf eine tatsächliche Aufnahme hofften, aber auch, daß so etwas noch nie vorgekommen war – jedenfalls nicht in der Geschichte der organisierten Kirche.

Schließlich sah die ganze versammelte Gemeinde zu ihm auf. Die Gesichter waren unvertraut – kein einziges war dabei, das Miruts gekannt hatte – und zugleich merkwürdig vertraut. Er hatte das Gefühl, erst am vergangenen Morgen vor ihnen gestanden zu haben. Er wußte, daß die Zeremonie, die er heute abend hier durchführte, für sie in vielerlei Hinsicht mit denen verknüpft war, die Andre in der Vergangenheit durchgeführt hatte. Alle Ältesten wußten, daß die Gemeinde sich versammelt hatte, um einen bestimmten Ältesten zu unterstützen, und die Anhänger Andres bevorzugten ihn seiner sanften, ruhig gesprochenen Worte wegen.

Tels Herz hämmerte. Es war Zeit, anzufangen. Wenn er keinen Fehler machte, würde niemand erfahren, wer er war. Niemand würde auf den Gedanken kommen, daß er nicht derjenige war, der er zu sein vorgab.

Er schwang das Schwert über dem Kopf und fing seine Spitze mit der linken Hand auf. Die Zartheit der Berührung überraschte ihn, obwohl ihn Andres Erinnerung darauf vorbereitet hatte.

»›Es gibt Feinde von außen‹«, sagte er, wobei er seine Stimme verstärkte, ohne laut zu wirken.

»›Und von innen‹«, erwiderte die Gemeinde.

Trotz seiner Angst hätte er beinahe gegrinst. Sie hatten keine Ahnung. »›Wir sind umgeben von Haß …‹«

»›… Habgier‹«, sagte die Gemeinde.

»›… Wollust…‹«

»›… Grausamkeit …‹«

»›… und schmerzlichem Verlust …‹« Er holte an der Stelle Atem, an der es auch Andre immer tat. Der Körper wußte das nicht, aber der Verstand. Er war entsetzt darüber, wie mechanisch der Gottesdienst ablief. Er senkte das Schwert mit beiden Händen, so daß die Klinge mit der flachen Seite zur Versammlung hin zeigte. »›Wir haben uns entschieden zu kämpfen, nicht mit Waffen …‹«

»›… und nicht mit Arglist …‹«, ergänzte die Versammlung.

»›… sondern mit dem Glauben.‹« Langsam senkte er das Schwert noch weiter, bis es flach auf dem Altar lag. Das herabfallende Licht reflektierte die winzigen Bilder, die auf der Klinge eingraviert waren. »Heute abend wird der Heiligste unsere Sorgen dem Ohr Gottes vortragen.«

Letzteres war kein Zitat aus den Geschriebenen und Ungeschriebenen Worten, sondern Bestandteil der Zeremonie, die vor Hunderten von Jahren vom Zwanzigsten Rocaan hinzugefügt worden war. Abermals hob Tel die Hände, diesmal ohne das Schwert. Die Ärmel seines Gewandes rutschten herab, entblößten seine nackten Arme. Die Versammlung ahmte seine Geste nach.

»Als der Roca um Gottes Ohr bat, betete er für die Sicherheit seines Volkes. Trotzdem wurden sie von Feinden bedrängt, und es sah aus, als erhörte Gott ihn nicht. Der Roca führte die Feinde an den heiligsten aller Orte, und dort bat er Gott, sie niederzustrecken. Da Gott es nicht tat, dachte der Roca daran, sie eigenhändig niederzustrecken, doch dann überlegte er: ›Hieße das nicht, daß ich mich für besser als Gott halte? Denn da Gott nicht gewillt ist, solches zu tun, so muß Er in Seiner Weisheit einen Grund dafür haben. Ich hingegen bin nur ein erbärmliches Geschöpf, kein Schöpfer. Ich habe nicht die Fähigkeit, über den Rand meiner winzigen Insel hinauszublicken. Ich sehe nicht einmal, was sich jenseits des Wassers befindet. Auch kann ich Gott nicht an seinem heiligen Ort sehen. Ich sehe nicht die Tiere in den Bäumen. Ich bin erbärmlich und nicht wert, Entscheidungen für meinen Gott zu treffen.‹«

Wie es das Ritual vorschrieb, nahm Tel die Arme herunter und berührte das Schwert. »›Also befahl der Roca seine Männer an seine Seite. Ihre Klingen waren gezückt, aber nutzlos. Und als ihn seine Feinde an diesem heiligen Ort bedrängten, hieß er sie willkommen und bat sie zu warten, bis er sein Schwert gereinigt habe. Dann nahm er das Wasser, das ihm ein gefallener Kamerad hinterlassen hatte, und reinigte die Klinge.‹«

Tels Hände zitterten, als er sie nach dem Regal unter dem Altar ausstreckte. Aus den Türen hinter ihm waren Daniten getreten, die sich nun neben ihm aufstellten. Er nahm in jede Hand eine Flasche und reichte sie an die Daniten weiter, ohne sie anzusehen. Als sie die Flaschen in Händen hielten, gingen sie damit zu den Bankreihen. Die ersten Daniten zu den am weitesten hinten gelegenen Reihen, wo sie stumm warteten, eine Hand unter dem Boden der Flasche, die andere um ihren Hals.

Die Versammlung beachtete sie nicht, sondern nutzte diesen Moment zeremoniellen Schweigens, um ihre letzten Gebete vor das Ohr Gottes zu bringen. Langsam kamen die Arme wieder nach unten, und die Köpfe neigten sich, als Tel erneut zu sprechen anhob.

Er wartete, bis der letzte Danite an seinem Platz war. Dann holte er die letzte Flasche hervor und stellte sie neben das Schwert. Seine Brust schmerzte vor Angst. Er nahm ein kleines Tuch vom zweiten Regal. Ein Klumpen war in seiner Kehle aufgestiegen, und er räusperte sich leise, bevor er fortfuhr.

»›Während er seine Klinge reinigte, sagte der Roca folgendes zu seinen Männern.‹« Seine Stimme klang zittrig. Das nächste Zitat aus den Geschriebenen und Ungeschriebenen Worten jagte ihm mehr Angst ein als der ganze restliche Gottesdienst.

»Er sagte: ›Ohne Wasser stirbt der Mensch. Der Körper des Menschen braucht Wasser. Sein Blut ist Wasser. Kinder werden in einem Schwall Wasser geboren. Wasser hält uns rein. Es hält uns gesund. Es hält uns am Leben. Im Wasser sind wir Gott am nächsten.‹ Aber seine Männer sagten …«

»›Heiliger Herr, wenn ein Mensch zu lange im Wasser bleibt, muß er sterben.‹« Die Versammlung und die Daniten antworteten mechanisch.

»Und der Roca sah sie alle mit großem Bedauern in den Augen an. ›Der Mensch stirbt nur, wenn er nicht rein genug ist, um zu Gottes Füßen zu sitzen.‹« Jetzt nahm Tel die Flasche und zog den Korken heraus. Ein leicht bitterer Geruch drang in seine Nase; Galle stieg ihm in die Kehle. Er schluckte einmal, zweimal, um sich nicht übergeben zu müssen, denn das Entsetzen war so stark, daß er am ganzen Körper zitterte. »›Wer das Wasser berührt‹, sagte der Roca zu ihnen allen, ›der berührt das Wesen Gottes.‹«

Er goß das Wasser aus der Flasche auf das Tuch. Es dauerte einen Moment, bis es durchtränkt war, doch als das Wasser seine Hand berührte, stöhnte er unwillkürlich auf. Niemand schien es bemerkt zu haben. Die Daniten nahmen seine Geste zum Anlaß, die Flaschen durch die Reihen wandern zu lassen, und ein Gemeindemitglied nach dem anderen goß sich ein paar Tropfen auf die eigene Kleidung.

Tel sah einen Moment lang wie versteinert zu und fragte sich, ob der Geruch des Wassers allein ihn vergiften und ihn von innen zerfressen könne. Doch seine Hand tat nicht weh, kein fauliger Geruch stieg von ihm auf. Er stieß die Luft aus, die er unbewußt angehalten hatte, und während der Strom aus ihm entwich, erfüllte ihn eine freudige Erregung.

Vorsichtig legte er das Tuch auf die Klinge. Auch diesen Teil der Zeremonie mußte er sorgfältig ausführen. Hin und her zu reiben galt als Unglück. Frühere Rocaans hatten geglaubt, es befreie die Dämonen aus der Klinge, die Dämonen, die die Klinge zu einem Instrument des Krieges machten. Das wollte er nicht. Vielleicht hatten sie sogar recht. Was, wenn da etwas in der Klinge gefangen war, etwas ebenso Tödliches wie das Wasser?

Er wischte die ganze Länge vom Griff bis zur Spitze ab, bis das Wasser auf dem Silber glitzerte. Dann zog er ein zweites Tuch aus dem unteren Regal und tupfte das Wasser auf, ohne es abzuwischen. Danach drehte er das Schwert um und wiederholte die Prozedur.

Leises Murmeln erfüllte die Sakristei: Die Anwesenden baten um den mündlichen Segen des Heiligsten. Falls sie in die Hand Gottes aufgenommen würden, wollten sie mit frommen Worten auf den Lippen gehen. Angesichts der Ernsthaftigkeit, mit der sie alle diesen Firlefanz mitmachten, hätte Tel am liebsten laut losgelacht, doch Andre hatte tief daran geglaubt, und durch seine Erinnerung drang genug von diesem Glauben durch, daß Tel den Eindruck hatte, allein durch den Gedanken daran Gotteslästerung zu begehen.

Die Gemeinde hatte ihre Gebete abgeschlossen, die Daniten sich nach hinten zurückgezogen, um auf das Ende der Andacht zu warten und anschließend die leeren Flaschen einzusammeln. Tel hob das Schwert am Griff an. Seine Bewegungen waren so eingeübt, daß er die richtige Position mühelos fand. Die Haltung rief seine Angst wieder ein wenig wach: Die Spitze der Klinge drückte ihm gegen den flachen Bauch, wobei der Druck gerade groß genug war, um die Aufnahme des Roca nachzustellen.

»Wir dulden keine Feinde hier«, sagte er dem Ritual der Andacht folgend. Seine Worte klangen hohl, seine Kehle war trocken. »Der Roca hat uns vor allem, was uns bedroht, beschützt. Wir werden nicht durch das Schwert sterben. Wir werden durch das Schwert leben.«

Er ließ das Schwert fallen, und es fiel klappernd auf den Tisch, wobei es das Fläschchen umstieß. Das verbliebene Wasser rann über die Tischplatte und tropfte auf den Teppich. Er mußte sich zusammenreißen, um nicht zur Seite zu springen.

»So gehet in Frieden«, sagte er, »und vergeßt nicht, welches Geschenk euch der Roca damit gemacht hat.«

»Wir gehen voll Dankbarkeit«, erwiderte die Gemeinde.

Tel nahm das kleine Schwert vom Hals und berührte damit seine Stirn. Dann hob er die Arme und verbeugte sich vor dem Schwert, das von der Decke herabhing. Die anderen folgten seinem Beispiel und erhoben sich. Schweigend verließen sie die Sakristei.

Tel drehte sich um, ging zur Hintertür, konnte jedoch nicht eintreten. Er zitterte so stark, daß er Angst hatte, unbeabsichtigt eine der Flaschen mit dem echten Weihwasser umzuwerfen und sich selbst damit zu benetzen. Er blieb neben dem Altar stehen und überdachte noch einmal die Worte, die er soeben gesprochen hatte, dachte darüber nach, ob sie wohl der Wahrheit entsprachen. Ihr ehemaliger Anführer hatte ihnen eine Waffe gegen ihre Feinde zurückgelassen. Das Weihwasser – das Gift – hatte sie tatsächlich im vergangenen Jahr zuverlässig geschützt.

Aber bald schon würde es sie nicht mehr schützen. Eine Schlange hatte sich in ihr Haus eingeschlichen. Der Feind hatte ihr Allerheiligstes infiltriert – und dort überlebt.

Er neigte den Kopf und stieß ein stummes Dankgebet an denjenigen aus, der ihn hier an diesem gefährlichen Ort beschützt hatte: die Mysterien, die Zauberkräfte oder der Inselgott.

15

Der Rocaan saß allein in seinem Audienzzimmer und hatte das Gesicht in den Händen vergraben. Zum ersten Mal in seiner gesamten Laufbahn hatte er das Mitternachtssakrament versäumt. Doch es machte ihm nichts aus. Er zitterte am ganzen Leib. Die Anstrengung war zuviel für ihn. Er war ein alter Mann. War Gott das denn völlig egal? Hatte ein Mann im hohen Alter nicht ein wenig Ruhe verdient?

Nein, ein Rocaan nicht, und das wußte er. Er wandelte auf dieser Insel an des Roca Statt, und es war seine Pflicht, sein Volk vor seinen Feinden zu schützen, eine Pflicht, der er in gewisser Hinsicht nicht nachkam.

Feinde von innen durfte es eigentlich gar nicht geben, doch wenn er dem jungen Nicholas Glauben schenken sollte, hatten sie Mittel und Wege gefunden, sich bis in den Tabernakel zu schleichen, und vielleicht sogar einen Aud bestochen.

Oder, Gott behüte, einen der Ältesten.

Der Rocaan hob das Gesicht und seufzte. Der Raum war von Fackeln hell erleuchtet, die Holzschnitzereien verliehen ihm eine heimelige Wärme. Und doch zitterte der Rocaan vor innerer Kälte. Was, wenn er gar selbst unecht war, ohne es zu wissen?

Aber das würde er wohl wissen. Er wäre nicht dazu in der Lage, Weihwasser zu berühren. Jung-Nicholas hatte gesagt, sein Fechtmeister sei nach der Berührung mit Weihwasser gestorben.

Der Rocaan erhob sich. Seine Beine taten weh, und seine Knie knackten, als er sich in Bewegung setzte. Zu alt. Warum hatte Gott nicht einen jüngeren Rocaan mit dieser Aufgabe betraut? Aber hätte Er noch eine Weile gewartet – bei wem hätte Er wohl anklopfen sollen? Bei Matthias? Bei Andre? Bei keinem von ihnen?

Über ihm brannten die Fackeln in ihren Halterungen. Niemand hatte den Kronleuchter angezündet, dessen filigraner Glasschmuck tief herunterhing. An den holzvertäfelten Wänden waren Szenen aus der Zeit des Ersten Rocaan zu sehen, Darstellungen, auf denen er den Glauben in die ländlichen Gegenden brachte und seinen Bruder, den König, unterwarf. Sämtliche Stühle waren an die Wand geschoben, bis auf die beiden, auf denen er und Jung-Nicholas gesessen hatten.

Zwei Männer waren am gleichen Tag verschwunden, an dem man im Tabernakel das Blut und die Knochen gefunden hatte. Beide Männer hatten sich seit der Ankunft der Fey eigenartig benommen. Beide Männer hatten Blut und Knochen aus den Räumen entfernt, in denen sie sich am liebsten aufhielten. Beide Männer hatten sich mit einer Katze unterhalten.

Wie von Nicholas angeregt, würde der Rocaan Befehl geben, jede Katze, die im Tabernakel angetroffen wurde, auf der Stelle zu töten. Die Köche mußten die heimliche Fütterung ihrer Lieblinge einstellen, und womöglich dehnte der Rocaan die Anweisung auch auf Hunde aus. Es hatte keinen Sinn, die Sicherheit dieses heiligen Ortes von irgendeinem dummen Tier gefährden zu lassen.

Außerdem würde er alle seine Leute mit Weihwasser berühren. Zuvor sollte Matthias unter seinen Augen eine neue Mischung herstellen, damit er sicher sein konnte, daß er nicht unter dem Einfluß der Fey stand und einfach nur Wasser in die Flaschen goß. Obendrein mußte jeder, der sich ungewöhnlich benahm, sofort beim Rocaan gemeldet werden, und jeder, der mehr als einmal gemeldet wurde, mußte abermals der Wasserprüfung unterzogen werden. Und wieder und wieder.

Der Rocaan ließ sich auf einen anderen Stuhl sinken. Sein Körper kam ihm doppelt so schwer vor wie noch am Morgen. Er war nicht einfach nur müde und erschöpft, sondern desillusioniert. Er hatte den Tabernakel für eine Festung gehalten, und dann waren die Fey eingedrungen. Feinde im Inneren.

»›Es gibt Feinde von außen wie von innen‹«, zitierte er, indem er die Heiligen Worte zusammenfaßte. »›Wir haben beschlossen … mit dem Glauben zu kämpfen.‹«

Er nahm sein Schwert und hielt es gegen seine Stirn. Die kleine Goldschmiedearbeit fühlte sich kühl an. »Wenn ich jemals deines Beistands bedurfte, Heiligster, dann jetzt.«

Er wartete, doch keine leise ruhige Stimme war zu vernehmen. Nur das Rauschen von Panik und Angst. Er schloß die Augen. Der Roca hatte seine Feinde an den allerheiligsten Ort geführt, doch er hatte sie nicht getötet. Statt dessen hatte er sich selbst als Opfer dargeboten, damit sein eigenes Volk weiterleben konnte. Und durch diese Tat war er der Gottgefällige geworden.

Aber er hatte nicht danach getrachtet, gottgefällig zu sein. Der Rocaan hob den Kopf. *Und darin lag der Fehler aller Rocaans. Der Roca hatte nach der Rettung seines Volkes getrachtet, sonst nichts.*

Es kam ihm nicht wie seine eigenen Gedanken vor, sondern wie eine Stimme, die ihm ins Ohr flüsterte. Er rührte sich nicht. War das die leise ruhige Stimme? Sie besaß eine Gewißheit, die ihm schon seit Jahrzehnten fehlte.

Und er stellte sie in Frage.

Aber er stellte nicht die Gewißheit in Frage … sondern die Stimme. Vielleicht spielte es überhaupt keine Rolle, woher die Stimme kam. Was sie gesagt hatte, war richtig. Niemals hatte der Roca sich danach gesehnt, gottgefällig zu werden. Seine Liebe war etwas, das Gott als Belohnung für die Uneigennützigkeit gewährte, mit der der Roca gehandelt hatte.

Wenn der Rocaan jetzt aber plötzlich Selbstlosigkeit an den Tag legte, mußte es doch aussehen, als wollte er sich lediglich einschmeicheln. Er mußte tief in sein eigenes Herz blicken und herausfinden, ob es rein war. Er mußte es von dem Ehrgeiz reinigen, gottgefällig zu werden, und nur noch das Verlangen zulassen, das Erforderliche zu tun, das einzig Richtige. Sein Volk mit einem Minimum an Blutvergießen zu schützen. So wie es der Roca getan hatte.

Bislang hatte er in dieser Hinsicht versagt.

Aber die Heiligen Worte gaben keinerlei Hinweis darauf, ob der Roca vor der Aufnahme in die Hand Gottes versagt hatte. Niemand wußte, was ihn dazu veranlaßt hatte, die Soldaten des Feindes zum allerheiligsten Ort zu bringen. Enttäuschung? Die Erkenntnis, zuvor nicht rechtzeitig etwas unternommen zu haben? Weisheit und Voraussicht? Der Rocaan konnte es nicht wissen.

Er seufzte und ließ das Schwert auf seine Brust fallen. Hätte er nur früher gewußt, daß die für die Mündliche Überlieferung zuständigen Ältesten ebendiese unterdrückten. Welcher Rocaan hatte sich das im guten Glauben, dem Volk damit zu dienen, ausgedacht? Die Antwort auf diese Frage war für alle Zeiten verloren, obwohl der Rocaan sie zu kennen glaubte. Unter den Rocaans in der Abfolge zwischen Ende Zwanzig und Anfang Dreißig hatte es viele politische Intrigen und sogar Attentate gegeben. In jenen Tagen hatte der Rocaan nicht weniger Macht als der König, wenn nicht mehr, gehabt, und da das Amt nicht erblich war, glaubten viele Ältesten, sie sollten es bekleiden. Vielleicht war der damals für die Mündliche Tradition verantwortliche Älteste zum Stillschweigen angewiesen worden, um keine Region und keinen Kandidaten zu bevorzugen.

Der Rocaan umfaßte seine schmerzenden Knie. Er hatte endlich dafür gesorgt, daß sich das änderte. Er hatte sich mit dem Ältesten Eirman unterhalten und ihn angewiesen, die Geschichten über den Roca, wie sie die Auds und die Daniten erzählten, aufzuschreiben. Auch wenn die Geschichten womöglich nicht wahr waren, so warfen sie doch ein Licht auf den Teil der Geschichte, der verlorengegangen war.

Womöglich nutzten sie einem zukünftigen – oder jetzigen – Rocaan doch noch etwas.

Er schloß die Augen. Die Bürde lastete so sehr auf ihm, daß er schon fürchtete, jemand rufen zu müssen, der ihm vom Stuhl aufhalf. Gerade als er dabei war, sich aufzurichten, ging die Tür zum Audienzzimmer auf.

Der Älteste Reece verneigte sich vor dem Rocaan. Der jüngere Mann trug sein Danitengewand, das er immer beim Mitternachtssakrament anhatte, wenn er die Messe nicht selbst durchführte. Reece war so dünn, daß er schon fast ausgemergelt aussah. Er trug keine Kappe auf seinem kahl werdenden Schädel, und als er den Rocaan ansah, leckte er sich nervös über die Lippen.

»Vergebt mir, Heiliger Herr«, sagte er, »aber ich glaubte, Euch im Audienzzimmer noch stören zu dürfen.«

Der Rocaan seufzte. Er hatte sich gerade in seine Privatgemächer zurückziehen wollen. Andererseits konnte das auch noch ein wenig warten. Vielleicht würde ihm Reece anschließend vom Stuhl hochhelfen.

»Was habt Ihr auf dem Herzen, Reece?« erkundigte sich der Rocaan.

Reece nickte und schluckte, nervöse Angewohnheiten, die auf einen Mangel an Selbstbewußtheit hinwiesen. Reece war seit jeher schüchtern gewesen. Andererseits sollten die Ältesten unterschiedliche Charaktereigenschaften aufweisen, und keiner der anderen war mit dieser hier gesegnet.

»Ihr sagtet, Heiliger Herr, daß wir sofort melden sollen, wenn wir etwas Ungewöhnliches sehen«, sagte Reece. »Ich dachte, vielleicht solltet Ihr, da Ihr nicht selbst anwesend wart, vom Sakrament erfahren.«

Der Rocaan seufzte wieder. Schüchternheit konnte hin und wieder ziemlich nervtötend sein. »Ich kenne das Ritual, und ich kann mir auch denken, wer alles dort war, wenn Andre die Messe durchführt. Was ist denn passiert? Ist er auf und ab gehüpft?«

»O nein, Heiliger Herr. Seine Darbietung war sehr ergreifend.« Reece sah auf. »Wenn nur alle soviel Gefühl in das Ritual legten.«

Oder in das Leben. Die Schmerzen in den Beinen des Rocaan verschlimmerten sich. Er wollte aufstehen. »Ihr sagtet, etwas Ungewöhnliches sei geschehen.«

»Ja, Heiliger Herr.« Reece zupfte an seiner Schärpe; dann kreuzte sein Blick für einen kurzen Moment den des Rocaan. »Ich weiß nicht, ob Ihr Euch noch daran erinnert, wie ich, vor vielen Jahren, zum ersten Mal zu Euch kam.«

»Was hat das denn damit zu tun, Reece?« fuhr ihn der Rocaan an, der sich an ihr erstes Zusammentreffen weder erinnern konnte noch wollte.

»Nun, Heiliger Herr, wenn Ihr Euch nicht mehr daran erinnert, muß ich Eure Erinnerung auffrischen. Es ist wichtig.« Reece sah erstaunlich ernst aus.

Der Rocaan seufzte abermals und grübelte angestrengt nach. »Da war etwas wegen der Zeremonien.«

»Richtig, Hoher Herr. Ich reagierte auf das Weihwasser, wenn Ihr Euch erinnert. Meine Haut brannte davon. Ihr sagtet, ich sollte mir deswegen keine Sorgen machen, solange ich den rechten Glauben hätte, sei ich in Gottes Diensten willkommen.«

Der Rocaan setzte sich auf. Seine Müdigkeit war vergessen. Jetzt fiel es ihm wieder ein. Und er erinnerte sich, daß Reece nicht der einzige war, der Probleme mit dem Weihwasser gehabt hatte. Eine ganze Gemeinde in der Nähe der Blutklippen hatte eigenartig auf das Weihwasser des Rocaan reagiert. Damals hatte er geglaubt, es läge daran, daß seine Mixtur auf den alten Rezepten beruhte, wohingegen seine Vorgänger das Weihwasser ohne Seze hergestellt hatten. Sie waren der Meinung gewesen, der Roca hätte nichts von Seze gewußt, einem Gewürz, das nur in den Sümpfen von Kenniland wuchs, weshalb sie es für eine später entstandene Art hielten. Der Rocaan war ein Purist, und da er keinerlei Hinweise darauf besaß, daß der Roca es nicht gekannt hatte, kehrte er zu dem Originalrezept zurück. Sobald sein Rezept bis an die entlegeneren Stellen des Eilands vorgedrungen war, meldeten die nahe der Blutklippen gelegenen Städte Hautausschlag nach dem Mitternachtssakrament.

»Jetzt erinnere ich mich«, sagte er. »Ich glaube, wir erteilten Euch die Erlaubnis, Handschuhe zu tragen.«

»Richtig, Heiliger Herr. Trotzdem fällt manchmal der eine oder andere Tropfen auf die nackte Haut, und dann bilden sich sofort wieder Bläschen. Beim letzten Mal war es so schlimm, daß der Älteste Vaughn einen Arzt kommen ließ.«

Davon war nichts an die Ohren des Rocaan gedrungen. »Was war schlimm?«

»Die Bläschen breiteten sich auf meinem ganzen Arm aus und taten so weh, daß ich es kaum mehr aushalten konnte. Der Arzt verschrieb mir eine Salbe, woraufhin es mir wieder besserging.«

Der Rocaan nickte. Wie merkwürdig. Er hatte allen Gemeinden in der Nähe der Blutklippen erlaubt, Handschuhe zu tragen. Ob sich ihre Symptome auch verschlimmert hatten? Davon hätte er doch zweifellos etwas mitbekommen.

»Und was hat das alles mit dem heutigen Abend zu tun?« fragte der Rocaan. Armer Reece. Der Rocaan würde ihn nie in die engere Wahl für den nächsten Rocaan ziehen. Bevor Reece auch nur eine einzige Entscheidung gefällt hätte, wäre die Versammlung darüber alt geworden und gestorben.

»Ich habe mir ein halbes Fläschchen Weihwasser über den Unterarm geschüttet, Heiliger Herr.« Reece schob den Ärmel zurück und streckte den Arm aus. Die Haut war blaß und mit Sommersprossen sowie kurzen blonden Härchen übersät. »Aber es machte mir überhaupt nichts aus.«

Der Rocaan berührte Reeces Arm. Die Haut war glatt. »Vielleicht zeigen sie sich erst später.«

»Sie haben sich immer noch vor Ende des Sakraments gezeigt, Heiliger Herr. Beim letzten Mal sogar so rasch, daß ich glaubte, mein ganzer Arm stehe in Flammen.«

Der Rocaan packte Reece am Ellbogen. »Helft mir auf.« Reece packte ebenfalls zu und zog. Der Rocaan stand. Sein Herz hämmerte. Was er soeben gehört hatte, war genau das, wovor ihn Jung-Nicholas gewarnt hatte. »Bist du sicher, daß die Flasche Weihwasser enthielt?«

»Ein Danite gab sie während der Messe durch, Heiliger Herr. Andre zog die Flaschen unter dem Altar hervor. Vor der Messe hat ein Aud sämtliche Flaschen ausgetauscht. Ich nehme an, auf Eure Anweisung hin. Wir hatten darüber gesprochen, daß alles Wasser ausgewechselt werden müsse.«

»Das stimmt«, sagte der Rocaan und ließ Reeces Arm los. Seine Handflächen waren schweißbedeckt. Er hatte das Weihwasser vorschriftsmäßig zubereitet ... Das hieß, Matthias hatte nicht vorschriftsmäßig gehandelt! Außerdem hatte Matthias eine der Blutlachen entdeckt. Genau wie bei den vermißten Personen im Palast.

»Bringt mich in mein Zimmer«, sagte der Rocaan.

»Sehr wohl, Heiliger Herr.« Reece legte einen Arm um ihn und stützte ihn. Der Rocaan stützte sich auf ihn, doch seine Gedanken waren seinem Körper schon weit voraus. Er würde eine neue Flasche mit Weihwasser machen. Und dann mußte er Matthias wecken.

Diese Angelegenheit würden sie ein für allemal zwischen sich regeln.

16

Der Nebel, den die Wetterkobolde geschaffen hatten, überzog das gesamte Schattenland mit einem feuchten Film. Auch die Luft war ungewöhnlich kühl. Der unheimliche Boden, der unter dem grauen Schleier nicht richtig sichtbar wurde, war glatt wie frisch verlegter Marmor. Jewel rutschte einmal aus und fing sich gerade noch, bevor sie die Fackel, die sie in der Hand hielt, fallen gelassen hätte. Danach ging sie so vorsichtig wie möglich weiter und hoffte, ihr Vater würde bald ein ernstes Wörtchen mit den Kobolden reden, damit sie derlei Experimente in Zukunft unterließen.

Ein eigenartiger Zauber, dieses Schattenland. Normalerweise schufen die Kobolde Regen ohne große Anstrengung. Doch irgend etwas in den Schattenlanden hinderte sie daran, genau wie es ihnen ein paar Tage zuvor nicht gelungen war, Sonnenschein zu machen.

Schließlich fand sie das Gebäude, das sie suchte. Auf Rugars Befehl hin hatten die Domestiken eilig einen Schuppen für die Gefangenen errichtet. Der Schuppen war klein, seine Bretter paßten nicht gut aufeinander. Sie hoffte, daß die Gefangenen gefesselt oder mit einem Zauber belegt waren, denn für einen Mann von Adrians Kräften stellte dieser dürftige Bau kein ernsthaftes Hindernis dar.

Sie öffnete die Tür und war froh, daß sie an die Fackel gedacht hatte. Nur Feuerdomestiken konnten in dieser Dunkelheit etwas sehen. Sie steckte die Fackel in den Halter, der sehr hoch an der Wand angebracht war. Beinahe zu hoch. Sie hoffte, daß sie den provisorischen Bau nicht in Flammen setzte. Die Gefangenen saßen aneinandergekauert auf dem Boden und blinzelten ins Licht. Der enge Raum roch nach ungewaschenen Körpern und Exkrementen.

»Habt ihr etwas gegessen?« fragte sie auf Nye.

Der ältere Mann, Ort, grunzte heiser und drehte sich weg.

»Wie … essen?« fragte der Junge. »Wenn kein … Mund, äh … Zunge? Zunge?«

»Zunge«, erwiderte sie unwirsch. »Er hat seine Zunge noch. Er kann sie nur nicht bewegen, solange wir es nicht erlauben. Wenn er will, kann er sie auch für immer loswerden.« Sie bedachte Orts Rücken mit einem süßlichen Lächeln.

Adrian lehnte an der Wand und beobachtete sie. Das Haar klebte ihm an der Stirn, und seine Füße waren gegen seinen Körper gestützt. Allem Anschein nach hatte er bemerkt, wie locker diese Wände zusammengefügt waren, und versucht, sie einzudrücken.

Sie musterte ihn eindringlich von oben bis unten, damit ihm ihr prüfender Blick nicht entging. »Und was hattet ihr nach der Flucht aus dem Schuppen vor? Euch dort aufstellen, wo ihr den Ausgang vermutet, und jemanden bitten, daß er euch rausläßt?«

»Mir wäre schon etwas eingefallen«, sagte er.

Sie lehnte sich an den Türrahmen. Dort konnte sie einerseits dem Gestank entkommen, andererseits ihr Zittern verbergen. Sie konnte nicht einmal die Tür schließen. Der Schuppen war zu klein für vier Leute. »Habt ihr über mein Angebot nachgedacht?«

»Ihr behandelt uns wie Tiere«, sagte er, als hätte er ihre Frage nicht gehört. »So pfercht man keine Menschen ein. Seit gestern haben wir kein Wasser gehabt.«

»Na, da pißt ihr wenigstens nicht soviel, oder?« erwiderte sie und hakte die Daumen in den Hosenbund. »Wie ich sehe, ist unser Freund Ort unhöflich wie immer. Der Anführer unserer Hüter hat schon wieder nach Gefangenen für seine

Experimente verlangt, Ort. Ich vermute, du würdest dich gerne freiwillig melden.«

Der Mann rührte sich nicht und wandte das Gesicht weiterhin von ihr ab.

»Nein«, sagte der Junge. »Bitte. Er … meint es nicht so.«

»Er ist erwachsen«, antwortete Jewel. »Er weiß, was er tut. Eine Sache, die du vom Leben lernen solltest, mein Junge, ist die, daß du niemanden vor sich selbst beschützen kannst.«

»Als wärst du so alt und weise«, sagte Adrian.

Sie starrte ihn einen Augenblick an. Er wich ihrem Blick nicht aus. Die Nächte der Mißhandlung und ohne Essen schienen ihn eher noch gestärkt zu haben. »Du hast meine Frage nicht beantwortet.«

»Du mußt sehr daran interessiert sein, wenn du dich auf einen Handel mit mir einläßt«, sagte er.

Sie seufzte, als wäre die Unterhaltung eine Strapaze für sie, und nahm die Fackel wieder in die Hand. »Ich habe es nicht eilig. Ihr habt mich kürzlich lediglich gerührt. Wie ich sehe, habe ich mich in euch getäuscht. Ich richte Caseo aus, daß er euch haben kann. Und, Luke, es tut mir leid, aber Caseo ist nicht gerade für seine Freundlichkeit bekannt.«

»Papa!« rief der Junge in der Inselsprache. Es war eines der wenigen Worte, die sie kannte.

»Ich werde ihm aber nicht verraten, daß ihr alle drei Blutsverwandte seid. Das ist das Geringste, was ich für euch tun kann.« Sie gab sich Mühe, besonders kalt zu lächeln. Dann glitt sie aus dem Schuppen und schloß die Tür.

Nachdem der Riegel zugeschnappt war, hörte sie den Jungen noch einmal rufen, und dann sagte Adrian energisch: »Warte!«

Sie zögerte einen Augenblick. War es geschickt, die Tür wieder aufzumachen? Wahrscheinlich spielte es keine Rolle. Allem Anschein nach spielte der Mann mit ihr, wobei er sich ihren Launen nicht allzusehr beugen, andererseits seinen Sohn nicht gefährden wollte.

Sie stieß die Tür auf und hielt die Fackel hinein. Adrian hatte seine gefesselten Beine angezogen, um Ort nicht zu berühren. »Ich werde mit dir reden«, sagte Adrian. »Aber zuerst mußt du Luke freilassen.«

»Netter Zug«, sagte sie. »Aber ich bin eine Frau, auf deren Wort man sich verlassen kann. Ich lasse deinen Sohn frei, wenn du dich mit mir unterhältst und mir etwas bietest, das sein Leben wert ist.«

Ort grunzte wieder und schüttelte den Kopf. Adrian achtete nicht auf ihn. »Was ist in deinen Augen soviel wert? Ich habe dir bereits gesagt, daß ich das Geheimnis des Weihwassers nicht kenne.«

»Ich hoffte, unser kleines Geschäft würde deinem Gedächtnis ein wenig auf die Sprünge helfen.«

»Wie soll mir etwas einfallen, das ich überhaupt nicht weiß?«

»Dann hast du auch nichts zu verhandeln«, sagte sie. »Ich möchte hören, was du zu sagen hast, bevor ich deinen Sohn freilasse.«

Ort grunzte lauter und drehte sich zu Jewel um. Dann schüttelte er den Kopf dreimal. Sie grinste ihn an. »Du hast hiermit nichts zu tun«, sagte sie. »Wenn du nur noch einmal versuchst, den hier zu beeinflussen, liefere ich dich sofort an Caseo aus.«

Adrian sah sie an. Sein Gesicht war noch schmaler als am vorherigen Tag geworden; unter seinen Augen hatten sich tiefe Falten eingegraben. Die Entscheidung hatte ihm schwer zu schaffen gemacht. Ort beobachtete ihn aufmerksam. Luke ebenfalls.

»Ich … äh … kann sprechen mit … äh … mit ihm … auf … Inselsprache?« fragte Luke.

»Nein«, sagte Jewel. »Ich will alles hören, was ihr zu sagen habt.«

»Bitte, meine Dame, ich nicht gut spreche Nye.«

Beinahe hätte sie nachgegeben. Aber sie konnte dem Jungen ebensowenig trauen wie den beiden Männern. »Nein«, wiederholte sie.

Der Junge blinzelte die Tränen in seinen Augen weg. »Papa, bitte. Nein. Ich … äh … ich bleibe. Mit dir.«

»Du bist noch ein Kind«, sagte Adrian. »Und hier gibt es keine Zukunft für uns.«

»Papa, bitte. Bitte.«

Ort sah sie beide an. Dann blickte er zu Jewel auf. Der Zorn in seinen Augen war so handgreiflich wie eine Ohrfeige. Sie starrte zurück, um sich nicht von einem Gefangenen seinen Willen aufzwingen zu lassen.

»Also gut«, sagte Adrian. »Ich verhandele mit dir. Zu deinen Bedingungen. Aber mit einer Änderung. Bevor er geht, darf ich mit meinem Sohn in meiner eigenen Sprache sprechen. Wenn du willst, kannst du jemanden mitbringen, der sie versteht, das ist mir egal. Aber ich will, daß er richtig mit mir sprechen kann.«

Es war eine vernünftige Bitte, insbesondere, wenn jemand zuhören durfte. »In Ordnung«, sagte sie. »Aber dir muß klar sein, daß dein Sohn vielleicht nicht freikommt. Deine Information muß sein Leben aufwiegen.«

Adrian schluckte. »Das weiß ich.«

Ort drehte sich weg und lehnte den Kopf an die Wand. Jewel ging vor Luke in die Hocke. »Luke«, sagte sie. »Ich verspreche dir, daß ich deinem Vater aufmerksam zuhören und eine korrekte Entscheidung treffen werde. Ich weiß, daß Ort glaubt, ich werde erst zuhören und dann mein Versprechen nicht halten. Aber das werde ich nicht tun. Und du auch nicht. Ich möchte, daß du eines verstehst: Wenn dein Vater und ich dich freilassen, mußt du anerkennen, daß die Fey auch gerecht sein können. Davon mußt du den anderen erzählen. Hast du das verstanden?«

Der Junge sah zu seinem Vater hinüber. Adrian nickte kurz. Dann nickte auch Luke zögerlich.

»Und du wirst ihm alles, was er nicht verstanden hat, noch einmal erklären«, sagte Jewel zu Adrian.

»Wenn du mir die Gelegenheit dazu gibst«, sagte er.

»Das hängt von dem ab, was du mir zu sagen hast.« Sie beugte sich vor und löste die Fesseln um seine Beine. Sie wußte noch nicht genau, wohin sie ihn bringen würde. Sie wollte ihn nicht noch einmal in ihrer Hütte haben, nicht nach dieser Begegnung mit Caseo.

Er schüttelte seine Füße, als schüttelte er damit den Schmerz weg. Sie schob eine Hand unter seinen Ellbogen und half ihm auf.

»Ich komme wieder, Luke«, sagte er. »Paß auf, daß Ort nicht noch mehr Dummheiten macht.«

»Ja, Papa.« Das Entsetzen in Lukes Augen quetschte Jewel beinahe das Herz ab. Noch nie zuvor hatte sie Leute getroffen, die sowenig an die Gepflogenheiten des Krieges gewohnt waren. Auf Galinas hatten sämtliche Nationen ständig gegeneinander Krieg geführt. Die Geschichte aller Länder von Nye bis hin nach Alarro war eine Geschichte der Kriege.

Sie half Adrian zur Tür hinaus und versuchte, bei dem Geruch, den er verströmte, nicht das Gesicht zu verziehen. Sie beschloß, ihn zu den Domestiken zu bringen, wo sie so lange warten würde, bis ihn jemand gesäubert hatte.

Sie schob die Tür zu und sicherte sie, dann führte sie Adrian zum Domizil. Er betrachtete den Boden vor sich, als sei er sich nicht ganz sicher, worauf er da ging. Sie führte ihn die Treppe hinauf und klopfte an die Tür. Es widerstrebte ihr, ihn so schmutzig in die Krankenstation zu bringen.

Mend, die Domestikin, die ihnen öffnete, sah so ausgezehrt aus wie Adrian. Sie war sehr klein, und ihre Haut war unnatürlich blaß, weil sie schon lange keine Sonne mehr gesehen hatte. Ihre Hände waren schwielig und krumm von der vielen Arbeit. Obwohl sie nur zu den mittelmäßig talentierten Domestiken gehörte, war sie Jewel doch eine der liebsten, weil sie ohne Klagen viel arbeitete.

»Ich habe hier einen Gefangenen. Ich möchte ihn gesäubert in einem leeren Zimmer wiedersehen«, sagte Jewel.

»Leere Zimmer haben wir nicht«, sagte Mend.

»Ich glaube doch«, erwiderte Jewel. »Aber darum kümmere ich mich selbst, wenn du den anderen Teil übernimmst – ohne dabei seine Fesseln zu lösen.«

Mend nickte. Sie nahm Adrian am Arm und führte ihn zur Seite des Gebäudes. Jewel sah den beiden nach, bis sie sicher sein konnte, daß alles wie geplant verlief; dann betrat sie das Haus.

Die sieben Infanteristen in den Betten sahen schon besser aus. Einer saß sogar schon halb aufgerichtet an sein Kopfkissen gelehnt. Die Heiler hatten ganze Arbeit geleistet. Sie hatten einen Trupp zum Kräutersammeln in den Wald geschickt, in der Hoffnung, daß auf der Insel die richtigen Kräuter wuchsen. Offensichtlich war das der Fall.

Jewel nickte ihnen zu und ging den schmalen Gang entlang. Vor dem ersten Zimmer angekommen, öffnete sie die Tür. Es war so klein, wie sie gehofft hatte, und voller Weber. Überall lagen Fäden herum, Webstühle summten und klackerten. Die Weber schauten sie erwartungsvoll an.

»Ich brauche dieses Zimmer«, sagte sie. »Tut mir leid.«

Sie nickten wie auf Kommando, als wären sie daran gewöhnt, von ihrem Arbeitsplatz vertrieben zu werden, machten jedoch nicht sofort Anstalten zu gehen.

»Nehmt alles mit, von dem die Magie verlangt, daß es keine

anderen Hände als die euren berühren«, fügte sie hinzu. »Leider brauche ich das Zimmer sofort.«

Dann schloß sie die Tür wieder und überließ es ihnen, ihren Zauber zu beenden und ihr Arbeitsgerät zusammenzupacken. Im Krankenzimmer stöhnte ein Mann, ein Geräusch, das ihr einen eiskalten Schauer den Rücken hinunterjagte. Vielleicht beging sie einen Fehler, wenn sie Adrians Sohn freiließ. Bei all ihrer Naivität waren die Inselbewohner sehr geschickt darin, die Fey zu verwunden. Eine Fertigkeit, deren sich kein anderes Volk rühmen konnte.

Hinter ihr ging die Tür auf, und die Weber, von denen die meisten ihre Spinnräder trugen, kamen heraus. Sie gingen in der entgegengesetzten Richtung den Korridor hinunter, als wüßten sie bereits, in welches Zimmer sie wechseln würden.

Der ganze Boden war mit Wollresten übersät, und in der Luft lag noch ein Hauch von Magie. Sie mochte die Magie der Domestiken. Sie kam ihr so normal vor, so anheimelnd. Die Luft funkelte davon, weil sie stets dazu eingesetzt wurde, etwas zu verbessern, und nicht, um sich etwas untertan zu machen. Noch einmal vor die Wahl gestellt, würde sie lieber häusliche als kriegerische Fertigkeiten erlernen wollen. Trotzdem würde das nicht viel an ihrem Schicksal ändern, denn sie war eine Visionärin, und Visionäre gehörten nun mal zum Militär oder in die Regierung. Nur einige wenige Auserwählte wurden Schamanen, und dafür hatte sie – schon in jungen Jahren – nicht die nötige Leidenschaft aufgebracht.

Jetzt standen nur noch zwei Stühle im Zimmer, dicht beieinander, als warteten sie darauf, von zwei Gesprächspartnern eingenommen zu werden. Etwas in der Magie der Domestiken befähigte sie dazu, derlei Dinge zu wissen: die richtigen Kleider herauszulegen, das richtige Essen zu kochen oder die Zimmer, in denen man sich aufhielt, genau so herzurichten, wie es die Stimmungen und Absichten verlangten. Auch die Fähigkeit, mögliche zukünftige Entwicklungen zu Sehen, erlaubte es Jewel nicht, eine derartige Sensibilität für die Bedürfnisse anderer zu entwickeln.

Es klopfte. Sie drehte sich um, doch die Tür stand bereits halb offen. Vor ihr stand Mend, die Hand auf Adrians Arm gelegt. Seine Kleider waren sauber, und auch er selbst sah trotz der widrigen Umstände erfrischt aus. Vor allem war dieser ekelhafte Geruch verschwunden.

»Vielen Dank, Mend«, sagte Jewel. »Ich kann dir gar nicht sagen, wie sehr ich deine Hilfe zu schätzen weiß.«

Mend nickte und errötete ein wenig, als sie Adrians Arm losließ. Seine Hände waren immer noch gefesselt.

»Tritt ein, setz dich zu mir«, sagte Jewel.

Er kam auf sie zu, mit geradem Rücken und zuversichtlichen Bewegungen. Mend beobachtete ihn dabei, als wäre auch sie von ihm fasziniert. Dann bemerkte sie, daß Jewel sie anstarrte. Mend lächelte, verließ den Raum und machte leise die Tür hinter sich zu.

Adrian setzte sich. Jewel ließ sich ihm gegenüber nieder. Sie saßen so nah beieinander, daß sich ihre Knie fast berührten. »Na schön«, sagte sie, unwillig, noch mehr Zeit zu verlieren, »was hast du mir anzubieten?«

Er schluckte schwer, sein Adamsapfel hüpfte. Sie spürte seine Nervosität, doch sein Blick wich dem ihren nicht aus. »Mich selbst.«

»Dich habe ich bereits«, sagte sie. »Ich will etwas, das das Leben dieses Jungen wert ist. Das seine Zukunft aufwiegt. Und ich warne dich, Adrian: Wage es nicht, mit mir Spielchen zu spielen!«

»Ich spiele nicht«, antwortete er. »Du hast meinen Körper, und den kannst du bestenfalls deinen Teufeln anbieten, damit sie ihre Experimente damit anstellen. Was du nicht hast – und niemals haben wirst –, ist mein Wille.«

Sie lächelte. »Du unterschätzt uns. Nur weil wir bis jetzt nett zu dir gewesen sind, heißt das noch lange nicht, daß wir nicht kriegen, was wir haben wollen.«

»Wenn ihr das könntet«, konterte er, »dann hättest du mir nicht mein Ehrenwort hinsichtlich des Weihwassers abgenommen. Du hättest alles in deiner Macht Stehende getan, um mir das Geheimnis zu entreißen.«

»Hattest du nicht gesagt, du wüßtest nichts darüber?«

»Weiß ich auch nicht.« Er lächelte. »Aber du hast nicht einmal versucht, deine Tricks einzusetzen, um herauszufinden, ob ich dich angelogen habe.«

»Woher willst du das wissen?« fragte sie. »Magie ist nicht auffällig. Sie findet unbemerkt und unauffällig statt. Sie ist so normal wie das Atmen, jedenfalls für uns. Spürst du denn die Magie in diesem Zimmer? Die Weber sind hier drin gewesen und haben ihre Arbeit hier verrichtet. Kannst du sie denn fühlen?«

Er öffnete den Mund, schloß ihn jedoch gleich wieder. Offensichtlich hatte er sie nicht gespürt. Die meisten nicht-magischen Wesen hatten keine Ahnung davon, was es mit der Magie überhaupt auf sich hatte. »Und weshalb«, fragte er schließlich, »entreißt du mir die Information dann nicht auf deine Art?«

»Freiwillig gegebene Information ist oft wertvoller und vollständiger«, erwiderte sie. Dann neigte sie sich vor und stützte die Ellbogen auf die Oberschenkel. »Was hast du mir anzubieten, Adrian?«

»Mich selbst«, sagte er abermals mit ruhiger und fester Stimme. »In deinen Diensten. Bis zum Ende des Krieges.«

»Und was hast du zu bieten, das wir uns nicht auch auf anderem Weg beschaffen können?«

»Verläßliche Kenntnisse über die Insel und ihre Bewohner.«

»Keine Schlachtpläne, keine magischen Formeln? Einfach nur Information darüber, wie hier alles funktioniert?«

Er nickte. Sein Adamsapfel hüpfte wieder. Er war nervös, auch wenn er versuchte, es sich nicht anmerken zu lassen.

»Bis zum Ende des Krieges«, sagte sie und lehnte sich zurück. Ihr Stuhl knarrte unter der Bewegung, und einige Wollflusen segelten durch die Luft. »Und wenn der Krieg niemals endet?«

»Wie bitte?« fragte er.

Sie lächelte. »Es gab Grenzgeplänkel zwischen L'Nacin und Oudoun, die sich über Jahrhunderte hinzogen. Hier könnte das gleiche passieren.«

»Jahrhunderte«, wiederholte er. »Auf diesem Eiland gibt es nicht genug Platz für einen jahrhundertelangen Krieg.«

»Du würdest dich wundern!« sagte sie, legte einen Arm um die Stuhllehne und gab sich so lässig und entspannt wie möglich. »Du bist … um wie viele Jahre älter als dein Sohn? Zwanzig?«

»Fünfundzwanzig«, antwortete er.

»Das heißt, theoretisch wird er dich um fünfundzwanzig Jahre überleben.« Sie tat so, als denke sie darüber nach, und zuckte dann mit den Schultern. »Im Tausch dafür verlange ich nicht weniger als dein Leben. Du wirst uns in allen Belangen unterweisen, die die Insel betreffen. Du lehrst uns die Geheimnisse deiner Heimat und setzt uns über alles in Kenntnis, was wir wissen müssen, und zwar bis zu deinem Tod. Oder bis zum Tod deines Sohnes, je nachdem, was zuerst eintritt.«

»Mein Leben?« Diesmal ließ er sich seine Seelenqual anmerken. Was für eine Wahl! Sie war nicht sicher, ob er darauf eingehen würde. »Für das meines Sohnes?« Er holte tief Luft. »Und was ist, wenn wir den Krieg gewinnen?«

»Das wird nicht geschehen«, sagte sie. »Das lassen die Fey auf keinen Fall zu. Vielleicht gewinnt ihr die eine oder andere Schlacht, wie die Erste Schlacht um Jahn, aber ihr werdet uns niemals besiegen. Wir kämpfen so lange gegen euch, bis keiner mehr von uns übrig ist. Und selbst dann schickt der Schwarze König womöglich noch Verstärkung. Ihr werdet niemals gewinnen.«

Ihr Ungestüm verwirrte ihn ein wenig.

»Ich meine, daß wir dich für die Dauer deines Lebens wollen. Nichts weniger.« Sie grinste ihn an. »Und wenn du uns belügst, nur ein einziges Mal, stirbt dein Sohn. Und wenn du uns belügst, nachdem dein Sohn Kinder hat, so sterben seine Kinder. Wir sind unbarmherzig, Adrian, besonders Leuten gegenüber, die uns hintergehen wollen.«

»Wie wollt ihr an ihn herankommen?«

»Dafür haben wir unsere Methoden«, sagte sie. »Wir werden jederzeit wissen, wo er sich aufhält. Das kann durchaus von Vorteil für dich sein. Wenn es einen Angriff gibt, wird ihn einer unserer Leute beschützen. Und auch seine Kinder, wenn die Zeit gekommen ist. Wenn du uns aber in den Rücken fällst, stirbt er. Wir geben keine zweite Chance.«

»Mein Leben.«

»Für das seine.« Sie nahm den Arm von der Stuhllehne. »Du schneidest bei diesem Geschäft besser ab. Dein Leben ist kürzer. Wir gewähren ihm noch einmal zusätzlich fünfundzwanzig Jahre Schutz, wenn dein Leben seine normale Spanne durchläuft. Wenn du uns betrügst und dich umbringst, töten wir ihn selbstverständlich auch.«

»Seid ihr denn so sehr auf mein Wissen angewiesen?«

Ein scharfsinniger Mann. Genau das gefiel ihr an ihm. »Nein«, gab sie ehrlich zu. »Was wir brauchen, ist deine Interpretation. Es läßt sich leicht herausfinden, wie eine Kultur funktioniert. Schwieriger ist es, zu verstehen, weshalb sie so und nicht anders funktioniert.«

Er wandte den Blick von ihr ab und schaute auf die Stelle an der Wand, an der ein Fenster hätte sein müssen, hätten die

Fey Wert darauf gelegt, im Schattenland Fenster einzurichten. Er war kein junger Mann mehr. Er begriff sehr wohl, was er aufgab. Sie hoffte nur, daß die Liebe zu seinem Sohn stark genug war, daß er sich auf den Handel einließ. Wissen aus erster Hand würde ihnen mehr Information verschaffen als die Arbeit eines Doppelgängers.

»Was muß ich tun?« fragte er.

»Du wirst im Schattenland leben, bei uns«, antwortete sie. »Du stehst uns jederzeit zur Verfügung, egal, wer von uns deine Hilfe braucht.«

»Und mein Sohn?«

»Ich sorge dafür, daß er das Schattenland noch heute verlassen kann. Wenn du willst, kannst du es dir mit ansehen.«

Er hatte den Blick immer noch abgewandt. Seine Kinnmuskeln arbeiteten, und er blinzelte einige Male. Dann schluckte er wieder. »Wann kann ich ihn wiedersehen?«

»Nie mehr«, sagte sie. »Du bleibst hier bei uns.«

Sein Kopf wirbelte herum, das Haar flog, seine Augen blitzten auf. Wiederum staunte sie über die ausgeprägte Ausdrucksfähigkeit der Gesichter der Inselbewohner, als seien deren Gefühle irgendwie stärker ausgeprägt als die ihren. »Nein«, sagte er. »Nein, unter diesen Umständen werde ich nicht mit euch zusammenarbeiten. Was ihr mit mir anstellt, ist mir egal, aber wenn ich meinen Sohn nicht mehr sehen darf, arbeite ich nicht mit euch zusammen.«

»Du wirst ihn nie mehr sehen«, beharrte sie auf ihrem Standpunkt. »Wir dürfen dich hier nicht herauslassen, ebensowenig, wie wir jemandem erlauben können, hereinzukommen.«

»Nein«, sagte er noch einmal. »Ich arbeite auf keinen Fall mit euch zusammen, nur um irgendwann einmal herauszufinden, daß ihr ihn fünf Minuten nach seiner versprochenen Freilassung getötet habt.«

Diesen Punkt hatte sie nicht bedacht. Nicht, daß er für sie einen großen Unterschied gemacht hätte. Sie hatte auch andere Verwendungen für Adrians Sohn. »Dann wirst du ihn also einmal im Jahr sehen können«, sagte sie. »Zu einer zuvor bestimmten Zeit an einem zuvor bestimmten Ort. Einer von uns wird dich stets begleiten, und ihr werdet euch in Nye oder Fey unterhalten, es sei denn, einer deiner Wächter spricht die Inselsprache fließend.«

Er blinzelte. Ihr rasches Zugeständnis verwirrte ihn offensichtlich. Bevor er sich erholte und auf die Idee kommen konnte, ihr weitere Punkte abzuringen, erhob sie sich.

»Das wär's dann. Sind wir uns einig, Adrian?«

Er blickte zu ihr auf. In seinem Gesicht kämpften die Emotionen gegeneinander. Er öffnete den Mund, schloß ihn wieder, dann schloß er auch die Augen. Er ließ den Kopf sinken und seufzte. Als er wieder aufsah, waren seine Wimpern naß. »Wir sind uns einig«, sagte er leise.

»Gut.« Sie ging zur Tür. »Ich schicke Mend her, damit sie deine Fesseln löst. Anschließend wird man dir passende Kleidung geben und einen Platz zuweisen, wo du wohnen kannst. Ich sorge dafür, daß sie dir etwas zu essen bringt.«

»Warte!« rief Adrian. »Ich würde die letzten Stunden gern mit Luke verbringen.«

»Das kann ich verstehen«, sagte Jewel. »Aber ich werde nicht zulassen, daß du ihm irgendwelche Anweisungen gibst, und momentan habe ich noch keine Begleitung für dich. Es wird sich eine Möglichkeit ergeben, bevor wir ihn freilassen.«

Sie zog die Tür auf.

»Dir ist doch wohl klar«, sagte er leise und mit tiefer Stimme, »daß ich dich umbringe, wenn Luke irgend etwas zustößt. Nicht sonstjemanden werde ich töten – nur dich.«

Sie drehte sich zu ihm um. Er sah sie mit einer Intensität an, die sie noch nie zuvor gesehen hatte. Haß. Unverfälschter, abgrundtiefer und offener Haß, wie bei Ort. Im Unterschied zu Orts Haß fühlte sich der von Adrian eindeutig persönlich an. War ihm denn nicht klar, daß sie ihm geholfen hatte? Sie hätte das, was sie brauchte, auch erhalten können, ohne Luke freizulassen. Sie hätte Adrian – oder noch besser, Luke selbst – dazu zwingen können. Die Information wäre wohl nicht so erschöpfend und detailliert ausgefallen, doch das hatte sie noch nie zuvor von diesen Methoden abgehalten.

»Ich verstehe deine aufbrausenden Gefühle«, sagte sie betont sachlich. »Aber ich muß dich warnen: Sollte dir das gelingen, dann sorgen meine Leute dafür, daß kein Tropfen Blut aus deiner Sippe mehr übrigbleibt, um das Eiland zu beschmutzen. Und nachdem jeder einzelne deiner Verwandten gestorben ist – vielleicht sogar vor deinen Augen –, wenden meine Leute ihre Aufmerksamkeit wieder dir zu. Wir glauben nicht an den raschen Tod, Adrian.«

»Ihr habt keine Seele«, erwiderte er.

Sie lächelte. »Das wird allgemein behauptet. Ich vermute jedoch, daß es genau umgekehrt ist, denn wir sind diejenigen, die von ihren Geistern geleitet werden, während ihr euch auf Geschichten verlassen müßt, die euch alte Männer erzählt haben. Vielleicht tötet uns deshalb euer Weihwasser – weil wir etwas in uns haben, das vom Übernatürlichen berührt werden kann.«

»Ich werde für euch arbeiten«, sagte er, »aber es wird mir keine Freude bereiten.«

»Das ist nicht erforderlich«, antwortete sie. »Hauptsache, du arbeitest gut.«

17

Coulter plapperte. Seine Kleinkinderstimme hob und senkte sich, als ob er sich lebhaft mit jemandem unterhielte. Eleanora hörte Aufgeregtheit aus seiner Stimme heraus, auch eine Art von Freude, als fände er diese Unterhaltung besonders interessant. Sie setzte sich im Bett auf und fuhr sich mit der Hand über das Gesicht. Es war dunkel im Zimmer, doch ein schmaler Streifen Mondlicht fiel durch das Fenster herein. Die Decke war zur Seite gerutscht. Eleanora hatte schon eine Weile geschlafen, aber noch nicht lange genug. Sie fühlte sich wie zerschlagen.

Das Baby unterhielt sich munter weiter. Der Junge lachte in seinem glockenhellen Sopran, begleitet vom Patschen klatschender Kinderhändchen. Wie merkwürdig. Eigentlich schlief er nachts immer durch. Jedenfalls hatte er das bislang getan, seitdem sie hierhergekommen waren und ihn Angst und Erschöpfung übermannt hatten. Manchmal dachte sie, er trauere sehr um seine Eltern, doch die anderen sagten ihr, dafür sei er noch zu klein. Trotzdem erinnerte sie sich an die Gefühle: ein Gemisch aus Wut, Hilflosigkeit und Traurigkeit. In den ersten Monaten seines Lebens mit Eleanora war Coulter ein schwieriges Kind gewesen. Sie hatte seinen Schmerz gelindert, indem sie ihn zum Mittelpunkt ihrer Welt gemacht hatte.

Er gurrte, und jetzt war sie wach genug, um sich an die Katze zu erinnern. Sie stieß einen erbosten Seufzer aus. In dem Glauben, die Katze würde zu ihr kommen, hatte sie die Tür zu Coulters Zimmer geschlossen und ihre Tür offengehalten. Doch die Katze war nirgendwo zu sehen. Und für ein Baby, das hinter einer geschlossenen Tür plapperte, hörte sich Coulter schrecklich laut an.

Sie strich die grauen Haarsträhnen aus dem Gesicht, sorgsam darauf bedacht, daß sie nicht zu fest daran zog. In den letzten Jahren war ihr Haar so dünn geworden, und sie haßte es, zwischen den Strähnen die Kopfhaut zu fühlen. Manchmal fragte sie sich, ob sie wohl lange genug leben würde, um Coulter großzuziehen. Sie betete darum. Er brauchte jemand, der ihn liebte, jemand, der für ihn sorgte. Und sie brauchte in diesen letzten Jahren ihres Lebens das Gefühl, zu etwas nutze zu sein.

Coulter lachte wieder. Dann war es sicherlich kein Traum. Wahrscheinlich spielte das Baby mit der Katze.

Eleanora schwang die Füße von der Bettstatt, die Helter für sie gezimmert hatte, und rückte das Nachthemd zurecht. Mitten in der Nacht war es kalt in der Hütte, denn sie hatte das Feuer ausgehen lassen. Deshalb packte sie das Baby immer gut in Decken ein und sah zu, daß es die Nacht über gut warm hatte. Das Spielen im Mondschein war keinesfalls geplant.

Und doch ließ sie der Gedanke daran lächeln. Sie freute sich darüber, daß Coulter ein so glückliches Kind geworden war, denn das hieß, daß sie wenigstens etwas richtig machte.

Die Holzdielen waren kalt. Eleanora spürte den Schmerz in den Knochen, der nach und nach immer vertrauter geworden war. Sie aß jetzt zwar wieder recht gut, doch in gewisser Hinsicht bereitete ihr das noch mehr Schmerzen, als drückte das zusätzliche Gewicht ihres Körpers noch mehr auf die Knochen.

Die Dunkelheit im Zimmer kam ihr eigenartig vor. Es dauerte einen Augenblick, bis sie herausgefunden hatte, woran das lag. Ihre Tür war zu. Sie machte nachts nie die Tür zu ihrem Zimmer zu.

Sie ging über den Flickenteppich und öffnete sie. Die Tür zu Coulters Zimmer stand offen, und sie hörte ihn wieder in die Hände klatschen, und zwischen seinem Kichern machte sich ein Schluckauf bemerkbar.

So etwas hatte er noch nie zuvor getan.

Ein kalter Schauer überlief sie, und sie versuchte sich einzureden, daß er allein von der kühlen Nachtluft herrührte. Aber irgend etwas stimmte hier nicht.

Die Hütte war zu klein für einen richtigen Flur. Ihre Tür führte direkt in den Wohnraum, von dem aus auch Coulters Tür zu seinem Zimmer abging. Es gab keine Möglichkeit, daß die Katze zufällig die eine Tür hätte schließen und die andere öffnen können. Und Coulters Bett war dank Helter mit einem Holzgitter versehen. Der Junge hatte das Bett nicht verlassen können.

Beinahe hätte sie seinen Namen gerufen, doch dann besann sie sich eines Besseren. Es hatte keinen Sinn, den Jungen zu erschrecken, schon gar nicht, wenn er sich so zufrieden anhörte. Leise betrat sie sein Zimmer und erstarrte.

Das Mondlicht drang durch das Fenster herein und ließ das Zimmer beinahe so hell wie am Tage erscheinen. Coulter stand in seinem Bettchen, die Hände durch das Schutzgitter gestreckt. Er drehte sich zu Eleanora um und lächelte sie mit vor Freude strahlendem Gesicht an.

Neben seinem Bett stand eine Frau. Sie trug ein für sie viel zu kurzes Hemdchen. Sie war barfuß, und ihr Haar hing ihr bis zur Mitte des Rückens herab. Sie war groß, schlank und außergewöhnlich anmutig.

Eleanora mußte ihr nicht in die Augen sehen, um zu wissen, daß sie eine Fey war.

»Geh weg von meinem Kind«, sagte Eleanora.

Coulters Kindergesicht verzog sich. Offensichtlich wußte er nichts mit dem unterschwelligen Zorn in Eleanoras Stimme anzufangen.

»Oh?« Die Stimme der Frau klang leicht, luftig und musikalisch. »Ist das dein Kind? Ich wußte nicht, daß die Inselbewohner in so hohem Alter noch Kinder bekommen können.«

»Er ist mein Kind«, erwiderte Eleanora und ging mit geballt an ihrer Seite herabhängenden Fäusten ins Zimmer. Der Tod von Coulters Eltern verfolgte sie noch immer in ihren Alpträumen. »Deine Leute haben seine Familie getötet, und ich habe ihm das Leben gerettet. Ich habe mich um ihn gekümmert. Er gehört mir.«

Coulters Schluckauf meldete sich wieder, und er schob die Unterlippe nach vorne. Jetzt würde er gleich zu weinen anfangen.

»Ich finde, er ist etwas ganz Besonderes«, sagte die Frau.

»Allerdings«, nickte Eleanora und machte noch einen Schritt. Sie wußte nicht genau, was sie tun sollte. Die Frau war jung und drahtig, und da sie obendrein eine Fey war, konnte sie sie womöglich mit einer bloßen Berührung töten. »Rühr ihn nicht an.«

Die Frau lachte, ein kehliges, beinahe schnurrendes Lachen. »Glaubst du, ich will ihm etwas tun? Ich bin kein Fußsoldat. Meine Magie ist nicht so brutal. Nein, dieses Kind ist nur wertvoll, wenn es am Leben bleibt.«

Eleanoras Herz pochte laut. »Dieses Kind ist wertvoll, weil es ein Individuum ist. Und weil es meins ist.«

Eine große Träne rollte über Coulters Wange. Er schniefte und klammerte sich am Gitter fest. So hatte ihn Eleanora noch nie erlebt. Es war, als rufe ihr Zorn etwas in ihm hervor – vielleicht eine Erinnerung? An der Frau konnte es nicht liegen, denn mit ihr hatte er zuvor herzhaft gelacht.

»Ich weiß, daß er dir gehört«, sagte die Frau mit gleichbleibender Stimme. »Aber ich möchte, daß du ihn mir gibst.«

»Was?« Eleanora mußte förmlich nach Luft schnappen.

»Du sollst ihn mir geben«, sagte die Frau. »Ich werde ihn mit der gleichen Liebe und Zuwendung aufziehen wie du. Ich bringe ihm bei, was er wissen muß, zeige ihm Dinge, die er von dir niemals lernen würde. Du bist eine alte Frau. Wahrscheinlich stirbst du, bevor er selbst für sich sorgen kann. Was soll dann aus ihm werden? Glaubst du, deine Nachbarin ist eine so gute Rocaanistin, daß sie ein elternloses Kind aufnimmt?«

Diese Frau hatte sie beobachtet. Sie hatte sie alle beobachtet.

»Das ist mein Kind«, wiederholte Eleanora. »Es liebt mich. Es hat schon genug Erschütterungen in seinem Leben gehabt. Es erträgt nicht noch mehr davon.«

Wieder rann eine Träne über Coulters Wange. Er packte die Stäbe, als hielten nur sie ihn noch zurück.

»Dieses Kind braucht mehr als Liebe«, sagte die Frau. »Es muß über seine Fähigkeiten und die Möglichkeiten seiner Macht aufgeklärt werden.«

»Welche Fähigkeiten?« wollte Eleanora wissen. Vielleicht fand sie einen Ausweg aus dieser Situation, wenn sie die Frau nur lange genug ausfragte. Vielleicht hörte jemand draußen die Stimmen aus ihrer Hütte und holte Hilfe. Vielleicht erwischte sie die Frau in einem arglosen Moment und konnte sie von Coulter wegreißen.

»Er verfügt über eigene Magie. Sie hat mich zu ihm geführt, und ich spüre sie auch jetzt, in diesem Moment. Die meisten von euch haben diese Magie nicht, geschweige denn eine Ahnung davon, sie auszubilden.«

»Aber er ist noch ein Baby«, sagte Eleanora. »Alle Babys verfügen über Magie.«

»Nicht so wie dieses hier«, erwiderte die Frau.

Coulter stieß einen zitternden Seufzer aus und verschluckte sich, wie er es immer vor einem seiner besonders lauten Schreie tat. *Los, Baby, schrei alles heraus,* dachte Eleanora und wünschte, er könnte sie verstehen. *Schrei so laut, daß Hilfe herbeieilt!*

»Ich möchte, daß du ihn mir gibst«, sagte die Frau wieder.

»Unmöglich«, antwortete Eleanora. »Ich habe gesehen, wie ihr seine Eltern umgebracht habt. Woher soll ich wissen, daß ihr ihn nicht auch töten wollt?«

»Ich gebe dir mein Wort«, sagte die Frau. »Ich werde ihm nicht ein Haar auf seinem schönen Köpfchen krümmen.«

»Dein Wort? Dein Wort?« Eleanoras Stimme wurde lauter. »Wie könnte ich mich jemals darauf verlassen? Dein Volk hat das unsere überfallen, meine Freunde getötet und unsere Häuser zerstört! Warum sollte ich glauben, daß du meinem Kind nichts antust?«

Coulter schrie los, und beide Frauen zuckten zusammen. Dann fing er an, tiefe und klagende Schluchzer auszustoßen, die von tief innen aus ihm herauszukommen schienen.

Eleanora lief zu ihm, hob ihn hoch und drückte ihn an die Brust, so wie sie es schon immer getan hatte, seit sie ihn vor den Fey versteckt hielt. Er klammerte sich mit all seiner Kraft an ihr fest, schlang die Beinchen um ihren Körper und die Arme um ihren Hals. Seine Tränen tränkten ihr Nachthemd.

Sie legte schützend eine Hand auf sein Köpfchen und rannte aus dem Zimmer. Sie hörte nicht, ob die Frau sie verfolgte, hörte nur die eigenen Schritte im vorderen Zimmer. Als sie die Haustür aufriß, sauste die Katze aus dem Haus und flitzte die Treppe hinunter. Eleanora folgte ihr, Coulter sorgsam in den Armen balancierend.

Die Katze stellte sich ihr in den Weg, so daß sie beinahe über sie gestolpert wäre und eine Hand ausstrecken mußte, um das Gleichgewicht zu behalten. Coulter hielt sie eng umschlungen. Er schrie nicht mehr, aber sein kleiner Körper zitterte. Das Mondlicht beschien die Katze in einem merkwürdigen Winkel, ließ sie größer erscheinen, als sie war. Eleanora fing sich wieder. Nein. Die Katze war tatsächlich größer. Sie verwandelte sich, sehr schnell, wie eine Regenwolke, die sich in ein Gewitter verwandelt.

Und dann stand die Frau vor ihr, dort, wo eben noch die Katze gestanden hatte. Sie war nackt. Eleanora schrie auf, und Coulter klammerte sich noch fester an sie. Die Frau streckte die Hände nach Coulter aus, packte ihn um die Hüfte und zog an ihm. Eleanora trat nach ihr, doch die Frau schlang ihr Bein um das, mit dem Eleanora ihr Gleichgewicht wiederhergestellt hatte, und riß Eleanora zu Boden.

Noch im Fallen legte sie die Arme eng um Coulter, in der Hoffnung, ihn so schützen zu können. Sie spürte die Hände der Frau unter ihren Oberarmen, spürte die Wärme auf ihrer Haut. Als Eleanora auf dem Boden aufprallte, wich die Luft aus ihrem Körper, und sie hörte ein Knacken. Ihre Arme lösten sich, und die Frau zog an Coulter. Er schrie auf und krallte sich an Eleanora.

Eleanora schrie: »Nein!«, doch die Frau löste die Hände des Kindes und zog es weg. Er trat nach ihr und fing laut zu jaulen an: »Mamaaaa!« schrie er mit hoher, durchdringender Babystimme. »Mamaaaa!«

Rings um sie herum gingen Türen auf. Sie hörte Helters Stimme durch die eigenen Schreie hindurch. Sie versuchte aufzustehen, doch es gelang ihr nicht. Ein stechender Schmerz durchbohrte ihre Brust, ein anderer stach in ihrem rechten Bein. Sie schrie um Hilfe.

Die Frau barg Coulter an ihrer Brust, auf die gleiche Weise, wie es Eleanora getan hatte. Sie drückte sein Gesicht gegen die nackte Schulter, erstickte seine Schreie. Er hielt sich nicht an ihr fest. Seine Ärmchen ragten links und rechts von ihrem Hals in die Luft, die Finger ins Leere gekrallt.

»Sie raubt mir Coulter!« schrie Eleanora. »Helft mir doch!«

Helter kam die Stufen herabgerannt, und sie hörte, daß andere ihm folgten. Die Frau warf Eleanora einen raschen, mitleidvollen Blick über die Schulter zu, dann rannte sie mit großen Sätzen über die Lichtung davon.

Coulter schrie sein hohes, zorniges Schreien. Eleanora stützte sich ungeachtet der Schmerzen auf die Ellbogen. »Nein!« schrie sie. »Er gehört mir!«

Doch die Frau schien sie nicht zu hören, oder falls doch, machte sie sich nichts daraus. Mit der Geschwindigkeit einer Katze überquerte sie die mondbeschienene Wiese. Die Männer folgten ihr in großem Abstand.

»Haltet sie auf!« rief ihnen Eleanora nach, doch keiner schien die Frau einholen zu können. Als sie den Rand der Lichtung erreicht hatte, riß Coulter sein Köpfchen von ihr los. Er schrie nach Eleanora, den Blick starr auf sie gerichtet, die Händchen nach ihr ausgestreckt.

Dann sprang die Frau mit großen Sätzen in den Wald, und Eleanora konnte Coulter nicht mehr sehen.

Die Männer rannten hinter der Frau her, ihre Füße brachen krachend durchs Unterholz. Sie hörte ihre Füße in der Ferne knacken. Die Frau konnte sie wahrscheinlich noch besser hören. Sie würden sie niemals einholen.

Eleanora ließ sich wieder auf den Boden sinken, die Kehle heiser vom Schreien, das Gefühl von Coulters angsterfülltem Klammergriff noch immer um den Hals. *Laß ihn nicht sterben*, betete sie zu wem auch immer. *Nicht nach allem, was er durchgemacht hat. Bitte. Laß ihn nicht sterben.*

18

Rugar mußte zugeben, daß die Szene ergreifend war. Er stand am Zugang zum Schattenland, unweit des Versammlungsblocks; Jewel und Burden standen neben ihm, ihnen gegenüber zwei Domestiken und in der Nähe des Tores vier Infanteristen. Der junge Gefangene stand direkt vor dem Tor, sein Vater neben ihm. Rugar war sich noch immer nicht sicher, ob er Jewels Abmachung gutheißen sollte. Seiner Meinung nach hätten sie die Information auch auf andere Weise bekommen, aber ihr Trumpf war, daß sie sie eben noch nicht hatten. Ihrer Meinung nach war es besser, über eine Quelle innerhalb des Schattenlandes zu verfügen, insbesondere eine, die einen Grund dafür hatte, ehrlich zu sein.

Jewel sah mitgenommen aus. Schon seit Wochen machte sie einen übermüdeten Eindruck und beklagte sich über das graue Einerlei der Schattenlande, aber die letzten paar Tage hatten einen besonderen Tribut gefordert. Die Auseinandersetzung mit Caseo und die Arbeit mit den Gefangenen hatten sie erschöpft, und die vergangene Nacht, die sie in der Gesellschaft der Domestiken und Hüter des Zaubers zugebracht hatte, um dafür zu sorgen, daß der Junge die richtigen Verbindungen zum Schattenland verpaßt bekam, hatten ihr übriges dazu getan.

Der Zauber hörte sich gut an. Die Sprüche hatten ihn ausreichend verzaubert und ihm einen Bann ins Haar gewoben, über dessen Verbindung sie ihn jederzeit ausfindig machen konnten. Die Hüter hatten den Verbindungsbann gegen Caseos Einwände ausgeführt und so allgemein gehalten, daß keiner der Hüter allein die Macht über ihn besaß. Auf diese Weise konnte im Falle des Ablebens aller daran beteiligten

Hüter auch die nächste Generation die Spur des Jungen aufnehmen.

Der Junge hatte nicht die geringste Ahnung, daß er unter einem Zauberbann stand. Er hatte gegessen und die Nacht im Domizil geschlafen, während die Fey ihn präpariert hatten. Jewel hatte mit den Traumreitern gesprochen, damit sie Träume für ihn webten, Träume, die er mit seinen Erinnerungen verwechseln würde und die seine Erlebnisse als Gefangener angenehmer erscheinen ließen. Sie ließ sich selbst in einer wichtigeren Rolle in diese Träume verweben, da der Junge ungefähr im gleichen Alter wie sie war. Anfangs hatte Rugar sich dagegen ausgesprochen, doch sie wollte die Verbindung des Jungen mit dem Schattenland möglichst vielschichtig gestaltet haben wissen.

Rugar hatte erst jetzt, in den letzten Wochen, festgestellt, wie gerissen seine Tochter geworden war. Bei ihrer Auseinandersetzung mit Caseo, dem Umgang mit ihm selbst und der Behandlung der Gefangenen hatte sie ihn sehr an ihren Großvater erinnert. Kein Wunder, daß der Schwarze König so wütend geworden war, als er erfahren hatte, daß Rugar sie zur Blauen Insel mitnehmen würde. Keines von Rugars anderen Kindern hatte diese Art von manipulativem Denken und dieses ausgeprägte Selbstbewußtsein entwickelt wie Jewel.

Die beiden Inselbewohner unterhielten sich leise in ihrer eigenen Sprache. Jewel hatte einen Fey gefunden, der die Inselsprache übersetzen konnte. Rugar selbst verstand kein einziges Wort. Jewel lauschte aufmerksam der Übersetzung, und ihre Mundwinkel sanken dabei immer weiter herab. Rugar legte die Hand auf ihren Arm. »Jetzt reicht es mit diesen Rührseligkeiten«, sagte er.

Jewel nickte kurz und warf ihm einen raschen Blick zu. »Es würde besser funktionieren, wenn du nicht mich, sondern das Verfahren unterbrechen würdest«, sagte sie.

So würde es aussehen, als übte er die Macht aus, während sie versuchte, ihn daran zu hindern. Er durchschaute ihr Spiel, aber selbst kam er nie darauf, sich derlei Tricks auszudenken. Möglicherweise hatte ihn sein Vater deshalb mit einer gewissen Erleichterung ziehen lassen. Wenn Rugar aus dem Weg geschafft war, konnte ein gewitzterer Geist die Fey regieren.

Er trat vor und klatschte in die Hände.

»Auf Nye«, rief sie ihm leise in Erinnerung, so leise, daß kein anderer sie hören konnte.

»Das genügt!« rief er. Sein Nye klang rauh und schwerfällig. Auch wenn es ihm selbst mißfiel, konnte er sich einfach nicht von seinem kräftigen Akzent trennen. Er hatte ein Gespür für das Kriegshandwerk, aber nicht für die Feinheiten der Sprache. »Wenn ihr noch weiter redet, bleibt der Junge hier.«

Der Junge warf Jewel sofort einen verträumten Blick zu, den sein Vater glücklicherweise nicht bemerkte. Der Vater hatte sich fast bittend ebenfalls Jewel zugewandt, doch Rugar baute sich vierschrötig auf, verschränkte die Arme und blickte so grimmig auf sie herab, daß keiner es wagte, ein Widerwort an ihn zu richten. Der Vater nickte, auch wenn die Geste wider sein besseres Wissen zu erfolgen schien, und zog den Sohn an sich.

Auch der Gesichtsausdruck des Jungen war von Traurigkeit gezeichnet. Es war ja nicht so, daß sie sich niemals wiedersehen würden. Diese Inselbewohner … ihre Sentimentalität würde letzten Endes ihren Untergang besiegeln.

»Burden«, sagte Rugar auf Nye. »Begleite den Jungen bis an die Grenzen von Jahn.«

Burden löste sich von Rugars Seite, packte den Jungen an der Schulter und zog ihn von seinem Vater weg. Der Vater hielt den Jungen an den Armen fest, als wollte er ihn nie wieder loslassen.

»Adrian«, sagte Jewel sanft auf Nye. »Wir haben eine Abmachung getroffen.«

Der Mann umfaßte die Arme des Sohnes voller Zärtlichkeit, bevor er losließ. Dann biß er sich auf die Unterlippe und sah zu, wie Burden den Jungen zum Torkreis führte. Burden intonierte den Öffnungsspruch für diejenigen, die nicht befähigt waren, die Tür allein zu öffnen. Der Kreis tauchte weit und verlockend vor ihnen auf. Durch ihn hindurch konnte Rugar schwarze Baumrinde sehen, das Grün des Waldbodens und ein Stück blauen Himmels. Der Wind trieb den Geruch von Immergrün herein.

Burden trat durch den Torkreis und zog den Jungen mit sich. Als der Junge hindurchtrat, schimmerte er auf, und der Vater machte einen Schritt auf sie zu. Einer der Domestiken packte ihn am Arm und hielt ihn zurück. Der Torkreis schloß sich wieder, und der Mann drehte sich zu Jewel um.

»Ich werde meinen Teil unserer Abmachung einhalten«, sagte er auf Nye. »Ich kann dir nur raten, daß du den deinen auch einhältst.«

»Ich halte mein Wort«, nickte Jewel.

»Das hoffe ich«, erwiderte der Vater. Eine Domestikin nahm Adrians Arm, und er folgte ihr zum Domizil. Jewel und Rugar blieben allein am Versammlungsblock zurück.

»Ich hoffe, du hast keinen Fehler begangen«, sagte Rugar in Fey.

»Ich erwarte mir einiges von ihm«, sagte Jewel. »Es ist doch alles völlig harmlos abgelaufen. Ich hatte halb erwartet, daß er hinter seinem Sohn her durch das Tor springt.«

»Was hättest du in diesem Falle getan?« wollte Rugar wissen.

»Ich hätte sie beide getötet«, sagte Jewel ohne die leiseste Gefühlsregung. Rugar streifte sie mit seinem Blick. Sie war nicht nur die Enkelin des Schwarzen Königs. Sie war auch seine Tochter. Diese Skrupellosigkeit hatte sie von ihm.

Rugar lächelte und legte ihr die Hand auf die Schulter, wobei er sich einen Moment lang nach der Nähe sehnte, die er zwischen dem Inselvater und seinem Sohn erlebt hatte. Soviel liebevolle Zuneigung war noch nie sein Fall gewesen. »Du hast deine Sache gut gemacht«, sagte Rugar.

»Vielen Dank«, antwortete Jewel und legte ihre Hand auf seine. Genau in diesem Augenblick öffnete sich der Torkreis. Rugar drehte sich um. Er spürte, wie sich Jewels Schulter versteifte. Beide rechneten damit, daß Burden zurückkam und von einem Problem mit dem Jungen berichtete.

Statt dessen traten Frill und Ipper hindurch. Frill war ein so zarter Junge, daß er beinahe zerbrechlich wirkte. Ipper spionierte schon für Rugar, seit dieser sein erstes Kommando übernommen hatte. Er war mit zunehmendem Alter runder geworden, verfügte aber über eine Grazie, die dem Jüngeren völlig fehlte. Beide verzogen beim Eintreten erstaunt die Gesichter.

Rugar nahm die Hand von Jewels Schulter. »Habt ihr Neuigkeiten für mich?« fragte er.

Ipper nickte. »Können wir irgendwo ungestört mit dir reden?«

Es handelte sich also nicht um gewöhnliche Nachrichten. Rugar seufzte. Er hatte sich ganz normale Nachrichten erhofft. Eine einfache Mitteilung, daß sich der Doppelgänger an der Schaltstelle ihrer Religion aufhielt, hätte ihm vollauf genügt.

»In meiner Hütte«, sagte er. »Jewel, du kommst mit.«

Er ging voraus. Seine Schultermuskeln waren angespannt. Sie waren schon das ganze Jahr über verspannt gewesen, und sein Magen plagte ihn immer heftiger. Er hatte diese ganzen Sorgen satt, hatte die Nase voll von diesem Mangel an Kontrolle. Es war höchste Zeit, daß sich das Blatt zugunsten der Fey wendete.

Als Jewel die Hütte erreicht hatte, sprang sie die Stufen

empor und öffnete die Tür. Ein schwacher Geruch von Holzrauch empfing die Ankömmlinge, obwohl das Feuer aus und die Hütte dunkel war. Jewel weckte die Fey-Lampen, und Rugar klappte ein paar Stühle auf. Ipper schloß die Tür.

»Na schön«, sagte Rugar. »Was gibt's?«

»Tel ist verschwunden«, sagte Frill. Er setzte sich rittlings auf den der Tür am nächsten stehenden Stuhl und streckte die dürren Beine aus.

»Verschwunden?« entfuhr es Jewel.

Frill nickte. »Er sollte sich um Mitternacht mit mir treffen. Ich habe bis zum Morgengrauen gewartet, bis Ipper kam und mich abholte. Tel ist nicht aufgetaucht.«

»Besteht die Möglichkeit, daß ihr am falschen Ort wart oder zur falschen Zeit auf ihn gewartet habt?«

»Wir haben die Treffpunkte mit Solanda vor ihrem Ausflug ausgemacht«, sagte Ipper. »Es sein denn, ihr glaubt, daß sie etwas durcheinandergebracht hat.«

Rugar lächelte. Solandas Gedächtnis reichte weit zurück und kannte jede Kleinigkeit. Das wußte er aus persönlicher Erfahrung. »Sie bringt ihre Informationen niemals durcheinander.«

»Sucher ist am Treffpunkt erschienen«, sagte Ipper. »Und er hatte Neuigkeiten zu berichten.«

»Kennt er das Geheimnis?« Rugar konnte die Aufregung in seiner Stimme nicht verbergen.

»Nein.« Ipper zog seinen Stuhl heran und setzte sich. »Und seine Nachrichten klingen nicht sehr ermutigend.«

»Oje.« Auch Jewel setzte sich hin.

Rugar blieb weiterhin stehen. Er würde sich erst alles anhören.

»Sucher hat es geschafft, bis in den Tabernakel vorzudringen, aber es ist ihm nicht gelungen, einer der höherrangigen Schwarzkittel zu werden. Er meinte, vielleicht gelingt es ihm besser, wenn er erst einmal drinnen ist. Das Problem besteht darin, daß nur zwei der Schwarzkittel wissen, was in dem Gift enthalten ist – und das sind die beiden, die es herstellen. Sie stehen in ständiger Berührung damit. Er ist nicht einmal sicher, ob er sich in einen von ihnen verwandeln kann. Er hat Angst, dabei auf der Stelle zu sterben.«

»Hat er diese Information überprüft?« fragte Rugar. »Ist er sicher, daß seine Person verläßliche Informationen darüber hat?«

»Ja, er ist völlig sicher. Alle diese Religionstypen wissen, daß das Wissen über das Gift zu den Vorrechten dieses Amtes gehört. Es ist so, als wechselte ein Fey mit zunehmender Erfahrung sein magisches Talent, als könnte ich lernen, Visionär oder Solanda zu werden.« Ipper stöhnte. »Nachdem Tel nicht erschienen ist, sieht es ganz so aus, als habe er versucht, sich in einen der Schwarzkittel zu verwandeln, und sei dabei gestorben.«

»Sonst hätte er es sicher einrichten können, sich mit uns zu treffen«, gab Frill zu bedenken. »Er weiß, daß man ein Treffen nicht einfach verpaßt. Ich habe schon mit ihm zusammengearbeitet – so etwas hat er noch nie gemacht, nicht seit wir auf der Blauen Insel sind.«

Rugar stieß einen unterdrückten Fluch aus. Von den sechs Doppelgängern, die er mitgebracht hatte, waren drei in diesem Tabernakel gestorben. Zwei waren im Palast draufgegangen. Einer war unter hohem Risiko im Tabernakel verblieben und konnte zu diesem Zeitpunkt bereits ebenfalls tot sein.

»Papa?« sagte Jewel. Jemand hatte ihn angesprochen.

»Entschuldigung«, sagte er. »Ich habe nachgedacht.«

»Vergib mir, Herr«, sagte Ipper, »aber ich finde, wir sollten Sucher dort herausholen. Wenn er nichts herausfinden kann, ohne dabei zu sterben, dann nützt er uns dort überhaupt nichts.«

»Mir fällt kein besserer Ort ein, an dem er sich zur Zeit aufhalten könnte«, erwiderte Rugar.

»Aber er ist der einzige Doppelgänger, der uns noch geblieben ist«, warf Jewel ein.

Rugar zog die Stirn kraus. Der Zorn kam wieder über ihn, heftig und stark. Er haßte es, hier in der Falle zu sitzen. Er haßte es, der Gnade des Inselgifts ausgeliefert zu sein. Er mußte sich einen Ausweg ausdenken, aber seit einem Jahr war ihm nicht sonderlich viel eingefallen.

»Wann ist das nächste Treffen ausgemacht?« wandte sich Rugar an Ipper.

»Morgen«, antwortete Ipper. »Er hoffte, bis dahin mit besseren Nachrichten aufwarten zu können.«

»Hatte er einen Plan?« wollte Rugar wissen.

Ipper schüttelte den Kopf. »Nur den, die beiden Schwarzkittel, die das Gift herstellen, zu beobachten, um eventuell herauszufinden, ob es ein Teil von ihnen ist. Wenn nicht, dann wollte er mich in seiner neuen Gestalt treffen.«

Rugar stieß langsam den Atem aus. Es schien ganz so, als sei auf diesem Eiland nichts einfach zu bewerkstelligen. »Wenn er in seiner neuen Gestalt auftaucht, dann kennt er auch das Geheimnis des Giftes, richtig?«

Ipper nickte.

»Wenn nicht, dann hat er Schwierigkeiten, oder er wird bei dem Versuch, die Information zu erlangen, sterben.« Rugar warf Jewel einen Blick zu. Sie betrachtete ihn aufmerksam. »Wenn du ihn morgen triffst, bring ihn zurück ins Schattenland.«

»Auf jeden Fall?« fragte Ipper nach.

»Auf jeden Fall.« Rugar legte die Fingerspitzen aneinander. »Wenn wir das Geheimnis des Giftes nicht auf diese Weise erfahren, dann wissen wir wenigstens, wen wir foltern müssen, um es herauszukriegen.«

19

Es war schon einige Wochen her, seit Alexander zum letzten Mal den Palast verlassen hatte. Der Wind fuhr ihm durchs Haar, eine Strähne fiel ihm über die Augen. Er hatte sich einen von Nicholas' Lederriemen ausgeborgt, um es zurückzubinden, aber sein Haar war kürzer als das seines Sohnes und wollte nicht recht halten.

Um weniger auffällig zu sein, trug er die Reithosen und das Wams seiner Garde. Lord Stowe hatte zu bedenken gegeben, daß die Fey darauf aus sein könnten, Alexander durch einen Mordanschlag aus dem Weg zu räumen, um die Moral der Inselbewohner zu schwächen. Vor einem Jahr hätte das wohl noch eine ernsthafte Krise heraufbeschworen, jetzt nicht mehr. Nicholas war in seine Rolle als Kronprinz hineingewachsen, er war bereit, die Königswürde zu übernehmen. Alexanders Tod würde sein Volk im Kampf mit den Fey wohl eher noch mehr befeuern.

Trotzdem ließ er sich überallhin von einem Trupp seiner Leibgarde begleiten. Da er an diesem Nachmittag das Schloß verlassen wollte, scharte sich die Garde um ihn. Einige von ihnen waren sogar entlang der Route postiert worden. Er wünschte sich, nur einmal noch einfach so drauflosreiten zu können, wenn er den Wunsch danach verspürte. Doch dem war nicht so. Sein Leben war kostbar. Nicht nur für ihn, sondern für die Blaue Insel.

Das Burgverlies befand sich im hinteren Teil der Unterkünfte für die Wachmannschaften, gegenüber dem Palasttor. Das Verlies selbst war von der übrigen Stadt durch eine Baumreihe abgetrennt, die im Quadrat rings um das Gebäude gepflanzt war. Auf der Innenseite dieses Wäldchens standen Wachtposten, die, wenn ein Gefangener einsaß, ständig die Eingänge im Auge behielten. Die Strafen waren sehr hart, denn die Wachen benutzten das Gebäude zur Bestrafung ihrer eigenen Leute.

Als Monte ihn aufgesucht und ihm mitgeteilt hatte, sie hätten einen Fey gefangengenommen, den sie nicht ins Verlies werfen wollten, hatte Alexander sofort aufgehorcht. Bislang waren alle gefangenen Fey während der Gefangenschaft verschwunden oder hatten sich, falls sich keine Gelegenheit dazu ergeben hatte, umgebracht. Keiner der in den Schlachten und Handgemengen gefangenen Fey hatte Jahn lebend erreicht.

Nicholas wollte den Gefangenen selbst befragen, doch Alexander hatte es nicht zugelassen. Er hatte gehört, daß die Fey hexen und verzaubern konnten, und er vermutete ohnehin, daß Nicholas etwas in der Art zugestoßen sein konnte, als er am Tag der Invasion auf den weiblichen Fey getroffen war. Aufgrund seiner Jugend und Unerfahrenheit mochte Nicholas für derlei magische Tricks zu anfällig sein. Alexander sollte den Gefangenen auch nicht selbst befragen, aber er wollte beurteilen, ob der Gefangene bluffte oder nicht. Er nahm sich vor, soviel Platz wie möglich zwischen sich und dem Gefangenen zu lassen.

Monte stand bereits wartend vor dem Verlies. Alexander reichte einem der Wächter ein Fläschchen Weihwasser und hielt sich ein wenig abseits, während der Mann Monte der Probe unterzog. Dann nickte Monte, und Alexander folgte ihm nach drinnen.

Das Gebäude roch nach Schweiß, Angst und Urin. Zwischen den Türen hingen, jeweils mehr als eine Armeslänge von jeder entfernt, Fackeln an den Wänden. Das hieß, daß die großen Eichentüren selbst im Dunkeln lagen. Hin und wieder konnte er durch den schmalen Schlitz, der auf Augenhöhe in das Holz geschnitten war, das Rasseln von Ketten oder den schwachen

Ruf eines Gefangenen hören. Zur Zeit befanden sich in diesem Gemäuer fünf Gefangene, derjenige, den Alexander sehen wollte, nicht mitgezählt. Zwei der fünf anderen saßen wegen Diebstahls im Palast ein, einer wegen Vernachlässigung seiner Pflichten, und zwei, weil sie versucht hatten, bei der Invasion der Fey ihren Posten zu verlassen. Alexander hatte die Motive der Deserteure durchaus nachvollziehen können: Beide hatten geltend gemacht, nur geflohen zu sein, weil sie sich versichern wollten, ob es ihren Familien noch gutgehe. Doch die Garde des Königs legte einen Schwur ab, der Gott und König über ihre Familien stellte, und deshalb war das unerlaubte Verlassen ihres Postens ein schweres Verbrechen.

Die anderen fünfzehn, die das gleiche getan hatten, waren bereits hingerichtet worden. Bei den beiden letzten konnte sich Alexander nicht bis zum Äußersten durchringen: Sie waren so jung und unschuldig, daß sie ihn an Nicholas erinnerten.

Monte führte ihn durch einen Gang, den der König noch nie zuvor betreten hatte. Er schob sich an der ersten Reihe von Zellen vorbei, weiter nach hinten, zu dem Raum, in dem die uralten Folterinstrumente aufbewahrt wurden. Vor dieser Tür blieb Monte schließlich stehen. Er nahm eine Fackel aus ihrer Halterung, reichte sie einem von Alexanders Leibwächtern und bat den Mann, von dem Gefangenen Abstand zu halten. Dann wählte er den richtigen Schlüssel aus dem Schlüsselring an seinem Gürtel aus, sperrte die schwere Eichentür auf und ging hinein. Alexander und zwei seiner Soldaten folgten ihm.

Alexander holte tief Luft. Seit dem Vorfall mit diesem Mädchen vor einem halben Jahr war er keinem Fey mehr nahe gekommen. Ihre Unerschrockenheit und ihr Selbstbewußtsein hatten ihm Angst eingejagt. Obwohl sie die Gefangene gewesen war, hatte sie ihm den Eindruck vermittelt, viel stärker als er zu sein.

Diese Zelle war anders als die anderen ausgestattet. Der

Boden war aus Stein, und neben der Tür waren Fackelhalterungen an den Wänden befestigt. Monte zündete mit seiner Fackel die anderen an.

Das zusätzliche Licht enthüllte ein weiteres Gebilde. Ein rechteckiger Bereich des Raums war mit einem Gitter abgetrennt, und in diesem Gitter befand sich eine weitere Tür mit einem Schloß. Dahinter waren ein Strohhaufen sowie Essen und Wasser zu sehen. Es roch leicht nach Urin, da der Raum jedoch recht groß war, hielt sich der Geruch im Vergleich zum Korridor in erträglichen Grenzen.

Hinter dem Gitter, die Hände um die Stäbe gelegt, stand ein kleiner Mann und betrachtete seine Besucher. Alexander staunte über die geringe Größe des Mannes. Er hatte gedacht, alle Fey seien groß und dünn. Keinesfalls hätte er jemanden erwartet, der kleiner als er selbst und obendrein viel schwerer war, obwohl ihm auffiel, daß der kleine Mann eher untersetzt und kräftig als dick war.

»Ich kann mich an diesen Raum gar nicht erinnern«, sagte Alexander.

»Ich glaube, es ist der allererste Raum, der im Verlies gebaut wurde.« Monte lächelte und steckte seine Fackel in eine Halterung. Sämtliche Fackelhalter befanden sich außerhalb der Reichweite des Gefangenen.

Alexander wandte sich an den kleinen Mann und fragte ihn in der Sprache der Inselbewohner: »Wie heißt du?«

Der kleine Mann antwortete mit einem kehlig ausgesprochenen Wort, das Alexander nicht recht verstand. Das war ein gutes Zeichen. Der kleine Mann versuchte nicht zu verbergen, daß er die Sprache beherrschte.

Dann lächelte der kleine Mann. »Die Übersetzung auf Nye bedeutet soviel wie ›Fledderer‹.«

Alexander zeigte ihm, wie man ›Fledderer‹ in der Inselsprache aussprach, und der kleine Mann übte es einige Male, wobei er sich am Klang der Silben erfreute. Alexander stellte sich ein Stück weiter als Armeslänge vor das Gitter und musterte den kleinen Mann.

Er hatte den gleichen hochnäsigen Ausdruck im Gesicht wie die Frau damals, nur sah es bei ihm aus, als hätte ihm jemand seine Züge allzu hastig aufgemalt. Seine Augenbrauen waren dunkel und klebten ihm wie Flügel an der Stirn, ein typisches Merkmal der Fey. Die schwarzen Augen funkelten vor Intelligenz, und seine Wangenknochen waren so hoch angesetzt, daß seine Wangen fast hohl wirkten. Seine Haut war blasser, als es Alexander jemals bei einem Fey gesehen hatte, und seine Kleidung war mit dunklen Flecken übersät. Er strömte einen Geruch aus, der entfernt an den Tod erinnerte.

Alexander verschränkte die Hände auf dem Rücken. »Monte hat mir gesagt, deine eigenen Leute hätten versucht, dich umzubringen. Er sagt, du suchst Schutz bei uns, im Gegenzug lieferst du uns Informationen. Das kommt mir wie ein perfekt ausgeklügelter Plan vor, um uns dazu zu bringen, einem von euch zu vertrauen, damit er uns dann alle hintergeht.«

Der kleine Mann, Fledderer, hörte zu grinsen auf. Er schob sich so dicht an das Gitter wie möglich und starrte Alexander an. »Wer seid Ihr?« fragte er. »Bestimmt eine wichtige Persönlichkeit. Die Männer um Euch herum benehmen sich so, als wäret Ihr alles Land der Welt wert.«

Alexander hatte nicht vor, sich zu erkennen zu geben. »Ich bin der letzte, mit dem du dich unterhalten wirst. Anschließend beratschlagen wir darüber, was wir mit dir anfangen.«

Fledderer seufzte. »Einmal machtlos, immer machtlos«, murmelte er und lehnte die Stirn an die Stäbe. »Hört zu, ich bin ehrlich zu Euch. Die Lage kann nicht schlimmer werden, als sie jetzt ohnehin schon ist. Ich kann nicht mehr zu meinem Volk zurück, und Eure Gastfreundlichkeit läßt ebenfalls einiges zu wünschen übrig.« Er sah auf, und seine dunklen Augen funkelten im Licht. »Meine Leute sind nicht darauf angewiesen, daß jemand wie ich für sie spionieren geht. Dafür haben wir Doppelgänger.«

Er sprach das Wort so aus, als müsse Alexander wissen, was es bedeutete. Es würde ein langer Nachmittag werden. »Doppelgänger?«

»Fey, die sich in einen von euch verwandeln können. Im Palastbereich gab es drei von ihnen, jedenfalls soweit ich weiß.«

Alexanders Mund wurde trocken. Er erinnerte sich an den Ausdruck des Entsetzens in Stephans Gesicht und an Nicholas' Stimme: *Das ist nicht Stephan. Wenn er Stephan wäre, brauchte er keine Angst vor dem Weihwasser zu haben.*

Alexander schwieg, und der kleine Mann lächelte wieder. »Aah, wie ich sehe, habt Ihr einen von ihnen bereits kennengelernt.« Sein Lächeln wurde breiter. »Natürlich sind sie in der Lage zu töten, aber nur während des Prozesses des Körperwechsels, was sie zu hervorragenden Spionen und gefürchteten Attentätern macht. Falls Ihr Euch wundert, wie Ihr es geschafft habt, mit Vipern in Eurem Haus zu überleben.«

Alexander hatte sich schon darüber gewundert, doch das mußte der kleine Mann nicht unbedingt wissen. »Wer sind die drei?«

»Ich kenne sie als ...« – Fledderer sagte drei Worte, die Alexander nicht kannte – »... was in etwa Sucher, Tel und Schattengänger bedeutet. Ich habe keine Ahnung, unter welchem Namen ihr sie kennt. Das kann sich von Tag zu Tag ändern. Habt ihr irgendwo ein paar Knochen herumliegen sehen, oder vielleicht ein paar Blutlachen? Das sind die Spuren, die ein Doppelgänger zurückläßt, insbesondere, wenn er zur Eile gezwungen ist und seinen Verwandlungsort rasch verlassen muß.«

Alexander lief es eiskalt den Rücken herunter, und er

richtete sich gerade auf, um sich seine Unsicherheit nicht an der Haltung anmerken zu lassen. Mindestens ein Fey im Tabernakel und drei im Palast! Allein die Vorstellung entsetzte ihn. »Wie viele Doppelgänger gibt es auf der Blauen Insel?«

»Ungefähr sechs«, sagte der kleine Mann, »es sei denn, ein paar Junge sind inzwischen in den Vollbesitz ihrer magischen Kräfte gekommen und haben Befähigung zur Doppelgängerei bewiesen.«

Sechs. Sechs von diesen Wesen konnten innerhalb eines Jahres einen unermeßlichen Schaden anrichten.

Der kleine Mann klammerte sich fester an die Gitterstäbe. Das Lächeln in seinem Gesicht verblaßte. »Seht Ihr, wie wertvoll Information sein kann?« sagte er. »Ich nehme an, Ihr habt hier keine streunende Katze gesehen, oder? Sie ist eine unserer begabtesten Gestaltwandlerinnen. Sie behaupten, die perfekten Fey zu sein, obwohl ich meine Zweifel daran habe.«

Alexander räusperte sich. »Ich habe nicht um diese Information gebeten. Warum gibst du sie trotzdem preis?«

»Weil ich möchte, daß Ihr mir glaubt, daß ich es ernst meine«, erwiderte der kleine Mann. »Ich möchte, daß Ihr wißt, daß wir auf der gleichen Seite stehen. Ich kann nicht mehr zu meinen ehemaligen Gefährten zurück. Ich dachte, ich könnte bei euch eine neue Heimat finden.«

»Eine neue Heimat?« Montes Stimme klang erstaunt. Alexander hob die Hand und brachte ihn zum Schweigen.

»Was bekommen wir dafür, daß wir dir erlauben, in unserer Mitte zu leben?«

»Mein Wissen über die magischen Künste und die Hierarchie der Fey«, antwortete der kleine Mann. »Ich weiß alles, was ihr wissen müßt, um sie zu bekämpfen.«

»Wir scheinen uns auch selbst unserer Haut recht gut wehren zu können«, gab Alexander zu bedenken.

Der kleine Mann zuckte die Achseln. »Bis sie das Geheimnis

eures Giftes entdeckt haben. Dann werden sie alle gesammelten Informationen einsetzen, um euch zu vernichten!«

»Drohungen machen mir keine Angst«, meinte Alexander.

»Das ist keine Drohung«, konterte der kleine Mann. »Es ist die Wahrheit. Ich habe den Kriegszug gegen Nye mitgemacht. Ich kenne die Geschichte meines Volkes. Wir verlieren nie.«

»Und was ist hier mit euch passiert?« warf Monte ein.

Das Lächeln erschien wieder auf dem Gesicht des kleinen Mannes. Es berührte seine Lippen, doch seine Augen sahen leer aus, ein Blick, der Alexander noch einen Schauer über den Rücken jagte. »Ihr habt die Schlachten gewonnen, doch der Krieg dauert an. Wir sind Fey. Wir verschwinden nicht, ehe wir gewonnen haben – koste es, was es wolle.«

»Danach habe ich nicht gefragt«, sagte Monte. »Du sagtest, deine Leute verlieren nicht, und doch steckt ihr hier schon ein ganzes Jahr fest, ohne Nachschub, ohne Verstärkung und ohne ein Mittel gegen unser Weihwasser gefunden zu haben. Das sieht mir eher nach einer Niederlage aus.«

Der kleine Mann seufzte und schien zum ersten Mal nach Worten zu suchen. »Es ist ungewöhnlich, das gebe ich zu. Deshalb greifen sie auch zu ungewöhnlichen Maßnahmen. Sie fangen mit nichtswürdigem Leben wie dem meinen an und gehen immer höher. Sie versuchen herauszufinden, wie euer Gift funktioniert. Sie wollten mich damit begießen und sehen, ob ich es überlebe. Sie rechneten damit, weil ich nicht über Zauberkräfte verfüge.«

»Glaubst du das?« fragte Alexander.

Der kleine Mann schüttelte den Kopf. »Würdet Ihr das Risiko eingehen? Welcher vernünftig denkende Mensch würde das tun? Ich weiß, daß nach der Ersten Schlacht um Jahn zwei Rotkappen nicht mehr zurückgekehrt sind. Das heißt, sie sind tot, und Rotkappen halten sich nie im Schlachtgetümmel auf. Unsere Arbeit beginnt, wenn die Schlacht geschlagen ist.«

»Was ist das für eine Arbeit?« fragte Alexander.

»Wir befreien die Leichen von ihren nützlichen Bestandteilen«, sagte der kleine Mann.

Alexander hätte beinahe gewürgt. »Ihr enthauptet Leute?«

»Nein, nicht so kraß. Wir ziehen die Haut ab, die Muskeln und dann das Blutgewebe von den Knochen. Aber die Opfer sind ja bereits tot. Die Körper würden ohnehin verwesen. Und unsere Hüter des Zaubers brauchen diese Teile zur Entwicklung ihrer Zauber. Auch Kinder können bestimmte Teile beim Erwerb ihrer Magie gebrauchen. Es wäre doch die reine Verschwendung, derartig wertvolles Material einfach verrotten zu lassen.«

Alexander brachte vor Entsetzen kein Wort heraus. Der kleine Mann redete so gelassen über diese Dinge, als seien sie normal. Offensichtlich waren sie das für ihn. Alexander konnte sich nicht einmal vorstellen, derlei Arbeiten zu verrichten, geschweige denn glauben, daß sie für irgend etwas gut sein könnten.

»Das schockiert Euch wohl«, sagte der kleine Mann.

Alexander warf Monte einen Blick zu. Monte schaute weg. Keinem von beiden gefiel es, wie aufmerksam der kleine Mann war. »Was hast du davon, wenn du zu uns überläufst?« wollte Alexander wissen. »Wenn wir dein Volk besiegen, kannst du nie wieder nach Hause zurück. Und wenn wir verlieren, bringen sie dich um, weil du sie verraten hast. Wir haben eine andere Kultur, andere Überzeugungen, und wir könnten dich ebensogut gleich hier niedermachen. Auf der Stelle.«

Der kleine Mann lächelte. »Ich spekuliere auf Euren Mangel an Aggressivität. Außerdem kann ich an Euren Handlungen ablesen, daß Ihr viel zuwenig über die Fey wißt, um Euch ihnen auf Dauer widersetzen zu können – Ihr werdet sterben, und Euer ganzes Volk wahrscheinlich mit Euch.«

»Du scheinst davon überzeugt zu sein.«

»Dazu bedarf es wenig«, sagte der kleine Mann. »Ihr wußtet nicht einmal, daß sich Spione in Euren Reihen aufhalten. Wie nahe ist einer von ihnen Euch selbst gekommen, Euer Hoheit? Ihr seid doch der König, oder nicht? Kein anderer, den ich in dieser Stadt gesehen habe, verfügt über ein derart auf Schutz bedachtes Gefolge.«

Alexander starrte ihn an und kämpfte hart dagegen an, dem Mann sofort zu antworten. Wenn dieser aufmerksame Kerl einer der unbedeutenden Fey war … wie scharfsinnig mochten da wohl die richtigen Fey sein?

Das Lächeln des kleinen Mannes wurde breiter. »Ich bin in der Lage, Macht wahrzunehmen, Euer Hoheit, weil ich selbst sie nicht besitze. Nicht alle meinesgleichen sind so begabt. Die meisten verlassen sich viel zu sehr auf ihre Zaubermacht. Da sie mir nun mal nicht zur Verfügung steht, verlasse ich mich auf mich selbst – was mir nicht viel geholfen hat, bis auf die Tatsache, daß ich hierher zu euch gekommen bin, aber zumindest das hat funktioniert.«

Alexander mußte rasch reagieren, um bei der Unterhaltung wieder die Oberhand zu gewinnen. »Das einzige Wissen, das mich interessiert, ist Wissen, mit dessen Hilfe ich die Fey so schnell wie möglich besiegen kann.«

»Dann seid Ihr ein Narr«, sagte der kleine Mann. »Denn auf diese Weise mögt Ihr sämtliche Pläne zu ihrer Vernichtung ausgearbeitet und zur Verwirklichung bereitliegen haben, um dann zu erfahren, daß Eure engsten Vertrauten selbst Fey sind. Das ist mehr, als einem König bei mehr als einer entscheidenden Schlacht passiert.«

»Keinem dieser anderen Anführer stand das Weihwasser zur Verfügung. Jeder meiner Ratgeber muß sich damit benetzen, bevor er auch zu mir eingelassen wird.«

»Derlei Vorteile verflüchtigen sich über Nacht«, erwiderte der kleine Mann. »Und dann steht Ihr mit leeren Händen da.«

»Falls ich in Erwägung ziehen sollte, mit dir zusammenzuarbeiten«, sagte der König, »was passiert mit dir, wenn wir fertig sind?«

»Kommt darauf an, wozu Ihr mich einzusetzen gedenkt«, antwortete der kleine Mann. »Alles, was ich von Euch verlange, ist ein Häuschen auf Eurem Gebiet, in dem ich ein normales Leben führen kann. Keine Leichen mehr, keine Intrigen mehr. Nur ein einfaches Häuschen, ein kleines Einkommen und eine Zukunft.«

Das hörte sich vernünftig an. Alexander wollte gerade seine Zustimmung kundtun, als Monte sich einmischte: »Du bist unser Feind. Du siehst aus wie unsere Feinde. Viele von uns haben ihre Familie und ihre Freunde durch die Hand von deinesgleichen verloren. Egal was du tust, du wirst auf der Blauen Insel niemals ein friedliches Leben führen können.«

»Dann bringt mich bei denjenigen unter, die begreifen, was ich getan habe, und garantiert mir meine persönliche Sicherheit.«

»Das wäre kein sehr angenehmes Leben«, sagte Monte.

»Glaubst du, meine momentane Lage ist sehr angenehm?« fuhr ihn der kleine Mann an. »Ich fleddere Leichen und gehe damit denen aus dem Weg, die ›begabter‹ sind als ich. Außer in Befehlen redet niemand mit mir, bis auf andere Rotkappen. Wir hausen in einem abgesonderten Bereich des Lagers. Nicht einmal in die Nähe ihrer Kinder lassen sie uns, aus Angst, wir könnten sie besudeln. Wenn wir, wie ich es getan habe, ein Widerwort geben, stiften sie die Hüter des Zaubers – selbstverständlich auf sehr subtile Weise – dazu an, uns für ihre Experimente zu mißbrauchen. Im Frieden sterben mehr Rotkappen als im Krieg. In ihren Augen besitzen wir nicht den geringsten Wert. Zumindest hier wäre ich von einem gewissen Wert für Euch. Ich könnte Euch in die Lage versetzen, die Blaue Insel zu retten.«

»Trotzdem würdest du abseits leben«, warf Monte ein. »Und du würdest weiterhin die Kinder erschrecken.«

Alexander legte ihm die Hand auf den Arm. »Noch nie zuvor ist ein Fremder auf die Blaue Insel gekommen und hat versucht, einer von uns zu sein. Wir hatten Nye hier, die stets höflich behandelt worden sind. Wir haben das Beispiel unseres Roca, der seine Feinde nicht tötete, und wir haben eine Religion, die Mitgefühl und Nachsicht predigt. Womöglich ergeht es Fledderer unter diesen Umständen auf der Blauen Insel besser als bei seinem eigenen Volk.«

Monte wollte etwas erwidern, doch Alexander drückte seinen Unterarm. Es war ihm egal, ob seine Einschätzung richtig war. Er wollte lediglich den kleinen Mann von ihrer Richtigkeit überzeugen.

»Wenn Ihr mir helft«, sagte der kleine Mann, »verrate ich Euch alles, was Ihr wissen müßt.«

»Weißt du denn, wie man dein Volk besiegen kann?« fragte Alexander.

»Es ist nicht mit einem Schlag zu bewerkstelligen«, gab der kleine Mann zu. »Aber wenn Ihr alle Tricks kennt, stehen die Chancen dazu wesentlich besser.«

Wieder wollte Monte etwas sagen, und wieder hielt ihn Alexander am Arm zurück. »Na schön«, sagte Alexander zu dem kleinen Mann. »Wir werden mit dir zusammenarbeiten. Vorerst jedoch halten wir dich unter Bewachung. Und du wirst zu meinen Bedingungen arbeiten. Ist das klar?«

Der kleine Mann drängte dichter ans Gitter, als sei er mit dieser Nachricht durchaus einverstanden. »Völlig klar«, sagte er.

»Gut«, meinte Alexander. »Monte, ich möchte, daß du diesem Mann ein Quartier mit einem richtigen Bett besorgst. Sorge dafür, daß er zu essen bekommt und sich wohl fühlt. Außerdem möchte ich ihn weit entfernt von neugierigen

Blicken und anderen arglosen Seelen wissen. Das Gebäude soll gut bewacht werden, damit er sich stets bewußt ist, daß er noch immer unser Gefangener und unserer Kontrolle ausgesetzt ist.«

Er drehte sich zu dem kleinen Mann um. »Wir bringen dich an einen angenehmeren Ort, wo wir beide uns weiter unterhalten werden. Deine Informationen über die Fey gibst du ausschließlich an mich weiter. Hast du verstanden?«

»Ja, Sire«, sagte der kleine Mann.

»Ich habe dir meinen Titel nicht genannt«, sagte Alexander. »Gehe nicht von falschen Vermutungen aus.«

»Entschuldigt bitte«, sagte der kleine Mann. »Trotzdem möchte ich Euch meines Dankes für Eure Bemühungen versichern.«

Alexander wandte sich halb von dem kleinen Mann ab, und seine Leibwache schloß einen Kreis um ihn. »Komm mit, Monte, wir haben noch andere Dinge zu besprechen.«

Er verließ den Raum und trat auf den Korridor hinaus. Hier war die Luft frischer, nicht so stickig. Er wartete nicht ab, ob Monte ihm folgte. Statt dessen ging er den Gang hinunter bis zum Eingang des Gebäudes. Er trat ins Freie und holte tief Luft, froh darüber, dem Gestank entronnen zu sein.

Der kleine Mann beunruhigte ihn. Nicht so sehr sein Aussehen – obwohl die Wildheit in diesen seltsamen Zügen Teil der für die Fey typischen Aggression zu sein schien –, nein, es lag eher an seiner verblüffenden Auffassungsgabe. Der kleine Mann sah zuviel. Wenn er den Inselbewohnern tatsächlich helfen wollte, war diese Gabe höchst wertvoll. Wenn er jedoch log, um im Palast zu spionieren, dann diente seine scharfe Wahrnehmung der anderen Seite.

Es war ein großes Risiko, mit dem kleinen Mann zusammenzuarbeiten. Doch Alexander war bereit, dieses Risiko, wenn nötig, einzugehen. Es war genau die Chance, deren sie so dringend bedurften.

20

Das Kind schrie und zappelte. Zweimal schon hatte es mit seinen kleinen Füßen Solanda in die Rippen getreten. Sie war froh, den Jungen in der Nacht mitgenommen zu haben, so hatte er wenigstens keine Schuhe an. Mit Schuhen hätte er sie wahrscheinlich verletzt.

Sie befand sich auf dem Pfad außerhalb des Schattenlands. Am Horizont kündigte sich der neue Tag an, doch der sich bereits rosig färbende Himmel war durch das Laub kaum zu sehen. Unterwegs im Wald hatte sie ihre Verfolger abgeschüttelt, denn sie bewegte sich geräuschloser fort als sie, auch wenn sie sich nicht in ihre Katzengestalt zurückverwandeln konnte. Nur das Kind hätte sie einige Male beinahe wieder auf ihre Spur gebracht. Dann hatte sie sein Gesicht nach dem ersten kurzen Schrei gegen ihr Schlüsselbein gedrückt. Der Schmerz mußte den Jungen betäubt haben – ihr selbst hatte es höllisch weh getan –, denn danach hatte er nicht wieder geschrien. Er rührte sich so lange nicht mehr, daß sie schon befürchtete, ihn ernsthaft verletzt zu haben.

Wäre die alte Frau doch nur ein paar Sekunden später gekommen! Sie hätte dem Kind rasch ein paar Kleider übergestreift, sich eine Decke geschnappt und für sich selbst etwas Kleidung zusammengesucht. So hatte sie die Hütte in ihrer Katzengestalt verlassen müssen, und erst nachdem sie sich zurückverwandelt hatte, war ihr aufgefallen, daß sie das Nachthemd irgendwo in diesem ärmlichen Haus zurückgelassen hatte.

Ihre Nacktheit machte ihr jedoch weniger Gedanken als das Jammern des Kindes, das sie wohl noch bis in ihre Träume verfolgen würde. Sie hätte die alte Frau besser umgebracht, als sie Zeugin der Entführung des Kindes werden zu lassen. Aber dazu hatte Solanda nicht genug Zeit gehabt. Die Schreie hatten die anderen alarmiert, und beinahe wäre sie erwischt worden.

Solandas Atem ging in kurzen Stößen, und kurz vor der Weggabelung hatte sie Seitenstechen bekommen. Der Junge hatte gerade wieder zu strampeln angefangen, als käme er auf seinen eigenen, unsicheren Beinchen besser durch den Wald als auf ihren Armen, und sie hatte ihn fester an sich drücken müssen, als sie eigentlich wollte. Hoffentlich hatte sie ihm keine blauen Flecken zugefügt; die Domestiken würden sie dafür rügen. Dabei war sie niemals dafür ausersehen worden, Kinder zu tragen oder andere Mutterpflichten zu erfüllen, und die Tatsache, daß die Mächte ihr dieses Kind anvertraut hatten, ging ihr allmählich gegen den Strich.

Trotzdem mußte sie der Magie folgen.

Sie blieb stehen und rang nach Luft. Der Wind war frostig, und bis auf die Stelle, an der sie das Kind an ihrem Körper hielt, war sie eiskalt. Auch der Junge zitterte, doch sie hielt die Arme fest um ihn geschlungen. Sie hatte sogar kurzzeitig versucht, seine winzigen Füße in einer Handfläche zu bergen, doch er hatte sich in ihrem Griff gewunden und versucht, sich von ihr abzustoßen, so daß sie davon abgesehen hatte.

Der Junge stieß sie mit den Fäusten von sich, bis sich sein Oberkörper von ihr abspreizte. Er sah ihr ins Gesicht, das frühe Morgenlicht lag auf seinen kleinen Zügen. Sie hatte nicht gewußt, daß ein so kleines Wesen bereits Zorn verspüren konnte, doch sein Gesichtsausdruck ließ sich nicht anders interpretieren. Seine Stirn war gerunzelt, seine Lippen waren geschürzt, und die kleinen Augen funkelten sie wütend an. Hätte ihm mehr als sein Kleinkindgeplapper zur Verfügung gestanden, er hätte ihr befohlen, sie augenblicklich zu der alten Frau zurückzubringen.

Solanda war fast soweit, das auch zu tun. Noch nie zuvor

war es Teil ihrer Aufgabe gewesen, zuzusehen, wie ein anderer litt. Normalerweise spionierte sie rasch etwas aus oder ließ die anderen wissen, wie die Pläne der Anführer lauteten. Sie ging immer dorthin, wo kein anderer Fey hinkonnte, führte Familien, Regenten oder Soldaten hinters Licht. Sie sahen immer nur das niedliche Tierchen in ihr und zeigten nicht den geringsten Argwohn. Und dann verließ sie sie wieder, ohne die geringste Blutspur.

»Mama!« Der kleine Junge sprach das Wort klar und deutlich in der Sprache der Inselbewohner aus. Es war eindeutig ein Befehl, keine Frage. Er wußte, daß die alte Frau seine Mutter war, und wollte wieder zurück zu ihr.

»Nein«, erwiderte Solanda in der gleichen Sprache. »Du kommst mit mir.«

»Nein!« schrie der kleine Junge und schlug mit den Fäustchen auf sie ein. Sie trafen ihr Brustbein und fügten ihr gehörige Schmerzen zu. Solanda hatte nicht gewußt, daß Kleinkinder so stark sein konnten.

Sie packte seine Fäuste mit der freien Hand und preßte sie gegen seine eigene Brust. »Nein«, wiederholte sie und zog ihn wieder an sich, diesmal ein wenig sanfter als zuvor.

Dann atmete sie noch einmal tief durch und verließ den Pfad. Je früher sie diesen kleinen Quälgeist los wurde, um so besser.

Das Gras unter ihren Füßen war naß. Sie erschauerte. Sie sehnte sich nach nichts mehr als nach Wärme und Trockenheit. Sie tänzelte durch die Halme und bewegte sich dabei mit der Leichtigkeit und Eleganz, die ihr als Katze eigen war. Der Junge schien ihre merkwürdigen Bewegungen sofort zu registrieren; er hörte auf zu zappeln und hielt sich an ihr fest, als hätte er Angst, sie würde ihn fallen lassen.

Als sie sich dem Schattenland näherten, mischte sich der Geruch faulenden Fleisches in die frische Luft. Das Kind nieste und drückte das Gesicht an ihre Haut. Sie rümpfte die Nase. Sie hatte gehofft, die Rotkappen hätten ihre Arbeit inzwischen beendet.

Den Erdring fand sie so vor, wie sie es erwartet hatte. In seiner Umgebung war niemand zu sehen. Wahrscheinlich arbeiteten die Rotkappen weiter unten am Fluß. Die winzigen Lichter, die das kreisförmige Tor markierten, waren im heller werdenden Licht des Tages kaum zu sehen.

Beim Betreten der Lichtung hielt Solanda den Atem an. Ein Reh äste nicht weit von ihr unter einem Baum. Als es sie erblickte, zuckte es zusammen und sprang mit dumpf auf den Waldboden trommelnden Hufen ins Unterholz. Das Kind hielt sich noch panischer an ihr fest. Irgend etwas auf der Lichtung schien ihm Angst einzujagen.

Ihre Arme wurden allmählich müde. Sie nahm das Kind von der Schulter und balancierte es auf der linken Hüfte, nicht nur zu seinem Schutz, sondern auch zu ihrer Entlastung. Es hieß, auch wenn sie es nur für Aberglauben hielt, wenn man das Schattenland mit geschlossenen Augen betrat, würde man das richtige Tageslicht nie wiedersehen. Irgendwie wollte sie mehr für dieses Kind.

Der Junge sah, wie sich die Lichter im Kreise drehten, jammerte ein wenig und vergrub den Kopf in der weichen Haut ihres Busens. Sie schob ihn weg und hielt ihn so, daß er das Gesicht nicht wieder verdecken konnte. Sofort stiegen ihm Tränen in die Augen. Sie wandte den Blick zur Seite.

Ihre Füße hatten eine winzige Spur im Tau hinterlassen. Sie trat über den Erdring, streckte die Hand aus und spürte die Wärme des Torkreises. Eine Träne fiel auf ihren linken Daumen, gefolgt von einer zweiten und dritten. Die Tränen rollten in ihre Handfläche, dann fielen sie auf den Boden. Sie sah den Jungen an. Er hatte einen Finger in den Mund gesteckt, das Gesicht war tränenüberströmt. Er schluchzte nicht, schniefte nicht einmal. Die Tränen schienen so natürlich wie das Atmen zu sein.

Als wüßte er, wohin sie ihn brachte und daß er auf dem Weg dorthin etwas sehr Kostbares verlor. Sie betrachtete ihre Fußabdrücke im feuchten Gras, das Sonnenlicht, das sich über die Baumstämme ergoß, und den Pfad dahinter. Sie könnte ihn zurückbringen und auf der Lichtung hinter dem Haus der alten Frau ablegen. Sie würden die ganze Angelegenheit schon bald nur noch als merkwürdigen Zwischenfall erinnern.

Oder sie hielten ihn für verzaubert und töteten ihn, so wie es die Nye zur Zeit des Krieges mit jedem Kind getan hatten, das in der Gewalt der Fey gewesen war.

Dieses magische Kind durfte nicht sterben.

Sie drehte den Jungen so, daß er sich nicht an sie schmiegen konnte, und trat durch den Kreis hindurch. Wie immer erwärmten die Lichter ihre Haut und brannten dann ein bißchen auf ihr. Der Junge schrie, als sie hindurchgingen, ein hohes, jaulendes Jammern, nicht vor Schmerz, sondern aus Angst.

Und dann waren sie drinnen, in dem Nebel und dem trostlosen Grau des Schattenlandes. Nirgendwo rührte sich etwas. Die Luft war wärmer dort, ein wenig stickig, dazu der Geruch von Holzfeuer, der sich aber legen würde, sobald der Wind aufkam. Dichter Nebel umwallte ihre Füße, doch er war nicht kalt, sondern erwärmte sie. Der Versammlungsstein lag verlassen da, und die Hütten hatten das abweisende Aussehen von Gebäuden, in denen die Bewohner noch fest schliefen.

Der Schrei des Jungen brach so abrupt ab, wie er eingesetzt hatte. Er vergrub das Gesichtchen in ihrem Arm und fing an zu schluchzen, tiefe, gleichmäßige Schluchzer, als hätte sie ihm das Herz gebrochen. Das paßte ihr nun überhaupt schon gar nicht. Welches Band sie auch immer mit dem Kind verbunden haben mochte, es war beim Durchschreiten des Torkreises zerrissen. Sie hatte ihn hierherbringen sollen, was hiermit erledigt war. Jetzt wünschte sie nichts sehnlicher, als zu ihrem Alltag zurückzukehren.

Mit einem Seufzer ging sie auf das Domizil zu. Dort würde man schon wissen, was mit dem kleinen Burschen anzufangen war. Er packte sie mit einer Hand an der Brustwarze, woraufhin sie sich vor Schmerz auf die Unterlippe biß. Mit der anderen krallte er sich in eine Haarsträhne und zog kräftig daran. Der kleine Racker bestrafte sie dafür, daß sie ihn hierhergebracht hatte.

Vor dem Domizil angekommen, klopfte sie laut an die Tür. Der Griff des Kindes an ihrer Brust wurde fester; dann drehte es die Hand. Sie schluckte einen Schmerzensschrei hinunter. Da niemand auf ihr Klopfen reagierte, stieß sie die Tür auf.

Sie hatte vergessen, daß es die Tür zur Krankenstation war, und erschrak kurz bei dem Anblick der stöhnend in ihren Betten liegenden Fey. Normalerweise starben die Fey, die in der Schlacht verwundet wurden, an Ort und Stelle. Aber sie waren gewöhnt, gegen erfahrene Krieger zu kämpfen. Wahrscheinlich hatten mehr Fey diese Schlachten überlebt, weil die Inselbewohner so unerfahren waren. In dem Zimmer roch es nach Eiter, Schweiß und Urin. Zwei der Männer sahen von ihren Betten zu ihr auf; die anderen stöhnten weiter, als wäre nichts geschehen. Sie schloß die Tür und ließ sich von der Wärme des Hauses umfangen.

Jetzt kam Dello aus dem Hinterzimmer herein. Ihre Kleider waren unordentlich, und ihr langes schwarzes Haar rutschte aus dem zu locker geflochtenen Zopf. Seit der Ankunft auf der Blauen Insel war sie viel dünner geworden. Ihre Wangen waren hager und eingefallen.

»Hast du das Kind gestohlen?« fragte sie mit sanfter, ausdrucksloser Stimme. Kinderdiebstahl war der Fluch erwachsener Gestaltwandler. Da ihre Körper nie lange genug stabil blieben, um ein eigenes Kind auszutragen, stahlen sie fremde Kinder. Oft jedoch stahlen sie die Kinder anderer Fey, nicht der Völker, gegen die sie kämpften. Tierreiter, Fußsoldaten und Wetterkobolde waren diejenigen, die die Kinder der Feinde stahlen.

»Nimm mir bitte diesen Jungen ab«, bat Solanda.

Dello kam auf sie zu und löste vorsichtig des Jungen fest geschlossene Faust, ohne Solandas Brust zu berühren. »Er ist einer von den Inselleuten!« sagte sie erstaunt.

»Ich bin nicht ganz sicher«, antwortete Solanda, zog die andere Hand des Jungen von ihrer Schulter und übergab Dello das Kind. Sofort fing es wieder zu schluchzen an. »Er hat die ganze Nacht nicht geschlafen, und ich hatte auch keine Gelegenheit, ihn zu füttern. Außerdem vermißt er die Frau, die ihn aufgezogen hat.«

»Seine Mutter?«

»Seine Mutter ist tot.«

Dello sah sie mißbilligend an. »Wir können hier keine Kinder unterbringen.«

»Das weiß ich auch«, sagte Solanda. »Dafür haben wir andere Leute. Wir wollen ihn einstweilen in gute Obhut geben, zu einigen Kobolden vielleicht oder sonstjemand, der nicht gleich in der nächsten Schlacht stirbt.«

Einer der Männer richtete sich auf. Er war nicht so schwer verletzt, denn er betrachtete Solandas nackten Körper voller Bewunderung.

Dellos Lippen zogen sich zu einem schmalen Strich zusammen. Sie tätschelte das Kind vorsichtig und tröstete es mit raunenden Worten.

Solanda sah auf ihre Brust hinunter. Sie war gerötet und trug die Spuren der Finger des Jungen. Geschieht mir recht, dachte sie. Wenn sie so glimpflich bei einer Kindesentführung davonkam, hatte sie wohl noch Glück gehabt.

»Kann ich hier irgendwo etwas zu essen und zum Anziehen bekommen? Mir ist kalt.«

»Du solltest dich nicht mit mir unterhalten«, sagte Dello. »Besser, du gehst gleich zu Rugar.«

Solanda verschränkte die Arme. Sie konnte es nicht leiden, wenn sie jemand auf ihre Pflichten aufmerksam machte. Eigentlich hatte sie vorgehabt, diesen kurzen Aufenthalt im Schattenland ohne ein Zusammentreffen mit Rugar hinter sich zu bringen.

»Er will bestimmt mehr über dieses Kind wissen«, sagte Dello, die Solandas Antwort bereits ahnte. »Du kannst ihm ebensogut gleich Bericht erstatten. Besser jedenfalls, als wenn er dir deswegen auflauert, wenn du am wenigsten damit rechnest.«

Damit hatte sie nicht unrecht, denn Rugar konnte ziemlich aufbrausend werden, wenn man sich nicht an seine Anweisungen hielt. Der Mann betrachtete sie immer noch. Sie konnte es nicht länger aushalten. Sie seufzte und schlüpfte in ihre Katzengestalt. Noch während sich der Körper verwandelte, umfing sie die Wärme des Katzenfells. Der Junge sah sie von Dellos Armen aus an. Seine Tränen waren vergessen. Zumindest dieser Trick faszinierte ihn.

Solanda sagte nichts, als sie zur Tür hinauseilte. Draußen blieb sie kurz stehen. Vielleicht hätte sie dem Jungen etwas sagen sollen. Aber er war noch viel zu jung, und es war ihm egal, ob sie sich den Annehmlichkeiten des Lebens hingab.

Ganz anders Rugar. Er würde toben, wenn er die Neuigkeiten erfuhr.

Inzwischen waren im Schattenland vereinzelt Leute auf den Beinen. Solanda sah einige Domestiken, die ihre morgendlichen Pflichten erfüllten, auch wenn sie nicht recht verstand, woher sie überhaupt wußten, daß es Morgen war. Der Nebel reichte ihr beinahe bis ans Kinn. Sie lief so rasch sie konnte und stieg dann die Treppe zu Rugars Hütte hinauf.

Das Holz war naß und glitschig. Warum hatten sie bloß diesen Nebel gemacht? Oder verschlechterte sich das Schattenland bereits wieder? Beim ersten Mal hatte ihr diese Verschlechterung große Angst eingejagt. Sie überlegte, ob sie sich in ihre Frauengestalt zurückverwandeln sollte, um an die Tür zu klopfen, ließ es aber sein. Sie stieß mit dem ganzen Körper gegen die Tür, so wie es eine richtige Katze tun würde.

Eine verschlafene Jewel zog die Tür auf. Das lange Haar fiel ihr ungekämmt auf den Rücken, und sie trug eine Webdecke, die ganz entfernt nach Zimt roch.

»Ich muß deinen Vater sprechen«, sagte Solanda. »Außerdem brauche ich Kleider und ein Frühstück.«

Jewel starrte sie einen Augenblick an. »Ja, ich freue mich auch, dich wiederzusehen«, sagte sie. »Ich habe mich schon gefragt, wo du geblieben bist. Ich hole meinen Vater sofort. Und hier, ein Umhang.«

Sie wand sich aus der Decke und ließ sie fallen. Solanda konnte nicht rechtzeitig davonspringen, und die Decke landete auf ihrem Kopf. Der Zimtgeruch war überwältigend. Sie streckte den Kopf gerade noch rechtzeitig unter dem Tuch hervor, um Jewel splitternackt über den Flur gehen zu sehen.

Solanda schnaubte abfällig. Dann kroch sie wieder unter die Decke und schloß die Augen. Es wurde kälter, während sie spürte, wie sich ihre Glieder streckten und sie wieder zur Frau wurde. Dann war die Verwandlung beendet. Sie öffnete die Augen, hob die Decke auf und wickelte sie um sich.

Der Zimtgeruch deutete auf einen zusätzlichen Wärmezauber hin, für den sie äußerst dankbar war. Sie betrat die Hütte, in der Jewel, in eine andere Decke gehüllt, quer durch den vorderen Raum ging und an eine Tür klopfte.

Die Hütte war karg eingerichtet. Ein Kamin schmückte die

eine Wand, und mitten im Zimmer stand ein Tisch mit Essen. Mit den Hockern drum herum war das Zimmer fast voll. Ein ziemlicher Abstieg, verglichen mit Rugars Wohnung auf Nye. Dort hatte er ein Bankgebäude übernommen, kaum kleiner als das seines Vaters, und der Tresorraum hatte ihm als Schlafzimmer gedient.

Solanda nahm sich ein Stück Brot vom Tisch und biß herzhaft hinein. Es schmeckte ein bißchen alt, doch das machte ihr nichts aus. Seit dem Vortag hatte sie nichts mehr gegessen.

Rugar kam aus seinem Gemach, dicht gefolgt von Jewel. Er fuhr sich mit der Hand über den Kopf, als versuchte er, noch rasch sein Haar in Form zu bringen. Er hatte sich ein Paar Kniehosen übergezogen, die Brust jedoch war nackt. Sein flacher Bauch und die Muskeln, die Brust und Seiten umspannten, ließen sie erstaunen. Sie hatte Rugar immer für ein wenig verweichlicht gehalten: für einen Mann, der vom Kämpfen redet, ohne jemals selbst daran teilzunehmen.

»Was ist so wichtig, daß du mich wecken mußt?«

»Ich habe nicht dich geweckt«, sagte Solanda und nahm noch eine Scheibe Brot, die sie in kleine Stücke brach, »sondern deine Tochter.«

Rugar warf Jewel einen scharfen Blick zu. Sie schüttelte den Kopf, als könnte sie nicht glauben, was Solanda soeben gesagt hatte; dann verschwand sie im Flur.

»Ich wollte dir berichten, was ich getan habe, bevor es die Domestiken tun«, sagte Solanda.

»Die Domestiken?« Rugar setzte sich. Er sah immer noch verschlafen aus. Mit der linken Hand nahm er einen Krug und goß sich und Solanda Wasser ein.

Sie nickte und trank einen Schluck. Es schmeckte gut. »Ich habe heute morgen einen Säugling bei ihnen abgegeben. Eigentlich ist es kein Säugling mehr, eher schon ein Kleinkind. Er plappert ein paar Worte und kann auch schon allein laufen.«

Rugar stellte seinen Becher ab. Jetzt hatte sie seine Aufmerksamkeit erregt. »Woher hast du das Kind?«

»Nicht weit vom Blumenfluß. Angeblich haben unsere Soldaten vor einem Jahr seine Eltern getötet, und eine alte Frau hat sich seiner angenommen. Ich nahm ihn mit und brachte ihn her.«

»Was hast du dir nur dabei gedacht?« wollte Rugar wissen. »Was willst du denn mit einem Inselkind? Wenn du unbedingt ein Kind haben willst, hättest du es mir sagen können. Ich glaube, wir hätten das Problem auch lösen können, ohne einen Inselbewohner zu stehlen.«

»Das glaube ich nicht ...«, erwiderte Solanda.

»Ich schon. Weißt du, was das bedeutet? Sie werden jetzt noch mehr hinter uns hersein. Jetzt versuchen wir nicht nur, ihre Soldaten zu töten, jetzt sind wir sogar hinter ihren kleinen Kindern her.«

Unbeeindruckt von seinem aufbrausenden Zorn setzte sich Solanda rittlings auf einen Stuhl. »Du solltest mir vertrauen, Rugar.«

»Dir vertrauen? Du hast womöglich den Krieg ausgeweitet, ohne mich zu Rate zu ziehen, und jetzt verlangst du, daß ich dir vertraue?«

»Genau.« Sie beugte sich vor, bis ihr Gesicht nur noch wenige Zentimeter von seinem entfernt war. »Genau das verlange ich von dir. Ich habe dir noch nie zuvor ein Kind gebracht, und wenn ich etwas getan habe, ohne dich um Rat zu fragen, dann hat es bis jetzt immer seine Richtigkeit gehabt.«

Rugar wich ein Stück zurück. »Meistens.«

»Diesmal habe ich mich nicht geirrt«, sagte Solanda. »Dieses Kind rief mich. Ich fand das Haus, in dem es gewohnt hatte, bevor seine Eltern getötet wurden, und folgte seiner Spur.«

»Sagtest du nicht, seine Eltern seien vor einem Jahr gestorben?«

Sie nickte.

»Und wie …?« Er unterbrach sich. Sie konnte es am Ausdruck seiner Augen ablesen, daß er die Antwort bereits wußte. »Das ist unmöglich!«

»Es ist passiert«, sagte sie. »Der Junge hat mich gerufen. Nicht bewußt. Ich glaube, er hat eine Spur für seine Eltern hinterlassen, falls sie mit dem Leben davongekommen wären. Nun bin ich ihr gefolgt.«

Er verschränkte die Arme. »Inselbewohner verfügen nicht über Zauberkräfte.«

»Dieser Kleine schon«, widersprach Solanda. »Womöglich ist das der Grund dafür, weshalb ihr Weihwasser überhaupt Wirkung zeigt. Nur sehen sie selbst ihre Macht nicht als Magie an. Sie verbrämen sie mit Religion.«

Rugar schüttelte den Kopf. »Das würden wir wissen.«

»Wir wissen es«, erwiderte Solanda. »Wir wissen es nur zu gut. Unsere Leute sind für dieses Wissen gestorben. Es ist an der Zeit, sich darüber klarzuwerden, daß wir nicht das einzige mit Magie begabte Volk auf der Welt sind.«

»Wenn sie der Zauberkraft fähig wären, würden sie anders leben.«

»Sie leben nicht anders als manche Fey. Nur haben sie die Magie auf ungewöhnliche Weise in ihr Leben eingebunden.«

Rugars Gesicht nahm besorgtere Züge an. »Meiner Meinung nach ist das keine Magie.«

»Du mußt dir nur dieses Kind ansehen«, antwortete Solanda. »Der Junge hat eine zweite Stimme, eine, die ich in meinem Kopf hören kann. Ohne diese Stimme hätte ich ihn niemals gefunden. Und sie ist schon sehr früh entwickelt. Als er die Spur gelegt hat, der ich gefolgt bin, muß er noch in den Windeln gelegen haben.«

»Was sich daraus ergibt, gefällt mir überhaupt nicht«, grunzte Rugar.

»Nur weil es dir nicht gefällt, heißt das noch lange nicht, daß es nicht der Wahrheit entspricht«, erwiderte Solanda. »Ich glaube, du solltest die Hüter des Zaubers darüber informieren, daß sie es hier mit einer neuen Art von Magie zu tun haben und so rasch wie möglich herausfinden müssen, wie wir damit umzugehen haben. Wie wir sie neutralisieren können, vielleicht auf die gleiche Weise, wie wir es mit einem bösen Fey tun.«

»Zuerst sehe ich mir das Kind an«, sagte Rugar.

Solanda zuckte die Achseln. »Wie du willst. Ich esse noch ein bißchen von deinem Brot, und dann versuche ich ein wenig zu schlafen. Wenn du bis zu meinem Erwachen keine Aufgabe für mich gefunden hast, streife ich ein wenig herum und versuche, irgend etwas herauszufinden.«

»Ich dachte, du wolltest dieses Kind haben?«

Sie schüttelte den Kopf. »Das Kind habe ich dir gebracht. Ich finde, es sollte hier bei uns aufwachsen. Ich finde, etwas so Mächtiges sollte man den Inselbewohnern auf keinen Fall überlassen.«

»Und was sollen wir deiner Meinung nach hier mit ihm anstellen?« fragte Rugar. »Mit den Zauberkräften eines Kleinkindes können wir keinen Krieg gewinnen.«

»Noch nicht«, erwiderte sie. »Doch wir werden es in Zukunft brauchen. Und darauf solltest du dich konzentrieren, Rugar. Du glaubst immer noch, es handele sich hier um einen normalen Kriegszug. Das ist falsch. Die Fey werden noch sehr lange auf der Blauen Insel bleiben, und zumindest ich habe nicht vor, die ganze Zeit an diesem grauen, unwirtlichen Ort zu verbringen.«

»Im Schattenland sind wir sicherer«, wandte Rugar ein.

»Wahrscheinlich.« Solanda nahm einen Schluck Wasser. »Aber Sicherheit ist im Krieg kein Kriterium – jedenfalls nicht, wenn man ihn gewinnen will.«

21

Er kam sich vor wie ein Dieb im eigenen Haus. Der Rocaan schlich den Korridor entlang, in einer Hand eine kleine Lampe, in der anderen ein Fläschchen Weihwasser. Das Licht der Lampe war trübe und reichte kaum aus, um den Boden und die Wand daneben einigermaßen zu erleuchten. Der Rocaan zitterte, doch nicht vor Anstrengung, die er in jedem Knochen seines Körpers spürte, sondern vor Angst.

Der Rocaan sollte vor nichts und niemand Angst haben.

Aber es ging ihm nicht besser als allen anderen. Er war auf dem Weg zu einem seiner Ältesten, um zu überprüfen, ob der Mann von den Feinden seines Volkes infiltriert worden war. Er benahm sich nicht wie ein Rocaan. Er benahm sich eher wie ein Soldat.

Aber er wußte keine andere Lösung. Er mußte sich eigenhändig davon überzeugen.

Die Türen im Flügel der Ältesten waren mit Schlössern versehen, doch der Rocaan verfügte über den Schlüssel, mit dem sich alle ausnahmslos öffnen ließen. Er war der einzige, der Zutritt zu sämtlichen Räumen des Tabernakels hatte.

Vor der Tür von Matthias' Zimmer blieb er stehen und legte den Kopf gegen den Türrahmen. Noch konnte er es sich überlegen. Er konnte Matthias fragen, was da vor sich ging.

Und dabei riskieren, angelogen zu werden.

Dieses ganze Gerede von Leichen und Blut und Knochen hatte ihm Angst eingejagt. Reeces Bemerkungen über das gepanschte Weihwasser hatten ihm noch mehr Angst eingejagt. Der Rocaan richtete sich wieder auf und schob das Fläschchen in seine Tasche. Dann nahm er den Schlüsselbund von der Schärpe und sperrte Matthias' Tür leise auf.

Das Herz des Rocaan klopfte doppelt so schnell wie sonst. Stechende Schmerzen schossen von seinen Fußsohlen bis in die Knie. Er brauchte Ruhe, und zwar bald. Doch ehe das hier erledigt war, konnte er keine Ruhe finden.

In Matthias' Gemach war es dunkel. Mondlicht schien durch ein unverhängtes Fenster herein und verwandelte alle Möbel in graue Hindernisse. Der Rocaan schlich sich ins Zimmer und schob die Tür vorsichtig zu, damit sie kein Geräusch verursachte. Das Schloß klickte – ein Geräusch, das in dem stillen Gemach wie Donner hallte.

Aus dem zweiten Zimmer war gleichmäßiges Atmen zu hören. Dort glühte noch die Asche im Kamin und tauchte alles in ein schwaches, orangefarbenes Licht. Der Rocaan stellte die Laterne auf dem Tisch neben der Tür ab, um Matthias nicht mit dem zusätzlichen Lichtschein zu wecken. Dann schlich er auf Matthias' Schlafzimmer zu.

Der Rocaan zog das Fläschchen aus der Tasche und schloß die Faust darum. Sein Zittern war stärker geworden, ebenso seine Gefühle, die ihm sagten, daß das, was er da tat, falsch war. Es widersprach allen seinen Überzeugungen, allem, was man ihm jemals beigebracht hatte. Ein Mann vertraute seinen Freunden und Kollegen. Er unterzog sie nicht ohne ihr Wissen irgendwelchen Prüfungen, schon gar nicht solchen, die ihnen einen schauderhaften Tod bereiten konnten. So etwas tat man nicht einmal seinen Feinden an.

Der rötliche Schein der Glut wurde heller, je näher der Rocaan Matthias' Schlafgemach kam. Als sich seine Augen daran gewöhnt hatten, erkannte er das Bett, auf dem sich mehrere Decken stapelten. Auf dem Boden neben dem Bett lagen Bücher und Schriftrollen verstreut. Matthias lag schlafend auf dem Rücken, eine Hand auf den Zudecken, die Schultern entblößt.

Der Rocaan betrachtete ihn einige Augenblicke. Er hatte

diesen Mann gefördert. Er hatte ihn trotz seiner Jugend und seines merkwürdigen Aussehens dazu auserwählt, einer der Ältesten zu werden. Den Bruch, der durch die Invasion zwischen sie getreten war, hatte er als schmerzlich empfunden. Es war nicht leicht, sich daran zu erinnern, daß Matthias am Tag der Invasion derjenige Älteste gewesen war, in den der Rocaan am meisten Vertrauen gesetzt hatte.

Seine Hand schmerzte, so fest schloß sie sich um das Fläschchen. Er beugte sich über Matthias und sah, wie sich dessen Brust bei jedem gleichmäßigen Atemzug hob und senkte.

Es war so einfach. Ein einziger Tropfen würde ihm alles verraten, was er wissen mußte.

Aber er würde nie wieder mit sich selbst im reinen sein können, und Gott wandte womöglich sein Ohr noch weiter als bereits jetzt von dem Rocaan ab.

Der Rocaan streckte seine leere Hand aus und berührte Matthias am Arm. Matthias zuckte kurz, wachte jedoch nicht auf. Der Rocaan nahm ihn am Handgelenk, schüttelte ihn und flüsterte dabei Matthias' Namen. Endlich schlug Matthias die Augen auf.

»Heiliger Herr, was …?«

Der Rocaan legte einen Finger auf die Lippen, obwohl er nicht genau wußte, wozu das Schweigen gut sein sollte. »Zieht Euch an und kommt dann in das andere Zimmer. Wir haben etwas zu besprechen.«

Matthias nickte. Er fuhr sich mit der Hand durch die völlig zerzausten Locken und setzte sich auf.

Der Rocaan eilte in den Wohnraum zurück. Mit Hilfe seiner kleinen Laterne zündete er eine Kerze an und ging dann von Lampe zu Lampe, bis der ganze Raum hell erleuchtet war. Es war kalt. Das Feuer war schon vor einigen Stunden ausgegangen.

Er würde Matthias erzählen, was ihn umtrieb. Benahm sich Matthias verdächtig – wobei der Rocaan nicht wußte, was genau ›verdächtig‹ bedeutete –, würde der Rocaan das Fläschchen zücken und ihn mit dem Weihwasser besprengen. Wenn Matthias sich gut aufführte, würde der Rocaan trotzdem auf der Probe bestehen und Matthias sich fügen müssen.

Als Matthias aus seinem Schlafgemach kam, trug er eine einfach schwarze Robe; seine großen, schlanken Füße waren nackt. Sein Haar war immer noch zerzaust, und mit den dunklen Schatten sahen seine Augen wie tief eingesunken aus.

»Gibt es einen Notfall, Heiliger Herr?« fragte er. Seine Stimme war heiser vor Anstrengung. Wahrscheinlich war Matthias ebenso müde wie der Rocaan. Allerdings war Matthias um einiges jünger und konnte den körperlichen Raubbau besser verkraften als der Rocaan.

»Setzt Euch«, sagte der Rocaan.

Matthias wählte einen Stuhl nahe dem erkalteten Kaminfeuer. Der Rocaan setzte sich ihm gegenüber. Seine Beine protestierten, und er wußte, daß ihm das Aufstehen schwerfallen würde.

»Verzeiht mir«, sagte der Rocaan, »aber ich muß Euch darum bitten, mir zu erlauben, Euch mit ein wenig Weihwasser zu besprengen.«

»Gewiß doch.« Matthias streckte ihm die linke Hand entgegen. Sie war sauber und gepflegt – und sie zitterte nicht.

Der Rocaan hingegen zitterte. Er entstöpselte die Flasche und goß vier Tropfen Weihwasser auf Matthias' Hand. Die Tropfen sammelten sich in seiner Handfläche.

»Möchtet Ihr keinen Segen sprechen?« fragte Matthias.

»Braucht Ihr denn einen?« erwiderte der Rocaan.

»Heutzutage kann das jeder gut gebrauchen«, sagte Matthias.

Also sprach der Rocaan eine gekürzte Fassung des Segens

über Matthias aus. Seine Stimme zitterte nicht weniger als zuvor seine Hand. *Er hatte sich getäuscht. Er hatte sich getäuscht. Er hatte nicht geglaubt, und er hatte sich damit getäuscht.*

Nach dem Segen blickte ihn Matthias an. »Erfahre ich noch, was das alles sollte, oder darf ich gleich wieder ins Bett?«

Der Rocaan schüttelte den Kopf, obwohl er wußte, daß Matthias nicht sicher sein konnte, welche Frage er damit beantwortete. »Es tut mir leid«, sagte er. »Ich mußte es einfach wissen.«

Matthias nahm ein kleines Schwert vom Tisch, ein Schwert, das an einer Kette oder einem Gürtel hängen sollte, und tauchte es in das Wasser in seiner Handfläche. Dann verrieb er das Wasser auf dem Schwert, wobei er einen Teil des Mitternachtssakraments murmelte. Als er damit fertig war, legte er das Schwert in eine kleine Keramikschale und rieb sich die Hände.

»Vergebt mir, Heiliger Herr«, sagte Matthias, »aber ich dachte, meine Arbeit mit dem Weihwasser sei Beweis genug, daß ich nicht mit den Fey in Berührung stehe.«

Der Rocaan nickte. »Das dachte ich auch. Aber heute abend mußte ich erfahren, daß das Wasser, das beim Mitternachtssakrament verwendet wurde, kein echtes Weihwasser gewesen ist.«

Matthias lehnte sich ein Stück zurück. »Und da Ihr wußtet, daß Ihr es nicht selbst hergestellt habt, fiel Euer Verdacht auf mich. Könnt Ihr Euch denn auf Euren Informanten verlassen?«

»Auf jeden Fall«, antwortete der Rocaan. Er konnte Matthias nicht sagen, von wem er die Information hatte. Kein anderer unter den Ältesten wußte um die Sache mit den Leuten an den Blutklippen. Es war eines der Geheimnisse.

Matthias rieb sich den Schlaf aus den Augen. Eine sehr jungenhafte Bewegung. Der Rocaan hatte vergessen, wie jung Matthias eigentlich noch war. »Dann müssen wir herausfinden, ob es mehr als nur ein Fläschchen davon gibt«, sagte Matthias. »Ich nehme an, dasjenige, mit dem Ihr mich auf die Probe stelltet, habt Ihr eigenhändig hergestellt.«

Der Rocaan nickte.

Matthias seufzte. Wieder fuhr er sich mit den Fingern wie mit einem Kamm durchs Haar, und diesmal legten sich die Locken zu so etwas wie einer Frisur. »Na schön. Seid Ihr dazu bereit, es noch heute nacht zu überprüfen? Ich glaube, es wäre besser, wenn wir der Sache bis zum Morgensakrament auf den Grund gehen.«

Der Körper des Rocaan fühlte sich an, als würde er unter ihm zusammenbrechen, aber das wollte er Matthias gegenüber nicht zugeben. Matthias hatte recht: Sie mußten die Überprüfung sofort vornehmen, und der Rocaan konnte dem Ergebnis nur dann trauen, wenn er selbst dabei war.

Er streckte einen Arm aus. »Helft mir auf.«

Matthias erhob sich, umfaßte den Ellbogen des Rocaan mit der Hand und zog vorsichtig daran. Der Schmerz, den der Rocaan normalerweise am Morgen in Füßen und Gelenken verspürte, hatte sich bereits am Abend eingestellt. Die Anstrengungen, unter denen er litt, wirkten sich unmittelbar auf seinen Körper aus. Er wußte nicht, wie lange er in diesem Tempo weitermachen konnte.

»Wir haben keine Ahnung, wer das getan haben könnte«, sagte Matthias. »Wir dürfen keinem trauen.«

Der Rocaan lächelte in sich hinein. Zumindest dachten er und Matthias nach dem gleichen Muster. Und zum Glück brachte Matthias für die Beweggründe des Rocaan vollstes Verständnis auf.

»Ich habe eine kleine Laterne mitgebracht«, sagte der Rocaan und wies in die Richtung des kleinen Tisches.

Matthias nahm die Laterne in die Hand. »Perfekt.«

Er öffnete die Tür und führte den Rocaan über die Schwelle.

Schweigend gingen sie den Korridor entlang. Das einzige Geräusch verursachten die auf dem Teppich schlurfenden Schuhe des Rocaan.

Über eine Nebentreppe gelangten sie in die Sakristei. Matthias führte sie durch das Hinterzimmer in den eigentlichen Altarraum.

Im Dunkeln sah die Sakristei ganz anders aus. Das von der Decke herabhängende Schwert wirkte wie ein wildes Wesen, das sich auf sie zu stürzen drohte. Der Altartisch wirkte viel größer, und die Bankreihen schienen sich endlos in die Dunkelheit zu erstrecken.

Matthias stellte die Laterne auf den Opfertisch. Die Schrammen in seinem Holz wurden deutlich sichtbar. Im Regal unter dem Altar schimmerten die Glasfläschchen in Reih und Glied.

»Es sind nicht viele«, sagte der Rocaan. »Wahrscheinlich diejenigen, die vom Mitternachtssakrament übrig sind.«

Er hielt sich am Altar fest, um das Gleichgewicht zu halten, und streckte die Hand nach den Fläschchen aus.

»Wartet!« ermahnte ihn Matthias. »Ihr wißt nicht, ob die Flüssigkeit, die sich darin befindet, schädlich für uns ist! Laßt mich das tun. Es gibt zehn Älteste. Ihr seid einzigartig.«

Dem Rocaan mißfiel dieses Argument, aber er stimmte zu. Er stellte sich gerade hin, ohne auf seinen protestierenden Rücken zu achten.

Matthias zog eine Flasche hervor und entkorkte sie. Dann schnüffelte er vernehmbar daran. Das Licht beleuchtete sein Gesicht von unten und wurde vom Glas reflektiert, was seine Züge verzerrte. Sein finsterer Blick sah unheilvoll aus.

»Riecht anders«, sagte er.

Er hielt den Behälter leicht schräg und goß etwas Flüssigkeit in die gleiche Hand, in der er zuvor das Weihwasser des Rocaan gehalten hatte. »Fühlt sich aber ganz normal an.«

Er beugte sich näher ans Licht, und der Rocaan beugte sich

mit ihm vor. Das Wasser war bräunlich und war mit kleinen Ablagerungen durchsetzt. Die erste Handlung bei der Herstellung von Weihwasser bestand darin, das Wasser von jeglichen Rückständen zu befreien.

»Jetzt wissen wir, was es nicht ist«, sagte der Rocaan.

Matthias nickte. »Ich möchte nicht, daß Ihr es berührt«, sagte er. »Ich möchte, daß es außer mir niemand mehr berührt. Ich werde anschließend meine Hände mit Weihwasser waschen und sehen, was geschieht. Ich denke, ab jetzt kann ich mich allein um die Sache kümmern, Heiliger Herr.«

»Nein«, widersprach ihm der Rocaan. »Ich bleibe hier. Wir müssen diese Flüssigkeit loswerden, und wir müssen neues Weihwasser unter den Altar stellen.«

»Das könnte die ganze Nacht in Anspruch nehmen«, gab Matthias zu bedenken.

»Dann werden wir wohl ohne Schlaf auskommen müssen«, erwiderte der Rocaan. »Ich stelle noch heute nacht eine neue Mischung Weihwasser her und lasse sie von einem Aud herunterschaffen. Ihr könnt diese Flaschen nach eigenem Ermessen loswerden. Ich finde, wir sollten sie nicht wiederverwenden. Wenn alles erledigt ist, kommt Ihr wieder zu mir.«

»Habt Ihr einen Verdacht?« fragte Matthias.

Der Rocaan nickte. »Ich glaube, daß sich hier Fey aufhalten, und ich glaube, daß sie das Weihwasser durch etwas anderes ersetzen. Ich glaube, sie sind der Grund dafür, daß Ihr diese Knochen und das Blut entdeckt habt. Wahrscheinlich hat eines dieser Wesen einen Fehler begangen und ist daran gestorben.«

Matthias schüttelte den Kopf. »In diesem Fall hätten sich die Fey, die ich damals mit Weihwasser begossen habe, in kleine Häufchen Knochen und Blut verwandeln müssen. Ich habe sie mit der Mixtur begossen. Sie sind zwar gestorben, doch alles, was übrigblieb, war ihre Haut. Nein. Diese Knochen und das Blut haben eine andere Bedeutung. Aber in dem anderen Punkt stimme ich mit Euch überein. Ich glaube auch, daß hier die Fey ihre Hand im Spiel hatten.«

»Es ist die einzige logische Erklärung, oder?« fragte der Rocaan.

Matthias stellte eine Flasche neben die Laterne. »Ich fürchte, ja. Wie sollen wir weiter vorgehen?«

»Wir müssen etwas unternehmen.« Der Rocaan stieß sich vom Tisch ab. »Und zwar bald.«

22

Dello beugte sich über das Kind. Ihre kräftige Figur stand schützend über der Wiege, als befürchtete sie, Jewel könnte dem kleinen Wesen etwas anhaben. Jewel stand wartend hinter ihr, ein wenig seitlich versetzt, damit sie wenigstens etwas sehen konnte. Ihr Vater hatte sich das Kind bereits angeschaut und war wütend in die Hütte zurückgekommen. Er hatte sich geweigert, mit ihr zu reden, weshalb Jewel nun selbst hergekommen war.

Die Domestiken behielten das Kind im Domizil, bis Rugar entschieden hatte, was mit ihm geschehen sollte. Sie hatten den Jungen in einer handgefertigten Wiege in einen winzigen Raum gestellt. Die Wiege hatte Jewel überrascht. Jemand mußte Verwendung dafür gehabt haben. Sie war sicher, daß ihr Vater sich nicht danach erkundigt hatte, ob und wer in der letzten Zeit schwanger gewesen war.

Der Junge schlief tief und fest; seine Augenlider zuckten, und sein Näschen war vom vielen Weinen ganz gerötet. Er war in eine blaue, handgewebte, mit beruhigenden Symbolen bestickte Decke eingewickelt. Der Zauber in dieser Decke hielt ihn warm und ruhig – oder zumindest ruhiger, wenn sein Kummer allzu groß wurde.

»Ist schon gut, Dello«, sagte Jewel. »Ich mache ihn schon nicht wach.«

Dello blieb ungerührt über der Wiege stehen. »Es ist nur, weil es so lange gedauert hat, bis er endlich einschlief. Er schrie, als hätte ihm jemand das Herz gebrochen. Wenn ich nicht wüßte, daß Solanda recht hat, wäre ich fast dafür, ihn wieder zu den Leuten zurückzubringen, die ihn bis jetzt aufgezogen haben.«

»Du meinst Solandas Ansicht hinsichtlich seiner magischen Kräfte?« Jewel wurde plötzlich kalt. Sie hatte gehofft, Solanda versuche nur, ihre schändliche Tat zu rechtfertigen. Das hier würde allerdings Rugars Reaktion erklären.

Dello legte einen Finger auf die Lippen. »Laß uns draußen darüber reden«, sagte sie und geleitete Jewel aus dem Zimmer. Jewel warf noch einen Blick auf den kleinen Jungen. Er war recht hübsch und rundlich anzusehen. Sie hatte sich Babygesichter immer grob und kantig vorgestellt, doch dieses Menschenkind hatte runde Augen, einen geschwungenen Mund, eine kleine Stupsnase und so gut wie keine Wangenknochen. Obwohl er schlief, schien sein kleiner Körper Energie auszustrahlen.

Draußen im Flur schloß Dello sorgsam die Tür hinter ihr. »Das Kind verfügt über Zauberkräfte«, flüsterte Dello. »Noch dazu ziemlich eigenartige.«

»Ich dachte, Kinder seien der Magie nicht fähig«, sagte Jewel. »Sie entwickeln sie nicht vor dem zehnten Lebensjahr.«

»Bei Gestaltwandlern schon«, erwiderte Dello, »und auch ihre Anlagen entwickeln sie schon sehr früh. Wir reden nur nicht darüber, damit die Eltern sich nicht zu früh falsche Hoffnungen machen. Manchmal zeigen sich bei einem Kind nicht mehr als die Anlagen, und bei dem Erwachsenen schimmert die Magie nur noch gelegentlich und sehr schwach durch. Aber ich glaube nicht, daß das bei diesem Kind der Fall ist.«

»Inselbewohner verfügen nicht über magische Kräfte«, gab Jewel zu bedenken.

»Wie auch immer: Dieses Kind ist kein Fey, aber es hat die Magie. Es ist stark. Und momentan beschränkt es sich hauptsächlich auf geistige Überlebenstricks. Es kann bezaubern, und es kann Fährten legen. Ich bin sicher, daß es einen Pfad bis hierher ins Schattenland gelegt hat, damit seine Leute es wiederfinden.«

»Aber sie können ihm nicht bis hinein folgen.«

»Wenn sie Zauberkräfte haben, dann schon«, sagte Dello. »Entweder irgendeine Art von Magie, Jewel, oder sie kennen den Spruch. Bislang mußten wir uns nur noch keine Gedanken über andere magiebegabte Wesen machen.«

Jewel blickte zur Tür und biß sich auf die Unterlippe. Dello hatte recht. Bisher hatte es zwar Andeutungen und Drohungen gegeben, aber noch nie war ihnen bei anderen Völkern echte Magie begegnet. Und wenn Dellos Vermutungen stimmten, würde es für Caseo noch deutlich schwerer werden, das Geheimnis des Giftes zu enthüllen. Womöglich war es gar kein Gift, sondern etwas Verzaubertes.

Trotz ihrer egoistischen Anwandlungen hatte Solanda das Kind richtig beurteilt und seine Wichtigkeit für die Fey sofort erkannt.

»Will Solanda das Kind denn behalten?« fragte Jewel.

»Ich glaube, sie war eher froh, es los zu sein«, sagte Dello. »Er jedenfalls war froh, als sie weg war.«

»Hat sie ihm etwas angetan?«

»Körperlich jedenfalls nicht. Aber dieses Kind ist ungewöhnlich sensibel. Es wußte genau, daß sie es von zu Hause wegnahm.«

Jewel nickte. Die Vorstellung von echter Magie auf der Blauen Insel machte sie schwindlig. Sie berührte Dellos Arm, dankte ihr und ging zur Hintertür hinaus.

Kein Wunder, daß ihr Vater sauer war. Er begriff die Folgen ebenso gut wie Jewel, vielleicht sogar noch besser. Falls es hier ein anderes magisches System gab, dazu eines, dessen Funktionsweise sie nicht verstanden, dann waren die Fey womöglich doch nicht das überlegene Volk auf der Insel. Die Niederlage, die ihre Arbeit seit ihrer Ankunft trübte, konnte mehr als nur ein Patzer gewesen sein. Vielleicht war sie ihre Zukunft.

Sie machte einen kleinen Umweg über Adrians Schuppen.

Nachdem sie Caseo erlaubt hatte, Ort abzuholen, hatte sie von einem Domestiken alles saubermachen lassen. Der Domestike hatte einen Reinlichkeitszauber ausgesprochen, um den Gestank loszuwerden, dann hatte er ein Bett, frische Kleider und Decken besorgt. Das Bettzeug war außerdem mit einem Spruch bedacht worden, der Adrians Verlangen, die Schattenlande zu verlassen, dämpfte.

Jewel klopfte an und stieß die Tür auf. Unter der Decke brannte eine echte Lampe, unter der sich Adrian gerade ein Hemd überstreifte. Die Hosen hatte er bereits an, nur die Füße waren noch nackt.

»Woher hast du die Lampe?« fragte Jewel auf Fey.

»Du platzt doch nicht hier herein, um mich das zu fragen?« erwiderte Adrian auf Nye. Sein Fey wurde besser, war aber noch nicht flüssig genug. »Aber wenn du es unbedingt wissen möchtest: Ich habe darum gebeten. Ich habe herausgefunden, wie ihr eure Lampen herstellt, und verspürte keine große Lust, im Licht der sterbenden Seelen meiner Landsleute zu wohnen.«

»Wie edel.« Jewel wechselte ebenfalls zu Nye. Sie lehnte an der Tür. »Ich muß dich etwas fragen.«

»Und ich dachte schon, du stattest mir einen Höflichkeitsbesuch ab.«

»Der Sarkasmus hilft dir auch nicht weiter.«

Er lächelte. »Doch. Unsere Abmachung schreibt mir nicht vor, auf welche Weise ich mich zu äußern habe. Nur wahrheitsgetreu muß ich euch allen antworten, das ist alles.«

Jewel hakte die Daumen in den Bund ihrer Hose. Eigentlich mochte sie Adrians Sarkasmus. Er war ein Rest seines Willens, den er sich nicht brechen lassen wollte. »Ich muß etwas über die Magie der Inselbewohner wissen.«

»Magie?« Adrian zog sich mit der linken Hand das Armband am Handgelenk am rechten Ärmel fest. »Wir verfügen über keinerlei Magie.«

»Du weißt, was geschieht, wenn du mich anlügst«, sagte Jewel.

Er hielt inne. »Ich lüge nicht. Jeden wachen Moment an diesem öden Ort bin ich der Wahrheit verpflichtet gewesen.«

»Und wie würdest du eure übersinnlichen Fähigkeiten nennen?«

»Wir haben keine«, wiederholte Adrian.

»Überhaupt keine?«

»Natürlich nicht. Wir verwandeln uns nicht in Katzen, und wir zaubern auch keine Zimmer sauber, und wir führen keinen Krieg mit dem Blut unserer Feinde. Wir verfügen über keinerlei Zauberkräfte.«

»Wir haben hier aber schon zweimal Anzeichen für Zauberkraft festgestellt«, sagte Jewel. »Und das ist kein Zufall mehr.«

Adrian seufzte und zog langsam das Band am linken Handgelenk fest. »Hör mal«, sagte er mit getragener Stimme. »Falls wir über Zauberkräfte verfügen, dann wissen wir es nicht, und schon gar nicht wenden wir sie an. Falls einige von uns Magie praktizieren, dann habe ich noch niemals etwas davon gehört. Es gehört einfach nicht zu uns.«

»Was ist mit eurer Religion?«

»Am Ende läuft es immer darauf hinaus, was? Wenn ihr einen Fachmann für Rocaanismus haben wollt, müßt ihr einen Aud entführen.«

»Wir haben dich«, sagte Jewel.

»Und ich weiß nichts über Weihwasser oder Magie oder sonst etwas in dieser Richtung. Ich weiß ja kaum, wer die Ratgeber des Königs sind – und diese Information habe ich dir und deinem Vater bereits mitgeteilt. Es wird nicht mehr lange dauern, dann müßt ihr mich die Inselsprache unterrichten lassen, weil ich einfach nichts mehr mitzuteilen habe.« Er verschränkte die Arme vor der Brust. »Du hättest dir eher überlegen sollen, mit wem du dich auf einen solchen Handel einläßt.«

»Wir haben dich nicht allein der Information wegen hierbehalten«, erwiderte Jewel. »Auch der Interpretation wegen. Soeben habe ich dir Fragen hinsichtlich der Magie gestellt, und du bist ihnen ausgewichen. Ich will eine ehrliche Antwort.«

»Ich habe dir ehrlich geantwortet«, maulte er. »Mehr weiß ich nicht.«

»Dann fang an zu interpretieren.«

Er ließ die Arme sinken und setzte sich aufs Bett. »Ich habe nicht genug Material zum Interpretieren.«

»Du weißt, wie das Gift auf uns wirkt. Das ist Magie. Und jetzt hat eine von uns einen Inselbewohner aufgespürt, der geistige Fährten legen kann. Auch das ist Magie. Was fällt dir dazu ein?«

»›Hinter dem, was wir sehen, existiert noch eine ganz andere Welt, eine Welt jenseits unseres Verständnisses.‹« Er hatte halb singend gesprochen und grinste, als er damit fertig war. »Die Geschriebenen und Ungeschriebenen Worte, der Grundstein unserer Religion.«

Sie schnappte nach Luft und wollte ihn seiner Begriffsstutzigkeit wegen schon beschimpfen, als ihr klar wurde, daß er bei allem Sarkasmus nicht riskieren würde, sie anzulügen. Nicht so bald. Dazu war die Erinnerung an seinen Sohn noch zu frisch. »Dann akzeptiert ihr also Dinge, die ihr nicht versteht, als Bestandteile jener unverständlichen Welt?«

Er nickte. »Wenn uns niemand lehrt, daß es uns etwas angeht und wichtig für uns ist, glauben wir einfach, daß wir es ohnehin nicht verstehen. Wir überlassen es Gott oder klügeren Wesen, sich einen Reim darauf zu machen.«

»Gott und klügeren Wesen!« Sie zog die Stirn kraus. »Seid ihr denn überhaupt nicht neugierig?«

»Neugier ist etwas ganz anderes«, erwiderte er. »Wir sind alle sehr neugierig. Wir müssen unsere Neugier nur nicht ständig befriedigen.«

»Hast du schon jemals derartige Dinge gesehen? Magische Dinge?«

»Ich habe manche Dinge gesehen, die ich nicht verstanden habe«, sagte er. »So verstehe ich zum Beispiel nicht, weshalb ein Volk, das bereits die halbe Welt erobert hat, unbedingt unser kleines Eiland besitzen will. Ich verstehe nicht, warum der Himmel blau ist und warum die Stürme am heftigsten in der Nähe der Felsenwächter toben. Aber ich habe diese Dinge akzeptiert. Sie liegen jenseits meiner Fähigkeiten, sie zu verändern.«

»Sieh mal an, ein Philosoph«, sagte sie.

Er schüttelte den Kopf. »Ein Realist. Ich werde niemals die Antworten auf alle meine Fragen finden. Also akzeptiere ich die Tatsache, daß es Dinge gibt, die ich nie, niemals verstehen werde.«

»Und du willst kein Philosoph sein! Aber ich habe jetzt andere Dinge zu erledigen. Bist du sicher, daß du zum Thema Inselmagie nicht mehr zu sagen hast?«

»Wenn mir etwas dazu einfällt, Prinzessin, bist du die erste, die es erfährt.«

»Herzlichen Dank.« Sie schloß die Tür und ging zu ihrer Hütte zurück. Das Gefühl, das sie seit dem Besuch bei dem Kind beschlichen hatte, wurde immer beklemmender. Zu allem anderen mischte sich eine Spur von Entsetzen. Sie rannte die Treppe zur Hütte hinauf und machte die Tür auf.

Drinnen stand ihr Vater auf seinem Lieblingsplatz neben dem Kamin. Er hielt Jewels Decke in der Hand, diejenige, die Solanda zuvor getragen hatte. Jewel wußte, daß er nicht an sie dachte, sondern an das Kind und die Neuigkeiten, die ihnen Solanda überbracht hatte.

»Ich habe versucht, mit Adrian zu reden«, sagte sie, ohne ihn zu begrüßen.

»Und was sagt er zu ihrer Magie?« Rugar knüllte die Decke in der Hand zusammen.

»Er sagt, es gebe keine. Ich habe versucht, ihn in die Ecke zu treiben, doch er hat ein paar religiöse Zeilen zitiert, die besagten, daß man die Welt um einen herum nicht verstehen könne.«

»Lügt er?«

Sie spürte den Blutdurst hinter Rugars Worten. Er wollte jemanden für diese neuen Entwicklungen büßen lassen.

Sie auch.

»Das glaube ich nicht«, sagte sie. »Es scheint so, als kümmerten sie sich überhaupt nicht um die Möglichkeiten der Zauberkraft und überließen es anderen.«

Rugar fuhr herum und schleuderte die Decke auf den Tisch. »Wenn sie nicht wissen, wozu sie fähig sind, dann können sie diese Fähigkeiten auch nicht einsetzen!«

Sie schüttelte den Kopf. »Womöglich haben sie einen Weg gefunden, sich ihrer zu bedienen, ohne zu erkennen, worum es sich eigentlich handelt. So wie sie es mit ihrem Gift tun. Wenn sie nicht wissen, wozu sie fähig sind, Papa, dann wissen wir es auch nicht.«

Er seufzte, setzte sich und rieb sich die Augen. »Ich habe uns ganz schön reingeritten, was?«

»Ja«, antwortete sie. »Und es macht mir angst.«

Er sah sie an. »Es macht *dir* angst?«

Normalerweise hätte er die Bemerkung überhört, doch diesmal griff er sie auf. Sie spürte, wie ihre Wangen leicht erröteten.

Sie nickte. »Wenn sie wirklich über Zauberkräfte verfügen, dann ist die Niederlage, die wir bei der Ersten Schlacht um Jahn erlitten, nicht durch unglückliche Umstände zu erklären. Wir könnten unsere gesamte Streitmacht verlieren, und Großvater wäre keinen Deut schlauer. Möglicherweise schickt er einige Jahre keinen Entsatz auf die Blaue Insel, doch früher oder später wird der nächste Feldzug stattfinden. Und dann sterben noch mehr Fey.«

»Was sollen wir denn tun? Wir können sie nicht einzeln bekämpfen, bis wir das Geheimnis ihres Giftes herausgefunden haben.«

Sie holte tief Luft. Er würde ihre Idee nicht gutheißen, deshalb wappnete sie sich gegen seinen Zorn. »Wenn es uns gelingt, das Geheimnis des Giftes zu lüften, greifen wir an. Wenn nicht, verhandeln wir.«

»Verhandeln?« Seine Stimme dröhnte lauter, als sie sie jemals vernommen hatte. »Die Fey feilschen nicht mit ihren Feinden, Mädchen. Schon gar nicht, wenn wir diejenigen sind, die den Krieg angezettelt haben.«

Sie schluckte schwer. »Ich weiß. Aber manchmal treffen wir Verabredungen mit Regierungen, nachdem wir gesiegt haben, um diese Verabredungen dann zu brechen. So wie in Nye, als wir ihnen zusicherten, sie erhielten die völlige Kontrolle über ihre Gebietsverwaltungen. Und dem zufolge, was Großvater sagte, haben wir uns dieser Taktik schon mehr als einmal bedient.«

Rugar hob den Kopf. Er lauschte ihren Gedankengängen offensichtlich mit großem Interesse. »Du meinst, wir sollten eine Abmachung mit ihnen treffen und sie dann brechen?«

»Friedensverhandlungen«, erwiderte Jewel. »Wir sollten es auf überzeugende Art und Weise tun, damit sie glauben, wir könnten hier friedlich nebeneinander existieren. Wenn sie das nicht wollen, sollen sie uns den Weg zwischen den Felsenwächtern hindurch zeigen, und wir können zurück nach Nye. Dann reden wir mit Großvater und greifen an, sobald er soweit ist – und nachdem wir hinter das Geheimnis des Giftes gekommen sind.«

»Sie wären verrückt, wenn sie uns den Weg durch die Felsenwächter weisen würden«, sagte Rugar. »Sie wissen doch, daß wir von dort Verstärkung bekommen. Niemals wird der Schwarze König eine Niederlage hinnehmen. Die Idee ist nicht schlecht, Jewel, aber sie ist nicht durchführbar.«

»Ich bin noch nicht fertig.« Der Satz entschlüpfte ihr schneidender als beabsichtigt, beinahe herrisch. Rugar hob mißtrauisch die Augenbrauen. Sie verspürte den Impuls, sich zu entschuldigen, tat es aber nicht. »Wenn sie sich weigern, unsere Truppen ziehen zu lassen, dann spielen wir die Besiegten. Wir geben ihnen ein Zeichen unseres guten Willens – geben die Gefangenen zurück, geben unsere Waffen ab, etwas in der Art –, und sobald wir ihre Geheimnisse kennen, sobald sie arglos sind, greifen wir erneut an. Diesmal jedoch kennen wir ihre Schwachpunkte, kommen womöglich direkt an ihren König heran und erobern die ganze Insel.«

»Wie du es sagst, klingt es ganz einfach, Jewel.«

»Es ist einfach«, gab sie zurück.

Er schüttelte schwach den Kopf. »Verrat ist niemals einfach. Wir müßten diese List vor den meisten unserer eigenen Leute geheimhalten. Einige könnten rebellieren. Dann müßten wir den richtigen Augenblick abwarten, den richtigen Moment zum Angreifen. Es könnte Jahre dauern. Sollen wir denn noch jahrelang hier im Schattenland verbringen?«

»Warum ziehst du die Möglichkeit nicht in Betracht?« fragte Jewel.

»Das habe ich bereits«, sagte er. »Eine hübsche Idee, aber unnötig. Wir kommen auch so hinter das Geheimnis. Dann greifen wir an, und sie werden sich rascher ergeben als jeder andere Feind, mit dem wir es bisher zu tun hatten. Sie sind daran gewöhnt, zu gewinnen, und haben noch nicht erfahren, wie schmerzlich eine Niederlage ist. Sie werden alles tun, was wir verlangen.«

Jewel sah ihn an. Sie konnte sich nicht erinnern, daß er in der Vergangenheit auch schon so blind gewesen war. Er war stets in der Lage gewesen, eine Situation klar zu beurteilen, egal ob die Fey im Vorteil oder im Hintertreffen waren.

»Ich hoffe, du hast recht, Papa«, sagte sie. »Ich hoffe, du hast recht.«

23

Eleanoras Rippen taten so weh, daß sie trotz der Krücken, die ihr Helter geschnitzt hatte, kaum aufrecht stehen konnte. Pier hatte eine Schiene angefertigt und so an Eleanoras rechtem Bein befestigt, daß sie ihren Fuß nach hinten zog und ihn so nicht aufsetzen konnte. Ihr gesundes Bein war müde, und ihre Achselhöhlen schmerzten.

Sie wartete jetzt schon den ganzen Nachmittag. Helter hatte sie zum Palast bringen wollen, doch ihm war bestellt worden, die Angelegenheit sei zu unwichtig. Trotzdem war es ihm gelungen, einen Termin im Hause eines der Berater des Königs, einem Lord Stowe, zu verabreden.

Lord Stowes Haus war so groß wie ein Palast. Noch nie zuvor hatte Eleanora ein Haus von solchen Ausmaßen gesehen. Es nahm die Front eines ganzen Straßenzuges ein. Helter hatte mit hineingehen wollen, doch sie hatte ihn gebeten, draußen auf sie zu warten. Sie wollte ihre Geschichte selbst erzählen.

Helter hatte sie nach Jahn begleitet. Zu diesem Zweck hatte er den Pferdekarren eines Nachbarn ausgeliehen, der unterwegs so ruppig durch die Fahrspuren gepoltert war, daß ihr die Tränen über das Gesicht gelaufen waren. Helter hatte eine Unterkunft besorgt, und am Morgen war Eleanora so steif gewesen, daß sie sich kaum rühren konnte. Helter hatte angeboten, an ihrer Statt zu gehen, doch nun war sie schon so weit gekommen und hatte so viele Schmerzen erlitten, daß sie ebensogut noch ein bißchen mehr aushalten konnte.

Sie hatte nicht erwartet, daß man sie in einem Raum warten ließ, der so vornehm ausgestattet war. Sie traute sich kaum, sich hinzusetzen.

Helter hatte sie an die Hintertür gebracht, und ein Diener hatte sie durch die Küche in einen Raum geführt, der ungefähr die Größe des Häuschens besaß, in dem sie mit Drew gewohnt hatte. Obwohl der Kamin nicht brannte, roch es schwach nach Rauch. Neben einem üppig gepolsterten Sessel lag auf einem Tablett eine Pfeife. Offensichtlich hielt sich jemand zuzeiten gerne in diesem Raum auf.

Der Diener hatte Eleanora einen Platz angeboten, doch selbst nachdem er gegangen war, war sie stehengeblieben. Das Zimmer war mit Möbeln vollgestopft, Stühle standen an den Wänden, Tische und Sitzgruppen in der Mitte des Raums auf einem dicken Teppich. Ihre provisorischen Krücken verfingen sich in den Noppen, und sie mußte eine weiter nach vorne stellen, um nicht umzukippen.

Sie stützte sich auf die Krücken und ließ den Blick über die Regale und die vielen kleinen Einrichtungsgegenstände schweifen. Kleine Schnitzereien auf den Tischen, ein winziges, in eine Lampe eingelassenes Silberschwert und über dem Kamin das Bildnis eines älteren Mannes. Noch nie in ihrem Leben hatte sie so viele persönliche Besitztümer gesehen – und diese hier befanden sich nur in einem einzigen Zimmer eines riesigen Hauses.

Endlich ging die Tür auf. Der Mann, der eintrat, trug an den Knien gebundene Reithosen und ein weißes Hemd, und seine braunen Locken waren hinter dem Kopf zusammengerafft. Er wurde schon langsam kahl, und unter den Augen trug er große dunkle Ringe.

»Guten Tag, meine Liebe«, sagte er. »Ich bin Lord Stowe. Dein Vertrauter sagte, die Angelegenheit sei dringlich.«

Sie nickte. »Ich fürchte, ich weiß nicht, wie man sich hier entsprechend benimmt, Herr.«

Sein müder Blick erfaßte ihre Krücken und die Beinschiene, und er lächelte mitfühlend. »Das kann ich sehr wohl verstehen«, sagte er. »Ich hoffe nur, daß du nicht die ganze Zeit über gestanden hast. Nimm doch bitte Platz.«

»Nein, Herr. Das geht nicht. Das sind meine Reisekleider.«

»Mir ist es lieber, du machst meinen Stuhl ein bißchen schmutzig, als daß du auf meinem Teppich in Ohnmacht fällst«, erwiderte er.

Sie errötete und setzte sich auf das rote Polstersofa. Das Sofa war hart, obwohl es ganz weich aussah. Die Schmerzen in ihrem Körper machten sich wieder bemerkbar. Sie hatte nicht gewußt, wie müde sie eigentlich war. »Vergebt mir, daß ich Eure Zeit in Anspruch nehme, Herr«, sagte sie. »Aber ich hoffe, Ihr könnt mir helfen.«

»Das werde ich versuchen.« Er ließ sich auf dem Polstersessel nieder, drehte ihn so, daß er ihr gegenübersaß, und faltete die Hände im Schoß.

»Mein Kind wurde entführt. Die Frau, die den Jungen mitnahm, war eine Fey.«

Lord Stowes Mund klappte vor Staunen auf. Erst nachdem er sich wieder gefangen hatte, machte er ihn zu. »Hat jemand diese Frau gesehen? Bist du sicher, daß das Kind nicht … entschuldige bitte … einfach weggelaufen ist?«

Eleanora biß sich auf die Lippe und fuhr mit der Zunge über die Stelle, an der sich ihre Zähne berührt hatten. Sie beschloß, seine Zweifel an ihren Fähigkeiten, ein Kind zu hüten, einfach zu ignorieren. Sie holte tief Luft und blickte dann zur Seite, betrachtete ihre Finger. Sie waren gekrümmt und mit Flecken übersät. Die Hände einer alten Frau.

»Es hört sich vielleicht verrückt an, Herr«, sagte sie, »aber am Tag zuvor habe ich eine Katze im Haus aufgenommen. Sie sah sehr ausgehungert aus, und mein Junge mochte sie sofort, und deshalb hat sie ein paar Essensreste und ein wenig Wasser bekommen. Es kam mir richtig vor. Ich habe schon immer mit den Geschöpfen Gottes geteilt und noch nie zuvor Probleme damit gehabt. Doch in dieser Nacht bin ich von meinem Kind wach geworden. Der Junge lachte. Als ich in sein Zimmer ging, stand im Mondlicht eine Fey in einem meiner Unterröcke vor ihm. Sie spielte mit ihm und sagte, sie will ihn mir wegnehmen. Also packte ich ihn und rannte weg. Er ist noch sehr klein und wiegt nicht viel, aber ich kann mich nicht mehr sehr schnell bewegen. Die Katze lief mir voraus … und jetzt kommt etwas, das sich verrückt anhört … sie verwandelte sich in diese Frau, nur daß sie diesmal nichts anhatte. Sie war jünger als ich, und kräftiger. Sie brach mir einige Rippen und ein Bein … und sie entriß mir den Jungen. Ein paar Männer haben sie verfolgt, aber sie haben ihre Spur verloren. Im Morgengrauen haben sie sich noch einmal auf die Suche gemacht. Sie glauben, ihre Spur führt zu dem Ort, an dem sich die Fey aufhalten.«

»Zum Schattenland?« fragte Lord Stowe.

Sie nickte. Die Erinnerung hatte ihr wieder Tränen in die Augen getrieben.

»Und du bist sicher, daß es kein Traum war?«

Sie hob den Kopf. Er hielt die kalte Pfeife in der Hand und drehte sie hin und her. Er schien gebannt auf ihre Antwort zu warten und abermals keine Hintergedanken bei seiner Frage gehabt zu haben.

»Nein, keinesfalls, Herr«, antwortete sie mit ruhiger Stimme. Schließlich hatte sie ihn um Hilfe gebeten. »Auch andere haben die Frau gesehen. Allerdings bin ich die einzige, die gesehen hat, wie sie sich verwandelte.«

Er nickte mit gerunzelter Stirn. »Wie alt ist dein Junge?«

»Anderthalb Jahre, Herr.«

»Dann war er also kein Fey-Kind«, murmelte er, als hätte er die ganze Zeit über an diese Möglichkeit gedacht.

Ihre Wangen wurden heiß. »Nein, Herr! Die Fey haben seine Eltern getötet. Ich habe ihn herausgeholt, bevor sie ihn finden konnten.«

Lord Stowe setzte seine Pfeife ab, stemmte sich vom Stuhl auf und ging, ihr den Rücken zugewandt, zum Kamin. »Glaubst du, daß sie ihn aus einem ganz bestimmten Grund haben wollten?«

Die Erinnerung kam unvermittelt. Die schlanke Frau, die so natürlich im Mondlicht aussah, ihre Stimme so selbstbewußt, so sicher, daß sie Coulter besser als Eleanora behandeln konnte. »Sie sagte, er habe die Zauberkraft, aber wenn er bei mir bliebe, würde er sie nie einzusetzen verstehen.«

»Magie.« Lord Stowe drehte sich um, so daß er ihr Gesicht sehen konnte. Er legte die Hände auf die nächstbeste Stuhllehne und stütze sich darauf. »Bist du sicher, daß er auf der Blauen Insel geboren wurde?«

Eleanora nickte. »Ich habe geholfen, ihn auf die Welt zu bringen, Herr. Ich kannte seine Eltern seit ihrer Hochzeit, schon lange bevor die Fey kamen.«

»Und seine Eltern stammten von unserer Insel?«

»Seine Mutter wurde unweit vom Blumenfluß geboren. Ich habe sie aufwachsen sehen.«

»Und der Vater?«

»Stammte von den Schneebergen, Herr. Er war ein guter Mann, ein sehr geschickter Holzschnitzer. Die Fey töteten sie am Tage der Invasion, und wenn ich das Kind nicht heimlich weggeschafft hätte, hätten sie es wohl auch umgebracht.«

Lord Stowe rieb sich das Kinn. »Sie haben einen Inselbewohner, von dem sie behaupten, er sei der Magie fähig.«

Er schüttelte den Kopf und betrachtete sie erneut. Seit einigen Augenblicken sah er sie mit anderen Augen, das konnte sie in seinem Gesicht lesen. Sie war keine arme Frau mehr, kaum besser als eine Dienerin. Sie war jemand, der ein Kind verloren hatte.

»Was erwartest du von mir?« fragte er.

Tränen füllten ihre Augen. Sie hatte gedacht, ihr Wunsch

läge auf der Hand. »Ich möchte, daß Ihr ihn findet und nach Hause zurückbringt.«

Er ließ langsam den angehaltenen Atem entweichen. In der Stille hörte sie Helters Stimme: *Du bist verrückt, Frau, wenn du denkst, der König würde dir helfen. Du weißt nicht einmal, ob der Junge noch am Leben ist. Nach allem, was geschehen ist, hat ihn dieses Wesen getötet, so wie seine Eltern. Vielleicht müssen sie erst die ganze Familie umbringen, bevor ihre eigene Magie Wirkung zeigt.*

»Um den Jungen zu finden, müßten wir sie noch einmal auf ihrem eigenen Terrain angreifen«, sagte Lord Stowe. Seine Stimme klang weich. »Ich werde mit dem König darüber reden, aber ich bezweifle, daß wir dafür das Leben unserer Männer aufs Spiel setzen können.«

»Er ist doch noch ein kleines Kind!« Ihre Stimme stieg zu einem Wimmern an. Sie holte tief Luft und beruhigte sich wieder. »Er ist alles, was ich habe. Er braucht mich.«

Auf seinen Wangen zeigte sich ein leichter Anflug von Röte. Lord Stowe erhob sich und klopfte ihr sanft auf die Schulter. »Wir werden tun, was wir können, gute Frau«, sagte er. Sie hatte sich getäuscht. Ihr Schmerz bedeutete ihm überhaupt nichts. Für ihn war der Verlust Coulters nicht mehr als ein technisches Problem, ein unerwartetes Verhalten der Fey.

»Bitte«, sagte sie. »Bitte helft mir.«

Er nahm die Hand von ihr und entfernte sich. Sie fühlte seine Abwesenheit mehr, als daß sie sie sah.

»Das werde ich tun«, versprach er und sah sie noch einmal lange an, bevor er weiterredete. »Ich schicke einen Diener her, damit er dir hilft. Wir werden auch für einen bequemeren Heimweg sorgen.«

»Vielen Dank«, flüsterte sie. Sie blickte nicht einmal auf. Er würde ihr nicht helfen. Niemand konnte das.

Seine Schritte knarrten auf dem Boden. Sie hörte, wie sich

die andere Tür öffnete, aber nicht, wie sie sich schloß. Als sie schließlich in die Richtung blickte, sah sie, daß er sie noch immer betrachtete.

»Hast du schon jemals gehört, daß die Fey Kinder auf diese Weise entführen?« fragte er.

»Nein.«

»Ich auch nicht. Das ist doch eigenartig.« Damit verließ er den Raum.

Eigenartig? Das mochte wohl sein – vom Gesichtspunkt eines Lords aus. Aus ihrer Sicht jedoch bedeutete der Verlust Coulters, daß sie alles verloren hatte. Und sie hatte keine Ahnung, wie sie ihn zurückbekommen sollte.

24

Der Klang von Stimmen weckte ihn.

Tel hatte nur leicht geschlafen, hatte Stunden gebraucht, um sich nach dem Mitternachtssakrament einigermaßen zu beruhigen. Doch nachdem er genug Decken auf seine Pritsche gelegt und im Schlafzimmerkamin ein Feuer entfacht hatte, war es einigermaßen erträglich geworden, und er hatte sich soweit entspannen können, daß er eingeschlafen war.

Er spitzte die Ohren, und Andres Erinnerung erkannte die Stimmen von Matthias und dem Rocaan. Tels Mund wurde sofort trocken. Diese beiden waren die einzigen, mit deren Hilfe er das Geheimnis des Weihwassers lüften konnte. Dabei hatte er nicht damit gerechnet, ihnen so bald auflauern zu können.

Tel schlug die Decken zurück, schwang sich aus dem Bett und schlüpfte in die schwarze Robe, die Andre immer getragen hatte, wenn er mitten in der Nacht noch irgendwo hingegangen war. Im Gegensatz zu Andre zog Tel auch seine Sandalen an, denn er wollte nicht riskieren, in etwas Gefährliches hineinzutreten.

Er kämmte das Haar mit den Fingern durch, nahm das kleine Stilett, das er mitgebracht hatte, und schob es in die Tasche seiner Robe. Die Stimmen kamen noch näher. Die beiden Männer mußten draußen im Gang stehen. Er öffnete die Tür.

Der Korridor war hier ziemlich breit. Auf diesem Abschnitt standen keine Möbelstücke, lediglich an den Wänden hingen Porträts früherer Rocaans und Ältester. Matthias und der Rocaan blieben nur wenige Schritte vor Tel stehen, und beide sahen wie ertappt aus. Der Rocaan trug eine kleine Laterne, die ihre Gesichter erhellte. Matthias hatte ein Tablett mit Glasfläschchen in der Hand. Tel erstarrte. Er konnte die beiden nicht angreifen. Nicht, solange sie die einzige Sache bei sich trugen, die ihn umbrachte.

»Ich … äh … ich habe Stimmen gehört«, sagte er.

»Entschuldigt, Andre«, antwortete der Rocaan. Seine Stimme war so sanftmütig wie sein Blick. »Wir wollten Euch nicht wecken.«

Matthias hielt sich ein wenig im Hintergrund und lächelte nicht, als er Tel ansah. Sein Ausdruck wirkte eher vorsichtig. »Wir haben nicht damit gerechnet, daß noch jemand auf ist.«

Sie redeten leise. Auch die anderen Ältesten schliefen in diesem Flügel.

Das Messer wog schwer in Tels Tasche. Sein Blick fiel auf das Tablett mit dem Weihwasser, und er fragte sich, ob er ihm wohl entgehen könnte. »Gibt es Probleme?«

Der Rocaan wollte antworten, doch Matthias warf ihm einen warnenden Blick zu. Der Rocaan schien nicht darauf zu achten. »Wir haben herausgefunden, daß jemand das Weihwasser im Tabernakel gepanscht hat. Wir wollen es sofort austauschen.«

Tel spürte, wie sein Körper eiskalt wurde. Seine Hand glitt in die Tasche. Wenn sie ihn beschuldigten, würde er sie sofort anfallen, Weihwasser oder nicht. Sie würden ihn ohnehin damit bespritzen. Wenn sie es auf ihn abgesehen hatten, konnte er sich nicht mehr in Sicherheit bringen.

»Wie habt Ihr herausgefunden, daß es gepanscht war?« erkundigte er sich. »Ist etwas passiert?«

Der Rocaan schüttelte den Kopf. »Nein. Etwas ist nicht passiert.«

Andres Gedächtnis konnte mit dieser Bemerkung überhaupt nichts anfangen. Es gab keine körperlichen Reaktionen auf das Weihwasser – es sei denn, man war zufälligerweise ein Fey.

»Was meint Ihr damit?« Diesmal sah er Matthias an, der ihn aufmerksam musterte. »Waren etwa Fey anwesend? Ich verstehe gar nichts mehr.«

»Das ist auch nicht nötig.« Matthias' Stimme war kalt.

»Hört schon auf, Matthias«, sagte der Rocaan. »Er ist ein Ältester.«

»Und wir haben ihn den ganzen Tag noch nicht mit Weihwasser in Berührung gebracht. Ich verrate ihm keine Geheimnisse. Hättet Ihr etwas gegen einen kleinen Segen einzuwenden, Andre?«

Tels Finger legten sich um das Stilett. Er wußte nicht genau, wie ernst Matthias seine Drohung meinte. Hegte er bereits einen Verdacht? »Ein Segen wäre schon recht«, antwortete er und hoffte, daß seine Stimme nicht zu sehr zitterte. Zumindest würde es die beiden anderen Männer näher an ihn heranführen und ihm die Möglichkeit verschaffen, sie zu überrumpeln. Vielleicht.

»Ihr habt Euer Schwert nicht angelegt«, sagte Matthias mit leicht tadelndem Unterton. »Wenn wir Euch segnen sollen, müßt Ihr es erst holen.«

Tel berührte mit der freien Hand seine Brust und tat erstaunt darüber, daß das Schwert nicht an seiner Stelle war. Andre nahm sein Schwert niemals ab, doch Tel wollte beim Schlafen nichts um den Hals baumeln haben.

»Ich habe es abgelegt, weil es gegen einen Nagel geschlagen ist«, sagte er. »Ich dachte, es sei zerbrochen. Da habe ich wohl vergessen, es wieder anzulegen. Es liegt in meinem Zimmer. Ich hole es gleich. Möchtet Ihr hereinkommen?« Sein Körper zitterte, ebenso vor Angst wie vor Erwartung. Wenn er sie dazu bewegen konnte, dann würde es ihm auch gelingen, Matthias dazu zu bringen, das Tablett abzustellen und sich davon zu entfernen. Dann würde er Matthias die Kehle durchschneiden und das Blut dazu benutzen, sich in den Rocaan zu verwandeln. Der alte Mann konnte sich bestimmt nicht schnell genug entfernen.

Der Rocaan schwankte ein wenig, als spürte er das Dilemma,

in dem sich Tel befand. Dann berührte er Matthias vorsichtig am Arm, um das Tablett nicht zum Kippen zu bringen. »Entschuldigt bitte, Andre«, sagte der Rocaan. »Aber ich glaube, Matthias und ich sollten zuerst diese Aufgabe zu Ende bringen. Wir müssen noch die Kapelle der Diener überprüfen, Matthias.«

Matthias warf ihm einen kurzen Blick zu. »Ihr könntet hier bei Andre bleiben und ihn segnen, während ich das rasch erledige.«

Der Rocaan schüttelte den Kopf. Er wirkte sehr erschöpft. Normalerweise verzichtete der alte Mann nie auf seinen Schlaf. Das war eins der Geheimnisse seiner Zähigkeit. »Ich würde die Aufgabe gern selbst zu Ende bringen.«

Matthias seufzte, als wäre er nicht damit einverstanden, und wandte sich noch einmal an Tel. »Dann bis später.«

»Bis später«, sagte Tel.

Die beiden Männer kamen auf ihn zu. Tel öffnete die Tür. Er lockerte den Griff um das Stilett und zog die Hand aus der Tasche. In diesem Augenblick stolperte Matthias und kippte das Tablett in seine Richtung.

Tel hatte keine Zeit mehr zum Ausweichen. Nur eine Flasche rutschte vom Tablett herunter, und er fing sie mit der linken Hand auf, ohne daß der Stöpsel heraussprang. Das Glas fühlte sich kühl in seiner Haut an. Kein Brennen. Keine plötzliche Veränderung. Es war nichts übergelaufen.

Jetzt spürte er, wie die Panik seinen Körper durchlief, doch er weigerte sich, darauf zu reagieren, bevor die beiden anderen außer Sichtweite waren. Mit bemüht ruhiger Hand stellte er die Flasche wieder auf das Tablett, wobei ihm nicht entging, daß Matthias ihn argwöhnisch beobachtete. Matthias hatte das Tablett absichtlich kippen lassen.

»Braucht Ihr Hilfe, Matthias?« fragte Tel. Es gab auch andere Methoden, das Geheimnis des Weihwassers herauszufinden.

»Tut mir leid«, erwiderte Matthias. »Wir sind schon die ganze Nacht unterwegs.«

»Ich danke Euch für Euer Angebot«, sagte der Rocaan, »aber es würde länger dauern, Euch zu unterweisen, als es selbst schnell zu erledigen. Wir sehen uns dann beim Morgensakrament, Andre, und ich werde Euch anschließend segnen.«

»Wenn er zum Morgensakrament erscheint, dann besteht kein Grund mehr für eine Segnung, oder, Heiliger Herr?« fragte Matthias.

Tels Herz klopfte so heftig, daß er sich wunderte, daß es nicht aus seinem Brustkasten heraussprang. Wußten sie Bescheid? Es hatte ganz den Anschein.

Der Rocaan seufzte. »Vielen Dank, Matthias. Ihr seid immer so besorgt um mich.«

»Ich bemühe mich, Heiliger Herr«, sagte Matthias. Dann drehte er sich zu Tel um. »Wir sehen uns nach Sonnenaufgang.«

»Bis zum Sakrament«, sagte Tel. »Gute Nacht, Heiliger Herr.«

»Andre.«

Damit gingen sie den Korridor hinunter. Tel kehrte in sein Gemach zurück. Er schloß die Tür und lehnte sich von innen dagegen, dem Zusammenbruch nahe. In seinem ganzen Leben hatte er noch nicht soviel Angst gehabt. Beinahe wäre er dort draußen gestorben.

Vielleicht würde er sterben. Vielleicht hatten sie das Rezept irgendwie verändert. Er nahm einen Feuerstein. Seine Hände zitterten so sehr, daß er kaum einen Funken hervorbrachte. Als es ihm schließlich gelang, zündete er die Lampe neben der Tür an. Dann starrte er auf seine linke Handfläche.

Sie sah ganz normal aus. Nach dem, was er in den Schlachten gesehen hatte, starben die Opfer fast sofort. Die Veränderung trat unverzüglich und mit vernichtender Wirkung ein. Seine Handfläche sah normal aus. Nichts hatte sich verändert.

Er ballte die Hand zur Faust und atmete tief durch. Sie

wußten nichts, doch Matthias hatte Verdacht geschöpft. Schließlich hatte Tel die Andacht durchgeführt. Vielleicht hätte er bemerken müssen, daß etwas mit dem Weihwasser nicht stimmte. Wenn der Aud berichtete, daß es auf Tels Befehl hin ausgetauscht worden war, würden sie alle Bescheid wissen.

Er zwang sich, tief Luft zu holen und nachzudenken. Auds sprachen Älteste niemals an, es sei denn, sie wurden direkt gefragt oder sie waren an der Durchführung einer Andacht beteiligt. In all den Jahren hatte noch kein Aud Andre mit irgendwelchen Berichten über einen anderen Ältesten belästigt. Aus dieser Richtung drohte ihm vermutlich keine Gefahr.

Aber das falsche Weihwasser. Er hatte gedacht, niemand würde den Unterschied bemerken. Auch Andre war davon überzeugt gewesen. Offensichtlich gab es ein Geheimnis, das er nicht kannte. Es würde nicht mehr ausreichen, das Wasser noch mal zu vertauschen. Er mußte sich etwas Neues zu seinem Schutz ausdenken.

Dabei blieb ihm kaum mehr eine Stunde bis zum Morgensakrament.

Tel stieß sich von der Tür ab und ging zu einem der Sofas hinüber. Er setzte sich auf die Kante, stützte die Ellbogen auf die Knie und rief Andres Wissen über das Morgensakrament auf.

Es ähnelte in vielerlei Hinsicht dem Mitternachtssakrament. Nur die Botschaft war eine andere, doch darüber mußte er sich keine Gedanken machen. Wichtiger für ihn war das Weihwasser. Da er die Zeremonie nicht durchführte, würde er nicht mit den Flaschen in Berührung kommen – nur mit einer: derjenigen, die durch die Bankreihe gereicht wurde, in der er saß. Der Danite würde den Stöpsel herausziehen, und dann tauchte jeder Besucher des Gottesdienstes sein Tuch in das Wasser, um damit das Schwert abzuwischen. Wenn der Stöpsel erst einmal weg war, würde er die Bewegung nicht simulieren können.

Oder doch?

Niemand scherte sich um die Farbe oder die Beschaffenheit des Tuchs, das er verwendete. Diese strikte Reglementierung war vom Fünften Rocaan abgeschafft worden, als er erkannt hatte, daß seine Gemeindemitglieder in höchst unterschiedlichen wirtschaftlichen Verhältnissen lebten. Um sie nicht vom Gottesdienst ausschließen zu müssen, hatte er sich lieber dazu durchgerungen, die Regeln hinsichtlich der Symbole zu lockern.

Jede Stoffarbe war zugelassen. Und auf Schwarz zeigten sich keine Wasserflecken.

Tel atmete tief durch. Es war riskant – seine ganze Situation war riskant –, aber er konnte es zweimal am Tag darauf ankommen lassen. Andre hatte Zugang zu schwarzem Stoff, denn es unterlag seiner Verantwortung, dafür zu sorgen, daß die Auds und Daniten mit ordentlichen Gewändern ausgestattet waren. Die niedrigeren Ränge der Rocaanisten trugen keine Samtroben. Wenn er den Stoff nach der Zeremonie wegwarf, spielte es keine Rolle, ob das Wasser damit in Berührung gekommen war – solange er das Wasser nicht berührte.

Er lehnte den Kopf nach hinten und spürte, wie der Adrenalinstoß ein wenig nachließ. Noch einen Tag mußte er überstehen, nicht viel mehr. Er mußte Mittel und Wege finden, sich dem Rocaan allein zu nähern. Dann würde Tel in den Besitz des Geheimnisses kommen, nach dem alle Fey so verzweifelt suchten.

25

Alexander blieb vor Fledderers Unterkunft stehen. Es würde wahrscheinlich sein letztes Zusammentreffen mit dem kleinen Mann sein. Soweit er es beurteilen konnte, hatte er alles Wissenswerte aus ihm herausgeholt, und es sah ganz so aus, als habe der Fey die Wahrheit gesagt. Jetzt mußte Alexander entscheiden, was mit dem Gefangenen geschehen sollte.

Monte und seine Garde musterten ihn. Wahrscheinlich wunderten sie sich über sein Zögern.

Am Ende der vorigen Unterredung hatte Fledderer behauptet, er habe jetzt alles aufgezählt, wozu die Fey imstande seien. Alexander hatte einige dieser Dinge gesehen: die geschändeten Leichname und diesen schreckliche Doppelgänger-Trick. Lord Stowe hatte ihm mehr von der Katze erzählt, und aus den abgelegenen Bezirken waren Berichte über Wesen eingetroffen, die halb Mensch, halb Tier seien. Wenn er nur die Augen und Ohren aufmachte, sah Alexander Fledderers Informationen überall bestätigt.

Das Problem bestand darin, daß all diese Informationen ihm Angst einjagten. Die Dinge, deren die Fey fähig waren, jagten ihm einen Schauer nach dem anderen über den Rücken. Seit zwei Tagen litt er unter schrecklichen Alpträumen. Er verstand nicht einmal mehr, wie es seinem Volk gelungen war zu überleben. Doch Fledderer hatte ihm versichert, daß das Weihwasser eine sehr mächtige Waffe sei, mächtiger als alles andere, was sich den Fey seit der ersten Begegnung mit Schwertern widersetzt hatte.

Trotzdem reichte es nicht aus, und Alexander wußte es. Sobald die Fey einen Weg gefunden hatten, das Weihwasser zu umgehen – woran sie fieberhaft arbeiteten –, waren sie in der Lage, jede Armee, die Alexander aufstellte, rasch und restlos zu vernichten. Daß die Insel so lange überlebt hatte, verdankten sie dem Glück allein.

Oder, wie der Rocaan sagen würde, Gottes Schutz.

Alexander öffnete die Tür.

Fledderer war in die ehemalige Unterkunft eines Wachsoldaten verlegt worden. Das Zimmer war klein, quadratisch und überfüllt. Alexanders Meinung nach bot es kaum mehr Platz als eine Gefängniszelle. Er besaß Schränke, die größer als dieses Zimmer waren, und er wußte, daß es unrealistisch wäre, unter diesen Umständen mehr zu erwarten.

Trotzdem war es ihm unangenehm, dem kleinen Mann so nahe zu sein.

Die Unterkünfte der Wachmannschaften waren mit diesen seltenen Glasfenstern versehen. Alexander hatte nicht nachgefragt, doch er ging davon aus, daß Monte die Fenster hatte einbauen lassen, bevor Fledderer hierher verlegt wurde, damit die Wachen die Gespräche zwischen Alexander und Fledderer beobachten und jederzeit eingreifen konnten, sollte der kleine Mann versuchen, dem König etwas anzutun.

Doch während der beiden Tage, an denen sie sich unterhalten hatten, hatte Fledderer sich nicht von der Stelle gerührt.

Das hatte Alexander nicht davon abgehalten, sich vor dem Betreten des Raums mit Weihwasser einzureiben und mehrere Fläschchen davon bei sich zu führen. Die Wachen waren ebenfalls damit ausgerüstet, und Monte begleitete Alexander jedesmal mit hinein, einen Krug Weihwasser einsatzbereit in der Hand. Dann ging Monte hinaus, und Fledderer klärte Alexander über die Schrecken der Fey auf. Alexander wollte nicht, daß irgend jemand sonst seine Worte hörte. Er wollte keinesfalls, daß irgendwelche Gerüchte die Runde machten.

An diesem Tag saß Fledderer breitbeinig und mit geneigtem Kopf auf einem der beiden Holzstühle. Die Ellbogen ruhten auf seinen Schenkeln, die Hände hingen zwischen den Knien herab. Ein Bild der Niedergeschlagenheit. Alexander war sich immer noch nicht sicher, was Fledderer wollte. Jedenfalls war es nicht sein Wunsch, noch länger in diesem kleinen Zimmer eingesperrt zu sein.

Alexander holte sich den anderen Stuhl und zog ihn von der Wand weg. Offensichtlich rückte Fledderer in der Nacht einen Teil der Einrichtung zur Seite, um sich mehr Platz zu verschaffen. Einmal hatte sich Alexander bei einem Wachtposten erkundigt, wozu Fledderer den Platz benötigte. Die Wache hatte gesagt, er gehe bis in die frühen Morgenstunden rastlos auf und ab.

Monte warf Alexander einen nervösen Blick zu – den gleichen, den er ihm schon seit Tagen zuwarf. Alexander ignorierte ihn. Er kannte das Risiko. Und er haßte es, wenn Monte ihn daran erinnerte. Andererseits dachte er, wenn bislang nichts passiert ist, dann passierte auch jetzt nichts mehr.

Auf Alexanders Zeichen hin verließ Monte das Zimmer. Alexander stützte sich auf die Lehne seines Stuhls, setzte sich aber nicht. Fledderer sah zu ihm auf.

Über das Gesicht des kleinen Mannes spannte sich ein Geflecht feiner Fältchen, was seine fließenden Züge noch mehr hervorhob.

»Sag mir, Fledderer«, eröffnete Alexander das Gespräch auf Nye, »was wäre mit dir geschehen, wenn du in Nye geblieben wärst?«

Fledderer starrte ihn eine Weile an. Augenscheinlich hatte er nicht mit dieser Frage gerechnet. »Ich hatte keine andere Wahl. Ich mußte gehen.«

»Hast du etwas verbrochen?«

Er schüttelte den Kopf. »Ich gehörte zu Rugars Truppe. Die meisten in dieser Truppe hatten eine Wahl, nur die Rotkappen nicht. Wir haben überhaupt nie eine Wahl. Von uns wird erwartet, daß wir tun, was man uns aufträgt.«

»Und was wäre geschehen, wenn du dortgeblieben wärst?«

Er zuckte die Achseln. »Vermutlich hätte mich der Schwarze König als Abschreckung für die anderen getötet.«

»Keinen Hof, kein normales Leben, keine Träume?« fragte Alexander, der sich daran erinnerte, was Fledderer ihm am ersten Tag gesagt hatte.

Fledderer lachte auf. »Ein Hof? Ein Häuschen? Wer hätte denn neben mir wohnen sollen? Ein anderer Fey? Nein, Sire. Die Entscheidung über mein Schicksal fiel bereits sehr früh, sobald klar war, daß ich nicht größer werden und auch keine Zauberkräfte empfangen würde. Ich konnte einigen der Domestiken bei den Verrichtungen helfen, die sich nicht mit Hilfe der Magie bewältigen ließen, und vielleicht, wenn ich mich gut benommen hätte, hätte ich heiraten können ... aber wahrscheinlich nicht, denn die meisten Fey hätten befürchtet, daß meine Kinder ebenso verunstaltet sein könnten wie ich.«

»Verunstaltet?«

Fledderer stand auf und drehte sich um, hob die Arme über den Kopf. »Ich bin nicht einmal so groß wie Ihr, und im Vergleich zu meinen Leuten seid Ihr klein. Ich verfüge über keinerlei Magie. Ich bin nicht schlank. Wißt Ihr, daß Rotkappen nicht einmal erlaubt ist, ein hohes Alter zu erreichen? Wenn sie nicht mehr in der Lage sind, ihre schwere Arbeit zu verrichten, werden sie getötet, oder sie gehen einfach weg und werden nie wieder gesehen. Ich habe Caseo widersprochen, was in manchen Kreisen für eine Rotkappe so gut wie ein Todesurteil ist.«

»Auch für Rugar?«

»Gut möglich«, sagte Fledderer, »wenn alles so läuft, wie Caseo es einfädelt. Rugar sieht in Caseo unsere einzige Hoffnung, hier herauszukommen, und zwar, indem ein Gegenmittel für euer Gift gefunden wird.« Bei der Erwähnung des Weihwasser warf er einen Blick auf den Krug am Ende des Tisches. Bei einem ihrer früheren Zusammenkünfte hatte er darum gebeten, es wegzustellen, doch Alexander hatte sich geweigert. Fledderer wußte, daß er ein Gefangener war, und einem Teil von ihm gefiel diese Vorstellung überhaupt nicht.

»Ich denke schon seit Tagen darüber nach.« Alexander ging um seinen Stuhl herum und setzte sich. Es war heiß und stickig im Zimmer. »Momentan hält unser Volk das eure in Schach, doch es scheint uns nicht zu gelingen, daraus einen Vorteil zu schlagen. Du hast mir gesagt, daß die Fey weder verhandeln noch auf irgendwelche Bedingungen eingehen, was mir keine andere Wahl läßt, als darauf zu bestehen, daß sie die Blaue Insel verlassen. Wenn ich ihnen freien Abzug gewähre, kehren sie nach Hause zurück, holen sich Verstärkung und kommen vielleicht sogar hinter das Geheimnis des Weihwassers. Vielleicht auch nicht, aber das spielt wahrscheinlich keine Rolle, denn sie werden mit einer so gewaltigen Streitmacht zurückkehren, daß wir den Cardidas mit Weihwasser auffüllen müßten, um sie zurückzuschlagen.«

»Allmählich fangt Ihr an zu begreifen«, sagte Fledderer.

»Ich möchte sie aber nicht hier haben«, fuhr Alexander fort. »Ich möchte, daß du mir sagst, wie wir einen Vorteil über sie erringen können.«

»Um die Fey jetzt noch loszuwerden, müßtet Ihr uns alle abschlachten«, erwiderte Fledderer. »Selbst wenn Ihr eine Schlacht gewinnt, selbst wenn Ihr uns aufreiben würdet, so könntet Ihr doch nicht verhindern, daß ein oder zwei Schiffe nach Nye entkommen. Eine derartige Niederlage würde wahrscheinlich den Schwarzen König selbst auf den Plan rufen. Die Fey können sich einen solchen Verlust nicht leisten. Dann wüßten auch andere Völker, daß wir nicht unbesiegbar sind.«

Alexander stand auf. »Ich möchte die Fey nicht bis zum Ende meiner Tage auf der Blauen Insel sitzen haben.«

»Es bleibt Euch keine andere Wahl«, sagte Fledderer. »Von dem Augenblick an, an dem unsere Schiffe die Felsenwächter passierten, blieb Eurem Volk nichts anderes mehr übrig, als mit den Fey zusammenzuleben. Die Frage ist nur: Wie wollt Ihr das anfangen?«

Alexander seufzte. Vor dieser Antwort fürchtete er sich schon lange. Er hatte gehofft, Fledderer würde etwas anderes sagen; daß die Fey weiterzögen, die Blaue Insel in Ruhe ließen, sobald sie eingesehen hätten, daß sie hier nicht weiterkamen. Aber Alexander wußte es besser. Die Fey waren hier, und er mußte eine Lösung finden, sie loszuwerden, ohne noch mehr von ihnen auf die Insel zu holen.

Er lehnte sich an den kleinen Tisch, legte die Hand neben den Krug. Nicht, weil er Fledderer mißtraute, sondern weil er für seine nächste Fragenfolge eine gewisse Selbstsicherheit aufbauen wollte. »Wenn wir die Fey besiegen, wenn wir sie restlos vernichten … Wird dann der Schwarze König kommen, um sich zu rächen?«

Fledderer zuckte die Achseln. »Eigentlich müßte er schon längst hiersein. Niemand weiß, warum er noch auf sich warten läßt. Es gibt Gerüchte, denen zufolge seine Schiffe die Felsenwächter nicht passieren können.«

Alexander war nichts von fremden Schiffen jenseits der Wächter bekannt, aber er hatte Beobachter in die Schneeberge entsandt. »Glaubst du, daß er kommen wird?«

Fledderer schüttelte den Kopf. »Er hat die Schiffe nicht einmal verabschiedet. Ich glaube, er will seinen Sohn loswerden.«

Fledderers Antwort erschreckte Alexander dermaßen, daß er beinahe den Krug umgeworfen hätte. Fledderer wich zurück. »Seinen Sohn? Er würde seinen Sohn töten?«

»Er hat vier Enkelkinder. Er ist nicht auf Rugar angewiesen.«

Alexander blickte auf. »Kann ein Mann so unbarmherzig gegenüber seiner eigenen Familie sein?«

»Die Schwarzen Könige sind so. Die Schwarzen Königinnen sogar noch mehr. Eine von ihnen hat fünf ihrer ältesten Kinder töten lassen, damit keines davon die Thronfolge des jüngsten in Frage stellen konnte.«

Alexander lief es eiskalt den Rücken herunter. Er konnte sich keinen Grund vorstellen, Nicholas umzubringen. Er verstand diese Fey einfach nicht. Vielleicht hatte der Rocaan recht. Vielleicht hatten sie wirklich kein Fünkchen Anstand in sich.

Trotzdem mußte sich Alexander auf Fledderers Einschätzungen verlassen. Er mußte seine Pläne auf der Theorie aufbauen, daß der Schwarze König nicht auf die Insel kam. Das war die einzige Chance für sein kleines Reich.

In der Hoffnung, er würde die nächste Frage wahrheitsgemäß beantworten, fixierte Alexander Fledderer genau. »Was würde also bei Rugars Tod geschehen?«

Fledderer starrte ihn an. Die Frage überraschte ihn. Offensichtlich dachten Rotkappen daran, Hüter des Zaubers umzubringen, aber nicht an die Ermordung ihrer politischen Anführer. »Ich weiß es nicht«, sagte er gedehnt. Sein Gesicht war ganz weiß geworden. »Ich weiß es nicht.«

Dann erhob er sich ebenfalls, und Alexanders Hand schob sich näher an den Krug heran. Doch Fledderer drehte ihm den Rücken zu und schob den Stuhl beiseite. Er legte die Hände auf den Rücken und fing an, auf und ab zu gehen, wobei er leise murmelnd den Kopf schüttelte.

Das war es, wovon der Wächter gesprochen hatte, und es erfüllte Alexander mit Sorgen. Er legte die Finger um den Krug. Die Keramik fühlte sich kalt an.

»Niemand mag die Schattenlande«, sagte Fledderer, mehr zu

sich selbst, »und einige glauben nicht mehr an Rugars Visionen. Jewel ist zu jung für eigene Visionen.« Er sah mit weit aufgerissenen Augen zu Alexander auf. »Es würde ein Kampf um die Führung ausbrechen, und einige würden davonlaufen. Sie würden versuchen, irgendwo bei Eurem Volk einen Unterschlupf zu finden, oder weiter flußaufwärts ziehen.«

»Würde denn kein neuer Anführer an ihre Stelle treten? Hat denn Rugar keinen Nachfolger bestimmt, falls er in der Schlacht fällt?«

»Visionäre sterben nicht in der Schlacht«, sagte Fledderer. »Sie sind viel zu gut geschützt.« Und dann lächelte er. »Außer hier, wo sie mit Weihwasser begossen werden können.«

Alexander lächelte nicht. Er betrachtete Fledderers Gesicht. Obwohl er seine Reaktion zu beherrschen versuchte, verstörte ihn allein die Vorstellung. Sie verstörte auch Alexander. Der zweite Mord. Nur würde er diesen eigenhändig ausführen.

»Rugars Tod würde uns vernichten«, sagte Fledderer.

»Ich dachte, das wolltest du«, sagte Alexander.

Fledderer schüttelte den Kopf, aber nur ein wenig. »Ich will, daß Caseo stirbt.«

»Was würde mit Caseo geschehen?«

»Er würde versuchen, die Macht zu ergreifen und ...« Diesmal huschte ein glückseliges Lächeln über Fledderers Gesicht. »Jemand würde ihn töten. Niemand kann ihn leiden. Alle wollen ihn loswerden. Egal, wer Anführer wird, Caseo müßte dran glauben. Er hat zuviel Macht. Er ist zu gefährlich. Und er hat einen großen Fehler begangen, indem er diesen jungen, talentierten Hüter mitgebracht hat.«

»Einen Fehler?« fragte Alexander.

Fledderer nickte. »Er ist ersetzbar. Er glaubt es zwar nicht, aber es ist so.«

»Wenn Rugar stürbe, könntest du also so leben, wie du es dir wünschst, und würdest obendrein deine Rache bekommen.«

Fledderer starrte ihn an, als hätte Alexander eine unsägliche Gotteslästerung ausgesprochen. Was seinen Worten wohl in etwa gleichkam. Doch der Mann befand sich in Alexanders Gewahrsam. Alexander konnte sagen, was er wollte. Der kleine Mann kam erst wieder frei, wenn Alexander es so bestimmte.

»Nach Rugars Tod«, sagte Fledderer langsam, »würde sich hier so manches ändern. Auf der Blauen Insel.«

»Solange der Schwarze König nicht eintrifft.«

»Vielleicht nicht einmal dann«, erwiderte Fledderer. »Das hängt davon ab, wie lange er braucht, um hier zu sein.«

Er klang überzeugt. Zumindest hörte es sich an, als überlegte er sich die Sache. Alexander konnte ihn dabei nicht drängen, ohne Gefahr zu laufen, Fledderer ein für allemal zu verlieren.

»Aber Rugar ist ein junger Mann«, sagte Fledderer. »Manche Fey werden doppelt so alt, wie er jetzt ist. Und er wird sehr gut abgeschirmt.«

»Wie gut?«

»Immer, wenn er das Schattenland verläßt, hat er auf Schritt und Tritt zwei Leibwächter bei sich, die ihn gegen alles schützen können.«

»Und wie sieht es innerhalb des Schattenlandes aus?« wollte Alexander wissen.

»Da kommt Ihr nicht hinein.« Plötzlich weiteten sich seine Augen. Er ließ sich auf seinen Stuhl plumpsen wie ein Kind, das die Balance verloren hat. »Oh«, sagte er. »Ihr denkt dabei an mich.«

Alexander nickte. Er war unfähig, etwas zu sagen, hatte auch zuviel Angst davor.

»Ich kann Rugar nicht töten. Ich … niemand würde mir das verzeihen.«

»Du willst doch ohnehin nicht mehr bei diesem Volk leben.«

Fledderer schüttelte den Kopf. »Ihr versteht mich nicht. Sie würden jemanden auf mich ansetzen.«

»Nur, wenn zwei Sachen geschähen«, erwiderte Alexander. Sein Eifer hätte ihn am liebsten noch stärker gedrängt, und er mußte sich zwingen, ruhig zu sprechen. »Erstens müßtest du gesehen werden. Und zweitens müßten sie über eine gewisse Organisation verfügen, um jemanden auf dich ansetzen zu können. Du sagtest, ihre Gesellschaft würde sich auflösen. Hast du dich in diesem Punkt geirrt?«

»Nein.« Er rieb sich die Knie. »Nein. Das ist schon richtig.«

»Also kann dir nichts passieren.«

»Nein.« Er sprach das Wort leise aus, als würde ihm nichts mehr folgen. »Es wird mich jemand dabei sehen. Im Schattenland sitzen alle sehr eng aufeinander. Wie hier an diesem Ort.«

»Du sagtest doch, auf Rotkappen gebe niemand acht. Würden sie denn auf dich achten? Und falls ja, würden sie hinterher wissen, daß du es gewesen bist und kein anderer?«

Er sah auf. Sein Mund stand offen, und seine Fingerspitzen fuhren über die Lippen, als erinnerte er sich nicht mehr an ihre Konturen. »Niemand würde mich bemerken.«

»Dann könntest du es tun.«

Fledderers Augen waren weit aufgerissen. Er nahm die Hand vom Mund und verzog ein wenig das Gesicht, als stellte er sich den eigenen Tod vor. Alexanders Kehle war wie ausgetrocknet. Er hatte noch niemals etwas Derartiges ausprobiert. Fledderers Schweigen beunruhigte ihn. »Wenn du mir hilfst, machst du dich bei meinem Volk zum Helden«, sagte Alexander. Er hatte keine Ahnung, ob seine Worte der Wahrheit entsprachen.

Fledderer drehte ihm langsam das Gesicht zu. »Mit einem eigenen Haus? Und keine Leichen mehr?«

»Genau«, nickte Alexander.

»Und kein Caseo mehr«, flüsterte Fledderer. »Ihn wäre ich

gleich mit los, und ich müßte ihn nicht einmal selbst umbringen.«

»Richtig«, sagte Alexander. Er stieß sich vom Tisch ab und richtete sich auf. Das war sein Stichwort zum Gehen. Er ging zur Tür. »Wartet!« rief Fledderer. »Ich brauche eine Garantie. Ich meine, damit Ihr, nachdem ich ihn getötet habe, nicht auch einfach mich umbringt.«

Alexander runzelte die Stirn. Was für ein fremdartiger Gedanke. »Das würde ich niemals tun.«

»Schon möglich«, meinte Fledderer. »Und ich sitze nicht hier in diesem provisorischen Gefängnis und rede darüber, den Anführer meiner Leute umzubringen.«

Er glaubte es. Er glaubte wirklich, Alexander würde ihn hintergehen. »Ich gebe dir mein Wort.«

»Euer Wort? Als was? Ich weiß nicht einmal, wer Ihr seid. Bis jetzt habe ich nur Vermutungen angestellt.«

»Mein Wort als König«, sagte Alexander. Die Worte machten ihn ein wenig schwindelig. Angst stieg in ihm auf, die Angst, sich selbst preiszugeben.

»Und damit soll ich mich sicherer fühlen?«

»Ich habe mein Wort noch nie gebrochen«, sagte Alexander.

»Kein einziges Mal? In all den Jahren, in denen Ihr König seid?«

»Noch nie.«

Fledderer schien nicht überzeugt.

Alexander ließ den Türknauf los. »Ist es denn bei den Fey üblich, sein Wort zu brechen?«

»Es ist sozusagen eine Kunstform.«

»Wie kann ich dir dann vertrauen?«

»Ich bin kein echter Fey, erinnert Ihr Euch nicht?« sagte Fledderer.

»Das spielt keine Rolle. Wenn es bei eurem Volk üblich ist,

sein Wort zu geben, um es dann zu brechen, so wirst auch du dieser Sitte folgen.«

Fledderer blickte ihn an. »Ich werde tun, was Ihr von mir verlangt.«

»Ich werde es ebenso halten«, entgegnete Alexander. »Das Problem dabei ist nur, daß jetzt keiner von uns dem Wort des anderen trauen kann.«

»Habt Ihr denn irgend etwas von Wert, das Ihr mir anvertrauen könnt?« fragte Fledderer.

»Das habe ich bereits getan«, erwiderte Alexander. »Mein Leben.«

»Ich kann Euch Euer Leben nicht nehmen«, brummte Fledderer. »Draußen stehen die Wachen.«

Alexander zuckte die Achseln. »Woher soll ich das wissen? Dein Volk ist der Magie mächtig. Du hättest mich anlügen oder mir einen Trick, den du beherrschst, verschweigen können.«

»Ich verfüge nicht über magische Kräfte.«

»Und darauf habe ich nichts als dein Wort.« Alexander lächelte. »Ich kann dir vertrauen. Bist auch du bereit, mir zu vertrauen?«

Fledderer starrte eine Weile vor sich hin. »Mir bleibt nichts anderes übrig«, sagte er dann. »Es sieht ganz so aus, als müßte ich Euch vertrauen.«

26

Das Kind verunsicherte ihn. Rugar saß, von wallendem Grau umgeben, auf dem Versammlungsblock. Er verbrachte viel zuviel Zeit dort, indem er ständig auf den Torkreis starrte und sich dabei irgendwo anders hin wünschte. Aus der Ferne schallten die Stimmen der Domestiken herüber, die den letzten Wasserbehälter aufstellten. Heute hämmerte niemand. Die meisten Gebäude waren inzwischen aufgebaut – zumindest bis die nächste Gruppe zum Holzholen in den Wald zog. Keiner der Bewohner der Schattenlande wollte weg, bevor nicht der letzte Leichnam aus der Umgebung des Kreises beseitigt war. Solanda war die einzige, die seit dem Morgen den Torkreis durchschritten hatte.

Sie hatte das Kind einfach zurückgelassen. Als jagte es auch ihr Angst ein.

Kein Inselbewohner durfte über Zauberkräfte verfügen, und doch war die Magie deutlich in den Augen des Kindes zu erkennen. Ohne diesen Schimmer, den nur wenige Fey-Kinder in diesem Alter vorwiesen, hätte Rugar Solandas Aktion als erste Fehleinschätzung eines Gestaltwandlers abgetan. Aber sie hatte sich nicht getäuscht. Dieses Kind war für sie alle von größter Wichtigkeit.

Der Junge verurteilte sie zu lebenslänglichem Aufenthalt auf der Blauen Insel.

Es sei denn, Caseo und die anderen lüfteten das Geheimnis des Giftes. Rugar gab Caseo nur noch eine Woche, um endlich hinter seine Wirkungsweise zu kommen, dann wollte er andere Pläne schmieden. Er wußte zwar noch nicht, welche Pläne das sein sollten, aber er brauchte noch mehr Zeit, um diesen neuen Aspekt der Magie zu berücksichtigen.

Keiner der anderen Inselbewohner hatte bislang Anzeichen für Magie gezeigt. Kein anderer Fey hatte über Zwischenfälle mit Inselbewohnern berichtet, in denen Magie eine Rolle gespielt hätte. Rugar weigerte sich zu glauben, daß das Gift auf Zauberei beruhte. Wahrscheinlich war es etwas so Simples wie ein Schwert. Womöglich holten es die Inselbewohner aus irgendeinem Fluß, den die Fey nur entdecken mußten, um in Zukunft jede beliebige Schlacht zu gewinnen.

Doch die Vorstellung, daß seine Gegner über einen Zauber verfügten, mit dem die Fey nichts anzufangen wußten, verstörte ihn mehr, als er zuzugeben bereit war. Der Gefangene, den Jewel hierbehalten hatte, dieser Adrian, hatte sowohl ihr als auch Rugar beteuert, daß seine Leute über keinerlei magische Kräfte verfügten. Doch allein durch seine Existenz widerlegte das Kind diese Aussage.

Noch in der Schule hatte Rugar von den Co gehört. Die Co siedelten in einem kleinen Gebiet an der nordöstlichen Spitze von Galinas. Sie besaßen die Macht, allen wilden Tieren zu befehlen, die Fey zu töten. Viele Jahre lang wurden Fey von ihnen niedergemacht, bis ein Hüter des Zaubers herausfand, daß die Macht der Co eine unbewußt angewandte Fähigkeit war. Wenn sie sich nicht bedroht oder machtlos fühlten, konnten sie auch keine Hilfe herbeirufen. Also planten die Fey einen mitternächtlichen Überfall, da sie wußten, daß die Co zu diesem Zeitpunkt schlafend in ihren Betten lagen. An diesem Kriegszug nahmen nur Fey teil, die sich geräuschlos bewegen konnten, darunter die Irrlichtfänger und die Traumreiter, die nur bei besonderen Gelegenheiten aushalfen. Die Traumreiter bescherten den Co tiefe Träume, damit sie nicht aufwachten. Die Irrlichtfänger entführten alle ihre Kinder unter einem Jahr – Kinder, die man noch nach Art der Fey erziehen konnte –, und die restlichen Fey schlachteten die Co in ihren Betten ab. Ihre Magie konnte ihnen nicht mehr helfen. Abgesehen von ein bißchen Co-Blut in den Stammbäumen der Fey hatten die Co zu existieren aufgehört.

Wenn man sich die Geschichte anhörte, schien es, als hätten die Fey trotz allem gehörige Verluste hinnehmen müssen, bevor sie eine Methode fanden, die Co zu besiegen.

Rugar stockte der Atem in der Kehle. Er stand immer einen Schritt hinter seinem Vater. Bis zu diesem Augenblick hatte Rugar nicht an die Co gedacht. Und er hatte auch den musterhaften Ablauf jenes Kriegszugs vergessen.

Die Schwarze Königin hatte eine kleine Abteilung Fey ausgesandt, um die Co anzugreifen, aber sie hatte sie gewarnt, daß sie keine Unterstützung erwarten dürften. Sie stellte einen neuen Heerführer auf die Probe. Fand er keinen Weg, die Co zu besiegen, dann durfte er auch keine ihrer Truppen befehligen. Zwar fand er einen Weg, aber es hatte ihn Jahre gekostet. Als er zurückkehrte, war sie tot, und ein anderer regierte die Fey an ihrer Stelle – einer, der sich nichts aus einem Heerführer machte, der jahrelang in einen Krieg verzettelt gewesen war, den er obendrein beinahe verloren hätte.

Rugar hatte die Geschichte von den Co als eine Art Anhang zur Geschichte der Fey gelernt: eine der wenigen Schlachten, die die Fey beinahe verloren hätten, angeführt von einem abtrünnigen Heerführer, der seiner Königin gegenüber niemals hätte unfolgsam sein dürfen. Die Schmach des Kriegers war eine doppelte: daß er auf eigene Faust losgezogen war und daß er Jahre gebraucht hatte, um einen Krieg zu gewinnen, der in wenigen Monaten hätte beendet sein müssen. Doch der neue Schwarze König hatte das Land der Co und somit den Sieg für sich in Anspruch genommen, obwohl er den Heerführer, der ihn eigentlich errungen hatte, dafür mit Schimpf und Schande belegte.

Rugar rieb sich mit der Hand über den Mund. Sein Vater kannte sich hervorragend in der Geschichte der Fey aus. Mehr als einmal hatte er Rugar gesagt, daß ein Fey, der seine Geschichte nicht begreift, nicht nur keine Vorstellung von der Vergangenheit habe, sondern auch nicht für die Zukunft gewappnet sei.

Die Zukunft.

Rugar erschauerte. Sein Vater hatte etwas von dieser Blauen Insel gehört und Rugar dazu verleitet, loszuziehen, und zwar so, daß es eher den Anschein eines rebellischen Aktes hatte, so wie der Kampf gegen die Co. Versagte Rugar, dann war es seine Schuld, weil er dem Vater nicht gehorcht hatte. War er erfolgreich, galt er nicht mehr als das Werkzeug seines Vaters, das ein Mittel gegen die Inselbewohner gefunden und damit eine größere Streitmacht der Fey vor einer möglichen schweren Niederlage bewahrt hatte.

Der Schwarze König hatte seine Kampflust noch nicht eingebüßt. Er hatte lediglich sein hervorragendes Talent zum Ränkeschmieden gegenüber seinem eigenen Sohn zum Einsatz gebracht, einem Sohn, der wertlos für ihn war, denn schließlich konnte er auf Enkel zurückgreifen, die seine Regentschaft weiterführten. Bis Rugar an die Macht kam, würde er ein alter Mann sein, dabei sollte ein Schwarzer König zu Anfang jung sein, jung genug, um die Last der Entscheidungen tragen zu können.

»Elender Halunke«, murmelte Rugar.

Mit einemmal fingen die Lichter um den Torkreis an, sich zu drehen. Rugar beugte sich auf dem Block weiter nach vorne. Das sollten die Lichter eigentlich nicht tun. Entweder leuchteten sie, wenn es dunkel war, nach draußen, oder sie leuchteten nach innen, wenn ein des Zaubers Unkundiger oder jemand ohne die Losung versuchte hereinzukommen. Niemals leuchteten sie nach innen und rotierten dabei!

Ein anderer Fey trat neben ihn. Ein Bauer, der für gewöhnlich außerhalb des Kreises arbeitete. »Was ist das?« flüsterte er.

»Etwas Ungewöhnliches«, sagte Rugar. »Hol sofort Jewel und auch ein paar Infanteristen. Wir müssen darauf vorbereitet sein. Ach, und bring auch diesen Gefangenen mit.«

»Welchen denn, Herr?«

»Den jüngeren. Denjenigen, der uns angeblich helfen soll.« Rugar blieb neben dem Block stehen. Soweit er es beurteilen konnte, stand er weit genug weg, um von Inselbewohnern, die es irgendwie bewerkstelligt hatten, den Zugang zu öffnen, mit Weihwasser übergossen zu werden.

Die Lichter blinkten heller und drehten sich schneller, bis sie zu einem verwischten Kreis wurden. Der Zugang strahlte Wärme aus, ließ den Nebel in seiner unmittelbaren Umgebung schmelzen und ließ den Boden des Schattenlandes wie Glas hindurchscheinen. Rugar glaubte, Gras darunter erkennen zu können, aber er wagte nicht, näher heranzutreten.

Hinter ihm wurden Stimmen laut. Er erkannte zuerst die von Jewel, dann die von Burden. Er unterdrückte einen Anflug von Gereiztheit und wünschte nur, dieser junge, nicht der Magie kundige Infanterist würde seine Tochter in Ruhe lassen. Als sie näher kamen, sah Rugar den Bauern neben ihnen und auch den verdutzt aussehenden Gefangenen Adrian.

In diesem Augenblick öffnete sich der Torkreis, und ein Schwarzkittel kam durch das Tor hereingetaumelt. Rugar hielt den Atem an. Der Schwarzkittel blickte sich verzweifelt um. Die herannahenden Fey blieben stehen. Nur Adrian, der Gefangene, trat näher.

Er streckte die Hände aus, als wollte er sie alle vor dem Gift schützen. »Geistlicher Herr«, sagte er, »Ihr befindet Euch an einem gefährlichen Ort.«

»Ich bin in Sicherheit«, fuhr ihn der Schwarzkittel an. »Du bist derjenige, der in Gefahr ist. Rugar, ich muß sofort mit dir reden.«

Rugar rührte sich nicht von der Stelle. Der Akzent und die

Betonungen ließen die Stimme wie die von Sucher klingen, aber er war sich nicht sicher – nicht restlos. Allerdings hatte er dem Doppelgänger befohlen zurückzukehren, falls er nichts herausfinden konnte. Das wiederum lieferte keine Erklärung für die sonderbaren Geschehnisse am Zugang.

»Der Torkreis hatte Probleme mit dir«, sagte Rugar, sorgfältig darauf bedacht, keinen Namen zu nennen. »Gibt es dafür einen Grund?«

»Keine Ahnung«, sagte der Schwarzkittel, packte Adrian an der Kehle und hielt ihn mühelos in die Luft. Adrian würgte und trat um sich, kam jedoch nicht an den Schwarzkittel heran. Der Schwarzkittel zog ein Messer aus der Tasche. »Soll ich diesem hier den Kopf abschneiden und in meinen richtigen Körper zurückkehren?«

»Laß ihn los!« fuhr ihn Jewel an.

Der Blick des Schwarzkittels wanderte von ihr zu Rugar.

»Laß ihn los! Er gehört mir, und ich habe ihm meinen Schutz versprochen!«

Adrians Zappeln wurde schwächer. Sein Gesicht lief blau an. Der Schwarzkittel sah Rugar an. Rugar zuckte die Achseln. »Laß ihn gehen. Er soll uns helfen.«

Der Schwarzkittel ließ Adrian los. Der Gefangene fiel zu Boden, hielt sich mit beiden Händen den Hals und hustete krächzend.

»Holt einen Heiler«, sagte Jewel.

»Dafür, daß du einem Doppelgänger selbst befohlen hast zurückzukommen, bist du ziemlich mißtrauisch«, sagte der Schwarzkittel.

»Ich habe noch niemals zuvor gesehen, daß sich der Torkreis so aufgeführt hat«, sagte Rugar. »Und ich bin derjenige, der ihn entworfen hat.«

»Ich bin durchgekommen, oder etwa nicht? Ohne die Losung, und die kann ich nicht wissen, denn ich war schon zu lange weg.«

Rugar nickte. Falls es sich um Sucher handelte, hatte er recht. Sucher konnte die Losung nicht kennen. Aber etwas hatte das Tor gestört. »Zieh den Kittel und den ganzen religiösen Klimbim aus«, sagte Rugar, »und gehe noch mal hindurch.«

Der Schwarzkittel seufzte, zog sich das Gewand über den Kopf aus und nahm das kleine Schwert vom Hals. Seine Füße waren bereits nackt. An seinem dürren Körper standen die Rippen hervor, und seine Beine waren dünn wie Stecken.

Er stieg über das Gewand, drehte sich um und ging durch den Torkreis. Diesmal zeigten sich die Lichter nicht. Das Tor ging einfach auf und vermittelte Rugar einen kurzen Blick auf die in der Dämmerung liegende Wiese auf der anderen Seite. Eine Brise wehte hindurch. Sie brachte den Geruch von Kiefern herein. Jewel neigte den Kopf in den Windhauch und atmete mit geschlossenen Augen tief ein.

Als sich das Tor schloß, hielt sie leicht errötend inne. Offensichtlich hatte ihr Verlangen nach dem Draußen ihren Stolz überrumpelt. Rugar sagte nichts, sondern starrte lediglich auf das leere Grau an der Stelle, an der sich das Tor befand.

Nach einigen Augenblicken öffnete es sich wieder, und zwar so wie bei jedem anderen normalen Fey. Keine Lichter, kein Kreiseln. Sucher trat ein. Sein Penis war in der Kälte geschrumpft, sein ganzer Körper mit Gänsehaut überzogen.

»Ich verstehe wirklich nicht, worin das Problem liegt«, sagte er.

Rugar machte keine Anstalten zu antworten. Noch nicht. »Jetzt nimm deinen Kittel«, sagte er schließlich, »und halte ihn in die Nähe des Tores.«

»Ich hätte nichts dagegen, ihn wieder anzuziehen«, erwiderte Sucher, bückte sich jedoch und hob das Gewand auf. Er hielt es zum Tor hin. Wie zuvor gingen plötzlich die Lichter an und fingen an, sich im Kreis zu drehen.

Rugar setzte sich. Die Lichter erstrahlten nur dann, wenn jemand eintreten wollte, der kein Fey war, oder wenn jemand die Losung nicht kannte. Und sie rotierten nie.

»Versuche es noch einmal, jetzt aber mit dem Schwert«, befahl er.

Sucher ließ das Gewand fallen und hob das Schwert wie eine kleine Waffe auf. Er hielt es in Richtung des Torkreises. Diesmal leuchteten die Lichter sogar noch heller auf, drehten sich noch wilder im Kreis.

»Leg es hin«, sagte Rugar überdrüssig.

Sucher drehte sich um. »Was hat das zu bedeuten?«

Rugar gab ihm keine Antwort. Die Angst, die ihm schon den ganzen Morgen zu schaffen gemacht hatte, lag ihm jetzt wie ein Eisklotz im Magen.

»Bring diese Sachen sofort zu Caseo. Dann ziehst du dir etwas anderes an und kommst in meine Hütte«, sagte Rugar. »Ich möchte nicht, daß jemand anderes diesen Schmuck oder das Gewand berührt. Verstanden? Auch wenn Caseo damit arbeiten will, möchte ich dich zuallererst bei mir sehen, Sucher.«

Sucher musterte die anderen Anwesenden. Sie zeigten keinerlei Gefühlsregungen. Also zuckte er die Achseln und hob die Sachen auf. »Was dagegen, wenn ich mit Caseos Hilfe wieder meine alte Gestalt annehme?«

»Ja«, antwortete Rugar. »Momentan schon. Ich muß so schnell wie möglich mit dir reden.«

Sucher seufzte, sagte aber nichts und machte sich sogleich auf den Weg zwischen den Hütten hindurch. Rugar blieb einen Moment sitzen. Sein Herz klopfte, als wäre er mehrere Meilen gelaufen; sogar das Atmen bereitete ihm Schwierigkeiten. Alles schien ihm aus den Händen zu gleiten. Nicht einmal die

Reaktion des Torkreises, den er nach der jahrhundertealten Anleitung eines Visionärs errichtet hatte, hatte er mehr unter Kontrolle. Das letzte Schattenland hatte sich allmählich um sie herum aufgelöst, und jetzt fing dieses hier an, seine eigenen Regeln aufzustellen. Er war einfach nicht darauf vorbereitet, sich mit derlei Dingen auseinanderzusetzen.

Seine Bücher und Unterlagen hatte er auf Nye zurückgelassen. Er hatte keinen anderen Visionär dabei, den er befragen konnte, ob dieses Verhalten des Torkreises normal war. Da ihm derlei noch nie zuvor untergekommen war, vermutete er, daß dem nicht so war – und er hatte in seinem Leben schon so manche merkwürdigen Dinge in das Schattenland eintreten sehen.

»Papa!« Jewel kniete vor ihm. Er hatte sie nicht bemerkt. »Ich bin sicher, Sucher wartet schon auf dich.«

Rugar nickte. Er hatte immer noch sie, doch schon bald würde sie wissen, daß es Löcher in seinen Visionen gab, Löcher, die womöglich Zwischenfälle wie diesen hier verursachten.

»Weißt du, warum sich das Tor so aufgeführt hat?« fragte sie.

»Leider nicht«, antwortete er. Dann erhob er sich. Sein Körper war verspannt. Nicht, weil er so lange gesessen hatte, sondern aufgrund seiner inneren Anspannung. Er schüttelte die Glieder und machte sich auf den Weg zur Hütte.

Er wollte nicht darüber nachdenken, was Sucher zu seiner alleinigen Rückkehr bewogen haben mochte. Wenn Tel wirklich tot war, dann war Sucher der letzte Doppelgänger, der ihm blieb. Der Schwarze König hatte einmal gesagt, Rugar verlasse sich zuviel auf seine Doppelgänger. Hier hatten sie ihm nicht allzuviel genutzt.

Das Problem bestand darin, daß Solanda somit zu seinen einzigen Augen und Ohren auf der Insel wurde. Ihre Beurteilungen waren präzise, aber wenn er sie brauchte, war sie nie da.

Sucher wartete bereits vor der Hütte. Er trug ein Paar weite Kniehosen und ein zu großes Hemd. So nah vor ihm wirkte sein Inselkörper zerbrechlich, der kleine Wuchs ließ die schlanke Gestalt kränklich aussehen.

»Komm mit hinein«, sagte Rugar. »Wir unterhalten uns besser unter vier Augen.«

Sucher folgte ihm nach drinnen, wo Rugar im Kamin Feuer anzündete. Er mußte dieses innere Frösteln loswerden. Er vermutete, daß es weniger mit der Temperatur als mit seinen eigenen Anspannungen zu tun hatte. Trotzdem konnte ein Feuer nicht schaden.

Er stützte die Hände auf die Knie und blickte Sucher an. »Na schön«, sagte Rugar. »Und jetzt erzähl mir, wie das Gift hergestellt wird.«

Sucher betrachtete seine Hände. »Ich weiß es nicht.«

»Du kamst in der Kleidung eines Schwarzkittels herein. Wie kommt es, daß du das Geheimnis nicht kennst?«

»Ich dachte, Ipper hätte dich darüber informiert, daß die Daniten keinen Zugang zu dieser Information haben.«

»Und ich hielt dich für schlau genug, es trotzdem herauszufinden.«

Sucher setzte sich. Rugar schluckte seine Verärgerung hinunter. Er hatte Sucher keinen Platz angeboten, aber er würde sein Verhalten vorerst durchgehen lassen.

»Es ist gefährlich da draußen«, hob Sucher an. »Alles mögliche kann einen da umbringen. Sie benetzen alle möglichen Dinge mit ihrem Gift, und gerade als Danite wurde von mir erwartet, daß ich ständig flaschenweise damit hantiere und es über irgendwelche Dinge gieße. Ich komme ständig damit in Berührung.«

»Und? Bist du das?« brauste Rugar auf.

Sucher schüttelte den Kopf. »Nur einmal, beim Mitternachtssakrament, mußte ich ein Fläschchen in der Hand halten, und das hat mir nichts ausgemacht. Ich glaube, es ist mir gelungen, nichts von dem Gift abzubekommen. Bei anderen Gelegenheiten achtete ich darauf, nicht zu nahe an das Zeug heranzukommen. Man beobachtete mich. Ich glaube, sie schöpften Verdacht. Auch wenn du mir die Rückkehr nicht befohlen hättest, wäre ich wohl bald zur Flucht gezwungen gewesen.«

»Dein Leben aufs Spiel zu setzen war sinnlos, wenn du nicht hinter das Geheimnis gekommen bist.«

Sucher hielt den Kopf gesenkt. »Das eine oder andere habe ich herausgefunden.«

»Zum Beispiel?«

»Daß es nicht, wie wir dachten, aus einem Fluß oder einem Teich stammt. Der Rocaan stellt es her. Das Geheimnis wird von einem Rocaan auf den anderen weitergegeben. Sonst kennt es keiner.«

»Ich dachte, du hättest Ipper berichtet, zwei Leute wüßten darüber Bescheid?«

Sucher nickte und hob den Kopf. Seine Wangen waren rot angelaufen. »Ich vermute, daß am Tage unserer Invasion der Rocaan einem seiner Ältesten das Geheimnis anvertraute, weil er fürchtete, sein Leben zu verlieren. Deshalb wissen es jetzt zwei von ihnen. Aber ich kam weder an den einen noch an den anderen heran. Sie sind zu gut bewacht!«

Rugar ballte die Fäuste. »Was ist mit einem der Höhergestellten? Warum hast du dich nicht in eine der Wachen verwandelt?«

Sucher schüttelte den Kopf. »So einfach geht das nicht. Dort sitzt niemand alleine herum. Ich mußte eigens um eine besondere Audienz bitten, um meinen Daniten allein zu erwischen. Und sogar er war auf der Hut. Zum Glück war ich sehr schnell.«

Rugars Nägel gruben sich in seine Handflächen. Auf diese Weise kamen sie nicht weiter. Sucher hatte die Information nicht mitgebracht, und Rugar konnte sie nur bekommen, wenn er ihn wieder zurückschickte.

»Hast du Hinweise auf andere Doppelgänger im Tabernakel entdecken können?« fragte Rugar.

»Andere?« Sucher verzog das Gesicht. »Ich habe keine anderen gesehen, und falls ja, dann waren sie gut getarnt.«

»Was wurde geredet? Irgendwelche verdächtigen Personen? Wurden Blut und Knochen gefunden?«

»Meine Verwandlung mußte in ziemlicher Eile erfolgen«, sagte Sucher. »Ich war kaum fertig damit, da kam auch schon jemand herein, und ich mußte verschwinden, bevor er mich entdeckte. Es dauerte eine Zeitlang, bis ich mich an diesen hier gewöhnt hatte. Dieser Danite ist ein wahrer Gläubiger, es war nicht leicht, seine Persönlichkeit anzunehmen. Seine Seele dachte zuerst, ich sei Gott.«

Rugar mußte wider Willen grinsen, denn er wollte nichts über die Einzelheiten der Existenz von Doppelgängern erfahren. Nichts. Keinerlei Hinweise auf andere Doppelgänger. Die anderen mußten tot sein. Was nichts anderes hieß, als daß Sucher der einzige ihm verbleibende Doppelgänger war. Alles wurde schwierig, viel zu schwierig.

Sucher zog die Stirn kraus. »Aber kurz nachdem ich dort eintraf, hielten sie eine große Versammlung ab. Sie suchten etwas. Und soweit ich es beurteilen kann, ist das ziemlich ungewöhnlich. Deshalb glaube ich nicht, daß wir noch jemand dorthin schicken sollten. Die Inselbewohner werden zu mißtrauisch.«

»Es ist nicht nötig, jemanden hinzuschicken«, sagte Rugar.

»Was?« Suchers Stimme klang ein wenig schockiert.

»Du bist der einzige, der übrig ist. Vorerst muß ich dich hierbehalten«, sagte Rugar leise. Er haßte das, er haßte die

Notwendigkeit, Sucher hier im Schattenland zu behalten. Er wurde zu sehr auf Sicherheit bedacht. Sie lebten wie die Belagerten, hüteten jede Ressource und gaben sich mit dem Allernotwendigsten zufrieden.

All diese Anstrengungen, die vielen Doppelgänger … Und was hatten sie im Gegenzug vorzuweisen? Nichts.

Rugar seufzte. Diese Unterhaltung brachte ihn nicht weiter. »Gut. Wir werden dich später über diese Religion ausfragen. Geh jetzt zu Caseo und frage ihn, ob du ihm behilflich sein kannst.«

»Jawohl, Herr.« Sucher hörte sich nicht glücklich an. Er erhob sich und verabschiedete sich mit einer Verbeugung.

Rugar starrte noch eine Weile auf die geschlossene Tür. Er erstickte hier, rascher als alle anderen. Er erstickte an seiner eigenen Erkenntnis, versagt zu haben.

27

Matthias hatte keinen Schlaf gefunden. Seine Augen waren trocken und verklebt. Er hatte beide Morgensakramente besucht, um sich zu vergewissern, daß alles in Ordnung war. Zurück in seinen Gemächern, war er zum Einschlafen viel zu aufgekratzt gewesen. Er nahm ein üppiges Frühstück zu sich und ging anschließend im Zimmer auf und ab, bis er zum Rocaan gerufen wurde.

Wie gewöhnlich waren die Gemächer des Rocaan überheizt. Der Mann saß, in eine Decke eingehüllt, in seinem Lieblingssessel. Neben ihm stand ein Glas Milch. Obwohl er Matthias versicherte, daß er ein wenig geschlafen habe, ließen dunkle Schatten seine Augen eingefallen wirken. Der Zwischenfall mit dem Weihwasser hatte sie beide erschreckt, und wenn derlei Störungen nicht ausblieben, mußte Matthias ernsthaft um die angeschlagene Gesundheit des Rocaan fürchten.

Das durfte Matthias nicht zulassen, jedenfalls nicht ohne zu wissen, ob und an welchem Ort sich die Fey innerhalb des Tabernakels aufhielten. Schließlich konnte er sich dem Rat der Ältesten schlecht als einzige Wahl für den nächsten Rocaan allein mit der Begründung vorstellen, daß er der einzige sei, von dem er mit Sicherheit wußte, daß er nicht mit den Fey in Berührung gekommen war.

»Also gut«, sagte Matthias und setzte sich auf den übermäßig gepolsterten Sessel neben dem des Rocaan. Am liebsten hätte er ein Fenster aufgemacht und frische Luft hereingelassen. »Erzählt mir von Eurer Idee.«

Der Rocaan schüttelte den Kopf. »Es ist keine Idee, Matthias. Es ist ein Plan, den wir auch umsetzen werden.«

Matthias konnte es nicht leiden, wenn der Rocaan so mit ihm umsprang. Genau dieser Haltung hatte der Rocaan seine Erschöpfung zu verdanken: Jeder Beerdigung mußte er wie ein einfacher Danite vorsitzen, und jedem kleinen Hinweis die Fey betreffend mußte er persönlich nachgehen. »Und wie lautet dieser Plan?«

»Wir werden ein Treffen mit den Fey vereinbaren.«

Matthias erschrak. Das konnte doch nicht wahr sein! War das der Grund für Nicholas' zweiten Besuch am Vorabend gewesen? »Hat sich der König das ausgedacht?«

Der Rocaan schüttelte den Kopf. »Ihr werdet es Euch ausdenken. Ich habe ausführlich darüber nachgedacht. Wir werden in der kleinen Kapelle unweit des Blumenflusses mit ihren Anführern zusammentreffen.«

»Wir? Wer ist wir?« fragte Matthias. Sein Herz schlug wie wild.

»Einige Angehörige des Tabernakels. Nicht viele.«

»Niemand aus dem Palast? Maßen wir uns da nicht an, Staatspolitik zu betreiben, wo wir uns doch eigentlich um die Belange der Seele kümmern sollten?«

Der Rocaan hob den Kopf. Seine runden Augen zeigten ein Glitzern, das Matthias noch nicht oft in ihnen gesehen hatte. »Manchmal sind die Belange des Staates auch die Belange der Seele. Ich glaube, unser Problem liegt darin, daß wir das in der Vergangenheit allzu oft übersehen haben.«

»Ich bitte um Vergebung, Heiliger Herr«, sagte Matthias, »aber was erhofft Ihr Euch davon?«

Der Rocaan schlang die Decke enger um seinen Körper. »Ich hoffe, die Fey damit von dieser Insel zu vertreiben.«

»Indem Ihr Euch mit ihnen trefft?« Matthias schüttelte den Kopf. »Sie hören nicht auf die Stimme der Vernunft. Alles, was wir über sie wissen, deutet darauf hin.«

»Ich glaube nicht, daß es jetzt auf die Vernunft ankommt.

Ich glaube, Gott wird uns helfen.« Die Hand des Rocaan kam unter der Decke hervor. »Hört mir erst einmal zu.«

Matthias' Mund war ausgetrocknet. Eine Schweißperle rann an seiner Schläfe herab und fiel auf sein Gewand. Es war stickig in dem Zimmer. »Na schön«, sagte er.

»Wir wissen bereits, daß Gott mit uns ist, sonst hätte Er uns nicht mit dem Weihwasser und seiner einzigartigen Wirkung ausgerüstet. Es hat mich ein Jahr gekostet, bis ich mich mit dieser Wirkung versöhnen und Fey als das sehen konnte, was sie sind: unmenschliche Kreaturen aus der Unterwelt, die versuchen, diese Welt zu erobern. Die ganze Zeit über habe ich nichts Gutes in ihnen gesehen. Je länger wir den Kampf gegen sie hinausschieben, desto bösartiger werden sie. Die Entweihung des Tabernakels ist nur ein Schritt. Schon bald werden sie die Macht des Weihwassers völlig überwunden haben.«

»Aber wenn Gott mit uns ist, wird er das nicht zulassen«, gab Matthias zu bedenken.

»Gott hat uns seine Werkzeuge überlassen, Matthias, aber wir müssen sie gebrauchen. Damit habt Ihr recht gehabt. Vergebt mir bitte meine Arroganz – ich habe mich geirrt.«

Matthias wischte sich mehr Schweiß von der Stirn. Direkt neben ihm sandte das knisternde und knackende Feuer einen Funkenregen den Kamin hinauf. »Ihr habt Euch hinsichtlich des Weihwassers geirrt?«

Der Rocaan nickte. »Euer Instinkt war richtig, aber Ihr habt aus dem falschen Grund gehandelt. Ihr habt aus Furcht gehandelt und Euch durch die Worte gerechtfertigt. Trotzdem hat Euch der Heiligste geleitet und zur richtigen Lösung geführt. Ich habe das ganze letzte Jahr darüber nachgedacht und bin, wenn auch aus anderen Gründen, zum gleichen Schluß gekommen.«

Die Hitze machte Matthias schwindelig. Er hatte Mühe, sich

zu konzentrieren. »Dürfte ich wohl ein Fenster aufmachen?« fragte er.

Das Lächeln des Rocaan wirkte jämmerlich. »Wenn ich nicht genug geschlafen habe, wird mir kalt«, sagte er, und es klang wie eine Entschuldigung. »Macht nur, aber gebt mir vorher noch eine Decke.«

Matthias erhob sich und zog den Vorhang vom nächstbesten Fenster zur Seite. Dann zog er den Überwurf von einem Sessel und reichte ihn dem Rocaan. Vom Fenster her wehte ein kühler Luftzug herein, der die Stickigkeit vertrieb.

Der Rocaan wickelte sich den Überwurf um die Beine. »In den Geschriebenen Worten wird der Feind erwähnt, aber es wird nicht genau erklärt, wer er ist. Die Ungeschriebenen Worte wissen von alten Geschichten, in denen der Feind Gott und dem Roca tapfere Seelen stiehlt. Dann kämpft der Roca gegen die Soldaten des Feindes. Ich habe mit dem Ältesten Eirman gesprochen, und er sagt, daß einige der alten Geschichten aus unterschiedlichen Gegenden davon berichten, daß der Feind eine Unterwelt einrichtet und diese Seelen dort gefangenhält. Andere Geschichten wollen wissen, daß der Feind diese Seelen tötet, wieder andere behaupten, der Feind nehme den Seelen das Leben, damit sie nicht wieder in der Gestalt von Kindern auf die Blaue Insel zurückkehren können. Keine dieser Geschichten findet sich in den Worten wieder.«

»Haltet Ihr die Fey für diesen Feind?«

Der Rocaan schüttelte den Kopf. »Nein, ganz so einfach bin ich auch nicht gestrickt. Aber ich glaube, daß sie Soldaten des Feindes sind, so wie es auch in der Vergangenheit Soldaten des Feindes gegeben hat.«

»Diejenigen, die in den Worten erwähnt sind«, sagte Matthias. Die Temperatur wurde allmählich erträglich, er fühlte sich wieder wohler.

»Ich glaube, daß es noch andere gegeben hat. Einige können

wir erkennen, andere nicht. Auch beim Bauernaufstand mußten Soldaten des Feindes beteiligt gewesen sein«, sagte der Rocaan, »nur hat die Kirche sie nicht erkannt, und der Rocaan hat nicht richtig reagiert.«

»Darüber haben wir uns schon einmal gestritten«, erwiderte Matthias. »Soweit ich weiß, hat es zu nichts geführt.«

»Nein«, entgegnete der Rocaan. »Dieses eine Mal habe ich die Nachforschungen angestellt, nicht Ihr. Und der Schluß, zu dem ich gekommen bin, lautet folgendermaßen: Der Roca hat uns die Mittel gegeben, mit denen wir die Feinde ein ums andere Mal besiegen können. Das Ritual, das wir jeden Tag durchführen, hat damals seinem Volk das Leben gerettet.«

»Das können wir nicht wissen«, gab Matthias zu bedenken. »Es gibt keine stichhaltigen Beweise dafür.«

»Doch. Es gibt einen Beweis«, widersprach ihm der Rocaan. »Und es ist der offensichtlichste Beweis überhaupt.«

Matthias unterdrückte einen Seufzer. Er konnte diese Spielchen nicht ausstehen.

Der Rocaan wartete jedoch nicht auf Matthias' Frage. »Wir sind hier. Die Religion ist hier. Und die Blaue Insel obliegt unserer Herrschaft. Hätten die Soldaten des Feindes gesiegt, würde unser Gottesdienst völlig anders verlaufen.«

Matthias spürte einen Stich im Magen. Der Rocaan hatte recht. Es war so sonnenklar, daß alle es bisher übersehen hatten. Selbstverständlich hatten sie gewonnen. Deshalb verehrten sie auch den Roca.

Was Matthias nicht behagte, war die Richtung, in die die Unterhaltung führte.

»Ihr wollt Euch also mit den Anführern der Fey in der kleinen Kapelle in der Nähe des Blumenflusses treffen, um dort die Zeremonie noch einmal aufzuführen?«

Der Rocaan nickte. »Das wird sie besiegen.«

»Und wenn nicht?«

»Habt Vertrauen, Matthias.«

Matthias schüttelte den Kopf. »Es ist nicht meine Aufgabe, Vertrauen zu haben. Meine Pflicht besteht vielmehr darin, Fragen zu stellen. Und ich stelle diesen Plan in Frage. Was geschieht, wenn wir verlieren?«

»Dann sterben wir«, antwortete der Rocaan.

»Und das Geheimnis des Weihwassers mit uns. Das ist nicht sehr klug, Heiliger Herr. Mit dem Weihwasser kann sich unser Volk zumindest verteidigen.«

Der Rocaan warf ihm einen Blick von der Seite zu. »Ich sagte nicht, daß wir beide hingehen. Ich nehme nur die tiefgläubigsten Männer mit, Matthias.«

Matthias saß da wie geohrfeigt. Er verschränkte die Hände im Schoß. »Wenn Ihr sterbt, muß ich Rocaan werden. Ich bin der einzige, der das Geheimnis kennt.«

»Das des Weihwassers. Es gibt noch andere Geheimnisse, Matthias. Ich würde meinen Nachfolger sorgfältig einweisen.«

Matthias fühlte Enttäuschung in sich aufsteigen und errötete. Er trachtete nicht nach dem Stuhl des Rocaan, aber offensichtlich rechnete er insgeheim doch damit. »Wen Ihr auch dafür bestimmt – er dürfte nicht mitkommen.«

»Das weiß ich«, sagte der Rocaan. »Deshalb wähle ich Euch. Ihr habt keinen rechten Glauben, trotzdem geleitet Euch der Heiligste, und das ist mindestens ebensoviel wert.«

Matthias erstarrte. »Woher wollt Ihr das wissen?«

»Der Heiligste wies auf Euch, indem er Euch das Wissen um die verborgene Macht des Weihwassers gab. Und dann habt Ihr mich dazu gezwungen, diese Macht einzusetzen. Manchmal sind Glauben und Vertrauen nicht genug. Manchmal erstirbt das Vertrauen. Aber die Anleitung durch den Heiligsten ist selten, und ich bin sicher, sie wird Euch niemals im Stich lassen.«

Matthias schüttelte den Kopf. Das alles ergab keinen Sinn.

»Ich schüttete den Fey das Weihwasser entgegen, weil ich Angst vor ihnen hatte und weil mir keine andere Waffe zur Verfügung stand … nicht, weil ich eine zarte, leise Stimme in meinem Kopf vernahm. Vergebt mir, Heiliger Herr. Ich wäre sehr gerne Rocaan, und vielleicht aus lauter falschen Beweggründen, aber ich glaube, ich wäre keine gute Wahl. Wählt einen anderen, dem ich mit Rat und Tat zur Seite stehen kann, das wäre für alle das sicherste.«

Der Rocaan zog seine Hand unter den mehrfachen Lagen Decken hervor und tätschelte Matthias' Knie. »Ihr seid meine Wahl, Matthias.«

»Ihr rechnet damit, auf dieser Reise zu sterben, habe ich recht?«

Der Rocaan zog die Hand wieder unter die Decken zurück. »Ich weiß es nicht«, sagte er stirnrunzelnd. »Wir haben nur diese uralten Geschichten. Möglicherweise kehre ich nicht zurück. Vielleicht bin ich nicht erfolgreich. Doch ich glaube, daß ich auch nach einem Fehlschlag wiederkomme. Nicht einmal die Fey würden einen so alten Mann ermorden.«

Matthias rieb die gefalteten Hände aneinander. Das alles ergab auf schreckliche Weise einen Sinn, und wenn er es geschehen ließ, standen seine Chancen, Rocaan zu werden, nicht schlecht. Aber er konnte es nicht auf diese Weise geschehen lassen. »Wenn Ihr mich zurücklaßt, muß ich den König davon informieren.«

Der Rocaan sah ihn mißmutig an. »Matthias, wolltet Ihr denn nicht schon seit langem Rocaan werden?«

»Natürlich«, gab Matthias zu. »Ich glaube, jeder Älteste, der etwas anderes behauptet, lügt, ganz egal, wie rein sein Glaube sein mag. Aber ich möchte nicht, daß es geschieht, weil Ihr auf eine besonders ehrenhafte Weise Selbstmord begeht, nur weil Ihr Euch für diesen ganzen Krieg verantwortlich fühlt.«

Der Rocaan lehnte sich zurück. Er schien geschrumpft zu sein. »Glaubt Ihr wirklich, daß ich das vorhabe?«

»Es gibt keine andere Erklärung dafür«, sagte Matthias. »Ihr seid nicht der Roca. Er trat diesen Soldaten nicht in der Erwartung gegenüber, ein Märtyrer zu werden. Ihr schon. Und das ist falsch. Es ist so arrogant wie meine Zustimmung, Euch ziehen zu lassen, nur damit ich Rocaan werde.«

Der Rocaan schloß die Augen. Einen Augenblick dachte Matthias schon, er sei ohnmächtig geworden. Dann sagte der Rocaan: »Ihr wißt, daß ich diesen Posten schon so lange innehabe, daß ich in mir nichts anderes als den Rocaan sehe. Fragtet Ihr mich nach meinem Namen, ich würde, ohne nachzudenken, antworten, ich sei der Rocaan, erst dann fiele mir mein richtiger Name ein.« Seine Stimme klang dünn, fast quäkend.

Matthias saß reglos auf seinem Sessel. Vielleicht lenkte der Rocaan jetzt ein.

»Ich habe sehr oft darüber nachgedacht. Was ist besser, als der Rocaan zu sein? Natürlich ein zweiter Roca zu sein. Mein Volk zu retten. Vielleicht bin ich arrogant. Kann schon sein.« Er öffnete die Augen und sah Matthias an.

Matthias rührte sich nicht. Wenn es ihm gelang, dem Rocaan diesen Plan auszureden, war es besser für sie alle.

»Aber was bringt es, wenn ich aus Angst davor, arrogant zu sein, versäume, das Richtige zu tun? Was geschieht, wenn ich in meinem Bemühen, demütig zu sein, ausgerechnet das nicht tue, wozu ich eigentlich da bin?«

Matthias konnte ihm keine Antwort darauf geben. Das Dilemma der Gläubigen. Er räusperte sich. »Die zarte, leise Stimme sollte …«

»Die zarte, leise Stimme. Die zarte, leise Stimme hat schon seit Generationen nicht mehr gesprochen!« Der Rocaan rückte weiter nach vorne. Er sah jetzt richtig wütend aus. Die Decke fiel ihm von den Schultern. Sie waren schmal und knochig, alles andere als die Schultern, die ein ganzes Volk zu tragen vermochten. »Und vielleicht hat sie deshalb nicht mehr gesprochen, weil die Rocaans nicht das getan haben, wozu sie eigentlich da sind. Vielleicht wird von uns allen erwartet, auf die eine oder andere Weise und unter den Umständen unserer jeweiligen Zeit Märtyrer zu sein.«

»Ihr verdreht die Logik«, sagte Matthias. »Wir wissen nicht, was nach dem Tod des Roca mit den Soldaten des Feindes geschah. Wir wissen es nicht. Vielleicht ist sein eigenes Volk so wütend geworden, daß es die Soldaten von der Insel verjagt hat. Vielleicht hatte das alles überhaupt nichts mit Gott zu tun.«

Der Rocaan erbleichte. »Das ist Gotteslästerung«, flüsterte er.

»Wenn es das ist, dann solltet Ihr sie Euch jetzt anhören«, erwiderte Matthias. »Damit Ihr es Euch mit Eurem Nachfolger noch einmal überlegt. Denn ich werde mir diese Fragen stellen, bis wir die richtige Antwort gefunden haben. Ja, Ihr habt recht. Wahrscheinlich haben die Soldaten des Feindes die Blaue Insel irgendwie verlassen. Irgendwie hat es das Volk des Roca geschafft. Aber wir wissen nicht, ob sie in ihren Geschichten lediglich einen Mann verherrlichen, der ihnen Mut machte, und nicht mehr. Wir wissen es nicht, Heiliger Herr.«

Der Rocaan sah Matthias mit kleinen, glänzenden Knopfaugen an. »Wenn wir es wüßten«, sagte er dann leise, »wenn wir es wüßten, Matthias, dann gäbe es keinen Grund mehr für den Glauben. Wir müßten überhaupt nicht glauben. Wir würden wissen. Gott verlangt mehr von uns. Und ich glaube, Er verlangt auch mehr von mir. Ich weiß, Er wird sehr viel von Euch verlangen, falls Ihr Rocaan werdet. Aber ich glaube, Ihr seid unsere beste Wahl.«

Matthias war sich nicht sicher, ob er nun dankbar sein sollte oder nicht. Die Vorstellung, Rocaan zu werden, hatte ihre Annehmlichkeiten, aber er wußte nicht, ob er wirklich der Beste war, um die anderen anzuführen. »Ich habe nie den nötigen Glauben gehabt«, sagte er leise. »Ich habe diesen Beruf ergriffen wie ein Mann, der in den Dienst der Garde tritt: weil meine Familie es so gewollt hat.«

»Das weiß ich«, erwiderte der Rocaan. »Wir können uns die Art und Weise, auf die wir auserwählt werden, nicht aussuchen. Tatsache ist, daß Ihr jetzt hier seid.«

Matthias fuhr sich mit der Zunge über die Lippen. »Soll ich Euer dauerhafter Nachfolger werden? Oder nehme ich Euren Platz nur ein, solange Ihr am Blumenfluß weilt?«

»Ihr seid meine Wahl, Matthias. Eine Zeitlang habe ich an Andre gedacht. Er hat sicherlich von allen Ältesten am meisten Glauben in sich, aber ihm fehlt Eure Kraft. Und ein Rocaan braucht Kraft und eine gewisse Liebe dem Wissen gegenüber. Ihr habt beides.«

»Mir wäre es lieber, die Kirche würde von einem wahren Gläubigen geführt«, konterte Matthias.

»Warum?« fragte der Rocaan. »Ihr glaubt doch selbst nicht. Warum spielt es dann für Euch eine so große Rolle?«

Matthias konnte die Unruhe, die ihn erfüllte, nicht ausdrücken. Er erhob sich, strich sein Gewand glatt und ging zum Fenster hinüber. Der Luftzug war kalt geworden. Die Dämmerung hatte eingesetzt und tauchte den Hof dort unten in tiefe Schatten.

»Ich hielt meinen Mangel an Glauben immer für mein eigenes Versagen«, sagte Matthias. »Dieses Gefühl wird dadurch verstärkt, wenn man einen tief gläubigen Rocaan vor sich hat und wenn man pausenlos von anderen Gläubigen umgeben ist. Aber wenn auch der Rocaan nicht glaubt, wird der Rocaanismus zu einer leeren Schale. Zu einer Institution ohne Herz, einem Hort der Heuchelei, der vorgibt, Trost zu spenden und Antworten zu geben, und in Wahrheit nichts davon zu leisten imstande ist.«

»Es hat schon mehr als einen ungläubigen Rocaan gegeben.«

Matthias nickte. »Richtig. Einer von ihnen fiel einem Attentat zum Opfer, und ein anderer hätte beinahe die gesamte Kirche zu Fall gebracht. Ich möchte keiner von ihnen sein, Heiliger Herr. Das kann ich nicht.«

»Das werdet Ihr auch nicht«, sagte der Rocaan.

»Doch. Wenn Ihr mich zum Rocaan macht, heißt das noch lange nicht, daß Ihr mich damit zum rechten Glauben führtet. Ich werde ein hohles, leeres Gefäß aus ihm machen, so wie es jene anderen Männer getan haben.«

»Sie haben die Kirche nicht zerstört.«

Matthias löste den Vorhang von seinem Haken und zog ihn wieder vor das Fenster. Ein vertrauter Ausblick: die Gebäude um den Hof, auf dem gerade den Arbeitern der Segen gespendet wurde. »Ihr habt mir gerade gesagt, daß es ihnen beinahe gelungen wäre«, sagte er. »Ihr sagtet, sie hätten im richtigen Augenblick versäumt zu handeln. Kein Rocaan ist dem Pfad gefolgt, den der Roca vorgab. Kein Rocaan. Wie sollte es einem Zweifler gelingen?«

»Es muß Euch nicht gelingen«, sagte der Rocaan. »Ich werde das erledigen.«

»Und wenn es schiefgeht …« Matthias rieb mit dem Daumen über den Rand des Vorhangs, unfähig, dem Rocaan ins Gesicht zu blicken. »Wenn es schiefgeht, bleibt mir nicht einmal die Hoffnung des Glaubens. Alles hier wird leer und tot sein.«

»Es wird nicht schiefgehen«, sagte der Rocaan.

28

Fledderer schob beim Gehen die Hände in die Taschen und fühlte sich befreiter, als es eigentlich der Fall hätte sein sollen. Keine Beutel, keine Ausrüstung, kein Blut. Seit fast einer Woche schon war er sauber – länger als jemals zuvor, seitdem er erwachsen war.

Auf der Straße war alles ruhig. Die Bäume neigten sich darüber wie ein Baldachin, und im Schatten war es angenehm kühl. Das Sonnenlicht drang nur an vereinzelten Stellen durch das Blätterdach. Über ihm zwitscherten die Vögel, und hin und wieder knackte es im Unterholz. Trotzdem konzentrierte er sich auf jedes einzelne Geräusch. Er hatte keine Lust, als vereinzelter Fey, der arglos außerhalb von Jahn die Straße entlangspazierte, gefangengenommen zu werden. Andererseits konnte er auch nicht rasch zu den Seinen zurückeilen, wie es der Inselkönig von ihm verlangt hatte. Er mußte nachdenken.

Eine ganze Woche lang hatte er sich unwohl gefühlt. Er war eine wichtige Persönlichkeit gewesen, jemand, mit dem sich der König oft und lange unterhielt. Des Nachts, wenn der König gegangen war und nur noch die Wachen zurückblieben, träumte Fledderer von seinen Leuten: Caseo, der ihn mit dem Tode bedrohte, Rugar, der einfach durch ihn hindurchsah, Solanda, die ihn einen Troll nannte. Sie hatten keine Ahnung, wie wichtig er sein konnte. Nur weil er nicht über die Befähigung zur Magie verfügte, hieß das noch lange nicht, daß er keinerlei Intelligenz besaß.

Und jetzt war er mehr denn je auf diese Intelligenz angewiesen, wenn er seine Abwesenheit glaubhaft erklären wollte, insbesondere, da einige der anderen Rotkappen ihn mit den Inselbewohnern hatten kämpfen sehen. Wenn er sagte, sie hätten ihn gefangengehalten, würde er sterben. Freigelassene Gefangene wurden nicht mit offenen Armen empfangen; sie wurden als potentielle Spione getötet. Es spielte keine Rolle, daß die Inselbewohner nicht klug genug waren, um selbst daran zu denken. Die Fey waren es, und das reichte.

Er brauchte eine Geschichte, und zwar eine sehr gute. Außerdem mußte sie so nah wie möglich an der Wahrheit liegen, denn er war kein besonders guter Lügner.

Sein Fuß streifte einen Stein, und er wäre beinahe gestolpert, streckte einen Arm aus, um die Balance zu halten, und ging weiter. Es gab nur eine Möglichkeit: Er mußte sagen, er sei aus Angst vor Caseo davongelaufen, daß er zwei Inselbewohner im Wald angetroffen habe ... nein, das durfte er nicht sagen. Denn wenn er sie getötet hatte – wo war dann ihre Haut? Und wenn er sie nicht getötet hatte, stand er wieder vor dem ersten Problem. Jeder mußte annehmen, daß er gefangengenommen und umgedreht worden sei. Es brauchte nicht viel, um sie gegen ihn aufzubringen. Er war für sie so gut wie nichts wert.

Der große Baum, der zur Lichtung führte, stand nicht weit entfernt vor ihm. Er würde sagen, er sei vor Caseo davongelaufen, aber sonst nichts. Falls ihn jemand mit den Inselleuten gesehen hatte, mußte er sich etwas ausdenken, aber je weniger er sagte, desto besser. Außerdem mußte es nicht sehr lange halten. Sobald er Rugar getötet hatte, kümmerte es keinen mehr, wo er gewesen war. Dann würden alle nur noch an sich selbst denken.

Neben dem Baum blieb er stehen und atmete durch. Ja, er mußte sich noch überlegen, wie er Rugar töten wollte. Der Gedanke daran verfolgte ihn, seit der König ihn ausgesprochen hatte. Rugar war ein Anführer, ein Visionär. Er war ständig von Wachen umgeben.

Außer im Schattenland.

Aber auch dort war ständig seine Tochter um ihn, und Fledderer hatte Angst vor Jewel. Er hatte sie in der Schlacht gesehen. Sie war wild. Er wollte ihr nicht zwischen die Finger geraten.

Das war das Problem bei der ganzen Sache: erwischt zu werden. Er konnte Rugar töten. Es war nicht schwer, einen Fey zu töten. Sie bluteten wie andere auch. Das Problem bestand darin, die Mächtigen nicht wissen zu lassen, daß man es auf sie abgesehen hatte, damit sie nicht zuerst losschlugen.

Fledderer betrat die Lichtung und stellte sich innerlich auf den Leichengeruch ein. Doch die Luft war frisch, und abgesehen von ein paar Blutflecken und Schleifspuren auf dem Boden gab es kein Anzeichen dafür, daß hier ein Kampf stattgefunden hatte. Sie hatten in seiner Abwesenheit alles saubergemacht.

Ein kleiner Trampelpfad führte zu dem Erdring, der den Torkreis markierte. Hier hatte in letzter Zeit ein reges Kommen und Gehen geherrscht. Gerade als er den Erdring überschreiten wollte, hörte er Stimmen.

»... weiß auch nicht, warum er Knochen haben will.«

»Und alle zerbrochen. Mir wär's lieber, wir könnten sie einfach so wie immer auf einen Haufen werfen.«

»Ich glaube, er dreht durch.«

»Angeblich hat er nicht mehr geschlafen, seit er an dem Gift arbeitet.«

Sie sprachen von Caseo. Und er erkannte die Stimmen. Klaue und Uences, zwei Rotkappen. Klaue arbeitete oft. Uences war älter und zog es vor, nur während der Schlacht zu arbeiten. Es mußte viel Mühe gekostet haben, sie zum Verlassen der Schattenlande zu bewegen.

Er stellte sich auf die Fragen hinsichtlich seiner Abwesenheit ein, und obwohl er immer noch keine schlüssige Geschichte hatte, würde es wohl genügen. Er umrundete den Erdring und folgte dem Klang der Stimmen.

»Jeder, der nicht schläft, dreht früher oder später durch.«

»Frag mich nur, was mit einem Hüter passiert, wenn er verrückt wird.«

»Jedenfalls paßt es zu Caseo.«

»Er ist nur ehrgeizig. Hält sich wohl für den Schwarzen König.«

»Ich finde ihn unheimlich.«

»Nicht unheimlicher als die anderen auch.«

Klaue und Uences standen ein paar Schritte im Unterholz neben einem Knochenhaufen. Das Fleisch war weg, ebenso die Organe. Hätte Fledderer es nicht besser gewußt, er hätte geglaubt, daß die Körper dort schon sehr lange lagen.

Er räusperte sich.

Klaue und Uences blickten ihn schuldbewußt an. Klaue war mit braunen Flecken übersät, seine Kleidung schmuddelig, das Haar stand ihm steif und verdreckt vom Kopf ab. Uences sah sauberer aus. Wahrscheinlich hatte sie sich nicht daran beteiligt, das Fleisch von den Knochen zu trennen. Doch auch auf ihrer Stirn stand der Schweiß, und unter den Armen und auf dem Rücken waren nasse Flecken zu sehen.

»Wird langsam Zeit«, sagte Uences. »Weißt du, wie lange wir hier schon auf Ablösung warten?«

»Sie haben versprochen, daß am Morgen jemand kommt. Außer diesem Domestiken, den sie als Melder einsetzen, habe ich keinen gesehen.« Klaue hielt ein Schienbein in der Hand. Mit dem Messer schabte er am Knochen entlang, als schnitzte er an einem Stück Holz. Die abgelösten Fetzen steckte er in seinen Beutel.

Fledderer machte den Mund auf und wollte schon seine vorgefertigte Anwort geben, als das, was die beiden soeben gesagt hatten, sein Gehirn erreichte. Sie glaubten, er sei von draußen gekommen. Niemandem war aufgefallen, daß er fehlte. Ein wütender Stich durchfuhr ihn. Er hätte von den Inselbewohnern umgebracht werden können, und keiner hätte sich Sorgen um ihn gemacht. Kein einziger von ihnen.

»Haben sie euch nicht gesagt, daß ich komme?«

Uences schüttelte den Kopf. Eine Haarsträhne fiel ihr an der Seite herab. »Sie sagen uns nichts. Ich glaube, ihnen ist sogar egal, ob uns etwas zustößt oder nicht, solange wir unsere Arbeit tun.«

»Und heute hat es Caseo mit den Knochen von diesen Inselleuten. Gestern waren es Fey-Knochen. Am Tag vorher Nieren. Ich glaube, er weiß selbst nicht so genau, was er tut«, sagte Klaue.

Als Fledderer damals bei ihm war, hatte Caseo ganz bestimmt gewußt, was er tat, aber Fledderer sagte nichts. Je weniger er sagte, um so besser.

»Er will uns nur beschäftigen«, sagte Uences. »Bis jetzt mußten wir noch nie Knochen schälen, nicht mal in L'Nacin.«

»Wieso kannst du dich an L'Nacin erinnern?« fragte Klaue. »Da hast du doch noch in den Windeln gelegen.«

»Ich war ein junges Mädchen. Meine Eltern haben dort gekämpft. Sie sind völlig mit Blut besudelt nach Hause gekommen. Wenn sie damals Knochen abgeschabt hätten, würde ich mich bestimmt daran erinnern.«

Die beiden mußten sich schon die ganze Zeit über gestritten haben. Fledderer war froh, nicht dabeigewesen zu sein. »Wen von euch soll ich ablösen?« fragte er.

»Mich.« Uences steckte ihr Messer in seine kleine Scheide, ließ den Knochen, den sie in der Hand hielt, fallen und reichte ihm ihren halbvollen Beutel. »So 'ne Arbeit mach' ich nicht.«

»Jetzt warte mal«, sagte Klaue. »Ich habe schon zwei Tage nicht geschlafen. Du kannst warten, bis die nächste Ablösung kommt.«

»Als wenn es eine nächste Ablösung gäbe«, erwiderte Uences. »Sie haben versprochen, daß ich am Morgen gehen kann. Was meinst du, ist es jetzt Morgen?«

»Nein«, sagte Klaue. »Ich kann kaum etwas sehen. Wenn es so weitergeht, schneide ich mir noch den eigenen Finger ab.«

Fledderers Blick wechselte von einem zum anderen. Er hatte überhaupt keine Lust, mit Uences zu arbeiten, aber er wußte auch, was es bedeutete, ohne jede Anerkennung mehrere Tage hintereinander zu schuften. Und er wußte, daß derjenige, der jetzt hineinging, wahrscheinlich in wenigen Stunden zurück sein würde, wenn Tazy die offizielle Ablösung losschickte.

»Wie lange hast du gearbeitet, Uences?« erkundigte sich Fledderer.

»Seit der Dämmerung«, blaffte sie ihn an. »Und sie haben mir nur eine Fey-Lampe mitgegeben, noch dazu eine, in der die Seelen fast verloschen waren. Wie kommen sie dazu, gute Arbeit zu erwarten, wenn man fast nichts sehen kann? Von wegen Finger abschneiden – ich hätte im Dunkeln fast selbst zwei verloren.«

»Tut mir leid«, sagte Fledderer, der wußte, daß es ihm in ein paar Stunden noch wesentlich mehr leid tun würde. »Aber ich bin gekommen, um Klaue abzulösen.«

Klaue schlug ihm so heftig auf die Schulter, daß der Hieb im ganzen Wald zu hören war. »Guter Mann!« grinste er. »Ich muß endlich ein wenig schlafen. Außerdem kann ich ihr Geschnatter nicht mehr ertragen.« Er schob sein Messer in die Hülle, reichte sie Fledderer und warf seinen vollen Beutel auf den Stapel zu den anderen, wo ihn die Domestiken abholen würden. Dann nahm er Fledderer den halbvollen Beutel wieder ab und gab ihn mit theatralischen Gesten an Uences zurück. »Ich wünsche euch allen eine schöne Zeit«, sagte er und hastete auf den Torkreis zu.

»Warum hast du das getan?« meckerte Uences mit vor

Empörung roten Wangen und fing wieder an, an ihrem Knochen herumzuschaben. »Ich bin die Ältere!«

»Er muß ab und zu ein bißchen schlafen.«

Sie hob den Blick. »Ich will dir mal was sagen, kleiner Mann«, sagte sie und fuchtelte zur Unterstützung ihrer Worte mit der Messerspitze vor seinem Gesicht herum. Er wich vorsichtig einen Schritt zurück, doch sie folgte ihm. »Ich habe das höhere Dienstalter. Das ist nicht viel, aber immerhin. Rotkappen werden nirgendwo respektiert, kriegen nirgendwo Liebe oder Mitgefühl oder sonstwas, aber sie kriegen Dienstjahre, und mit den entsprechenden Dienstjahren dürfen wir tun und lassen, was wir wollen. Ich habe mir das *verdient*, und mehr wird mir niemals in meinem ganzen Leben zustehen. Wenn du erst einmal an meiner Stelle bist, kapierst du, daß Dienstjahre mehr zählen als aller Schlaf der Welt. Sie sind wichtiger als Essen. Wichtiger als alles andere.«

»Schon gut, meine Gute.« Fledderer zog Klaues Messer heraus und schnappte sich einen Oberschenkel.

»Und hör bloß auf mit deinem ›schon gut, meine Gute‹!« sagte Uences. »Du wirst das schon noch kapieren, wenn du so alt bist wie ich und nichts anderes vorzuweisen hast außer deinen Dienstjahren. Jahre voller stinkender Drecksarbeit, voller Spott und Respektlosigkeit. Du wirst es schon noch kapieren.«

»Ganz bestimmt«, erwiderte Fledderer.

Sie schob die Messerspitze an sein Brustbein. »Machst du dich etwa lustig über mich?«

Er packte mit der freien Hand ihr Handgelenk. Das Messer konnte ihn jederzeit aufschlitzen. »Nein«, sagte er so gleichmütig wie möglich. »Würde mir nicht im Traum einfallen.«

Jetzt nahm sie ihn offensichtlich ernst, denn sie zog das Messer zurück.

»Tut mir leid«, sagte er leise, »daß ich Klaue habe gehen lassen.«

Zum ersten Mal seit seiner Ankunft grinste sie. »Mach dir keine Gedanken darüber, mein Junge«, sagte sie. »Wenn ich wirklich hätte gehen wollen, wäre ich auch gegangen. Du weißt schon: die Dienstjahre. Du hast sogar noch weniger Kraft als ich.«

Er wußte es. Er wußte es nur zu gut. Er seufzte und machte sich wieder an die Arbeit. Schon bald würde jemand kommen und ihn ablösen. Dann würde er hineingehen und Rugar töten, so wie er es versprochen hatte. Und das beste daran war, daß er Rugar vor Tausenden von Fey töten konnte, ohne daß sie ihn auch nur wahrnahmen. Sie würden lediglich merken, daß Rugar tot war. Vielleicht sahen ihn einige Rotkappen, doch die waren bestimmt nicht wütend auf ihn.

Sie würden jubeln.

29

Nicholas hatte in der Bibliothek des Westflügels ein Feuer angezündet. Er saß auf seinem Lieblingsplatz am Fenster, von dem aus er auf die Unterkünfte der Bediensteten hinuntersehen konnte, und genoß die Wärme an seiner rechten Seite. Da er sehr viel Zeit allein hier verbrachte, hatte er den Raum ein wenig wohnlicher hergerichtet und mit zusätzlichen Sitzkissen und ein paar Sesseln ausgestattet. Er hoffte, irgendwo einen Blick auf Charissa erhaschen zu können. Jede Nacht träumte er von ihr, leidenschaftliche Träume, in denen er sie in seinen Armen hielt. Doch mitten im Traum verwandelte sie sich immer wieder in die Fey-Frau, die er gefangengenommen hatte, was seine Leidenschaft nur noch mehr entfachte. Das Verlangen, das er nach dieser Frau verspürte, die Tatsache, daß es ihm seit über einem Jahr nicht gelungen war, sie aus seinen Gedanken zu verbannen, verstörte ihn mehr, als er zuzugeben bereit war.

Das Klopfen an der Tür ließ ihn aufschrecken. Er hatte gedacht, hier sei er ungestört. Nicholas erhob sich von seinem Fensterplatz. »Wer ist da?«

»Lord Stowe.«

Nicholas packte das Glasfläschchen mit dem Weihwasser, das er jetzt ständig mit sich führte, und verbarg es in der rechten Hand. »Herein.«

Lord Stowe öffnete die Tür und schloß sie sorgfältig hinter sich. Nicholas hielt vorsorglich Distanz. Er traute keinem mehr, nicht bevor sie sich als unbedenklich erwiesen hatten. Mit einer raschen Handbewegung schleuderte er Lord Stowe das Weihwasser entgegen. Der Lord grinste ihn mit nassem Gesicht an.

»Eine gute Überprüfung, Hoheit.« Er durchquerte den Raum, umfaßte das Fläschchen und reichte es Nicholas zurück. Nicholas verkorkte es wieder und schob es in seine Tasche. Er entschuldigte sich nicht. Das mußte er nicht tun.

»Ich habe einen jungen Mann mitgebracht«, sagte Lord Stowe. »Er hat eine interessante Geschichte zu erzählen. Meiner Meinung nach solltet Ihr ihn anhören.«

»Ich?« fragte Nicholas. »Was kann ich denn tun? Warum bringt Ihr ihn nicht zu meinem Vater?«

»Ich weiß nicht, ob er in die Nähe Eures Vaters geraten sollte, aber jemand außer mir sollte seine Geschichte unbedingt hören.«

»Jeder kann in die Nähe meines Vaters, sofern er sich der Weihwasserprobe unterzieht.«

Lord Stowe lächelte. »Dann dürfte Euch um so mehr interessieren, was geschieht, wenn Ihr das versucht.«

Das Haar in Nicholas' Nacken prickelte. Die Vorahnung von Gefahr schlug ihn in ihren Bann. »Wo ist dieser Mann jetzt?«

»Er steht vor der Tür«, antwortete Lord Stowe. »In der Begleitung mehrerer Wachen. Ich würde ihn aber lieber ohne die Wachen hereinbitten, wenn Ihr diesem Vorhaben zustimmt.«

»Warum soll ich ihn anhören?«

»Seine Geschichte«, sagte Lord Stowe, »ist wirklich phantastisch.«

»Glaubt Ihr ihm?«

»Ich möchte Euer Urteil nicht beeinflussen, Euer Hoheit. Weder in der einen noch in der anderen Richtung.«

Nicholas ging zu seinem mit Kissen versehenen Fensterplatz zurück. Vor ein paar Tagen hatte er eine weitere Flasche Weihwasser unter einem der Polster versteckt. Er schob es ein wenig zur Seite und fühlte, ob sich die Flasche noch an Ort und Stelle befand. Sie war noch dort, und ein kurzer Blick zeigte Nicholas, daß auch das Haar, das er selbst um den Korken gewickelt hatte, noch an seinem Platz war.

»Von mir aus«, sagte Nicholas. »Bringt ihn herein.«

Lord Stowe verneigte sich, ging rückwärts zur Tür, wo er sich aufrichtete und hinausging. Er unterhielt sich kurz mit jemandem im Korridor, dann trat ein Mann ein. Eigentlich war es noch ein Junge, ein paar Jahre jünger als Nicholas. Er war gut gebaut, seine Statur ließ bereits seine zukünftige Kraft ahnen. Seine vor Angst weit aufgerissenen dunkelblauen Augen blickten unsicher aus dem hageren, von Akne übersäten Gesicht.

»Hoheit, wenn ich bitten darf – das Weihwasser«, sagte Lord Stowe mit ausgestreckter Hand. Mit der anderen schob er die Tür zu. Diesmal ließ Nicholas den Stöpsel auf der Flasche und warf sie Lord Stowe zu. Der fing sie auf, entfernte den Korken und benetzte den Jungen.

Dort, wo das Wasser den Burschen berührte, wurde es grün, glühte einen Moment auf und verblaßte. Hätten sie einen Eimer Weihwasser über ihm ausgeschüttet, hätte der ganze Kerl wahrscheinlich aufgeleuchtet.

»Was bist du?« fragte Nicholas.

Der Junge verneigte sich und schwieg, bis Lord Stowe leise auf ihn einredete. Dann richtete er sich auf. Lord Stowe legte die Hand auf den Rücken des Jungen und schob ihn weiter, bis sie nicht mehr weit von Nicholas entfernt waren.

»Ich heiße Luke«, sagte der Junge. »Ich und meine Familie, wir wohnen in der Nähe von Killenys Brücke. Dann habe ich mich gemeldet, um gegen die Fey zu kämpfen.«

»Wurdest du auf der Insel geboren?« fragte Nicholas.

Lord Stowe betrachtete den Jungen aufmerksam. Seine Hand ruhte noch immer auf dem Rücken des Jungen.

»Ja, Herr. Ich habe erst angefangen, grün zu leuchten, nachdem man mich zurückgeschickt hat, Herr. Ich weiß selbst nicht, was das ist!« Die Stimme des Jungen wurde bei jedem Wort lauter und überschlug sich vor Aufregung. Die Aufregung rührte nicht daher, wie Nicholas auffiel, daß der Junge von Angesicht zu Angesicht mit dem Prinzen redete, sondern von dem grünen Leuchten selbst.

»Aber außer dem Leuchten geschieht nichts mit dir?«

Der Junge nickte.

»Er ist einer von denen, die von den Fey gefangengenommen wurden«, sagte Lord Stowe. »Sie haben ihn freigelassen.«

Jetzt war Nicholas' Aufmerksamkeit völlig geweckt. »Sie haben dich freigelassen?«

»Jawohl, Herr. Mein Vater hat mir die Freiheit erkauft, indem er versprach, für immer bei ihnen zu bleiben und ihnen alles zu erzählen, was sie über die Inselbewohner wissen müssen.«

Nicholas warf Lord Stowe einen Blick zu. Die Besorgnis auf dessen Gesicht entsprach der Sorge, die Nicholas selbst verspürte. »Was weiß dein Vater?«

»Nicht viel«, sagte der Junge. »Ich glaube nicht, daß sie viel von dem Geschäft haben. Er ist nicht einmal zu den Sakramenten gegangen, wenn Ihr entschuldigt, Herr.«

»Wer ist der Vater des Jungen?« wollte Nicholas von Lord Stowe wissen.

»Ein Bauer aus der Nähe von Killenys Brücke. Wie es aussieht, hat er sich uns sehr früh angeschlossen, und als sein Sohn sich ebenfalls meldete, blieb er, um ihn zu beschützen. Er ist dem König kein einziges Mal nahe gekommen und hat auch sonst unseren Informationen zufolge keine wichtigen Personen getroffen, abgesehen von einem kleinen Daniten.« Lord Stowe hatte seine Hausaufgaben gemacht, bevor er den Jungen zu ihm geführt hatte. Aber Nicholas verstand sehr wohl, weshalb sie ihn nicht vor den König bringen wollten. Sein Vater hatte genug Risiken auf sich genommen, als er sich mit dem gefangenen Fey unterhalten hatte. Er durfte nicht unnötig weiter gefährdet werden.

»Ich bin zu Lord Stowe gekommen, um ihn zu bitten, meinen Vater zu retten. Aber dann übergossen mich seine Leute mit Weihwasser ... und ich fing an zu leuchten. Dabei geht es mir sonst gut, Herr, ehrlich.« Der Junge zitterte. Seine Angst war mit Händen greifbar.

Nicholas nickte. »Was passiert, wenn man ihn berührt?« fragte er Lord Stowe.

»Nichts. Ich kann sogar Weihwasser über meine Hand gießen, wenn ich ihn berühre. Er leuchtet, aber ich nicht.«

Nicholas nickte. Er berührte die feuchten Flecken auf dem Hemd des Jungen. Sie fühlten sich warm an, aber das rührte von der Körperwärme des Jungen her. Doch es leuchtete nichts mehr, und auch sonst fand, soweit Nicholas das beurteilen konnte, kein Austausch von Kräften statt.

»Was haben sie mit dir angestellt, Junge?«

»Er war mehrere Tage dort«, sagte Lord Stowe. »Ich unterrichte Euch später genauer darüber.«

Also mehr als nur ein kurzer Besuch. »Haben sie dir vor deiner Abreise irgend etwas verabreicht?«

Der Junge schüttelte den Kopf. »Nur die Kleider. Ich trug sie bis nach Jahn, aber als ich herausfand, daß sie leuchteten, zog ich sie aus. Das Leuchten blieb.«

»Auch die neuen Kleider leuchten«, warf Lord Stowe ein.

Nicholas berührte die Haut des Jungen. Sie war weich, nicht wie die Haut eines Arbeiters, und sie war gebräunt. Trotzdem fand er nichts Ungewöhnliches daran. »Bist du aus eigenem Willen zu Lord Stowe gekommen?« fragte er.

Lord Stowe fuhr zusammen. Offensichtlich hatte er nicht daran gedacht, diese Frage selbst zu stellen. Andererseits hatte er anfangs auch noch nicht die ganze Geschichte des Gefangenen der Fey gehört.

Der Junge nickte. »Ich bin gekommen, um ihn zu bitten, meinen Vater zu retten.«

Nicholas ließ ihn los. Er fürchtete sich vor seiner nächsten Frage, denn er wußte nicht, ob er die Antwort wirklich wissen wollte. »Wo halten sie deinen Vater gefangen?«

»Dort, wo sie sich aufhalten. Im Schattenland«, sagte der Junge. »Es ist schrecklich dort, alles ist grau, nirgendwo wächst etwas. Als hätten sie eine Kiste in den Himmel gestellt. Bitte. Ich konnte es kaum aushalten. Mein Vater liebt das Grün. Er wird verrückt dort.«

Alles grau, nichts wächst. Nicholas konnte es sich nicht einmal vorstellen. »Ich werde tun, was ich kann«, sagte er, wobei er selbst nicht genau wußte, was das sein könnte. Sein Vater sagte, er habe einen Plan, wie man die Fey zu Fall bringen könne, aber sie hatten auch schon andere erfolglose Pläne gehabt.

Lord Stowe klopfte dem Burschen auf die Schulter. »Geh jetzt hinaus. Ich komme gleich nach.«

Der Junge nickte, drehte sich um und blieb stehen. Dann wandte er sich noch einmal um, verneigte sich und zog sich rückwärts gehend zur Tür zurück, wie es die Etikette verlangte. Nicholas holte tief Luft und lehnte sich an seinen Fenstersitz.

»Sie haben irgend etwas mit ihm angestellt, stimmt's?«

Lord Stowe nickte. »Aber wir wissen nicht, was. Soweit wir es beurteilen können, entspricht seine Geschichte der Wahrheit, und ich habe auch Theron – er ist derjenige, der den Angriff angeführt hat – den Jungen überprüfen lassen. Er erkannte ihn sogar wieder und sagte, er könne keinen Unterschied feststellen. Allerdings sagte Theron, es sei noch ein dritter Mann gefangengenommen worden. Als ich den Jungen danach fragte, stiegen ihm Tränen in die Augen, und er weigerte sich, darüber zu reden.«

»Tot?«

»Ich weiß es nicht«, erwiderte Lord Stowe. »Ich glaube, wir müssen davon ausgehen, daß dieser Junge gefährlich ist, auch wenn wir noch nicht wissen, auf welche Weise. Ich empfehle, ihn in Schutzhaft zu nehmen, bis wir entschieden haben, wie weiter mit ihm zu verfahren ist.«

Nicholas zupfte an seinem Pferdeschwanz. »Er scheint sich sehr um seinen Vater zu sorgen.«

»Ich glaube, seine Sorge ist echt«, sagte Lord Stowe. »Aber die Fey könnten diese Sorge benutzen, um uns ins Schattenland zu locken. Ich finde, wir sagen dem Jungen, daß wir alles mögliche zu tun versuchen, halten uns aber momentan noch fern von diesem Schattenland.«

Nicholas seufzte. »Entscheidungen. Ich hasse diese Entscheidungen. Ihr wolltet mir doch sagen, was dort mit ihm geschehen ist.«

Lord Stowe lächelte. »Wie es aussieht, ging man recht nachsichtig mit ihm und seinem Vater um, weil sich eine der Fey-Frauen wohl in den Jungen verguckt hat.«

»In diesem Fall scheint es um so merkwürdiger, daß sie ihn hat gehen lassen, oder?«

»Nein. Er zeigt ihr gegenüber eine eigenartige Loyalität.«

Nicholas zog die Stirn kraus und blickte zur Tür. Sie war aus massivem Eichenholz, doch mit dem Jungen direkt dahinter fühlte er sich nicht so recht sicher. Nein, eigentlich war das nicht ganz richtig. Er fühlte sich schon nicht mehr sicher, seit er erfahren hatte, welcher Zaubertricks die Fey fähig waren und wie nahe sie ihm damit bereits gekommen waren.

»Ich hatte daran gedacht, Hoheit, ihn unter Bewachung in meinem Haus unterzubringen«, sagte Lord Stowe.

»Wozu sollte das gut sein?«

»Auf diese Weise kann ich ihn besser beobachten.«

»Nein«, erwiderte Nicholas. »Die Arrestzellen sind sicherer.«

»Bitte um Verzeihung, Hoheit, aber da bin ich anderer

Meinung. Wir wären besser daran mit dem Jungen, wenn wir ihn unter Aufsicht der gleichen Wachen und unter strengem Protokoll bei mir unterbrächten. Wenn Ihr wollt, könnt Ihr mich und seine Wachen jedesmal überprüfen, wenn wir in den Palast kommen. Hier in den Unterkünften der Wachmannschaft haben zu viele Leute Zugang zu ihm.«

»Was ist mit dem Mann, der den Angriff anführte? Kann der Junge nicht bei ihm bleiben?«

Lord Stowe schüttelte den Kopf. »Zu riskant. Der Mann ist derjenige, der uns den Fey-Gefangenen gebracht hat. Wir wissen nicht, ob er von irgendeinem Zauber infiziert ist.«

»Und da habt Ihr den Jungen zu mir gebracht.« Nicholas lächelte. »Ich verstehe Euren Standpunkt sehr gut, Lord Stowe. Laßt ihn von einem Trupp Leibwächter im zwölfstündigen Wechsel bewachen. Stellt einen Plan auf, der ihn immer wieder mit Weihwasser überprüft. Ich unterrichte meinen Vater davon und überlege, wie wir beide damit umgehen sollten.«

Lord Stowe verneigte sich. Als er sich wieder aufrichtete, sagte er: »Noch eine Sache, Hoheit. Kurz bevor der Junge auftauchte, suchte mich eine Frau auf. Sie schwor Stein und Bein, eine Katze habe ihr kleines Kind gestohlen.«

»Was?« sagte Nicholas. »Eine Katze?«

Lord Stowe nickte. »Eine goldfarbene Katze, die sich im Mondlicht in eine Frau verwandelte. Die Frau kam mir ein wenig durcheinander vor, aber da sich in den letzten Monaten so einige merkwürdige Dinge ereignet haben, dachte ich, Ihr solltet darüber Bescheid wissen.«

»Allerdings!« Nicholas stemmte die Hände gegen den Fenstersims, bis sich die scharfe Steinkante schmerzhaft in seine Handflächen bohrte. »Was tat die Katze mit dem Kind?«

»Sie nahm es mit ins Schattenland«, antwortete Lord Stowe.

»Seid Ihr sicher, daß es sich um ein Kind von einem unserer Leute handelte?« Der Stein machte Nicholas' Hände kalt.

»Absolut. Zum einen war es zu alt, um ein Fey zu sein, außerdem kannte die Frau seine Eltern.«

»Ich dachte, sie sei die Mutter.«

Lord Stowe schüttelte den Kopf. »Die Fey haben seine Eltern ermordet. Sie hat das Kind gerettet und versteckt, bis die Fey abzogen.«

»Womöglich waren sie schon zuvor hinter diesem Kind hergewesen.« Nicholas' Mund war wie ausgetrocknet. Die Katze stand in Zusammenhang mit diesen Doppelgängern. Womöglich auch das Kind.

»Könnte gut sein.«

Nicholas nickte. »Vielen Dank für die Nachricht. Und laßt mich wissen, wie sich der Junge bei Euch aufführt.«

Lord Stowe, der sofort verstanden hatte, daß er hiermit entlassen war, verneigte sich abermals. Er zog sich zurück, ging nach draußen und schloß die Tür hinter sich.

Nicholas machte die Augen zu und ließ sich in die Kissen des Fenstersitzes fallen. Das wurde alles allmählich zu viel. Diese Katze – falls es sich überhaupt um nur eine Katze handelte – stand in enger Verbindung mit den Vorfällen, die sich in der Nähe des Palastes ereignet hatten. Dann der junge Bursche, mit dem die Fey irgend etwas angestellt hatten, woraus er momentan noch nicht schlau wurde.

Vielleicht war er selbst ein Fey. Vielleicht hatten sie eine Methode gefunden, sich dem Weihwasser zu entziehen. Wenn das zutraf … warum hatte er Nicholas nicht sofort angegriffen? Oder versucht, eine Stelle innerhalb des Palastes einzunehmen?

Die Fey taten niemals etwas logisch. Soviel immerhin wußte Nicholas nach einem Jahr des Kampfes gegen sie. Er seufzte und richtete sich auf. Es war höchste Zeit, daß er sich mit seinem Vater unterhielt. Jetzt konnte er nur noch hoffen, daß der Plan seines Vaters ein guter Plan war.

30

Caseos Hände zitterten. Er mußte mit der Arbeit aufhören, sonst würde er etwas verschütten. Er setzte sich auf einen der Stühle, der unter seinem Gewicht knarrte. Schon seit Tagen hielt er sich in dieser kalten Hütte auf, und er konnte sich nicht daran erinnern, wann er zum letzten Mal etwas gegessen hatte.

Streifer saß auf dem anderen Stuhl und starrte an die Decke, als offenbarten sich gerade dort die Geheimnisse. Im Hinterzimmer schliefen zwei weitere Hüter, die anderen hatten sich zum Schlafen in ihre eigenen Unterkünfte zurückgezogen, aus Angst, zuviel Zeit in der direkten Nachbarschaft des Giftes zu verbringen.

Caseo wünschte, er könne schlafen, doch sein Geist war zu beschäftigt. Nach der Diskussion mit Streifer und Rotin vor einigen Tagen hatte er eine Lösung geträumt: einen eleganten Zauber mit wundervollen Tricks und Kniffen, der einem Meisterhüter gut zu Gesicht stünde. Doch als er erwachte, konnte er sich nicht mehr an die Einzelheiten des Zaubers erinnern, nur an die allgemeine Stoßrichtung. Er hatte Streifer rufen lassen und ihm das, woran er sich erinnerte, erzählt, bevor er auch das vergaß, und seither hatten die beiden beinahe ohne Unterbrechung gearbeitet. Zwar waren sie einer Lösung immer noch nicht näher gekommen, doch zumindest kam es ihnen so vor, als seien sie auf der richtigen Fährte.

Manchmal war gerade dieses Selbstvertrauen der entscheidende Faktor.

Zumindest wußte Caseo, in welche Richtung er sich bewegen mußte. Streifer hatte recht gehabt. Sie mußten einen eigenen Zauber erschaffen. Aber Caseo hatte das Erscheinungsbild des Zaubers geliefert, das ihn für die Fey handhabbar machen würde.

Der Zauber mußte das Gift in eine tödliche Substanz für die Inselbewohner umwandeln – nur für die Inselbewohner. Er mußte aus einer gewissen Entfernung ausgesprochen werden, in einer Situation extremer Anspannung. Nur eine Handvoll Fey konnten solche Zauber aussprechen, und noch weniger waren in der Lage, das unter großer Belastung zu tun. Seiner Meinung nach kamen dafür nur Hüter selbst oder Wetterkobolde in Frage. Andererseits gab es zu wenig Hüter, die man aufs Spiel setzen konnte, und die Kobolde arbeiten normalerweise für sich allein. Was das betraf, ließ sich das gleiche auch von den Hütern sagen. Zwar könnten auch Domestiken die Arbeit verrichten, doch sie mußten direkt über dem Gift hantieren, und das war zu gefährlich. Trotzdem war es, wie es Rotin auf den Punkt gebracht hatte, besser, ein paar Domestiken zu verlieren, als das Problem überhaupt nicht zu lösen.

Caseo machte einen Schritt zur Seite, und seine Füße stießen gegen etwas, das auf dem Boden lag. Ein Prickeln stieg an seinem Bein hinauf. Er verspürte Magie und schielte sofort nach unten. Das Gewand, das Sucher mitgebracht hatte. Gewand und Schwert. Religiöse Ikonen. Das zumindest hatte Sucher ihm noch gesagt, bevor er eilig zu einer Unterredung mit Rugar davongestürmt war. Sucher hatte versprochen wiederzukommen, war jedoch bis jetzt noch nicht wieder erschienen, und Caseo hatte das Gewand völlig vergessen.

»Streifer«, sagte er.

Streifer starrte immer noch an die Decke. Er schien Caseo überhaupt nicht gehört zu haben.

»Streifer!«

Langsam neigte sich Streifers Kopf nach vorne. Seine Augen stellten sich auf Caseo ein. »Was wäre, wenn …«, knarzte seine Stimme. »Was wäre, wenn wir die Domestiken und die Kobolde einfach vergessen? Wenn wir uns statt dessen eines Zauberers bedienten?«

Caseo widerstand dem Drang, mit den Augen zu rollen. »Großartige Idee«, sagte er, »bis auf die Kleinigkeit, daß wir bei unserem Ausflug auf die Insel keinen Zauberer mitgenommen haben.«

Streifer blinzelte und verzog das Gesicht. »Doch, haben wir. Wir haben einen, hier im Lager. Spürst du es nicht?«

Caseo spürte es nicht. Er hatte Zauberer noch nie spüren können; sein einziger Mangel als Hüter. Aber das wollte er Streifer gegenüber nicht zugeben. »Ich frage noch mal bei Rugar nach. Falls wir einen Zauberer im Lager haben, dann will er bestimmt nicht, daß es jeder weiß.«

Streifer biß sich auf die Unterlippe und ließ es dabei bewenden. Die Abdrücke seiner Zähne zeichneten sich auf der Lippe ab. »Mit dem Spruch eines Zauberers würde es funktionieren. Ein Zauberer hat die Distanz und die Macht, und er müßte nicht eine Flasche nach der anderen bearbeiten. Er könnte alles auf einmal bewerkstelligen.«

Die Idee war brillant, aber ohne Zauberer nutzlos. Wenn der Junge einen spürte, so mußte sich etwas Merkwürdiges ereignet haben. Vielleicht war eines der Kinder in die Pubertät gekommen und entwickelte dabei seine vollen Zauberkräfte. Darüber hätte Caseo jedoch keine Hinweise erhalten. Wie bei Gestaltwandlern und Hütern zeigte sich auch bei Zauberern ihre Begabung bereits im frühen Kindesalter. Zwar nur in kurzem Aufblitzen und Versprechungen, aber die Begabung machte sich bemerkbar. Er müßte es wissen, wenn Rugar einen Zauberer mitgebracht hatte.

Außerdem waren Zauberer so selten, daß der Schwarze König wahrscheinlich keinen erübrigen konnte. Feldzüge in derart weit entfernte Gegenden wurden ohnehin meistens ohne Zauberer durchgeführt.

»Keine schlechte Idee«, sagte Caseo, »aber ich glaube, momentan müssen wir uns mit Domestiken und Kobolden zufriedengeben. Es ist besser, wenn wir die Kräfte einsetzen, die uns auch zur Verfügung stehen.«

»Schade«, meinte Streifer. »Es war eine gute Idee.«

Caseo hätte ihm beinahe widersprochen. Eine Idee war nur dann gut, wenn sie sie auch umsetzen konnten. Aber er war in der letzten Zeit ohnehin ziemlich rauh mit dem Jungen umgesprungen. Zumindest konnte er sich einen Zauber bildhaft vorstellen – wozu viele andere Hüter nicht in der Lage waren.

»Ist dir noch etwas anderes eingefallen?« erkundigte sich Caseo.

»Ich habe die ganze Zeit über dieser Idee gebrütet.« Streifer biß sich wieder auf die Lippe. Wenn er sie nicht eines schönen Tages durchbeißen wollte, mußte er sich diese Angewohnheit bald abgewöhnen.

»Na schön«, meinte Caseo. »Erinnerst du dich noch daran, was Sucher sagte, als er heute morgen dieses Gewand hereinbrachte?«

»Er sagte, er habe bei seiner Ankunft die Lichter auf der Innenseite des Torkreises zum Kreiseln gebracht. Nachdem Rugar ihm befohlen hatte, Kleider und Schwert abzulegen, haben die Lichter aufgehört.«

»Merkwürdig«, sagte Caseo. Er trat noch einmal gegen das Gewand. Das Prickeln stieg ihm bis zum Oberschenkel hinauf. »Hebst du das Ding bitte mal auf?«

Streifer stand seufzend auf. Er zitterte nicht wie Caseo, aber er arbeitete schon ebenso lange wie dieser und war blaß vor Erschöpfung. Er ging in die Hocke und legte eine Hand auf den schwarzen Stoff, zog sie jedoch sofort wieder mit einem Schrei zurück, als hätte er sich die Hand verbrannt.

»Es lebt!« sagte er.

»Jedenfalls verfügt es über eine gewisse Macht, stimmt's?«

Streifer betrachtete seine Hand. »Es scheint mich nicht verletzt zu haben. Und Sucher hat es die ganze Zeit auf dem Leib getragen?«

»Zumindest mehrere Tage. Ihm scheint es gutzugehen. Trotzdem bleibt das kleine Problem mit den Lichtern auf der Innenseite.«

»Kreiseln sie denn sonst aus irgendeinem bestimmten Grund?«

»Nein, nie. Schattenland ist ein rein funktionaler Zauber. Alles, was darin eingebaut ist, dient einem eingeschränkten Zweck. Die Lichter haben uns stets die nötige Information geliefert, aber sie haben sich noch nie aus eigenem Antrieb bewegt.«

Streifer runzelte die Stirn. »Handelt es sich dabei um Fey-Lampen?«

Caseo schüttelte den Kopf. »Sie sind Bestandteil des Schattenlandes selbst. Nur ein Konstrukt aus Rugars Vision. Heute morgen hätte ich die Geschichte des Jungen beinahe abgetan. Rugars Vision ist nicht ganz einheitlich, und das kann manchmal zu Anomalien führen. Aber jetzt bin ich mir nicht mehr so sicher. Du und ich haben beide die Macht in diesem Gewand gespürt, und ich überlege, ob ich nicht die anderen aufwecken soll, damit sie sie ebenfalls spüren.«

»Was hat das zu bedeuten?« fragte Streifer.

»Ich weiß es nicht«, antwortete Caseo. »Sucher sagt, es handelt sich um religiöse Gewänder und das Schwert sei ein religiöses Symbol, genau wie das Gift. Vielleicht verfügt ihre Religion über eine Macht, die sie nicht kennen oder nicht einzusetzen wissen.«

»Wie kommst du darauf, daß sie sie nicht einzusetzen wissen?«

»Wenn sie es wüßten, wären wir alle schon längst tot. Sie hätten uns besiegt«, sagte Caseo.

»Das kannst du nicht wissen.«

Caseo lächelte den Jungen an. »Das kann ich schon, und du kannst es auch, wenn du genau hinzusehen gelernt hast. Dieses Gewand besitzt die Macht, uns, die wir gegen den Zauber anderer Geschöpfe gefeit sind, einen Schlag zu versetzen. Es besitzt außerdem genug Macht, um die Funktion des Torkreises zu beeinflussen. Was du davon auch halten magst, Streifer, es handelt sich dabei keineswegs um Nichtigkeiten. Hier deutet sich eine gewaltige Kraft an.«

Streifer fuhr mit einem Finger über das Gewand und zuckte zusammen. »Dann müssen wir es ebenfalls untersuchen. Vielleicht birgt es sogar das Geheimnis des Giftes.«

»Kann sein«, sagte Caseo. Er wollte nichts ausschließen. »Aber ich glaube, wir können das Rätsel des Giftes auch ohne das Gewand lösen. Wenn du einen Zauber für einen Zauberer entwickelt hast, dann sind wir nicht mehr weit davon entfernt, einen Zauber für andere zu entwerfen.«

Streifer ließ das Gewand fallen. Er wischte sich die Hände an der eigenen Robe ab, als müßte er sie saubermachen. »Ich finde, wir sollten uns erst mit Rugar darüber unterhalten und überprüfen, ob wir wirklich keinen Zauberer dabeihaben.«

»Nein«, sagte Caseo. »Das wäre der einfache Weg. Er hält den Zauberer aus einem bestimmten Grund vor uns verborgen. Wir sind mit einem breiter angelegten Zauber besser dran – ein Zauber, der von unterschiedlichen Leuten ausgeführt werden kann.« Er blickte Streifer an. »Wenn du dir einen Zauber für einen Zauberer ausdenken kannst, dann fällt dir auch einer für einen Kobold ein.«

Streifer schien noch bleicher zu werden, dunkle Schatten höhlten sein schmales Gesicht aus. »Ich arbeite am besten mit Zauberern«, sagte er.

»Das geht uns allen so, mein Junge«, sagte Caseo. »Sie sind unsere Lückenbüßer, lassen linkische Zaubersprüche elegant aussehen. Aber hier bleibt uns keine Wahl. Wir arbeiten mit den Domestiken und den Kobolden.«

»Das kann ich nicht«, flüsterte Streifer.

Caseo erstarrte. »Du ... kannst nicht?«

Streifer schüttelte den Kopf. Er sah Caseo nicht an. »Meine Domestikensprüche funktionieren nicht. Und von Kobolden habe ich auch keine Ahnung.«

»Deine Domestikensprüche funktionieren hervorragend«, sagte Caseo. Er fühlte sich merkwürdig ... leichter als sonst, als sei ein Teil von ihm erleichtert darüber, daß Streifer nicht arbeiten konnte. Ein anderer Teil war sehr, sehr zornig.

»Rotin hat mir geholfen. Sie hat die Sprüche immer fertiggestellt.«

Der Zorn übermannte ihn. Caseo mußte schwer kämpfen, damit sich die Gefühlsregung nicht auf seinem Gesicht zeigte. »Ach ja?«

Streifer nickte. »Sie sagte, ich solle dir nichts davon erzählen, aber ich weiß nicht, wie ich das in dieser Situation verhindern soll. Ich kann den Zauber einfach nicht auf die Domestiken und Kobolde übertragen. Mein Talent scheint in den großen Sprüchen zu liegen, wie denen der Zauberer, oder den blutigen Zaubern, wie sie die Fußsoldaten benutzen.«

Und Caseo hatte die ganze Zeit gedacht, Streifer würde das nächste große Genie unter den Hütern des Zaubers werden. Rotin hatte mit ihm gespielt, ebenso wie sie vor einigen Abenden mit Streifer gespielt hatte. Ihre Manipulationen mußten unterbunden werden, dafür würde Caseo schon sorgen. Streifer war nicht talentierter als alle anderen. Er litt sogar unter der ganz normalen Schwäche, die jedem neuen Hüter zu schaffen machte.

Was ihnen allerdings jetzt nicht weiterhalf.

»Sag mir deinen Zauberspruch«, sagte Caseo. »Ich übertrage ihn.«

Streifer sah ihn zweifelnd an. »Kannst du das? Ich dachte, nur der Schöpfer des Zaubers ist dazu fähig.«

Caseo schüttelte den Kopf. »Es ist einfacher, wenn der Urheber des Zaubers die Übertragung vornimmt, aber es können auch andere für ihn tun. Auf diese Weise dauert es nur länger.«

Streifer fuhr mit der Hand am Tischrand entlang. »Selbst wenn es dir gelänge«, sagte er, »wie willst du ihn überprüfen? Jewels Schoßhündchen können wir dafür nicht einsetzen, sonst zahlt sie es uns auf andere Weise heim.«

»Rugar und ich haben uns geeinigt«, erwiderte Caseo. »Jewel behält ihr Schoßtier und läßt den Jungen frei. Zum Ausgleich für meinen guten Willen bekomme ich den alten Gefangenen. Den unangenehmen Burschen. Und den hebe ich mir für einen Anlaß wie diesen auf.«

»Dann haben wir also nur eine Chance«, sagte Streifer.

Caseo lächelte ihn an. »Wir brauchen auch nur eine. Wenn er stirbt, dann hat unser Zauber die gewünschte Wirkung entfaltet.« Er beugte sich nach vorne. Seine Müdigkeit schien vergessen zu sein. »Verrate mir deinen Zauber, mein Junge. Laß uns diese Inselbewohner ein für allemal vernichten.«

31

Titus weinte. Er war auf der Straße unterwegs, die sich außerhalb von Jahn zwischen den Bäumen hindurchschlängelte. Er wußte, daß er nicht weinen sollte, so wie er auch gewußt hatte, daß er nicht weinen sollte, als seine Eltern ihn vor zwei Jahren in die Stadt geschickt hatten. Der Heiligste sollte über ihn wachen, seine Gebete in Gottes Ohr tragen. Den Heiligsten hatte er bis jetzt noch nicht gesehen, aber er hatte einen Fey gesehen, und, Gott möge ihm vergeben, er glaubte an die Fey. Er wußte, wozu sie fähig waren.

Die Tränen kamen in Schüben. Er hatte schon fast den ganzen Tag über geweint, auch wenn er momentan nur schniefte. Seine Augen fühlten sich geschwollen an, seine Kehle schmerzte. Wenn ihn jemand so sah, würde er ihn für verrückt halten.

Aber er war noch nie zuvor so weit westlich von Jahn gewesen. Tief unten hörte er den Fluß rauschen. Die Bäume bildeten ein angenehmes Schattendach gegen die heiße Sonne. Er hatte vergessen, wie sehr er Bäume mochte, wie sehr sie ihm gefehlt hatten. Als er sich bereit erklärt hatte, ein Aud zu werden (»Zweitgeborene«, hatte ihn sein Vater ermahnt, »Zweitgeborene gehen immer in die Religion«), war ihm nicht klar gewesen, daß man ihn in die Stadt schikken würde, wo alles heiß, stinkend und von Staub überdeckt war.

Sein Vater war stolz auf ihn. (»Sie schicken dich hinauf, mein Sohn, weil du klug bist. Nur die schlauen Bürschlein kommen in diesen Tabernakel.«) Sein Vater würde noch stolzer auf ihn sein, wenn er erfuhr, mit welch ehrenvoller Aufgabe der Rocaan Titus betraut hatte. Titus hatte den Rocaan vor diesem frühen Morgen noch nie zuvor gesehen, außer zu zeremoniellen Anlässen. Einmal hatte er die Hand des Rocaan geschüttelt, als dieser am Auds-Tag in die Kapelle der Bediensteten gekommen war, und einmal, ein paar Wochen zuvor, hatte er gemeinsam mit den anderen Auds den Segen des Rocaan empfangen.

Heute morgen hatte er den Segen des Rocaan abermals empfangen. Nur war Titus diesmal ganz allein im Zimmer gewesen. Aus der Nähe gesehen war der Rocaan ein alter Mann, der auch nach altem Mann roch. Der Saum seiner Robe war fleckig – eine Nachlässigkeit, für die die Daniten Titus bestraft hätten. Der Anblick hatte ihm mißfallen. Fast hätte es ihn davon überzeugt, daß der Rocaan nur ein Mensch war. Nach der Segnung hatte der Rocaan Titus an der Schulter berührt und ihn gefragt, ob er mutig sei.

Er hatte mit einem Ja geantwortet. Was hätte ein Junge Angesicht zu Angesicht mit seiner Verbindung zu Gott sonst antworten sollen?

Der Rocaan hatte gelächelt und ihm dann seine Erste Weisung aufgetragen. Die anderen Auds im zweiten Jahre waren neidisch. Welcher Aud bekam schon seine Erste Weisung vom Rocaan persönlich? Wenn sie jedoch wüßten, wie die Weisung lautete, wären sie froh, daß Titus und nicht sie damit beauftragt waren.

Titus blieb stehen und wischte sich mit dem Handrücken über die Augen. Er würde nicht mehr weinen. Nein, bestimmt nicht. Der Rocaan hatte ihm gesagt, daß es heilig war, im Dienste Gottes zu sterben.

Aber er war erst vierzehn Jahre alt. Warum sollte Gott ihn schon jetzt zu sich rufen wollen?

Vor sich sah er die gewaltige Eiche, vor der man ihn gewarnt hatte. Schon bald würde er die Lichtung erblicken, die zum Lager der Fey führte.

Er schniefte und ging dann zu einem großen Baumstumpf am Straßenrand. Kaum hatte er sich gesetzt, da preßte er auch schon das Gesicht auf die Knie. Das Fläschchen mit dem Weihwasser brannte in der Tasche seines Gewandes wie eine Fackel. Der Rocaan hatte ihm aufgetragen, kein Weihwasser mitzunehmen, doch der Älteste Matthias hatte sich eingemischt und gesagt, er dürfe es ruhig tun.

Er geht nicht als Feind, hatte der Rocaan gesagt.

Aber er geht ganz bestimmt auch nicht als Freund, hatte der Ältere ihm entgegnet.

Das Problem bestand darin, daß Titus nicht verstand, warum er überhaupt zu den Fey gehen sollte. Allein.

Er fror an den Füßen, und er wünschte sich zum abertausendsten Mal, seit er Aud geworden war, daß es ihnen erlaubt wäre, Schuhe zu tragen. Mehr noch als sein kahlgeschorener Kopf machten ihm seine nackten Füße zu schaffen. Er konnte es nicht leiden, wenn er fror, und die Kälte fing bei ihm immer an den Füßen an.

Der Rocaan hatte darauf bestanden, daß er ohne jeden Schutz – mit Ausnahme dem Gottes – reiste. Aber war nicht das Weihwasser der Schutz Gottes? Offensichtlich dachte der Rocaan anders darüber. Aber der Rocaan hatte nicht klar festgesetzt, an welchem Punkt seine Weisung anfing. Also hatte Titus sich dazu entschlossen, das Weihwasser bis zu den Fey mit sich zu tragen.

Der Tränenfluß löste sich ein wenig. Er stand auf. Er wollte den Aufenthaltsort der Fey noch vor der Abenddämmerung erreichen. Er konnte sich nichts Unheimlicheres vorstellen, als sich dort im Dunkeln aufzuhalten.

Die Sohlen seiner Füße hatten sich in den Jahren des Barfußlaufens abgehärtet, so daß er die Steine kaum noch spürte. Doch als er zu der Eiche hin einbog, zuckte er förmlich zusammen, so kalt war das feuchte Gras unter seinen Füßen.

Von der Lichtung her drangen Stimmen an sein Ohr, Stimmen, die eine Sprache benutzten, die er nicht verstand.

Er schluckte. Der Rocaan hatte ihm versichert, die Fey sprächen Nye, vielleicht sogar Inselsprache. Wenn sie alle nur diese eigenartige, kehlige Sprache konnten, war seine Weisung hinfällig geworden.

Die Sprecher waren nirgendwo zu sehen. Sie mußten weiter weg sein, als es sich anhörte. Ihre Stimmen waren laut, fast schien es ihm, als stritten sie sich. Er schniefte wiederum, jetzt aber nicht mehr der drohenden Tränenflut wegen. Tränen halfen ihm nicht mehr weiter. Dazu hatte er jetzt viel zuviel Angst.

Langsam überquerte er die Lichtung. Vor sich sah er den Ring aus Erde, von dem ihm der Rocaan erzählt hatte. Dorthin sollte er gehen und warten, bis ihn jemand fand. Er zitterte am ganzen Körper. Er versuchte sich einzureden, die Kälte sei schuld daran. Kalt war ihm ohnehin. Seine Zehennägel waren blau, und seine Finger fühlten sich wie Eiszapfen an.

In diesen Eiszapfen hielt er das Fläschchen mit dem Weihwasser. Er hatte vergessen, es vor dem Betreten der Lichtung abzustellen.

»Vergebt mir, Heiliger Herr«, flüsterte er, als hockte der Rocaan auf seiner Schulter und beobachtete ihn.

Er sah sich nach einem Platz um, wo er die Flasche abstellen konnte, sah jedoch keinen dafür geeigneten. Schließlich stellte er sie einfach außerhalb des Erdkreises ab, wo sie vom Kreis weg ins Gras fiel.

Während sich der Himmel verdunkelte, bemerkte er, daß es in der Lichtung eigentlich zu hell war. Er blickte auf und sah, daß über dem Erdkreis kleine Lichter schwebten. Die Lichter hatten die Gestalt menschlicher Wesen. Als sie ihn sahen, streckten sie alle die Arme nach ihm aus, ihre kleinen Lippen bewegten sich.

Er konnte sich nicht bewegen. Das also passierte mit den Leuten, die in die Gefangenschaft der Fey gerieten. Er wollte sich umdrehen und davonlaufen, aber das ging nicht. Wenn er das tat, hatte er bei seiner Ersten Weisung versagt. Und ein Aud, der bei seiner Weisung versagte, verlor seinen Platz in der Kirche. Auch sein Vater würde ihn in diesem Fall nicht mehr zu Hause aufnehmen.

Er schloß die Augen und trat in den Kreis. Als er die Augen wieder öffnete, waren die kleinen Wesen alle in sich zusammengesunken und hielten die Gesichter in den Händen vergraben, als hätte sie seine Bewegung in Angst versetzt. Von den Lichtern ging ein wenig Wärme aus, und das Gras unter seinen Füßen war sogar angenehm warm.

Es war der Ort, den aufzusuchen ihm der Rocaan aufgetragen hatte. Titus erkannte ihn von der Beschreibung der Bäume und des Kreises her. Die Lichtung kam ihm unwirklich vor, und ein Gefühl beschlich ihn, das ihn daran erinnerte, wie er den Tabernakel zum ersten Mal betreten hatte. Als handelte es sich hier um einen heiligen Ort, den er unbefugterweise betrat.

Das aber war unmöglich. Die Fey waren Heiden, gottlos und unrein. Einige der Auds hielten die Fey sogar für kleine Dämonen, die ein neidischer Rivale ausgesandt hatte, um die Anhänger des Rocaan zu vernichten. Titus war keine Stelle aus den Worten bekannt, die eine solche Theorie untermauerte, doch zum ersten Mal, seit er sie vernommen hatte, regte sich kein innerer Widerspruch. Hier war eine Macht anwesend, eine Macht, die so groß war, daß sie ihn erschauern ließ.

Dann gingen die Lichter aus, und ein Schatten bewegte sich über den Himmel. Er spürte eine Veränderung im Wind, als hätte jemand alle Fenster und Türen rings um den Kreis geschlossen. Die Luft stand still. Mit zitternder Hand griff er hinter sich, und seine Finger trafen auf eine unsichtbare Barriere, die sich wie eine Glaskuppel über dem Kreis erhob.

Er konnte nicht mehr hinaus. Er befand sich in einem Gefängnis der Fey, und sein Weihwasser lag draußen. Er saß in der Falle. Er schluckte die aufkommende Panik hinunter – denn Panik paßte nicht zu einem Streiter Gottes – und richtete sich auf. Zumindest war dies der erste Ort seit Tagen, an dem es warm war.

Vor ihm öffnete sich eine Tür. Die Tür hing ein Stück über dem Boden, und sie war rund. Er brauchte einen Augenblick, bis er erkannte, daß der Umriß der Tür von den Lichtern gebildet wurde, die er eben erst hier gesehen hatte. Dahinter erblickte er eine graue, wallende Masse und jenseits davon einige Gebäude. Direkt neben der Tür stand ein Fey, hinter den sich andere drängten. Dieser Fey war schlank und nur ein paar Jahre älter als Titus, doch sein Gesicht war von einer Wildheit gezeichnet, die zugleich schön und schrecklich anzusehen war.

»Tel?« fragte der Fey in seiner kehligen Stimme.

Titus schien sich eine Ewigkeit nicht zu bewegen. Tel? Was sollte das bedeuten? Er öffnete den Mund und schloß ihn wieder. Sein Atem kam in kleinen Stößen daraus hervor. Schließlich gelang es ihm, auf Nye hervorzubringen: »Ich komme vom Rocaan. Ich habe eine Botschaft.«

Der Fey neben der Tür sah wie betäubt aus. Dann warf er jemandem neben der Tür, den Titus nicht sehen konnte, einen Blick zu. Sie unterhielten sich einen Augenblick in dieser fremden Sprache, dann schloß sich die Tür wieder.

Nach dem vielen Licht kam ihm die Dunkelheit abgrundtief vor. Titus machte einen Schritt zurück, doch die unsichtbare Barriere hielt ihn immer noch gefangen. Er konnte nicht hinaus, er konnte nichts sehen, und die Fey wußten, daß er da war.

Seine Unterlippe fing zu zittern an. Er biß darauf. Dann brannten seine Augen. Er konnte doch nicht vor ihnen zu weinen anfangen. Seit er vor zwei Jahren Aud geworden war, hatte er nur noch geweint. Jeden Abend schluchzte er leise in seinem Bett und wünschte sich nach Hause zurück.

Jetzt wünschte er sich mehr denn je nach Hause, aber das ging nicht. Vielleicht sah er sein Elternhaus nie wieder.

Wenigstens war es warm, seine Füße waren warm. Etwas Positives. Konzentriere dich auf etwas Positives. Aber auch das half nichts. Er hatte mehr Angst als je zuvor in seinem Leben, mehr Angst als damals, als die Daniten gekommen waren, um ihn abzuholen. Mehr Angst als an dem Tag, an dem er zum ersten Mal Jahn erblickt hatte.

Er verschränkte die Arme über der Brust, krallte die Finger in sein dünnes Gewand und unterdrückte den Drang zu beten. Die Daniten sagten, für sich selbst zu beten erzürnte Gott bloß und daß alle Gebete für andere ausgesprochen werden müßten. Er könnte so tun, als betete er für seinen Vater, daß sein Vater ihn nicht hier in Schande sterben lassen wolle, aber die Wahrheit war, daß sein Vater nie davon erfahren würde. Er würde lediglich die Nachricht erhalten, daß Titus bei seiner Weisung gestorben war, und im Dienste des Herrn zu sterben war schließlich eine edle Sache.

Die Tür ging erneut auf und übergoß ihn mit Licht. Jetzt standen noch mehr Fey an der Tür, und er glaubte sogar, einen Daniten zu sehen, der ihm bekannt vorkam, aber das war unmöglich. Er wich bis zur Barriere zurück. Seine Füße streiften den Erdring. Jetzt stand ein älterer Fey in der Tür, mit einem zerklüfteten, aber immer noch sehr lebendigen Gesicht, als hätte das Alter seinen Zügen Schwingen verliehen.

»Du bist einer von den Heiligen, stimmt das, mein Junge?« fragte er auf Nye.

Titus schluckte. »I-ich bin ein Aud. Ich habe eine Botschaft … für Euch, einen von Euch … vom Rocaan. Ich bitte Euch. Es ist doch meine Weisung.«

Der Fey, der wie ein Danite aussah, redete in der anderen

Sprache, einen rasch ausgestoßenen Satz, den der alte Mann mit einer Handbewegung wegwischte. »Ist die Botschaft an jemand Bestimmten gerichtet?« fragte er.

»An denjenigen, der hier die Verantwortung trägt. Der Rocaan bittet um Verzeihung dafür, daß er Eure Namen nicht kennt.« Die Sätze kamen ihm schon leichter über die Lippen. Wie der Rocaan es vorausgesagt hatte, nahmen die Dinge ihren Lauf.

»Woher soll ich wissen, daß es kein Trick ist? Daß du nicht mit Gift bedeckt bist und versuchst, unsere Heimstatt zu vernichten?«

Titus blinzelte zu dem Fläschchen, das vor dem Erdring lag. »Man … äh, man hat mir gesagt, ich solle mein Weihwasser draußen lassen und notfalls nackt zu euch gehen.« Er streckte die Arme aus, so wie es ihm der Rocaan aufgetragen hatte. »Ihr könnt mich durchsuchen. Ich werde nichts unternehmen. Bei der Himmelfahrt des Roca, ich werde nichts Böses tun.«

Der Fey, der dem Daniten ähnelte, ergriff abermals das Wort. Der ältere Mann nickte. Er schnippte dem Jungen, der die Tür geöffnet hatte, mit den Fingern zu. Der Junge warf ihm einen haßerfüllten Blick zu und trat dann aus der Tür.

»Wenn du auch nur versuchst, mich zu töten«, flüsterte der Junge Titus zu, »dann sorge ich dafür, daß deine ganze Familie stirbt.«

Titus schüttelte den Kopf. Wenn der Junge nun aber unbeabsichtigt starb? Die Weisung konnte doch wohl nicht Titus' ganze Familie mit einbeziehen, oder? Er rührte sich immer noch nicht von der Stelle. Der Junge durchsuchte Titus und hielt inne. Seine Hand verharrte über dem Schwert.

»Leg das ab«, sagte er.

»Da-das kann ich nicht«, stammelte Titus. »Ich habe einen Eid abgelegt. Auds dürfen sich auf keinen Fall von ihrem Schwert trennen.«

»Du sagtest, notfalls nackt. Dein Gewand kannst du anlassen, aber das Schwert wirst du wohl ablegen müssen«, sagte der Junge.

Der Rocaan hatte gesagt ›nackt‹, und er hatte ihm aufgetragen, nachgiebig zu sein. Titus biß sich auf die Unterlippe. Hatte sein Versprechen dem Rocaan gegenüber Vorrang vor dem Schwur, den er abgelegt hatte, als er ein Aud wurde? Oder war das hier ein Teil der Prüfung? Er wußte es nicht. Er war nicht schlau genug, derlei Entscheidungen treffen zu können.

Aber was machte es schon aus? Wahrscheinlich töteten sie ihn sowieso. Er mußte sich darauf einstellen, seinem Gott entgegenzutreten.

»Ich darf es nicht«, sagte er. »Ich habe es gelobt.«

»Herrje!« Der Danite drängte sich aus dem Hintergrund weiter nach vorne. Sein Gesicht sah wirklich vertraut aus. Er sprach jetzt die Sprache der Inselbewohner. »Das Schwert ist nur ein Symbol, mein Junge. Was allein zählt, ist dein Herz.«

Das stimmte. Aber wenn der Glaube echt war, dann wurde auch das Symbol wahrhaftig. Das hatten sie so gelernt. Aber Titus sagte es nicht. Statt dessen sagte er in der Inselsprache: »Hat Euch der Rocaan ebenfalls gesandt?«

Der Danite blickte sich um, als bitte er die anderen um eine Bestätigung. Als er sich wieder zu Titus umdrehte, war sein Mund nur noch ein schmaler Strich. »Nein«, sagte der Danite. »Ich habe hier andere Dinge zu erledigen.«

Titus nickte, obwohl er eigentlich nichts verstanden hatte. »Ich muß mit dem Anführer der Fey sprechen.«

Der Danite lächelte ihn ein bißchen traurig an. »Solange du dieses Schwert trägst, wird sich kein Fey mit dir unterhalten.«

»Ich darf es nicht ablegen.« Titus umfaßte das Schwert mit der Hand, als sei es die einzige Sicherheit, die ihm an diesem Ort noch geblieben war.

Der Danite seufzte und sprach auf Nye. »Er wird sich nicht davon abbringen lassen. Ihr müßt euch etwas anderes überlegen.«

Eine Frau im Hintergrund sagte etwas in der Sprache der Fey. Eine andere schien ihr beizupflichten. Beide sprachen gleichzeitig, und schließlich lief eine von ihnen davon, aus Titus' Blickfeld hinaus.

Der Junge stand noch immer unbeweglich neben Titus. Während die anderen auf etwas zu warten schienen, sah der Junge Titus an und grinste. »Weißt du was?« sagte er. »Wir könnten dich anhören, aber wir könnten dich ebensogut töten.«

»Weiß ich«, sagte Titus. Wenn er sich sicherer gefühlt hätte, hätte er vielleicht darüber nachgedacht, das Schwert abzulegen. Für wie dumm hielten die ihn eigentlich?

Endlich kam die Frau mit einer Schüssel voll Wasser zurück. Sie reichte sie dem Jungen hinunter, und der hielt sie Titus hin.

»Wasch das Schwert ab, und auch alles andere, was mit dem Gift in Berührung gekommen sein könnte.«

Titus sah das Wasser an. Ebensogut könnten sie versuchen, ihn zu verletzen. Aber das gehörte nun mal zu einer Weisung: Risiken einzugehen. Er mußte hier wohl ein ziemlich großes Risiko eingehen, und um seinen Auftrag zu erfüllen, würde er wohl auch ein wenig nachgeben müssen.

Er nahm das Schwert in die zitternden Finger und wischte die Klinge vorsichtig ab. Dann langte er in die Tasche, zog sein Tuch heraus und ließ es auf den Boden fallen. Ihm fiel nichts anderes ein, was mit dem Weihwasser in Berührung gekommen sein konnte, aber um den guten Willen zu zeigen, wusch er auch noch die Hände in dem Wasser.

Der alte Mann sagte etwas in Fey zu dem Jungen. Der Junge schürzte die Lippen. Offensichtlich mißfiel ihm die Bemerkung.

Er setzte die Wasserschüssel ab. Rasch, beinahe trotzig, streckte er die Hand aus und legte die Finger um das Schwert.

Sämtliche Fey hielten den Atem an. Titus konnte die Angst des Jungen förmlich spüren. Aber der Junge blickte ihm ins Gesicht, als wollte er sich seine Züge einprägen, falls sie sich auf der anderen Seite einmal begegneten.

Nach einigen Sekunden ließ der Junge das Schwert wieder los, starrte auf seine Hand und hielt sie den anderen hin. »Ich werde wohl noch eine Zeitlang leben, Rugar«, sagte er in Nye.

Der ältere Mann – Rugar – schien unbeeindruckt davon. »Bring den Jungen herauf«, sagte er.

Titus schluckte schwer. Er warf einen Blick über die Schulter zurück auf die wirkliche Welt, die er vielleicht nie wiedersehen würde. Dann ließ er sich von ihnen in die trübe graue Masse hinaufziehen.

32

Fledderer kletterte vom Gewicht der Beutel vornübergebeugt ins Schattenland. Caseo dachte die Dinge niemals zu Ende. Mit Knochen gefüllte Beutel waren schwer, auch wenn es nur Knochensplitter waren, und müde Leute sollten sie nicht tragen. Der Domestike war schon vor einigen Stunden zusammengebrochen; zumindest nahm Fledderer das an, denn er war nicht wieder zurückgekehrt.

Er hatte länger als geplant arbeiten müssen und war Uences flußaufwärts gefolgt. Sie hatten Dutzende, vielleicht Hunderte Skelette geschält. Fledderers rechte Hand tat ihm vom Messerhalten weh, und die Handfläche war von aufgeplatzten Blasen übersät; auf dem Daumen glänzte ein fetter Bluterguß.

Er bedauerte, Uences dort draußen zurückgelassen zu haben. Nachdem Klaue gegangen war, hatte sie sich als recht umgänglich erwiesen. Aber er hatte keine andere Wahl. Er konnte so lange arbeiten, bis er zu erschöpft war, oder aber er trug die Beutel selbst, ging hinein und machte sich auf die Suche nach Rugar.

Als er den Hügel hinaufgegangen war, war er ins Schwanken geraten, hatte sich aber wieder gefangen, sobald er die Lichtung erreicht hatte. Der letzte Schritt hinein ins Schattenland war jedoch einer der schwersten Schritte, die er jemals getan hatte.

Die Schattenlande sahen beinahe verlassen aus. Ein Mann schlug Nägel in ein Brett, das er vor sich auf den Boden gelegt hatte, doch Fledderer konnte nicht erkennen, was der Mann da baute. Rings um das Domizil arbeiteten ein paar Domestiken. Ein Trupp Infanterie verließ gerade Rugars Hütte, doch sonst war nirgendwo jemand zu sehen. Rauch stieg aus dem

Schornstein der Hüterhütte, vor der mehrere Dutzend Knochenbeutel standen. Daneben lag der schlafende Klaue, Gesicht und Kleidung noch immer verdreckt von der Arbeit, die er zuvor verrichtet hatte.

Fledderer hockte sich neben ihn und schüttelte ihn an der Schulter. Klaue öffnete träge die Augen und verrollte sie, als er sah, wer ihn da weckte.

»Los, geh und löse Uences ab. Sie arbeitet schon, seitdem du gegangen bist.«

»Ich habe mehr Schlaf verdient«, sagte Klaue.

»Mach schon.« Fledderer versetzte ihm einen Stoß.

Klaue setzte sich auf und rieb sich die Augen. »Warum gehst du nicht zurück? Du hast noch am wenigsten gearbeitet.«

»Ich muß ein paar Sachen im Domizil abliefern, dann komme ich auch wieder raus. Aber sie sagten, es kann gut ein paar Stunden dauern. Es ist besser, wenn du sie gleich ablöst.«

Klaue stöhnte. »Und ich muß mal wieder dran glauben, hab' ich aber auch ein Glück! Wieviel ist denn da draußen noch zu tun?«

»Genug für den ganzen Nachmittag.« Fledderer senkte die Stimme. »Weißt du, wofür sie die Knochen brauchen?«

Klaue schüttelte den Kopf. »Caseo erzählte etwas von einem wunderbaren neuen Zauber, aber du kennst ihn ja.«

Caseo. Fledderer schüttelte sich. Ja, er kannte ihn nur zu gut. Er fuhr sich mit der Hand durchs Haar. »Geh schon raus und hilf ihr. Ich bin in einer oder zwei Stunden wieder draußen.«

Klaue erhob sich schwerfällig von den Beuteln. »Wenn ich zurückkomme und dich hier schlafend vorfinde, schneide ich dir die Finger ab.«

»Dann kann ich dir erst recht nicht mehr helfen.«

Sie grinsten einander an. Hinter ihnen flog die Tür zum Haus der Hüter auf, und Caseo stand mit in die Hüften gestemmten Händen vor ihnen.

»Stell einfach die Beutel ab und verschwinde, mein Junge«, sagte er. »Wir versuchen da drin ernsthaft zu arbeiten.« Mit einem Knall flog die Tür wieder zu.

»Oh, sind wir aber heute empfindlich«, sagte Klaue leise.

Fledderer sagte nichts. Sein Herz klopfte ihm so heftig in der Brust, daß er befürchtete, es könnte zerspringen. Er starrte auf die Tür. Caseo hatte ihn nicht einmal gesehen, geschweige denn wiedererkannt. Genau wie er es sich gedacht hatte. Niemand sah die Rotkappen. Und niemand würde wissen, daß er Rugar getötet hatte.

Doch dieses Wissen spendete ihm keinen Trost mehr. Wie kann ein Mann jemanden mit dem Tode bedrohen und ihn nur eine Woche später nicht einmal wiedererkennen? War Caseo dermaßen kalt?

Oder war Fledderer so klein?

Klaue versetzte ihm einen Stoß gegen die Schulter. »He, alter Knabe, alles in Ordnung?«

Fledderer nickte und zwang sich, den Blick von der Tür abzuwenden.

»Ja«, brummte er. »Ich muß noch einiges erledigen. Wir sehen uns dann draußen.«

Klaue sah ihn an, und Fledderer machte sich auf den Weg zum Domizil. Klaue sah alles, was Fledderer tat, und Fledderer wollte nichts Ungewöhnliches tun, bevor Klaue gegangen war.

Auf dem Weg von der Hütte der Hüter bis zum Torkreis ließ sich Klaue reichlich Zeit. Als er endlich beim Tor angekommen war, trödelte er dort noch eine Weile herum, als wäre die Verbannung nach draußen schlimmer als der Tod. Fledderer stieß einen tiefen Seufzer aus und ging zurück zu Rugars Hütte.

Auch aus diesen Schornsteinen quoll Rauch, dünne graue Fahnen, die schweigend aufstiegen, das sichtbare Dach der

Schattenlande berührten und sich dann völlig auflösten. Fledderer verstand nicht, warum sich der Rauch im Schattenland nicht ansammelte – einmal hatte jemand versucht, es ihm zu erklären, doch die Erklärung hatte ihm überhaupt nicht eingeleuchtet. Dieses hier war das zweite Schattenland, das er mitmachte. Das erste war beim Feldzug gegen Nye eingerichtet worden, aber nicht annähernd so ausgearbeitet wie dieses hier. Damals hatten die Fey in dicke Decken gehüllt, die von den Domestiken eigens für dieses Unternehmen angefertigt worden waren, auf dem nebelbedeckten grauen Boden geschlafen. Die Domestiken hatten etwas in diese Decken hineingewirkt, denn Fledderer hatte niemals zuvor und auch niemals danach so gut geschlafen wie unter diesen Decken.

Er packte den Griff des Messers, das er von Klaue bekommen hatte, und fragte sich, wann Klaue wohl auffallen würde, daß er es ihm nicht zurückgegeben hatte. Würde er überhaupt zu arbeiten anfangen oder lieber auf Fledderers Rückkehr warten? Wahrscheinlich würde Uences ihm ihre Klinge aufdrängen und dann gehen, und Klaue müßte ganz allein da draußen weitermachen, bis ihn die Kunde von Rugars Tod erreichte.

Es tat Fledderer nicht einmal leid.

Vor Rugars Hütte blieb er stehen. Die Infanteristen standen ein paar Hütten weiter entfernt und beobachteten ihn. Die Haut in seinem Nacken kribbelte. Wenn er sich konzentrierte, konnte er Stimmen aus dem Inneren der Hütte hören. Dort ging etwas vor sich. Jedenfalls war es nicht der richtige Zeitpunkt, an die Tür zu klopfen und Rugar gegenüberzutreten.

Die Hütte der Hüter war nicht allzu weit entfernt. Vielleicht sollte Fledderer einfach zurückgehen, sich ein paar leere Beutel schnappen und Uences ablösen. Der König hatte ihm keine Frist gesetzt. Fledderer konnte sich alle Zeit nehmen, die er für sein Vorhaben brauchte.

Vor der Hütte der Hüter hielt er inne. Der Rauch, der aus

dem Schornstein aufstieg, war dunkelgrau, fast schwarz, und er roch nach gebratenem Fleisch. Er hatte sich schon früher von den Gerüchen der Hüter täuschen lassen, und obwohl sein Magen zu knurren anfing, wußte er, daß er das, was dort drinnen gekocht wurde, wahrscheinlich nicht sehr schätzen würde.

Die Stelle, an der normalerweise die leeren Beutel lagen, war leer. Er brauchte einen Armvoll davon, sonst hatte es keinen Sinn, wieder hinauszugehen.

An die Tür zu klopfen stellte andererseits gerade für ihn ein unberechenbares Risiko dar, gab er Caseo doch erneut die Gelegenheit, seine Experimente mit ihm anzustellen. Fledderer legte die Hand auf den Messergriff. Solange er auf der Hut war, hatte Caseo keine Chance, ihn zu ergreifen.

Er ging zur Vordertür, klopfte an und trat einen Schritt zurück. Die Tür ging beinahe sofort auf. Caseo blockierte den Lichtschein von drinnen.

»Was ist denn jetzt schon wieder, Bursche?«

»Ich brauche ein paar Beutel, um meine Arbeit draußen zu beenden.«

Caseo grinste. »Du hast wohl Angst vor mir, hm?«

Fledderer schüttelte eilig den Kopf.

»Du befürchtest wohl, ich könnte dich mit hineinnehmen und in einen Klumpen Gelee verwandeln?«

Fledderers Finger schlossen sich fester um den Messergriff. Wieder schüttelte er den Kopf.

Von innen tönte eine weibliche Stimme heraus: »Laß ihn in Ruhe, Caseo. Wir müssen das hier zu Ende bringen.«

»Ohne mich könnt ihr nicht weitermachen«, erwiderte Caseo. »Und ich brauche nur noch eine Sekunde.« Dann trat er über die Schwelle und schloß die Tür hinter sich. »Sie glauben, dein Leben hätte einen Wert. Sie finden, ich sei grausam, wenn ich dich verspotte. Das glaubst du wohl auch, oder?«

Ein dicker Kloß steckte in Fledderers Kehle. Er mußte zweimal schlucken, bevor er antworten konnte: »Ich … äh … ich brauche die Beutel, sonst kann ich nicht für Euch weiterarbeiten.«

»Wir brauchen euch eigentlich überhaupt nicht. Das ist die ganze Wahrheit. Wenn Rugar schlau wäre, würde er damit aufhören, zu jeder Schlacht Kreaturen wie dich mitzunehmen. Er sollte euch einfach töten, sobald sich herausstellt, daß ihr keine echten Fey seid.«

»Ich bin soviel Fey wie Ihr.«

»Wirklich?« Caseo grinste breit. »Dann beweise es mir. Komm mit mir. Ich probiere das Gift an dir aus.«

»Das ist ein blöder Test!« Fledderers Stimme schwoll an. »Wenn ich beweise, daß ich ein Fey bin, muß ich sterben. So dumm bin ich nicht. Und wenn ich nicht sterbe, sagt Ihr, ich sei kein Fey. Überlegt doch mal. Nach der Ersten Schlacht um Jahn sind drei Rotkappen nicht zurückgekehrt. Sie müssen gestorben sein. Es muß so sein. Und deshalb sind wir Fey. Wir sind Fey! Wir sind nur nicht so gemein wie Ihr.«

Caseo lachte. »Du bist ein erstaunlicher kleiner Mann. Als würde ich jemals deinen Empfindungen vertrauen, wenn es um etwas so Wichtiges wie das Leben unseres Volkes geht. Hör zu, kleiner Mann, wir experimentieren mit einer neuen Sorte Gift. Ich verspreche, daß ich nicht das Gift der Inselbewohner an dir ausprobiere. Ich probiere nur das neue Gift an dir aus, sobald es fertig ist. Dann wissen wir alle sofort, ob es wirkt.«

»Nein!« Fledderer zitterte. Niemand war in der Nähe, um ihm zu helfen. Die anderen Hüter arbeiteten in der Hütte, außerdem würden sie sich wohl auf Caseos Seite schlagen. Obwohl Fledderer fast schrie, kam niemand aus den anderen Hütten. Wahrscheinlich warfen sie einen Blick zur Tür hinaus, sahen Fledderer mit Caseo streiten und hielten es nicht für nötig, sich einzumischen.

Caseo kam einen Schritt auf ihn zu. »Man würde sich deiner als Wohltäter aller Fey erinnern.«

Fledderer wich zurück. »Ich möchte nicht, daß man sich an mich erinnert.«

»Stell dich nicht so an«, sagte Caseo. »Das ist immer noch besser, als ein Leben lang ignoriert zu werden.«

»Für Euch vielleicht«, sagte Fledderer. Er zog das Messer aus der Scheide.

»Aah, du bedrohst mich, kleiner Mann.« Caseo schien keine Angst zu haben. Er kam weiter auf Fledderer zu.

Fledderer machte noch einen Schritt zurück und wäre beinahe die Treppe heruntergefallen. »Ihr sollt mich nur in Ruhe lassen. Ich weiß nicht, warum Ihr es auf mich abgesehen habt. Laßt mich einfach nur in Ruhe!«

»Ich habe es auf dich abgesehen, weil du mich beleidigst, mein Junge. Ich kann nicht ausstehen, wenn Leute wie du herumlaufen und als Fey durchgehen. Du bist eine Mißgeburt, und es ist eine absolute Schande, daß manche Leute dich als meinesgleichen bezeichnen.«

»Ich kann sehr wohl Euresgleichen sein«, sagte Fledderer. Sein Körper wurde von einer Energie durchströmt, die ihn beinahe explodieren ließ. Sein Atem kam wie ein leises Keuchen hervor.

»Wirklich, kleiner Mann? Das bezweifle ich. Das bezweifle ich doch sehr.«

»Wir alle sind an zwei Punkten unseres Lebens gleich«, sagte Fledderer. Seine Hand lag so fest um den Messergriff, daß sich das Metall in seine Handfläche grub. »Wenn wir geboren werden, und wenn wir sterben.«

Caseos Grinsen wurde noch breiter. »Nicht einmal dann, mein Junge«, sagte er. »Einige von uns werden mit Talent geboren, auch wenn es zu Anfang nur sehr schwach ausgebildet ist, und einige verfügen über Talent beim Sterben.«

»Aber sterben müßt Ihr genauso.« Fledderer fuchtelte mit dem Messer vor Caseo herum. »Ich bin wegen der Beutel gekommen. Ich bin gekommen, um Euch zu helfen. Jetzt laßt mich gefälligst in Frieden, und ich werde Euch nie wieder in die Quere kommen.«

Caseo schüttelte den Kopf. »Das kann ich nicht tun, mein Junge. Bis Rugar mir andere Anweisungen gibt, bleibst du mein Assistent, ob du willst oder nicht. Und ich bin auf deine Hilfe angewiesen. Jetzt sei ein braver Junge und komm mit mir hinein. Es dauert nicht lange, und uns allen ist damit geholfen.«

Fledderer fuchtelte wieder mit dem Messer. »Kommt bloß nicht näher!«

»Du wirst mir nichts antun, mein Junge. Auf tätlichen Angriff auf einen Hüter steht der Tod durch Verstümmelung. Wieder ein Unterschied, denn wenn eine Rotkappe stirbt, wird niemand dafür bestraft.« Caseo packte Fledderers Arm – den, in dem er kein Messer hielt. Seine Berührung war heiß. Sein Gesicht zeigte keinerlei Furcht. »Und jetzt gehen wir hinein.«

»Nein!« sagte Fledderer und stieß das Messer tief in Caseos Brust. Caseo machte einen überraschten Schritt nach hinten, ließ Caseo Arm aber nicht los. Fledderer zog das Messer aus Caseos Brust heraus. Blut spritzte hervor, so wie damals, als Schattengänger sein Messer benutzt hatte. Dann hackte er damit, in dem verzweifelten Versuch, von ihm loszukommen, auf Caseos Finger ein. Caseo ließ los, und das Messer fuhr in Fledderers Arm. Er unterdrückte einen Schmerzensschrei.

Caseo fiel auf die Knie, die andere Hand auf die Brust gedrückt. Das Blut quoll pulsierend darunter hervor. Seine Augen waren vor Schreck weit aufgerissen, sein Mund stand offen, doch kein einziger Ton kam daraus hervor. Niemand war draußen zu sehen, und auch in der Hütte der Hüter schien sich nichts zu rühren.

»Tut mir leid«, sagte Fledderer. Er hatte nicht beabsichtigt, so böse wie Caseo zu werden. Er hatte überhaupt nichts beabsichtigt. Jetzt würden sie wissen, wer es getan hatte. Die anderen Hüter wußten, daß Caseo von einer Rotkappe angegriffen wurde. Er mußte fliehen.

Seine Füße glitten in dem Blut auf der Veranda aus. Das Blut floß die Stufen hinunter und verschwand im grauen Bodennebel. Er sprang über die Stufen und rannte in Richtung Torkreis, wo er bei seiner Ankunft den Spruch wieder und wieder ausstieß. Das Tor öffnete sich für ihn, und er hechtete hindurch. Noch im Flug warf er das Messer von sich.

Genau so hatte er seine Flucht geplant. Aber nicht, nachdem er Caseo getötet hatte. Eigentlich hatte er Rugar umbringen wollen, doch er wußte nicht einmal, wo sich Rugar aufhielt. Und jetzt hatte er keine Möglichkeit mehr, es herauszufinden.

Fledderer brach sofort ins Unterholz, weg von dem Skeletthaufen, die Uferböschung hinunter zum Fluß. Dort blieb er stehen, um Luft zu holen. Er war voller Blut, und das Blut roch nicht anders als das der anderen Toten. Kein bißchen anders.

33

Sie führten Titus zu einem der Gebäude, doch nur der ältere Mann ging mit ihm hinein. Die Dunkelheit im Inneren traf Titus unerwartet. Der Mann schlug gegen eine Lampe, woraufhin sich ein kleines Geschöpf erhob und rings um sich herum Licht ausstrahlte. Der Alte schlug gegen eine zweite und dritte Lampe, bis der gesamte Raum hell erleuchtet war.

Der vordere Teil des Zimmers war mit einem Tisch und mehreren Stühlen eingerichtet. Zur Linken stand ein Kamin, in dem die Reste eines Feuers glühten. Eine Frau spähte zur Tür herein und stellte eine Frage. Der Mann schüttelte den Kopf. Sie nickte, stahl sich wieder hinaus und machte die Tür hinter sich zu.

»Wie lautet deine Botschaft, Kind?« fragte der Mann in Nye.

Titus wußte nicht, wie er den Mann anreden sollte, ob es eine bestimmte Etikette gab oder nicht. Also verneigte er sich lediglich und sagte: »Der Rocaan wünscht eine Zusammenkunft mit Euch. Er möchte diesen Krieg beenden und ist davon überzeugt, daß Ihr beide gemeinsam dazu in der Lage seid.«

»Ich dachte, der Rocaan sei euer religiöses Oberhaupt?«

»Jawohl, Herr.«

»Dann sollte ich diese Unterredung wohl eher mit eurem König führen.«

Titus schüttelte den Kopf. »Der Rocaan sagt, der König habe sich lange genug damit befaßt und daß es eine spirituelle Angelegenheit sei.«

»Aha«, sagte der Alte. »Wir treffen uns also, und euer Rocaan tötet uns alle.«

»Nein. Das würde er nie tun«, erwiderte Titus. »Er würde

gerne mit Euch über Macht, spirituelle Macht reden, über die seine und die Eure.«

»Verstehe.« Der Mann ließ sich auf einem Stuhl neben Titus nieder. »Setz dich, mein Junge, und fühl dich wie zu Hause. Ich tu' dir nichts.«

Titus setzte sich wie geheißen hin. Er flocht die Finger ineinander und hielt den Kopf gesenkt.

»Dieser Rocaan, das ist doch derjenige, der euch allen in religiösen Dingen vorsteht, habe ich recht?«

Titus nickte.

»Und er stellt auch das Gift her, das uns tötet.«

»Er hatte niemals vor, Euch zu töten. Er wußte es nicht.« Titus sprach mit großer Nachdrücklichkeit, so wie es der Rocaan getan hatte. Seine Nachdrücklichkeit wäre auch ohne das Vorbild des Rocaan groß gewesen. »Das Weihwasser ist seit Anbeginn Bestandteil unserer Religion. Wir wußten nichts von seinen Eigenschaften, bis es einer der Ältesten zufällig herausfand.«

»Zufällig?« Der alte Mann lächelte kalt. »Wie tötet man denn zufällig?«

»Er schleuderte Euren Leuten eine Flasche entgegen, um sie von sich fernzuhalten. Die Flasche zerbarst, und sie starben.«

Die Augen des Mannes weiteten sich ein wenig, kehrten jedoch sogleich wieder zu ihrem starren, wie verschleierten Blick zurück. »Verstehe. Dann teilte er es euren Leuten mit, und das Gemetzel fing an.«

Titus schluckte. Der Rocaan hatte ihm aufgetragen, dem Fey nicht zu widersprechen, aber er hätte ihn nur zu gerne darauf hingewiesen, daß nicht die Inselbewohner, sondern die Fey mit dem Gemetzel angefangen hatten.

»Soll ich mich mit deinem Rocaan allein treffen, oder darf ich meine Leibwache mitbringen?«

»Er stellt es Euch frei, ganz nach Belieben zu erscheinen,

solange Ihr versprecht, ihn nicht anzugreifen. Er sagt, er wird ebenfalls in der Begleitung einiger Freunde kommen.« Titus fuhr sich mit der Zunge über die Lippen. »Er möchte einen Segen aussprechen, der uns alle vom Haß reinwäscht, aber dazu braucht er ein wenig Weihwasser. Er verspricht, es nicht gegen Euch zu richten. Im Gegenzug gesteht er Euch zu, Waffen mitzubringen, wenn Ihr versprecht, sie nicht gegen ihn zu verwenden.«

»Er ist ziemlich vertrauensselig, was?«

Titus nickte. »Er ist ein guter Mann, Herr. Er würde niemals jemanden töten.«

»Was ist mit all den Fey, die er getötet hat?«

Titus war wirklich erleichtert, daß der Rocaan an die Beantwortung all dieser Fragen im voraus gedacht hatte. Von selbst wäre er niemals darauf gekommen. »Er hat keinen mit eigener Hand getötet, Herr, und er wünscht inbrünstig, daß die anderen noch alle unter uns weilten. Aber er bittet Euch, die Umstände zu bedenken und Euch zu fragen, ob Ihr an seiner Stelle nicht ebenso gehandelt und das Weihwasser ausgegeben hättet.«

Der Fey lächelte. »Was ich getan hätte, spielt keine Rolle. Hier geht es darum, was er getan hat, und noch wichtiger ist das, was er zu tun gedenkt.«

Titus blinzelte durch die Augenwimpern zu dem Fey hinüber. »Er gedenkt, Euch vor Gott annehmbar zu machen, damit der Kampf ein Ende findet und wir alle zu einer friedlichen Lösung gelangen.«

»Wenn wir aber keine friedliche Lösung wollen?« fragte der Fey.

Titus zuckte die Achseln. »Dann, werter Herr, bleibt wohl alles so, wie es jetzt ist.«

Der Fey schob die Finger unter Titus' Kinn und hob den Kopf des Jungen. Der alte Mann roch nach Fichten und Leder. Seine Haut war von feinen Furchen durchzogen und dunkler als die eines Mannes, der ein ganzes Leben lang in der Sonne gearbeitet hat. »Kannst du mir garantieren, daß euer Rocaan zu diesem Treffen erscheinen wird?«

»Ja, Herr«, antwortete Titus. »Es ist sein Vorschlag, und er hat sein Wort gegeben. Er bricht niemals sein Wort.«

Der Fey lächelte. »Dann richte deinem Oberhaupt aus, daß ich mich mit ihm treffen werde. Ich werde einen kompletten Trupp Krieger mitbringen, die sowohl mit Magie als auch mit dem Schwert umgehen können. Sag ihm, falls er nicht erscheint, werde ich jeden Inselbewohner abschlachten, der mir unter die Finger kommt. Und sage ihm auch, wenn er mich hintergeht, werde ich das gleiche mit ihm tun.«

»Jawohl, Herr«, flüsterte Titus. Ein unkontrollierbares Zittern durchlief ihn. Dieser Mann, dieser Fey, meinte das, was er sagte.

»Sage ihm auch, wenn er mir das nächste Mal eine Botschaft überbringen will, soll er kein Kind, sondern einen Mann schicken. Ich habe für Kinder nicht mehr Mitgefühl als für erwachsene Männer und töte einen so leicht wie den anderen.«

Titus schluckte schwer. »Jawohl, Herr.«

Der Fey gab ihm einen Klaps auf die Wange und grinste. »Und jetzt erzähl mir, wo dieses Treffen stattfinden soll.«

»In zwei Tagen, in der kleinen Kapelle am Blumenfluß.«

»In einer Kapelle?« Der Fey hob eine Augenbraue. »Ist das nicht ein religiöser Ort?«

»Jawohl, Herr, aber er trug mir auf, Euch daran zu erinnern, daß Ihr bewaffnet kommen dürft.«

»Ich würde es vorziehen, an einem Ort zusammenzukommen, der für euer Volk keine religiöse Bedeutung hat.«

»Er sagt, er versteht Eure Bedenken, bittet jedoch um Verzeihung. Er sagt, wenn er sich mit Euch in einer Kapelle trifft, wird ihn niemand in Zweifel ziehen, und der König wird keine Truppen entsenden.«

Das Grinsen des Fey erstarb. »Dein Rocaan ist ein gerissener Bursche.«

»Nein, Herr«, beteuerte Titus. »Er ist ein guter Mann, den es nach Frieden verlangt, bevor er stirbt.«

Der Fey verschränkte die Arme, lehnte sich gegen den Tisch und seufzte. »Also gut. Richte deinem Rocaan aus, daß ich auf seine Bedingungen eingehe, und warne ihn auch, daß ich mich fürchterlich rächen werde, falls ich irgend etwas anders als abgesprochen vorfinde.« Dann lächelte der Fey, ein kaltes, abstoßendes Lächeln. Titus erschauerte unwillkürlich.

»Du bist entlassen, mein Junge. Draußen wartet Burden auf dich. Er führt dich aus dem Schattenland hinaus.«

Titus stand auf. Seine Beine drohten ihren Dienst zu versagen.

»Und, mein Junge, sorge dafür, daß dein Rocaan alles erfährt, was ich gesagt habe, denn ich ziehe dich für dieses Treffen ebenso zur Verantwortung wie ihn.«

»Jawohl, Herr.« Titus verneigte sich. Er wußte nicht genau, was der Fey mit dieser Bemerkung gemeint hatte, aber sie jagte ihm große Angst ein.

»Du kannst gehen.«

»Vielen Dank, Herr.« Titus zwang sich, zur Tür zu gehen. Er durfte nicht rennen, durfte vor diesen Leuten jetzt keine Schwäche zeigen. Er öffnete die Tür und trat hinaus in das graue Etwas. Der junge Kerl, der ihn hergebracht hatte, wartete in einer Gruppe anderer Fey vor einem nahe gelegenen Gebäude. Als er Titus erblickte, kam er herüber.

»Aha«, sagte der Kerl. »Dann hat er dich also verschont.«

Titus schob das Kinn nach vorne. »Ich habe eine Botschaft zurück nach Jahn zu bringen.«

Der Bursche zuckte die Achseln. »Ich halte dich nicht auf. Nicht, wenn unser erlauchter Rugar beschlossen hat, dich laufenzulassen.«

Titus erwiderte nichts. Er ging eilig die Stufen hinunter und ging durch den Bodennebel auf die Stelle zu, an der er hereingekommen war. Nur konnte er jetzt nirgendwo eine Tür sehen.

»Du mußt nicht so rennen, kleine Maus«, sagte der Bursche. »Ohne meine Hilfe kannst du nicht weg.«

Plötzlich wurde Titus' Kehle ganz trocken. Was sollte den Burschen daran hindern, ihn zu töten und es seinem Anführer einfach zu verschweigen? Dann hätten sie eine gute Entschuldigung dafür, Tod und Verderben über den Rocaan zu bringen. Aber wenn sie dazu in der Lage wären, hätten sie es längst getan. »Dein Anführer hat gesagt, daß ich gehen darf.«

Der Bursche grinste. »Sieht wohl so aus. Für dieses Mal. Aber wenn er beschließt, daß wir mit dir tun dürfen, was wir wollen, gehörst du mir. Dafür werde ich schon sorgen.«

Er winkte mit der Hand, und die Tür öffnete sich. Titus sprang hindurch, rollte sich auf dem Gras ab und landete außerhalb des niedrigen Erdwalls. Die Barriere war verschwunden. Er schnappte seine Flasche Weihwasser und drehte sich gerade rechtzeitig um, um noch zu sehen, wie die Tür sich schloß. Dunkelheit umgab ihn, doch zum ersten Mal, seitdem er Jahn verlassen hatte, fühlte er sich sicher.

34

Es roch eigenartig in der Hütte. Jewel schob den Stuhl, auf dem der junge Inselbewohner gesessen hatte, mit dem Fuß zur Seite. Ein Domestike würde ihn säubern müssen. Sie selbst weigerte sich, darauf Platz zu nehmen. Ihr Vater betrachtete sie aufmerksam.

»Gut«, sagte er. »Sag mir, was du davon hältst.«

»Daß du ein Narr bist.« Die Worte drängten beinahe unaufgefordert aus ihr heraus. Erst jetzt bemerkte sie, wie wütend sie war. »Du hättest ihrem Treffen nicht zustimmen, sondern selbst eine Zusammenkunft arrangieren sollen. Und dann auch noch mit ihrem Kirchenoberhaupt? Was kann dieser Mann schon tun – außer dich töten? Du solltest dich mit ihrem König treffen!«

»Ihr König kann mir nicht helfen.« Rugar lehnte sich an den Kamin. Das Feuer vom Morgen war zu kalter Asche zusammengefallen.

»Aber dieser Kirchenfürst ist dazu in der Lage?« Jewel warf ihren Zopf über die Schulter und blickte ihrem Vater ins Gesicht. Er grinste sie an, was sie nur noch wütender machte.

»Er ist der Bewahrer der Geheimnisse. Wir werden mehr über ihre Magie erfahren.«

»Wenn sie uns nicht vorher alle umbringen. Das ist eine Falle, Papa. Schicke jemanden hinter dem Jungen her und triff andere Vereinbarungen.«

Rugar schüttelte den Kopf. Winzige Lachfältchen umspannen seine Augen. »Jewel«, sagte er leise, »sobald wir ihre Geheimnisse kennen, werden wir diesen Krieg gewinnen.«

»Ich weigere mich zu glauben, daß er ein Treffen veranstaltet, bei dem er dir seine Geheimnisse verraten und dir damit einen Vorteil verschaffen will.« Sie erhob sich ebenfalls, damit sie ihm direkt in die Augen blicken konnte. Sie war so groß wie er, was ihr ein Gefühl von Macht verlieh. »Wahrscheinlich hat er vor, dich zu töten, und wenn ein Inselbewohner dazu in der Lage ist, dann er.«

»Er wird mich nicht töten. Er erlaubt mir sogar, Waffen mitzubringen.«

Jewel schluckte ihren Zorn. Sie hatte ihn noch nie von seiner sturen Seite kennengelernt, obwohl sie ihren Großvater davon hatte reden hören. Es war die Seite, die sie alle überhaupt erst auf die Blaue Insel gebracht hatte. »Wenn du mit Waffen kommst, kommt er ebenfalls mit Waffen. Er macht einen nach dem anderen von euch nieder, und was haben wir damit gewonnen?«

»Dann übernimmst du den Oberbefehl hier.«

»Und unsere Leute werden nach Nye zurückkehren wollen. Sie werden nicht auf mich hören. Für viele von denen bin ich immer noch ein junges Mädchen. Sie wissen nicht einmal, daß ich bereits über meine Vision verfüge.«

Er hob eine Augenbraue. Sie haßte diesen anmaßenden Blick. »Und wessen Schuld ist das?«

»Eine Vision macht noch keine Visionärin«, sagte sie. Dann stützte sie die Handflächen auf die Stuhllehne und beugte sich zu ihm. »Was sagt denn deine Vision zu diesem Treffen?«

Ihm stieg das Blut in die Wangen, aber er hielt den Blick fest auf sie gerichtet. »Ich hatte dazu keine Vision.«

»Na schön«, blaffte sie, bevor sie sich beherrschen konnte, »wenigstens wissen wir, daß du dabei nicht sterben wirst.«

»Das ist ein Märchen«, sagte er. »Wenn Visionäre ihren eigenen Tod sehen, reden sie nicht darüber.«

»Ich weiß, daß es ein Märchen ist.« Sie schleuderte jedes Wort mit einer derartigen Vehemenz heraus, daß sie beim

Sprechen spuckte. Sie widerstand dem Drang, die Hand vor den Mund zu halten. »Ich war sarkastisch, aber weiter drinnen verspüre ich Angst. Caseo behauptet, du habest deine Vision verloren. Stimmt das?«

Rugar sah sie lange an, ohne ein Wort zu sagen. Seine Wangen verfärbten sich noch mehr.

»Stimmt das?« fragte sie wieder.

»Nicht jedes Ereignis erfordert eine Vision.«

»Nein«, erwiderte sie. »Nur die wichtigen. Ich finde, eine Zusammenkunft zwischen den Fey und dem Anführer ihrer Feinde ist ein wichtiges Ereignis, insbesondere dann, wenn einer von euch oder gar beide dabei sterben können. Und du hast keine Vision dazu? Vielleicht sonstjemand? Hast du mit der Schamanin geredet?«

»Wenn sie etwas Schlimmes Gesehen hätte, hätte sie mich davon unterrichtet.«

»Wirklich? Weiß sie, daß es von ihr erwartet wird, oder geht sie davon aus, daß du es ebenfalls Gesehen hast?«

»Warum führst du dich so auf, Jewel?«

»Weil du dich so dumm anstellst. Und ich möchte nicht, daß du stirbst.« Bei dem letzten Wort hatte ihre Stimme ein wenig gebebt. Sein Tod würde sie am Boden zerstören und zugleich als seine Nachfolgerin bestimmen. Sie würde die gesamte Streitmacht auf der Blauen Insel weiterführen müssen.

»Nein, Jewel!« Rugar sprach jetzt mit der Befehlsstimme, die er immer angeschlagen hatte, wenn sie und ihre Brüder als Kinder ungezogen gewesen waren. Eine Stimme, die sie selbst jetzt noch zum Verstummen brachte. »Die Schamanin darf nicht mit weltlichen Dingen belästigt werden. Wenn sie ein Problem hat, kommt sie zu mir. Und jetzt genug davon. Ich kümmere mich darum. Du hast alles noch nicht richtig durchdacht.«

Jewel verschränkte die Arme. »Ich denke klar und deutlich.

Warum verrätst du mir nicht, was ich deiner Meinung nach übersehen habe?«

»Sucher.«

Jewel zog die Stirn kraus. »Sucher?«

Rugar nickte. »Er geht mit, übernimmt den Rocaan, und wir kennen das Geheimnis ihres Weihwassers. Es ist genau die Gelegenheit, die Sucher im Tabernakel verpaßt hat. Um ihn herum werden wir Wachen aufstellen, damit ihm selbst nichts geschieht.«

»Er bringt Inselleute mit. Sie werden nicht zulassen, daß ihrem Kirchenoberhaupt etwas zustößt.«

»Wer will uns dabei aufhalten? Wie schnell haben wir eine Handvoll Inselbewohner getötet?«

»Und was geschieht, wenn es einem von ihnen gelingt, Gift über dich oder über Sucher zu gießen?«

»Wir schirmen ihn ab.«

»Was ist, wenn dieser Rocaan irgendeine Macht in seinem Körper hat, eine magische Kraft, die Sucher bei der ersten Berührung tötet? Was ist, wenn seinem Gewand Kräfte innewohnen, wie der Robe, die Sucher mitgebracht hat?«

»Es hat ihm zuvor nicht geschadet und wird ihm auch jetzt nicht schaden. Und falls doch, bestimmen wir einen Melder. Wir nehmen einen Hüter mit, damit Sucher das Geheimnis sofort weitergeben kann, und dann schicken wir beide ins Schattenland zurück.«

Jewel rieb sich die Schläfen mit Daumen und Zeigefinger. »Es kommt mir trotzdem ziemlich riskant vor.«

»Komisch«, erwiderte Rugar leise. »Mir erscheint es wie unsere allerletzte Chance.«

35

Alexander saß auf der Bank im Hof nicht weit vom Eingang zur Küche in der Sonne. Es war kurz nach Sonnenaufgang. Er war die ganze Nacht wach gewesen und hatte noch einmal über Fledderers Geschichten nachgedacht, die noch immer in seinem Kopf herumwirbelten. Seit der kleine Fey sich auf den Weg gemacht hatte, mußte er ständig an ihn denken. Er fragte sich, wie es ihm wohl ergangen war – und woher er erfahren sollte, ob Fledderer seinen Auftrag erfolgreich ausgeführt hatte. Fledderer wollte, so ihm das möglich war, nach vollbrachter Tat zurückkommen, doch Alexander setzte keine großen Hoffnungen darauf. Wenn jemand ihn, Alexander, ermordete, würde er auf der Stelle sterben. Dafür würde schon seine Leibwache sorgen. Vermutlich verfuhren die Fey nach der gleichen Methode.

In der Luft lag noch immer die Feuchtigkeit des Morgentaus, und die Kälte der Nacht hatte sich noch nicht restlos verkrochen. Die Steinbank unter seinen Beinen war kalt. Nicht weit entfernt standen vier Wachtposten und bemühten sich, so wenig wie möglich aufzufallen: Einer stand neben dem Palast, einer nicht weit vom Stall entfernt, und zwei hielten sich hinter ihm auf. Trotzdem konnte jeder sie sehen, der sie sehen wollte.

Alexander blickte zur Küchentür hinüber, und genau wie es sein Kammerherr vorausgesagt hatte, kam der Koch mit Essensresten und einigen Milchschalen auf den Hof heraus. Sofort kamen von allen Seiten Hunde und Katzen herbeigerannt.

Alexander beobachtete die Katzen. Fünf schwarze, einige mit weißen Zeichnungen, mehrere graue und drei orange getigerte. Der Koch ging in die Hocke, redete auf sie ein und streichelte diejenigen, die ihn nahe genug herankommen ließen. Einige Katzen saßen hinter den Schüsseln und warteten, bis die anderen fertig waren. Den Hunden war diese Höflichkeit nicht zu eigen. Sie stritten sich um jeden Knochen und knurrten über jedem Fleischfetzen. Der Koch achtete nicht auf sie und beobachtete statt dessen die Katzen.

Jetzt kamen noch mehr Katzen aus den Stallungen: ein paar schneeweiße, andere mit braunen Flecken, aber alle so unterschiedlich und unterscheidbar wie Pferde. Als kleiner Junge hatte Alexander eine Katze gehabt, ein junges Weibchen, das ihn nur verlassen hatte, wenn sie Junge bekam. Sie war unter den Hufen des Lieblingshengstes seines Vaters gestorben.

Seither hatte Alexander keine Katze mehr in der Nähe seiner Gemächer geduldet. Die Geschichte hatte ihm zu sehr zugesetzt, und er hatte nie wieder solches Leid verspüren wollen. Selbstverständlich hatte ihn die Verbannung der Katzen nicht vor weiterem Gram bewahrt. Den Tod seiner zweiten Frau spürte er immer noch so stark, als sei es erst an diesem Morgen geschehen. Aber diese Maßnahme verlieh ihm zumindest die Illusion von Kontrolle.

So wie er es sich auch mit dieser neuen Maßnahme gedacht hatte.

Diejenigen Punkte in Fledderers Bericht, die er hatte überprüfen können, hatten sich als stimmig erwiesen. Der kleine Fey hatte ihn nicht angelogen – oder falls doch, dann hatte er sich äußerst geschickt dabei angestellt. Dazu kamen die Geschichten, von denen der kleine Fey nichts wissen konnte, wie diejenige, die ihm Nicholas am vergangenen Abend erzählt hatte, von dieser Frau, deren Kind von einer Katze gestohlen worden war. Einer orange getigerten, wie diejenige, die im Palast und im Stall gesehen worden war, bevor die beiden Diener verschwunden waren.

Gestaltwandler, hatte Fledderer gesagt. *Man hält sie für die reinsten Fey, die besten von uns allen. Ich habe es nie verstanden, denn Gestaltwandlern unterlaufen eigenartige Irrtümer. Im Alter stehlen sie Kinder, weil sie keine eigenen haben können. Sie ziehen diese Kinder groß, als wären sie Fey.*

Gestaltwandler waren laut Fledderer auch Nachrichtenübermittler, die sehr viel über den Feind in Erfahrung brachten, indem sie in seinen Wohnungen lebten. Fledderer haßte sie offensichtlich, aus Gründen, die er nicht erklären wollte, doch selbst aus seinen Andeutungen hatte Alexander ablesen können, welche Bedrohung sie für sein eigenes Volk darstellten.

Alle Fey stellten eine Bedrohung dar. Sie hatten auch bei ihm soviel von seinem Glauben zerstört. Er traute seiner eigenen Wahrnehmung nicht mehr. Er war nicht so schnell wie Nicholas, der jedem, der ihm zu nahe trat, ein Gefäß mit Weihwasser über den Körper schüttete, aber er spürte das gleiche Mißtrauen. Er hatte Angst davor, daß niemand mehr derjenige war, als den man ihn einmal gekannt hatte. Manchmal zog er sich sogar selbst in Zweifel.

Die Katzen waren fertig mit essen und hatten sich im Hof verteilt, wo sie sich gegenseitig putzten, Reste aus den Schnurrhaaren suchten und sich ein zweites Mal an dem herrlichen Essen erfreuten. Jede der orange gescheckten konnte der Gestaltwandler sein. Jede der Katzen konnte in Wirklichkeit eine Fey sein. Fledderer hatte nicht gesagt, ob sie immer an die gleiche Farbe gebunden waren, nur an die Gestalt. Ihr Gegenstück war immer eine Katze. Es gab Gestaltwandler, die sich in andere Lebensformen verwandeln konnten, doch sobald die zweite Gestalt einmal gewählt war, stand sie für immer fest.

Er stand auf und streckte sich. Die Wachen wurden sofort aufmerksam und beobachteten ihn, um zu sehen, was er jetzt tun würde. Die Katzen waren bei seinen Bewegungen aufgesprungen und hatten sich in entlegenere Winkel der Palastmauern zurückgezogen, um dort ihre Wäsche zu Ende zu führen.

Bis vor einem Jahr war seine Regierungszeit einfach gewesen. Er hatte hinsichtlich unterschiedlicher Belange einige politische Entscheidungen treffen müssen, hatte sich Mittel und Wege überlegen müssen, wie man nach einer Mißernte Lebensmittel am geschicktesten von einer Stelle der Insel zur anderen oder bis in die Schneeberge transportierte, er hatte Auseinandersetzungen schlichten und Eigentumsstreitigkeiten regeln müssen. Doch bis zur Ankunft der Fey hatte er keine einzige schwerwiegende Entscheidung treffen müssen. Im vergangenen Jahr hatte er Männer und junge Burschen in den Tod geschickt, und er hatte so gut er konnte einen Feind bekämpft, der seine gesamte Welt zu überrennen drohte. Bei jeder Entscheidung, die er treffen mußte, fühlte er sich einsam und verloren.

Der Beschluß war einfach, und es war die richtige Entscheidung: keine Katzen ins Haus. Keine Katzen in der Nähe des Palastes. Jede angetroffene Katze mußte sofort mit Weihwasser begossen oder auf der Stelle getötet werden. Katzen durften weder innerhalb der Stadtgrenzen noch überhaupt auf der ganzen Insel mehr geduldet werden.

Vielleicht, aber nur vielleicht, konnte sich das Eiland auf diesem Wege von einer der schrecklichsten Bedrohungen befreien, die die Fey bis jetzt ins Feld geführt hatten.

Alexander wollte, daß dieser Krieg aufhörte. Je eher das gelang, desto besser war es für alle Beteiligten.

36

Die Gemächer des Rocaan schwirrten vor Geschäftigkeit. Auds hasteten hin und her, Daniten rollten Abschnitte der Geschriebenen Worte zu kleinen Schriftrollen und schoben sie neben die filigranen Schwerter in die neue, eigens angefertigte Schärpe des Rocaan. Porciluna, Reece, Vaughn und Fedo lagerten auf Sofas und machten einen äußerst zufriedenen Eindruck. Eirman stand neben einem der Fenster, hielt den Vorhang mit der rechten Hand zur Seite und blickte hinaus. Matthias lehnte mit verschränkten Armen am Kamin und beobachtete den Rocaan, der die ganze Geschäftigkeit mit einem Eifer überwachte, den weder Tel noch Andre jemals zuvor erlebt hatten. Die restlichen drei Ältesten waren noch nicht eingetroffen.

Tel gefiel die allgemeine Unruhe überhaupt nicht. Er hatte eine abgeschiedene Ecke gefunden und sich dorthin verzogen, wo ihn so schnell keiner der anderen aus Versehen mit irgend etwas bespritzen konnte. Er hielt die Hände hinter dem Rücken und sah dem Treiben aufmerksam zu. Er wußte, daß es keinen Sinn hatte, zu fragen, was hier überhaupt vor sich ging. Porciluna hatte einen Versuch gewagt, doch Matthias hatte ihn sofort angefahren, er solle gefälligst abwarten, bis die Daniten da seien.

Linus, einer der Ältesten, betrat den Raum. Sein blondes Haar war wie ein Topf geschnitten, was sein Gesicht rund und seine Augen noch viel runder aussehen ließ. Er war untersetzt und älter als die meisten anderen seiner Kollegen – was er oft als Entschuldigung dafür anführte, sich um einige der Pflichten zu drücken. Ein Privileg, das sich Tel sehnlichst wünschte, das Andre jedoch zutiefst verabscheute. Linus machte nicht einmal den Versuch herauszufinden, was sich da vor seinen Augen abspielte. Er ließ sich nur neben Porciluna in einen Sessel sinken und schaute dem bunten Treiben zu.

Der Rocaan lächelte Linus zu und gab den Auds weitere Anweisungen. Sie packten eine weitere Tasche, diesmal mit einem silbernen Zeremonienschwert, das so groß wie ein echtes Schwert war. All das war für den Tabernakel völlig ungewöhnlich. Andre verfügte über keinerlei Erinnerung an derlei Dinge. Tel bekam eine Gänsehaut. Er hatte Angst, und er wußte nicht, weshalb.

Wieder ging die Tür auf, und diesmal trat Ilim ein. Diesen Ältesten hatte Tel noch nie aus der Nähe gesehen. Ilim gelang es stets, sich abseits zu halten, indem er die spirituelle Führerschaft der unteren Bediensteten als seine Hauptaufgabe ansah. Im Gegensatz zu Linus arbeitete Ilim ständig. Dabei hätten sie Brüder sein können, bis auf die Tatsache, daß Ilim das Haar zu einem langen Pferdeschwanz gebunden trug, der ihm bis zur Mitte des Rückens herabfiel.

Hinter ihm kam Timothy, der letzte Älteste, ins Zimmer. Andre sah ihn immer als jungen Burschen an, obwohl es andere Älteste gab, die jünger als Timothy waren. Vielleicht lag es daran, daß Timothy nicht allzu helle war. Seine Einfältigkeit verlieh ihm einen jugendlichen Zug, den ihm keine noch so hohe Anzahl von Jahren nehmen konnte. Auch sein Haar war bereits von grauen Fäden durchsetzt, doch er bewegte sich mit den geschmeidigen Bewegungen eines jungen Mannes. Er kam herüber und stellte sich neben Tel, wobei er ihn förmlich in die Ecke drängte und dort einkeilte.

»Aah, endlich«, sagte der Rocaan. Alle Ältesten waren jetzt versammelt. Wie es aussah, hatte er auf diesen Augenblick gewartet. Er nahm einem der Daniten die Schärpe aus der Hand, sagte, sie hätten jetzt genug darin verstaut, und band sie sich um seine Robe. »Den Rest erledigen wir später«, sagte er zu den anderen.

Die Auds und Daniten verneigten sich und begaben sich durch die Haupttür des Gemachs hinaus. Einige von ihnen warfen neugierige Blicke zurück. Tel spürte ihr Verlangen, dabeisein zu dürfen. Die meisten von ihnen würden nie soweit kommen. Es gab zahllose Auds – obwohl er sicher war, daß es jemanden gab, wahrscheinlich Linus, der ihre exakte Zahl kannte – und genau halb so viele Daniten, genau dreißig höherrangige Geistliche, zehn Älteste und einen Rocaan. Trotzdem glaubte jeder Aud, eines Tages Rocaan zu werden, bis er sich irgendwann alt und machtlos und ohne jede Zukunft irgendwo in der Organisation der Kirche wiederfand.

Der letzte Aud machte die Tür hinter sich zu. Der Rocaan stellte sich mitten ins Zimmer und strahlte wie ein Kind am Namenstag. Seine Schärpe war mit kleinen Schwertern und Schriftrollen beschwert. Noch mehr steckten in seinem Barett, das neben ihm auf dem Tisch lag. Er faltete die Hände vor dem Bauch und drehte sich so, daß er alle Ältesten im Blick hatte.

»Wahrscheinlich werde ich einige von euch jetzt gleich beleidigen«, sagte er. »Wenn dem so sein sollte, vergebt mir bitte. Glaubt mir bitte, wenn ich sage, daß ich euch alle sehr schätze und daß ihr alle, jeder auf seine Weise, Gottes Zwecken dienlich seid. Die Bewertung, die ich heute nachmittag ausspreche, spiegelt meine persönliche Meinung wider, nicht die der Kirche.«

Tels Mund war trocken. Hieß das, daß der Rocaan über ihn Bescheid wußte? Wollte er Tels wahre Identität bekanntgeben und dann die anderen Ältesten überprüfen, um herauszufinden, ob noch mehr von ihnen Fey waren? Er rieb die Daumen aneinander, froh darüber, daß er die nervöse Bewegung hinter seinem Rücken verbergen konnte.

»Wenn wir hier fertig sind, verlasse ich euch und begebe

mich zur Kapelle am Blumenfluß. Dort findet eine wichtige religiöse Zusammenkunft statt. Drei von euch, von denen ich weiß, daß sie stark im Glauben sind, nehme ich mit. Das bedeutet nicht, daß die anderen keinen Glauben hätten, nur eben, daß er nicht so rein ist, wie ich ihn auf meiner Mission brauche.« Er lächelte, doch es war ein trauriges Lächeln. »Auch mein Glaube ist nicht so rein, wie ich ihn mir wünschte, aber dagegen kann ich nichts tun, denn meine Anwesenheit ist bei dieser Reise unbedingt vonnöten.«

»Kannst du uns sagen, worum es überhaupt geht?« fragte Porciluna. Seine Haltung hatte sich nicht verändert, aber die Spannung in seinem Körper war gewachsen. Im Gegensatz zu seinem entspannten Äußeren war Porciluna extrem ehrgeizig. Andre war diesem Konkurrenzdenken mehr als einmal zum Opfer gefallen. Aus diesem Grund war Tel Porciluna bislang so gut wie möglich aus dem Weg gegangen.

»Matthias und ich haben beratschlagt, ob wir euch über die Details dieser religiösen Angelegenheit aufklären sollen oder nicht«, sagte der Rocaan, »und wir sind zu dem Schluß gekommen, daß ihr besser nichts davon wißt. Die Angelegenheit steht weder zur öffentlichen noch zur internen Debatte. Wenn wir erfolgreich sind, erfahrt ihr es früh genug, und wenn wir versagen, erfahrt ihr es ebenfalls. Bis dahin ist es besser, wenn ihr sowenig wie möglich davon wißt.«

Tel hörte auf, die Daumen aneinander zu reiben. Eine religiöse Angelegenheit – das hatte nichts mit ihm zu tun. Es war etwas anderes, etwas, das ihn nicht zu beschäftigen brauchte. Die anderen hingegen beschäftigte es sehr wohl. Sie beugten sich vor und musterten den Rocaan genau, als hänge alles von seinen nächsten paar Worten ab.

»Meine Wahl ist auf folgende drei gefallen: Timothy, Reece und Andre.«

Tel zuckte zusammen. Andre war einer der größten Gläubigen? Andre schien einen reinen Glauben zu haben, aber spürte der Rocaan denn nicht, daß etwas mit ihm nicht stimmte? War der Glaube denn nicht etwas, das man spüren konnte?

Nach dieser Bekanntgabe kam Leben in die anderen Ältesten. Einige bissen die Zähne zusammen und zeigten ihre Verärgerung auf diese Weise. Andere senkten den Kopf, als schämten sie sich ihres mangelhaften Glaubens. Der Rocaan schien es nicht einmal zu bemerken.

»Noch während wir uns hier unterhalten, packen die Auds eure Sachen zusammen. Sobald dieses Treffen vorüber ist, müssen wir nur noch ein paar Kleinigkeiten erledigen, dann brechen wir auf.«

Tel war wie betäubt. Die Auds durchwühlten seine Sachen. Womöglich packten sie echtes Weihwasser anstelle des gepanschten ein. Er mußte äußerst vorsichtig sein.

»Ihr anderen geht euren alltäglichen Aufgaben nach und sprecht mit niemandem ein Wort über unsere Reise. Den Sakramentplan müßt ihr wohl ein wenig umgestalten, aber das dürfte euch keine Schwierigkeiten bereiten.«

Der Rocaan unterbrach sich und ließ den Blick von einem zum anderen wandern, als bemerkte er ihre Reaktionen erst jetzt. »Ich weiß, daß jeder von euch ein guter und würdiger Mann ist, der das Zeug hat, das Kirchenoberhaupt dieses Landes zu sein. Aber ich kann nur einen zu meinem Nachfolger bestimmen.«

Außer Matthias und Tel waren alle im Raum Anwesenden von nervöser Bewegung ergriffen. Tel hielt sich starr aufrecht. Wenn der Rocaan Andre auswählte, waren Tels Probleme gelöst, rasch und ohne große Anstrengungen.

»In Anbetracht meines Alters hätte ich es schon vor langer Zeit, schon vor einigen Jahren tun sollen. Ich habe es nicht getan, vielleicht aus Stolz und auch ein wenig aus Arroganz, in dem Glauben, ich würde ewig leben. Ich hätte es offiziell und vor einem Jahr tun sollen, als die Fey auf unsere Insel kamen und jeder von uns jederzeit hätte sterben können.«

Er legte eine kleine Pause ein und sah einen nach dem anderen an. Als er damit fertig war, sagte er: »Matthias wird unser nächster Rocaan sein.«

Porciluna sah zu Matthias hin, ebenso Vaughn. Tel fing an zu frieren. Natürlich war die Wahl des Rocaan auf Matthias gefallen. Es lag auf der Hand. Er hatte Matthias bereits das Geheimnis des Weihwassers mitgeteilt. Da konnte er ihn auch in den anderen Geheimnissen unterrichten.

Allmählich, als es den anderen Ältesten dämmerte, daß das, was sie die ganze Zeit über befürchtet hatten, wahr geworden war, wurde ein Murmeln laut. Zum ersten Mal in ihrer religiösen Karriere waren sie übergangen worden. Linus stieß ein eigenartiges Stöhnen aus und schob seinen Sessel zurück.

Der Rocaan hob die Hand, es wurde wieder ruhig. »Ich werde meine Wahl nicht vor euch rechtfertigen, ich sage nur, daß Matthias das Ohr Gottes zu haben scheint. Er wird bis zum Ende meiner Tage meine Wahl sein. Ich möchte nicht den Eindruck erwecken, als hätte ich diese Entscheidung überstürzt gefällt, weil ich mir Sorgen über den Ausgang unserer Reise mache.«

»Also ich mache mir schon Sorgen«, sagte Porciluna. Vaughn und Ilim starrten ihn an, als wäre er verrückt geworden. Matthias verfolgte alles mit amüsiertem Gesichtsausdruck. »Wenn ihr vier bei dieser Reise sterbt, sollen wir deinem Willen nach von einem Nichtgläubigen angeführt werden? Keiner von uns wird den Glauben weiterführen.«

»Du mißverstehst mich, Porciluna«, sagte der Rocaan mit erhobener Hand, als wolle er andere Proteste unterbinden. »Man kann nicht ohne Glauben Ältester werden. Den reinsten Glauben brauche ich auf meiner Reise bei mir. Ich muß euch leider sagen, daß der Glaube derjenigen, die zurückbleiben, meiner Meinung nach durch andere Belange getrübt worden ist.«

»Andere Dinge?« fragte Eirman. Seine Frage klang sonderbar scharf. Tel erinnerte sich daran, daß er und der Rocaan sich erst vor wenigen Tagen unter vier Augen unterhalten hatten.

»Ehrgeiz«, sprang Matthias ein, bevor der Rocaan antworten konnte. »Oder Habgier oder, wie in meinem Fall, ein zu starker Glaube an die Macht des Wissens, im Gegensatz zu den Idealen und der Heiligkeit des Gottesglaubens.«

Der Rocaan warf Matthias einen dankbaren Blick zu. »Ich behaupte nicht, daß ich reinen Glaubens bin. Ich war es auch früher nicht, auch nicht, als ich Rocaan wurde. Die Reinheit des Glaubens hat ihre eigenen Schwächen. Eine davon ist erschreckende Naivität in weltlichen Dingen. Ein Rocaan muß die Welt ebenso verstehen wie Gott.«

An diesem Ort waren mehr als genug Habgier, Ehrgeiz und Zorn versammelt, um die Phantasien eines Dutzends Traumreiter zu entzünden. Tel scherte sich nicht um die politischen Zänkereien der Kirche. Er wollte nur raus hier. Er wollte sein Gepäck überprüfen, bevor die Gruppe aufbrach.

»Ich dachte, Ihr wolltet Eure Entscheidung nicht rechtfertigen«, sagte Tel.

Der Rocaan warf einen Blick in seine Richtung. Er runzelte leicht die Stirn. Mit einiger Überraschung erkannte Tel, daß der Rocaan sich über seinen Einwand wunderte. Tel zwang sich zu einem Lächeln.

»Die Wahl eines Rocaan ist schließlich eine Sache des Glaubens«, fügte er hinzu.

»Gut gesprochen«, sagte Timothy.

Das Schweigen im Raum war so dicht, wie es zuvor die geschäftigen Geräusche gewesen waren. Der Rocaan blickte sich um. Nur das nervöse Zucken seiner rechten Hand deutete sein Mißvergnügen hinsichtlich der ganzen Angelegenheit an.

»Die Pflicht ruft«, sagte der Rocaan. »Wenn jemand von euch Fragen zu seiner eigenen Zukunft hat, so werde ich sie beantworten, sobald ich zurück bin. Bis dahin tut euer Bestes und erinnert euch daran, daß wir alle mit der Aufnahme in die Hand Gottes belohnt werden.«

Die anderen erhoben sich. Matthias rührte sich nicht von der Stelle neben dem Kamin. Auch Tel rührte sich nicht. Er zog es vor, abzuwarten, bis die anderen den Raum verlassen hatten. Er wollte nicht riskieren, mit einem von ihnen zusammenzustoßen.

Trotz seiner akuten Gepäckprobleme war er erleichtert darüber, diesen Ort verlassen zu können. Er mußte nicht mehr bei jeder Bewegung aufpassen, daß er nichts umstieß und sich selbst tötete. Er würde wieder draußen sein, herumlaufen und frische Luft auf dem Gesicht spüren. Er hatte Jahn schon seit über einem Jahr nicht mehr verlassen.

Er hatte den Raum bereits zur Hälfte durchquert, als ihm auffiel, daß es sich hierbei womöglich um mehr als nur einen zeitweisen Aufschub handelte. Zum ersten Mal, seit er Andre geworden war, würde er allein mit dem Rocaan sein. In der Nacht, dort am Blumenfluß, war es ihm bestimmt möglich, den Rocaan zu überrumpeln und seine Gestalt so lange anzunehmen, bis er das Geheimnis des Giftes erfahren hatte. Dann würde er als Held in die Schattenlande zurückkehren, und die Fey konnten die Insel so leicht erobern, wie sie es sich von Anfang an vorgestellt hatten. Eine Hochstimmung erfüllte ihn, wie er sie schon seit langem nicht mehr verspürt hatte.

Die lange dunkle Nacht der Niederlage war fast vorüber. Er war beinahe wieder zu Hause.

37

Nicholas kam es vor, als würde er wegen jeder Kleinigkeit zu seinem Vater rennen. Er und sein Vater hatten sich über den gefangenen Fey unterhalten, über die Katzen und die mysteriösen Knochen. Nun war Nicholas schon wieder zum Kriegszimmer unterwegs. Er haßte diesen Raum, obwohl sein Vater immer mehr Zeit darin zu verbringen schien, unruhig auf und ab gehend, grübelnd und die Karten studierend. Nicholas sah immer noch die Stelle in der Ecke, an der Stephan – oder dieses Ding, das sich als Stephan ausgegeben hatte – zu einer ekelhaften, unerkennbaren Masse zusammengeschmolzen war.

An der Tür zum Kriegszimmer standen zwei Wachen mit gekreuzten Waffen. Unten am Turmeingang waren noch mehr Wachen postiert gewesen. Nicholas selbst hatte die Wachen, die ihm sein Vater zugeteilt hatte, abgelehnt. Er war nicht sicher, ob es eine gute Idee war, sich ständig mit Wachen zu umgeben, und hatte eher Angst davor, daß sich die Fey auf diese Weise noch leichter an ihn heranmachen konnten. Ohne Wachen war es ebenso schwierig. Nichts und niemand schützte ihn vor einem Überraschungsangriff.

Er nickte den Soldaten zu und legte die Hand auf den Türknauf. Die Wachen nickten zurück. Nicholas stieß die Tür auf.

Neue Landkarten bedeckten die Wände, und der Raum glänzte frisch gewienert. Die Flecken waren schon längst weggewischt worden, doch Nicholas sah sie immer noch. Das war der Ort, an dem er erwachsen geworden war, der Ort, an dem er gelernt hatte, daß er sehr wohl jemanden lieben mochte, aber daß Liebe nicht bedeutete, daß er ihm vertrauen konnte.

Er vermißte das simple Vertrauen in die Leute in seiner unmittelbaren Umgebung. Seit er es verloren hatte, fühlte er sich einsam.

Sein Vater saß am Tischende und ließ den Blick über eine entrollte Liste wandern, die endlos zu sein schien. Als er Nicholas erblickte, lächelte er und winkte ihm zu, ein Zeichen dafür, daß Nicholas die Tür schließen sollte.

»Weißt du eigentlich«, sagte sein Vater, »daß wir bei den Überfällen und kleinen Geplänkeln seit der Invasion über eintausend Menschenleben verloren haben? Und das sind nur die offiziell bestätigten. Darin sind die Frauen, Kinder und Männer, die zu Hause geblieben sind, um ihre Familien zu verteidigen, nicht einmal mitgezählt. Nur die Männer, die als Wachen gearbeitet oder sich freiwillig gemeldet haben, um ein bestimmtes Gebiet zu verteidigen. Auch die Verluste während der Invasion sind dabei nicht berücksichtigt.«

»Ich weiß nicht, warum du dich damit quälst«, erwiderte Nicholas unwirsch. »Wir haben Krieg.«

Etwas im Klang von Nicholas' Stimme mußte den Vater alarmiert haben. Er ließ von der Schriftrolle ab, die sofort zusammenschnurrte. »Was ist passiert?«

»Ich weiß es nicht«, sagte Nicholas. Er blieb vor dem Tisch stehen. Es roch entfernt nach Tinte und Pergament. »Ich hoffte, du könntest es mir erklären. Hat dir der Rocaan von irgendwelchen Plänen erzählt, Jahn zu verlassen?«

»Nein«, antwortete Alexander. »Ich habe seit gestern nicht mehr mit ihm gesprochen, aber er hätte mich sicherlich davon in Kenntnis gesetzt.«

»Das hat er nicht«, gab Nicholas zurück. »Als ich heute abend einen Ausritt machte, sah ich seinen Troß die Brücke überqueren. Ich habe mit einem Aud geredet. Der Rocaan und drei der Ältesten sind unterwegs zum Blumenfluß.«

»Irgendeine Zeremonie vielleicht?«

»Früher wäre das denkbar gewesen. Jetzt nicht. Die Straße zum Blumenfluß führt sie am Lager der Fey vorbei.«

Sein Vater nahm die Schriftrolle, band sie mit einer Kordel zu und legte sie auf den Tisch hinter ihm. »Warum hast du nicht mit dem Rocaan gesprochen?«

»Das habe ich versucht. Der Rocaan und die Ältesten wollen bis zu ihrer Rückkehr mit niemandem reden.«

»Und sie wußten, daß du es warst?«

»Ja.« Das war ja das Seltsame daran. Der Troß des Rocaan hatte nicht einmal für ihn haltgemacht.

Sein Vater stieß die Luft aus und lehnte sich an die Stuhllehne. Der Stuhl knarrte unter seinem Gewicht.

»Ihre Entschlossenheit und diese Geheimnistuerei machen mir Sorgen«, sagte Nicholas. Das Schweigen seines Vaters war nicht die Reaktion, die er erwartet hatte. »Im Zusammenhang mit den Vorfällen im Tabernakel mit den Knochen und dem Blut ergibt das ein ernsthaftes Problem. Der Rocaan stellt unser Weihwasser her. Wenn er stirbt oder in die Gewalt der Fey gerät ...«

»Ich erkenne diese Probleme genau wie du, Nicholas«, sagte sein Vater und fuhr sich mit der Hand durch das lange blonde Haar. »Ich nehme an, du bist sofort zu mir gekommen.«

»Ja«, antwortete Nicholas.

»Wir könnten jemand zum Tabernakel schicken, aber das dauert zu lange.« Sein Vater verzog das Gesicht. »Wir schicken ihnen einen Trupp Leibwachen hinterher und vergewissern uns, daß alles in Ordnung ist.«

»Ich habe die Wachen bereits losgeschickt«, sagte Nicholas. Er zitterte, auch wenn er es nicht zeigen wollte. Es war das erste Mal, daß er Maßnahmen getroffen hatte, ohne die Erlaubnis seines Vaters einzuholen.

»Was hast du?«

Nicholas schluckte. »Es war nicht genug Zeit, um jemanden

aufzusuchen und groß um Erlaubnis zu bitten. Ich traf auf Monte, erklärte ihm, daß ich Leute brauchte, und schickte sie hinter dem Rocaan her.«

»Um was zu tun, wenn ich fragen darf?«

Nicholas achtete nicht auf den Sarkasmus. »Um ein Auge auf ihn zu haben, nur für den Fall, daß etwas passiert.«

Sein Vater lehnte sich wieder zurück und rieb sich nachdenklich über das Kinn. Dann holte er tief Luft. »Das hätte ich auch befohlen.«

»Ich weiß«, erwiderte Nicholas.

»Allerdings verstehe ich nicht, warum du es so eilig hattest, mich aufzusuchen, wenn du ohnehin schon alles veranlaßt hast.«

»Ich möchte mit ihnen reiten.«

Sein Vater sah ihn einige lange Sekunden mit undurchdringlicher Miene an. »Warum?«

»Weil ich glaube, daß etwas geschehen wird. Und ich will dabeisein.«

»Was willst du denn dabei tun?«

Nicholas hob die Schultern. Er konnte seinem Vater nicht sagen, daß er diese Unentschlossenheit leid war. Genau dieses Zaudern seines Vaters war es, das ihm Sorgen bereitete. Er wollte mit dem Rocaan ziehen, weil er spürte, daß der Rocaan ein Ziel verfolgte. »Ich könnte sofort nach Jahn Bericht erstatten, wahrscheinlich besser als jeder Leibwächter.«

Sein Vater schüttelte den Kopf. »Dein erster Instinkt war richtig. Das ist kein Ort für dich. Der Rocaan ist ein kluger Mann. Da er die Sache veranlaßt hat, handelt es sich wahrscheinlich um eine Zeremonie. Er hat schon mehrmals geäußert, daß es ihm nicht gefalle, wie eine Geisel der Fey zu leben. Falls dem nicht so ist, werden uns die Wachleute darüber informieren. Ich möchte nicht, daß du da mitmischst.«

»Ob es dir gefällt oder nicht, Vater«, erwiderte Nicholas, »ich stecke schon mittendrin. Ich habe bei der Invasion Seite an Seite mit den Küchendienern gekämpft, ich habe in diesem Raum hier neben einem Fey gesessen, und wahrscheinlich habe ich noch einige mehr von ihnen gesehen. Mich abschirmen zu wollen ist der Sache nicht dienlich. Entweder ich sterbe, oder ich sterbe nicht.«

Seinem Vater stieg die Zornesröte in die Wangen. »So einfach ist das nicht. Du bist der Thronfolger. Wenn mir etwas geschieht, ist das Land auf dich angewiesen.«

Nicholas seufzte und setzte sich. Er hatte gewußt, daß sein Vater das sagen würde, und er wußte auch, daß er dagegen kein Argument ins Feld führen konnte. Die Anführer der Fey kämpften an der Seite ihrer Männer, aber die Inselbewohner waren keine Fey. »Vater«, sagte er, »ich würde gerne wissen, was der Rocaan vorhat, denn er hat irgend etwas vor. Und es ist auch höchste Zeit dafür. Wir dürfen diese Fey nicht länger in unserem Land dulden. Sie haben zu viele Tricks auf Lager, und eines Tages erwischen sie uns. Wir haben nur einen Vorteil – sie hingegen haben mehrere.«

»Ich habe darüber nachgedacht«, erwiderte sein Vater. »Aber mir ist nichts dazu eingefallen. Wir dürfen sie nicht durch die Felsenwächter lassen, weil sie so mit Verstärkung zurückkommen. Der gefangene Fey hat mir sehr viel erzählt, und ich habe ihn auf etwas angesetzt, das uns vielleicht helfen könnte. Ich weiß jedoch nicht, ob ich darauf vertrauen darf, daß er uns hilft. Und jetzt hat der Rocaan, die Quelle unseres Weihwassers, die Stadt verlassen. Jede Neuerung macht mir nur noch mehr zu schaffen, bringt mich immer mehr durcheinander. Sobald ich etwas unternehme, frage ich mich, ob ich weit genug gegangen bin. Dann mache ich etwas anderes und bin nicht sicher, ob ich nicht zu weit gegangen bin. Ich bin auf eine derartige Führerschaft nicht vorbereitet, Nicholas. Unsere Geschichte bereitet uns mit nichts darauf vor, wie man sich bei der Bekämpfung von Eindringlingen verhält. Innere Zwistigkeiten, das ja, aber eine Invasion …« Er schüttelte den Kopf.

Nicholas sah ihn an. Er wußte, daß sein Vater Probleme mit den vielen Veränderungen hatte, aber er hatte ihn nie für schwach gehalten. Trotzdem zeichneten sich die Beweise dafür immer deutlicher ab. Alexander traf keine Entscheidungen und unterließ es, den einzigen Vorteil, den die Inselbewohner hatten, entschlossen auszuspielen. So lange, bis die Inselleute eines Tages auch diesen Vorteil nicht mehr besaßen.

»Wir haben die Wahl«, sagte Nicholas. »Entweder wir bekämpfen und besiegen sie und töten den ganzen Haufen, oder wir finden einen Weg, mit ihnen zu leben. Diese Halbherzigkeiten mit gelegentlich ausbrechenden Scharmützeln, bei denen immer wieder Menschen sterben, werden nicht mehr lange gutgehen. Bisher ist bereits ein Fey zu uns übergelaufen. Wie viele Inselbewohner werden sie wohl davon überzeugen, zu ihnen überzuwechseln?«

Sein Vater sah aus wie vom Donner gerührt. Daran hatte er offensichtlich noch nicht gedacht. Er starrte auf die mit rotem Band verschnürte Schriftrolle, dann kehrte sein Blick wieder zu Nicholas zurück. »Was schlägst du vor?«

»Wir gehen mit unserer stärksten Streitmacht in ihr Schattenland, zwingen sie dazu, es zu öffnen, und werfen soviel Weihwasser wie möglich hinein. Vielleicht bringt sie das nicht um, vielleicht aber doch.«

Alexander schüttelte den Kopf. Schon einmal hatte er sich vor allen Ratgebern dagegen ausgesprochen und dabei zu bedenken gegeben, daß ihr Vorrat an Weihwasser verlorengehen könnte und die Inselbewohner nichts dabei gewonnen hätten. Schon damals hatte Nicholas das Argument seines Vaters als fehlerhaft empfunden.

»Wir haben sogar einen Zugang«, sagte Nicholas. »Lord Stowe hat mir gestern einen jungen Burschen vorgestellt, der als Gefangener bei den Fey war. Sein Vater ist immer noch dort. Er könnte uns ins Schattenland bringen, zumindest so weit, um unseren Plan umzusetzen.«

Sein Vater strich sich über das Kinn. In seinen Augen schimmerte eine Traurigkeit, die im vergangenen Jahr immer stärker geworden war. »Selbst wenn wir den Rocaan dazu bringen, genügend Weihwasser herzustellen«, sagte Alexander, »wären wir niemals sicher, ob wir sämtliche Fey erwischt haben. Sie sehen nicht alle aus wie wir. Einige sind kleine Kobolde, andere verändern ihr Äußeres, und wieder andere erscheinen uns in unserer eigenen Gestalt.«

»Mit der Zeit würden wir sie alle erwischen«, meinte Nicholas. Warum wollte sein Vater noch warten? Wären seine Taten seit der Ankunft der Fey nicht gleichbleibend eindeutig gewesen, hätte Nicholas geglaubt, der König stehe auf ihrer Seite. »Was sollten sie auch ohne ihre Freunde anfangen? Sie säßen hier fest und verhielten sich höchstwahrscheinlich so unauffällig wie möglich.«

Sein Vater sah zur Seite. Nicholas folgte seinem Blick. Er fiel auf die Schriftrolle. Eintausend Gefallene. Kein König hatte je zuvor so viele Tode zu verantworten gehabt. Nicholas setzte sich. Endlich wurde es klar. »Und wie wäre es, wenn wir uns entschlössen, sie nicht zu vernichten?« fragte sein Vater. »Wie wäre es, wenn wir beschlössen, Frieden mit ihnen zu schließen?«

Nicholas erschrak. Frieden? Ein Frieden mit den Fey würde die Insel für immer verändern. Aber auch der Krieg mit den Fey hatte die Insel verändert. Auch Nicholas hatte die Toten gesehen. Nur war er es nicht gewesen, der ihren Tod befohlen hatte. Er überlegte einen Moment und sagte dann: »Wir brauchten eine Garantie, etwas, das uns beweist, daß sie uns nicht hereinlegen und daß wir lernen können, auf diesem kleinen Flecken Land friedlich nebeneinander zu existieren.

Und wir müßten unser selbstauferlegtes Exil hier fortsetzen. Wir könnten keinen Kontakt mit der Außenwelt unterhalten, denn wenn auch nur ein Fey die Insel verläßt, könnte er Verstärkung anfordern.«

»Verstärkung kann auch so jederzeit eintreffen«, sagte sein Vater. »Wir wissen nicht, ob sie nach einer so langen Zeit nicht ohnehin demnächst hier ankommt. Was aber, wenn wir sie alle abschlachten und der Schwarze König erscheint hier? Was dann?«

»Dann kämpfen wir wieder.«

»Wir verfügen nicht über soviel Rücklagen, Nicholas«, sagte Alexander. »Je mehr Männer wir verlieren, um so weniger bleiben zum Kämpfen übrig.«

»Aber das Weihwasser ...«

»Ist eine Waffe. Um sie zu führen, sind immer wieder Menschen notwendig.«

Sein Vater hatte recht. Vielleicht war das, was Nicholas als Schwäche empfunden hatte, in Wirklichkeit nur Rücksicht auf das Leben. »Und wenn wir Frieden schließen?«

»Tun wir es so, daß es ihnen unmöglich ist, diesen Frieden zu brechen. Wer auch immer auf dem Eiland eintrifft.« Sein Vater nahm die Rolle in die Hand und schlug sie in die andere Handfläche. »Laß uns abwarten, wie der Rocaan darüber denkt. Er ist ein weiser Mann. Sobald er zurückgekehrt ist, bitten wir ihn um Rat. Wir lassen ihn diese Sache ein für allemal aus der Welt schaffen.«

»Trotzdem wäre es mir lieber, du würdest mich mit ihm ziehen lassen«, sagte Nicholas.

Sein Vater lächelte. »Das weiß ich, Nicky. Aber zum Regieren gehört auch die Erkenntnis, daß man nicht immer alles tun kann, was man will.«

38

Die Kapelle am Blumenfluß war ein kleines Gebäude, kaum größer als eine der Hütten im Schattenland. Sie war aus Holz und Stein gebaut, und das Holz war so alt, daß es von der Witterung schon ganz ausgebleicht war. Hier und dort bröckelte auch das Mauerwerk. Rugar hatte keine Ahnung, wie lange das Kirchlein schon dort stand, aber es mußten schon einige Jahrhunderte sein. Obwohl das Holz ganz weiß war, sah es aus, als sei es schon mehrere Male erneuert worden.

Er faßte nichts an. Er wartete, bis sein Adjutant jedes Teil der Außenwand berührt hatte, bevor er sich auch nur in die Nähe wagte. Seine Leute traten sogar das Gestrüpp nieder, das die Kirche von drei Seiten umgab. Nur die Vorderseite, an der ein kleiner Saumpfad zur offenen Tür führte, war frei von Wildwuchs.

Für ihr Alter schien die Kapelle noch immer gut genutzt zu werden.

Sie stand am Ufer des Flüßchens, das, eingebettet in eine steile Uferböschung, die verhinderte, daß es jemals darüber hinaustreten würde, einige Meter tiefer plappernd dahinschoß. In der leisen Hoffnung, das Flüßchen sei die Quelle des Giftes, hatte Rugar Burden einen Finger in das Wasser halten lassen, aber soviel Glück war ihm nicht beschieden gewesen. Burden hatte die Hand vor Kälte japsend rasch wieder herausgezogen, sonst jedoch keinerlei Reaktion gezeigt.

Rugar hatte Burden mitgenommen, weil er den Infanteristen nicht mit Jewel allein lassen wollte. Im Laufe dieses Jahres war Burden zu keck geworden. Die lange gehegte Kinderfreundschaft reichte ihm wohl nicht aus, und Burden baute anscheinend fest darauf, die nächste Bereicherung von Rugars Familie zu werden. Jewel schien ihn dabei nicht gerade zu ermuntern, aber Rugar wollte kein Risiko eingehen. Es war besser, Burden dabeizuhaben.

Außerdem hatte Rugar Sucher mitgenommen, dazu zwei Tierreiter, die sich etwas abseits von der Kirche im Wald bereithielten, und die übrigen Infanterie-Anführer sowie seine Leibwache. Sollte wider alle Erwartungen doch etwas schiefgehen, waren auch drei Domestiken und ein Heiler dabei. Er hatte sogar daran gedacht, den Inselbewohner Adrian mitzunehmen, doch das hätte wohl bedeutet, das Schicksal zu sehr herauszufordern.

Rugar sah der Zusammenkunft mit großer Spannung, aber auch mit einer gehörigen Portion Angst entgegen. Er wußte nicht, was der Rocaan im Schilde führte, aber Sucher versicherte ihm, daß er in guten Absichten kommen mußte. Sucher glaubte daran, daß der Rocaan gegen den Kampf, ja sogar gegen den Einsatz des Weihwassers als Gift sei. Was der alte Mann Rugar anzubieten gedachte, darüber war sich allerdings auch Sucher nicht sicher.

Rugar würde sich auf nichts einlassen. Das würde er nicht nötig haben.

Es roch leicht nach Moos und nassem Gras. Der Fluß verströmte seinen eigenen satten, modrigen Geruch. Rugar hatte seine Leute das gesamte Gebiet durchkämmen lassen, um sicherzugehen, daß die Inselleute weder Fallen noch Feldlager aufgestellt hatten. Er fand weder das eine noch das andere und wunderte sich darüber.

Schließlich schickte er einen der Infanteristen mit einer Fey-Lampe in die Kapelle. Rugar blieb auf der Schwelle stehen und beobachtete den Mann. Er wartete, daß die Lampe ausgehen würde, doch das geschah nicht. Sie erleuchtete einen einzigen Raum von der Größe seines eigenen Versammlungsraums. An der gegenüberliegenden Wand war ein Schwert befestigt, in der Mitte des Raums war ein kleines Gestell aufgebaut. Auf dem Sockel dieses Gestells befanden sich ein Kissen und ein kleiner, ungefähr brusthoher Tisch, auf dem ein Kerzenleuchter ohne Kerzen stand. Sonst war der Raum leer.

Nachdem der Soldat alles angefaßt hatte, ging auch Rugar hinein. Der muffige Geruch verstärkte sich im Inneren der Kirche. Der Boden war aus Stein, und trotz der Fey-Lampe wirkte der ganze Raum düster und verhängnisvoll. Er konnte sich nicht vorstellen, an einem solchen Ort zu beten: Anstelle von religiöser Inbrunst kamen ihm eher Spinnweben und Geister in den Sinn. Andererseits war er nicht religiös erzogen worden und verstand kaum etwas davon.

Er verließ die Kapelle und trat hinaus in die Sonne, wo er im hellen Licht blinzelte. Mit einem Fingerschnippen schickte er noch zwei Männer hinein, dazu Sucher, der am besten wissen mußte, was in einen solchen Raum gehörte und was nicht. Es beunruhigte Rugar, daß er nirgendwo Gift fand, eigentlich überhaupt keine Vorbereitungen für das Treffen. Vielleicht war es so, wie Sucher gesagt hatte: Vielleicht hatte der Rocaan wirklich einen nichtmilitärischen Beweggrund für seinen Besuch.

Und doch: wenn es in oder um die Kirche irgend etwas geben sollte, das den Fey Schaden zufügen konnte, würde Rugar es noch vor der Ankunft des Rocaan finden. Und dann würden die Fey ihr eigenes Verteidigungssystem aufbauen. Der Rocaan würde niemals erfahren, wie viele Leute Rugar mitgebracht hatte. Und er würde nichts von Sucher wissen.

Rugar wartete auf dem Pfad vor dem Eingang, spähte gelegentlich hinein und sah zu, wie seine Adjutanten das Gelände rings um die Kirche durchkämmten. Allem Anschein nach war schon seit Wochen niemand mehr an diesem Ort gewesen. Aber er wußte, daß er sich nicht auf seine Augen verlassen durfte.

Schließlich kam Sucher heraus und stellte sich neben Rugar. »Das Schwert ist ein Symbol dieser Religion, aber die Klinge ist fleckig. Allerdings ist es schon seit langem nicht mehr bei einer Zeremonie verwendet worden. Der Altar in der Mitte weist eher Anzeichen für eine Benutzung vor nicht allzu langer Zeit auf. Das Kissen ist zerschlissen, weder Spinnweben noch Staub sind darauf zu entdecken. Aber es ist auch kein Weihwasser aufzufinden, was bedeutet, daß derjenige, der den Altar benutzt, kein Geistlicher ist.«

»Wozu dient dieses Gebäude?« fragte Rugar. Für die Zusammenkunft, um die ihn der Junge gebeten hatte, hatte er etwas Größeres, Angemesseneres erwartet.

»Manche Gebiete sind nur sehr dünn besiedelt. Die ständige Anwesenheit eines Daniten oder Aud lohnt sich dort nicht. Sie kommen nur auf der Durchreise vorbei und halten dann einen Gottesdienst oder eine Segnung ab. Ansonsten kümmern sich die Gläubigen in diesen Gegenden selbst um ihre religiösen Bedürfnisse. Wer auch immer diese Kapelle aufsucht, betet hier nur, sonst nichts. Ein größerer Gottesdienst ist schon seit langer, langer Zeit nicht mehr abgehalten worden.«

»Weißt du das von deinem letzten Wirt, oder verrät es dir der Ort selbst?«

»Beides«, antwortete Sucher. »Der diesem Gebiet zugewiesene Danite müßte sich momentan weiter im Westen aufhalten. Und wenn hier eine größere Zeremonie stattgefunden hätte, wäre das Gras niedergetreten, und auch im Gebäude selbst würde weniger Staub liegen. Der Danite würde sogar einigen Ärger bekommen, weil er das Schwert hat so fleckig werden lassen. Das ist nicht unbedingt der Symbolismus, den der Rocaan gutheißt.«

»Dann ist also bis auf ein paar Gläubige niemand hiergewesen.« Rugar drehte sich um und betrachtete das Gebäude mißtrauisch. Es hielt seine Zukunft für ihn bereit, und er war sich nicht sicher, ob ihm der Gedanke gefiel. »Sind wir ihnen nur zuvorgekommen, oder treffen sie wirklich keine Vorbereitungen für diese Zusammenkunft?«

»Ich würde auf letzteres tippen, zumindest hier an diesem Ort«, sagte Sucher. »Wenn sie sich überhaupt vorbereitet haben, dann haben sie es im Tabernakel getan.«

»Sie könnten den Jungen hierhergeschickt haben, bevor er bei uns auftauchte. So weit entfernt ist es nicht.«

Sucher nickte. »Wäre möglich. Aber ich glaube es nicht. Was das Personal des Tabernakels angeht, dort sind die Auds Diener und Boten. Um kompliziertere Vorkehrungen zu treffen, hätten sie einen Daniten geschickt.«

»Diese Zusammenkunft ergibt keinen Sinn«, sagte Rugar. Er stemmte die Hände in die Hüften und ließ den Blick schweifen. »Wenn ich nur wüßte, warum sie darum gebeten haben, könnte ich mich selbst besser darauf vorbereiten. Es ist kein Hinterhalt, denn wir sind zuerst gekommen, und sie sind eindeutig noch nicht hier. Sie haben uns sogar gestattet, Waffen mitzubringen.«

»Der Rocaan ist ein Mann, den man nicht so leicht versteht«, sagte Sucher. »Zumindest habe ich das überall gehört. Er handelt oft aus religiösen Gründen, nicht um der Logik willen.«

»Offensichtlich«, brummte Rugar. Wieder warf er einen Blick in die Kapelle. Der Infanterist hatte in einer Ecke ein kleines Mäusenest entdeckt, das die Maus mit Hilfe der Polsterfüllung aufgebessert hatte. Hätte jemand anderes um dieses Treffen gebeten, wäre Rugar nicht gekommen. Aber die Verlockung, über Sucher dem Rocaan die Information zu entlocken, war zu groß. Damit würde es den Fey endlich gelingen, die Blaue Insel zu unterwerfen.

Rugar warf Sucher einen Blick zu. »Bist du bereit?«

Sucher nickte und blickte nervös zur Tür. »Ich habe nur

Angst, daß der alte Mann von Grund auf so heilig ist, daß er mich allein durch seine Existenz vergiftet.«

»Etwas Derartiges ist bislang noch nicht vorgekommen«, sagte Rugar.

»Bevor wir hier ankamen, ist auch so etwas wie das Weihwasser noch nicht vorgekommen.«

Rugar überhörte die Spitze. Nun, da er wußte, daß die Kapelle sauber war, mußte er seine eigenen Vorbereitungen treffen. Er würde diesen Rocaan nicht entkommen lassen, aber wollte auch nicht seine gesamte Truppe aufs Spiel setzen. Wenn sie so dumm waren, sich nicht vorzubereiten, dann war das nicht sein Problem. Im Gegenteil, es kam ihm sogar recht.

Aber dieses Treffen war womöglich seine einzige Chance, die Insel einzunehmen. Er würde keinen Fehler zulassen.

39

Die Fey warteten bereits am Blumenfluß. Sie waren alle groß, schlank und dunkel, ihre Züge schmal und ausdruckslos. Sie hatten sich in einer Reihe vor der Kapelle aufgebaut. Die Kirchentür stand offen, und es war klar, daß die Fey sie bereits betreten hatten.

Der Rocaan packte Andres Arm. Andre zuckte zusammen. Die Fey machten Andre nervös. Reece saß mit steifem Oberkörper auf dem Rand seines Kutschensitzes, die Hände im Schoß gefaltet. Er spähte aus dem kleinen Fenster hinaus, als könnte sein Blick die Fey bannen. Nur Timothy hielt die Augen geschlossen. Seine Lippen bewegten sich, und der Rocaan wollte ihn nicht stören.

Sie konnten alle Gebete gebrauchen, die diese Gläubigen aufzubieten hatten.

Das Herz des Rocaan klopfte heftig. Sein Körper schmerzte mehr als gewöhnlich. In den letzten paar Tagen hatte er keinen Schlaf gefunden, obendrein hatte er die Unterstützung einiger seiner Ältesten verloren. Die Zeit hatte sich verlangsamt. Es war ihm vorgekommen, als wären nicht Stunden, sondern Jahre vorübergegangen. Matthias hatte ihn gebeten, das Treffen um einen Tag zu verschieben, doch der Rocaan war sich nicht sicher, ob seine Gesundheit das erlaubte.

Seine Finger klammerten sich an den Kutschensitz. Er hatte sich schon hundertmal vorgestellt, wie er die Zeremonie in dieser kleinen Kapelle durchführte, aber die Begrüßung hatte er sich nicht ausgemalt. Zwar hatte er sich die Anwesenheit der Fey vorgestellt, aber nicht, was er zu ihnen sagen wollte, damit sie die Zeremonie bis zum Ende durchhielten. Er hätte auf Matthias hören und die ganze Prozedur zumindest einmal durchspielen sollen.

Die Reiter vor der Kutsche hielten an, dann blieben auch die Kutschpferde stehen. Der Rocaan ließ Andres Hand los. Andre lächelte ihn schwach an und zog den Arm weg. Andre war auf dieser Fahrt nicht ganz bei sich gewesen. Nervös und ständig darauf bedacht, niemanden zu berühren, hatte er so dicht wie möglich an der Kutschenwand gesessen und die Augen die meiste Zeit geschlossen gehalten. Der Rocaan hatte schon fast bedauert, ihn mitgenommen zu haben. Hätte es auch nur noch einen anderen dem Glauben so strikt Ergebenen unter den Ältesten gegeben, er hätte Andre zurückgelassen. Aber es gab keinen anderen. Und die Ungeschriebenen Worte besagten, der Rocaan müsse die Zeremonie mit drei seiner dem Glauben ergebensten Gefährten an seiner Seite durchführen.

Der Körper des Rocaan schaukelte weiter, obwohl die Kutsche sich nicht mehr bewegte. Auch er hatte ganz offensichtlich Angst – er war nur zu benommen, um etwas davon zu spüren. Er sprach ein stummes Gebet und öffnete die Kutschentür. Dort wartete bereits ein Aud am Fuß des Treppchens auf ihn. Der Aud nahm ihn bei der Hand und lächelte den Rocaan scheu an. Dann erkannte der Rocaan ihn als den Jungen wieder, dem er die Weisung aufgegeben hatte: der junge Titus, der entgegen allen Voraussagen zurückgekehrt war, mit kalten und verdreckten Füßen und weit aufgerissenen Augen. Titus war im Inneren der Enklave der Fey gewesen und hatte es überlebt. Er war ein guter Talisman für diese Mission.

Die Fey umringten einen einzelnen Mann. Dieser Mann war schon älter. Seine Haut sah ledrig aus, so wie es dem Rocaan schon bei Arbeitern aufgefallen war, die ihr Tagewerk in der Sonne verrichteten. Die Augen des Mannes funkelten vor Intelligenz. Das Alter hatte seine Züge zugespitzt: Kinn und

Wangenknochen stachen scharf hervor. Alles an ihm verlieh ihm einen Ausdruck einer nach oben strebenden Bewegung.

Der Rocaan nickte ihm zu. »Willkommen in der Kapelle am Blumenfluß«, sagte er auf Nye. »Ich freue mich sehr, daß Ihr kommen konntet. Ich bin der Rocaan, und das hier sind meine Ältesten Andre, Reece und Timothy.«

Das Lächeln des Fey wirkte aufrichtig. »Ich bin Rugar, Sohn des Schwarzen Königs. Meine Adjutanten muß ich nicht vorstellen, denn diese Verhandlung findet zwischen Euch und mir statt.«

Verhandlung. Ohne es zu wollen, hatten die Fey dem Rocaan einen Anlaß zum Anfangen gegeben. »Ich fühle mich sehr geehrt«, sagte der Rocaan, »die Bekanntschaft des Anführers der Fey auf der Blauen Insel zu machen.«

»Und ich fühle mich geehrt«, entgegnete Rugar, »die Bekanntschaft eines großen Kirchenfürsten zu machen. Euer Volk ist das erste seit sehr langer Zeit, das dem Zug der Fey durch ein Land Einhalt gebietet. Ich muß zugeben, daß dieses Treffen meine Neugier allein aus diesem Grund geweckt hat.«

»Mein Volk ist nicht von Natur aus kriegerisch«, sagte der Rocaan in der Hoffnung, seine Worte klängen nicht gleich wie eine Verurteilung. »Unsere Religion verbietet uns, irgend etwas – auch nicht den Tod anderer – zur persönlichen Bereicherung einzusetzen. Ich habe mir gedacht, daß wir vielleicht darüber reden könnten, was Ihr auf der Blauen Insel wollt, um gegebenenfalls zu einer Übereinkunft zu kommen.«

»Übereinkunft?« Rugar hob eine Augenbraue. Seine Stimme wurde nicht lauter, aber er ballte die Hände hinter dem Rücken und baute sich ein wenig breitbeiniger auf. Er schien auf Konfrontation eingestellt zu sein. »Ihr gewinnt diesen Krieg. Ihr solltet nicht um Übereinkünfte bitten.«

»In meiner Religion«, entgegnete der Rocaan, der sich in der Terminologie des Krieges nicht gut auskannte, »ist es üblich, vor einer schwerwiegenden Unterredung einen kurzen Segen durchzuführen. In meiner Botschaft ließ ich Euch ausrichten, daß ich damit einverstanden bin, wenn Ihr mit Waffen kommt, da für unsere Zeremonie ein paar Dinge notwendig sind, die Ihr als Waffen anseht – das Schwert und das Weihwasser.«

Rugar ließ die Arme an den Seiten herabsinken. Sein Gesichtsausdruck änderte sich nicht, die Anspannung in seinem Körper sehr wohl. Der Rocaan konnte seine Angst förmlich spüren.

»Ich gebe Euch mein Wort darauf, daß ich weder Euch noch einen Eurer Leute damit in Berührung bringe«, sagte der Rocaan. Sein Blick fiel auf die Kirchentür. Auf den Gesichtern einiger der Fey ließ sich blankes Entsetzen ablesen. Der Mann, der direkt neben Rugar stand, ein kleinerer Fey mit runderen Zügen und verblüffend blauen Augen, nickte kurz. Erst dann lächelte Rugar.

»Wir werden Eure Zeremonie nicht stören«, sagte Rugar. »Aber wir werden auch nicht daran teilnehmen.«

»Ihr müßt die Kapelle nicht einmal betreten«, erwiderte der Rocaan, »obwohl es besser wäre, wenn zumindest einige Eurer Leute dabei wären. Auf diese Weise hat es eher den Charakter, daß der Segen auf uns alle fällt.«

Einer der Fey in der Nähe der Tür brach in einen Schwall gutturaler Worte aus, Worte, die der Rocaan nicht verstand. Rugar sah nicht zu ihm hinüber, sondern hob nur die Hand, um ihn zum Schweigen zu bringen.

»Mein Gefährte gibt zu bedenken, daß Euer Segen, wenn schon Euer Weihwasser so verheerend auf uns wirkt, eine noch schlimmere Wirkung auf uns haben könnte«, sagte Rugar. »Ich werde vier von meinen Leuten hineinschicken, bleibe selbst jedoch hier draußen und verfolge die Zeremonie vom Eingang aus.«

Der Rocaan nickte. Er hatte nicht einmal mit der Anwesenheit der Fey gerechnet, geschweige denn mit ihrer Zusammenarbeit. Der Heiligste wachte über sie. Jetzt wußte der Rocaan, daß er den richtigen Weg eingeschlagen hatte. Es lag nur daran, daß niemand zuvor jemals den Mut gehabt hatte, etwas dergleichen zu tun. Er hoffte nur, die Veränderungen, die diese Zusammenkunft nach sich ziehen würde, selbst noch erleben zu dürfen. Vielleicht, vielleicht würde das sogar Matthias zum Glauben zurückführen.

Der Rocaan wandte sich zu seinen eigenen Leuten um. »Ich brauche die Ältesten, zwei Daniten und einen Aud«, sagte er in der Inselsprache. Er wartete, bis die Daniten und der Aud bei ihm waren, und bat sie dann, vor ihm den Pfad hinabzugehen. Er war ein wenig enttäuscht, daß der junge Aud, Titus, neben der Kutsche stehengeblieben war, denn es schien ihm angebracht, daß der Junge ihn begleitete. Doch der Rocaan hatte von jeher daran geglaubt, den Dingen ihren natürlichen Lauf zu lassen. Wenn der Junge sich dazu entschieden hatte, zurückzubleiben, dann tat er das aus einem Grund, den er allein zwischen sich und Gott ausgemacht hatte.

Die Daniten und der Aud schritten den Pfad entlang, die Hände an den Seiten haltend und die Köpfe gesenkt, als gingen sie in einer Prozession am Aufnahmetag. Andre und der Rocaan folgten ihnen, hinter ihnen gingen Timothy und Reece. Es war nicht weit bis zur Kapelle, doch der Weg kam ihnen trotzdem weit vor, da er links und rechts von Fey gesäumt war. Die Fey beobachteten sie schweigend, und dem Rocaan schien es fast, als hätten sie nicht weniger Angst als die Rocaanisten. Er schickte durch den Heiligsten ein stummes Gebet hinauf:

Ich hoffe, daß ich das tue, was Du gemeint hast.

Die Daniten überschritten die Schwelle und betraten die kleine Kirche, in der sie sich nebeneinander vor dem Schwert aufstellten, so wie man es ihnen gesagt hatte. Der Aud blieb hinter dem Altar stehen. Als der Rocaan eintrat, bemerkte er, daß Andre zurückzuckte. Der Rocaan warf einen Blick nach links. Nichts Ungewöhnliches, abgesehen davon, daß es hier keine Spinnweben gab, wie man sie sonst in nur selten benutzten Kapellen vorfand.

Der Rocaan nahm seinen Platz vor dem Altar ein. Timothy und Reece standen einen halben Schritt hinter ihm. Jetzt konnte er Andre nicht mehr sehen. Timothy hielt ihm das Schwert hin. Der Rocaan nahm es entgegen und streckte es vor sich aus, so wie es die Worte vorsahen.

Dann wartete er darauf, daß die Fey sich ihnen anschlossen.

40

Sucher betrat die Kapelle, und all die Furcht, die ihn in seinen wenigen Tagen als Danite befallen hatte, hätte ihn jetzt beinahe überwältigt. Rugar, der Feigling, blieb draußen. Der Rocaan hatte das Schwert bereits in Händen, was merkwürdig war, denn die Rocaanisten benutzten bei ihren Segnungen nie ein echtes Schwert. Also führte auch die andere Seite etwas im Schilde. Eigenartigerweise beruhigte ihn dieser Gedanke ein wenig.

Trotz der vielen Leute machte die Kapelle nach wie vor einen leeren Eindruck. Die Feuchtigkeit war so stark, als würde Wasser von der Decke herabtropfen. Dabei wußte Sucher bereits, daß das Dach dicht war. Er selbst hatte das Gebäude nach religiösen Tricks durchsucht. Die Inselleute schienen nichts versteckt zu haben, obwohl er nicht genau gewußt hatte, wonach er eigentlich suchte. Bis zu dem Augenblick, in dem der Rocaan das Schwert zog, hatte Sucher gedacht, die Inselreligion sei einfach zu durchschauen.

Die vier anderen Fey, die mit Sucher hereingekommen waren, waren Infanterie-Anführer, zweitrangige Visionäre, deren Tod nicht groß ins Gewicht fallen würde. Sogar bei diesem Gedanken stellten sich Suchers Nackenhaare auf. Rugar war bereit, sie alle zu opfern, um hinter das Geheimnis des Giftes zu kommen. Er war sogar bereit, sein eigenes Leben dafür zu riskieren.

Der Rocaan betrachtete sie genau, wartete, bis sie alle hereingekommen waren. Sucher trat neben den Ältesten Reece, der sofort einen kleinen Schritt zur Seite wich. Dann schob Sucher die linke Hand auf den Rücken und legte die Finger um den Griff seines Messers. Nur die Fey konnten die Position seiner rechten Hand sehen.

Rugar stand im Schutz einiger anderer Fey direkt vor der Tür. Auch einige Auds hielten sich in der Nähe auf, mischten sich jedoch nicht unter die Fey. Sie rückten nur nahe genug heran, um etwas sehen zu können. Die Auds waren jung und unbedacht. Die älteren Rocaanisten kamen nirgendwo in die Nähe eines Fey.

»Dann sind wir soweit«, sagte der Rocaan auf Nye. »Gewisse Teile dieser Zeremonie erfordern die Verwendung von Weihwasser. Ich komme Euch allen nicht zu nahe damit und gieße es lediglich auf mein Schwert. Euch wird nichts geschehen. Darauf habt Ihr mein Wort.«

Es hörte sich an, als zelebrierte der Rocaan ein Mitternachtssakrament und keine Segnung. Sucher signalisierte Rugar ein Stirnrunzeln. Rugar hob die Schultern und ließ den Blick vom Rocaan zu Sucher wandern. Los jetzt, schien er zu sagen. Wenn aber der Rocaan das Mitternachtssakrament durchführte, hatte er Gift an sich. Bevor er zur Tat schritt, wollte Sucher warten, bis das Gift zu sehen war. Es brachte ihnen nicht viel, wenn er den Rocaan übernahm und auf der Stelle starb.

»Jetzt folgen einige Bewegungen mit dem Schwert«, sagte der Rocaan. »Keine davon stellt für Euch eine Drohung dar.«

Die Fey sahen einander an, und zwei von ihnen schoben sich näher zum Eingang.

»Einige Worte dieser Zeremonie existieren nicht in der Sprache der Nye«, fuhr der Rocaan fort. »Deshalb werde ich sie in der Inselsprache aussprechen. Andre wird für Euch dolmetschen.«

Der Älteste Andre erschrak und warf dem Rocaan einen ängstlichen Blick zu. Sucher legte den Kopf zur Seite. Merkwürdig, diese winzigen Feinheiten in der Gruppe der Inselleute. Außer dem Rocaan schien keiner zu wissen, was hier vor sich ging. Sucher schob sich noch einen Schritt näher heran. Er würde jede Gelegenheit sofort nutzen.

Der Rocaan schaute Andre bedeutungsvoll an und sagte in der Inselsprache: »Zitiere ihnen die Worte der Segnung.«

Andre nickte. Sein Unterkiefer mahlte, und er blickte die Fey an, als flehte er um Hilfe. Sucher gefiel diese Entwicklung nicht im geringsten, aber er würde sie, so lange er konnte, weiterlaufen lassen. Erst wenn sie für einen der Fey wie auch immer bedrohlich wurde, würde er sofort eingreifen.

Der Rocaan schwang das Schwert über dem Kopf und fing die Spitze mit der linken Hand auf. »›Es gibt Feinde von außen‹«, sagte er in der Inselsprache.

»Die Segnung beginnt«, sagte Andre auf Nye.

Sucher warf Rugar einen raschen Blick zu und schüttelte kaum merklich den Kopf. Die Rocaanisten führten die falsche Zeremonie durch. Sucher biß die Zähne zusammen, um nicht unbedacht herauszuplatzen. Wenn er rasch vorging, spielte die Art der Zeremonie keine Rolle. Aber er mußte es schnell und entschlossen tun.

»›Und von innen‹«, raunten die Daniten, Auds und Ältesten.

»›Wir sind umgeben von Haß …‹«, fuhr der Rocaan fort.

»›… Habgier‹«, sagten die Daniten, Auds und Ältesten …

»›… Wollust …‹«

»›… Grausamkeit …‹«

»›… und schmerzlichem Verlust.‹«

»Es handelt sich um ein Zitat aus den Geschriebenen und Ungeschriebenen Worten, eine Art Metapher«, sagte Andre auf Nye. »Ohne Bedeutung in der direkten Übersetzung.«

Sucher war jetzt eiskalt. Er schob sich um den Ältesten Reece herum, der den Rocaan fixierte und Sucher nicht bemerkte. Vielleicht konnte Sucher das Gift sehen. Wenn ja, dann konnte er sofort handeln.

Der Rocaan senkte das Schwert mit beiden Händen, so daß

die flache Seite der Klinge den Fey zugewandt war. »›Wir haben uns entschieden zu kämpfen, nicht mit Waffen …‹«

»›… und nicht mit Arglist‹«, murmelten die Daniten, Auds und Ältesten …

»›… sondern mit dem Glauben.‹« Langsam senkte er das Schwert noch weiter, bis es flach auf dem Altar lag.

Sucher wartete auf den Teil der Zeremonie, an dem es um die Weiterleitung der Sorgen vor das Ohr Gottes ging, aber der Rocaan sprach sie nicht aus. Er zitierte lediglich die Worte. Sie hatten etwas vor.

Als nächstes war das Gift dran.

Andre warf einen Blick zu den Fey. »Grob übersetzt«, sagte er auf Nye, »bedeutet das, was soeben gesagt wurde: ›Gesegnet seien diese Fremden in unserer Mitte.‹«

Sucher packte den Messergriff fester. Bei dem vielen Gift in der Kirche hatte er nicht die Zeit, zuerst Reece die Kehle durchzuschneiden und dann auf den Rocaan loszugehen. Er mußte zu dem schwierigeren Trick greifen und seinen Wirt als Opfer benutzen.

Wieder hob der Rocaan die Hände, dieses Mal ohne das Schwert. Die Ärmel seines Gewands rutschten nach unten und entblößten seine nackten Arme. »›Als der Roca um Gottes Ohr bat, betete er für die Sicherheit seines Volkes. Trotzdem wurden sie von Feinden bedrängt, und es sah aus, als erhörte Gott ihn nicht ….‹«

Sucher warf Rugar einen gehetzten Blick zu. Sie wollten die Fey mit Hilfe der alten Zeremonie loswerden, mit der gleichen Sache, die dem Roca vor vielen Generationen gelungen war. Sucher lief es eiskalt über den Rücken. Jetzt hatte er diese Zeremonie und das Spiel der Rocaanisten durchschaut. Mit etwas Glück könnte es sogar funktionieren. Niemand hatte eine genaue Vorstellung davon, wie die Inselmagie funktionierte. Nicht einmal die Inselbewohner selbst.

Suchers Handflächen waren feucht. Er würde rasch handeln müssen. Er konnte nicht mehr warten, bis er wußte, wo sich das Gift befand.

»... der Roca dachte daran, sie eigenhändig niederzustrecken, doch dann überlegte er: ›Hieße das nicht, daß ich mich für besser als Gott halte? Denn da Gott nicht gewillt ist, solches zu tun, so muß Er in Seiner Weisheit einen Grund dafür haben ...‹«

Mit einer raschen, wohlgeübten Bewegung packte Sucher den Kopf des Rocaan mit einer Hand und schnitt ihm mit der anderen die Kehle durch. Sofort rückten die anderen Fey auf und hielten den Ältesten die Hände fest, während das Blut auf Sucher sprudelte. Andere Fey drängten in die Kirche und bemächtigten sich eines Daniten, der gerade dabei war, den Stöpsel von seiner Giftflasche zu ziehen.

Nicht hinsehen, nicht hinsehen, ermahnte sich Sucher. Statt dessen starrte er den Rocaan an, dessen Mund sich immer noch bewegte und die Worte der Zeremonie weitersprechen wollte, während er Sucher mit seinem Blut bespritzte. Er schwang sich über den Rocaan, schlang die Beine um den Oberkörper des alten Mannes, um ihn an Ort und Stelle festzuhalten, und bohrte ihm die Ellbogen in den Nacken, um seine Arme zu umfassen. Das Blut klatschte ihm voll gegen die Brust, die Haut wurde schon bleich. Es war schon fast zu spät.

Sucher stieß die Finger in die Augen des Rocaan und die Daumen in seinen Mund. Rings um ihn schrien Leute. Der Älteste Andre war mit vor Schock verzerrtem Gesicht einen Schritt zurückgewichen, die Hand vor den Mund gepreßt. Die Daniten schrien in der Inselsprache durcheinander, irgend etwas von ›Feinden‹.

Sucher zwängte dem alten Mann die Zähne auseinander und drückte die Faust fest gegen den Rachen. Dann fing Sucher an zu ziehen und zu ziehen. Einen Augenblick lang spürte er, wie er sich von seinem eigenen Wesen löste, aber der alte Mann lag im Sterben. Er konnte nicht kämpfen. Sucher war froh, daß er es nicht mit dem Blut eines anderen versucht hatte. Er zog mit aller Kraft. Die Essenz des alten Mannes brach hervor und flatterte einen Moment zwischen ihnen.

»Die Aufnahme!« schrie der Älteste Timothy und packte Sucher am Rücken. Er spürte einen kurzen Widerstand, dann mußte ihn jemand weggezogen haben.

Sucher biß in den Dunst, zu dem der alte Mann geworden war, und saugte ihn ein. Dann formte sich Suchers Körper, er zuckte und dehnte sich aus, bis er untersetzt und alt und vor Entsetzen wie gelähmt war. Sucher durchforstete den Geist des Rocaan. Das Geheimnis war da, aber auf qualvolle Weise außerhalb seiner Reichweite. *Vermischen, vermischen, vermischen.* Er wünschte es herbei.

Rugar befahl ihn mit einem Wink nach draußen. Erst dann sah sich Sucher um und nahm das allgemeine Chaos wahr. Mehrere der Rocaanisten hatten ihr Gift gezückt. Die Flasche des Rocaan lag auf dem Boden vor seinen Füßen. Angst erfüllte ihn, eine tiefgreifende, anhaltende Angst, und in dieser Angst erkannte er das Geheimnis des Wassers. Es enthielt ein Rezept, wie Wein, bestehend aus Kräutern und Zaubertränken, die es nur auf dieser Insel gab.

Sucher bahnte sich seinen Weg zum Eingang. Er mußte hinauskommen. Er konnte Rugar das Rezept nicht zurufen; ausgesprochen ergab der Zauber keinen Sinn. Sucher mußte ihn sorgfältig erläutern und dann für die Hüter des Zaubers aufschreiben.

Jetzt würden die Fey gewinnen. Die Blaue Insel gehörte ihnen.

41

Das Ding, das wie der Rocaan aussah, torkelte auf den Eingang zu. Es trug keine Kleider, sein ausgemergelter Greisenkörper war blaß und faltig. Titus packte seine Weihwasserflasche und hielt sie mit der linken Hand fest, während er mit der rechten versuchte, den Stöpsel herauszuziehen. Die anderen Auds waren davongerannt. Er nicht. Die Fey hatten die ganze Zeremonie zu einem Possenspiel erniedrigt. Der Rocaan hatte gelobt, ihnen nichts anzutun, und die Fey hatten ihn umgebracht und dabei sogar die Aufnahme in die Hand Gottes verhöhnt.

Seine Hände zitterten, ein wenig von dem Wasser spritzte auf den Fey, der neben ihm stand und auch sofort zu kreischen anfing. Der alte Fey, derjenige, der mit Titus gesprochen hatte, sah es und sprang zur Seite. Er schrie in dieser gutturalen Sprache auf dieses Rocaan-Wesen ein, aber das Rocaan-Wesen antwortete nicht. Es eilte nur immer weiter vorwärts, als könnte es der Kirche entkommen.

Ein anderer Fey hielt Titus' Hand fest. Titus besprengte ihn und wartete dann, bis er ungehindert an sein Ziel herankam. Er schleuderte die Flasche in Richtung des Rocaan-Wesens, so wie es Matthias am Tag der Invasion getan hatte. Das Wasser spritzte nach allen Seiten. Das Rocaan-Wesen schrie und hob die Arme vor das Gesicht, um das Wasser abzuwehren.

Der Gestank nach verbranntem Fleisch stieg rings um Titus auf, ein von Nebel begleiteter Gestank. Er konnte kaum noch etwas sehen. Er ging weiter, auf die Kirche zu, während die noch lebenden Fey um ihn herum davonstoben.

Wasser spritzte auf das Rocaan-Wesen. Zunächst passierte überhaupt nichts. Das Wesen blickte Titus mit einem Ausdruck der Erleichterung und des Zorns an. Dann setzte die Wirkung des Wassers ein, denn das Wesen packte seinen Arm und schrie. Ein anderer Fey kam dicht heran, redete auf es ein, flehte es in ihrer Sprache an, aber das Rocaan-Wesen schien nichts zu hören. Sein Gesicht zuckte, genau so, wie es das einige Augenblicke zuvor getan hatte. Als sich das Gesicht veränderte, erkannte Titus den Daniten, den er bei den Fey gesehen hatte, und dann einen Mann, der ihm früher schon im Palast begegnet war. Dann blickte er in das Gesicht eines Mannes aus Nye, gefolgt von einem anderen, noch einem, gefolgt von einer Reihe von Fey-Gesichtern, bis alle Züge davongeschwemmt waren und das Rocaan-Wesen zu einem großen Klumpen Glibber und zuckender Glieder in sich zusammenfiel.

Ein paar der Fey aus dem Inneren der Kapelle schoben sich an Titus vorbei. Andere zuckten ebenso, wie es das Rocaan-Wesen getan hatte. Der Altar war blutverschmiert, in der Luft lag ein fauliger Geruch. Vom Fluß her ertönten Fey-Schreie.

Titus stand in der Tür, die Hand am Hals seiner zweiten Flasche. Der Älteste Reece übergoß einen zuckenden Klumpen, der einmal der Fey gewesen war, der ihn festgehalten hatte. Der Älteste Timothy hockte auf dem Boden, die Hände im Blut, und betete, als könnte er den Rocaan damit wieder lebendig machen. Einer der Daniten schüttelte eine leere Flasche über dem Kopf, während der andere Danite mit dem Fey kämpfte, der ihn immer noch festzuhalten versuchte. Der Aud versteckte sich hinter dem Altar und zog sich das blutbespritzte Holz wie eine Deckung über den Kopf.

Der Älteste Andre stand an der Wand, die Hand vor Entsetzen auf den Mund gepreßt. Er starrte Titus an, als hätte er ihn noch nie zuvor gesehen. Tränen rannen ihm über das Gesicht. Als Titus näher kam, schien sich Andre in die Wand hineinpressen zu wollen.

Doch als Titus das Rocaan-Wesen erreicht hatte, blieb er

stehen. Es war jetzt tot. Sein Körper zuckte nicht mehr. Es sah auch nicht mehr wie der Rocaan aus. Es sah überhaupt nicht mehr nach einem Lebewesen aus, das Titus kannte, nur noch wie ein Klumpen Haut und Knochen auf dem Boden.

Titus beugte sich darüber. Während des Sakraments, als der Rocaan angefangen hatte, die Worte zu zitieren, hatte Titus endlich begriffen, was der Rocaan dort überhaupt tat. Er versuchte, die Aufmerksamkeit von Gottes Ohr zu erlangen. Wenn Gott sie erhörte, würde er sie vielleicht von der Invasion der Fey erlösen. Vielleicht hatte der Roca dieses Sakrament von Anfang an als Hilfsmittel zur Bekämpfung von Eindringlingen wie den Fey gedacht.

Aber der Rocaan hatte etwas falsch gemacht. Die Fey waren zu nah und zu gerissen gewesen. Vielleicht hatten die Worte diesen Fey durchdrehen lassen und dazu veranlaßt, der Rocaan werden zu wollen. Was auch immer geschehen sein mochte, der Rocaan war tot. Und sein Angreifer ebenfalls.

Titus hob den Blick. Nur Andre starrte ihn angsterfüllt an. Hinter ihm kamen keine Fey mehr, und die Fey in der Kapelle waren tot. Die Auds, die zur Kutsche gerannt waren, hatten ihre eigenen Fey niedergekämpft und standen über ihren Überresten wie Sieger bei einer Palastzeremonie. Viele Fey waren entkommen.

Titus berührte das Gesicht des Rocaan-Wesens. Es fühlte sich weich und breiig an. Wenige Meter von ihm entfernt lag das Schwert auf dem Boden, das der Rocaan benutzt hatte, daneben eine ungewöhnliche Flasche mit Weihwasser. Titus erhob sich, hob das Schwert auf und legte es über das Rocaan-Wesen. Dann zog er den Stöpsel aus der Weihwasserflasche.

Er zog sein Sakramentstuch aus der Tasche seines Gewandes und hielt es über die Tülle der Flasche, kippte die Flasche, tränkte das Tuch und hob das Schwert wieder auf. »›Ohne Wasser‹«, zitierte er, »›stirbt der Mensch.‹« Er säuberte das

Schwert gewissenhaft, so wie er es gelernt hatte, nur säuberte er die Klinge diesmal von Blut. »›Der Körper des Menschen braucht Wasser. Sein Blut ist Wasser. Kinder werden in einem Schwall Wasser geboren. Wasser hält uns rein. Es hält uns gesund. Es hält uns am Leben. Im Wasser sind wir Gott am nächsten.‹«

Die Daniten senkten die Köpfe. Der Aud schob den Altar so zur Seite, daß er wieder aufstehen konnte. Timothy blieb mit gesenktem Kopf stehen, doch Reece stand plötzlich hinter Titus. Nur Andre rührte sich nicht.

»›Der Mensch stirbt nur, wenn er nicht rein genug ist, um zu Gottes Füßen zu sitzen‹«, sagte Titus. Er reinigte das Schwert noch zu Ende, dann reichte er es Reece und wünschte aus tiefstem Herzen, das Sakrament könnte den Rocaan zurückbringen. Aber das tat es nicht. Es war ein Denkzettel für die toten und sterbenden Fey.

Titus sah auf sie hinunter, auf die zusammengeschmolzenen Klumpen zu seinen Füßen, von denen sich einige noch bewegten. »›Wer das Wasser berührt‹«, sagte er an sie alle gerichtet, »›der berührt das Wesen Gottes.‹«

DIE ZUSAMMENKUNFT

(Drei Wochen später)

42

Ihr Vater ließ ihr keine Wahl. Während der drei Wochen, die man zur Vorbereitung der Verhandlungen benötigte, sprach Jewel so gut wie kein Wort mit ihm. Statt dessen bediente sie sich ihrer eigenen Leute, entsandte Burden und andere aus ihrer dezimierten Infanterie-Einheit nach Jahn, um mit den Bevollmächtigten des Königs die Vorbedingungen auszuhandeln. Ihr Vater verbrachte den Großteil seiner Zeit vor dem Kamin und starrte in die Flammen. Zweimal hatte er versucht, mit ihr zu reden. Einmal, um sich bei ihr zu entschuldigen, doch sie hatte ihn nicht einmal ausreden lassen. Was hatte er sich dabei gedacht, ihre Leute an eine heilige Stätte zu führen? Sie hätte ihn für so klug gehalten, das Treffen im Freien stattfinden zu lassen; oder wenigstens rasch und entschieden zu handeln. Allen Berichten zufolge hatte er zu lange gewartet und den alten Mann seine Zeremonie durchführen lassen. Als Sucher endlich eingriff, war alles längst zu weit fortgeschritten.

Fünf Infanterie-Führer tot. Zwei Tierreiter vermißt. Der letzte verbliebene Doppelgänger der Fey tot. Und das alles für nichts. Obwohl es Sucher gelungen war, das Kirchenoberhaupt zu übernehmen, hatte er es nicht geschafft, Rugar das Geheimnis des Giftes weiterzugeben. Dazu kam der Verlust von Caseo, der, wenn man den Hütern Glauben schenken wollte, der einzige Fey war, der die Formel des bahnbrechenden Experiments in Hinsicht auf das Gift gekannt hatte.

Wenn sie ihrem Vater das Kommando weiterhin überließ, würde schon bald keiner mehr von ihnen übrig sein. Kein einziger.

So stand sie also neben Burden auf dem Hügel und blickte

den mit Felsbrocken übersäten Hang auf die flache Steinplatte hinunter, auf der die Tische für die Zusammenkunft aufgebaut worden waren. Der Wind peitschte ihr Haar und zerrte an ihrem Zopf. Ihr Vater gehörte der Delegation zwar an, war jedoch kaltgestellt. Sie wollte ihn nicht in ihrer Nähe haben. Allein die Verhandlungen zur Festlegung des Tagungsortes waren mehr als schwierig gewesen. Letztendlich hatte man sich auf einen Ort in der Nähe des Kanals geeinigt, durch den die Fey den Cardidas heraufgekommen waren. Die Felsen erhoben sich hier weit über das Land und bildeten eine nach allen Seiten geschützte Senke. Die Grundfläche der Senke war ein flaches Felsenstück, das einen natürlichen Versammlungsort – unter freiem Himmel – bildete. Beide Seiten hatten ihn zuvor inspiziert, und beide Seiten wußten, daß der jeweils andere dort unter keinen Umständen die Oberhand gewinnen konnte.

Die Felsenwächter begrenzten die Mündung des Flusses wie Wachtposten vor einem Palast. Hinter ihnen lag die Freiheit. Und Jewels Großvater, den sie womöglich nie wiedersehen würde. Das schwarze Wasser toste rings um die Wächter, seine brodelnden Wogen waren mit einer dünnen Schicht Schaum bedeckt. Wellen brachen sich am Stein und benetzten die Felsen mit Gischt. Der feine Nebel lag auch in der Luft, eine kühle und erfrischende Abwechslung nach dem stickigen, rauchigen Geruch der Schattenlande. Ohne die bedrückende Angst wäre Jewel über diesen Ausflug nach draußen glücklich gewesen.

Seit ihr Vater mit der Nachricht von seiner Niederlage zurückgekehrt war, hatte sie sehr viel über dieses Treffen nachgedacht. Sie hatten das Kirchenoberhaupt getötet, und sie hatten nach wie vor den Schwarzen König als ständige Drohung am Horizont. Sie waren nicht völlig machtlos.

Oder kam es ihr nur so vor?

Der Schlüssel lag darin, hätte ihr ihr Großvater geraten, so zu tun, als hielten sie noch alle Macht in Händen. Doch sie wußte nur zu genau, daß die Inselbewohner die Fey weiterhin dezimieren konnten, bis am Ende keiner von ihnen mehr übrig war. Sie mußte darauf bauen, daß die Inselbewohner das nicht wußten. Sie mußte sich Zeit erkaufen. Sie mußte ein Angebot machen, das eines Tages zugunsten der Fey umschlagen würde.

Ihr Vater trat neben sie. Jewel wandte sich halb von ihm ab. Er würde sich neben sie setzen, und sobald er etwas sagte, würde sie ihn unterbrechen. Sie würde ihm vor den Inselbewohnern das Wort abschneiden. Eigentlich hätte sie einen Hüter an ihrer anderen Seite haben müssen, doch sie brauchte jemanden, dem sie vertrauen konnte.

Sie brauchte Burden.

Schon nach der Ersten Schlacht um Jahn hätte sie auf ihn hören sollen. Er hatte behauptet, ihr Vater sei blind. Sie hätte auf ihn hören sollen.

Auf dem Hügel auf der gegenüberliegenden Seite der Mulde standen Nicholas, der König und ein Ratgeber. Wie zuvor abgesprochen, gingen die Wachen der Fey im gleichen Moment den steinigen Abhang zu dem flachen Stück hinunter wie die Wachen der Inselbewohner auf der anderen Seite. Sie brachten ein paar Schwarzkittel mit, wahrscheinlich weil sie wußten, daß die Vertreter der Kirche den Fey mehr Angst einjagten als alles andere.

Damit hatten sie recht.

Als die Wachen sich an den vorher genau bestimmten Stellen aufgebaut hatten, machten sich Jewel, ihr Vater und Burden auf den Weg hinunter. Jewel sah, daß Nicholas, der König und der andere Ratgeber mit ihnen Schritt hielten. Sie kamen gleichzeitig auf der Steinplatte an. So viele Einzelheiten, so viele heikle Verhandlungen, bevor dieses Treffen überhaupt stattfinden konnte. Gemeinsam überquerten sie den Fels, erreichten den Tisch, zogen die Stühle zurück und ließen sich mit der Selbstverständlichkeit von Leuten nieder, die an bestimmte Rituale gewöhnt sind.

Der Wind war in der Mulde nicht so heftig, obwohl die Gischt hier einen feinen Nebel bildete, der alles mit Feuchtigkeit überzog. Jewel strich die losen Haarsträhnen aus dem Gesicht. Nicholas sah sie mit dem gleichen faszinierten Blick an, den sie in Erinnerung behalten hatte. In dem Jahr, seit sie ihn zum letzten Mal gesehen hatte, war sein Gesicht schmal geworden, beinahe wie bei einem Fey, und um seinen Mund zeigten sich erste feine Linien. Er sah nicht mehr wie ein grüner Junge aus, sondern eher wie der Mann, der sie in ihrer Vision mit ungewöhnlicher Zärtlichkeit in seinen Armen hielt.

Sie hoffte, daß das heutige Treffen diese Vision veränderte.

Nicholas saß zur Rechten seines Vaters, Jewels Vater gegenüber. Burden und der Ratgeber der Inselbewohner saßen rechts von Jewel, Jewel und der König der Insel saßen in der Mitte.

Jewel schluckte. Sie begrüßte sie alle mit einem Nicken und eröffnete dann die Zusammenkunft, da sie diejenige war, die sie einberufen hatte.

»Mein Name ist Jewel«, sagte sie in der Sprache der drei Inselbewohner, die ihr gegenübersaßen. Auch in ihren eigenen Ohren hörten sich die Worte gestelzt an. Adrian hatte ihr die folgenden Worte oft und unerbittlich korrekt beigebracht: »Ich bin die Enkelin des Schwarzen Königs. Mein Vater, Rugar, ist derjenige, der sich mit Eurem Rocaan am Blumenfluß getroffen hat. Auch mein Ratgeber Burden nimmt heute an unserem Treffen teil. Ich werde für die Fey sprechen. Ich wäre dankbar dafür, wenn wir, nachdem die Formalitäten erledigt sind, zu Nye umwechseln könnten, denn meine Kenntnisse der Inselsprache sind sehr begrenzt.«

»Es ist schön«, sagte der König auf Nye und somit ihrem

Wunsch bereits entsprechend, »daß wir erfahren, wer Ihr seid. Neben mir sitzen mein Sohn Nicholas und mein Ratgeber, Lord Stowe. Ich werde die Belange der Blauen Insel vertreten.«

Jewel quittierte sein Entgegenkommen mit einem Nicken. »Ich habe diese Zusammenkunft einberufen, weil ich glaube, daß es in unser aller Interesse liegt, einen Waffenstillstand auszuhandeln.«

»Ich dachte, die Fey verhandeln nicht«, erwiderte der König.

Rugar wollte ihm etwas entgegnen, doch Jewel drückte seinen Oberschenkel. Sie grub ihm die Finger so tief ins Bein, daß er sie mit Gewalt lösen mußte. »Die Fey haben noch nie zuvor verloren«, sagte sie, erstaunt darüber, wie leicht ihr die Worte über die Lippen gingen. Als sie sie allein zu Hause geübt hatte, waren sie ihr jedesmal im Hals steckengeblieben. »Wir würden gerne wieder nach Nye zurückkehren.«

Die Hand ihres Vaters blieb starr auf der ihren liegen. Er hatte nicht erwartet, daß sie das sagen würde. Sie wußte sogar, was er dachte: Sie konnten unmöglich besiegt nach Nye zurückkehren. Er würde nie wieder vor seinen Vater treten können.

Nicholas betrachtete sie mit großen Augen. Sie erlaubte sich nicht, ihn ebenfalls anzusehen, spürte seine Anwesenheit jedoch so sehr wie ihre eigene.

Der König lächelte sanft. »Ihr wißt, daß wir Euch das nicht erlauben können. Ihr würdet mit mehr Schiffen und mehr Fey zurückkommen und uns letztendlich überrennen.«

»Wir würden uns mit einem Eid dazu verpflichten, daß so etwas nicht geschieht«, sagte Jewel. Sie versuchte, die Verhandlungen so geschickt wie möglich zu führen. Wenn sie nach Nye zurückkonnten, würden sie sich so verhalten, wie es der König verlangte. Wenn sie ihn jedoch anderweitig überzeugen konnte, hatten sie vielleicht eine Chance, diese Insel der Niederlage zu verlassen.

Der König legte die Hände auf den feuchten Holztisch und verschränkte sie ineinander. »Und wenn Ihr Euren Eid brecht? Wir kämpfen schon jetzt in einem Krieg, den wir überhaupt nicht haben wollten.«

Sie stieß die Hand ihres Vaters weg. Seine Gefühlsregungen lenkten sie ab. Auch er hatte dieses Treffen nicht gewollt und nur zugestimmt, sie zu begleiten, um zu sehen, was sie vorhatte.

»Also gut.« Jewel schob ihren Stuhl zurück und lehnte sich an. Panik flackerte in Nicholas' Gesicht auf und verebbte wieder. Sie war sich nicht sicher, was er dachte. Fürchtete er sich davor, daß sie ihn angriff? »Wir haben ein Problem. Ihr könnt uns alle niedermachen, sobald Ihr herausgefunden habt, wo wir uns aufhalten. Aber das wäre nur eine Lösung auf Zeit.«

Ihr Vater saß kerzengerade und steif neben ihr. Burden hatte sich nicht gerührt. Er erwies sich als der gute Zuhörer, für den sie ihn gehalten hatte.

»Auf Zeit?« fragte der König. »Wir könnten endlich wieder unser normales Leben führen.«

Sie nickte. »Bis der Schwarze König auf der Suche nach seinem Sohn und seiner Enkelin auf der Blauen Insel auftaucht.«

»Warum ist er bis jetzt noch nicht aufgetaucht?« fragte Nicholas. Die Frage war nicht unverschämt. Sie klang ernsthaft, als beschäftigte sie ihn schon seit geraumer Zeit.

»Er muß sich auf Galinas um verschiedene andere Dinge in seinem Reich kümmern. Er erwartet, daß wir ihm von hier aus Bericht erstatten. Die Zeitspanne dafür wurde recht groß gewählt – Kriege lassen sich meistens nicht sehr schnell führen. Wenn wir die verabredete Zeit jedoch für sein Empfinden zu lange überschreiten, schickt er garantiert weitere Schiffe aus.«

»Zu lange?« fragte Lord Stowe. Sein Gesicht verriet keinerlei

Nervosität, doch seine Stimme bebte ein wenig. »Was heißt das?«

Jewel zuckte die Achseln. »Drei Jahre, fünf Jahre, zehn Jahre. Ich weiß es nicht. Sollte mein Großvater gestorben sein, dauert es etwas länger, denn in diesem Fall muß sich mein Bruder erst an die Zügel der Macht gewöhnen. Sobald er weiß, was es bedeutet, der Schwarze König zu sein, wird er hierherkommen.«

»Zu guter Letzt«, sagte Rugar in seiner Kommandostimme, obwohl er nicht wußte, worauf Jewel hinauswollte, »kommen die Fey so zahlreich auf die Blaue Insel, daß wir hier das Sagen haben.«

Der König nahm die Hände vom Tisch. Ein kleiner trockener Kreis bezeichnete die Stelle, an der sie gelegen hatten. »Derartige Drohungen tragen nicht zur Verbesserung Eurer Lage bei«, sagte er. »Wir könnten Euch immer noch restlos auslöschen.«

Jewel beugte sich vor. »Wenn Ihr in der Lage wärt, uns auszulöschen«, sagte sie sanft, »dann hättet Ihr es längst getan. Ihr hattet mehrere Gelegenheiten dazu, und es ist Euch nie gelungen, uns zu vernichten.«

»Mit der Zeit ...«, hob Lord Stowe an.

»Mit der Zeit«, pflichtete Jewel ihm bei, »würden wir wahrscheinlich alle sterben. Aber Ihr wißt nicht, wieviel Zeit Euch bleibt. Wenn der Schwarze König eintrifft, bevor Ihr uns alle umgebracht habt, wird es Euch sogar noch schlechter ergehen. Und uns ebenfalls.«

Rugar versteifte sich. Burden rutschte kaum merklich auf seinem Stuhl hin und her. Keiner von beiden wußte, worauf sie hinauswollte und was sie anzubieten hatte. Sie hatte sich mit niemand abgesprochen, obwohl sie schon seit Wochen darüber nachdachte.

Laß dich von der Magie leiten, würde ihr Großvater sagen. Und genau das tat sie.

Der König wollte etwas entgegnen, doch sie hob die Hand.

»Gewährt mir nur einen Augenblick, um es näher zu erklären«, sagte sie. »Ihr könnt uns töten, eine kleine Gruppe nach der anderen, aber einige unserer Leute werden überleben. So sind wir nun mal. Ihr könnt nicht allen unseren Zauber auf einmal enttarnen. Auf der anderen Seite müßten wir in ständiger Angst leben und, um zu überleben, immer wieder Überfälle auf Eure Leute ausführen und kleinere Kämpfe ausfechten. Wahrscheinlich würden wir einen Ort wie am Blumenfluß finden, der sich leicht verteidigen läßt, ihn in Besitz nehmen, und dann würden um diesen Ort Schlachten geschlagen. Noch mehr von Euren jungen Leuten müßten sterben, und auch von den unsrigen, immer einer nach dem anderen, langsam und qualvoll, ohne daß wir einen Vorteil daraus zögen.«

»Es sieht eher aus, als gereiche es zu unserem Vorteil, wenn Ihr verschwindet«, sagte Lord Stowe.

Jewel schenkte ihm ein kurzes Lächeln. Sie erkannte, wie sie dieses Spiel spielten. Der König war der Vernünftige und überließ es Lord Stowe, die extreme Position einzunehmen. Über Nicholas' Rolle war sie sich noch nicht ganz im klaren, aber sie würde es mit Sicherheit noch herausfinden.

»Aber genau das ist mein Ansatz, Lord Stowe«, sagte sie. »Wir werden nicht verschwinden. Ihr gewinnt ein Jahr oder fünf Jahre ohne uns, vielleicht sogar ein Jahrzehnt. Aber dann ist der Schwarze König hier, und er wird Euch gegenüber keine Gnade walten lassen. Denn Ihr habt seine Truppen und seine Familie getötet. Unter solchen Umständen *kann* der Schwarze König keine Gnade zeigen, sonst würde vielleicht schon bald ein anderer etwas Derartiges wagen.«

»Das hört sich so an, als hättet Ihr bereits einen Plan. Etwas, das Ihr vorschlagen wollt und das uns allen Nutzen bringt«, sagte der König.

Der Dunst senkte sich immer noch, dünn und kalt, und er

hinterließ winzige Tropfen auf ihrer Haut und ihren Haaren. Es schien, als weinte der Himmel. Sie leckte über ihre Lippen und spürte das kühle Naß auf der Zunge. Als sie wieder das Wort ergriff, vermied sie es, ihren Vater anzusehen. »Ich schlage ein Bündnis vor«, sagte sie.

»Zwischen uns?« sagte der König mit vor Staunen lauter werdender Stimme.

Jewel nickte. »Es muß ein Bündnis sein, das der Schwarze König anerkennt. Eines, das er nicht brechen kann.«

»So ein Bündnis gibt es nicht«, sagte Lord Stowe. »Die Fey sind bekannt dafür, daß sie ihre Absprachen brechen, sobald sie ihnen nicht mehr genehm sind. Wir wären Narren, einem solchen Vorschlag zuzustimmen.«

»Das wärt Ihr, ganz recht«, sagte Jewel, »es sei denn, wir böten Euch etwas an, das einen Vertragsbruch unmöglich machte. Etwas, dem die Fey zuzustimmen gezwungen wären. Etwas, das auch Euer Volk anerkennen würde.«

»Woran denkt Ihr?« fragte der König.

Jewel hob das Kinn. Ihr Herz pochte heftig, und ihr Mund war plötzlich wie ausgetrocknet. »Ich möchte Euren Sohn heiraten.«

Burden keuchte neben ihr auf. Das bleiche Gesicht des Königs wurde noch blasser. Lord Stowes Mund klappte staunend auf. Rugar ergriff Jewels Arm, doch sie schüttelte seine Hand ab. Aber Nicholas sah sie mit seinen freundlichen blauen Augen einfach nur an. Er wirkte nachdenklich, als habe er noch niemals zuvor an diese Möglichkeit gedacht.

»Die Vermählung ist bei den Fey eine heilige Angelegenheit«, sagte Jewel, noch bevor ein anderer das Wort ergreifen konnte. »Wir vermischen Stammbäume, wir vermischen unsere Magie. Wir gehen solche Verbindungen nicht leichtfertig ein, und Ehegelübde dürfen nicht gebrochen werden. Soweit ich es verstanden habe, kann auch niemand, der innerhalb

Eures Glaubens geheiratet hat, dieses Gelübde brechen, und Mitglieder der Königsfamilie sind, nachdem sie einander versprochen wurden, bis in alle Ewigkeit, sogar bis zum Tod an die jeweils andere Person gebunden.«

Das Lächeln des Königs war ein zittriger Versuch, sein Unbehagen zu überspielen. »Ewigkeit ... ja, schon, aber uns ist erlaubt, nach dem Tod des Partners wieder zu heiraten. Auf diese Weise wird die Familie größer.«

»Dann gehe ich also davon aus«, sagte Jewel, »daß Ihr meinem Vorschlag zustimmt.«

Das Lächeln des Königs wurde breiter, spiegelte sich jedoch nicht in seinen Augen. »Nein. Das kommt überhaupt nicht in Frage.«

Nicholas legte eine Hand auf die des Vaters und beugte sich dann so weit vor, daß sein Gesicht dem von Jewel am nächsten war. Sie konnte die Wärme auf seiner Haut spüren. Ihre Blicke trafen sich. Seine Augen waren tiefblau.

»Es müßte aber eine echte Hochzeit sein«, sagte Nicholas.

»Nicky!« rief sein Vater dazwischen.

Nicholas beachtete ihn nicht. Er sah Jewel mit einer Intensität an, die sie erst einmal gespürt hatte – damals, als sie sich auf dem Schlachtfeld begegnet waren. Sie fühlte den Funken zwischen sich und dem Inselbewohner. Sie waren Ebenbürtige, ob er nun über Zauberkräfte verfügte oder nicht.

»Ich möchte ebenfalls, daß es eine echte Vermählung wird«, sagte sie. »Solche Dinge schlage ich nicht leichtfertig vor.«

»Jewel, ein Stammbaum ohne Magie ...«

»Sei still, Papa«, zischte sie.

»Eine echte Vermählung«, sagte Nicholas, als hätte ihr Vater nichts gesagt, »das bedeutet für Inselbewohner auch Nachwuchs. Kinder.«

Jewel nickte. Es würde ihr nicht schwerfallen, mit diesem Mann Kinder zu machen. Sie hatte schon oft genug daran gedacht. »Kinder wären unser einziges Pfand«, sagte sie. Dann wanderte ihr Blick wieder zum König. »Wenn ich bei der Ankunft des Schwarzen Königs schwanger bin oder falls wir sogar schon ein Kind miteinander haben, das heißt, wenn die Familien vermischt sind, dann werden die Inselbewohner zu Fey ernannt.«

»Und wir hätten doch verloren«, sagte der König schmerzlich.

»Nein«, erwiderte Jewel. »Es ist die einzige Möglichkeit, um zu gewinnen. Der Schwarze König wird die Insel nicht angreifen. Es wird keinen Krieg mehr geben, und Eure Familie bleibt an der Macht. Ihr werdet weiterregieren, und Nicholas nach Euch, so wie es hier üblich ist, und nach ihm unser Kind. Nichts verändert sich – bis auf die Tatsache, daß die Blaue Insel eines Tages eine wichtige Rolle im Imperium der Fey spielen wird. Nicht als erobertes Gebiet, sondern als ein Ort, an dem Fey regieren.«

»Jewel«, flüsterte Burden. »Das kannst du nicht tun. Du bist nicht im Besitz der Befugnis …«

Sie wirbelte zu ihm herum. »Ich bin die Enkelin des Schwarzen Königs! Ich verfüge über alle Befugnisse, deren ich bedarf!«

Er lehnte sich zurück, weg von ihr. Noch nie zuvor, in all den Jahren ihrer Freundschaft, hatte sie ihn so angefahren. Es war noch niemals nötig gewesen.

Der König beobachtete sie. Als sie ihre Aufmerksamkeit wieder auf ihn richtete, sagte er mit einer Ernsthaftigkeit, die sie nicht erwartet hätte: »Ich muß mit meinem Sohn darüber reden.«

»Ich bitte Euch darum«, sagte sie. Das verschaffte auch ihr ein wenig Zeit, um ihre eigenen Leute zu beruhigen.

Die Inselleute zogen sich an den Rand der Senke zurück. Sie drängten sich dicht aneinander, damit die Fey ihre Gesichter nicht sehen konnten.

»Du hast kein Recht, so etwas zu tun«, sagte Rugar auf Fey. »Du besudelst den Stammbaum des Schwarzen Königs.«

Jewel seufzte. »Ich habe alles Recht dazu. Wir haben auch schon früher in nichtmagische Familien eingeheiratet. Und immer ist die Magie dadurch stärker geworden. Du weißt es ebensogut wie ich. Es ist der beste Weg.«

»Aber der Schwarze König muß dieses Volk anerkennen.«

»Nur diejenigen, die ich zu meiner Familie zähle«, antwortete Jewel. »Vielleicht bestimme ich nur meine eigenen Kinder dazu.«

»Jewel«, gab Burden zu bedenken, »du darfst dich nicht mit diesem Ding paaren, nicht einmal aus Sorge um die Fey. Du darfst nicht ...«

»Ich kann tun, was ich will«, sagte Jewel. Sein eigennütziges Denken ärgerte sie an dieser Stelle mehr als das Poltern ihres Vaters. »Hast du vielleicht geglaubt, du und ich würden ein Paar werden? Wenn ich schon ein nichtmagisches Wesen auswähle, Burden, dann suche ich mir eines aus, dessen Blut meine Familie weiterbringt.«

Die Schamesröte schoß ihm ins Gesicht, und er starrte sie mit großen Augen an.

»Du solltest nicht immer nur an dich denken, Burden«, sagte Jewel. »Wenn mein Plan funktioniert und der Schwarze König nie hier auftaucht, haben wir die Möglichkeit, unsere Streitmacht neu zu formieren. Die Kinder werden größer. Wir werden neue Krieger bekommen, neue Doppelgänger, neue Gestaltwandler. Wir können eine neue Strategie entwickeln, und mit meiner Hilfe kennen wir dann die Schwachpunkte in der Verteidigung der Inselbewohner.«

»Es kommt mir trotzdem nicht richtig vor«, erwiderte Burden.

Rugar beobachtete, wie sich die Inselleute unterhielten. Schließlich drehte er sich zu Jewel um. Er hatte die Stirn so sehr in Falten gelegt, daß sich seine Augenbrauen berührten. »Jewel«, raunte er so leise, daß nur sie es hören konnte. »Alle diese Leute waren bei der Zeremonie in unserer Vision anwesend.«

»Bis auf Lord Stowe«, entgegnete sie.

»Eine Hochzeit ist eine Zeremonie, Jewel. Du wirst deine Vision Wirklichkeit werden lassen.«

Sie schüttelte den Kopf. »Nein, Papa. Wenn ich das hier richtig anpacke, verwandle ich die Vision in eine falsche. Wir kontrollieren die Zeremonie. In der Vision wurde ich völlig überrascht. Es wird nicht geschehen. Wir werden nicht zulassen, daß ihr Gift während der Trauung auch nur in unsere Nähe kommt. Das muß eine Bedingung dieser Übereinkunft sein.«

Rugar nahm ihre Hand, ein Zeichen für seine Einwilligung. »Du nimmst ein großes Risiko auf dich, Tochter.«

»Ohne ein kleines Risiko«, sagte sie, »werden wir nicht überleben.«

43

Der Dunst roch nach Salz. Nicholas spürte seinen Pferdeschwanz naß und schwer im Nacken. Er wünschte, er hätte Kleidung wie die Fey, aus Stoffen, die das Wasser abstießen und nur die freiliegende Haut naß werden ließen. Diese Senke bei den Felsenwächtern war ein bedrückender Ort, obwohl der Himmel blau war und die Luft frischer roch als irgendwo sonst in der Nähe von Jahn.

Sein Vater warf einen Blick über die Schulter nach hinten. Die Fey saßen am Tisch, Jewel in der Mitte. Sie debattierte mit ihrem Vater und dem jungen Mann an ihrer Seite. Sie wirkte schmaler als zuvor, was ihre Wangenknochen nur noch mehr betonte. Ihre fremdartigen Augen blitzten jedesmal, wenn sie zu Nicholas herüberblickte, vor Klugheit und Humor, als erinnerte sie sich an ihr erstes Zusammentreffen. Und als er gesagt hatte, daß er sie heiraten würde, hatte er eine Wärme in sich aufsteigen gefühlt, die sie ebenso gespürt zu haben schien.

»Du hattest kein Recht, dich einzumischen«, sagte sein Vater in der Inselsprache. »Ich habe diese Verhandlungen geführt.«

»Eine Fey heiraten!« sagte Lord Stowe. »Was habt Ihr Euch nur dabei gedacht, mein Junge?«

Nicholas machte einen kleinen Schritt zurück, bis er mit den Fersen an den Felsabhang stieß. Der Nebel fiel wie ein leiser Regen um ihn nieder. »Ich habe mir mehrere Dinge dabei gedacht«, antwortete er. »Im Gegensatz dazu kam es mir vor, als hättet ihr nur reagiert und überhaupt nicht nachgedacht.«

Die Augen seines Vaters wurden schmal. Wasser perlte auf seinem Gesicht und ließ ihn älter aussehen, als er war. »Du hast nicht das Recht, Nicky …«

»Ich habe jedes Recht«, fiel ihm Nicholas ins Wort. »Sie brauchen dieses Bündnis momentan mehr als wir. Aber mit der Ermordung des Rocaan hätten sie beinahe den Tabernakel vernichtet. Matthias verfügt nicht über die Kraft, die Rocaanisten zu führen. Er kann ihnen nicht die moralische Richtung weisen, wie es der Rocaan getan hat, und er allein kann nicht genügend Weihwasser für einen weiteren Krieg herstellen. Ich habe mit ihm geredet. Du auch?«

Sein Vater verschränkte die Arme. »Ein bißchen.«

»Dann kennst du sein Dilemma. Wenn er das Geheimnis des Weihwassers an jemand anderen weitergibt, stürzen sie ihn als Rocaan. Inmitten dieser Krise ist eine politische Krise im Tabernakel das letzte, was wir brauchen können.«

»So schlimm ist es auch wieder nicht«, meinte Lord Stowe. Seine Wangen waren von der Kälte gerötet, seine blauen Augen so blaß wie der Himmel. Er schien tatsächlich zu glauben, was er da sagte.

Erkannte er denn nicht, daß der Verlust des Rocaan dem Verlust des spirituellen Herzens der Blauen Insel gleichkam? Trotz aller Beschwerden seines Vaters hinsichtlich Nicholas' mangelhafter religiöser Erziehung kam es Nicholas vor, als sei er der einzige, der erkannt hatte, daß der Tod des Rocaan den Beginn einer Krise kennzeichnete – es sei denn, jemand nahm die Zügel in die Hand. Seit dem Tod des Rocaan war sein Vater sogar noch unschlüssiger geworden. Die schlimme Nachricht hatte ihn tagelang gelähmt.

Nicholas wischte sich mit dem Handrücken über die Stirn. Auf der anderen Seite der Felsen toste das Meer. »Es ist schlimmer, als ihr beide ahnt. Vergib mir, Vater, wenn ich offen mit dir rede, aber du hast eine weitere Gelegenheit verpaßt, als der Rocaan starb. Statt den ganzen Tabernakel in Auflösung verfallen zu lassen, hättest du eine Armee aufstellen und die Schattenlande angreifen sollen. Diese Aktion hätten alle unterstützt. Wir wären die Fey vielleicht losgeworden.«

»Das können wir immer noch tun«, sagte sein Vater.

Nicholas schüttelte den Kopf. Kaltes Wasser tropfte ihm von Wangen und Schultern. »Nein, Vater. Das wäre nur innerhalb eines Tages möglich gewesen, damals, als die Fey in einer ebenso schlechten Verfassung wie wir waren. Danach waren sie auf einen Angriff vorbereitet.«

»Ich dachte, Fledderer …«

»Du hast dich auf einen von ihnen verlassen«, sagte Nicholas, der das Vertrauen seines Vaters noch immer nicht begreifen konnte.

»Ihr hättet das gleiche getan«, warf Lord Stowe ein.

Nicholas beachtete ihn nicht. »Haben wir etwas von Fledderer gehört? Wissen wir, ob er Jahn wirklich verlassen hat? Nein. Wir sind nicht geübt in der Kunst der Intrige. Eines Tages werden wir einen noch größeren Fehler als der Rocaan begehen. Eines Tages verlieren wir die Blaue Insel vielleicht ganz.«

Sein Vater blickte wieder nach hinten. Nicholas war laut geworden. Die Fey schienen nichts davon bemerkt zu haben. Auch sie stritten heftig. Jewel sprach mit Nachdruck und gebrauchte ihre Hände, um ihre Gedanken zu akzentuieren.

»Außerdem«, sagte Nicholas, »hat Jewel einen weiteren Punkt angeführt, über den wir nur selten reden: den Schwarzen König.«

»Ich habe über den Schwarzen König nachgedacht«, entgegnete sein Vater. »Deshalb erlaube ich den Fey auch nicht, das Eiland zu verlassen.«

»Aber weiter hast du nicht gedacht«, sagte Nicholas. »Sie hat recht. Wenn wir sie vernichten, rufen wir damit eine noch größere Vergeltungsaktion hervor. Es wird wohl nicht mehr in deiner Regierungszeit passieren, Vater, aber mit Sicherheit in meiner.«

»Dann bereiten wir uns eben darauf vor«, sagte Lord Stowe. »Jede Menge Weihwasser und Wächter an der Mündung des Cardidas.«

»Und wenn sie ein Gegenmittel für das Weihwasser finden? Was ist, wenn sie andere Arten von Fey mitbringen, von denen dein Freund Fledderer nichts erzählt hat? Woher weißt du, daß der junge Fey überhaupt die Wahrheit über die Fähigkeiten der verschiedenen Sorten gesagt hat? Du weißt es nicht. Wir stehen mit leeren Händen da, noch schlechter als vor dem Tod des Rocaan.« Wieder hatte Nicholas die Stimme erhoben. Er holte tief Luft.

»Ihr wollt es tun«, sagte Lord Stowe. »Ihr wollt mit dem Mädchen ins Bett gehen. Euer Hoheit, sagt dem Jungen, daß derlei Lust rasch verfliegt.«

Nicholas errötete. Er konnte sein Verlangen nach ihr nicht abstreiten. Wahrscheinlich war es aus jedem seiner Blicke zu lesen. Seit dem Beginn der Vorverhandlungen hatten sich seine Träume verstärkt, und sie war in jedem von ihnen vorgekommen, nackt und verführerisch.

Sein Vater musterte ihn. »Du glaubst doch daran, Nicky?«

Nicholas nickte. »Ich glaube, es wird funktionieren.«

»Der Fey, Fledderer, sagte mir, daß die Fey ihre Abmachungen niemals einhalten.«

»Offensichtlich, denn er hat es so gemacht«, konterte Nicholas. »Wie aber wollen sie diese Abmachung brechen, ohne die Enkelin des Schwarzen Königs zu opfern?«

»Sie sind rücksichtslos, Nicky. Es könnte sein, daß sie sie zum Wohle aller opfern.«

Nicholas schluckte. Das kam ihm sinnlos vor. »Aber es ist ihre Idee.«

»Es *scheint* ihre Idee zu sein«, sagte sein Vater.

Daran hatte Nicholas nicht gedacht. Er warf einen verstohlenen Blick zu dem Tisch hinüber. Jewel schlug mit der Faust auf die Platte. Sie sah stark genug aus, um sich selbst zu verteidigen. Sie konnte unmöglich von jemand anderem vorgeschoben worden sein. Niemand würde es wagen, sie so zu behandeln.

»Was ist, wenn wir nicht auf ihren Vorschlag eingehen und sie hat recht?« wollte Nicholas wissen. »Wieviel andere Kreaturen haben sie noch? Können sie auch Matthias töten? Oder dich?«

»Und was ist, wenn das alles nur ein Trick ist, um näher an uns heranzukommen?« fragte Lord Stowe zurück.

»Dann hätten sie auch etwas anderes tun können, so wie bei dem Treffen mit dem Rocaan.« Nicholas schüttelte den Kopf. »Dieses Angebot ist ehrlich gemeint. Es wird uns allen helfen.«

»Es wird die Dinge nicht mehr so machen, wie sie einmal waren«, sagte Lord Stowe. Er lehnte sich gegen den Felsen, das Gesicht halb vom Nebel verhüllt.

»In dem Augenblick, in dem die Fey die Felsenwächter passierten, veränderte sich unser Leben unwiderruflich«, entgegnete Nicholas. »Was wir auch tun, wir können nicht mehr zurück. Wir müssen Mittel und Wege finden, mir den Veränderungen zu leben. Einen Weg, der uns allen gerecht wird.«

»Wenn du diese Frau heiratest«, sagte sein Vater, »schaffst du weitere Tatsachen, die nicht mehr revidiert werden können.«

»Das ist mir klar«, erwiderte Nicholas. »Ich finde, es ist an der Zeit, ein Risiko einzugehen. Ich bin dazu bereit.«

»Womöglich bringt sie Euch um, sobald sie mit Euch allein ist«, knurrte Lord Stowe.

Nicholas wollte nicht an die Zauberkünste denken, die sie ihm vielleicht zugedacht hatte. Er hoffte, daß sie ihn nicht auf diese Weise hinters Licht führte, aber er würde sich etwas überlegen müssen, um sich davor zu schützen. Kinder von ihr zu verlangen, wie er es getan hatte, reichte vielleicht sogar aus. »Ich bin davon überzeugt, daß sie mit uns zusammenarbeitet«, sagte er.

»Vielleicht könnten wir sie mit jemand anderem vermählen«, sagte sein Vater.

Nicholas schüttelte den Kopf. Er wollte nicht, daß ein anderer sie anrührte. »Sie ist die Enkelin des Schwarzen Königs. Eines Tages könnte sie über die Fey regieren. Ihr jemand anderen als dich oder mich anzubieten wäre eine Beleidigung. Möchtest du sie heiraten, Vater?«

Sein Vater zuckte zusammen. Offensichtlich hatte er noch nicht daran gedacht, doch sein angewiderter Gesichtsausdruck war Antwort genug.

»Wir bestehen darauf, daß sie im Palast bleibt«, sagte Nicholas. »So nimmt sie ein gleiches Risiko auf sich. Ich könnte sie ebensogut im ersten Augenblick, in dem wir allein sind, umbringen wie sie mich.«

Sein Vater seufzte. Das Seufzen klang unsicher. »Wenn es nicht funktioniert, verlieren wir die Blaue Insel.«

»Wenn wir nichts unternehmen, verlieren wir die Blaue Insel sowieso«, sagte Nicholas. »Die Frage ist, ob wir die Gelegenheit beim Schopf packen, um sie zu retten.«

Alexander nahm Nicholas' Hand. Die Finger des Vaters waren kalt. »Du bist mein einziges Kind, Nicky. Wenn dir etwas zustößt …«

»Wenn mir etwas zustößt, bestimmst du für den Fall deines Todes einen Regenten und zeugst noch ein Kind. Du bist noch jung genug. Es ist möglich und, da wir uns im Krieg befinden, vielleicht sogar ohnehin ratsam.«

Die Kälte in seiner Stimme überraschte Nicholas selbst. Jemand mußte eine Entscheidung treffen, und das schien die beste zu sein. Kein Land hatte sich den Fey widersetzen können. Selbst diejenigen, die jahrzehntelang gekämpft hatten, waren der Findigkeit und der Magie der Fey letztendlich zum Opfer gefallen. Wenn Nicholas sein Spiel richtig spielte, gelang es ihm vielleicht, ein wenig von der Magie der Fey für sich selbst zu gewinnen. Auch wenn er nicht in der Lage war, die Fey mit gleichen Mitteln zu schlagen, dann vielleicht seine Kinder, falls es dazu kam. Da sie jedoch zur Hälfte Fey waren, würde es vielleicht niemals dazu kommen.

Sein Vater starrte auf seine Hände. Lord Stowe wartete, daß jemand etwas sagte.

»Ich werde sie heiraten«, sagte Nicholas. »Und du wirst noch ein Kind haben, Vater. Und wir drängen darauf, alles Erdenkliche vor der Zeremonie zu verhandeln – und wir werden höllisch aufpassen.«

»Nicky …«, fuhr sein Vater auf.

Nicholas schüttelte den Kopf. »Hast du eine bessere Idee?« fragte er. »Einen Plan, der dafür sorgt, daß uns die Fey ein für allemal in Frieden lassen?«

Lord Stowe starrte den Prinzen an, als hätte er ihn noch nie zuvor gesehen.

»Werft doch einmal einen Blick auf eine Karte, meine Herren«, fuhr Nicholas fort. »Um von Galinas nach Leutia zu gelangen, muß man an der Blauen Insel vorbei. Die Fey, die es darauf angelegt haben, die Welt zu erobern, werden nicht einfach an der Blauen Insel vorübersegeln. Früher oder später versuchen sie wieder, uns zu erobern. Und irgendwann gelingt es ihnen. Bis jetzt haben wir Glück gehabt, aber das Glück ist nicht von Dauer.«

»Mir gefällt dieses Risiko nicht«, sagte sein Vater.

Genau deshalb befanden sie sich in dieser Lage. Nicholas holte tief Luft. Wenn sein Vater schon beim Angriff der Fey auf Nye Vorbereitungen getroffen hätte, wäre die Blaue Insel jetzt vielleicht nicht der Aggression der Fey ausgesetzt. Aber er hatte es versäumt, und er hatte auch nicht gut gegen die Fey gekämpft, und das alles war der Grund dafür, daß die Fey einen Brückenkopf auf der Insel hielten. Und sie hatten das Herz der Insel getötet.

»Bevor wir irgendeine Zeremonie abhalten, müssen wir noch einige Verhandlungen führen«, sagte Nicholas. »Wollen mal sehen, inwieweit sich das Risiko begrenzen läßt.«

Er löste sich aus der kleinen Gruppe und ging auf den Tisch zu. Als die Inselbewohner zurückkehrten, hörten die Fey auf, sich zu unterhalten. Jewel sah Nicholas mit leicht geöffneten Lippen an. Sie war so groß wie er und vielleicht sogar stärker. Aber er war ebenso klug.

Nicholas lächelte sie an. »Was bringt die Enkelin des Schwarzens Königs außer sich selbst zur Hochzeit ein?«

Jewels Antwortlächeln war freundlich und neckisch, so kokett wie das Lächeln eines Dienstmädchens im Palastkorridor. »Über diese Bedingungen müssen wir uns eingehender unterhalten.« Sie streckte die Hand aus, und er nahm sie mit einem plötzlich so starken Verlangen, als verspürte er überhaupt zum ersten Mal Verlangen.

Nicholas würde wegen einer Frau nicht den Kopf verlieren. Er würde die Blaue Insel nicht seiner Triebe wegen aufs Spiel setzen. Er zog die Hand von der ihren zurück und setzte sich zwischen seinen Vater und Lord Stowe, ihr direkt gegenüber.

»Bevor wir eine Vereinbarung schließen, müssen wir noch über den einen oder anderen Punkt verhandeln«, sagte Nicholas. »Dazu gehört auch die Frage, wo die Hochzeit abgehalten werden soll.«

Jewel betrachtete ihn mit einem abschätzenden Blick. »Ich bin sicher«, sagte sie leise, »daß es keine Schwierigkeiten bereiten wird, in dieser Hinsicht einen Kompromiß zu finden.«

DAS OPFER

(Zwei Monate später)

44

Jewel trug Grün, die Farbe der Freude, was in Rugars Augen ein Greuel war. Das Gewand hatte, der Tradition der L'Nacin folgend, weite Ärmel und ein enges Oberteil, das viel Busen sehen ließ. Zum ersten Mal sah Jewel nicht aus wie seine Soldatentochter, sondern wie eine Frau.

Rugar, noch nicht ganz Herr seiner Beine, stützte sich an Jewels Seite. Der neue Rocaan der Insel – ein Mann, so groß wie die Fey, aber mit dem Gesicht eines Kindes – hatte, da er kein Weihwasser verwenden durfte, darauf bestanden, die Hochzeitszeremonie unter Zuhilfenahme von echtem Wasser durchzuführen. Jewels Haar war offen, eine fließende Pracht, die sich bis zu ihren Knien ergoß.

Rugar trug seine Kriegskleidung: schwarzes Leder und ein schwarzes Wams. Er hatte überlegt, ob er den Wetterkobolden befehlen sollte, es regnen zu lassen, sich aber darauf besonnen, daß damit auch nicht mehr gewonnen wäre und ihn ein solcher Streich nur noch kläglicher als ohnehin schon aussehen lassen würde. Trotzdem signalisierte die Kriegsbekleidung, daß er auf der Hut blieb. Er mußte auf jedes noch so kleine Detail achten. Er hatte versucht, Jewel davon zu überzeugen, daß manche Visionen sich nicht kontrollieren ließen, aber sie hatte ihm nicht zuhören wollen. Sie glaubte, ihre Vision erfüllte sich nicht, solange sie die Kontrolle über die Zeremonie behielt.

Die Barkasse war flach und ungeschmückt. Sie schaukelte in der Mitte des Hafenbeckens von Jahn, weit genug von jedem Ufer entfernt, um einen erfolgreichen Angriff sowohl der Fey als auch der Inselbewohner zu vereiteln. König Alexander hatte es seinem Volk untersagt, von den Straßen aus zuzusehen, und Rugar hatte sich aus Angst davor, zwischen den beiden Gruppen könnte Streit ausbrechen, dazu bereit erklärt, seine Leute überhaupt nicht nach Jahn mitzubringen. Er wußte, daß die Inselleute trotzdem hinter den Fenstern standen und herabspähten, und einige Fey hatten die verlassenen Lagerhäuser besetzt, von wo aus Rugar den allerersten Angriff geführt hatte. Alle wollten Zeugen dieser ungewöhnlichen Verbindung zwischen einer Fey und einem nichtmagischen Wesen sein.

Nur einer Handvoll Gästen war es erlaubt, sich auf der Barkasse aufzuhalten. Jewel hatte sogar darauf bestanden, daß die Barkasse von Fey und Inselleuten gemeinsam gebaut wurde – das erste gemeinsame Projekt. Natürlich hatten die Fey die meiste Arbeit geleistet, und die Inselleute hatten darauf geachtet, daß keine Zauberfallen installiert wurden (als ob sie sie entdeckt hätten), doch allein die Geste schien alle Seiten ein wenig zu beruhigen. Zumindest einstweilen. Jewels Waffenstillstand mit den Inselbewohnern schien eine gute Idee zu sein, aber Rugar hielt sie nicht für praktikabel. Die Fey würden der Vereinbarung eine Zeitlang vertrauen, doch dann würden sie ungeduldig werden, besonders die kampfgewohnten Soldaten. Jewel hatte Rugar angewiesen, es als seine Aufgabe zu betrachten, die Fey bei der Stange zu halten.

Er würde sein Bestes tun.

König Alexander stand links von seinem Sohn, Lord Stowe hinter ihm. Beide trugen feierliche schwarze Gewänder, der Prinz hingegen einen Mantel mit langen Frackschößen, dazu Hosen, die in die Stiefel gesteckt waren. Auch sein Haar war offen. Er hatte sich dazu entschieden, nachdem Jewel ihm gesagt hatte, daß ungezähmtes Haar bei den Fey ein gern gegebenes Geschenk symbolisierte. Rugar stand neben Jewel. Sie hatte niemand anderen neben sich geduldet.

Außerdem hatte sie keinerlei religiöse Symbole auf der Barke zugelassen. In ihrer Vision hatte sie ein Kultschwert sowie eine Flasche mit diesem Gift gesehen. Sie wollte nichts davon in ihrer Nähe haben. Sie hätte auch den Rocaanisten verboten, ihre schwarzen Roben zu tragen, wenn das möglich gewesen wäre. Als der neue Rocaan sich geweigert hatte, die Zeremonie durchzuführen, hatte sich eine diplomatische Krise abgezeichnet, doch irgendwie war es König Alexander gelungen, ihn doch noch dazu zu bewegen. Dafür hatte Jewel hinsichtlich der Kleidung einen Kompromiß eingehen müssen.

Neben dem neuen Rocaan stand die Schamanin. Im Vergleich zu diesem blonden Rocaan-Jüngling wirkte sie noch älter. Ihr Haar war weiß und stand ihr wie Unkraut vom Kopf ab. Ihr Gesicht war verwittert, der Mund ein kleines, von Runzeln eingefaßtes Oval. Nur ihre Augen leuchteten hell und klar – wie funkelnde schwarze Lichtkreise in einem sterbenden Gesicht. Sie hatte nichts zu dieser Vermählung gesagt, keine Vorschläge zur Zeremonie unterbreitet, ja, sie schien von der ganzen Sache nicht einmal sonderlich überrascht gewesen zu sein.

Jewel hatte das als weiteren Beweis für die Richtigkeit ihres Standpunktes gewertet, aber Rugar war da nicht so sicher. Er hatte sein ganzes Leben damit zugebracht, über Visionen nachzudenken. Die Schamanin war weniger als er dazu geneigt, sich dem Verlauf einer Vision entgegenzustellen. Sie mochte wohl den Augenblick Gesehen haben, sie mochte sogar wissen, worauf alles zulief, aber sie war wahrscheinlich nicht willens, irgend etwas zu unternehmen, um den Verlauf der Zukunft zu verändern. Ihre Aufgabe bestand darin, ihren Segen in der Gegenwart zu geben.

Rugar war schon seit zwei Stunden, seitdem er auf den Beginn der Zeremonie wartete, in Alarmbereitschaft. Die Zeremonie bestand aus zwei Teilen. Zuerst kam der Teil der Fey. Die Schamanin und der Rocaan tauschten sich mehrere Minuten lang aus, bis die Schamanin endlich in die Hände klatschte.

»Wir sind soweit«, sagte sie auf Nye. »Diese Kinder sollen unter dem Schutz unserer Kräfte und Eures Roca stehen. Zuerst rufen wir die Zaubermächte an.«

Die Gäste verstummten. Der neue Rocaan trat zur Seite. Rugar machte einen Schritt zurück, um den Mann besser im Auge zu haben.

Die Schamanin lächelte Jewel und den Prinzen an. »Bitte, reicht euch die Hand«, sagte sie auf Nye. Sie blickten einander an, schüchtern, wie es schien, dann fanden sich ihre Hände. Rugar stieß den Atem aus, den er unbewußt angehalten hatte. Er erinnerte sich an seine erste Vermählung und an diesen Augenblick der Unsicherheit.

Dann schwenkte die Schamanin ihren Zauberstab über den Köpfen des Paars. »Die Mächte werden über euch wachen«, sagte sie auf Fey. »Und eure Kinder werden euch zur Ehre gereichen. Möget ihr zur Magie beitragen und sie vergrößern.« Dann lächelte sie sie an. »Ihr dürft euch jetzt die andere Hand geben.«

Um das zu tun, mußten sie einander ins Gesicht sehen. Rugar sah das Gesicht des Prinzen klar und deutlich vor sich. Seine Augen sprühten, als er Jewel ansah. Sie hatte gesagt, der junge Mann in ihrer Vision sei zärtlich gewesen. Vielleicht hatte sie mit diesem Teil ihrer Vision recht. Auch das zweite Händepaar fand sich.

»Ihr habt den Kreis geschlossen«, sagte die Schamanin. »Ihr sollt eins sein, für alle Zeit.«

Dann wandte sie sich an den neuen Rocaan. Er schüttelte den Kopf. König Alexander und Lord Stowe runzelten die Stirn. Offensichtlich verstanden sie nicht, daß die Fey-Zeremonie bereits vorüber war. Der Prinz schon. Er küßte Jewels Handrücken, bevor er sich zu dem neuen Rocaan umdrehte.

»Jetzt seid Ihr an der Reihe«, sagte die Schamanin auf Nye zu dem neuen Rocaan. Sie warf dem König einen Blick zu, der zuckte jedoch mit den Achseln. Rugar hätte gelächelt, wäre er auf diesen Abschnitt der Zeremonie nicht so gespannt gewesen. Die religiösen Anführer der Insel waren gerissen, und dieser Rocaan hatte ein Motiv für eine Rache. Wenn er jetzt irgendein Wasser zückte, würde Rugar sich sofort auf ihn stürzen und die Flasche von Jewel wegschlagen.

Der neue Rocaan sprach in der Sprache der Inselbewohner. Rugar verstand kein einziges Wort. Er sah, wie sich die Hände des neuen Rocaan zu den Worten bewegten. Der Mann hatte dünne Finger, magische Finger. Vielleicht kam die Magie für das Gift aus der Seele des Rocaan und nicht von außen. Nur wenige Fey verfügten über solche Fähigkeiten: Gestaltwandler, Schamanen, Visionäre.

Jetzt neigten Jewel und der junge Bursche die Köpfe. Der neue Rocaan blickte zu Rugar her. Rugar funkelte ihn finster an, doch dann fiel es ihm wieder ein. Er zog das Tuch, das Jewel ihm aufgetragen hatte mitzubringen, aus der Brusttasche und legte es ihr auf den Kopf. Sie hatte erklärt, daß es sie vor der Berührung des Rocaan schützte, falls er noch Reste des Giftes an den Fingern haben sollte. Rugar zitterte. Er stand so dicht bei Jewel, daß er die Wärme, die sie ausstrahlte, spüren konnte.

Dann legte der Rocaan die Hand auf das Tuch und auf das bloße Haupt des Prinzen und hob wieder an zu sprechen. Seine Rede schien kein Ende zu nehmen. Rugar blieb wachsam und hielt den Blick auf die Hände des Rocaan gerichtet.

Aber nichts geschah. Der neue Rocaan entfernte seine Hände wieder. Jewel nahm das Tuch ab und lächelte den Prinzen an. Er lächelte zurück. Er schien die gleiche eigenartige Freude wie Jewel zu verspüren.

Dann sagte der neue Rocaan auf Nye: »Es ist vollbracht.«

Der Klang seiner Stimme ließ Rugar aufblicken. Der neue Rocaan war nicht glücklicher über diese Angelegenheit als alle anderen Anwesenden. Doch Jewel schien es gar nicht wahrzunehmen. Sie umarmte ihren Vater. »Wir haben es geschafft«, sagte sie.

»Ja«, erwiderte er. Sie hatten die Tücken ihrer ersten Vision überstanden. Ein feiner Zimtgeruch verriet ihm, daß die Schamanin neben ihm stand. Jewel hakte ihren Arm in den des Prinzen ... Nicholas. Rugar mußte es sich einprägen, denn jetzt waren sie Verwandte. Die Schamanin wandte sich an den König der Insel.

»Jetzt werden wir Frieden haben«, sagte sie auf Fey.

Rugar blickte sie erstaunt an. Sie sah zu, wie Jewel zu lachen anfing.

»Wird es denn funktionieren?« fragte Rugar.

»Zum Teil«, antwortete die Schamanin mit leiser und zugleich krächzender Stimme. »Du darfst nie vergessen, Rugar, daß die Kinder den Schlüssel zur Zukunft in der Hand halten. Die Zukunft ist ein Ort, den wir nur für ein kurzes Stück durchreisen werden, den sie jedoch weit besser kennenlernen werden.«

Vom Wasser her kam eine kühle Brise auf und fuhr ihm durchs Haar. »Willst du mir damit sagen, daß Jewel die richtige Wahl getroffen hat?« fragte er.

Die Schamanin beobachtete weiterhin, wie Jewel auf der Barkasse weiterschritt. »Jewel hat den einzigen Weg zum Frieden eingeschlagen. Würdest du nur auch immer so handeln, Rugar.«

Er versteifte sich. »Du vergißt dich«, sagte er. »Ich bin schließlich ein Krieger.«

»Ich vergesse nichts«, erwiderte sie und ließ ihn einfach stehen, ihre weißen Gewänder wie eine Schleppe hinter sich herziehend. Er verkniff sich einen Fluch. Schon seit jeher hatte er diese elliptischen Diskussionen mit ihr geführt, und seit jeher hatte er diese Wortwechsel gehaßt.

Die Barkasse nahm Kurs zurück zum Hafen. Jewel und ihr neuer Ehegatte standen an der Reling und sahen dem näher kommenden Ufer entgegen. Sie hatten beschlossen, im Palast der Insel zu wohnen, dem Herrschaftssymbol der Blauen Insel, wie sie ihm in Erinnerung gerufen hatte. Er hatte nichts darauf erwidert. Er wußte, wie sehr sie sich danach sehnte, die Schattenlande zu verlassen.

Jewel winkte ihn zu sich. Rugar atmete tief durch und überquerte das Deck. Er verabscheute solche Momente, Momente, in denen Kriege beendet waren und die Fey sich mit ihren früheren Feinden auf die bestmögliche Art des Zusammenlebens einigen mußten.

Als er neben ihr stand, ergriff sie seine Hand mit ihrer freien. Ihre Finger waren warm, ihr Griff fest. »Wir schlagen den Visionen ein Schnippchen, Papa«, sagte sie auf Fey.

»Ja«, sagte er abermals. Mehr konnte er nicht sagen. Er wollte ihr nicht ihre offenkundige Freude verderben. Ihrer Vision hatten sie ein Schnippchen geschlagen, nicht seiner. Er hatte sie schon immer durch den Inselpalast spazieren sehen, als gehörte er ihr. Nur hatte er gedacht, sie würden das durch einen militärischen Sieg erreichen, nicht durch Verlust und Verrat.

»Wir segeln der Zukunft entgegen«, sagte Nicholas leise auf Nye. Seine Worte waren an Jewel gerichtet, doch Rugar hörte sie ebenfalls.

Die Zukunft. Die Schamanin hatte gesagt, dort gäbe es keinen Platz für Krieger.

Rugar fragte sich, ob sie damit recht behalten würde.